표해록

표해록

漂 // 海 // 錄

최부 지음 // 최기홍 · 최철호 옮김

1488
1.30~6.4

연암서가

옮긴이

최기홍 崔基泓

『표해록』을 우리나라에서 최초로 국문으로 완역한 한학자로서 많은 한적을 강해(講解)하고 번역하였으며 만년에는 다양한 경전(經典)을 일반인에게 해설 강의하였다. 국내외에서 최부와 그의 『표해록』 현양(顯揚)사업에 몰두하였다. 특히 그는 최부 일행이 중국에 표착한 후 겪었던 험난했던 행적을 직접 탐사하기도 했으며, 1995년에는 한국, 미국, 중국, 일본의 『표해록』 관련학자들을 중국의 사회과학원에 초빙, 『표해록』에 대한 국제학술회의를 주관하기도 했다. 이후에도 중국 현지에 최부 관련 기념물 건립에 대한 계획을 수립하던 중 이의 결실을 보지 못한 채 2000년 4월 타계하였다.

최철호 崔哲鎬

『표해록』 초역자인 최기홍의 차남으로, 고려대학교 영문학과를 졸업하고 중동, 동남아 등에서의 직장생활을 마친 후 『표해록』의 현양사업에 뛰어들었다. 1992년부터 부친을 수행하여 최부 일행의 행적을 답사하였으며, 부친 타계 후 유지를 받들어 최부 일행이 경과한 지역에 사적비를 건립하는 데 주력하여 천신만고 끝에 중국 측을 설득, 중국 영해(寧海)와 임해(臨海)의 도저성(桃渚城) 두 곳에 최부 기념비를 축조하였다. 여러 차례 『표해록』 관련 학술회의를 주관하였다.

표해록 漂海錄

2016년 8월 25일 초판 1쇄 발행
2016년 8월 30일 초판 1쇄 발행

지은이 | 최부
옮긴이 | 최기홍 · 최철호
펴낸이 | 권오상
펴낸곳 | 연암서가

등록 | 2007년 10월 8일(제396-2007-00107호)
주소 | 경기도 고양시 일산서구 호수로 896, 402-1101
전화 | 031-907-3010
팩스 | 031-912-3012
이메일 | yeonamseoga@naver.com

ISBN 978-89-94054-95-7 03810
값 30,000원

국역본을 다시 내면서

만지(晚之) 최기홍(崔基泓)이 최부(崔溥)의 『표해록』을 완역하여 세상에 알린 지도 벌써 36년이라는 세월이 지났다. 선친은 1979년 한 인쇄소에서 2천 부를 자비로 발행한 후 각 언론, 국내외 학술 단체, 도서관, 학교, 개인 등에 우편으로 배포하여 『표해록』의 존재를 알렸다. 그러나 크게 주목을 받지 못하다가 1989년 도서출판 교양사에서 국역본을 공식 출간하자마자 같은 해 9월 30일 한국일보에서 "드디어 『표해록』이 우리말로 완역되어 나왔다"라는 특집 보도를 했다. 이후 각 언론사에서 앞다투어 이에 대한 기사를 쏟아내면서 세간의 주목을 받기 시작했다.

그 사이 『표해록』의 가치에 대한 인식도가 크게 높아져 국내에서는 다수의 『표해록』의 한글 번역서가 서가에 꽂혀 있을 정도가 됐으니, 새삼 감회가 깊다.

국역자 최기홍은 전 서울대 총장이었던 고병익(高柄翊) 박사의 『표해록』에 대한 글을 읽고 자극을 받아 번역작업에 착수하게 됐다고 생전에 술회한 바가 있다. 고병익 박사는 그가 1976년에 쓴 『동아사(東亞史)의 전통』에 기재된 「최부의 표류기」에서 "한문으로 적힌 3권의 이 흥미 있는 표류기가 우리의 현대어로 번역, 간행되기도 전에 미국의 존 메스킬(John Meskill) 교수에 의해 1965년 영어로 번역되어 연구되고 소개되었다는 점에서 한편으로는 저자에 대해 감사를 느끼면서 또 한편으로는 우리 자신의 사정이 이에 이르지 못하고 있음이 안타깝게도 느껴진다. 일본에서는 이 『표해록』을 기요타 기미카네(清田君錦)가 일본어로 번역하여 『당토행정기(唐土行程記)』

라고 해서 1769년에 출간했다"라고 언급했다. 후대에게 대접 받아야 마땅한 우리의 고전이 먼저 외국에서 영어로, 일어로 번역되어 읽혔다는 사실에 대해 학계의 반성과 부러움을 표현한 것이라 할 수 있겠다. 그는 또한 "우리가 가지고 있는 문헌 가운데서 해외 여행 기록들이 제법 많지마는 이『표해록』은 그 중에서도 독특한 가치를 지니고 있고 특별한 흥미를 일으키게 한다"라고『표해록』의 가치를 높이 평가하면서 최부의 정신적 태도 및 윤리관을 조명했다.

한편 역자 최기홍은 중국 사회과학원에 재직중인 거전자(葛振家) 교수가 1992년『표해록』의 점주본(点注本)을 간행하였다는 소식을 듣고 수소문 끝에 그와 연락하여 15세기 중국에 대한 조선인의 생생한 기록을 현대의 중국 학계가 어떻게 평가하는가를 알고 1995년 중국 사회과학원에서 세미나를 개최하기도 했다. 세미나에는 최기홍 국역자를 포함하여 고병익 전 서울대 총장을 비롯한 국내의 각 대학 교수, 영역자인 미국의 메스킬 전 컬럼비아 대학 교수, 중국의 양통팡(楊通方) 베이징 대학 교수, 선이린(沈儀琳) 사회과학원 교수, 거전자 교수와 일본의 마키타 다이료(牧田諦亮) 전 교토대학 인문과학연구소 교수 등이 참석하여 주제 발표를 했다.

최기홍은 1993년부터 최부 일행의 발자취를 따라 답사 여행을 시작했다. 최부가 지나간 전 지역을 돌아본 것은 아니지만 최부 일행 43명이 표착하여 중국의 민관에 의해 왜구로 오인된 가운데서 이의 혐의를 벗기 위해 사투를 벌였던 절강 지역을 중심으로 하여, 현재의 중국 내에 남아 있는 최부의 행적을 찾아 나섰다.

놀랍게도 15세기에 최부가 목격했던 건축물 중 탑, 다리 등 온전한 채로 남아 있는 것이 다수 있었고 옛 성(古城), 산모양(山形)도『표해록』에서 묘사한 것과 같았다. 감탄을 금할 수 없었던 최초의 답사 이후 43명 일행의 발자취를 찾아가는 역사 기행은 지금도 계속되고 있다.

역자 최기홍은 평소 연마해 온 한문 실력으로 당시의 중국 사료를 찾아가며 번역 작업을 해나갔다. 고대 중국의 역사, 인물, 지리, 풍속 등 어느 한 가지도 만만했겠는가?

올해는 선친이 돌아가신 지 16년째 되는 해이다. 그간 발간된 『표해록』을 비교 연구하고 현장 답사를 통해 얻은 지식을 바탕으로 선친의 오역, 오독을 바로 잡기도 하면서 개정 작업에 착수했다.

이 개정본은 최기홍의 번역본을 기본으로 하고 한문본, 1992년에 간행된 거전자 교수의 점주본, 2004년에 발간된 동국대 서인범·주성지 교수의 번역본, 2006년의 고려대 박원호 교수의 번역본, 2006년 국내에서 출간된 북한의 김찬순 씨 번역본, 1965년도의 미국 컬럼비아 대학 메스킬 교수의 영역본을 참고하고, 곳곳에 각주를 달아 독자에게 편의를 제공했으며, 역자 간의 이견(異見)도 소개를 했다. 또한 원문에는 서술자가 "신(臣)"으로 되어 있지만 개정본에는 3인칭, 즉 "최부"로 바꾸어 작품 밖에서 관찰하는 형식을 취했다.

개정 작업에 성원을 아끼지 않은 만지(晚之) 후손, 최부기념사업회와 중국 현지의 『표해록』 연구가인 왕진롱(王金龍) 선생에게 감사를 드리며, 사진을 제공한 한중연행노정답사연구회 대표로 있는 신춘호(申春浩) 씨에게도 고마운 마음을 드린다.

한문이나, 영문 그리고 중국 역사에 정통한 것은 결코 아니지만, 선친을 생각하며 그저 정성을 다했을 뿐이다.

2016년 6월

서울 연신내 서재에서

국역자 최기홍의 차남 최철호(崔哲鎬)

추천사

민족의 역사를 수놓은 빛나는 별 가운데 한결 영롱하고 애절한 이름이 있으니, 금남(錦南) 최부(崔溥) 선생이 바로 그다.

그 영롱함은 탁월한 재질과 염결한 성품과 성충(誠忠)으로 나라에 봉사하고 열성으로써 후학을 훈도한 공적으로서 빛나는 것이요, 그 애절함은 천부의 능력, 만장의 기염을 펴지 못하고 50년의 짧은 생애를 형사(刑死)로 매듭지어졌다는 사실을 말함이다.

민족의 한은 역사의 도처에 깔려 있는 것이지만 금남의 생애와 행적을 살피게 되면 특히 그 한이 애처롭다. 어찌하여 이러한 대재(大才)를 민족의 거목으로 가꾸지 못했던가. 어찌하여 위국(爲國)의 성충이 나라 전체에 광피(光被)하도록 받들지 못했던가.

그러나 『표해록(漂海錄)』한 권을 남긴 것만으로도 우리에겐 매우 다행(至幸)이다. 수백 수천의 기행기 가운데서 『표해록』은 단연 빛난다.

나는 일찍이 다음과 같이 쓴 적이 있다.

"우리가 금남 최부 선생을 잊을 수 없는 것은 그가 남긴 『표해록』때문이다. 이것은 『연행록선집(燕行錄選集)』수권(首卷)에 들어 있을 만큼 귀중한 문헌이며 최부의 정밀한 관찰안과 문재(文才)를 보여 주는 일품(逸品)이다.

영국의 소설 『로빈슨 크루소』는 우리 독자들에게 널리 보급되어 있다. 그런데 그 문학적인 질에서, 곁들여 역사적인 기록면에서도 최부의 『표해록』은 이보다 우월했으면 했지 결단코 손색이 없다. 그런데도 일반 독자에게 알려져 있지 못함은 유감스럽기 한량이 없다."

부끄러운 일이지만 내가 『표해록』을 처음으로 읽게 된 것은 일본에서 동양문고 중의 일권으로 발간된 것을 통해서이다. 그러니까 물론 일본역이다. 우리의 귀중한 문헌을 일본역을 통해서 비로소 알게 되었다는 것은 내가 불민한 탓이다. 그런데 『연행록선집』을 통해 원문을 읽고 국역을 찾았지만 쉽사리 발견할 수가 없었다. 그랬는데 얼만가를 지나 처음 인사동에 있는 서점 통문관(通文館)에서 『표해록』의 역서(譯書)를 구할 수가 있었다. 역자는 최기홍(崔基泓) 씨로, 금남 선생의 방손(傍孫)이었다.

연구 논문은 없지 않았지만 전역문(全譯文)이 나오지 않은 것을 통탄하여 최기홍 씨는 스스로 역업(譯業)에 착수한 것이다. 한마디로 갸륵하다는 찬사를 올리지 않을 수 없었다. 동시에 역사를 전공으로 하는 학자들이 이만한 걸작을 완역하지 않았을 만큼 게을렀다는 사실은 깊이 반성하고 자책해야 할 것으로 믿는다.

금번 최기홍 씨는 거번(去番)의 역서가 미비하다고 느껴 전편을 개역하여 세상에 펴낼 준비를 거의 완료했다며 천학한 나에게 서문을 청해 왔다. 지나치게 황공한 일이어서 사양하려고 했지만 금남 선생에 대한 나의 애착을 인연으로 하고 최기홍 씨의 성의에 보답하는 뜻으로 몇 자 적기로 했다.

최부의 생애와 『표해록』의 성립 과정에 관해선 이 역서에 소상한 기록이 있을 것이므로 생략하고 오직 완독의 음미를 권할 뿐이다.

한스러운 역사이긴 하지만 우리의 역사는 그런대로 광채에 넘쳐 있으며 외국에 대해 자랑 못할 바가 아니란 하나의 증거로서도 금남 최부 선생은 귀중한 존재임을 거듭 강조한다.

끝으로 역자 최기홍 씨에게 심심한 감사와 치하를 드린다.

1989년 7월 10일

나림(那林) 이병주(李炳注)

고병익(高柄翊) 전 서울대 총장의 주제 발표문

오늘 5백 년 전의 선비학자인 금남 최부와 그의 표류기행을 주제로 북경에서의 학술좌담회에서 인사의 말씀을 하게 된 것은 본인으로서 커다란 영광이면서 동시에 송구한 바가 크고 다시없는 즐거움이기도 하다.

본인이 30여 년 전 이상백(李相佰) 박사의 회갑을 기념하는 논문집에 한 편의 논문을 기고하기 위해서 엮은 것이 『성종조 최부의 표류와 표해록』이었다. 당시 마침 조선시대의 연행록류(燕行錄類)를 이것저것 읽다가 『금남표해록』을 만나게 되자 흥미에 끌려 이것을 주제로 한 편의 논문을 쓰기로 작정한 것이다.

우리나라에는 해외 여행기가 어느 나라 못지않게 많이 훌륭하게 전승되어왔으나, 그것들이 너무 동일 지역으로의 특정한 여행의 기록이었기 때문에 많은 관심을 끌지 못하였다. 명청(明淸)시대에 육로로 북경에 갔다온 사신 일행의 수많은 기록인 『조천록』 또는 『연행록』이나, 도쿠가와(德川)시대에 해상으로 쓰시마, 오사카(大阪) 등을 거쳐 일본의 에도(江戶)에 갔다 온 조선통신사 일행의 기록인 『동사록』 또는 『해사록』이 바로 그런 것이다. 이들은 동아(東亞)의 다른 나라에도 유례가 없는 훌륭한 여행기류이다. 그러나 위에서 언급한 바와 같이 행로와 접촉범위가 일정하고 여행의 목적과 활동이 공식으로 정해져 있어서 너무 일정하여 변화가 적다는 결점을 면하기 어렵다.

명청의 중국, 조선조의 한국, 도쿠가와 바쿠후의 일본이 모두 각기 해외와의 교통무역을 단절한, 이른바 쇄국의 정책을 추구하였기 때문에 이 시기에는 공식 사행기(使行記) 이외에 일반 여행기가 있을 수 없었다. 오히려

10

그 이전의 고대 중세에는 도리어 특이한 여행기(혜초의『왕오천축국전』, 엔닌 (圓人)의『입당구법순례행기』, 손목의『계림유사』등)가 더러 있었던 것이다. 이러 한 가운데서『금남 표해록』의 존재는 더욱 두드러진다 할 것이다.

본인은 표류의 기록이라는 특이한 사실이나 서술내용의 충실함이나 또 본서를 둘러싼 시비논쟁이나 그리고 기념논문집 마감일자에 쫓기면서 엮 어야 했기 때문에 충분한 고찰과 검토를 가할 겨를을 갖지 못하고 마무리 할 수밖에 없었다. 그러나 나의 이 글이 하나의 조그마한 계기가 되고 참고 가 되어 그 이후 여러 논술들이 나오게 된 것은 본인으로서는 망외(望外)의 보람이라 아니할 수 없다.

『금남 표해록』은 그 자체가 앞으로 많은 고찰이 가해질 필요가 있다. 우 리나라가 갖는 여행기록 중에서 난파와 표착 그리고 이국 내륙의 호송귀 국이라는 특이한 기록이며, 이것이 다른 공식 사행들의 여정들과는 전연 달랐음은 말할 것 없으며 우리에게 극히 희귀한 여행기록인 것이다.

명대 중국의 국내상황에 관한 외국인의 목격기록으로서도 중요하다. 해 안 지방의 왜구에 대한 방비상황, 지방 관청의 실제 운영상, 주민의 생활상, 관리와 지식층의 관심사 등등을 저자, 최부가 문한직(文翰職)에 있고『동국 통감』의 수찬에도 참여했던 인물이었기 때문에 그런 명석·해박한 견식과 능 숙한 필치로서 기술할 수 있었던 것이며 이런 경우가 그리 흔하다 할 수 없다.

이 책은 일편(一片)의 관광기록에 끝나는 것이 아니라 전편이 하나의 시 대정신의 응결된 표상이 되었다 할 수 있다. 그것은 저자가 주자성리학(朱 子性理學)의 윤리와 의례를 고수하려는 정통적 신봉자로서 사물의 관찰과 제반의 행동을 이에 기준하였음을 보여 주고 있고, 복인(服人)으로서의 상 복을 고집한 그의 행동은 그러한 일례에 지나지 않는다. 이것은 마치 준열 한 정의관을 품고 처형되어 후세에 그 충성이 전하는 충민공(忠愍公) 초산

(椒山) 양계성(楊繼盛, 1516~1555)과도 견주어진다 할 수 있다. 이 책의 찬진 경위와 분상(奔喪)의 윤리에 관한 시비는 더욱 시대적 정신과 성리학적 논리가 어떠하였는가를 보여 주는 것이기도 하다.

이 『표해록』은 조선시대의 사대부로서 명 제국의 내부를 여행하여 지리물산(地理物産)과 시정풍정(市井風情)을 직접 경험하고 기록한 희귀한 것이어서 조선 사인(士人)들의 탐독하는 바 되었지마는 나아가서 도쿠가와시대에 일본으로 유입되어 거기서 간행(刊行)까지 되었다는 점은 흥미로운 일이다. 18세기 후반에 와서 한 일본인 학자가 『금남 표해록』의 책명을 『당토행정기』로 고치고 장절(章節)을 나누어서 표제를 붙이고서 본문을 일본식 한문을 섞어서 번역하여 간행하였을 뿐 아니라 본문 서술에 대한 비판적인 안고문(按考文)까지 일일이 붙였음은 얼마나 정밀하게 내용을 검토하였는가를 보여 준 것이었다. 일본에서의 출판사에 의한 이러한 간행보급의 놀라운 사실은 미키타 다이료(牧田諦亮) 교수에 의해서 소개되어서(「사쿠겐입명기(策彦入明記)의 연구」, 1959) 『표해록』이 동아의 3국에 널리 관련되었음이 밝혀졌다.

『표해록』은 메스킬에 의해 영어로 번역(J. Meskill, 1964)되기도 하고 이어서 현대 한국어로 번역(최기홍, 1979)되어 비로소 일반인들이 접할 수 있게 되었다. 그런데 거전자(葛振家) 교수가 본문에 구두점(標點)과 주석을 붙여서 간행(북경, 1992)한 바 있는데 이번에 다시 여러 사람의 관련 연구논설들을 한 책으로 모아 출간한다 하니 이것도 의미있는 일이라 생각된다. 앞으로 더 깊고 더 넓은 연구들이 쏟아져 나오게 하는 길잡이가 될 것으로 기대하는 바이다.

1995년 6월 22일
베이징
고병익(高柄翊)

12

영역자 메스킬의 주제 발표문

『최부 표해록』학술회의에 참가하게 된 것을 기쁘게 생각하는 바이다. 필자가 30여 년 전에『표해록』을 열독한 이후 그 연구가 어떻게 진행되어 왔는지에 대해 이번 학술회의를 통하여 잘 알 수 있다. 더 자세히 언급한다면 동아시아에 대한 연구를 한 필자에게 과거 30년간 명조(明朝), 한국의 조선조에 대한 연구의 발전 상황을 이 회의를 통해서 알 수 있다는 것이다.

예를 들어, 필자가 뉴욕에서 학생 신분이었을 당시에는 한국의 역사에 관한 적당한 영역서를 찾아볼 수 없었다. 필자의 컬럼비아 대학에서도 한국의 역사와 문화를 가르치는 분이 없었다.『표해록』에 대해서는 거의 무지한 상태였으며, 미국에『표해록』의 완정본(完整本)이 있을 리 없었다. 필자가 연구차 일본 교토를 방문했을 때야 비로소『표해록』의 존재를 알았으며, 미야자키 이치사다(宮崎市定, 1901~1995) 교수가 그 책을 소개했다. 그 교수가 영인(影印)을 해준『표해록』을 미국에 처음으로 가져가게 되었다.

당시에 미국인들은 중국의 명조(明朝)에 대한 연구도 심도있게 시도하지 않았다. 명사(明史)에 대한 현대본이 있을 리 만무하였다. 겨우 워싱턴에 있는 의회도서관에 베이징 국립도서관 소장본의 영인본이 있을 뿐이었다. 그런데 그 소장본도 중국 역사에 관한 245쪽 가운데 명조에 대한 기술은 25쪽이 있을 뿐이었다.

이러한 상황에서 젊은 학생이『표해록』연구를 시도한다는 자체가 지금에 와서 돌이켜 보면 무모한 젊음의 패기가 아니었던가 싶다. 나는 한국의 역사에 대해서도 거의 알지도 못했으면서도 말이다.

지도를 담당했던 중국의 왕지전(王際眞) 교수가 『표해록』에 나오는 "이 상한 중국 글자"를 내가 이해하고 있다는 사실에 칭찬을 했던 기억이 나지 만, 사실 그 "이상한 중국 글자"와 "상용되는 중국어"가 어떠한 차이가 있 는지를 알 수 없었다.

그럼에도 불구하고 나는 교육과 경험이 일천한 사람에게도 향후 『표해 록』이 역사적 이슈를 이해하는 데 기여를 해줄 것이라고 확신했다. 『표해 록』은 비록 격식을 갖춘 한문으로 구성되어 있지만 문학적 군더더기 없이 실제 사건과 대화로 엮어진 현실적 기록물이었다.

우선, 그 책은 저자 자신에 대해 많은 것을 언급한다. 최부가 고난에 직면 하고서도 그처럼 용기를 발휘하였으며, 문제의 중요성에 기민하게 대처할 수 있었던 것은 전형적인 조선의 유학자와 관리의 특성이 아니었나 싶다. 최부는 유학의 교조적 신념을 일상사에 결부시키려 했던 것 같다. 그는 동 아시아 국가의 문화적 인터내셔널리즘을 인식했으나, 동시에 조선의 부강 (富强)이라는 문제에 대해서는 민족주의적 독립성을 표출하려고 했던 것 같다. 그가 우리에게 보여 준 자화상은 한국 문화와 정치에 대한 우리의 인 식을 개선시킨 것 같다. 덧붙여서, 오늘날 중국에 대한 최부의 기록을 찾아 보고 그가 중국인들에게 어떠한 인상을 남겼는지를 알아보는 것도 흥미로 운 일이 될 것이다.

『표해록』을 통해 학식과 호기심을 겸비한 한 이방인의 중국에 대한 특별 한 시각을 눈여겨 볼 수 있다. 임상심리학으로 본다면 새로운 것을 처음으 로 가장 잘 보게 되는 것은 안목(eye)이다. 최부는 중국의 문학사에 정통한 인물이지만 새로운 많은 것을 목격했다. 그가 기록한 많은 부분들은 명조 (明朝)의 문화와 정치에 대한 오늘날의 연구에도 유용할 수가 있다. 예컨대, 최부는 번영하고 문명화된 남부와 가난하고 거친 북부 간에 확연히 다른 점을 발견한다. 명조가 성립된 지 한 세기가 지난 후에 그가 관찰한 것은 차이의 원인을 규명하는 데에 도움이 될 것이다. 차이의 원인이 외세의 지배로 인한 영향이었나? 혹은 장기간에 걸친 근본적인 자원의 격차였나? 남부에서는 교육이 왕성하고 북부는 그렇지 않다는 점을 목격하면서 최부는 과거시험 제도의 결과가 격차의 원인이 될 수 있다는 것을 제시해 준다. 과거시험에 남부 지방 사람들이 북부인들보다 훨씬 더 큰 성공을 거두고 있었다.

최부는 정치제도와 행정에 대한 최부의 정밀한 기록은 당시의 일상적인 절차를 보다 분명히 이해하는 데에 도움을 준다. 예를 들면, 그가 기술한 심문 방식을 통해 증거로서 어떠한 것이 받아들였는가를 이해하게 되고, 중국관리가 최부에게 설명한 것을 통해서 문서가 어떠한 방법으로 전달되고, 어느 정도까지 법령이 준수되고 무시되는가를 알게 된다.

또한 최부는 중국의 외교관계에 대한 절차를 몇 가지 실례로 보여 준다. 예를 들어, 그가 조선의 문사요, 관리임이 인정되자, 최부는 중국에서 공적인 신분이 아니었음에도 불구하고 후한 대접을 받게 된다. 최부는 조선과 중국 이외의 다른 나라와의 관계에 대해서 중국 관리들이 거의 무지한 상태임을 암시한다. 그는 수도에서 통역을 만나는데, 조선에 대한 관심의 정도와 한계를 보여 준다.

『표해록』은 이처럼 구체적이고 자세한 기술로 해당 학자들에게 소중한 정보를 제공해 주고 있다. 학자들이 마땅히 받아야 할 만한 관심을 『표해록』에 기울이고 있는 것을 보니 참으로 기쁘다. 『표해록』이 지식에 공헌한 것을 기념하기 위해서 모인 인사들과 자리를 함께하니 영광이다.

1995년 6월 22일
베이징
존 메스킬

최부는 누구인가?

금남(錦南) 최부(崔溥)의 자(字)는 연연(淵淵)이고, 본관은 탐진(耽津), 단종 2년, 1454에 전남 나주 곡강면(曲江面) 성지촌(聖智村)에서 출생했다. 최부는 나이 29세에 알성문과(謁聖文科)에 급제(及第)하여 이듬해에 교서관(校書館) 저작(著作)으로 관직을 시작, 사헌부의 요직을 두루 거치며 문재(文才)를 인정받아,『동국통감(東國通鑑)』,『여지승람(輿地勝覽)』의 편찬에 참여하였다. 성종 18년, 1487년에 홍문관 부교리, 그해 11월에 추쇄경차관(推刷敬差官)으로 제주에 도착하여 임무를 수행하다가 1488년 정월 30일 나주로부터 부친의 부고를 받고, 같은 해 윤 정월 3일 분상(奔喪)차 수행원 42명과 함께 승선하여 나주로 귀로(歸路)중 바다에서 폭풍우를 만나(遭遇), 대양에 표류하기 시작하여 귀국까지 136일간의 중국 대륙의 표류 체험을 일기 형식으로 저술했다. 그 후 최부는 사헌부 지평(持平), 예문관 응교(藝文官應敎), 예빈시정(禮賓寺正) 등을 역임했다. 1496년 5월 호서지방에 큰 가뭄이 들었을 때, 연산은 최부를 호서에 보내 중국에서 배워 온 수차(水車) 제조 방법을 가르치도록 하여 가뭄을 극복하도록 했다. 연산군 4년, 1498년 7월 최부는 무오사화에 연루, 스승인 점필재(佔畢齋) 김종직(金宗直)의 문집을 소장했다는 이유로 장형(杖刑)을 받고, 단천(端川)으로 유배되었다. 다시 연산군 10년, 1504년에 갑자사화로 형사(刑死)되었으니, 그의 나이 51세였다. 중종 2년, 1507년에 신원(伸寃), 승정원 도승지로 추증되었다. 최부의 묘소는 현재 전남 무안군 몽탄면에 있다.

금남 선생 사실(事實)

금남(錦南) 선생 최부(崔溥)의 자(字)는 연연(淵淵)이고, 진사(進士) 택(澤)의 아들로 갑술년(1454) 나주에서 출생하였다.

타고난 재주가 뛰어났으며 성품이 강직하여 남에게 굴하기 싫어하고 사리에 밝았으며 지혜가 출중하였다. 성장함에 따라 사서오경에 정연하였으며 특히 문장에 뛰어났다.

스물네 살 때 진사시험에 3등으로 합격하였고, 스물아홉 살(성종 13년, 1482) 되던 해 봄 성종이 성균관 문묘 참배 후 인재를 골라 쓸 때 공은 정통책(正統策)으로 답안을 올려 3등을 차지하였다.

이후 진사가 되어 성균관에 있으면서 그 재주와 이름을 크게 떨쳐 널리 알려졌다. 그때 신종호(申從濩) 공과도 사귀었는데 처음으로 벼슬길에 올랐다. 그 후 여러 관직을 거쳐 전적(典籍)에 임하였다.

공은『동국통감(東國通鑑)』편찬에 참여하였는데, 이때 지은 백여 수가 넘는『동국통감론』논설이 명백하여 여론의 기대를 한몸에 받기도 하였다.

병오년(1486)에는 중시(重試)에 2등으로 합격하였다.

이후 선생은 사헌부 감찰을 거쳐 홍문관 부수찬과 수찬(修撰)을 지내다가 정미년(1487)에는 부교리(副校理)가 되었다.

그해 9월 추쇄경차관(推刷敬差官)으로 제주에 갔다가 이듬해인 무신년(1488) 윤 정월에 부친상 소식을 듣고는 배를 타고 바다를 건너 집으로 돌아가던 중 폭풍을 만나 표류 끝에 중국 태주(台州)에 도착하였다. 6월 4일 한양 청파역(靑坡驛)에 도착, 임금의 명을 받아『표해록』을 찬술하여 올렸다.

그로부터 얼마 되지 않아 모친상을 당하였다.

임자년(1492) 상을 마친 후 간관(諫官)인 지평(持平)에 제수되었다.

그런데 앞서 부친상 때 임금의 명에 의하여 『표해록』을 찬술한 것을 일부에서 트집을 잡았다. 이에 성종이 선생을 불러 표류당한 전말을 하문함에 선생은 세세히 진언하였다. 성종은 이를 듣고 "죽음을 무릅쓰고 다니면서도 국위를 선양하였도다"라면서 옷 한 벌을 하사하였다.

이 해 선생은 서장관(書狀官)으로서 중국 북경으로 갔다. 계축년(1493) 봄에 세자시강원(世子侍講院) 문학(文學)에 임하고, 4월 홍문관 교리에 제수되었다.

대관(臺官)들이 다시 앞서 있었던 일을 가지고 트집을 잡으니, 홍문관의 여러 학사들이 성종에게 "최부는 계속되는 상으로 4년 동안 한 번도 집에 가지 않고 여막(廬幕)에서만 수상(守喪: 시신을 지킴)한 사람으로 효행이 남다릅니다. 동료들과 함께 봉사할 수 있게 하여 주시옵소서" 하고 아뢰었다.

성종은 공경들과 의논한 후, 5월에 승문원 교리를 제수하였다. 갑인년(1494) 5월에는 다시 홍문관 교리로 제수되었고, 8월에는 부응교(副應教) 겸 예문관 응교(應教)로 승진하였다. 예문관 응교는 파격적인 등용으로 장차 대제학의 재목이 아니면 오를 수 없는 자리였다. 을묘년(1495) 봄에는 생원회시(生員會試) 참고관(參考官)이 되었는데, 명참고관으로 알려졌다.

병진년(1496) 5월 호서지방에 큰 가뭄이 들자 연산(燕山)은 선생을 보내 수차(水車)의 제조방법을 가르치도록 하였다. 9월에 임무를 마치고 돌아온 선생은 11월에 상례(相禮)에서 사간(司諫)이 되었다.

정사년(1497) 2월 대묘(大廟)에 합사(시호 성종)한 후 선생은 연산의 실정을 간하는 상소문을 기초하는 한편, 공경대신들을 비난하였다. 이 달에 공은 상례로 좌천되고 질정관(質正官)으로 북경에 파견되었다가 가을에 돌아와 예빈정(禮賓正)이 되었다. 이렇게 좌천된 까닭은 권세가들에게 미움을 받았기 때문이었다.

선생과 신종호 등 8인은 일찍이 점필재의 뒤를 이을 만한 재목으로 널리 알려진 인물들이었다.

그러던 중 무오년(1498) 7월에 사화가 일어나, 이들의 집을 수색한 결과 유독 선생만 『점필재집』을 소장하고 있다는 이유로 고문을 당하였으며, 곤장을 받고 함경남도 단천(端川)으로 유배되었다. 선생은 유배되어 있으면서도 넓고 큰 마음을 잃지 않았다.

갑자년(1504) 4월 연산의 명에 의하여 다시 투옥되고, 사형에 처해졌다. 김전(金詮)과 홍언필(洪彦弼) 등도 당시 같은 옥 안에 갇혀 있었는데, 처형되기 전날 밤 그들은 술을 준비하여 전별해 주었는데, 선생은 평상시처럼 흐트러짐 없이 밝은 모습으로 결별을 했다고 한다.

그때 선생의 나이 쉰한 살이었다.

병인년(1506) 통정대부(通政大夫) 승정원 도승지로 추증되었다.

선생은 책을 많이 읽은 까닭에 해박하였으며, 특히 주역을 깊이 연구하여 후생들에게 성심성의를 다하여 가르쳤다.

선생의 처가가 있던 해남현(海南縣)은 바닷가 벽지로 학문에 힘쓰지 않아 예의에 밝지 못하였는데, 선생은 여러 해 동안 이곳에 머물면서 학문으로 백성을 깨우쳤다. 또 사재를 털어 윤효정(尹孝貞)과 임우리(林遇利) 같은 수재와 나의 선친 등을 가르쳤다. 그러자 가르침을 받으려는 사람들이 모여들어 마침내 그곳은 책과 현인이 많은 학문의 고장이 되었다.

서울에서 벼슬하고 있을 때는 박은(朴誾)과 같은 영재가 선생을 따랐으며, 단천에 유배되어 있을 때도 권우만(權遇巒) 등이 자주 찾아와 선생의 가르침을 받고자 하였다.

선생은 엄격하고 근면하였으며, 청렴결백하고 절개가 굳어 남의 도움이나 사리사욕은 생각조차 한 일이 없었다. 대간과 시종(侍從) 등 막중한 임무를 맡고 있을 때에도 나라를 위한 일에 몸을 돌보지 않았으며 누차 바른 말을 간하는 등 대의를 심기에 있는 힘을 다하였다.

젊었을 때부터 가지고 있었던 포부와 경세제민의 재능을 백분의 일도 펴보지 못한 채 죄 없이 죽고 말았으니 사림(士林)은 몹시 애석해 마지않았다.

처형당한 후 선생이 가지고 있었던 것은 모조리 몰수당하고 대를 이을 아들도 없었던 탓에 평생을 두고 저술한 주옥 같은 저서는 대부분 이리저리 흩어져 없어지고 지금 남아 있는 것은 극히 일부에 지나지 않는다.

희춘(希春)은 선생이 간 지 60년이 지난 뒤에야 간신히 비석에 새긴 글 7수와 아울러 『동국통감론』120수를 찾아내 이를 판목(版木)에 새기고 두 권의 책으로 엮어 후세에 전한다.

선생의 기개와 절개, 경륜의 규모, 의론의 정절(精切)함이 여기에 잘 나타나 있으니 분명 그 일단만이라도 인식할 수 있을 것이다.

선조 5년(1571) 10월 계사일에
외손인 통정대부 수전라도(守全羅道) 관찰사 유희춘(柳希春)은
삼가 기록하다

차례

금남 선생 표류 경로도

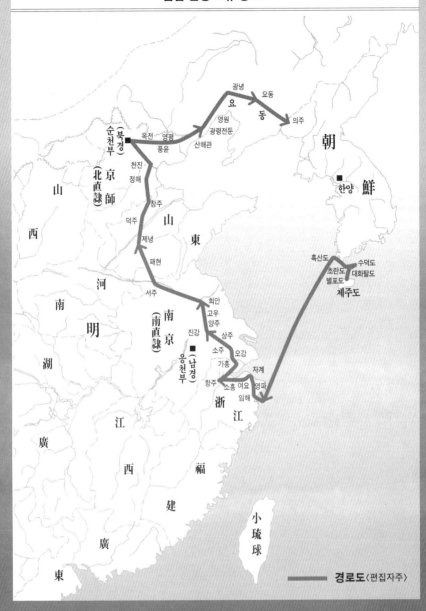

경로도 〈편집자주〉

상중(喪中)의 최부(崔溥)는 제주에서 표류하다가 구(甌)의 동쪽[1]에 상륙하였다. 그 후 월(越)의 남쪽[2]을 지나 연(燕)의 북쪽[3] 지역에 도착했다. 6월 14일 최부는 청파(靑坡)역[4]에 도착하여 삼가 전지(傳旨)를 받들어 『표해록』을 찬집(撰集)하여 올렸다.

---

1 고대 동구국(東甌國)의 동부, 즉 현 절강성(浙江省)의 동남부 지역으로 온주시(溫州市), 태주시(台州市), 임해시(臨海市) 등의 지역.
2 고대 월국(越國)의 남부, 즉 지금의 절강성 지역의 소흥, 항주, 영파 주변 일대.
3 연국(燕國)의 북부, 즉 지금의 북경, 천진과 요녕성 지역.
4 현 숭례문 밖 용산구 청파동에 있었던 조선시대의 역. 이곳에 말과 관원이 상주하였다 한다.

성화(成化)[1] 23년 9월 17일

제주 3읍[2] 추쇄경차관[3]으로서 최부는 대궐을 하직하였다. 최부는 전라도로 가서 그곳의 감사(監司)[4]가 공무 규칙에 따라 차출된 광주목리(光州牧吏)[5] 정보(程保), 화순현리(和順縣吏) 김중(金重), 승사랑(承仕郞)[6] 이정(李楨), 나주수배리(羅州隨陪吏)[7] 손효자(孫孝子), 청암역리(靑岩驛吏) 최거이산(崔巨伊山), 호노(戶奴)[8] 만산(萬山) 등 6명과 사복시(司僕寺)[9]의 안기(安驥)[10]인 최근(崔根) 등을 모았다. 일행은 해남현(海南縣)에 도착하여 순풍을 기다렸다.

음력 11월 11일 아침

일행은 새로 부임한 제주목사 허희(許熙)와 함께 배를 타고 관두량(館頭梁)[11]으로 갔다.

음력 11월 12일 저녁

일행은 제주의 조천관(朝天館)[12]에 도착하였다.

1 조선 성종 18년으로 1487년. 성화는 명나라 헌종(1465~1487)의 연호. 영역자 존 메스킬(John Meskill)은 성화 23년(조선 성종 18년, 1487년) 9월 17일을 양력 1487년 10월 3일로 환산.

2 한라산 북쪽의 제주목, 한라산 남쪽 지역의 동쪽의 행정구역인 정의현(旌義縣), 서쪽의 행정구역인 대정현(大靜縣).

3 추쇄 등의 임무를 위해 파견된 관리; 최부는 『표해록』 2월 4일자에서 추쇄의 의미를 명나라 관리가 묻자, 죄인, 노비 등이 멀리 떨어진 제주로 도주하는 경우가 많기 때문에 그곳으로 가서 기록물 등을 대조해 가며, 그들을 색출하여 데리고 오는 일이라고 설명.

4 관찰사의 다른 명칭으로 각 도의 최고 행정 책임자. 종2품.

5 목: 큰 고을의 행정단위로 최고 벼슬은 목사(牧使). 조선 시대의 지방 행정 조직은 도(道: 최고 벼슬은 관찰사), 부(府: 부윤), 목(牧: 목사), 군(郡: 군수), 현(縣: 현령, 현감)이 있다.

6 종8품의 문관.

7 고을에서 윗사람을 수행하며 시중을 들었던 아전(衙前).

8 집에서 부리던 하인.

9 왕실의 수레, 말, 마구, 목축 등의 업무를 관장하던 관청. 사(寺)는 관청을 의미하는 경우는 시로 읽는다.

10 사복시 소속의 종6품 관직. 『표해록』의 영역자 메스킬(Meskill)은 안기(安驥)를 인명(人名)으로 오역했다.

11 전남 해남군 화산면 관동리 앞바다에 있는 항구로 고려 때는 중국 송나라와 무역이 이루어졌던 무역항이었다고 한다.

12 제주 3읍의 포구인 조천포구의 객사. 이곳에서 육지로 향하는 배가 순풍을 기다렸다고 하며, 후에 다시 짓고 1590년에 쌍벽정(雙碧亭), 1599년에 연북정(戀北亭)이라고 개칭했다고 한다.

1

1488. 음력 1. 30 ~ 윤달 1. 29

음력 1월 30일, 홍치 원년[1]

날씨가 흐렸다.

포시(哺時)[2]에 최부의 하인인 막금(莫金)이 나주(羅州)에서 제주에 도착했다. 그는 상복(喪服)을 가지고 와서, 최부에게 그의 부친이 돌아가셨다는 소식을 알려 주었다.

윤달 1월 1일

비가 왔다.

목사[3]가 아침과 저녁으로 두 번 와서 조의를 표했다. 수정사(水精寺) 지자(智慈) 승려의 배가 관선과도 비교되지 않을 정도로 튼튼하고 빠르다며 목사는 병방(兵房)[4] 진무(鎭撫)[5]인 고익견(高益堅)과 오순(吳純)에

---

1 성종 19년, 1488년. 홍치는 명나라 효종(1488~1505)의 연호로 1488년 음력 정월 30일. 영역자 메스킬은 양력으로 1488년 2월 12일로 환산.

2 신시(申時)로 오후 3시에서 5시 사이. 하루를 열둘로 나누어 십이지(十二支), 즉 십이시(十二時)의 첫째 시간인 밤 11시부터 오전 1시 사이인 자(子)시로 시작하여 축(丑), 인(寅), 묘(卯), 진(辰), 사(巳), 오(午), 미(未), 신(申), 유(酉), 술(戌), 해(亥)시.

3 제주목(북제주군의 옛 행정구역)의 정3품 문관.

4 군사 업무를 담당하는 지방의 군영.

5 무관직.

게 명하여 그 배를 별도포(別刀浦)[6]로 가져가서 정박시키고 최부가 바다를 건널 준비를 하도록 하였다. 판관[7] 정전(鄭詮)이 군관(軍官) 변석산(邊石山)을 보내 조문을 했다.

윤달 1월 2일

날씨가 흐렸다.

아침 일찍 최부는 별도포의 후풍관(候風館)[8]으로 갔다. 정의현(旌義縣) 훈도(訓導)[9] 최각(崔角)과 향교(鄕校) 생도 김정린(金鼎璘)를 포함 20여 명, 내수사(內需司)[10]의 전회(典會)[11] 박중알(朴重幹)[12]과 최근(崔根)이 최부와 함께 걸어갔다. 그들이 15리쯤 갔을 때 목사가 급히 달려와 조문을 하였다.

---

6 제주 화북동에 있었던 화북포(禾北浦)의 별칭. 조선시대에 육지와 왕래할 때 이용했던 두 개의 작은 항구 중의 하나. 다른 하나는 조천포(朝天浦).
7 종5품의 관직.
8 관리들이 육지와 항해할 때 순풍을 기다리며 머물렀던 화북포구의 객사.
9 종9품으로 지방의 향교에서 교육을 맡아보던 직책.
10 궁중의 미곡, 포목, 잡화 및 노비 등의 사무를 관장하던 곳.
11 종7품으로 내수사 소속의 관직.
12 국역자 최기홍, 서인범 등과 북한의 김찬순은 박중간으로 표기했으나, 박원호는 박중알(朴重幹)로 표기했다. 일본의 동양문고가 소장한 한문본에는 알(幹)로 또렷하게 나와 있다.

별도포 전경: 최부는 부친의 부음을 듣고 일행 42명과 함께 별도포에서 출항했다. 국립제주박물관 제공.

이날 최부를 수행했던 정보(程保)와 김중(金重) 등은 왕이 탈 말을 기르는 목장을 점검하고, 관의 노비와 개인 노비, 떠돌이나 도망 온 사람들, 고관들이 부리던 지나친 수의 병졸[13], 양민(良民)으로 잘못 인정된 자들을 조사한 기록과 전주부(全州府)에서 가져온 제주 3읍의 17권의 장부와 제주 3읍에서 매년 올린 장부, 호적, 병적 서류의 1권 등[14]을 봉투에 넣어 봉하였다. 일행은 이들 서류를 목사의 관아에 넘겨주고 문서 목록을 받아 돌아왔다.

윤달 1월 3일, 최부 일행은 바다에서 표류했다.

구름이 끼고 비가 오락가락했다. 동풍이 약간 불고 바다는 짙푸르렀다.

대정현감(大靜縣監)[15] 정사서(鄭嗣瑞)와 훈도(訓導) 노경(盧警)이 최부가 상(喪)을 당했다는 소식을 듣고 급히 달려와 위로해 주었다. 최각(崔角)과 박중알(朴重斡), 왜학훈도(倭學訓導)[16] 김계욱(金繼郁), 군관 최중중(崔仲衆), 진무(鎭撫) 김중리(金仲理) 등 10여 명과 그 외에 학장(學長)[17]들

---

13 한문본에 반당(伴倘)으로 기재되어 있는데, 이는 왕자, 공신 등의 고관의 신변보호를 위하여 나라에서 내리던 병졸.
14 서류의 내용: 국역자 간에 이 구절에 대한 해석이 서로 다르다. 영역자 메스킬도 서류의 내용에 대해 영문 번역이 확실하지 않다고 그의 주에서 밝혔다.
15 종6품의 외관직. 종5품의 현령이 관할하는 현보다 작은 현의 으뜸 벼슬.
16 일본어 교육을 맡았던 종9품의 관직.
17 향교에서 교육을 담당하던 교원.

인 김존려(金存麗), 김득례(金得禮)와 교생(校生)[18] 20여 명이 최부와 일행을 포구에서 배웅했다.

김존려와 김득례는 최부가 나서는 것을 막아서며 말했다. "우리 늙은 이들은 바닷가에서 태어나 자랐기 때문에 뱃길에 대해 많이 알고 있습니다. 지금처럼 날씨가 흐리고 비가 오는 등 한라산의 날씨가 변덕이 심하면 바람은 반드시 바뀌기 때문에 배로 항해(航海)하는 것은 불가능합니다. 그 뿐만이 아닙니다. 가례(家禮)[19]의 '친상(親喪)[20]을 처음 들었을 때 예법' 조목의 주에서 이르기를, '하루 백리를 가되 밤에는 가지 않는다. 비록 비통이 크다 하더라도 피해는 막아야 한다'고 했습니다. 밤 여행이 온당치 않은데, 하물며 큰 바다를 건너다니 이는 신중치 못한 일이 아니겠습니까!"

좌중(座中)에서 최부에게 떠나기를 권유하는 이가 있는가 하면 만류(挽留)하는 이도 있었다. 해가 중천에 있었지만 그는 결정하지 못했다. 진무 안의(安義)가 "동풍이 알맞게 불고 있으니 떠날 수 있습니다"라고 하였다. 박중알과 최중중 등도 출발을 권했다. 마침내 최부는 작별을 하고 배에 올랐다.

~~~~~~~~~

18 향교의 생도.

19 주자가례(朱子家禮), 즉 주희의 가례로 집안에서 지키는 예법. 분상(奔喪) 제34 조목에, "奔喪之禮 始聞親喪 以哭答使者 盡哀問故 又哭盡哀 遂行 日行百里 不以夜行", 즉 분상의 예법으로 처음 부모 상을 들었을 때는 이를 알리러 온 사람에게 큰 울음으로 답하고, 슬픔을 다하면서 연고를 묻고, 다시 애통해 하며 운 다음에야 길을 떠나며, 하루 백리를 가되 밤에는 가지 않는다는 의미.

20 아버지나 어머니의 상.

일행이 노를 저어 5리쯤 갔을 무렵 군인 권산(權山)과 허상리(許尙理) 등이 최부에게 말했다. "오늘은 바람이 일다, 잦아들다 하고 먹구름과 안개가 잔뜩 밀려들다가 흩어지고 있습니다. 일기가 고르지 못하고 이처럼 거친 바다를 항해한다면 나중에 후회할 것입니다. 별도포(別刀浦)로 돌아가서 순풍을 기다리다가 다시 떠나시지요. 그래도 늦지 않을 것입니다."

안의가 말했다. "하늘의 기후는 사람들이 예측할 수 있는 것이 아닙니다. 곧 구름이 걷히고 맑은 하늘을 다시 볼지 어떻게 알겠습니까? 이 바다를 건너다가 민간의 배가 뒤집히고 가라앉는 경우가 잇따라 일어났지만 전 정의현감(旌義縣監) 이섬(李暹)[21]을 제외하고는 왕명을 받들었던 신하는 표류하거나 침몰한 적이 거의 없었습니다. 이는 모두 임금의 덕이 지극하여 하늘에 알려지기 때문입니다. 어차피 모든 사람들의 의견이 분분하여 이 문제가 절대로 풀리지 않을 것입니다. 어찌 우리가 출발했다가 다시 돌아가는 등 시간만 지체한단 말입니까?" 최부는 큰 소리로 배를 출범시키라고 지시했다.

일행이 막 대화탈도(大火脫島)를 지났을 때, 배 안의 모든 사람이 "만약 배가 거요량(巨要梁)[22]을 향해 바다를 가로질러 간다면 바람을 타고

---

21 제주 정의현감 이섬과 그 일행 47명은 1483년 2월 29일 제주를 출발했다가 추자도 근해에서 표류를 당해, 10일간 바다에서 표류한 끝에 중국 양주 장사진(長沙鎭)에 표착, 양주, 북경 등을 거쳐 귀국했다. 바다에서 표류하는 동안 일행 17명이 굶어 죽고 30명만이 근 6개월 만에 생환하였다고 『성종실록』에 기록되어 있다.

22 제주와 전라남도 해남 사이의 무인도 섬. 해남과 제주를 항해할 때는 삼재포(三才浦), 거요량, 추자도 등을 거쳤다고 한다.

추자도(楸子島)에 아주 빠르게 도착할 것이다"라고 말했다. 권산은 그들 말에 아랑곳하지 않았다. 그는 키를 움켜쥐고 바람을 따라갔다. 일행은 수덕도(愁德島)[23]를 지나 서쪽으로 갔다. 바다는 어두워지고 바람이 약해졌다. 비가 오기 시작했다. 일행이 추자도(楸子島)의 정박지에 가까워지자, 썰물이 매우 급해지고 하늘은 어두컴컴했다. 뱃사공들에게 노를 저으라고 독려하자, 그들 모두 심하게 투덜대며 말했다. "누구 잘못으로 이런 날에 우리가 항해를 시작했단 말이냐?" 그들은 반항심을 품고 있던 터라 명령을 듣지 않고 노를 잡으려고도 하지 않았다.

그러는 사이에 일행은 초란도(草蘭島)로 떠내려갔다. 그 섬 서쪽 해안에 닻을 내리고 정박(碇泊)했다. 밤 3경[24]에 허상리가 말했다. "이 섬은 동풍은 막고 있으나, 삼면이 트여 있습니다. 지금 바람은 북풍으로 바뀌고 있습니다. 저희는 진퇴양난에 빠질 수 있습니다. 더군다나 배는 처음 정박해 둔 곳에 있지 않습니다. 배가 점차 바다로 나가고 있습니다. 혹시 배를 잡아매둔 닻이 부서졌는지도 모릅니다. 이러한 상황에서는 닻을 들어올리고 앞으로 좀 가서 해안에 단단히 매어 두는 것이 상책입니다. 그런 다음 날이 밝기를 기다렸다가 노를 저어 추자도로 가면 될 것 같습니다."

닻을 올려 보니, 과연 부러져 있었다. 노를 저었지만, 일행은 해안에 가까이 가기는커녕 북풍에 떠밀려 의지할 데 없는 곳으로 흘러갔다. 비

---

23 추자도 남쪽에 있는 섬.
24 밤 11시에서 새벽 1시 사이.

는 계속 오고 그칠 줄 몰랐으며, 바람은 수면을 두드렸다. 파도에 따라 솟구치다 떨어지는 등 어찌해야 좋을지, 어디로 가야 할지를 몰랐다.

———

윤달 1월 4일, 최부 일행은 대양으로 떠밀려 가고 있었다.

비와 우박에다가 세찬 바람으로 바다는 날뛰었다. 무시무시한 파도가 하늘로 치솟으며 바다를 들끓게 하였다.

 돛은 갈기갈기 찢어졌다. 커다란 돛대 두 개가 요동치며 배는 금방이라도 가라앉을 것만 같았다. 최부는 초근보(肖斤寶)[25]에게 돛대를 도끼로 찍어 눕히도록 명령을 했다. 고이복(高以福)은 거적을 선미에 묶어 파도를 막았다. 한낮이 되어서야 비는 좀 잦아들었지만 동풍이 다시 크게 일었다. 배가 기우뚱거리며 요동치면서 바람 따라 표류했다. 최부는 순간 일행이 서해(西海)로 이미 들어섰음을 알아차렸다. 키잡이가 북동쪽으로 수평선 위에 탄환과 같은 섬을 가리키며 말했다. "아마 흑산도인 것 같습니다. 그 섬을 지나면 가도가도 섬은 없을 것입니다. 오직 물과 하늘이 끝없이 맞닿아 있을 것입니다."

———

25 초(肖)씨는 제주에 후손들이 집성촌을 이루며 살고 있었는데, 제주박물관 이애령 학예실장의 조사에 의하면 2000년대 오면서 대부분 사망하고 몽골 계통인 것을 숨기려고 조씨 혹은 소씨로 성을 바꿨다고 하며, 현재는 초씨 생존자는 제주에 한 분도 없다고 한다. 국역자 박원호는 초(肖)를 성씨로 읽는 경우, 소라고 읽는다고 했으나, 이는 잘못이 아닌가 싶다.

모두 어찌할 바를 몰라 배에 털썩 누워버렸다. 최부는 안의(安義)에게 군인들을 독려하여 배 안의 물을 퍼내는 한편 배를 수리하는 등의 일을 하도록 지시했다. 고회(高迴)²⁶라는 군인이 소리를 질렀다. "제주의 뱃길은 매우 험합니다. 그 뱃길로 왕래하는 사람들은 모두 몇 달씩 순풍을 기다립니다. 전의 경차관들도 조천관이나 수정사(水精寺)에서 무려 석 달이나 기다렸다가 출발한 적도 있습니다. 그런데 바람이 불고 비가 변덕스럽게 오는데도 이번 항해가 시작이 된 것입니다. 단 하루의 날씨를 예측하지 못하고 출발하여 이처럼 극한상황까지 왔습니다. 이렇게 된 것은 우리 모두가 자초한 것입니다."

다른 군인들도 "그렇소. 이처럼 바닷물을 끓여²⁷ 식수로 만들고 배를 고치느라 진을 뺀다 해도 우리는 결국 죽을 것이오. 힘을 쓰다가 죽느니보다는 차라리 편히 누워서 죽는 것이 나을 것이오." 하면서 모두 귀를 틀어막은 채 명령에 따르려 하지 않았다. 매질을 해도 그들은 일어나지 않으려고 했다.

옹졸하고 어리석은 송진(宋眞)이 매를 맞고는 성을 냈다. "이놈의 배

---

26 한문본의 회(迴)는 회(廻)와 같은 글자.

27 바닷물 증류: 원문에 취로(取露)라고 기재되어 있는데, 국역자 최기홍, 영역자 메스킬은 "물을 퍼내다"라고 해석했고, 중국의 거전자는 그의 점주본(点注本: 한문에 점을 찍고 주석을 달았음)에서 "로(露)"를 육지로 보고, "취로"를 "육지를 찾는다"라고 해석했으며, 국역자 박원호, 서인범 등은 이를 "바닷물을 증류시켜 식수를 만든다"라고 해석했다. 한편 『성종실록』 1월 20일자의 통신사 사행에 필요한 품목으로 "취로기(取露器: 액체를 증류하여 그 김을 받는 기구)"가 적혀 있는 것을 보면, 박원호, 서인범 등의 해석이 맞지 않나 싶다.

참 오래도 가는구나. 조만간 부서질 텐데 어서 부서졌으면 좋겠다!" 정보(程保)가 말을 했다. "제주 사람들은 겉보기에 어리석은 듯하면서도 속으로는 독하죠. 고집이 세고, 거칠며 거스르고 난폭하여 죽음을 가볍게 여깁니다. 그 때문에 이따위 말을 하고 있습니다." 최부 역시 틀림없이 익사할 것이라고 여겼다. 하늘의 도움을 받아 다행히 익사하지 않는다 해도 반드시 정처 없이 떠돌아다니다가 죽을 것이다. 대체 무슨 일을 할 수 있단 말인가? 최부는 군인들의 게으른 태도에 분개했다.

최부는 배 안에 있는 사람들을 점검했다. 배에는 종자(從者)[28]인 정보(程保), 김중(金重), 이정(李楨), 손효자(孫孝子), 최거이산(崔巨伊山), 막금(莫金), 만산(萬山) 및 제주목사가 보낸 진무(鎭撫) 안의(安義), 기관(記官) 이효지(李孝枝), 총패(總牌)[29] 허상리(許尙理), 영선(領船)[30] 권산(權山), 초공(梢工)[31] 김고면(金高面), 격군(格軍)[32]으로 김괴산(金恠山),[33] 초근보(肖斤寶), 김구질회(金仇叱迴), 현산(玄山), 김석귀(金石貴), 고이복(高以福), 김조회(金朝迴), 문회(文迴), 이효태(李孝台), 강유(姜有), 부명동(夫命同), 고내을동(高內乙同), 고복(高福), 송진(宋眞), 김도종(金都終), 한매산(韓每山), 정실(鄭實)과 호송군인 김속(金粟), 김진음산(金眞音山), 고회(高迴), 김송(金松), 고보종(高保終), 양달해(梁達海), 박종회(朴終回), 김득시(金得

---

28 수행원.
29 호송군의 우두머리.
30 선장.
31 키잡이.
32 뱃사공, 수부(水夫).
33 한문본의 괴(恠)는 괴(怪)의 속자(俗字).

時), 임산해(任山海), 그리고 관노(官奴)인 권송(權松), 강내(姜內), 이산(李山) 및 오산(吳山) 등이 있었다. 최부를 포함하여 모두 43명이었다.

최부는 안의를 불러 물었다. "나는 상을 당한 사람이네. 관원의 처지가 아닐세. 배에 사람들이 이처럼 많으니 마음이 몹시 편치 않네. 승선한 제주 사람들이 35명이나 되는데 어떻게 된 일인가?" 안의가 대답했다. "우리 목사가 많은 공을 들인 것은 경차관에 대한 의전을 갖추는 일이었습니다. 더욱이 큰 배를 움직이려면 많은 사람들의 역할이 필요한데다 뱃길이 멀어 울도(蔚島) 같은 곳에는 해적이 출몰하기 때문에 더욱더 호송을 엄하게 하지 않을 수 없습니다."

최부가 말했다. "신중하게 고른다면 적은 수의 선원 및 뱃길에 익숙한 사람들 만으로도 바다를 무사히 건널 수가 있을 것이다. 그런데 이 사람들은 모두 게으르고 사납기만 하네. 명단의 수만 불려놓았지 실은 실속이 없단 말일세. 배가 표류되어 우리 모두 죽는다면 이들이 있기 때문에 통곡의 수만 늘릴 뿐일세."

그런 다음 최부는 군인들을 큰 소리로 불러 말했다. "나는 초상[34]을 당해 급히 가고 있다. 잠시라도 지체할 수가 없었거니 출발을 재촉한 사람도 있었다. 자식으로서 촌각인들 늦출 수가 있겠는가? 나 때문에 여러분이 표류하게 되었으나 형편 또한 어쩔 수 없었다. 살기를 원하고 죽음을 싫어하는 것은 인지상정인데, 자네들이 어찌 살고 싶지 않겠는가?

---

34 사람이 죽어서 장사 지낼 때까지의 기간, 즉 상중.

배가 부서지거나 가라앉으면 그것으로 그만이야. 내 생각으로는 지금 배가 탈이 없고 단단하다. 쉽게 부서지지 않을 것 같으니, 바위섬에 부딪치지 않는다면야 배를 수리하고 물을 퍼내면 되네. 운이 좋아 바람이 잦아들고 파도가 잠잠해지면 다른 나라로 떠내려가 목숨을 구할 수 있을걸세. 여러분도 부모, 처자, 형제와 친척들이 있어 여러분이 살아 있기를 바라면서도 혹시라도 죽을지도 모른다는 걱정들을 하고 있을 것이다. 그런데도 너희들은 그들의 심정이나 너희 자신의 목숨에 대한 위험은 아랑곳하지 않고 나에게 책임이 있다는 이유로 일을 거부하고 있다. 이처럼 너희 스스로 죽음을 자초하고 있으니 이 얼마나 어리석은 일인가?"

허상리 등 10여 명이, "군인은 고집이 세고 무식한 사람들의 무리들입니다. 그래서 이처럼 말이 통하지 않습니다. 그러나 사람마다 각자 생각이 있습니다. 저희는 죽을 때까지 있는 힘을 다할 것입니다"라고 하였다.

밤 사이에 비바람은 멈추지 않았다. 파도가 엄청났다. 파도가 선수와 선미로 밀려들었다. 물이 밀려드는 대로 최부와 그 일행은 물을 퍼냈다. 밤 2경[35]이 되었을까 할 무렵, 무시무시한 파도가 불어나더니 봉옥(篷屋)[36]을 덮쳤다. 배는 반쯤 물에 잠겼다. 옷가지와 짐꾸러미는 흠뻑 젖었으며, 매서운 추위는 뼛속까지 파고들었다. 일행의 운명이 촌각(寸刻)에 달려 있었다. 최부는 이정의 손을 잡고 정보의 무릎을 베고 드러누웠다. 김중과 손효자는 최부의 양 옆에 있었다. 이처럼 일행은 이곳저곳에 널

---

35 밤 9시부터 11시 사이.
36 대나무나 짚으로 거적을 만들어 지붕을 씌운 방.

브러진 채 죽기만을 기다렸다. 옆에 있는 사람이 목을 매 죽으려고 하자 이정이 목에 맨 끈을 풀었다. 오산이었다. 최거이산, 막금 등이 물을 퍼내느라 있는 힘을 다하였다. 그러나 물이 수그러들 것 같지 않았다.

최부는 배가 아직 튼튼하지만 위로 밀려들고 틈으로 새어 들어오는 물을 퍼내지 않는다면 앉아서 기다리다가 가라앉을 것이라고 생각했다. 그러나 물을 퍼내면 생존할지도 모를 일이었다. 최부는 가까스로 일어났다. 권송을 큰소리로 불러 부싯돌로 불을 지피고 거적을 말아 그것들에 불을 붙였다.[37] 그는 또한 직접 초근보, 고복, 김고면 등에게 소리쳐 물 새는 곳을 샅샅이 찾아서 막도록 하였다. 그런 다음 최부는 옷을 벗어 권산, 김고면, 최거이산, 김괴산과 허상리 등에게 나누어 주며 독려하였다. 정보, 김중과 손효자 역시 자신들의 옷을 벗어 군인들에게 나누어 주었다. 김구질회, 문회, 김도종, 한매산과 현산은 감격하여 죽을 힘을 다해 배에서 물을 모두 퍼냈다.

그들이 배에서 물을 거의 다 퍼내 배가 겨우 안전하다 싶었는데, 숨돌릴 사이 없이 배가 다시 바위섬으로 들어갔다. 북새통에 권산이 배는 운전하고 있었지만 자신이 어디를 가고 있는지 알지 못했다. 허상리와 김구질회는 삿대를 움켜잡았으나 소용이 없었다. 다행히도 바람에 의해 떠밀리는 통에 난파는 피하였다.

---

37 한문본의 홍(烘)은 화톳불 홍으로 불을 때다, 말리다, 비추다는 뜻. 영역자 메스킬은 "홍"을 말리다는 뜻으로 보아 "부싯돌로 불을 지펴, 거적을 말아 말렸다"라고 해석했고, 국역자들은 "거적을 말아 거적에 불을 붙였다"라고 해석했다.

윤달 1월 5일, 최부 일행은 대양에서 표류했다.

짙은 안개 때문에 시야가 잘 보이지 않았다. 지척에 있는 사물도 분간할 수 없었다. 비는 장대같이 쏟아졌다. 밤이 되어서야 빗줄기는 차츰 잦아들었다.

산이 밀려오듯 파도는 무시무시했다. 성난 파도 때문에 배가 하늘로 치솟았다가 아래로 떨어질 때는 마치 심연(深淵)에 떨어지는 듯했다. 파도가 일며 굉음을 내며 부딪치는데 그 소리는 천지를 찢는 듯했다. 눈 깜짝할 사이 일행 모두 물에 빠져 썩어버릴 것 같았다.

눈물을 훔치면서, 막금과 권송이 최부에게 말했다. "사정이 위급합니다. 옷을 갈아입고, 죽음을 기다리시죠." 그는 그들이 말하는 대로 했다. 그는 인신(印信)과 마패(馬牌)를 가슴에 품고, 상관(喪冠)과 상복(喪服)을 입었다. 최부는 애타는 마음으로 두 손을 모으고 하늘에 빌었다.

"이 세상에서 저는 오직 충효와 우애만을 근본으로 삼아왔습니다. 마음으로라도 남을 속인 일이 없었습니다. 저는 아무런 잘못을 저지르지 않았으며, 누구도 살해한 일이 없습니다. 저 멀리 위에 계시지만, 하늘이시여, 이를 알고 계실 것입니다. 이제 다시 저는 임금의 명을 받아 나왔다가 부친상을 당하여 급히 집으로 가던 중이었습니다. 제가 무슨 죄가 있어 책임을 져야 하는지를 알지 못하고 있습니다. 죄를 지었다면 저에게만 벌을 내려 주소서.

아무 죄가 없는 40여 명이 저와 함께 물에 빠져 죽게 되었는데 그토록 자비가 없으십니까? 하늘이시여, 이 불쌍한 사람을 가여워 하신다면, 바람을 바꾸시고 파도를 잠잠하게 하여 주소서. 이 세상에 살아 돌아가 얼마 전 돌아가신 아버님을 선산(先山)에 모시고, 노모를 봉양(奉養)하도록 하여 주소서. 다행히도 궁궐 앞에 몸을 굽힐 수가 있다면, 그런 후 만 번의 죽음이라도 진실로 감수하겠나이다."

최부가 말을 끝내기도 전에 막금이 와락 그를 껴안으며 흐느꼈다. "평생 고락을 같이한 가족들이 이 한 몸에 의지했습니다.[38] 마치 열 명이나 되는 눈먼 사람들이 한 지팡이에 기대해 살아 왔습니다. 지금 이 지경이 되었으니 다시는 가족을 보지 못할 것입니다." 그는 가슴을 치고 발을 구르며 통곡했다. 배리 이하도 슬피 울면서 두 손을 모아 하늘의 가호를 빌었다.

‗‗‗‗‗‗

윤달 1월 6일, 최부 일행은 대양에서 표류했다.

날씨가 흐렸다. 바람과 파도는 좀 잦아들었다.

최부는 우선 김구질회 등에게 지시하여 찢어진 거적을 수선하여 돛을, 삿대를 세워 돛대를, 전에 쓰던 돛대의 밑동을 쪼개어 닻을 만들도

---

38 국역자 박원호는 "이 분에게 기대기를"이라고 해석하여 최부를 지칭한 것 같으나, 이는 잘못된 해석이 아닌가 싶다.

록 했다. 일행은 바람을 따라 서쪽으로 갔다. 최부는 큰 파도 사이에 무엇인가가 눈에 띄었는데, 그 크기를 알 수 없었다. 수면 위로 보이는 부분은 마치 집의 기다란 문간방과 같았다. 그 물체가 내뿜는 거품은 하늘로 솟았고 파도를 어지럽혔다. 키잡이가 손을 저으며 일행들에게 말을 하지 않도록 주의를 주었다. 배가 멀리 간 뒤에야 그가 소리 질렀다. "그건 고래요. 큰 놈은 배를 삼킬 수도 작은 놈은 배를 엎어 버릴 수도 있소. 마주치지 않은 것은 다행이오. 우린 다시 살았소."

밤이 되자 풍랑이 다시 거세졌다. 배의 속도가 매우 빨라졌다. 안의가 "전에 들은 말로는 바다에 아주 탐욕스러운 용왕이 있다고 합니다. 짐꾸러미 등을 바다에 던져 제사를 지내 화를 면하도록 합시다."

최부는 응하려고 하지 않았다. 배에 있는 모두가 말했다. "몸이 있은 연후에 물건이 있는 법입니다. 이런 물건들은 모두 몸 이외의 것들이요." 그들은 서로서로 앞다투어 옷가지, 무기, 철기와 양식 등을 뒤져내 바다에 던졌다. 최부는 막을 길이 없었다.

윤달 1월 7일, 최부 일행은 대양에서 표류했다.

날씨가 흐렸다. 바람은 사납고 큰 파도가 일었다. 바다는 흰빛을 띠고 있었다.

정의 현감 채윤혜(蔡允惠)가 "하늘이 맑게 갠 날 한라산 정상에 올라 멀리 서남쪽 바다 밖을 바라보면 백사장이 있는 것 같다고 제주 노인들이 말을 하더라"라고 했었는데, 지금 보니 그들이 보고 말한 것은 흰 모래가 아니라 바로 이 백해(白海)를 두고 말한 것 같았다.

최부는 권산 등에게 말했다. "고려 때의 일이네만, 자네 제주 사람들이 원나라에 조공[39]할 때 명월포(明月浦)[40]에서 순풍을 만나 직항로로 백해를 거쳐 일곱 날 밤낮으로 대양을 건넜다네. 그런데 지금 우리가 바다에서 표류하는 길이 바로 가는 길인지 아니면 길을 잘못 들어섰는지 알 수가 없네. 우리가 다행히도 백해로 들어섰다면 중국 해안에 가까워지지 않았나 생각이 드네. 만약 중국[41] 땅에 닿는다면 중국은 우리 부모의 나라일세. 바로 지금 우리의 생사는 하늘에 달려 있는 것이네. 바람의 방향 역시 하늘의 뜻일세. 지금 동풍이 여러 날 지나도 변하지 않는 것을 보면 아마도 하늘이 우리를 살리고 있지 않나 하는 생각이 드네. 너희는 각자 힘이 닿는 한 맡은 일에 힘쓰고 하늘이 정한 운명을 받아들이도록 하게나."

저녁이 되자 바람은 다시 동풍에서 북풍으로 바뀌었다. 권산은 여전

---

39 영역자 메스킬은 이를 두고 『표해록』 한문본의 "조대원(朝大元)"을 인명으로 잘못 해석했다.

40 제주도에 소재한 명월포는 고려 때 목장을 관리하던 몽골인들이 반란을 일으켰을 때 최영 장군이 상륙했던 곳이며, 삼별초가 거점을 제주로 옮길 때 상륙했던 곳이라 한다.

41 China에 대한 어원은 중국의 통일 왕조였던 진(秦)나라의 중국어 로마자 표기 Qin에서 유래되었다는 설이 유력하다. 한편 중국이라는 용어는 상서(尙書, 즉 서경) 등 중국의 고문헌에 나타나는데, 주(周)나라 민족이 다른 민족, 즉 남쪽 민족인 만(蠻), 동쪽 민족인 이(夷), 서쪽 민족인 융(戎), 북쪽의 적(狄) 민족과 구분하여 중앙에 거주하고 있는 민족이라는 문화적 개념으로 해석하고 있다. 최부가 표착(漂着)했던 국가는 명(明)나라임에도 『표해록』에 중국이라는 국가명이 등장하는데, 조선의 사대부들은 중국의 잦은 왕조(王朝) 이름의 변천이 있었지만 중국이라고 불렀던 것 같다.

히 키의 손잡이를 잡고 서쪽으로 나아갔다. 아직 한밤중이 되지 않았을 때 사나운 파도가 거칠게 솟았다. 파도가 다시 거적 가리개 위로 부서졌으며 사람들의 머리와 얼굴을 후려쳤다. 모두 눈을 뜰 수가 없었다. 선장과 키잡이는 슬피 통곡할 뿐 어찌할 바를 모르고 있었다. 최부 역시 죽음을 면치 못할 것을 알았다. 그는 홑이불을 찢어 몸을 여러 번 둘러 감은 다음 횡목(橫木)에 단단히 묶었다. 사후에 시신이 배에서 오래도록 떨어져 나가지 않도록 하기 위해서였다.

막금과 최거이산은 흐느꼈다. 둘 다 최부를 껴안고 말했다. "죽어도 같이 죽읍시다." 안의도 큰 소리로 울면서 말했다. "짠물을 들이켜고 죽느니보다는 스스로 죽는 편이 낫겠소." 그는 활시위로 목을 매려 하였으나 김속이 그를 구했다. 그러자 최부는 선장과 키잡이를 불러 물었다. "배가 깨졌는가?", "아닙니다.", "키가 유실되었느냐?", "아닙니다." 다시 최거이산에게 돌아서며 말했다. "파도는 험하고 사태는 심각하지만 배는 아직도 견고하네. 쉽사리 부서지지는 않을걸세. 우리가 계속 끝까지 물을 퍼낼 수만 있다면 우리 목숨은 구할 수가 있네. 자네는 몸이 건장하니 어서 가서 물을 퍼내도록 하게."

그의 명령을 듣자마자, 최거이산은 물을 퍼내려고 했으나, 물을 퍼낼 만한 도구가 다 부서지고 없었다. 고함을 질러도 소용이 없었다. 그러자 안의가 작은 북의 가죽을 칼로 찢어 양동이를 만든 다음 이를 최거이산에게 주었다. 최거이산, 이효지, 권송, 김도종 및 현산이 온 힘을 다하여 물을 퍼냈다. 물이 무릎까지 올라왔다. 손효자, 정보, 이정과 김중은 직접 물을 퍼내기도 하고 김구질회를 포함하여 일고여덟 명의 군인들을 독려도 하였다. 번갈아 가면서 물을 모두 퍼냈다. 가까스로 침몰만은 면할 수 있었다.

───────

윤달 1월 8일, 최부 일행은 대양에서 표류했다.

날씨가 흐렸다. 한낮이 지나자 다시 서북풍이 강하게 불었다.

배는 뒷걸음질을 치며 동남쪽으로 가고 있었다. 일행은 밤새 나아갔다.

최부는 권산, 김고면과 고이복에게 말했다. "자네들이 키를 잡고 배를 가누고 있으니 어디로 가고 있는지는 알아야 하지 않겠나. 내가 전에 지도를 본 일이 있었는데, 흑산도에서 북동쪽으로 가면 바로 충청도나 황해도의 경계가 되네. 정북쪽은 평안도, 요동 등지에 이르고, 북서는 우공(禹貢)[42]에 나오는 옛 청주(青州)[43]와 연주(兗州)[44] 지방, 정서 방향은 서주(徐州)와 양주(楊州)[45]라네. 송나라는 고려와 왕래할 때 명주(明州)[46]에서 출발하였는데, 명주는 바로 양자강 남쪽이네. 서남쪽은 옛날 민(閩)나라 땅으로 지금의 북건로(福建路)[47]이고, 서남쪽을 향해 남쪽

~~~~~~~

[42] 고대 중국의 지리서.

[43] 산동성 일부.

[44] 산동성과 하북성의 일부.

[45] 지금은 양주(揚州)로 표기되고 있다.

[46] 현 영파(寧波)의 옛 이름.

[47] 노(路)는 북송(北宋) 시기 복건의 행정구획으로 명나라의 성(省)에 상당.

으로 가다가 서쪽으로 가면 바로 섬라(暹羅)[48], 점성(占城)[49], 만랄가(滿刺加)[50] 등 여러 나라가 있네. 정남쪽에는 크고 작은 섬들로 된 유구국(琉球國)[51]이 있고 정남쪽을 향하다가 동쪽으로 가면 바로 여인국(女人國)[52]과 일기도(一岐島)[53]가 있으며, 정동쪽에는 일본과 대마주(對馬州)[54]가 있네. 지금 우리는 표류되어 닷새 동안 밤낮으로 서쪽으로 가고 있네. 중국 땅에 거의 닿았다고 생각하네만 불행하게도 이 북서풍을 만나 남동쪽으로 역행하고 있으니 만약 유구국(琉球國)이나 여인국(女人國)에 도착하지 않는다면, 천해(天海)를 넘어 은하수[55]로 나가게 되어, 끝이 없을 것일세. 그렇다면 우리는 어떻게 되겠는가? 자네들은 내가 한 말을 명심하여 키를 똑바로 잡고 가야 하네."

권산 등은 "해와 달과 별로 가늠할 수 있는 청명한 날에도 뱃길을 잡기가 어려운데, 흐린 날씨가 계속되어 새벽이나 저녁은커녕 낮과 밤을 파악하기조차 어렵습니다. 단지 바람의 변화만으로 동서남북을 짐작할

---

48 지금의 태국.

49 베트남의 남부.

50 말레이 반도 서남부.

51 현 오키나와의 옛 이름.

52 중국의 『이역지(異域志)』의 여인국(女人國)편에 의하면 동남해상에 위치한 고대 부기(Bugis)족의 여권지상(女權至上)의 모계사회로 여인국이라 기재되어 있다. 부기족의 거주지는 지금의 인도네시아 South Sulawesi 섬이다.

53 일기도는 일본 규슈(九州) 마쓰우라(松浦) 반도 북서쪽에 위치하고 있으며 조선에 해마다 조공을 보냈다고 했다. 한문본에 표기된 일기도의 기(歧)는 岐와 같은 자.

54 대마도는 옛날부터 한일 양국의 중계지 역할을 했다. 왜구가 이곳을 근거지로 삼아 출몰을 일삼자 세종 때에 원정을 한 바가 있다.

55 한문본의 운한(雲漢)은 은하수를 지칭.

수 있는 판에 어떻게 올바른 방향을 분별할 수 있겠습니까?" 하며 머리를 맞대고 모여 앉아 통곡했다.

윤달 1월 9일, 최부 일행은 바다에서 표류했다.

하늘에는 조각구름이 점점이 떠 있었다. 바다는 더욱 흰빛을 띠고 있었다.

이제까지 파도가 오랫동안 배를 세차게 쳤기 때문에 뱃머리의 횡목, 키의 꼬리와 뱃전의 세 판자가 찢어질 듯이 흔들거렸다. 게다가 물이 계속 새어 들어와서 배는 금방이라도 부서질 것 같았다. 초근보, 김고면과 허상리는 닻줄을 끊어 배의 뱃머리와 선미를 동여맸고, 나무를 깎아 배를 보수했다. 그들은 서로 바라다보며 통곡하면서 말했다. "우리가 배를 수리하는 데 온 힘을 기울이지 않는 것은 아니지만, 근 열흘간이나 굶주리고 목이 말라 고통을 받고 있소. 눈에 보이는 것은 없고 수족은 마비되었소. 몸을 지탱하지 못해 힘도 다 쓸 수가 없소. 배를 고친다 하더라도 튼튼하게 고칠 수도 없소. 어찌해야 한단 말인가?" 그러는 사이 갈매기 떼가 날며 지나갔다. 갈매기 떼를 보자 배 안에 사람들이 들떠서 말했다. "물새는 바다에서 낮에는 놀다가 밤이면 섬에서 잔다고 들어왔다. 운 좋게도 이 새들을 보니 섬이 멀리 있을 리가 없다."

최부가 말했다. "갈매기는 한 종류만이 아니네. 강이나 호수의 모래 사장 주위에서 부침하는 녀석이 있다네. 그 녀석들이 바다의 갈매기라면 망망한 바다에서 떼를 지어 조류를 따라 날아다닌다네. 대개 3월 바람이 불면 모래사장이나 섬으로 돌아온다네. 지금은 1월이니 바로 이 시기에 갈매기가 큰 바다에서 떼를 지어 난다." 최부가 말을 끝내기도 전에 몇 쌍의 가마우지가 날며 지나갔다. 최부 역시 섬이 가까워진 게 아닌가 하는 생각이 들었다.

한낮이 되어 일행은 남쪽을 바라보았다. 뭉게구름이 피어 오르고 희미하게나마 산 같은 것이 있었다. 또한 인가가 있는 기미가 있었다. 최부는 그곳이 유구국의 해안이라고 짐작했다. 일행은 그곳으로 가서 정박하려 했는데 삽시간에 동풍이 강하게 일어, 배는 다시 서쪽으로 나아갔다. 밤이 되자 바람이 세차게 불어댔다. 배는 마치 나는 듯이 내달렸다.

윤달 1월 10일, 최부 일행은 대양에서 표류했다.

비가 오고, 전날과 마찬가지로 동풍이 불고 있었다. 한낮이 지나서 바다는 다시 청색을 띠었다.

앞서 제주에서 출발했을 때 선원들이 무지한 탓으로 식수를 작은 거룻배에 싣고 따라오게 하였다. 그런데 폭풍에 표류된 후에 떨어져나가 그 배를 놓쳐버리고 말았다. 배 안에는 한 통의 식수도 남아 있지 않았다. 물을 끓이거나 밥을 지을 수도 없어 먹거나 마실 만한 것이 하나도 있지 않았다. 어찌 해볼 도리가 없었다. 권송이 최부에게 말했다. "배 안의 누군가가 잘 익은 감귤과 청주를 가져와 마구 먹어 없애고 있습니다. 그것들을 거두어 배 위의 창고에 옮겨 보관한다면 갈증을 풀 수 있습니다."

최부는 최거이산에게 지시하여 배 안의 모든 짐꾸러미를 샅샅이 조사하도록 시켰더니, 감귤 50여 개와 술 두 동이가 나왔다. 최부가 손효자에게 말했다. "배에 함께 있으면 호(胡)나 월(越)의 사람들도 한마음이다.[56] 하물며 우리는 모두 한 나라 사람이요, 같은 골육이 아닌가? 살게 되면 같이 살고, 죽어도 같이 죽게 되네. 감귤 한 조각과 술 한 방울은 천금과 같다. 따라서 자네가 맡아 선내에 있는 사람의 극심한 기갈을 해소하는 데 이것들을 사용할 수 있도록 하나도 낭비하지 말도록 하는 것이 좋겠다."

손효자가 사람들을 살핀 후, 입술이 타고 입이 바싹 마른 사람에게 얼마의 감귤과 술 몇 모금을 주어 먹고 마시게 하였다. 혀만 축이는 만큼만 나눠 줬다. 며칠이 지나자 감귤과 술이 떨어졌다. 어떤 이들은 마른쌀을 잘게 씹기도 하고 오줌을 손으로 받아 마시기도 하였다. 오래지 않아 오줌마저도 잦아 버렸다. 가슴이 건조하고 타서 말도 나오지 않아, 거의 죽은 거나 다름이 없었다.

그때 비가 내렸다. 차양(遮陽)의 가장자리를 손으로 쳐들고 빗방울을 받는 자가 있는가 하면 갈모[57]나 솥으로 빗방울을 받는 자도 있었다. 또

---

56 동주즉호월일심(同舟即胡越一心): 멀리 떨어진 중국 북쪽의 호와 남쪽의 월 사람들도 한 곳에 모이면 한마음이라는 의미, 즉 고향이 다르고 서먹서먹한 사람들도 같은 배를 타면 한집안 사람들이라는 뜻.

57 비가 올 때 갓 위에 쓰던 고깔 비슷한 물건.

어떤 자는 돗자리를 구부려 물을 받기도 하고, 종이노끈을 돛대와 노에 묶어 뚝뚝 떨어지는 빗물을 받는 자도 있었다. 물 몇 모금을 얻으려고 혀로 핥았다.

안의가 말했다. "옷을 빗물에 적시게 한 다음 젖은 옷을 짠다면 실로 많은 물을 얻을 수 있습니다. 그런데 선원들의 옷이 모두 짠물에 젖었습니다. 설령 옷가지를 비에 적셔 물을 얻는다 해도 마실 수가 없습니다. 실상이 이러하니 어찌할까요?"

그러자 최부는 간직해 둔 옷 두서너 벌을 꺼냈다. 그는 최거이산에게 옷을 비에 적시게 한 다음 그 물을 짜서 저장하도록 지시했다. 두서너 병이나 되었다. 최부는 김중에게 지시하여 숟가락으로 물을 나누어 선원들이 마시도록 하였다. 김중이 숟가락을 들자 선원들은 입을 크게 벌렸다. 마치 제비 새끼가 먹이를 기다리는 듯한 모습이었다. 그런 후에야 그들은 처음으로 혀를 움직일 수 있었고 트림도 나왔다. 좀 생기를 찾는 듯했다.

윤달 1월 11일, 최부 일행은 바다에서 표류했다.

날씨가 흐렸다.

동이 튼 직후 어느 섬에 도착하였는데, 깎아지른 듯한 바위 절벽이 솟아 험준하게 보였다. 바다는 거칠었으며, 파도는 세차게 바위에 부딪쳐 위로 한두 길 가량 치솟아 올랐다. 배는 파도를 따라 그 곳으로 곧장 들어가고 있는데 산산조각이 날 정도로 위기에 처했다. 권산은 큰 소리로 울부짖으며 배를 돌리려고 안간힘을 다 썼다. 손효자와 정보 역시 돛 끝의 줄을 움켜잡고 풍파를 보아가면서 당기거나 놓아주었다. 그때 물이 바다에서 섬으로 들어가고 바람은 섬에서 바다로 불었다. 배가 바람을 따라 가다가 되돌아 오는 통에 화를 면했다.

저녁에 어느 큰 섬에 도착했다. 그 섬 역시 절벽과 가파르게 솟은 암석이 있었다. 그들이 배를 정박하려고 했으나 댈 수가 없었다. 한 뱃사공이 옷을 벗고 물속에 뛰어들어 배를 끌어당겼다. 그는 해안으로 기어 올라가 배를 단단히 묶었다. 사람들이 기뻐 날뛰며 앞다투어 뛰어내린 후 개울을 찾아 물을 손으로 떠서 마셨다. 개울에서 물을 지고 와서 밥을 지으려고 하였다.

최부가 주의를 환기시켰다. "굶주림이 극도에 이르면 오장이 붙어버리네. 갑자기 배부르게 먹으면 분명 죽음을 면치 못할 것일세. 먼저 미음을 끓여 마신 다음 죽을 쑤어 먹는 것이 좋을 것 같네." 그들은 죽을 끓여 허기를 달랬다. 섬에서는 바람을 피할 곳이 없었기 때문에 밤에 배를 풀어 떠났다.

윤달 1월 12일, 최부 일행은 영파부(寧波府) 경계(境界) 근처에서 해적을 만났다.

날씨가 흐리고 비가 오락가락하였다. 바다는 다시 흰빛을 띠었다.

신시(申時)[58]에 어느 큰 섬에 이르렀는데, 마치 병풍이 늘어선 듯했다. 바다를 한참 바라보니, 두 척의 배가 눈에 보였다. 둘 다 거룻배[59]를 달고 있었다. 그 배들은 최부의 배를 가리키며 바로 일행을 향해 다가왔다.

정보 등이 최부 앞에 빙 둘러 무릎을 꿇고 앉아 말했다. "모든 일에는 원칙과 임시방편이 있습니다. 방편으로 상복을 벗고 사모(紗帽)와 단령(團領)[60]을 입어 관리의 위엄을 보이시죠. 그러지 않으면, 그들이 우리를 해적으로 알아보고 욕을 보일 것입니다." 최부가 답변을 했다. "우리가 이제까지 바다에서 표류한 것은 하늘의 뜻이네. 우리가 여러 번 죽을 고비를 겪으면서 다시 살아난 것도 하늘의 뜻이네. 이 섬에 도착하여 이 배들을 만난 것도 하늘의 뜻이네. 하늘의 이치는 곧은 것이네. 어찌 속임수로 내가 하늘과 사람들을 거스르겠는가?"

잠시 후 배 두 척이 접근하여 최부의 배와 마주했다. 배에는 각기 10여 명의 사람들이 있는데, 모두 검은 솜바지에 짚신을 신고 있었다. 머리를 수건으로 감싼 사람들도 있고 대나무 잎으로 만든 삿갓에 야자나

---

58 오후 3시에서 5시 사이.
59 돛이 없는 작은 배.
60 깃을 둥글게 만든 조선시대의 관복, 예복.

무 껍질로 만든 도롱이[61]를 걸친 사람들도 있었다.

그들은 소란을 피우면서 큰 소리로 지껄였다. 온통 중국말이었기 때문에 최부는 그들이 중국 사람들이라고 판단했다. 최부는 정보를 시켜 종이에 글을 적어 보냈다. "나, 최부는 조선국(朝鮮國)의 신하로 바다에 있는 한 섬으로 가라는 왕명을 받들었소. 아버지 분상(奔喪)[62] 차, 바다를 건너다가 바람에 표류되어 여기까지 이르렀소. 여기가 어느 나라, 어느 지역인지 모르겠소."

잠시 후 회답이 왔다. "이곳은 대당국(大唐國)[63] 절강(浙江) 영파부(寧波府) 지방이오.", "당신네 나라로 돌아가고 싶거든, 먼저 대당에 가는 것이 좋을 것이오." 정보는 손으로 입을 가리켰다. 그러자 그 사람들은 물 두 통을 가져와 일행에게 주었다. 그들은 노를 저어 동쪽으로 사라졌다.

최부는 선원에게 배를 한 섬에 정박시킨 후 피신할 곳을 찾도록 명령했다. 또 다른 배 한 척이 거룻배를 달고 왔는데, 군인 일고여덟이 타고 있었다. 그들의 옷과 말은 앞서 만났던 사람들과 같았다. 최부의 배로 와서 물었다. "당신들은 어느 나라에서 왔소?"

---

61 짚 따위로 만들어 옷에 걸치는 비옷.
62 먼 곳에서 부모가 돌아가신 소식을 듣고 급히 집으로 돌아가다.
63 당시는 명나라인데, 당나라라고 부르는 이유는 3월 8일 최부와 중국 관리의 문답에 설명되어 있다. 즉 중국 관리는 그렇게 부르는 이유는 당나라 때부터 불러오던 습관에서 비롯된 것이라고 설명하고 있다.

최부는 다시 정보를 시켜 전처럼 다시 대답하게 했다. 그런 후 물었다. "여기가 어느 나라 땅이오?" 그 사람들이 섬을 가리키며 말했다. "이곳은 대당(大唐) 영파부(寧波府) 하산(下山)이오. 바람과 물길이 좋다면 이틀이면 돌아갈 수 있소."[64] 최부가 말했다. "우리는 다른 나라에서 온 사람들로 폭풍을 만나, 여러 번 죽을 고비 끝에 다행히도 대국(大國)의 땅에 닿게 되었소. 죽었다가 살아나서 기쁘오."

그러면서 최부는 그의 이름[65]을 물었다. 한 사람이 대답을 했다. "나는 대당(大唐)의 임대(林大)요. 당신이 대당국에 가려거든 내가 데려다 줄 것이오. 금은보화가 있거든 내놓으시오." 최부가 대답했다. "나는 공무를 수행하는 관원으로, 상인이 아니오. 더욱이 표류하여 이곳저곳 떠다닌 터라 어찌 보화가 있을 수 있겠소?"

그런 후 최부는 쌀을 덜어 그에게 주었다. 그 사람은 받고 나서 말했다. "이 산에 배를 대려거든 북서풍을 무서워할 필요는 없소만, 남풍은 좋지 않으니 나를 따라와 배를 정박시키시오." 그는 최부의 배를 한 섬의 정박지로 안내했다. 그가 말했다. "여기, 이곳이 정박시킬 만한 곳이

---

64 한문본에 "이일가회거(二日可回去)"라고 되어 있는데, "可回去"를 두고 국역자 최기홍은 "육지에 닿을 수 있다", 서인범 등은 "조선으로 돌아갈 수 있다", 박원호는 "돌아갈 수 있다"라고 해석했다. 한편 영역자 메스킬은 "return home", 즉 "본국으로 돌아갈 수 있다"로 해석했다.

65 한문본에 "거성명(渠姓名)"으로 되어 있는데, 거(渠)를 국역자 최기홍은 "우두머리 이름", 영역자 메스킬은 "그들의 이름(their names)", 중국의 거전자와 다른 국역자는 3인칭 "그(他)"로 해석했다. 중국의 문헌에 의하면 "거(渠)"는 "그, 그녀, 그것"을 의미하는 인칭대명사로 절강성의 대부분 지방에서 사용되는 방언이라 했다.

오." 최부는 그가 말한 대로 했다. 최부 일행은 가서 배를 정박시켰는데, 과연 바람이 없었다. 섬으로 둘러싸여 있는 장소로 배를 은신시킬 수 있는 곳이었다. 서쪽 해안에는 두 채의 초가집이 있는데, 생선을 소금에 절여 저장하는 사람의 집[66]인 듯했다.

그 사람들은 그 초가집 밑에 배를 잡아맸다. 최부의 선원들은 계속되는 굶주림, 갈증에 극도로 시달리고 오랫동안 자지 않고 고생스럽게 일한 끝에 마침내 음식을 얻어 먹고 바람이 잦아든 곳에 배를 정박시켰다. 그런 후 그들은 노곤한 나머지 배 안에서 서로 널브러져 엉킨 채 잠에 곯아떨어졌다.

밤 2경[67]에 임대(林大)라고 밝혔던 자가 무장한 20여 명의 패거리를 거느리고 왔는데, 창을 든 자도 있고, 작두를 지닌 자도 있었으나, 활과 화살은 없이 횃불을 들고 있었다. 그들은 최부의 배 안으로 마구 들이닥쳤다. 해적의 두목이 글로 써서 말했다. "나는 관세음이다. 너희 마음속을 꿰뚫어 보고 있다. 너희가 금과 은을 가지고 있으니, 뒤져봐야겠다."

최부가 대답했다. "금은은 우리나라에서 나지 않는다. 애초부터 아

---

66 한문본에는 "포작간가(鮑作干家)"라고 되어 있는데, 국역자 최기홍은 생선포를 뜨는 집, 국역자 박원호는 우리말인 "보자기", 즉 "바닷물 속에 들어가 해물을 채취하는 사람의 집, 서인범 등은 말린 고기를 만드는 집"으로 해석했다. 한편 영역자 메스킬은 "생선을 소금에 절이는 집"으로 해석했다. 중국의 문헌에는 포어(鮑魚)가 소금에 절인 생선으로 나와 있다.

67 밤 9시에서 11시.

예 그런 것을 가져오지 않았다." 해적의 두목이 말했다. "당신이 관리라면 어찌 가져오지 않았겠는가? 봐야겠다." 애당초부터 최부, 정보, 이정, 김중과 손효자는 육지와 제주 간을 항해할 때 얼마나 걸릴지를 몰라 사철 옷가지 몇 벌만 가지고 출발했던 것이다. 그 해적 두목은 무리에게 최부와 일행의 짐을 샅샅이 뒤지도록 소리친 다음 식량과 다른 소지품을 찾아내 배에 실었다. 그들이 남겨 놓은 것이라고는 바닷물에 흠뻑 젖어 있는 옷가지와 서책뿐이었다.

해적 중에서도 애꾸눈인 녀석이 특히 못되게 굴었다. 정보가 최부에게 말했다. "해적이 처음 왔을 때 좀 얌전한 듯했습니다. 우리가 나약함을 알자 그 녀석들은 점차 본색을 드러내게 된 것이죠. 한번 매서운 공격을 가하여 사생결단을 하시죠."

최부가 말했다. "우리 선원들은 허기와 갈증으로 죽음의 문턱에 간 후라 해적 앞에서 주눅이 들었네. 따라서 해적들이 이런 형편을 틈타서 우리에게 난폭하게 대하는 것이네. 만약 우리가 저들과 싸운다면 우리 사람들은 해적의 손에 모두 목숨을 잃을 걸세. 우리 짐 모두 포기하고 목숨을 비는 것이 더 나을 거네."

그 해적 두목은 또한 최부가 가지고 있었던 인신(印信)과 마패[68]를 빼앗아 자기 소매 속에 넣었다. 정보가 뒤쫓아가며 돌려달라고 했으나 그

---

68 관원이 지방에 공무로 나갈 때 역에서 말을 요구하는 증표. 영역자 메스킬은 이를 "말 허가증(horse permit)"이라고 했다.

물건들을 받지 못했다. 최부가 말했다. "배에 있는 것은 모두 가져가거라. 다만 인신과 마패는 나라의 상징물로 사적 용도로 사용되는 것이 아니다. 그것들을 나에게 돌려주는 편이 좋을 것이다." 그러자 해적 두목은 인신과 마패를 돌려주었다.

이윽고 해적 두목은 선실 밖으로 나가 무리와 뱃전에 줄지어 섰다. 얼마 동안 소란스럽게 지껄이더니 배로 다시 돌아왔다. 맨 먼저 정보의 옷을 벗기고는 묶은 다음 매질을 했다. 그런 다음 최부의 옷 끈을 칼로 자르고 옷을 벗겨 알몸으로 만들고서 손을 등뒤로 하고 무릎을 꿇린 다음 묶었다. 최부의 왼쪽 팔을 몽둥이로 일고여덟 번 치며 말했다. "목숨이 아깝거든, 금은을 내놓는 것이 좋을 거다."

최부가 그들을 꾸짖으며 소리쳤다. "내 몸을 자르고 뼈가 부서진다 해도 없는 금은을 어디서 구한단 말이냐?" 해적들은 말을 알아듣지 못했다. 그들은 최부의 결박을 풀어주고 말한 내용을 글로 써보라 하기에 글을 써서 주었다. 해적 두목이 화를 냈다. 입을 크게 벌리며 눈을 사납게 노려봤다. 그는 정보를 가리키며 소리치다가 최부를 가리키며 소리쳤다. 그러다가 최부의 머리채를 잡아채며 거꾸로 매달았다. 그는 칼을 들어 올리고 목에 대며 목을 끊으려고 했으나, 칼이 빗나가 최부의 오른쪽 어깨를 쳤으나 칼날은 위쪽으로 향해 있었다. 두목이 다시 칼을 들어 최부의 목을 치려고 하자, 해적 중의 한 명이 칼을 든 팔을 붙잡고서 막았다. 해적 무리 모두 왁자지껄했지만 최부는 무슨 말인지 알지 못했다.

선원들은 공포에 질려 제정신들이 아니었다. 이리저리 허둥지둥하며 숨을 곳을 찾아 도망쳤으나 숨을 만한 곳이 없었다. 오직 김중과 최거이산이 무릎을 꿇고 두 손을 모아 최부의 목숨을 살려달라고 애걸했다.

해적 두목은 최부를 마구 짓밟고 선원들을 위협한 후, 무리를 이끌고 떠나면서 배의 닻, 노 및 여러 가지 기물[69]들을 절단하여 바닷속으로 던져버렸다. 해적들은 자신들의 배로 최부의 배를 큰 바다로 끌고 간 뒤 풀어줬다. 해적들이 배를 타고 사라졌을 때는 밤이 이미 깊었다.

윤달 1월 13일, 최부 일행은 다시 대양에서 표류했다.

날씨가 흐렸다.

강한 북서풍이 불어왔다. 일행은 다시 망망대해로 떠내려갔다.

최부와 선원들이 갖고 있던 솜옷은 모두 해적들에게 빼앗기고 그들이 입고 있던 옷은 짠물에 오랫동안 절어 있었다. 더욱이 하늘은 계속 흐려 옷을 말릴 수도 없으니 얼어 죽을 시간이 다가오고 있었다. 배에 실었던 양식 모두 해적에게 빼앗겨 굶어 죽을 판국이었다. 닻과 노는 도적이 던져버렸고 임시로 만든 돛은 바람에 찢겨져 배는 다만 바람이 부는 대로 동쪽이나 서쪽으로 떠다니거나 파도에 밀려 다녔다. 키잡이는 속수무책이어서 침몰할 시간 또한 다가 오고 있었다.

---

69 한문본의 "제연(諸緣)"을 중국 거전자는 그의 점주본에서 "제연(諸椽)"으로 오기했다.

모든 선원들은 목이 막혀 소리를 낼 수가 없었다. 앉아서 죽을 시간만 기다렸다. 이효지가 최부에게 말했다. "저희 죽음은 팔자소관입니다. 다만 경차관의 죽음이 애통할 따름입니다."

최부가 말했다. "어째서 죽음을 팔자소관으로 돌린다는 말인가?"

이효지가 대답했다. "제주는 망망대해에 있고, 수로가 9백여 리나 됩니다. 파도는 다른 곳보다 훨씬 사납습니다. 공물을 실은 배와 상선의 왕래가 끊이지 않으나, 그 중 열에 대여섯은 표류되어 다시는 소식이 없고, 사람들은 먼저 죽지 않으면 나중에 반드시 죽습니다. 따라서 제주에는 남자들의 무덤이 매우 적습니다. 마을에는 여자가 남자보다 세 배나 더 많을 정도입니다. 제주의 부모들이 여자아이를 낳으면 '애는 부모에게 효도할 녀석이다'라고 말한답니다. 사내 아이면, '이 녀석은 우리 자식이 아니라 고래나 큰 도마뱀[70]의 먹이가 될 놈이다'라고 말하지요. 우리 목숨은 하루살이처럼 어떻게 될지 모릅니다. 우리가 평소대로 산다 해도 집에서 죽기를 기대하지 말아야 합니다. 그러나 왕래하는 조정의 신하들은 서두르지 않고 바람을 기다리지요. 그분들의 배는 빠르고 견고하기 때문에 예전부터 풍파로 죽는 분들은 드문 편입니다. 그런데 지금 경차관 님은 하늘이 돕지 않아 이러한 극한상황의 운명에 처하게 되었습니다. 이 때문에 통곡할 따름입니다."

---

70 한문본에 나오는 "타(鼉)"에 대해, 국역자 최기홍은 "상어", 서인범 등은 "악어", 박원호, 영역자 메스킬은 "거북"으로 번역했다. 한편 중국의 자료에 의하면 도마뱀과 유사한 대형 수생 파충류로 길이는 3미터가 넘고 소리는 마치 북소리와 같다고 했다.

윤달 1월 14일, 최부 일행은 대양에서 표류했다.

날씨가 맑았다.

포시(哺時)[71]에 어느 섬으로 들어갔다. 동 · 서 · 남쪽의 삼면이 트여 눈에 들어오는 것은 아무것도 없었다. 북풍만은 피할 수 있는 곳이지만 닻이 없는 것을 걱정했다. 일행이 처음 제주에서 출발했을 때, 배가 매우 큰데도 짐이 없어서 배가 요동치는 것을 막기 위해 얼마간의 돌덩이를 실었었다. 이때 허상리 등이 밧줄로 돌 네 개를 묶어 임시 닻을 만든 후 배를 정박했다.

안의가 군인들과 주고받는 이야기가 최부에게 들렸다. "이번 행차에 우리가 왜 표류되어 죽음에까지 이르게 되었는지 그 까닭을 알고 있다. 옛날부터 제주에 가는 사람들은 모두 광주(光州) 무등산(無等山) 신사(神祠)[72]와 나주(羅州) 금성산(錦城山) 신사에 제사를 지냈다. 그리고 제주에서 나오는 사람들 모두 처음에 광양(廣壤), 차귀(遮歸), 천외(川外)와 초춘(楚春) 등의 신사에서 제사를 지낸 다음에 떠났다. 그래서 신의 도움을 받아 무사히 바다를 건넜던 것이다.

그런데 이번 경차관은 아주 큰 목소리로 이러한 관례의 잘못을 비난

71 오후 3시에서 5시 사이.
72 제주에 있었던 무속 신당.

했다. 무등과 금성 신사에 제사를 지내지 않고 왔으며 광양 등지의 신사에 제사를 지내지 않고 떠났다. 신을 업신여기고 공경하지 않았으니, 결국 신도 우리를 돕지 않아 이 지경에 이르게 되었다. 누구 잘못인가?" 군인들은 안의의 말에 맞장구를 치며 모두 최부를 탓하였다.

그러나 권송만은, "그건 그렇지 않다. 이에 앞서 정의(旌義) 이섬(李暹)[73]은 사흘을 재계(齋戒)[74]하고 광양 등지의 신들에게 정성껏 제사를 지냈다. 그런데도 표류되어 죽을 뻔하다가 살아났다. 권경우(權景祐) 경차관은 어떤 제사도 지내지 않았지만 오고 가는데 전혀 불편 없이 신속하고 틀림이 없었다. 이처럼 바다를 건널 때 쉽다든가 어렵다든가 하는 것은 바람을 기다리는 문제에 달려 있는 것이다. 어찌 신에게 제사를 지내고 말고 하는 것과 관계가 있단 말인가?"라고 말했다.

최부 역시 그들을 꾸짖으며 말했다. "천지는 치우침이 없고 귀신은 묵묵히 제 일을 하고 있다네. 착한 사람에게 복을 주고, 악한 사람에게는 천벌을 주는 데는 지극히 공정할 뿐이라네. 교활한 자가 복을 얻기 위해 귀신에게 아첨한다고 해서 복을 내리겠는가? 착한 사람이 간사한 말에 현혹되지 않고 또한 불경스러운 제사를 지내지 않는다고 해서 벌을 내리겠는가? 하늘과 땅, 귀신들이 아첨이나 음식, 그리고 술 때문에 저주와 축복을 내린다고 말할 수 있겠는가? 도저히 받아들일 수 없는

---

73 정의현 현감.

74 재계는 부정(不淨)한 일을 멀리하고 몸과 마음을 깨끗하게 한다는 의미. 한편 영역자 메스킬은 한문본의 치재(致齋), 즉 "사흘 동안의 재계(齋戒)"를 "사흘간 음식을 멀리하다", 즉 단식(fast)이라고 해석했는데 이는 잘못이다.

것이네."

최부는 말을 이어갔다. "더욱이 제사에는 분명한 등급이 있다네. 선비나 서민이 산천에 제사 지낸다는 것은 법도에 어긋나는 것이라네. 예절에 어긋나는 제사는 음사(淫祀)일 뿐일세. 부적절한 제사로서 복을 얻었다는 사람을 나는 결코 보지 못했다네.

자네들 제주 사람들은 귀신을 몹시도 좋아하여 산이나 습지, 하천과 늪에 모두 신사를 세우고 있네. 광양 같은 신사에서는 아침저녁으로 정중하게 제사를 지내며 할 수 있는 일은 다 하고 있네. 그렇다면 자네들이 바다를 건널 때 표류나 침몰하는 불행한 일은 없어야 하는 것이 마땅하네. 오늘은 이런저런 배가 표류되고 내일은 이러이러한 배가 침몰되는 등 표류나 침몰이 잇따르고 있네. 이래도 신들이 영험이 있고 또한 그들에 제사를 지내면 복이 온다고 말할 수 있겠는가?

이 배에 승선하고 있는 사람들 중에 나 혼자만이 제사를 지내지 않았네. 자네 군인들 모두 경건하게 재계를 한 후 제사를 지내고 왔네. 신에게 영험이 있다면, 나 혼자 제사를 지내지 않았다고 해서 자네들 40몇명의 재계한 후 제사 봉헌(奉獻)을 어찌 묵살할 수 있겠는가? 우리 배가 표류된 것은 오로지 우리가 서둘러 떠났고[75], 악천후를 만났기 때문일

---

75 한문본에 "아지표선전시행리전도(我之漂船專是行李顚倒)"라고 나와 있는데, 국역자들은 "일정을 서두르다 혹은 항해준비를 제대로 하지 못해서 표류되다"라고 해석한 반면 영역자 메스킬은 "배가 표류된 것은 짐을 배에 균형이 되게 싣지 않았다"라고 해석했다.

세. 제사를 지내지 않았다고 나를 탓하는 것은 어리석은 일이 아닌가?"

안의 등은 최부의 말이 세상 물정에 어두운 것이라며 수긍을 하지 않는 눈치였다.

―――――

윤달 1월 15일, 최부 일행은 대양에서 표류했다.

날씨가 흐렸다.

바다는 붉은 빛이었고 탁했다. 다시 동풍이 불었다. 일행은 바람을 따라 키를 서쪽으로 향하게 했다.

배에 승선한 사람 중 박종회, 만산과 이산은 병이 나서 일을 할 수 없었다. 고보종, 양달해, 고회, 김조회와 임산해는 표류한 날부터 이날에 이르기까지 자리에 드러누운 채 일어서지 않았다. 바닷물을 끓여 식수로 만드는[76] 등 여러 가지 일을 독려했지만 듣는 둥 마는 둥 하였다. 정실, 부명동, 김득시, 강유, 송진, 김속, 강내, 오산과 고내을동 등은 열 번 부르면 한 번 응할 정도였다. 마지못할 때만 일하는 사람도 있었다. 초근보, 김괴산, 고복, 김송, 김석귀, 이효태와 김진산[77] 등은 낮에는 열심히 일하고 밤에는 게으름을 피우는 자도 있었고 처음에는 부지런하다

76　바닷물을 끓여 식수로 만드는 일: 취로(取露); 1월 4일자 주 27 참조.
77　김진음산(金眞音山)과 같은 인물.

가도 나중에는 나태해지는 자도 있었다. 허상리, 권산, 김고면, 김구질회, 최거이산, 김도종, 고이복, 문회, 현산, 한매산, 권송과 막금 등은 밤낮으로 열심히 일을 하며 배를 운행하는 일을 자신들의 임무로 삼았다. 정보, 김중, 이정, 손효자, 이효지와 안의 등은 스스로 일에 앞장서거나 배의 수리를 감독하며 일이 마무리되기만을 고대했다. 그러나 도적을 만나 다시 표류하게 된 후로 사람들은 차츰 예전과는 달리 살든 죽든 상관하지 않았다.

배는 오랫동안 모진 파도에 부딪쳐 수없이 구멍이 나고 상처가 나 엉망이었다. 한 구멍을 틀어막으면 이내 다른 구멍에서 물이 새었다. 갈라진 틈을 통해 물이 너무 들어오기 때문에 물을 아무리 빨리 퍼낸다 하더라도 이를 감당할 수가 없었다. 최부가 말했다. "물이 이 지경으로 새고 또한 선원들도 기강이 이처럼 해이해졌는데 내가 어찌 부질없는 자부심으로 앉아 죽음을 기다릴 수 있겠는가?" 그러자 정보 등 여섯 명이 달라붙고 그도 몸소 물 푸기를 하여 물은 거의 바닥이 났다. 허상리 이하 10여 명도 좀 기운을 차리며 자리에서 일어났다.

밤이 되자 바람은 멎었으나 비가 왔다. 어느 큰 섬에 도착하여, 다가가 정박하려 했지만, 썰물로 이루지 못했다. 일행은 다시 바다에 떠다니게 되었다.

윤달 1월 16일, 최부 일행은 우두외양(牛頭外洋)[78]에 도착하여 정박했다.

날씨는 흐렸다. 바다는 검붉은 빛을 띠고 있었고, 바닷속은 온통 탁했다.

서쪽을 보니 연이어져 있는 산맥의 봉우리가 하늘에 치솟고 바다를 감싸고 있었다. 그곳에 사람이 사는 것 같아 보였다. 동풍을 타고 가면서 쳐다 보니, 산 꼭대기를 따라 봉수대(烽燧臺)가 열을 지어 있었다. 일행은 중국 해안에 다시 도착한 것을 매우 기뻐했다.

오후가 되면서 바람과 파도는 엄청나게 거칠었다. 보슬비가 내리고 날은 어두웠다. 배는 바람에 밀려 삽시간에 두 섬 사이로 흘러 들어갔다. 해안을 지나니 중선(中船) 6척이 줄지어 정박해 있는 것이 보였다. 정보 등이 최부에게 의견을 제시했다. "전에, 하산(下山)에 도착했을 때는 관리의 위의(威儀)를 보여 주지 않아서 해적을 끌어들인 것입니다. 우리는 겨우 죽음을 모면했던 것이지요. 이번에는 임시방편으로 예복을 입고 관리로서 저 선박들에게 위엄을 보이시지요."

최부가 말했다. "자네들은 어째서 나보고 예의에 어긋나도록 하게 하

---

78 현지 『표해록』 연구가인 왕진룡(王金龍)에 의하면 우두외양은 지금의 태주시 삼문현(三門縣) 연적향(沿赤鄉)과 이포진(浬浦鎭) 남쪽 해안선에 있는 우두산(牛頭山)의 바깥에 있는 바다로 해석했고, 최부 일행이 상륙한 지점은 우두산 남쪽 기슭의 우두궁(牛頭宮)과 금목사해만(金木沙海灣)이 인접한 지점이라고 고증했다. 우두궁과 금목사는 예전에 배를 정박했던 곳으로 인근에 대계(大鶏), 소계(小鶏)라는 두 개의 섬이 있다고 설명했다.

는가?" 정보가 말했다. "지금 당장 죽음이 코앞에 닥쳐 있습니다. 예의 범절과 도덕을 차릴 겨를이 없습니다. 잠시라도 임기응변의 조치를 하시면 우리는 살아날 수 있습니다. 후에 예를 갖추어 상을 치르시지요. 그렇다 해도 예의를 손상시키는 일이 아닙니다."

최부의 의견은 달랐다. "상복을 벗고 예복을 입는 것은 효(孝)가 아니네. 속임수로 사람들을 이용하는 것은 신의가 아니다. 죽음에 이를지언정 효와 신의는 저버릴 수 없네. 나는 정의를 따르겠네." 안의가 나서며 말했다. "제가 잠시나마 이 예복을 입고 관원처럼 보이겠습니다."

최부가 말했다. "아니다. 저 배들이 전에 만났던 해적의 배 같다면, 그렇게 하는 것도 무방할 걸세. 만일 저들이 양민의 배라면, 틀림없이 우리는 관청으로 끌려가 문초를 받을 거네. 그때 자네들은 무슨 진술을 하겠는가? 조금이라도 정직하지 못하다면, 의심을 살 것이다. 정도(正道) 이상 좋을 것이 없다네."

잠시 후 여섯 척의 배가 노를 저어 오더니 최부의 배를 포위하였다. 한 척에 8~9명쯤 타고 있는데 그들의 옷차림과 말소리가 하산에서 만났던 해적들과 같았다. 그들이 글을 써서 최부에게 보냈다. "보아하니, 여기 사람들 같지 않은데, 어디서 온 사람들이오?" 최부 역시 정보를 시켜 답신을 보냈다. "나는 조선국의 신하요. 왕명으로 섬을 순찰하는 임무를 하던 중, 상을 당하여 급히 바다를 건너다 폭풍을 만나 여기까지 오게 되었소. 이 바다를 알지 못하거니와 이 땅이 어느 나라에 속하는지 알지 못하오."

우두외양 전경: 최부 일행이 대양에서 표류한 끝에 임해현에 속한 우두외양의 한 섬에 정박했다.

답변이 왔다. "이 바다는 우두외양(牛頭外洋)이오. 대당국(大唐國) 태주부(台州府)[79] 임해현(臨海縣)[80]에 속해 있소." 정보가 입을 가리켰다. 그러자 그 사람들은 물통을 가지고 와서 일행에게 준 후 산이 있는 북쪽을 가리키면서 말했다. "저 산속에 샘이 있으니, 그곳에서 물을 길어다 밥을 지어 먹을 수 있을 것이오. 혹시 후추를 가지고 있으면 좀 주시오."

최부가 대답했다. "후추는 우리나라에서는 생산되지 않기 때문에 애당초 가져온 것이 없소." 그러자 그 사람들은 배를 약간 떨어진 곳으로 저어 가더니 최부의 배를 에워싼 후 닻을 내렸다. 최부의 배 또한 해안에 가까이 가서 정박했다. 최부는 안의, 최거이산과 허상리 등에게 하선하여 산에 오르도록 지시했다. 그들은 주위를 살피며 인가를 찾았다. 과연 이곳은 육지와 잇닿은 곳이었다.

최부의 주:

내가 이번 항로에서 거쳤던 광활한 바다는 비록 한 바다라고는 하나 물살이나 빛깔은 곳에 따라 달랐다. 제주 바다는 짙푸르고 물살이 아주 거세고 급했다. 바람이 조금만 불어도 파도는 심하게 너울거리며 들끓고 소용돌이쳤다. 이보다 파도가 심한 곳이 없을 정도였다. 흑산도 서쪽에 이르기까지도 마찬가지였다. 나흘 밤낮을 지나자 바다 색깔은 흰빛이었다. 이틀 밤낮을 더 가니 더욱 희었다. 또 하루 밤낮을 가니 다시 푸르렀

---

79 현 태주시.

80 현 임해시.

다가 다시 이틀 밤낮을 가니 도로 흰색이 되었다. 다시 사흘 밤낮이 지나자 적색을 띠고 탁하였다. 하루 밤낮을 더 지나니 바다는 검붉고 탁했다.

배의 항로는 오직 바람을 따라 동서남북으로 정처 없이 표류할 뿐이었다. 당시 내가 살핀 바다의 색깔은 대개 위와 같았다.

그런데 흰색에서 푸른색으로 바뀐 후에 바람의 세기는 강하였지만 파도는 그다지 높지 않았다. 다시 흰색이 된 때부터 비로소 섬들이 있었다. 섬들은 모두 가파른 암벽으로 되어 있고 우뚝 솟은 바위더미 위에는 갖가지의 초목과 향기로운 풀들이 우거져 초록색으로 풍성하였다. 물결은 잔잔하였다. 큰 바람만 만나지 않는다면 거센 파도로 인한 근심은 거의 없다. 해적을 만나 다시 표류한 바다가 제주 바다처럼 험악했더라면 섬들을 다시는 볼 수 없었을 것이다.

대개 해마다 정월은 한겨울로 거센 바람이 맹위를 떨치고 바다가 요동을 친다. 그러한 이유 때문에 배 타기를 꺼린다. 2월에 이르러서야 바람은 점차 온화해진다. 그러나 제주에서는 사람들이 그 달을 연등절(燃燈節)[81]이라 하여 그때에도 항해가 금지된다. 양자강 이남의 해안 지역에 사는 사람들[82]도 정월에는 바다에 나가지 않는다. 4월 장마철이 지나간 후

---

81 제주 지방 제사 풍속으로 2월 1일부터 15일까지 말머리 형상을 장식한 긴 장대 12개를 세우고 밤이 되면 장대 두 개에 걸쳐 등을 달았다. 연등절이 열리는 달에는 배를 타지 못하게 하였다고 한다.

82 양자강 이남의 해안 지역에 사는 사람들: 『표해록』 한문본의 강남조인(江南潮人)을 중국의 거전자(葛振家)는 "해상인가(海上人家)", 서인범 등의 국역자는 "조주인(潮州人)", 즉 "조주부(潮州府) 지역 사람들", 최기홍은 "중국 양자강 이남의 바닷사람"

에는 돌연 시원한 바람이 불어 항해 선박들이 돌아오기 시작한다. 그 바람을 박초풍(舶趠風)[83]이라 부른다.

나는 풍파가 험한 때에 바다로 표류를 했다. 바다와 하늘은 심한 폭풍으로 날마다 계속 어두웠다. 돛대와 돛, 밧줄, 노 등이 부러지거나 유실되었다. 연휴 동안이나 기갈에 시달렸으며 히루에도 몇 차례나 침몰할 뻔했다. 그러나 다행히도 생명을 보전하여 어느 해안에 배를 정박시킬 수가 있었다. 그렇게 할 수 있었던 것은 빗물을 옷에 적셔 받아 두었다가 바싹 말라버린 창자를 축였을 뿐만 아니라 배가 실로 견고하고 민첩하여 풍파를 견뎌낼 수 있었기 때문이다.

윤달 1월 17일, 최부 일행은 배를 버리고 뭍에 올랐다.

비가 왔다.

동이 트기 직전[84]에 배 여섯 척이 주변에 몰려 와서 말했다. "당신들은

이라 해석했다. 한편 영역자 메스킬은 "men in the bays of Gangnam", 즉 "강남의 만(灣)에 사는 사람들"이라 해석했다.

83 장마가 지나가고 나서 10일간에 걸쳐 부는 바람. 이때 비로소 바람과 함께 배가 돌아오기 시작한다.

84 한문본의 지명(遲明)은 동이 막 틀 무렵. 최부는 새벽을 표현할 때도 세밀하게 구분하여 계보(鷄報: 새벽 닭이 울 무렵), 향서(向曙: 새벽이 가까워질 무렵), 지명(遲明: 동트기 바로 전), 청신(淸晨: 동이 튼 직후 맑은 첫 새벽), 일출(日出: 해가 돋을 무렵), 평명(平明: 해가 돋아 날이 밝아진 무렵), 조신(早晨: 이른 새벽) 등으로 시시각각 변화하는 새벽의 모습을 구분하여 묘사했다.

최부 일행의 상륙 지점: 최부 일행이 상륙했던 우두외양의 해안가로 『표해록』의 현지 연구가인 왕진룡(王金龍) 선생이 고증했다.

좋은 사람인 것 같소. 우리를 따라 오시오. 신기한 물건이 있거든, 좀 주시오." 최부가 대답했다. "표류한 지 오래요. 가지고 있던 모든 물건들은 바다에 흩어져 없어졌소. 살길을 가르쳐 준다면 지금의 배와 노는 여러분들 것이오." 그러고 나서 최부는 가장 가까운 인가까지 거리가 얼마나 되는지를 물었다.

그 사람들 중의 하나가 말했다. "이곳은 관부와 가까우니 거기 가도 될 것이오." 또 한 사람은, "1리쯤 더 가면 인가가 있소."라고 했고, 또 다른 한 사람은, "이곳은 인가와 멀리 떨어져 있으니 머물러서는 안 되오."라고 했다. 최부가 관청과의 거리를 물었다. 한 사람이 대답하기를, "태주부가 여기서 180리나 되오." 다른 사람은 "150리"라 했고, 또 다른 사람은 "240"리라 했다. 그들간에도 의견이 달랐기 때문에 믿을 수가 없었다.

그 사람들은 서로 밀치면서 앞다투어 최부의 배로 들어왔다. 눈에 띄는 물건은 작은 물건이든, 하찮은 것이든 무엇이든 닥치는 대로 빼앗았다. 그러면서 지껄여댔다. "우리를 따라가지 않는다면 화를 낼 것이오."

안의가 최부에게 배를 버리고 그들의 배를 타고 그들이 가는 곳으로 가자고 권했다. 이정은 한 사람을 공격하여 죽여서 그들을 물리치자고 했다. 최부가 말했다. "자네들의 계략은 모두 틀렸네. 저 사람들의 말이 부실하고 닥치는 대로 겁탈을 하는 것을 보니 저들이 정직한지를 알 수가 없네. 만약 저들이 저번 하산의 해적 같은 부류여서 안의 계책을 따른다면 그들은 멀리 떨어진 섬으로 가서 우리를 물에 빠뜨려 죽이고선 흔적을 없앨 것이네. 만약 저들이 어선이거나 경비선인 경우, 이정의 계략에 따라 사람을 죽이면 그들은 자신들이 한 짓을 은폐하고 도리어 우리가 약탈을 하고 사람을 죽인 이방인이라고 주장할 것이네. 그러면 대국의 변경에 대소동이 일어나서 우리를 해적이라고 무고할 것이네. 더욱이 말이 다르니 우리의 주장을 내세우는 것도 어려울 것이다. 우리 모두 변장(邊將)에 의해 처형된다는 말일세. 자네들의 계략에 의해 우리는 죽음을 자초할 것이네. 당분간 상황에 따라 대응하는 것이 최선일세."

최부가 그 사람들에게 말했다. "우리는 바다를 떠돈 지 오래되어 기갈과 고초가 극에 달하여 우리 목숨은 한 가닥의 실에 매달려 있는 형편이오. 밥을 짓게 하여 배고픔을 면하게 해주시오. 그런 후에 같이 가리다."

그 사람들이 대답했다. "여기서 잠시 머문 뒤 천천히 가시오." 그들은 노를 저어 2~3리쯤 물러나더니 다시 최부의 배를 둘러싼 후 닻을 내렸다. 비 때문에 그들은 모두 선창으로 들어갔다. 망을 보는 자도 없었다.

최부는 배 안의 사람들에게 말했다. "보아하니 그들의 말과 행동거지가 믿을 수 없네. 또한 이 산이 육로와 연결되어 있는 것 같다. 분명 사람 사는 곳과 통할 것 같네. 만약 우리가 이 순간을 살리지 못한다면, 우리 목숨은 저들 손아귀에 있게 되어, 마침내는 바닷가 외딴 곳[85]의 귀신이 될 것이다." 그런 다음 최부는 배리 등을 이끌고 먼저 배에서 내리니 군인들도 뒤를 따랐다.

---

85 한문본에 나오는 해곡(海曲)은 바닷가의 구석진 곳.

일행은 비를 무릅쓰고 수풀 속으로 숨어들었다. 일행은 바다가 내려다 보이는 고개 둘을 넘었다. 돌이 마치 담장처럼 쌓여 있었다. 6~7리쯤 가서 한 마을에 다다랐다. 최부는 배리와 군인들에게 말했다. "우리는 지금까지 생사고락을 같이 해왔으니, 피를 나눈 가족이나 다름이 없네. 우리가 서로 돕는다면 무사히 온전하게 집에 돌아갈 수 있다. 어려움에 처하면 서로 극복해야 하네. 밥 한 그릇이 생기면 같이 나눠 먹고, 병이 나면 서로 의지하여 낙오된 사람 하나 없이 살아나갈 수가 있다."

그들 모두 "분부대로 하겠습니다"라고 말했다. 최부가 말을 이어 나갔다. "우리나라는 예의지국이네. 우리가 비록 비참하고 괴로운 처지에 있다 하더라도 위엄 있는 태도를 보여 이 나라 사람들에게 우리나라의 예절을 있는 그대로 알려줘야만 하네. 그리고 우리가 어디에 가든 배리는 나에게 무릎을 꿇어 절을 하며 군인들은 배리에게 그런 식으로 절을 해야 하네. 여러분은 절대로 위계질서를 무너뜨려서는 아니되네. 더욱이 마을 앞이나 성안에서 군중이 모여 우리를 보고 있을 때는 반드시 손을 모아 절을 하고 행여나 방자한 행동을 해서는 아니되네."

일행 모두는 "분부대로 하겠습니다"라고 말했다. 그들이 마을에 도착했을 때, 남녀노소 할 것 없이 일행을 보고 크게 놀라며 궁금해 했다. 구경꾼들은 그들을 벽처럼 빙 둘러쌌다. 최부와 종자가 앞으로 나서며 두 손을 모으고 인사했다.[86] 그들 모두 소매를 모아 허리를 굽히며 답례했다. 최부는 조선으로부터 온 연유를 그들에게 알렸다.

---

86 읍례(揖禮)하다, 즉 두 손을 맞잡아 들어 올린 후, 허리를 굽혀 인사하다.

군중 중에 용모가 남다른 두 사람이 앞으로 나서며 말했다. "당신들이 조선 사람이라면 무슨 이유로 우리나라에 들어왔소? 당신들이 해적인지, 공물을 가져온 사람들인지 혹은 바람을 만나 풍랑으로 표류된 사람들인지 낱낱이 적으시오. 그걸 가져오면 당신들은 여러 곳을 거쳐 당신들 나라로 돌아갈 수 있을 것이오."

최부가 말했다. "나는 조선국 신하요. 왕명을 받들고 한 섬에 갔소. 아버지 상을 당하여 급히 바다를 건너다가 폭풍을 만나서 표류하다가 바닷가에 닿게 되었던 것이오. 배를 버리고 뭍에 올라 인가를 찾아 여기까지 왔소. 여러 대인(大人)에게 청하오니 관청에 이러한 사정을 알려서 죽어가는 목숨을 살려 주기 바라오."

그러고 나서 최부는 지니고 있던 인신, 관대(冠帶) 및 서류들을 그들에게 보여 주었다. 그 두 사람이 그것을 보고 난 다음 최부 앞에서 순서대로 무릎을 꿇고 있는 진무와 배리들 그리고 질서 있게 엎드려 있는 군인들을 가리키면서 최부에게 말했다. "귀국이 예의지국임을 들은 지 오래 되었소. 과연 듣던 대로요." 그런 후 가동(家僮)[87]을 불러 미음, 차와 술을 가져오게 했다. 음식을 마시게 한 후, 마을 앞에 있는 불당을 가리켰다.

그들이 말했다. "저 불당에서 머물며 쉬시오." 최부는 불당으로 가서 젖은 옷을 벗어 바람에 말렸다. 잠시 후, 그들은 음식을 더 준비하여 가져와서 먹게 했다. 참으로 훌륭한 사람들이었으나 그들의 성명과 직책은

---

87 집안의 종.

잊어버렸다. 얼마 후에 그들이 말했다. "일어나시오. 좋은 곳으로 보내 주겠소." 최부가 물었다. "그 좋은 곳은 몇 리나 되오?", "2리만 더 가면 되오"라고 그들이 말했다. 후에 안 일이지만 그들의 말은 거짓이었다. 최부가 물었다. "그곳의 이름이 무엇이오?", "서리당(西里堂)이오." 최부가 말했다. "비가 심하게 오고 있고 길은 진창이오. 날도 저물어 가는데 어떻게 갈 수 있겠소?", "그 장소는 여기서 멀지 않소. 걱정하지 마시오."

최부는 그들의 말대로 했다. 최부가 일행의 앞에 서서 출발했다. 마을 사람들 중에는 몽둥이나 검을 가진 자도 있었고, 징과 북을 요란하게 두드려대는 자도 있었다. 앞길에서 징과 북의 소리를 들은 사람들이 구름처럼 몰려들며 일행을 보고 소리를 질러댔다. 군중은 일행을 몰고 가면서 마을마다 차례차례 넘겨 주었다. 50여 리쯤 갔을 때는 밤이 이미 깊었다.

윤달 1월 18일, 최부 일행은 천호(千戶)[88]인 허청(許淸)을 만났다.

비가 몹시 쏟아졌다.

---

88 천호소(千戶所)의 대장. 위소(衛所) 편제는 명나라의 군사제도이며, 위에 5,600명의 병력이 주둔하며, 각 위는 다섯 곳의 천호소를 관할했으며, 천호소는 1,120명의 병력, 각 천호소는 열 곳의 백호소(百戶所)를 두었음. 백호소에는 112명의 병력이 있었다고 한다. 이 조직은 평시에는 농업 등의 생계를 꾸리다가 유사시에는 병역의 의무를 지니고 있었다. 위와 소의 각 대장은 천호, 백호로 일컬었다. 영문 번역자 메스킬은 천호를, 고대 페르시아 왕을 보호하는 1,000명의 보디가드 대장을 원용하여, Chiliarch로 번역했는데, 호(戶)의 개념을 고려해 볼 때, 적절치 않은 것 같다.

자정 무렵에 최부 일행은 마을 사람들에 의해 계속 끌려갔다. 높은 언덕을 지났는데, 그곳은 소나무와 대나무가 우거져 있었다. 그곳에서 은둔하며 선비를 자처하는 왕을원(王乙源)이라는 사람을 만났다. 그는 일행이 밤에 비를 무릅쓰고, 고초를 당하며 끌려가는 것을 가련하게 여겼다. 그는 마을 사람들을 잠시 막은 다음 최부에게 전말을 물었다.

최부는 그에게 표류된 전말을 설명했다. 을원은 최부를 참으로 측은히 여기며, 술을 내와 권했다. 최부는, "우리 조선 사람들은 친상을 당하면 3년 동안 술을 마시거나, 고기, 맵거나 향이 강한 채소나 맛있는 음식을 먹지 않소. 고맙게도 술을 주어 깊이 감사하오만. 상중(喪中)이라 감히 사양하겠소."라고 말했다.

그러자 을원은 최부에게 차를, 그의 종자에게는 술을 내주었다. "당신네 나라에도 불(佛)이 있소?" 최부가 대답했다. "우리나라는 불법을 숭상하지 않고 오로지 유술(儒術)을 숭상하오. 집집마다 효제충신(孝悌忠信)[89]을 본분으로 삼고 있소." 을원은 최부의 손을 잡고 연민에 찬 눈으로 바라보다가, 마지못해 작별했다.

마을 사람들이 일행을 몰고 가며 큰 고개에 도착하였다. 최부의 발은 누에고치처럼 퉁퉁 부어올라 앞으로 나아갈 수가 없었다. 마을 사람들은 그의 팔을 잡고, 앞에서 끌어당기고 뒤에서 밀면서 고개를 넘어갔다.

---

89 효제충신(孝悌忠信): 부모에 대한 효도, 형제간의 우애, 임금에 대한 충성, 벗 사이의 믿음을 일컫는 말.

최부 일행은 20여 리를 여러 곳 거치다가 다른 마을에 도착했다. 그곳의 마을 사람들은 일행을 몽둥이로 사정없이 때리며 물건을 겁탈했는데, 잔인하기가 이를 데 없었다. 오산은 최부의 말안장을 짊어지고 갔는데, 어떤 사람이 오산을 때려 말안장을 빼앗아 갔다. 일행은 매질을 당하며 앞으로 내몰리는 바람에 쓰러지며 슬피 울었다.

일행은 고개 두 곳을 넘어 다른 마을로 인계되었다. 새벽이 가까워졌다. 최부가 큰 다리가 있는 마을 이름을 묻자, 한 사람이 "선암리(仙岩里)"라고 말했다. 일행이 뭍에 오른 이후부터 길가에서 구경하는 사람 모두 팔을 목에 대고 휘두르며 참수(斬首)하는 시늉을 했지만, 최부 일행은 그 동작이 무엇을 의미하는지를 모르고 있었다.

최부 일행은 포봉리(蒲峰里)에 도착했다. 비는 좀 그쳤다. 한 관리가 군리들과 함께 와서 최부에게 물었다. "어느 나라 사람이오? 어떻게 여기까지 오게 되었소?", "나는 조선국 사람이오. 나는 과거에 두 번 급제하여 왕의 근신(近臣)이 되었소. 나라의 일로 한 섬에서 순찰을 하고 있었는데, 상을 당해 급히 집으로 가고 있었소. 그러다가 바다에서 폭풍을 만나 여기까지 표류되었소. 기갈에 허덕이며 수없이 죽을 고비를 넘기다가 겨우 목숨만 부지하였소. 게다가 여러 번 마을 사람들에게 끌려 다니게 되었소. 이토록 극심한 고초 속에서 용케도 관원을 만나니 살 길이 생긴 것 같소."

그 관원은 먼저 최부에게 죽을 준 다음 밥을 지을 도구를 주었다. 그는 일행에게도 밥을 지어 먹도록 하였다. 최부가 그 관리의 이름을 묻

최부 일행이 경과했던 선암리의 한 다리: 다리는 예전 모습대로 보존되어 있으며 이곳에서 최부 일행은 마을 주민에게 폭행을 당하였고 갓, 망건 등의 소지품을 빼앗겼다.

자, 왕괄(王适)이라는 사람이 말했다. "그는 해문위(海門衛) 천호(千戶) 허청(許淸)이라는 사람이오. 당두채(唐頭寨)[90]를 수비하고 있소. 왜인이 해안을 침범했다는 소식을 듣고 잡으러 온 것이오. 말과 행동을 신중해야만 하오."

최부는 지친 나머지 길가에 쓰러지고 말았다. 팔다리가 말을 듣지 않았다. 허청이 최부에게 말했다. "대당의 법은 엄하오. 그대들 외지인은 이곳에 오래 머물며 양민을 혼란스럽게 할 수는 없는 일이오." 그는 군리(軍吏)에게 명하여 최부 일행을 빨리 끌고 가도록 했다. 5리쯤 가자, 한 관청이 있었는데, 그곳이 당두채였다. 10여 리가 넘는 긴 제방을 지났다. 비가 다시 쏟아졌다. 최부는 절뚝거리고 비틀거리며 따라갔으나 발을 거의 움직일 수 없었다. 그는 길에 쓰러지며, "기력이 없다. 죽게 되었구나. 이렇게 될 줄을 진작에 알았더라면, 바다에서 죽는 것이 더 편할 것을 그랬구나." 그 말을 듣자, 정보 이하 모두가 대성통곡하였다. 일행은 군리의 성화에 잠시도 지체할 수가 없었다. 이정, 이효지, 허상리와 현산 등 몸이 성한 사람들이 교대로 최부를 업고 길을 갔다.

일행은 고개 둘을 넘어 30여 리쯤 갔을 때 많은 집들이 있었다. 집들 앞에는 한 불당이 있었다. 날은 저물어 가고 비는 그치지 않아, 허청은 최부 일행을 그 불당에서 하룻밤 묵게 하고자 하였으나, 온 마을 사람들이 이를 허락하려고 들지 않았다. 허청은, "이곳의 모든 사람들이 당신네

---

90 채(寨)는 고대 병영지로, 끝을 날카롭게 깎은 대나무나 나뭇가지로 만든 울타리가 쳐져 있었다고 한다.

들을 도적이 아닌가 하고 의심하고 있기 때문에 묵게 하지 않는 거요. 당신이 걷기가 힘들겠지만 어쩔 수 없이 계속 갈 수밖에 없소."라며 최부에게 말했다. 그는 군관들에게 최부 일행을 계속 끌고 가도록 지시했다.

일행은 큰 고개 하나를 넘어 밤 2경[91]에 강둑에 닿았다. 이정 등도 힘이 다 빠져 제 몸조차 가눌 수가 없었던 터라 최부를 업고 갈 수도 없었다. 최부의 종자 모두도 기진맥진하여 더 이상 나아갈 수 없게 되었다. 허청은 최부의 손을 잡아 일으켰다. 최부의 양쪽 발이 부르터서 한 발자국도 떼어 놓을 수 없었다. 고이복이 화를 벌컥 내며 최부를 가리키며 지껄였다. "이 사람, 미친 거 아냐? 힘이 다했으면 차라리 쓰러져서 일어나지 않았으면 좋겠다." 최부는 그 말을 수치스럽게 여겼다. 최부는 차라리 죽는 게 낫다 싶어 죽을 바에는 이곳에서 죽는 편이 낫다고 생각하여 다시 드러누워 일어나지 않았다. 일행 대부분도 여기저기에 쓰러져 있었다. 허청은 군리들을 독려하기도 하고 매질을 했으나 일행은 꼼짝하려고 하지 않았다.

얼마 후에 다른 관원이 횃불을 든 군인들을 데리고 왔다. 호기스럽게 갑옷과 투구, 창, 칼과 방패로 무장했다. 태평소, 바라, 나팔, 징, 북, 총통 등이 요란했다. 난데없이 그들은 최부 일행을 에워싸더니 칼을 뽑아 들고 창을 휘두르며 마치 치고 찌르는 듯한 시늉을 했다. 일행은 크게 놀라 혼비백산하여 어찌 할 바를 몰랐다.

---

91 밤 9시에서 11시 사이.

관원과 허청은 병력의 대오를 정돈하고 최부 일행을 계속 몰고 갔다. 3~4 리쯤 가니 성벽으로 둘러 싸인 큰 집이 있었는데 마치 관방(關防)[92]과 같았다. 최부가 그곳을 물으니 두독장(杜瀆場)[93]이었다. 도지소(桃知所)[94]가 보인다고 말하는 자도 있었고, 비험소(批驗所)[95]라고 말하는 자도 있었다. 성안에는 안성사(安性寺)가 있었다. 최부 일행을 그 절에 머무르게 한 후 하룻밤을 지내도록 했다. 최부가 그 관원이 누구냐고 묻자, 스님은, "그는 도저소(桃渚所)의 천호(千戶)[96]요. 왜인이 국경을 침범했다는 소리를 듣고 무기를 가져오게 하여 이곳에 비치했소. 허 천호의 보고를 받고선 바로 병사를 보내 당신들을 여기로 몰고 온 것이오. 그런데 당신들이 정직한지 거짓인지 그는 아직 모르고 있소. 내일 당신들이 도저소에 도착하면 그가 심문할 것이오."

---

92 방비를 위하여 설치한 요새.

93 두독 염전.

94 한문본에 "견도지소(見桃知所)"라고 표기되어 있는데, 이를 두고 국내의 국역자는 도지소를 도저소(桃渚所)의 잘못 표기한 것으로 보고, "현재의 도저소" 혹은 두독장과 동일시 하는 해석을 했으며, 북한의 국역자 김찬순은 "여기서 도저소가 보인다"라고 해석했다. 한편 영역자 메스킬은 "the present Taozhu Chilliad", 즉 현 도저천호소라고 번역했다. 글자 그대로 도저소가 보인다고 해석해도, 최부의 발자취를 답사한 결과 두독장과 도저소는 산 두 곳으로 가로 막혀 있어 도저소는 두독장에서 보이지가 않는다. 최부가 표기를 잘못 했는지, 현지인이 잘못 알려주었는지는 분명치 않다.

95 소금이나 차의 판매, 면허증과 중량 등을 검사하는 사무소.

96 도저소에는 1,120명의 병사가 주둔한 것으로 생각되며 이곳의 대장은 천호(千戶)임. 현재는 국가급 문화재로 지정된 도저고성(桃渚古城)으로 이곳에서 1559년 명나라 장수인 척계광(戚繼光)의 군대가 수많은 왜구를 물리친 격전장으로 유명하다. 2006년 2월 15일 당시 표해록기념사업회가 주관하고 전남 나주시와 최부의 후예들의 재정지원으로 최부표해록중한민간우호비(최부표해록사적비)가 세워져 있다.

윤달 1월 19일, 최부 일행은 도저소(桃渚所)에 도착했다.

큰 비가 왔다.

나란히 말을 탄 천호 두 명이 비를 무릅쓰고 일행을 계속 몰고 갔다. 최부는 정보를 시켜 허청에게 말을 전했다. "표류하면서 기갈로 죽을 뻔하다가 다시 살아났소. 간신히 목숨만을 부지하다가 국경에 도착, 관원을 만나, 어제 아침에 배불리 먹게 되어 다시 살아난 거요. 그런데 지금은 계속되는 비와 진창길 속에서 넘어지고, 골짜기에서 엎어지며, 돌에 채이고 진흙에 빠졌소. 몸은 얼고 다리가 아프며, 마음은 초조하고 기력이 소진되었소. 전날 밤에 먹지도 못했을 뿐만 아니라 오늘 아침도 먹지 못했는데 빗속에 계속 끌려 다니고 있소. 우리는 아마 도중에서 죽게 될 것이오."

허청이 대답했다. "어제는 당신네들이 관사까지 도착하지 못했기 때문에 굶주림을 자초했소. 이제 관사에 제대로 도착하기만 하면 보급품을 줄 것이오. 어서 빨리 갑시다!"

최부는 한걸음도 걸을 수 없어서 길가에 누워버렸다. 그의 온몸은 이미 무너져 좀처럼 추스르지 못했다. 손효자, 정보, 김중, 막금, 만산과 최거이산 등이 그를 둘러싸고 앉아 통곡을 했다. 때마침 소를 끌고 지나가는 사람이 있었다. 정보가 천호에게 사정했다. "우리 옷을 벗어 줄 테니 이 소를 사서 우리 관원을 타고 가게 해주시오."

최부 일행이 당도했던 해문위 도저소: 최부 일행은 갖은 고초를 겪으며 해문위 도저소(현재 도저성)에 당도했다. 일행은 이 문을 통하여 입성하였으며, 2006년 2월 15일 최부표해록중한민간우호비 제막식 환영 플래카드가 걸려 있다.

허청이 말했다. "난들 당신들이 받고 있는 고통을 가엽게 생각하지 않을 수가 있겠소? 그러나 국법에 매여 있기 때문에 당신들 편을 들 수가 없소."

이정, 이효지와 허상리 등이 최부를 교대로 업고 갔다. 고개 하나를 넘어 20리쯤 지나 어느 성에 당도하니, 해문위(海門衛)의 도저소(桃渚所)였다. 그 성으로 가는 7~8리 간에 갑옷을 입은 군졸이 창, 총 및 방패를 들고 길 양쪽에 줄을 서 있었다. 성에 이르니 성문은 중문(重門)이었고, 문에는 철로 된 빗장이 있었다. 성곽 위에는 망루가 줄지어 있고, 성내에는 점포가 연이어 있었다. 사람들의 왕래가 빈번하고 물자가 풍부한 듯 보였다.

일행은 한 관사로 안내되어 머물도록 허락을 받았다. 최부의 몰골은 앙상하고 상복은 진흙투성이었다. 구경꾼들이 자지러지게 웃었다. 왕벽(王碧)이라는 사람이 글을 써서 물었다. "어제 왜선 14척이 변경을 침범하여 주민을 공격했다고 당국에 보고가 되었소. 당신들 정말 왜인이오?", "나는 왜인이 아니오. 조선국의 문사요."

또한 가난한 선비라고 자칭하는 노부용(盧夫容)이라는 자가 있었다. 그는 최부에게 물었다. "수레의 바퀴와 책의 글씨도 중국 것과 같은데, 어째서 당신의 말은 같지 않소?", "천리를 가도 같은 바람이 불지 않고, 백리를 가도 풍속이 다른 법이오. 내 말이 괴이하게 들린다면 나 역시 당신 말이 괴이하오. 습속이란 그런 것이오. 그런데 하늘이 준 성품을 우리가 다 지닌 것이라면, 내 성품 역시 요(堯), 순(舜), 공자(孔子)와 안회(顏回)[97]의 성품이오. 어찌 말의 차이에 대해 문제를 삼을 수 있겠소?"

그 사람은 손뼉을 치며, "당신은 상을 치를 때, 주희(朱熹)[98]의 가례(家禮)를 준수하고 있소?"라고 묻자 최부가 답변했다. "상을 당할 때, 우리나라 사람들은 주자가례를 따르고 있소. 나도 마땅히 따라야 하는데, 폭풍을 만나 표류되는 바람에 아직까지 관 앞에서 곡을 못하고 있소. 그때문에 통곡하고 있소."

그러자 그 사람이 물었다. "당신은 시를 지을 줄 아시오?", "시사(詩詞)는 경박한 사람들이 풍월을 두고 넋두리를 늘어놓는 것이지, 도(道)를 배우는 군자가 즐길 것은 아니오. 나는 격물(格物)·치지(致知)·성의(誠意)·정심(正心)[99]을 학문으로 삼고 있소. 시사에는 뜻을 두고 있지 않지만, 남이 선창(先唱)을 하면, 화답은 반드시 하오."

다른 사람이 최부의 손바닥에 글을 써서 말했다. "보아하니 당신은 나쁜 사람은 아닌 것 같소. 그런데 단지 언어가 같지 않아 당신은 장님이나 귀머거리나 마찬가지요. 참으로 불쌍하오만 내가 말할 게 있소. 이

---

97 안회(顏回: 기원전 521~481): 중국 춘추 말기의 유학자. 지금의 산동 지방인 노국(魯國)의 곡부 사람으로 14세부터 공자를 스승으로 모셨다고 한다. 국내의 자료에는 안회의 사망 연도가 기원전 490년 등으로 나와 있으나, 이 책에서는 중국의 자료에 의거했다.

98 주희(朱熹: 1130~1200): 송나라 때 사상가이자 철학가. 주자(朱子), 주문공(朱文公)이라고도 불린다.

99 격물(格物)·치지(致知)·성의(誠意)·정심(正心)·수신(修身)·제가(齊家)·치국(治國)·평천하(平天下): 대학(大學)에서 나오는 말로, 격물치지(格物致知)는 사물의 이치를 연구하여 지식을 확장함.

를 잊어버리지 말고 매우 조심해야 하오. 사람들한테 함부로 이야기하지 마시오. 옛날부터 왜적이 우리 변경에 여러 번 침입했소. 그래서 나라는 비왜도지휘(備倭都指揮)[100]와 비왜파총관(備倭把總官)[101]을 두고 왜적에 대처하고 있소. 왜인을 잡으면 모두 먼저 목을 베고 나중에 이를 보고하고 있소."

그가 말을 이어갔다. "당신이 배를 처음 댔던 곳이 사자채(獅子寨)의 관할이었소. 그 수채관(守寨官)이 당신을 왜인이라고 무고한 거요. 그는 상을 받으려고 여러분의 목을 베려고 했던 것이지요. 그래서 그는 먼저 '왜선 14척이 변경을 침입하여 주민을 약탈하고 있다'고 보고하기에 이른 것이요. 그가 병사를 이끌고 가서 여러분을 체포하여 목을 베려고 하던 차에, 당신들이 배를 버리고 사람들이 많이 사는 마을로 달아난 것이요. 그래서 그의 계획이 수포로 돌아갔소. 내일 파총관이 와서 당신들을 심문할 거요. 그에게 상황을 낱낱이 설명하시오. 조금이라도 어긋나거나 실수가 있다면 무슨 일이 벌어질지 아무도 장담할 수 없소."

최부가 그의 이름을 묻자, 그는, "이 말을 한 것은 당신을 아끼고, 당신이 위험에 처해 있기 때문이오."라 하고는 돌아서서 가버렸다. 최부는 그의 말을 듣는 순간 머리카락이 곤두설 지경이었다. 최부가 정보 등에게 이 말을 전하자 그들은 머리를 끄덕이며 말했다. "길에서 사람들이 우리를 가리키며 목을 베는 시늉을 했는데, 그 모든 것이 이러한 계

---

100 명나라에 설치된 지방의 군정(軍政) 기관인 도지휘사사(都指揮使司)의 수장인 도지휘사(都指揮使)로 정2품 관직.

101 왜를 수비하는 변방 사령관.

략에 현혹되었기 때문이군요."

날이 저물자, 천호(千戶)를 포함하여 관원 일고여덟 명이 큰 탁자 하나를 놓고 주변에 둘러섰다. 그들은 정보를 앞에 불러 놓고 물었다. "너희 일행의 배가 14척이었다는데, 사실인가?", "한 척뿐이었소." 그들은 그를 손짓으로 나가게 하고 최부를 불러들여 물었다. "몇 척의 배를 타고 온 것이오?", "한 척뿐이오.", "14척의 배가 바다에서 목격되었소. 어제 그 배들이 바다에 같이 정박했다는데, 수채관의 보고가 있어 우리는 이 사실을 상부에 보고하였소. 나머지 13척의 배는 어디에 두었소?"

최부가 말했다. "우리가 해안에 도착하였을 때, 귀국 사람들이 탄 배여섯 척이 거기에 있었소. 우리는 같이 정박했던 것이오. 그 여섯 척의 배 선원들한테 물어보면 우리 배의 수를 알 수 있을 것이오.", "당신들 왜인은 이곳에 상륙하여 약탈을 하는 이유는 무엇이오?", "나는 조선국 사람이오. 왜와는 말도 다르고 의관도 다르오. 그것으로도 당신은 분간할 수 있을 것이오.", "왜인으로서 도적질에 교묘한 놈은 변장을 하고 조선 사람처럼 꾸미고 있소. 당신이 그와 같은 왜인이 아니라는 것을 우리가 어떻게 안단 말이오?"

최부가 말했다. "내 행동거지를 보고 인신, 마패, 관대(冠帶)와 문서 등을 조사해 보면 진위를 가릴 수 있을 것이오." 그러자 천호 등은 최부에게 명령하여 인신 등 물건을 가져오게 하여 증거로 제출하도록 했다. "당신은 이 물건들을 조선인한테서 빼앗은 왜인이 아닌가?", "조금이라도 의심이 있다면 나를 북경으로 보내 주시오. 조선인 통역과 한마디

하면 실상이 드러날 것이오."

그들이 물었다. "성명이 무엇이오? 어디에서 왔소? 관직은 무엇이오? 어떤 일로 우리 변경에 온 것이오? 사실을 글로 쓰되, 감히 거짓말을 하지 마시오. 우리는 이를 상관에 보고할 것이오." 최부가 말했다. "내 이름은 최부요. 조선국 전라도 나주성 내에 살고 있소. 문과에 두 번 급제하였고, 몇 년간 벼슬길에 올랐소. 작년 9월에 나는 국왕의 명을 받아 제주 등 섬에 갔다가, 금년 윤달 정월 3일에 부친상을 당해 황급히 집으로 돌아가던 중, 폭풍을 만나 바다에 표류하다가 여기까지 오게 됐소."

그들이 물었다. "당신 아버지의 성명은 무엇이오? 그의 직책은? 어디에서 사망하였소?", "아버지 이름은 택(澤)이오. 진사시(進士試)에 합격하였으나, 부모를 봉양하기 위해 벼슬은 하지 않았소. 상복을 벗은 지 겨우 4년 만에 나주에서 돌아가셨소." 서면 진술이 끝나자, 그들은 최부를 별관에 묵게 하고 그와 종자들에게 음식을 주었다.

최부의 주:

우리나라 사람으로 공적이나 사적의 일로 제주를 왕래하다가 바람을 만나 행방이 묘연해진 사람들이 이루 헤아릴 수가 없다. 살아서 돌아온 자는 백 명 중에 겨우 한둘 정도이다. 그들 모두 바다에서 죽었다고 할 수 있을까? 섬라(暹羅)[102], 점성(占城)[103] 등 섬 오랑캐 나라들에 표류된 자들은 다

---

102 지금의 태국.
103 베트남의 남부에 참(Cham)족이 세운 나라.

시 돌아올 희망조차 없다. 설령 그들이 중국 국경에 표착한다 해도 해안에 거주하는 사람들에 의해 왜적으로 부당한 혐의를 받고 있는 실정이다. 상을 받기 위해 그들의 목이 잘린다 한들 누가 실정을 이야기할 수 있겠는가? 우리 같은 사람도 스스로 미리 육지에 오르지 않았거나 인신과 마패 같은 신표를 지니고 있지 않았다면 어떻게 화를 면했겠는가?

우리나라가 중국 조정의 제도를 따라 백관들에게 이름과 직책을 전자 (篆字)[104]로 쓴 호패(號牌)[105]와 석패(錫牌)[106]를 지급하여 신분을 알아보게 한다. 관리가 그 직위가 크든 작든 간에 어느 곳이라도 파견될 때는 왕명 의 존엄을 지키는 상징물인 절월(節鉞)[107]을 받도록 하여야 한다. 바닷가 에 거주하는 사람들이 비록 개인 장사로 바다를 항해할지라도 이러이러 한 나라, 이러이러한 주와 현, 이러이러한 이름, 이러이러한 용모, 이러이 러한 나이를 새겨서 신분을 식별하는 호패를 지급 받도록 한다. 또한 통 역을 제주에 두어 모든 사신과 3읍의 수령은 왕래할 때 통역을 항상 대동 하여 앞날을 대비하여야 한다. 모든 일이 이루어지는 때에만 비로소 모 두 환난을 피할 수 있을 것이다.

---

104 진(秦)나라가 문자 통일을 할 때 채택한 서체. 예서(隷書)보다 한 시대 앞선 서체이다

105 조선 시대에 16세 이상의 남자가 신분을 증명하기 위해 차고 다녔던 물건.

106 백랍으로 만든 표찰.

107 관찰사, 통제사 등 고관이 부임할 때 왕이 내리던 권력의 신표로, 절은 수기(手旗)와 비슷하고, 월은 긴 나무 자루에 은빛 또는 금빛의 나무 도끼가 달린 고대 병기(도끼와 창을 결합한 무기; 미늘창) 모양의 상징물.

윤달 1월 20일, 최부 일행은 도저소에 머물렀다.

날씨가 흐렸다 갰다 했다.

　최부가 도저소의 천호 이름을 물으니, 진화(陳華)라고 했다. 그가 최부를 보러 한 관원과 함께 왔다. 그는 최부의 갓을 가리키며 물었다. "그게 무슨 모자요?", "이것은 상립(喪笠)[108]이오. 부모의 상을 당한 사람은 누구나 묘 옆의 오두막집에 3년간 거처하는 것이 나라 풍습이오. 불행히도 나처럼 표류를 당하거나 먼 곳을 가야 하는 경우, 감히 해와 하늘을 우러러보지 못하오. 그러한 이유로 이 깊은 갓을 쓰고 비통한 마음을 간직하고 있소."

　끼니 때가 되자, 허청이 최부를 그의 탁자로 안내했다. 그 탁자에 앉아있던 한 사람이 젓가락으로 탁자에 글을 썼다. "돼지고기를 먹소?", "우리나라 사람들은 3년 동안 수상(守喪)을 하는데 어류, 육류, 젓갈, 맵거나 향이 강한 채소를 먹지 않소." 그러자 그는 별도의 그릇에 채소 요리를 많이 담아 최부에게 주었다. 허청은 최부의 옷이 아직도 마르지 않은 것을 보고 말했다. "오늘은 햇빛이 나고 있으니 옷을 벗어 말리시오.", "내 옷은 젖어 있지만 이 옷을 벗는다면 입을 옷이 하나도 없어 말릴 수가 없소." 허청은 최부를 양지 바른 곳으로 자리를 잡게 한 다음 말리도록 했다.

---

108 부모 등의 상을 당한 사람이 밖에 나갈 때 쓰던 갓으로 방갓이라고도 한다.

한 관리가 와서 물었다. "당신 나라 왕을 황제라 부르오?", "하늘에는 두 개의 태양이 없소. 어떻게 한 하늘 아래 두 황제가 있겠소? 우리 왕은 성심껏 대국을 섬기고 있소." 그런 후 그가 물었다. "당신 나라의 관리들은 코뿔소 띠를 착용하오?" 최부가 대답했다. "1품과 2품은 금띠, 3품과 4품은 은띠, 5품과 6품 이하는 검은 뿔 띠를 착용하고 있소만 코뿔소 띠는 없소."

그가 물었다. "당신 나라에 금과 은이 있소?" 최부가 대답했다. "금은은 본국에서 생산하지 않소", "그렇다면 어떻게 금띠, 은띠가 있단 말이오?", "그것들은 모두 상국(上國)[109]과 교역으로 생긴 것이오. 그런 까닭에 귀한 것이오." 최부가 그 관리에게 무엇을 하는 사람이냐고 묻자, 그는 공문을 꺼내 최부에게 보여 주었다. 그 공문에 파총관은 우선 이 관원에게 패(牌)를 주어 도저소로 급히 파견할 것이다. 그는 최부 일행을 감시하고, 조사하며, 상황을 판단하는 데 어긋남이 없도록 할 것이라고 쓰여 있었다. 그의 이름은 설민(薛旻)이었다.

또 한 사람이 와서 말했다. "나는 영파부(寧波府) 정해위(定海衛)에서 왔소. 그 곳의 도사(都司)[110]가 보내서 왔소." 최부가 물었다. "영파부에 하산(下山)이란 곳이 있지 않소?", "있소." 최부는 그에게 하산에 도착하여 정박했던 일, 해적을 만나 다시 표류했던 일에 대해 말했다. 그 사람은, "이 문서를 지부(知府)[111]에 가져가 조사를 하도록 할 것이오." 하

---

109 중국을 지칭.

110 도지휘사사(都指揮使司); 명나라 지방의 군정(軍政) 부서; 책임자는 도지휘사(都指揮使)로 정2품 관직. 도지휘사사 휘하에 위(衛), 소(所)가 있다.

였다. 최부가 그의 이름을 물으니 왕해(王海)라고 했다.

바깥의 많은 사람들이 몰려들며 앞을 다투어 종이와 붓을 가지고 질
문하였다. 최부는 일일이 대꾸할 수 없었다. 한 관리가 은밀하게 글을 써
서 최부에게 보였다. "이곳 사람들은 경박하니, 쓸데없는 이야기를 하지
마시오."

윤달 1월 21일, 최부 일행은 도저소에 머물렀다.

날씨가 맑았다.

사람들이 최부를 보러 떼지어 왔다. 왕해는 벽에 걸려 있는 한 그림을
가리키며 "이 그림을 알고 있소?"라고 물었다. 최부는 "모르겠소."라고
대답했다. "그 그림은 당나라 때 진사[112]인 종규(鍾馗)요." 최부가, "평생
토록 종규는 진사를 못했소. 어찌 그를 진사로 부른단 말이오?"라고 말
하자 왕해 등이 왁자지껄 웃어댔다. 한 백발 노인이 와 있기에 최부가
물었다. "여기서 천태산(天台山)과 안탕산(雁蕩山)이 몇 리나 떨어져 있
소?" 노인이 대답했다. "천태산은 천태현의 북쪽에 있는 산으로 여기서
이틀 여정의 거리이며, 안탕산은 천태산 남쪽으로 하루 가면 있소."

---

111 명나라의 지방 관제(官制)인 부(府)의 최고 책임자로 정4품, 주(州)의 책임자는 지주
(知州)로 종5품, 현(縣)의 책임자는 지현(知縣)으로 정7품 관리.

112 조선시대의 진사와는 달리 고대 중국의 진사는 최종 1급 중앙조정(中央朝廷)의 과
거 합격자.

도저성의 주산인 석주산: 제막을 기다리고 있는 '최부표해록중한민간우호비' 너머로 석주산의 석주(石柱)가 보인다. 우호비의 자리는 최부가 심문을 받던 장소로 추정된다.

최부가 다시 물었다. "이 성의 주산(主山)은 어느 산이오?", "석주산 (石柱山)이오." 노인이 최부를 문 밖으로 데리고 나가 석주산을 가리켰는데, 과연 석벽으로 이루어진 산이었다. 산꼭대기에는 기둥처럼 생긴 커다란 바위가 있었다. 최부가 말했다. "여기서 북경까지는 몇 리나 되오?", "5천 8백여 리요." 최부가 양자강(楊子江)[113]까지 몇 리나 되느냐고 물었다. "북쪽으로 2천여 리에 있소." 최부는 이섬(李暹)[114]이 머물렀던 양주부(楊州府)[115]를 언급하면서 물었다. "여기서 그곳까지 몇 리나 되오?", "양자강 북쪽에 있소. 당신이 양자강을 건너면 양주가 되오.", "남경과는 몇 리나 되오?", "북서로 2천여 리에 있소. 그러나 모두 대략 헤아릴 뿐 정확히는 모르겠소."

한 고위 관리가 위풍당당하게 앞에는 벽제소리[116], 인파가 뒤를 따르고, 질서정연한 군대를 거느리고 왔다. 그는 황화관(皇華館)[117]에 자리잡고 앉았다. 최부가 그에 관해 물어보았더니 송문(松門) 등지의 비왜지휘 (備倭指揮) 파총관 유택(劉澤)이었다. 그는 최부를 불러들였다. "당신이 불법으로 국경을 넘었으니, 마땅히 군법으로 처결되어야 하나, 이 사안에 대해 동정을 살만한 점이 있어서 잠시 처형을 하지 않고 있소. 우리나라에 침범 여부를 사실대로 진술하시오."

---

113 현 표기는 양자강(揚子江).

114 최부에 앞서 1483년 제주도 정의(旌義) 현감 이섬 등 47명이 해상에서 열흘간 표류하다가 양주부에 도착. 일행 중 생존자 33명만이 귀환.

115 현 표기는 양주부(揚州府).

116 고관이 지나갈 때 앞에서 잡인의 통행을 금하던 일.

117 현지 관원이나 외국 사신이 휴식을 취하거나 숙박을 하던 공관. 황화(皇華)는 중국 사신을 높여서 부르는 말.

최부가 진술했다. "나의 이름은 최부요. 조선국 전라도 나주성에서 살고 있소. 문과에 두 번 급제하였고 국왕의 근신(近臣)이었소. 작년 9월 17일, 나는 왕명을 받들어 제주 등지의 경차관(敬差官)[118]이 되었소. 제주는 남해에 있으며 나주에서 뱃길로 1천여 리나 되오. 같은 해 11월 12일[119] 바다를 건넜소. 나는 도망친 노비 등을 추쇄(推刷)[120]하고 있었는데, 금년 정월 30일에 나는 아비지가 돌아가셨디는 소식을 들었소.

윤달 정월 3일, 순풍을 기다리지 않고, 황급히 바다를 건너다가 역풍(逆風)을 만나 항로를 이탈하여 표류, 사납고 산더미 같은 파도 속에 익사할 뻔했소. 굶주림에 시달리고, 심한 갈증으로 죽을 고비를 넘겼소. 이달 12일에 한 섬에 도착했는데, 섬 이름은 알지 못하오. 우리는 그곳에 정박했소. 그때 어선이 다가와 '어느 나라 사람이냐'고 물었소. 우리는 조선국 사람들이며 어떻게 표류했는지를 대답했소.

그러면서 '여기가 어느 나라 땅이오?'라고 우리가 물었소. 그 사람들은 '대당국(大唐國) 영파부(寧波府) 하산(下山)'이라고 대답을 했소. 그날 밤 해적선을 타고 20여 명이 왔소. 그들은 칼로 우리를 협박하며 목을 베려 했소. 그들은 옷가지와 양식, 짐을 빼앗은 다음 노와 닻을 끊어버린 후 떠나서, 우리는 다시 대양에서 표류하고 말았소. 17일에 우린 다시 육지에 도착했는데 어느 해안에 정박을 했소. 그 해안의 이름은 모

---

118 특수 임무를 띠고 지방에 파견된 관직.

119 1487년 음력 11월 12일로 최부는 11월 11일 아침 관두량을 떠나 12일 저녁에 제주 조천관에 도착.

120 도망간 노비나 병역 기피자 등 불법자를 찾아내 원래의 위치로 보내는 일.

르오. 거기에 다시 배가 있었는데, 6척이 줄지어 있었소. 그 배들이 저번 만났던 해적선이 아닌가 두려웠소.

우리는 배를 버리고 육지로 가서 두 고개를 넘었소. 6~7리쯤 가니 인가가 있었는데, 그곳에서부터 계속해서 인계되다가 밤에 선암리(仙岩里)에 도착했소. 그 마을 사람들은 우리를 몽둥이로 치고 물건을 빼앗았소. 한 장소로 넘겼는데, 그곳에서 한 관원을 만났고, 그 관원은 우리를 이끌고 이곳까지 오게 되었소."

그가 다시 물었다. "당신이 과거에 급제한 것은 몇 년도요? 역임한 관직은? 데리고 온 사람들은 어느 주(州)와 현(縣)의 사람들이오? 짐에는 무슨 무기가 들어 있소? 원래 있었던 배는 몇 척이오?"

"나는 성화(成化) 정유년(丁酉年)[121]에 진사시 3등으로 합격하고 임인년(壬寅年)[122]에 문과(文科) 을과(乙科)에 1등으로 합격하였소. 나는 교서관(校書館) 저작(著作)[123], 박사(博士)[124], 군자감(軍資監) 주부(主簿)[125], 성균관(成均館) 전적(典籍)[126], 사헌부(司憲府) 감찰(監察)[127], 홍문관(弘文館) 부수찬(副修撰)[128]과 수찬(修撰)[129]이 되었소. 병오년(丙午年)[130]에는 문과

---

121 서기 1477년(명나라 헌종).
122 1482년.
123 정8품 관직.
124 정7품 관직.
125 종6품 관직.
126 정6품 관직.
127 정6품 관직.

중시(重試) 을과에 1등으로 합격하였소. 홍문관 부교리(副校理)[131], 용양위(龍驤衛)의 사과(司果)[132]와 부사직(副司直)[133]을 지냈소.

수행원으로, 4명의 배리(陪吏)가 있는데, 광주목(光州牧)의 정보, 화순현의 김중, 나주목의 손효자, 제주목의 이효지가 있소. 한 사람은 이정으로 서울에서 온 일행이오. 진무 안의는 제주 사람이고, 나주 청안여리인 최거이산과 막금 등 하인이 2명이 있소. 제주 관노(官奴) 권송 등 4명이 있고, 호송군은 김속 등 9명이며 뱃사공은 허상리 등 20명으로 모두 제주 출신이오.

우리는 한 척의 큰 배를 타고 왔소. 돛대와 돛은 바람을 만나 유실되었고, 닻과 노는 해적을 만나 잃어버렸소. 소지한 물건으로, 인신(印信), 마패, 사모, 각대(角帶), 관련 공문서, 중시방록(重試榜錄), 책, 활과 칼이 있고 각자의 옷이 있소. 이외에 다른 것은 없소이다."

파총관[134]은 인신 등의 물건을 점검하더니, 이렇게 물었다. "당신 나라의 크기는 얼마며, 부(府)와 주(州)는 몇 군데나 되오? 군량은 얼마나 되고, 당신 나라에서 생산된 물품 중에서 어느 물품이 귀하오? 시서(詩書)를

---

128 종6품 관직.
129 정6품 관직.
130 1486년.
131 종5품 관직. 교리는 정5품 관직.
132 정6품 무관직.
133 종5품 무관직.
134 비왜지휘인 유택(劉澤)을 지칭.

읽을 때 어느 경전을 존중하고 있소? 의관과 예악(禮樂)은 어느 시대의 제도를 따르고 있소? 검증의 근거로 삼을 터이니 낱낱이 글로 써 내시오."

"내 나라는 수천여 리에 달하오. 8개의 도(道)가 있고, 그 도에 주(州), 부(府), 군(郡), 현(縣)[135]이 3백여 곳이 있소. 생산물로는 인재(人材), 오곡, 말, 소, 닭, 개 등이 있소. 읽고 존중되는 것은 사서오경(四書五經)이오. 의관과 예악은 중국의 제도를 지키고 있소. 군량에 대해서는 내가 유신(儒臣)이기 때문에 경험하지 못하여 아는 바가 없소."

그가 물었다. "당신 나라는 일본, 유구와 고려와 서로 왕래가 있는가?", "일본과 유구는 동남방 대해(大海)에 있소. 그 나라들은 멀리 떨어져 있어서 왕래하지 않고 있소. 고려는 지금 우리 조선으로 바뀌었소.", "당신 나라도 우리 조정에 조공(朝貢)하시오?" 최부가 대답했다. "해마다 황제의 탄일이나 정월 초하루[136]에 조공을 하고 있소.", "당신 나라는 어떤 법도가 있으며, 별도의 연호(年號)가 있소?"

"연호와 법도는 한결같이 명나라를 따르고 있소." 심문을 끝낸 파총관이 말했다. "당신 나라는 여러 해 동안 조공을 하였고, 군신(君臣)간의 좋은 의리를 보여 왔소. 침범이나 반역할 의도가 전혀 없다는 것이 밝혀졌기 때문에 여러분은 예우를 받을 것이오. 각자 안심하고 걱정하지 마

---

135 조선의 지방 행정구역 단위: 도(道), 부(府), 목(牧), 주(州), 군(郡), 현(縣); 현령(縣令)이 있는 있는 현은 규모가 큰 현이고 현감(縣監)의 현은 작은 현.

136 황제의 탄일과 정월 초하루: 조선에서는 황제나 황후의 탄일에는 성절사(聖節使), 정월 초하루는 정조사(正朝使)를 파견하여 하례를 했다.

시오. 여러분을 북경으로 보낸 다음 귀국하게 할 것이오. 지체하지 말고 서둘러 행장을 수습하시오."

그는 최부 일행에게 다과(茶果)를 내주었다. 최부는 시를 지어 사례하고, 절을 하려고 했다. 파총관은, "절할 필요가 없소."라고 말했으나 최부는 그가 밀한 뜻을 이해하지 못하고 절을 했다. 파총관도 일어나서 답례하였다.

윤달 1월 22일, 최부 일행은 도저소에 머물렀다.

날씨가 흐렸다.

파총관은 최부를 앞으로 나오게 했다. 그는 전날의 진술서를 꺼내서 하산에서 도적을 만난 일과 선암리(仙岩里)에서 쫓겨 다니며 두들겨 맞은 내용 및 번거로운 문장을 삭제한 후 최부에게 고쳐 쓸 것을 지시했다. 탁자 옆에 서 있던 설민(薛旻)이 최부에게 말했다. "이 서류는 상사(上司)에 제출이 되고 황제에게 전달되니 글이 간결해야만 하오. 그런 이유로 우리 어른이 번잡한 부분을 지워 더 간략하게 만들어 당신에게 다시 쓰라고 한 것이오. 달리 생각해서는 안 되오."

최부는 쓰려고 하지 않았다. "진술서는 그대로 써야 되오. 설사 번잡한 점이 있다 하더라도 무엇이 잘못이오? 더군다나 삭제된 부분은 도적을 만난 일인데, 그런데도 '군인들의 옷 모두 그냥 온전한 채로 있다'라

도저성 내의 거리: 최부 일행이 거닐었던 도저성 내의 거리가 예전 모습대로 보존되어 있다.

고 운운하는 한 구절을 덧붙였소. 파총관은 내가 도적을 만난 사실을 숨기고 있소. 그렇게 하는 것은 무슨 의도요?"

설민이 남몰래 글을 써서 최부에게 보여 주었다. "지금의 황제는 최근 등극을 했는데, 법령이 엄하오. 만일 당신이 저번에 쓴 것을 황제 폐하가 본다면, 도적이 횡행하고 있다고 생각하고 변방의 장수들을 처벌할 것이오. 그렇게 되면 작은 일이 결코 아니오. 당신으로서는 문제를 일으키지 말고 살아서 돌아가는 일에 집중을 해야만 하오."

그의 말을 들으니 그럴 만도 하다고 생각한 최부는 붓을 들어 요구대로 진술서를 다시 써 주었다. 설민이 말했다. "군자감 주부를 지냈다고 말했소. 왜 군량의 수량을 모른다고 말하는 거요?", "나는 군자감에서 재직한 지 한 달이 채 못되어 전근이 되었소. 그래서 상세한 수치를 모르오.[137]"

"표류하면서 며칠이나 먹지 않았소?", "초사흘부터 열하루까지였소.", "그런데 어떻게 굶어 죽지 않았소?" 최부가 대답했다. "간혹 마른 쌀을 씹었으며 오줌도 먹었소. 오줌이 나올 게 없으면 비가 내리기를 기다렸소. 빗물에 옷을 흠뻑 적신 후 물을 짜서 마시면서 실낱 같은 생명을 이어갔소. 죽지 않은 것이 다행일 뿐이오."

---

137 최부는 군수품의 출납을 맡았던 군자감(軍資監) 종6품 벼슬인 주부(主簿)로 군량에 대해 알고 있었음에도 불구하고, 군사 기밀 사항을 발설하지 않았다. 국외에서 심문을 받고 있는 조난자(遭難者)의 신분임에도 불구하고 국가 이익을 생각하는 그의 안보의식을 엿볼 수 있는 대목이다.

그가 물었다. "당신의 나이는 몇이오?", "서른다섯이오." 그가 다시 물었다. "집을 떠난 지 며칠이나 되었소?", "달이 이미 여섯 번째 보름[138]이 되었소.", "고향 집이 생각 나오?", "아버지는 돌아가셨고 어머니는 집에서 곡을 하며 우실 터인데, 이는 나라의 풍속과는 다른 것이오.[139] 게다가 내가 익사한 줄로 알고 더욱 슬퍼하고 계실 것이오. 살아서 다른 나라에 도착한 내가 이런 생각을 들 때마다 통곡하지 않는 날이 없소."

그가 말했다. "신하가 된 자는 나라를 위해 집을 잊는 것이오. 당신은 나라의 일을 하다가 여기까지 표류하였으니, 충을 위해 효를 희생해야만 하오. 왜 집 생각을 하는 것이오?" 최부가 말했다. "충신은 효자의 가문에서 나온다는 말이 있소. 어버이에게 극진히 효도를 다하지 못한 자가 임금에게 충성한다는 말은 아직 듣지 못했소. 나무는 고요히 있으려 하나 바람이 그치지 않고 있소.[140] 또한 해가 서산으로 지고 있소.[141] 어

---

138 한문본에 "월이육도원의(月已六度圓矣)"라고 되어 있는데, 국내와 국외의 학자는 다음과 같이 이를 번역했다. 즉 최기홍은 "달이 이미 여섯 번이나 돌았다", 서인범 등은 "벌써 6개월이 넘었다", 박원호는 "여섯 달이다", 북한의 김찬순은 "달이 벌써 6섯 번째 둥글었다", 미국의 메스킬은 "둥근 달이 여섯"이라 번역했는데, 최부는 일수에 대해 일부러 과장해서 말한 것 같다.

139 한문본에는 "자모재당 곡지이변국속(慈母在堂 哭之已變國俗)"이라고 되어 있는데, 이를 미국의 메스킬은 "나라의 풍속에 따라 최부가 상주가 되어야 하는데, 여의치 못해 나라의 풍속에서 일탈했다"라고 번역했고, 박원호는 "살아 계시는 어머니는 슬피 울어 이미 나라의 풍속을 바꾸었다", 서인범 등은 "어머니는 당(堂)에 계시며 곡을 하시니 이미 나라의 풍속이 변했다"라고 번역했다.

140 한문본에 기재된 풍수부지(風樹不止) 수욕정이풍부지(樹欲靜而風不止) 자욕양이친부대(子欲養而親不待) 풍수지탄(風樹之嘆): 나무는 고요히 있으려고 하나 바람이 그치지 않고, 자식이 부모를 봉양하고 싶으나 부모는 기다려 주지 않는다. 살아 계실 때 부모에 효도를 다하지 못해 이를 탄식함.

찌 돌아 가신 아버지와 자애로운 어머니를 생각하지 않을 수 있겠소?"

그가 물었다. "당신네 나라 임금의 성과 휘(諱)[142]는?", "효자는 차마 부모의 이름을 말하지 않는 법이오. 따라서 누군가의 잘못에 대해 들을 때는 마치 부모의 이름을 듣는 듯이 하라는 말이 있소. 하물며 신하가 경솔하게 국왕의 휘를 아무한테나 말할 수 있겠소?" 그가 말했다. "나라 밖에 있으니 무방하지 않겠소?", "내가 조선의 신하가 아니란 말이오? 신하가된 자가 국경을 넘었다고 해서 자신의 나라에 등을 돌리며 행동과 말에 변함이 있을 수 있겠소? 나는 그런 사람이 아니오."라고 최부가 말했다.

설민이 최부와 주고 받은 내용을 파총관에게 주니 파총관은 읽어 나가며 머리를 끄덕였다. 그는 최부를 돌아보고 말했다. "내일 한 관리를 차출하여 당신을 동행시킬 것이오. 앞으로 도중에 잃어버리지 않도록 휴대한 물건을 항목별로 적어 내시오." 최부는 숙소로 물러났다.

왕광(王匡)이란 자가 와 있었다. 그는 설민의 앞잡이로 위협도 하고 구슬리기도 하면서 최부 일행에게 끊임없이 재물을 요구했던 자였으나, 최부는 그를 만족시킬 만한 물건이 행장에 아무것도 없었다. 그는 이번에 다시 와서 말했다. "당신은 대인의 은혜에 보답해야만 하오." 최부는 입고 있던 솜으로 된 안감을 벗어 허청의 아들인 융(隆)에게 주었다.

---

141 최부의 어머니가 연로하여 언제 돌아가실지 모른다는 비유.
142 직접 부르기를 꺼리는 제왕이나 어른의 생전 이름.

최부의 주:

태주(台州)는 옛 동구국(東甌國)[143]의 땅으로, 민(閩)[144]의 동쪽이며, 월(越)[145]의 남쪽에 있다. 우두외양(牛頭外洋) 등의 지역은 임해현(臨海縣)에서 관할하고 있으며 태주의 동남쪽 변방에 있다. 기후는 온난하다. 항상 비가 와서 맑은 날이 드물다. 실로 무덥고 말라리아가 유행하는 지방이다. 내가 도착한 것이 정월이었는데도 기후는 3, 4월과 같았다. 보리 이삭이 패려 하고 있고 죽순이 한창이었으며 복숭아꽃과 살구꽃이 만발했다. 산은 높고 내가 크며 숲이 울창하였다. 사람이 매우 많고 집들은 화려하여 마치 별천지에 온 것 같았다.

윤달 1월 23일, 최부 일행은 도저소를 출발했다.

날씨가 흐렸다.

파총관은 최부와 일행을 그 앞에 불러 놓고 최부에게 호명을 하여 인원수를 점검하도록 지시했다. 파총관은 천호 적용(翟勇)과 20여 명의 군리를 차출하여 최부 일행을 총병관(總兵官)[146]이 있는 곳으로 호송하도록 했다. 최부와 배리들은 가마를 타고 갔다. 양달해는 간교한 자로

---

143 월나라 왕인 구천(句踐)의 후예가 절강성 온주시(溫州市), 태주시와 여수시(麗水市) 일대에 세웠다는 제후 국가. 지금도 온주시는 동구(東甌)라는 옛 이름으로 불리고 있다.
144 지금의 복건성 지역으로 고대의 민나라(閩國).
145 지금의 소흥(紹興), 금화(金華) 주변 지역으로 고대의 월나라(越國).

병을 핑계로 지팡이에 의지하며 걸을 수 없는 척하니 파총관이 가마를 타도록 허락하였다. 가마를 탄 사람이 모두 여덟 명이나 되었다. 적용, 허청과 왕광은 최부 일행과 함께 산장(山場)과 오두(烏頭) 등 두 고개를 넘었다. 그 사이에는 큰 내가 셋이 있었는데, 오두령(烏頭嶺) 밑에는 감계(鑑溪)가 있었다. 허청은 일행을 냇가에 있는 인가로 데려가 밥을 지어 먹었다.

밤인데도 최부 일행은 당두(塘頭)와 포봉(蒲峰) 등을 지나 계속 갔다. 길가에 있는 한 절에 도착하여 그곳에서 유숙하였다. 절 앞에 있는 마을은 선암리였다. 도저소에서 그곳까지의 도로는 최부가 전에 끌려 지나갔던 길이었다. 그날 밤, 허청과 적용이 그 마을 이장을 심문, 말안장을 훔쳐갔던 녀석을 붙잡아 관에 보고한 후 최부에게 말안장을 돌려주었다. 그러나 군인들이 빼앗겼던 갓, 망건 등의 물건은 모두 받지를 못했다.

최부의 주:

대개 강도들은 사람을 죽이고 강탈하며 폭력을 휘두르는 데 거리낌이 없다. 지금 강남 사람들은 이익에 사로잡혀 강도질과 도적질을 하는 자도 있지만 하산의 강도는 우리를 죽이지는 않고 물건을 남기기까지 하였다. 선암 사람들은 훔친 물건을 숨기지는 않고 빼앗은 안장은 결국 돌려주었다. 이로 볼 때 이들의 성품은 부드럽고 인심이 사악하지 않다는 것

---

146 유사시에 공(公), 후(侯), 백(伯)의 고관대작이나 지역의 군사령관을 임시로 임명, 위소(衛所)의 병력을 통솔했다고 한다. 도사(都司)와 파총관은 그 휘하에 있는 것으로 여겨진다.

을 알 수 있다.

윤달 1월 24일, 최부 일행은 건도소(健跳所)¹⁴⁷를 지났다.

날씨가 맑았다.

새벽에 천암리(穿岩里)를 지났다. 마을 서쪽에 산이 있었으며, 산 위에 깎아지른 듯한 석벽이 있었고, 그 석벽에는 거대한 구멍이 나 있는데 마치 홍문(虹門)¹⁴⁸ 같았다. 그 마을의 이름은 거기서 따온 것 같았다. 일행은 전령(田嶺)을 넘었다. 전령 위에는 스님이 길을 가로질러 절을 지었기 때문에 행인들은 절 안으로 지나갔다. 평지에서는 가마를 타기도 했지만 고개가 가파르고 길이 험한 곳에서는 가마를 내려 걷는 일이 자주 있었다. 절에 이르러서는 절뚝거리며 걸으며 안간힘을 다했다. 절의 스님들이 불쌍히 여겨 차를 끓여 내와 일행은 잠시 머물렀다.

계속 가서 포구에 도착했다. 그 포구에는 무장한 병선들이 있었다. 병선들은 포구 주위를 오르내리고 있는데, 그 모습이 마치 해전을 방불케 하였다. 최부는 거룻배를 타고 건도소로 넘어갔다. 성은 해안과 인접한 곳에 있었다. 그 성의 천호인 이앙(李昻)은 체구가 장대하고 용모가 준

---

147 삼문만(三門灣)에 위치하고 있으며, 해안방비를 위한 최전방 천호소(千戶所). 명장 척계광(戚繼光) 등이 이곳에 주둔하며 왜구와 싸웠다고 전해진다. 한문본의 건(健)은 健의 속자(俗字).

148 무지개 모양의 문.

천암리: 최부 일행이 목격했던 천암리의 산 위에 있는 거대한 구멍.

수했으며 갑옷을 입고 무기를 휴대하고 있었다.

이앙은 최부를 인도하여 성문으로 들어갔다. 성문은 모두 이중으로 된 문이었다. 북, 뿔 피리와 총소리가 바다와 산을 진동시켰다. 크고 작은 뿔 피리 끝은 모두 위로 구부러져 부는 이들의 미간을 향하고 있었다. 성안의 사람들과 집은 도저소보다 훨씬 더 풍성하였다.

이앙은 최부를 한 객관으로 안내했다. 이앙과 적용, 허청, 왕광, 왕해와 이곳의 중후하고 나이든 장(庄) 아무개, 윤 아무개 등의 관원들이 탁자 좌우로 섰다. 그들이 최부에게 표류된 내역을 묻자 최부는 전말을 대략 설명했다. 이앙은 일행에게 대청으로 오르기를 권하여 주인과 손님의 예를 행하였다. 이앙은 서쪽 계단, 최부는 동쪽 계단으로 올라가 마주 서서 절을 두 번 했다. 그런 후 이앙은 최부에게 다과, 종자에게는 술과 고기를 대접했다. 성이 윤(尹)인 늙은 관원이 정보 등을 이끌고 자기 집으로 가서 음식을 대접하고 처첩과 자녀들한테 인사를 하도록 하였다. 인심이 이처럼 순박하고 후했다.

한 사람이 병오년[149]에 과거에 급제한 소록(小錄)을 가져와 최부에게 보여 주었다. "이것이 내가 과거에 급제한 명단이오." 그는 명단 중에 있는 두 글자, 장(張)과 보(輔)[150]를 가리키더니 "이것이 나의 성명이오.

---

149 성화 병오년, 즉 1486년.

150 건도(健跳) 출신으로 「조선 최부 교리를 보내며(送朝鮮崔校理序)」의 송별사는 당시 편찬된 『영해현지(寧海縣志)』 등에 실려 있는데, 최부 일행이 중국을 다녀간 사실에 대한 유일한 기록이자 증거로 남아 있다. 『영해현지(寧海縣志)』에는 "成化丙午

당신 나라에서도 과거에 급제한 사람들을 존경하고 있소?"라고 물었다. 최부는 "그렇소"라고 대답했다.

그는 말했다. "우리나라 제도에 의하면 등제(登第)하는 모든 초야의 선비는 봉록(俸祿)[151]을 받고 있소. 문간에 정문(旌門)을 세우고 명함에는 진사 급제 무슨 과 몇 등이라고 씌어 있소." 그는 최부를 자신의 집으로 데려갔는데, 과연 그의 집 앞 거리에는 용이 새겨진 돌기둥으로 만든 2층 3칸의 문이 서 있었다. 문의 금빛과 푸른 빛이 눈부시도록 빛났다. 그 위에 "병오과(丙午科) 장보의 집"이라고 큰 글씨로 쓴 액자가 있었다. 장보가 이를 최부에게 보여 준 이유는 과시하기 위한 것이었다.

최부 역시 지나칠 정도로 과시했다. "나는 두 번이나 급제를 했소. 한 해 쌀 2백석의 봉록[152]을 받고 있으며, 내 정문(旌門)[153]은 3층으로 되어

　　郷薦中禮部乙榜"라고 기록되어 있다. 즉 성화 병오년(1486년)에 예부 을과에 합격한 것으로 보면, 황제가 친히 보던 최고의 과거시험 합격자, 즉 진사(進士)는 아닌 것 같다.『영해현지(寧海縣志)』인명록의 진사시(進士試) 합격 명단에도 나오지 않는다.

151 관리에게 지급하던 보수. 최부가 경차관으로 파견되었을 때 품계는 5품으로 생각된다. 조선시대의 녹봉은 5품인 경우 연간 받는 녹봉은 쌀, 보리 등 45석 내외로 추정되며, 명나라 때 같은 직급인 경우 월 15석 내외로 추정된다.

152 쌀 2백석의 봉록: 한 석은 한 말의 열 배. 두 가마가 한 석이 아닌가 싶다. 장보가 진사 시험이 아닌 예부 을과에 합격한 것을 가지고 자랑하자, 과거에 두 번이나 합격한 최부는 그의 표현대로 지나치게 자신이 받는 녹봉을 부풀려 과시했다. 그런데 영역자 메스킬은 이 구절에 관해 1769년 일본의 유학자인 기요타 기미카네(5월 16일자 주 42 참조)가『표해록』을『당토행정기(唐土行程記)』라는 제목으로 바꾸어 번역하면서 "고(考)"를 달아 트집을 잡고 있는 내용을 소개했다. 그 "고"의 내용은 대략 다음과 같은데, 그 시대에 팽배했던 일본 지식층의 국수주의 성향을 들여다볼 수 있다 하겠다. "매년 쌀 2백석을 받는 것이 사실이라면 조선 관리의 녹봉 봉록이 빈약한 것은 말

있소. 나에게는 미치지 못하오." 장보가 말했다. "그걸 어떻게 알 수 있
소?", "내 정문이 멀리 있어 이곳으로 가져올 수 없지만, 여기에 문과 중
시소록(重試小錄)이 있소." 최부는 소록을 펼쳐 그에게 보여 주었다. 장
보가 거기에 쓰여 있는 성명과 직함을 보고서는 무릎을 꿇고 말했다.
"나는 당신에게 도저히 미치지 못하겠소."

<hr>

윤달 1월 25일, 최부 일행은 월계순검사(越溪巡檢司)¹⁵⁴에 도착했다.

날씨가 흐리고 흙비가 내렸다.¹⁵⁵

　이앙, 허청, 왕광, 장과 윤이 최부를 바다까지 전송해 주었다. 이앙이

할 나위도 없다. 2천석 이상의 신하가 수천, 만석 이상의 신하가 수십 인이라는 사실
을 모르는가? 또 제후는 어떠한가? 사실을 말해도 우리가 과장했다고 믿으려 들지 않
을 것이다. 얼음을 두고서 여름의 벌레한테 설명하는 것과 다름이 없다. 무릇 천지간
에 우리 대일본에 필적할 만한 나라는 절대로 없다." 최부가 장보의 기를 꺾으려고 자
신의 표현대로 허황되게 자랑을 했는데, 이를 두고 일본 유학자의 비아냥이 심하다.
『당토행정기』는 필요한 것만을 뽑아 번역한 것이지 『표해록』을 완역한 것은 아니다.

153 중국의 정문은 위에 망대가 있고 정기(旌旗)가 있는 건축물. 주로 충효, 절의를 지킨
사람을 기리기 위하여 세움.

154 월계순검사: 현 영해현(寧海縣)의 월계향(越溪鄉) 영파금약시희망소학교(寧波金鑰
匙希望小學) 뒤의 산등성이에 위치. 현재는 부서진 담, 벽돌, 기와 등의 잔해가 남아
있다. 옛날에 해안가였던 그 소학교 교정에 2002년 7월 11일 표해록기념사업회가
주관하고 최부의 후예인 최금환(崔錦煥)이 자금을 출연하여 최부표류사적비(崔溥
漂流事跡碑)를 건립하여 준공식을 가진 바 있다.

155 한문본의 음매(陰霾)는 "흐리고 흙비", 국역자 서인범 등만이 "흐리고 흙비가 내렸
다"라고 해석했다

최부의 손을 잡고 말했다. "멀리 떨어져 있었던 당신과 내가 만난 것은 천재일우였소. 헤어지면 다시는 서로 못 만날 것이오." 최부는 배에 올라 작별하면서 말했다. "내가 올 때, 장군은 수많은 무장 군인을 성벽에 늘어 세웠고 성문을 채웠소. 또한 각종의 수많은 깃발이 펄럭였고, 징과 북을 요란스럽게 두드렸소. 장군은 낯선 사람에게 위엄을 보여 주었소.

내가 객관에 머물렀을 때, 대청에 오르게 하였는데 예절에 흐트러짐이 없었소. 우리 일행에게 음식을 풍족하게 대접해 주었소. 장군의 정성 어린 마음은 누가 봐도 알 수 있었으니 한눈에도 우리는 오랜 벗과도 같았소. 장군은 이방인에게 너그러웠소. 내가 떠날 때는 성의 서쪽으로 나와 바다의 모퉁이까지 먼 길을 호위해 주었소. 내가 배에 오를 때는 부축해 주었고 글을 써서 작별 인사를 해주었소. 장군, 당신은 낯선 사람을 매우 친절하게 대해 주었소.

나는 일개 타국인으로 우리는 만난 지 하루도 못 되었소. 그런데도 나에게 위엄을 보여 주었고, 관대하게 대해 주었으며 친절하게 전송하여 주었소. 나는 장군의 뜻이 진심에서 우러나온 것이라고 믿고 있소. 우리나라는 비록 바다 건너 있지만 우리나라의 의관문물이 중국의 것과 같으므로 다른 나라로 볼 수는 없는 것이오. 지금 대명(大明)이 통일되고 북방 오랑캐(胡)와 남방의 월(越)이 한 지붕 아래[156]에 있는 지금은 특히 그렇소. 천하가 모두 형제이거늘, 어찌 땅의 원근(遠近)으로 안팎을 나눌 수 있겠소?

---

156 호월일가(胡越一家)로 고대 중국 북방의 이민족 호(胡)와 고대 중국 남쪽의 이민족 월(越)이 한 집안이라는 뜻. 즉 모든 민족이 한 집안이라는 의미.

영해현의 희망 소학교 구내에 건립된 최부표류사적비: 2002년 7월 11일에 건립된 사적비
로서 그 너머 월계순검사 유지(遺址)가 있다.

우리나라한테도 더욱이 그렇소. 우리나라는 천조(天朝)[157]를 정성스럽게 섬기고 있으며 조공도 어긋남이 없소. 천자도 우리를 예의로 대하고 있으며, 자애로 보살피고 있소. 천자의 덕행이 우리에게 크나큰 감화를 주었소.

그런데 니는 조선국의 신하요. 장군 역시 천자의 신하로, 천자의 자애(慈愛)를 구현시키고 있소. 그런즉, 이처럼 극진히 이방인을 대접하는 것도 충이 아니겠소? 그 동안 내내 나에게 베풀어 준 따뜻한 환대에 깊이 감사하오. 장군, 그리고 두 분의 관원인 장씨와 윤씨와는 하루라도 편히 속내를 소상하게 털어놓을 수는 없었지만, 내가 살아 있는 한, 그리고 어디에 있다 하더라도 여러분을 항상 기억하겠소."

최부는 허청에게 작별 인사를 했다. "장군과 왕광 당신은 포봉 마을에서 만났을 때, 기갈이 극도에 달했던 나를 배불리 먹여 죽음에 처했던 나를 살려 주었소. 두독장[158]까지, 도저소까지, 또한 이곳까지 수백 리에 이르는 험한 길을 7, 8일 동안 내내 돕고 보호해 주었소. 그 온정이야말로 헤아릴 수 없소. 우리가 헤어진 후에는 다시 만날 것 같지 않아서 슬픔이 더하는구려."

최부는 그들과 작별을 한 후 적용과 배를 타고 바다를 건넜다. 적용이 최부에게 말했다. "이 바다로 배를 타고 가면 서쪽으로 천태산이 보이는데 오늘은 마침 구름이 끼고 안개가 자욱하여 천태산을 볼 수 없게 됐구려."

---

157 명나라.

158 두독염장(杜瀆鹽場), 즉 두독 소금밭을 지칭.

저녁에 최부는 영해현(寧海縣)에 있는 월계순검사(越溪巡檢司)[159]에 도착했다. 성은 산꼭대기에 있었으며 모두 갑옷을 입은 군졸이 바닷가에 늘어서 있었다. 적용은 그 부하와 함께 배에서 내려 성으로 들어가고 최부 일행은 바닷가에 남았다. 최부는 어찌할 바를 몰랐다.

윤달 1월 26일, 최부 일행은 영해현(寧海縣)을 지났다.

비가 왔다.

순검사 맞은편 해안에는 월계포(越溪鋪)[160]가 있었다. 최부 일행은 그 앞에서 배에서 내려 육로로 갔다. 일행은 시내의 언덕을 따라 걸었다. 바다로 통하는 그 시내의 어귀는 광활했다. 최부는 그 시내의 발원지는 알 수 없었다. 일행은 서양령(西洋嶺)과 허가산(許家山)을 지나 시오포(市奧鋪)에 도착했다. 그곳 사람들이 차를 대접했다. 길을 계속 걸어 백교령(白嶠嶺)에 도착했다. 20명이 넘는 군졸들이 가마를 메고 와 일행을 맞이했다. 일행 중 8명은 다시 가마를 타고 진사방(進士坊)[161]을 지나 영해현의 백교역(白嶠驛)에 이르렀다. 역은 현치(縣治)[162] 안에 있었다. 당(唐)이라는 성을 가진 지현(知縣)[163]이 음식을 대접했다. 일행은 배불리

---

159 순검사: 명나라 벽지(僻地) 연안(沿岸)지역의 말단 비상 조직으로 주로 군사 업무 담당; 책임자는 순검(巡檢)으로 종9품 관직.

160 포(鋪): 옛 역참.

161 방(坊): 특정한 사람들이 모여 사는 구역 거리, 거주 지역.

162 현 정부 소재지.

먹은 다음 비를 무릅쓰고 가마에 올라 길을 계속 갔다. 일행은 동산포(桐山鋪), 매림포(梅林鋪), 강선령(江淀嶺)[164], 항공포(缸空鋪)와 해구포(海口鋪)를 지났다. 그 사이에 세 개의 큰 강과 두 개의 큰 다리가 있었으나 이름은 잊었다. 밤 2경[165]에 일행은 서점역(西店驛)에 도착하여 그곳에서 유숙했다. 역에는 무장병이 방어소처럼 경비하고 있었다.

윤달 1월 27일, 최부 일행은 서점역(西店驛)에 머물렀다.

바람이 거세고 큰 비가 왔다.

시내는 물이 거세게 넘쳐흘렀다. 서점역에서 묵을 수 밖에 없었다.

윤달 1월 28일, 최부 일행은 연산역(連山驛)에 도착했다.

큰 비가 왔다.

적용이 최부에게 말했다. "대당(大唐)의 법이 엄정하오. 조금이라도 지체되면 우리에게 죄를 물을 것이오. 지금 비가 거세게 오지만 더 이상

---

163 명나라 때 현의 행정을 담당했던 책임자.
164 국역자 박원호와 서인범 등은 "강격령", 최기홍과 중국의 거전자는 "강선령"이라고 읽었다.
165 밤 9시부터 11시 사이.

머물 수는 없소." 적용의 군리도 최부의 종자도 선뜻 길을 나서려고 하지 않았다. "오늘 비가 아주 거세기 때문에 계곡이 넘쳐흐를 거요. 갈 수 없소이다." 그러자 적용이 말했다. "계곡 물이 범람하고 있지만 물이 줄어들 것이오. 더구나 이 역에서 지급할 양식이 한정이 되어 있소. 어제의 유숙으로 이미 양식에 부담이 갔소." 말을 마친 후 그는 일행과 함께 비를 무릅쓰고 담허포(坍墟鋪)[166], 탁개령(拆開嶺)과 산황포(山隍鋪)를 지났다. 일행은 대령(大嶺)과 방문포(方門鋪)를 지나 쌍계포(雙溪鋪)에 이르렀다. 포의 북쪽으로 쌍계(雙溪)가 있었는데, 물이 넘쳐흘렀다. 모두 옷을 입은 채 물을 건넜다. 일행은 상전포(尙田鋪)를 지났다.

일행은 봉화현(奉化縣)에 있는 연산역(連山驛)에서 머물렀다. 현은 역의 동쪽 2리에 있고 지현의 이름은 두안(杜安)이었다. 역승이 최부 등의 옷이 비로 흠뻑 젖어 있고 추위로 몸에 소름이 돋은 것을 보고 관사 앞에서 모닥불을 지펴 주자, 최부 일행은 빙 둘러앉아 불을 쬐었다. 어떤 사람이 나타나더니 심술궂고 못돼 먹은 태도로 모닥불을 발로 차고 짓밟았다. 일행은 혼비백산하여 숨을 곳을 찾아 도망쳤다.

적용과 역승[167] 둘 다 그 사람에게 욕을 먹었다. 적용이 최부에게 말했다. "그 사람은 당신네가 도적떼라는 말을 누구한테서 듣고 역 관리들에게 양식을 공급하지 못하도록 막고 있소. 당신이 박식한 선비라고 설

---

166 북한의 김찬순은 담허포로 번역을 했으나, 그 이외 국역자들은 이를 책허포로 해석했다. 85,568자를 수록한 중국의 『중화자해(中華字海)』라는 자전에 의하면 한문본의 "坍"자는 담(坩)과 같은 자라고 했다.

167 명나라, 청나라 때 각 주·현에 설치된 역참을 관장하던 벼슬.

명해 주었지만 아직도 길길이 날뛰고 있소. 그자가 당신 옷, 보따리 등을 빼앗았다고 진술서를 써서 그걸 지현한테 제출하시오."

최부가 말했다. "나는 그 사람의 사악한 태도에 대해서는 반드시 징벌을 받아야 하겠지만, 강탈당하지 않은 것을 그가 강탈했노라고 거짓으로 혐의를 씌워서, 죄가 없는데도 그 자를 죄가 있다고 끌어내리는 일은 사리에 크게 맞지 않는 일이라고 생각하오. 당신은 지금까지 우리를 호위하고 왔으니, 당신이 그자를 폭행죄로 처리한다고 해도 이치에 맞지 않는 일은 아닐 것이오." 그러자 적용은 글로 작성하여 현의 관리한테 보냈다.

윤달 1월 29일, 최부 일행은 영파부(寧波府)를 지났다.

비가 왔다.

적용과 최부는 가마에 올라 큰 강을 건넜다. 강 언덕에는 매우 화려한 절이 있었다. 절 앞에는 다섯 개의 작은 부도(浮圖)[168]와 두 개의 큰 탑이 있었다. 그 후 일행은 허백관(虛白觀)[169], 금종포(金鍾鋪), 남도포(南渡鋪)를 지나 광제교(廣濟橋)에 도착했다. 그 다리는 큰 내에 가로놓여 있고 다리 위에는 얽어맨 지붕이 있었고 다리의 길이는 이십여 걸음이었다. 다리는 영파부(寧波府)의 영역에 위치하며 옛날 명주(明州)[170] 때 놓

---

168 부도(浮屠)라고도 쓰며 고승의 사리나 유골을 넣고 쌓은 작은 돌탑.
169 관(觀): 수도원, 사원.

인 것이다. 또 3리를 가서 큰 다리가 있는데, 다리 북쪽으로 진사리(進士里)가 있었다. 일행은 다시 10여 리쯤 가서 큰 다리에 도착했는데, 다리 위에는 광제교처럼 지붕이 있었다. 다리는 좀 작았으나 그 이름은 잊었다. 다리 남쪽에 문수향(文秀鄕)이 있었다. 다시 상포교(常浦橋)를 지나 북도강(北渡江)에 이르러, 작은 거룻배로 강을 건넜다. 우두외양에서 북서쪽으로 연산역(連山驛)에 이르기까지 산봉우리들이 온통 사방에 무리를 지어 솟아 있고 어떤 산줄기는 서로 얽혀 있었다. 시냇물이 급류를 이루고 있었으며 그 사이로 가파른 암벽이 흩어져 있었다. 일행이 그 강에 도착하니 평평하고 탁 트인 땅과 광활한 들이 한눈에 막힘 없이 들어왔다. 멀리 있는 산은 눈썹처럼 보일 뿐이었다.

강의 북쪽에 제방이 있는데, 그곳은 배를 위로 끌어 올리는 장소였다. 제방 북쪽에 둑을 쌓고 배가 지나가도록 강을 만들었다. 작은 배들이 그 둑에 줄을 지어 정박해 있었다. 적용은 일행을 배로 안내하였다. 일행이 13개의 돌다리를 지나 20여 리쯤 가서 강의 동쪽 둑에 이르니 마을이 어디서나 보였다. 서남쪽으로 사명산(四明山)이 보였는데, 이 산의 서남쪽에는 천태산, 동북쪽으로는 회계산(會稽山), 진망산(秦望山) 등 여러 다른 산들이 잇닿아 있었다. 바로 하지장(賀知章)[171]이 젊었을 때, 살던 곳이었다.

일행은 노를 저어 영파부성에 이르렀다. 성은 내를 가로막아 축조되

---

170 영파의 옛 이름; 명나라 태조 14년(1381년)에 명주부를 영파부로 개칭하였다고 한다. 영파(寧波)는 파도를 잠잠하게 한다는 의미.

171 회계(會稽: 현 절강성 소흥의 동남지역) 출신으로 진사에 급제한 당나라의 저명한 시인. 호를 이곳의 지명을 따 사명광객(四明狂客)이라 하였다.

었다. 성의 모든 문은 중문(重門)이고 2층으로 되어 있었다. 성문 밖은 이중 성벽이었고 해자(垓子)[172] 역시 이중이었다. 성문은 모두 아치형이고 문에는 쇠빗장이 있으며, 단 한 척의 배만 드나들 수 있게 되어 있다. 일행은 성안으로 노를 저어 들어가 상서교(尙書橋)에 이르렀다. 다리 너머 강의 넓이는 약 백여 걸음쯤 되었다. 혜정교(惠政橋)와 사직단(社稷壇)[173]을 지났다. 성안에서 지나친 다리가 모두 합해서 10여 개나 되었다. 높고 넓은 집들이 강가에 줄지어 서 있는데 거의 절반 정도는 자주색 돌 기둥이 있었다. 아름답고 기묘한 광경은 이루 말할 수가 없었다. 북문으로 노를 저어 나왔다. 북문은 남문과 같았다. 성 둘레나 넓이는 알 길이 없었으나 부치(府治)[174], 영파위(寧波衛), 은현(鄞縣)의 현치(縣治)[175]와 사명역은 모두 성안에 있었다. 일행이 대득교(大得橋)[176]에 이르니 다리에는 3개의 홍문(虹門)이 있었다. 비가 몹시 내려 강에 배를 정박하고 강에서 하룻밤을 묵었다.

---

172 적의 침입을 막기 위해 성 둘레에 파놓은 못.

173 사(社)는 토지신, 직(稷)은 곡식 신으로 이들 신에게 제사를 지내던 제단.

174 부의 정부 청사, 즉 영파부의 부치.

175 현의 정부 청사.

176 국역자 박원호는 과대득교(過大得橋)라고 해석했는데, 한문본에 표기된 지과대득교(至過大得橋)를 두고 "과대득교에 도착했다"라고 한 것 같다. "지과(至過)"는 각각 동사로 보는 것이 맞지 않나 싶다.

2

1488. 2. 1 ~ 2. 30

2월 1일, 최부 일행은 자계현을 지났다.

비가 왔다.

일행은 신청교(新淸橋)와 진사향(進士鄉)을 지나 송나라의 석장군(石將軍)[1] 사당에 도착했다. 사당의 크기가 관청만큼 컸으며 사당 앞에 정표(旌表)의 문(門)[2]이 세워져 있었다. 부성(府城)에서 그곳까지는 10여 리나 되었다. 그곳까지 이르는 거리의 강 양쪽 언덕에는 점포와 큰 배들이 운집해 있었다. 그곳을 지난 후에는 소나무, 대나무, 등자나무와 귤나무가 언덕에 숲을 이루고 있었다. 다정(茶亭), 경안포(景安鋪), 계금향(繼錦鄉), 유씨정절문(兪氏貞節門)을 지나 서진교(西鎭橋)에 도착했는데, 서진교는 높고 컸다. 일행은 두 개의 큰 다리를 지나 서파청(西壩廳)에 이르렀다. 제방의 양 언덕은 돌로 쌓아 제방 밖의 강물이 들어오지 못하게 하였다. 제방의 양 옆에 기계를 설치하여 대나무로 꼰 밧줄로 배를 끌어 지나가게 하였다.

일행은 서여향(西璵鄉)의 신언(新堰)[3]에 도착했다. 과거에는 신언을 찰자항(剎子港) 안공언(顏公堰)이라 불렀다. 찰자항이 폐쇄된 후에는 안공언은 밭으로 바뀌었다. 그 밭에 물을 끌어들여 동쪽으로 향하게 하여,

---

1 송나라의 석수신(石守信: 928~984) 장군.
2 충신, 열녀, 효자, 현인 등의 덕행을 기념하기 위해 세운 패방(牌坊: 문짝이 없고 망루가 있는 중국의 건축물).
3 언(堰): 강물의 흐름을 돌리기 위해 쌓은 비교적 낮은 강둑.

물은 광리교(廣利橋) 남쪽에 이르게 하였다. 제방을 설치하여 강과 호수의 물을 막았다. 관선을 당겨 제방을 넘도록 하였다. 서파(西壩)[4]와 같은 크기로 축조되었는데, 이를 신언이라고 불렀다.

일행은 그곳에 이르러 배를 다시 끌어당겨 지나갔다. 신교(新橋), 개희교(開禧橋), 요평치사(姚平處士)의 무덤을 지나 자계현(慈溪縣)에 도착하여 노를 저어 안으로 들어갔다. 경원문(經元門), 종영문(鍾英門), 도당리문(都堂里門), 도헌교(都憲橋), 진사문(進士門), 덕성교(德星橋)와 보봉문(寶峯門)을 지났다. 임청정(臨淸亭) 앞에 도착하여 배를 잠시 멈추었다. 밤에 다시 강의 북쪽으로 거슬러 올라가 새벽닭이 울 때 강가에 배를 댔다. 최부는 날이 새기를 기다리며 강의 이름을 물었다. 강은 요강(姚江)이었다. 강가에는 차구역(車廐驛)[5]이 있었으며 역승은 진고(秦高)라는 사람이었다.

2월 2일, 최부 일행은 여요현(餘姚縣)을 지났다.

날이 흐렸다.

일행은 이른 아침에 출발하여 북서쪽으로 강을 거슬러 올라갔다. 강은 매우 길고 산은 높고 들은 광활했으며 인가가 조밀하였다. 형형색색

---

4 파(壩): 강물로부터 홍수를 막기 위해 흙으로 쌓은 제방, 둑.
5 일부 국역자는 "거구"라고 읽었으나, 중국 현지에 문의한 결과 병음은 "che jiu", 즉 "차구"로 표기하는 것이 맞다고 했다.

의 아름다운 광경이 펼쳐졌다. 저녁에 오령묘(五靈廟), 역전포(驛前鋪), 요강역(姚江驛)과 강교(江橋)를 지나 여요현(餘姚縣)에 도착했다. 강은 성을 안고 서쪽으로 흘렀다. 연금향(聯錦鄉)에 조서교(曹墅橋)가 있는데 다리에는 세 개의 홍문이 있었다. 다시 등과문(登科門)과 장씨광명당(張氏光明堂)을 지나 밤 3경[6]에 하신파(下新壩)에 이르렀다. 그 파는 전에 보았던 신언과 같은 규모였다. 다시 배를 끌어 파를 지났다. 일행은 큰 다리를 지났는데 강 가운데는 아름드리 나무 수십 그루가 줄지어 서 있었다. 날이 밝아 올 무렵에 중파(中壩)에 도착했다. 중파 역시 하신파와 비슷했다. 배를 위로 끌어 올려 파를 넘은 다음 강 위로 거슬러 올라갔는데, 바로 상우강(上虞江)이었다.

2월 3일, 최부 일행은 상우현을 지났다.

날씨가 맑았다.

일행은 강을 거슬러 올라가 두 개의 큰 다리를 지났다. 강의 남쪽에서 한 관원이 가마를 타고 왔다. 그는 상우현(上虞縣)의 지현(知縣)[7]으로 현치[8]에서 오는 길이었다. 현은 강 언덕에서 2~3리쯤에 있었다.

일행은 다시 황포교(黃浦橋), 화도포(華渡浦), 채묘포(蔡墓鋪), 대판교

---

6 밤 11시에서 새벽 1시 사이.
7 현의 행정 책임자.
8 현의 정부 청사.

(大板橋), 보청운문(步靑雲門)과 신교포(新橋鋪)를 지나 조아역(曹娥驛)에 도착했다. 역승은 서심(徐深)이었다. 역의 북쪽에는 파가 있었다. 일행은 배에서 내려 파를 지나 조아강(曹娥江)으로 걸어가 곧장 건넜다. 건너편 언덕에 또 다른 파가 있었는데, 그 파는 양호순검사(梁湖巡檢司)를 남북으로 마주하고 있었다. 다시 배에서 내려 파를 지나 서쪽 2리쯤에 있는 동관역(東關驛)에 이르렀다. 다시 배에 올라 문창교(文昌橋), 동관포(東關鋪), 경령교(景靈橋), 황가언포(黃家堰鋪), 과산포(瓜山鋪), 도가언포(陶家堰鋪)와 모양포(茅洋鋪)를 지났다. 밤 4경[9]에 일행은 이름을 알 수 없는 강의 언덕에 도착하여 배를 대고 밤을 보냈다.

2월 4일, 최부 일행은 소흥부에 도착했다.

날씨가 맑았다.

일행은 장대로 배를 밀어가며 감수(鑑水)를 거슬러 올라갔다. 감수는 경호(鏡湖)의 한 줄기로 나와 성 주위, 성안을 구불구불 흐르고 있었다. 해가 뜰 무렵 소흥부(紹興府)에 도착했다. 일행은 성의 남쪽에서 감수를 거슬러 동쪽으로 가다가 북쪽으로 간 후 창안포(昌安鋪)를 지나 성안으로 노를 저어 들어갔다. 성에는 홍문[10]이 수문 구실을 하고 있었다. 문은 네 겹으로, 각기 쇠로 만든 빗장이 걸려 있었는데, 일행은 이곳을 통해

---

9 새벽 1시에서 3시 사이. 하룻밤을 5경으로 나눈 네 번째 시간대.
10 아치형 문.

지나갔다. 광상교(光相橋) 등 다섯 개의 큰 다리와 경괴문(經魁門), 연계
문(聯桂門), 우성관(祐聖觀)과 회수칙비(會水則碑)가 있었다.

10여 리쯤 가니 관청이 있었다. 적용이 강둑으로 일행을 안내했다. 시
장거리의 풍성함과 수많은 사람들은 영파부(寧波府)보다 세 배나 많은
듯 보였다. 총독비왜서도지휘첨사(總督備倭署都指揮僉事)[11] 황종(黃宗),
순시해도부사(巡視海道副使)[12] 오문원(吳文元)과 포정사분수우참의(布政
司分守右參議)[13] 진담(陳潭)이 징청당(澄淸堂) 북쪽 벽에 나란히 앉아 있
었다. 무기, 갑옷, 곤장 등이 그들 앞에 삼엄하게 놓여 있었다. 방 가운데
에는 탁자가 놓여 있었다.

그들은 최부를 탁자 옆에서 서쪽을 향해 불러 세우더니 성명, 주소,
관직, 표류의 전말, 최부와 일행이 약탈한 일이 없었는지의 여부, 무기
소지 여부를 물었다. 최부는 전에 파총관한테 말했던 대답으로 답변하

---

11 총독비왜서도지휘첨사(總督備倭署都指揮僉事): 총독비왜(總督備倭)는 왜를 방비하는
군정(軍政)업무의 최고위직으로 정2품 관직이며, 서도지휘첨사(署都指揮僉事)는 지방
의 군사업무를 통솔하는 정3품 관직으로 여겨진다. 한편 지방의 군사업무를 총괄하는
도지휘사사(都指揮使司)의 최고 관직은 도지휘사(都指揮使)로 정2품 관직. 영역자 메
스킬(Meskill)은 "서(署)"를 concurrent, 즉 겸임으로 해석했으나, 명사(明史) 등 중국
의 문헌에 의하면 『표해록』에 나오는 항왜 격전지였던 도저소(桃渚所)의 명장, 척계광
(戚繼光)이 1553년 산동의 방위업무를 주관하는 서도지휘첨사(署都指揮僉事)로 승진
했다는 기록이 있다. 이 기록을 보면 서도지휘첨사는 관직의 이름이라고 생각된다.
12 지방의 사법업무를 관장하는 안찰사사(按察使司)의 부사(副使), 정4품 관직. 최고 관
직은 안찰사로 정3품.
13 지역의 행정을 관장하는 기구로, 종4품 관직이며, 포정사의 최고 관직은 좌(左), 우
(右)포정사(布政使)로 종2품 관직으로 여겨진다.

면서 일행이 하산에서 강도를 만난 사실, 선암리에서 구타당했던 일을 덧붙였다. 일행의 짐꾸러미 목록에 말안장 하나를 첨가했다.

그러자 세 명의 고위 관리가 파총관의 보고서를 최부에게 보여 주었다. "어째서 일부 기재 사항이 차이가 있는 것이오?" 최부가 답했다. "처음 파총관이 물었을 때, 나는 단지 표류와 도착한 경위만 답했을 뿐이오. 오늘 포정삼사(布政三司)¹⁴가 다시 심문하니, 강도를 만난 사실 등을 상세하게 알리는 것뿐이오."

그들이 최부에게 심각한 어조로 말했다. "진술서가 서로 차이가 난다면 벌을 받을 것이오. 전에 작성한 진술서를 그대로 써서 내용이 똑같도록 하시오." 최부는 전의 진술서를 다시 썼다. 그들이 다시 최부에게 말했다. "나중에 항주(杭州)의 진수태감(鎭守太監)¹⁵, 수의삼사((綉衣三司)¹⁶ 대인¹⁷이, 북경에서는 병부(兵部)와 예부(禮部)가 당신을 심문을 할 것이오. 그때 이 진술서로 답을 하시오. 조금이라도 어긋남이 있으면 결코 안 될 것이오."

---

14 도지휘사사(都指揮使司: 군사담당 기관), 포정사사(布政使司: 행정담당 기관), 안찰사사 (按察使司: 사법담당 기관).

15 태감(太監)은 환관으로 각 지방에 파견되어 현지의 군사업무를 감찰하는 직책.

16 수의(綉衣): 비단에 수놓은 옷이란 의미로 높고 귀한 직위를 표시; 국역자 박원호 등은 수의를 관직, 즉 수의직지(綉衣直指)로 해석했으나, 최부가 2월 9일 항주에서 심문을 받을 때 "鎭守及三司議論不一"이라는 구절이 나오는데, 이 구절에서 "수의"라는 관명이 나오지 않는 것을 보면 수의를 입은 삼사가 맞는 해석이 아닌가 싶다. 영역자 메스킬과 국역자 최기홍, 서인범 등은 수의삼사로 해석했다.

17 고관에 대한 존칭.

다시 그들이 말했다. "처음에는 당신들을 약탈을 하는 왜인으로 여겨 체포하여 처형하려고 했소. 당신이 조선 사람이라면 당신 나라의 역대 연혁, 도읍, 산천(山川), 인물, 풍속, 제사의식, 상제(喪制), 호구, 병제, 전부(田賦)[18]와 의관 제도를 자세히 써서 가져오시오. 역사 문헌과 대조해 시비를 가릴 것이오."

최부가 말했다. "연혁과 도읍에 관해서 말하겠소. 처음에 단군(檀君)은 당요(唐堯)[19]와 나란히 일어났소. 나라를 조선이라 했고 평양에 도읍을 정했소. 그 후 천년이 넘게 계승되었소. 주(周)나라의 무왕(武王)이 기자(箕子)[20]를 조선에 봉(封)했는데, 기자는 평양에 도읍을 정하고 8조(條)법[21]으로 사람들이 가르쳤소. 지금 사람들이 지키는 예의범절, 풍속이 거기에서 시작이 된 것이오. 연(燕)나라의 위만(衛滿)이 조선으로 망명하여 기자의 후손인 기준(箕準)을 축출하였는데, 기준은 마한(馬韓)으로 도망가 그곳에 도읍을 했소.

그 사이 나라는 구한(九韓)[22], 이부(二府)[23], 사군(四郡)[24]과 삼한(三韓)[25]

---

18 고대 중국에서 토지에 부과하던 세금.

19 중국의 요임금(기원전 2200); 요 혹은 당요라고 칭한다.

20 은나라 말기 사람으로 이름은 서여(胥餘). 상나라 군주 무을(武乙)의 손자.

21 기자 8조 금법(箕子8條禁法)이라고도 하며 알려진 내용은 3조만으로, 1) 살인자는 즉시 사형에 처하고, 2) 남을 상해한 자는 곡물로 보상하며, 3) 남의 물건을 도둑질한 자는 원칙적으로 소유주의 노비로 삼으나, 배상하는 경우 50만 금전으로 한다는 조항.

22 『삼국유사』에 구한은 일본(日本), 중화(中華), 오월(吳越), 탁라(托羅: 탐라국; 제주도에 있던 나라), 응유(應遊: 신라 때 백제를 낮추어 부르던 칭호), 말갈(靺鞨: 한반도 북부에 거주하던 민족), 단국(丹國: 거란), 여적(女狄: 여진)과 예맥(濊貊: 고조선 경계 내에 거주하던 민족의 통칭)으로 기록되어 있다.

으로 불렸으나, 아득한 시대라 자세한 것은 분명치 않소. 서한(西漢)²⁶의 선제(宣帝) 때에 이르러, 신라의 박씨가 처음으로 나라를 세웠소. 고구려의 고씨와 백제의 부여(扶餘)씨가 그 뒤를 이었소. 그들은 옛 조선을 셋으로 나누었소. 신라는 동남 지방을 점거하여 경주에 도읍했고, 고구려는 북서 지방을 점거하여 요동과 평양을 도읍지로 삼았소. 그 나라는 여러 번 친도(遷都)하였으니, 그 장소는 기억할 수 없소. 백제는 중서남(中西南) 지방을 차지하여 직산(稷山)²⁷, 광주(廣州), 한양(漢陽), 공주(公州)와 부여(扶餘)를 수도로 삼았소.

당나라 고종 때, 당과 연합한 신라의 문무왕(文武王)은 고구려, 후에는 백제를 멸망시키고 마침내는 삼국을 통일했소. 후에 견훤(甄萱)²⁸은 반란을 일으켜 전주를 차지했고, 궁예(弓裔)²⁹가 반란을 일으켜 철원을 점거했소. 고려의 왕씨는 공이 크고 덕망이 높아 백성이 충성을 맹세했소. 궁예는 도망가고 견훤은 스스로 항복했으며, 신라의 왕은 부고(府

---

23 한(漢) 소제(昭帝) 시원(始元) 5년, 즉 기원전 82년에 조선의 옛 땅인 평나(平那)와 현도군(玄菟郡)을 합쳐 평주도독부(平州都督府), 임둔(臨屯)과 낙랑(樂浪)을 합쳐 동부도위부(東部都尉部)를 설치했는데, 이 두 곳의 부를 지칭.

24 옛 조선의 낙랑, 임둔, 현도와 진번(眞番)을 지칭.

25 삼국시대 이전 한반도 중남부지역의 마한, 진한과 변한을 지칭.

26 서한(西漢: 기원전 202~8): 진(秦)나라가 멸망한 후 초한(楚漢) 전쟁 때 유방(劉邦)은 항우(項羽)를 격파한 후 기원전 202년에 한(漢)을 세우고 장안에 도읍했다. 역사에서는 서한(西漢) 혹은 전한(前漢)이라고 칭한다. 서한과 동한(東漢)이 합하여 한조(漢朝)라 불린다.

27 백제의 수도 위례성(慰禮城)을 지칭하나, 학자 간에 이견이 있는 듯하다.

28 견훤(재위기간: 900~935): 후백제의 시조.

29 궁예(재위기간: 901~918): 후고구려를 건국한 왕.

庫)를 봉인하고, 군현(郡縣)의 기록을 가지고 투항했소. 3국은 다시 합해지고 개성이 도읍지가 되었소. 대대로 계승된 지가 거의 5백 년이 지속되었소. 나라는 우리 조선으로 바뀌고 한양에 도읍한 지 거의 백 년이 되었소.

산천으로 말하자면, 장백산(長白山)[30]은 동북에 있소. 백두산(白頭山)이라고도 불리는 이 산은 가로로 1천여 리에 뻗어 있으며, 높이가 2백여 리나 솟아 있소. 산의 정상에 있는 깊은 못은 둘레가 80여 리나 되오. 그 못의 물은 동쪽으로 흘러 두만강(豆滿江)으로 가고, 남쪽으로 압록강(鴨綠江), 동북으로 속평강(速平江), 서북쪽으로 송화강(松花江)으로 흘러가오. 송화강 하류가 혼동강(混同江)이오. 묘향산(妙香山)은 북쪽에 있고, 1만 2천 봉의 금강산(金剛山)은 동쪽에 있소. 지리산(智異山)은 남쪽에, 구월산(九月山)은 서쪽에 있소. 위의 네 산은 극히 봉우리가 높고 뛰어난 경관을 지니고 있소. 삼각산(三角山)은 국도(國都)의 진산(鎭山)[31]이오. 대동강(大同江), 살수(薩水)[32], 임진도(臨津渡)[33], 한강(漢江), 낙동강(洛東江), 웅진(熊津)[34], 두치진(豆恥津)[35], 영산진(榮山津)[36] 등은 강 가운데 가

---

30 유래는 만주족 언어에서 왔다고 전해진다. 한편, 『조선왕조실록』을 보면, 태종 때부터 백두산이라는 명칭이 등장하고 세종 때부터는 백두산이 장백산 혹은 백산(白山)과 혼용되고 있다.

31 나라, 수도, 고을을 지켜 준다는 산.

32 청천강.

33 임진강.

34 금강.

35 섬진강.

36 영산강.

장 큰 강들이오.

인물로는, 신라에 김유신(金庾信), 김양(金陽), 최치원(崔致遠), 설총(薛聰)이 있었고, 백제는 계백(階伯), 고구려는 을지문덕(乙支文德), 고려는 최충(崔冲), 강감찬(姜邯贊), 조충(趙冲), 김취려(金就礪), 우탁(禹倬), 정몽주(鄭夢周) 등이며, 우리 조선은 너무 많아 여기서 일인이 열거할 수 없소.

풍속에 대해서는 예와 의를 숭상하고 오륜(五倫)을 지키며 유학을 존중하고 있소, 매년 봄 · 가을에 양로연(養老宴)[37], 향사례(鄉射禮)[38]와 향음주례(鄉飲酒禮)[39]를 지키고 있소.

제사에 대해서는 사직(社稷), 종묘, 석전(釋奠)[40]과 여러 산천 제사가 있소. 형제(刑制)는 대명률(大明律)을, 상제(喪制)는 주자(朱子)의 가례(家禮)를 따르고 있소. 의관은 중국 제도에 준하고 있소. 호구(戶口), 병제(兵制)와 전부(田賦)[41]는 유신이기 때문에 자세한 것은 모르오.”

그들이 또 물었다. “진술서에 사람을 추쇄(推刷)한다는 했는데 무슨

---

37 조선시대에 노인을 공경하고 풍습을 바로잡기 위해 매년 봄 · 가을에 베풀던 잔치.

38 매년 봄, 가을에 지방 수령이 효, 충 등에 뛰어난 자를 선발하여 베풀던 활쏘기 대회.

39 지방의 선비, 유생들이 서원 등에 모여 학식과 연륜이 높은 분을 모시고 베풀던 연회.

40 음력, 2월과 8월에 문묘(文廟)에서 공자에게 지내는 제사.

41 인구, 군사 제도, 조세에 대해 언급을 회피하는 최부의 국가관과 안보의식을 엿볼 수 있다.

말이오?", "제주는 큰 바다 가운데에 있는데 뱃길이 매우 험한데다 먼 곳이오. 범죄자들이 그곳으로 도망가 피신하고 있소. 그곳은 오랫동안 범법자들의 은신처가 되고 있기 때문에, 거기에 가서 그들을 찾아내 데려오고 있소."라고 최부는 말했다.

그들이 물었다. "중국에서 제주까지 거리는 몇 리나 되오?" 최부는 뱃길의 거리를 과장해서 말했다. "정확히 모르오마는 보통 배가 큰 바다에서 순풍을 만나면 하루에 천리를 갈 수 있소. 우리가 바다에서 밤낮으로 따져본다면 모두 29일 항해[42]했소. 우리가 거센 바람을 만나 나는 것처럼 빠른 속도로 중국 해안에 도착했던 것이오. 그렇다면 중국에서 제주까지의 거리는 대략 수만 리가 될 것이오.", "우리 조정(朝廷)에서 당신 나라까지는 얼마나 떨어져 있소?", "내가 들은 바로는 수도(國都)에서 압록강을 건너 요동성을 지나 황도(皇都)까지 도착하는 데는 3천 9백여 리가 된다 하오."[43]

총병관 등 세 사상(使相)은 최부에게 다과를 대접하는 한편 최부에게 선물할 물건의 품목을 적은 종이를 주었다. 그 종이의 내용은, "최관(崔官)에게 보내는 예물은 돼지고기 한 쟁반, 거위 두 마리, 닭 네 마리, 생선 두 마리, 술 한 동이, 쌀 한 쟁반, 호두 한 쟁반, 채소 한 쟁반, 죽순 한

---

42 최부가 1488년 음력 1월 3일부터 1월 17일까지 바다에서 표류한 뒤에 상륙을 했으니, 실제로는 밤낮을 포함하여 15일간이다. 29일간 항해했다는 최부의 말은 표류 기간을 밤과 낮을 구분하여 계산했거나 혹은 기간을 부풀리지 않았나 싶다.

43 우리나라와 중국까지의 거리를 최부가 과장해서 말한 이유도 국방에 대한 투철한 안보의식의 발로이다.

쟁반, 국수 한 쟁반, 대추 한 쟁반과 두부 한 쟁반이고, 또한 배리와 군인에게는 곡물과 반찬을 신분에 맞게 준다"라고 적혀 있었다. 최부는 시를 지어 사례하는 한편 두 번 절을 했다. 그들도 일어나서 공손히 답례를 했다. 그들이 최부에게 말했다. "사례의 시를 보니 당신은 이 지역의 지리를 잘 알고 있소. 어떻게 이러한 지식을 얻었소? 이는 지역 사람이 일려준 것이 분명한 것 같소.", "여기서 나는 사고무친이며[44], 말도 통하지 않소. 누가 나한테 말을 하겠소? 중국의 지도를 공부한 적이 있는데, 지금 내 기억에 의존했을 뿐이오."

면담을 마치고 최부와 서너 명의 관리와 함께 두 손을 모으고 탁자 옆에 서 있는데, 적용의 군리(軍吏) 한 명이 최부의 종자인 김도종을 때려 상처를 입히고 있었다. 최부는 그 일에 대한 내용을 적어 관리들에게 보여 주었다. 한 관리가 급히 총병관에게 보고하자 총병관은 폭행한 자를 잡아 곤장으로 다스렸다. 적용 역시 잘 단속하지 못했다 하여 볼기를 치게 했다. 일행은 물러나 다시 호수를 따라갔다. 노를 저어 성 밖으로 나가 영은교(迎恩橋)를 지나서 봉래역(蓬萊驛)에 도착하여 하룻밤을 보냈다. 저녁에 주(周)라는 지부[45]와 회계(會稽), 산음(山陰)의 현관(縣官)들이 넉넉한 양의 음식을 보내 주었다.

---

44 의지할 만한 사람이 아무도 없음.

45 부(府) 최고 행정 책임자.

2월 5일, 최부 일행은 서홍역에 도착했다.

날씨가 맑았다.

　새벽에 총병관 등 세 사람이 나란히 가마를 타고 봉래역에 도착했다. 그들은 최부와 그 일행을 다시 불러 짐꾸러미를 가져오게 하여 하나 하나씩 모두 점검했다. 최부의 소지품으로는 인신 1개, 마패 1개, 말안장 1개와 여러 서류와 서책이 들어 있는 크고 작은 상자 2개, 옷가지, 이불, 갓, 갓 끈과 구리그릇이 든 작은 가죽부대 하나 그리고 관모와 관모상자였다. 정보, 김중, 손효자, 이정, 안의, 이효지, 최거이산과 노비 두 명은 가진 것이 별로 없어 그들의 짐은 군인들의 보따리에 싸여 있었다. 군인들의 짐은 보자기에 싸기도 하고 부대에 넣기도 했으며 짐이 없는 자도 있었다. 점검이 끝나자 최부에게 말했다. "가도록 하시오. 항주에 가서 그곳의 진수태감(鎭守太監)[46], 수의(繡衣)를 입은 삼사(三司) 대인이 다시 심문할 것이오. 하나 하나 분명한 답변을 하시오. 어떠한 어긋남도 있으면 안 되오." 그들은 일행에게 다과를 대접했다. 최부는 그들에게 작별 인사를 했다. 총병관은 지휘첨사(指揮僉事)[47]를 가리키는 용어인 것 같았다.

---

46 군대가 주둔하는 주요 지방인 성(省)과 진(鎭)의 군사 업무를 관장하던 직책. 태감은 명나라 환관 조직인 12감(監)의 각기 감에 소속된 환관의 우두머리로 품계는 정4품, 그 밑에 소감(少監), 감승(監丞) 등이 있다.

47 위지휘사사(衛指揮使司)의 지휘첨사로 정4품의 관직이며, 정3품의 지휘사(指揮使)를 보좌.

소흥부는 곧 월왕(越王)의 옛 도읍으로 진(秦), 한(漢)나라 때는 회계군(會稽郡)[48]이었으며, 절강(浙江) 동쪽 하류에 있었다. 소흥부의 부치(府治)[49], 회계현과 산음현(山陰縣)의 현치(縣治)[50] 및 소흥위의 치소와 와룡산은 성안에 있었다. 회계산은 성의 동쪽 10여 리에 있다. 진망산(秦望山)[51]과 같은 높은 산들이 겹겹이 솟아 있고 수많은 바위와 골짜기들이 동·서남(東西南) 방향에서 서로 수려함을 다투고 있었다.

북쪽은 바다와 접해 있는데 언덕 하나 없이 평탄하였다. 천장사(天章寺) 앞 누공부(婁公埠) 위에 있는 난정(蘭亭)[52]은 누공부(婁公埠) 위의 천장사(天章寺) 앞에 있는데, 왕희지(王羲之)[53]가 액운을 쫓기 위해 의식을 치르던 장소였다. 하가호(賀家湖)는 성의 남쪽 10여 리쯤에 있다. 그곳에 하지장(賀知章)[54]의 천추관(千秋觀)의 옛 터가 있다. 섬계(剡溪)는 진망산 남쪽의 승현(嵊縣)[55]에 있는데 부(府)에서 백여 리 떨어진 곳에 있으며 자유(子猷)[56]가 대규(戴逵)[57]를 찾았던 시내였다.

---

48 군(郡): 고대 중국의 행정 구역 단위.

49 부의 청사, 청사 소재지.

50 현의 청사, 청사 소재지.

51 회계산맥의 명산으로 원 이름은 진주산(秦柱山)이었으며 산 위에 봉화대가 설치되어 있다. 진시황이 봉화대에 올라 바다에 제사를 지냈다고 하여 진망산으로 개명했다.

52 현 소흥시의 서남부에 있는 정자로 왕희지가 거처하던 곳. 왕희지는 명사들을 불러 연회를 베풀었는데, 명사들이 지은 시를 모으고 그 서문을 썼다 한다. 그 서문이『난정집서(蘭亭集序)』로 후대 서예가들의 교본이 되고 있다.

53 왕희지(307~365): 중국 동진(東晉)의 서예가로 서성(書聖)으로 추앙을 받고 있다.

54 중국 당나라 때 저명한 시인이자 서예가.

55 지금의 절강성 소흥시(紹興市) 관할의 승주시(嵊州市).

56 왕희지의 다섯째 아들로 이름은 왕휘지(王徽之)이고 자유는 그의 자(字).

소흥의 수로: 최부 일행은 동서남북으로 나 있는 수로를 따라 소흥부를 통과했다.

강 줄기는 네 갈래였다. 하나는 태주의 천태산에서 발원하여 서쪽으로 신창현(新昌縣)에 이르고 계속하여 서쪽으로 승현(嵊縣)에 이르다가 다시 북쪽으로 회계와 상우(上虞)를 거쳐 바다로 들어간다. 그 강이 동소강(東小江)이다. 하나는 산음의 북서쪽에서 발원하여 소산현(蕭山縣) 동쪽을 지나 다시 산음을 들러 회계에 이르다가 바다로 들어간다. 그 강이 서소강(西小江)이다. 하나는 상우 현 동쪽에서 나와 여요현(餘姚縣)을 거쳐 동쪽으로 자계현(慈溪縣)을 경유 정해(定海)에 이르다가 바다로 들어간다. 그 강이 여요강으로 최부가 지났던 강이다. 하나는 금화(金華) 의 동양(東陽)에서 발원한다. 포강(浦江)과 의오강(義烏江)은 같이 흐르다가 제기현(諸暨縣)에 이르고 산음과 소산을 거쳐 절강(浙江)으로 들어간다. 바로 제기강이다.

그 사이에 발원지에서 나온 물줄기들이 모이고 흩어졌다가 둑을 만나 막히고, 다시 서로 모여 강들을 따라 들어가는 모습이 마치 미로 같은 혈맥과 끊어지지 않고 얽혀 있는 덩굴처럼 보였다. 최부는 서쪽으로 감수(鑑水)를 거슬러 올라 운전포(韻田鋪), 엄씨정절문(嚴氏貞節門), 고교포(高橋鋪)를 지나 매진교(梅津橋)에 이르렀다. 언덕 5리쯤에 솟은 산이 있는데 산 동쪽에 깎아지른 듯한 석벽이 있었다. 석벽에는 두 개의 커다

---

57 대규(326~396): 동진(東晉) 때 저명한 화가이자 조각가. 평소에 거문고를 즐겨 탔다고 한다. 당시 명사였던 왕휘지가 함박눈이 펄펄 내리는 깊은 밤에 흥에 겨운 나머지 평소 알고 지내던 대규를 찾아 술을 들며 밤의 설경을 감상하려고, 사공을 불러 서둘러 대규의 집으로 갔다. 그러나 집 앞에 닿았을 때는 날이 훤히 밝아오고 눈도 그치고 있었다. 그러자 왕휘지는 사공에게, 배를 되돌리라고 지시하면서, "내가 흥에 겨워 왔으나(乘興而來), 이젠 흥이 다하였으니 돌아가자(興盡而回). 구태여 대규를 만나볼 필요가 있겠는가?"라고 말했다고 한다.

란 돌 인간상이 있었는데, 그 중 하나는 자연 상태에서 생겨난 것이지만 인간의 모습과 매우 흡사하였다.

일행은 융광교(融光橋)를 지나 가교포(柯橋鋪)에 도착했다. 역의 남쪽에 작은 산이 솟아 있고 산등성이에는 정자의 옛 터가 남아 있었다. 옛날 채옹(蔡邕)[58]이 대나무 서까래로 피리를 만들었다는 가정(柯亭)[59]의 터라고 했다. 일행은 계속 원사교(院社橋), 백탑포(白塔鋪), 청강교(淸江橋)를 지나 전청역(錢淸驛)에 이르렀다. 강의 이름은 일전강(一錢江)이었다. 일행이 염창관(鹽倉館), 백학포(白鶴鋪), 전청포(錢淸鋪), 신림포(新林鋪), 소산현(蕭山縣) 지방을 지나 서흥역(西興驛)에 도착했을 때 동이 트기 시작했다. 강 이름은 서흥하(西興河)였다.

2월 6일, 최부 일행은 항주에 도착했다.

날씨가 흐렸다.

서흥의 서북쪽은 광활한 평야인데, 바로 전당(錢塘)이다. 밀물 때 전당의 강물은 호수가 되나 썰물 때는 육지가 된다. 매년 8월 18일이 되면 거대한 파도와 함께 큰 조수가 밀려 오는데, 항주(杭州) 사람들은 이 조

---

58 채옹(133~192): 중국 동한(東漢: 25~220) 때의 저명한 문인. 음률에 정통했다고 한다.
59 채옹이 가정에서 머무를 때 정자의 대나무 뿌리 서까래 부분이 신기한 것을 발견하고 이를 재료로 삼아 피리를 만들었다고 전해진다. 이 피리를 가정적(柯亭笛), 혹은 가적(柯笛)이라 불렀다.

수의 흐름을 구경한다고 한다. 일행은 역 앞에서 배에서 내려, 강기슭으로 올라가 수레를 타고 계속 갔다. 10리쯤을 지나 일행은 절강(浙江)[60]에 도착했다. 다시 배를 타고 건넜다. 강은 산을 끼고 구불구불 돌아 흐르며, 파도는 산에 부딪치며 거꾸로 파도를 일으키고 있었다. 이 때문에 절강이라고 했다. 절(浙)은 제(淛)라고도 했다. 강의 폭은 8~9리쯤 되었다. 길이는 시남쪽으로 복건로(福建路)까지 이르고 동북쪽으로는 바다로 들어가고 있었다.

화신(華信)이 조수를 막기 위해 쌓은 제방은 단어취(團魚嘴)[61]에서 범촌(范村)까지 약 30리, 그리고 부양현(富陽縣)까지 모두 합치면 60여 리나 된다. 돌로 축조된 그 제방은 아직도 새것처럼 보였다. 그러기 때문에 전당강(錢塘江)이라고도 부르고 있었다. 최부는 제방에 도착, 다시 배에서 내려 계속 걸었다. 서쪽 강가에 육화탑(六和塔)[62]이 보였다. 일행은 걸어서 연성사(延聖寺)와 절강역을 지나 항주성의 남문에 도착했다. 성벽은 2중이고 문이 중복으로 되어 있으며 문에는 3층의 누각이 있었

---

60 전당강(錢塘江)의 옛 명칭. 위에서 묘사한 바와 같이 강의 물줄기가 구불구불 돌아 흐른다고 해서 절(浙)이라 부르고 제(淛)라고도 했다.

61 취(嘴): 입구, 어귀.

62 970년에 전당강의 역류를 막기 위해 세운 탑으로, 밖에서는 13층으로 보이나, 나선형 계단으로 올라가는 내부는 7층. 높이는 59.9미터. 전설에 의하면 전당강 마을에 사는 육화(六和)라는 어린아이는 어부인 아버지가 강의 급류에 익사하고 어머니는 휩쓸려 사라지자, 비통에 잠긴 육화는 전당강에 살고 있는 용왕의 짓이라 생각하고, 그 강에 돌을 던져 강을 메웠는데, 용왕이 이를 견디지 못해 육화에게 금은보화를 주며 용서를 구했다. 이에 육화는 어머니를 데려올 것과 더 이상 주민들에 피해를 주지 않는다는 조건을 제시하자, 용왕은 어쩔 수 없이 이를 받아들였다. 주민들은 이를 기려 육화탑을 세웠다고 전해진다.

전당강 전경: 전당강변에 서 있는 육화탑이 보인다.

다. 일행은 성안으로 들어가 문괴문(文魁門), 영순궁(靈順宮), 숙헌문(肅憲門), 징청문(澄淸門), 남찰원(南察院), 우성전(祐聖殿), 토지묘(土地廟)와 지송방포(芝松坊舖)를 지나 무림역(武林驛)에 도착했다. 성문에서 역까지 약 10여 리쯤 되었다.

직용은 비 때문에 하루 묵은 것 말고는 지체하지 않고 때로는 밤길로 천여 리나 되는 아주 먼 길을 일행과 동반했다. 그럼에도 진수태감 장경(張慶)은 적용이 늦장 부렸다고 그 죄를 물어 곤장을 치게 했다. 저녁에 역승(驛丞)[63] 양수록(楊秀祿)이 찬거리를 가져왔다.

2월 7일, 최부 일행은 항주에 머물렀다.

날씨가 흐렸다.

이른 새벽에 태감이 관인을 보내 최부를 심문했다. "정인지(鄭麟趾), 신숙주(申叔舟), 성삼문(成三問), 김완지(金浣之), 조혜(趙惠), 이사철(李思哲), 이변(李邊)과 이견(李堅)은 모두 조선 사람들이오. 그들의 직품은 무엇이오? 그들 각자에 대해 일일이 써서 나에게 알려 주시오." 최부가 대답했다. "정인지, 신숙주와 이사철은 1품에 올랐고, 성삼문은 3품에 이르렀소. 이변, 김완지, 조혜와 이견은 나보다 뒤에 출사해서[64] 그들의 직

---

63 명, 청나라 때 각 주현(州縣)에 역참을 설치하고 역승을 배치했다. 역승은 의장, 거마(車馬)와 영송(迎送)등의 업무를 관장한 관직.

144

품(職品)[65]은 알지 못하오."

역에서 일을 보는 고벽(顧壁)이란 자가 와서 일행에게 말했다. "당신들이 먹는 것은 모두 조정(朝廷)이 지급하고 있소. 지급을 하려면 내역 장부가 조정의 해당 부(部)에 도착할 때까지 1년이나 걸리오. 이곳 역승은 귀주(貴州)에서 온 이민족인데, 일을 처리하는 데 무능하기가 마치 어린아이 같소. 만일의 사태에 대해 어떻게 대비해야 할지를 상부에 품의도 못하는 자이기 때문에 여러분의 먹을 거리가 충분하지 않은 상황까지 벌어지게 되었소."

---

64 한문본에 "李邊金浣之趙惠李堅即我以後進之士"로 나와 있다. 이 구절을 영역자 메스킬을 포함한 국역자 최기홍 및 서인범 등은 이변, 김완지 등을 최부의 후진으로 번역했으나, 국역자 박원호는 그들이 최부보다 앞선 인물들이기 때문에 최부가 그들의 후배라고 해석했다. "我以後進之士"는 두 가지로 해석할 수 있다. 즉 하나는 "나 이후에 진출한 관리", 다른 하나는 "내가 이후에 진출한 관리"로 해석할 수 있다. 그런데 이들 인물에 대한 문헌을 조사해 보니, 이변, 김완지, 조혜와 이견은 최부보다 앞서 활약했던 고위직 관리로 나온다. 이들 중 조혜는 1442년 하정사(賀正使)로 중국에 다녀온 사실이 있고, 이변(1391~1473)은 세종조에 등제한 후 벼슬이 정1품의 영중추부사(領中樞府事)에 이르렀고, 중국 말에 능통하여 중국에 널리 알려진 인물로 알려지고 있다. 이를 보면 박원호의 해석이 맞는다. 그럼에도 불구하고 최부가 모른다고 잡아뗀 것은 어떤 사정이 있지 않나 싶다. 이 대목에서 영역자 메스킬은 한글 창제에 깊숙하게 관여한 예컨대 정인지, 성삼문 등이 한글의 창제 관계로 수 차례 명나라에 왕래를 했음에도 최부가 한글에 대해 언급하지 않은 것은 그 당시 많은 사대부들이 한글의 가치를 크게 두지 않았거나 한자보다 우수한 글자인 한글의 창제에 대해 중국 관리를 자극하지 않으려는 신중함이 있었을 거라고 그의 주에 서 언급을 했다. 한편, 이견(李堅)에 대해서 중국의 거전자와 국역자 서인범 등은 세종 때 명나라에 성절사, 사은사로 북경에 다녀온 이견기(李堅基)일 것이라고 생각했지만 분명치 않다.

65 직책과 품계.

그가 다시 말을 이어 갔다. "여기 와서 당신들을 보는 사람들은 모두 건달들이오. 그들과 이야기 하지 마시오. 기운만 빠질 뿐이오." 저녁에는 안찰제조학교부사(按察提調學校副使)[66] 정(鄭) 대인이 다른 대인 한 사람과 함께 역에 왔다. 그들이 최부를 불러 물었다. "당신네 나라의 과거 제도는 어떻소?", "진사시, 생원시[67], 문과 및 무과시, 그리고 문무과 중시(重試)가 있소."

그들이 물었다. "시험은 어떻게 치르오?", "호랑이(寅)해, 원숭이(申)해, 뱀(巳)해, 돼지(亥)해 가을[68]에 유생 중 가장 뛰어난 사람들을 모아 놓고 3장(場)[69]으로 시험을 치르오. 초장(初場)에서는 의(疑)[70], 의(義)[71], 논(論)[72] 중 두 편이, 중장(中場)은 부(賦)[73], 표(表)[74], 기(記)[75] 중 두 편, 종장(終場)은 책문(策文)[76] 한 문제를 내어 시험을 보고 있소. 여기에서 일정한 수가 선정이 되며, 이듬해 봄에 그들을 모아 놓고 3장으로 시험을

---

66 제조학교는 유학을 가르치던 교육기관으로 안찰부사는 정4품 관직.

67 생원시는 유교경전에 관한 지식을, 그리고 진사시는 부(賦)와 시(詩)의 제목으로 문예 창작의 재능을 보던 시험. 합격자에게 생원 또는 진사라고 하는 칭호를 수여하였다.

68 호랑이 등 간지(干支)가 들어 가는 연도. 3년마다 그러한 간지가 들어간다.

69 과거제도의 초시(初試), 복시(覆試), 전시(殿試)를 모두 부르는 말, 즉 시험의 3단계.

70 과거 시험 문제의 하나로, 논어, 맹자, 중용, 대학, 즉 4서의 한 구절에 대한 해석.

71 5경의 한 구절에 대한 해설.

72 일종의 논술문.

73 시경 등 고시(古詩) 문체의 산문.

74 자신의 생각을 적어 임금에 올리는 일종의 건의문.

75 서사문.

76 한문본에 일도(一道)라고 표기되어 있는데 일도는 하나의 문제가 아닌가 싶다.

치르게 되오. 초장에서는 사서오경을 외워 낭독하게 하고, 사서삼경에 통달한 자를 뽑소. 중장은 부, 표, 기 중 두 편을, 종장은 책문(策文)[77]한 문제를 보게 되오.

33명이 합격이 되는데, 그 33명이 다시 모여 대책으로 시험을 보게 되오. 순위가 결정되는데, 이를 문과급제(文科及第)라 부르며, 방(榜)[78]을 붙이도록 허가를 받소. 임금이 급제한 자들에게 홍패(紅牌)[79], 꽃[80]과 양산을 하사하고 3일간 거리를 행진하오. 그 후 임금이 그들을 위해 은영연(恩榮宴)[81], 영친연(榮親宴)[82], 영분연(榮墳宴)[83]을 열게 되오. 그러다 벼슬길이 시작되오."

그들이 물었다. "문체는 어떠하오?" 최부가 말했다. "표(表)는 송, 원나라의 우수한 작품[84]의 문체를 따르고, 기(記)와 논(論)은 당과 송나라의 것을 따르고 있소. 의(義)는 5경의 구절, 의(疑)는 4서의 구절을 뽑아 표제로 삼고 있소. 모든 것은 중국의 격식을 모방하고 있소. 그리고 책

<hr />

77 주로 정치적 역량을 보기 위해 문제를 제시하고 응시자가 답하는 글.

78 합격자 명부.

79 과거에 급제한 자에게 주던 주황색 종이의 합격 증서.

80 종이로 만든 꽃으로 어사화.

81 과거 급제자를 위해 베풀던 연회.

82 과거 급제자의 부모에게 베풀던 연회.

83 조상의 묘에서 베풀던 잔치.

84 한문본에 "파방(播芳)"이라고 기재되어 있는데, 명현(名賢)의 문선(文選)이 아닌가 싶다. 한편, 중국 거전자의 『표해록』 점주본에는 이를 "파방기(播芳記)"라고 했는데, 파방과 기(記)를 따로 해석하는 것이 옳을 듯싶다.

문은 문선(文選)[85]의 대책(對策)을 본뜨고 있소."

그들이 물었다. "당신은 어느 경서를 익혔소?", "비록 4서(書)와 5경 (經)을 깊이 연구하지는 못했지만, 대략 섭렵(涉獵)은 했소. "경서를 하나씩 대 보시오.", "중용(中庸)[86], 대학(大學)[87], 논어(論語)[88]와 맹자(孟子)[89]가 4서이고, 주역(周易)[90], 시경(詩經)[91], 서경(書經)[92], 춘추(春秋)[93], 예기(禮記)[94]는 5경이오."

그들이 물었다. "역(易)이라는 글자의 의미가 무엇이오?", "형태로 본다면 역(易)의 글자는 해와 달을 합친 글자이고, 뜻으로 본다면 바뀌고 변한다는 의미가 있소.", "주역의 기본 원리 바탕은 무엇이오?", "황하(黃河)에서 그림이 나오고, 낙수(洛水)에서 글자가 나오자 현자(賢者)들이 그것들을 모형으로 삼았소.", "그림과 글자가 없었다면 주역을 쓸 수 없었소?", "세상 만물에는 나름대로 이치가 있소. 토끼를 파는 사람을 보고서도 주역의 원리를 추론할 수가 있소."[95]

---

85 양나라의 소명태자(昭明太子)가 편찬한 책으로 각종 문체의 시문이 실려 있다.

86 완벽한 도덕의 실현에 대한 글.

87 중국의 철학 및 정치 사상의 주제에 관한 글.

88 공자와 그의 제자들의 언행에 관한 글.

89 맹자와 당시 왕과의 대화.

90 역경(易經). 천지만물이 끊임없이 변화하는 자연현상의 원리를 설명하고 풀이한 책.

91 고대 중국의 시가를 모은 책.

92 상서(尙書). 고대 중국의 정사(政事)에 관한 문서의 모음집.

93 공자의 노(魯)나라에 관한 역사 기록.

94 고대 중국의 의식에 관해 서술.

그들의 눈이 놀라서 휘둥그래지더니 최부에게 말했다. "당신은 참으로 독서를 많이 한 문사요. 이곳 사람들이 그 점을 도무지 몰라봤구려." 최부는 정 대인의 이름을 잊었으나, 그의 호(號)[96]는 동원자(東園子), 서재(書齋) 이름은 복재(復齋)였다.

2월 8일, 최부 일행은 항주에 머물렀다.

날씨가 흐렸다.

고벽이 와서 최부에게 일렀다. "지금 들은 말인데, 당신들의 일로 사람을 시켜 북경으로 밤낮으로 달려가 상주(上奏)하도록 했다오. 회답을 받아야만 돌아올 것이오. 여기서 북경까지는 수로로 5천여 리나 되니, 당신들은 여기서 여러 날 체류해야 할 것이오." 최부가 말했다. "여기서는 언어가 다르니 실로 장님이나 귀머거리와 다름이 없소. 그러니 앞으로는 이방인인 나를 딱하게 여겨 지금처럼 보고 들은 것을 말해 주시오." 고벽이 말했다. "이 나라의 법이 지극히 엄격한데다 규율이 엄중

---

95 한문본에 "수견매토자 역가이추측역중지위수야(雖見賣兎者 亦可以推測易中之位數也)." 이 구절의 해석을 국역자 최기홍과 서인범 등은 "비록 토끼나 팔고 있는 사람이라 하더라도 주역으로 그의 앞날을 점칠 수 있다", 박원호는 "토끼를 파는 사람이 토끼를 보는 것만으로도 역 속의 방위와 괘수를 추측할 수 있다", 북한의 김찬순은 "비록 토끼를 팔고 있는 자라도 주역에 있는 원리를 추측한다"라고 각기 다르게 해석했다.

96 본명을 부르는 것을 피하기 위해 편하게 부를 수 있도록 지은 이름이며, 성년이 되면 자(字)라는 이름을 받게 된다.

하오. 새로운 규정에 의하면 이방인에게 정보를 누설한 자가 있으면 군
에 징집을 당한다오. 내가 쓴 것은 어떠한 것이든 다른 사람에게는 보
여 주지 말고 당신 혼자만 알고 있어야 하오." 그는 고개를 끄덕이고는
가버렸다.

　관원 두 사람이 와서 최부한테 말했다. "도총태감(都總太監)[97]은 총
병관이 점검한 당신의 활과 칼을 보고 싶어 하오." 그들이 그것들을 가
지고 떠났다. 한 사람이 와서 말했다. "경태(景泰) 연간[98]에 급사중(給事
中) 장녕(張寧)[99]이 귀국에 사신으로 가서 「금정(金亭)을 떠나며」라는 시
와 『황화집(皇華集)』[100]을 지은 일이 있소. 당신은 그것들에 관해 알고 있
소?", "장 급사중(給事中)이 우리나라에 왔을 때 황화집을 지은 일이 있
소. 그 속에 「한강(漢江)」이라는 제목의 시 구절은 칭송이 자자하오."

　　햇빛은 밀화부리 배 위에서 놀고,
　　그림자는 흰 갈매기가 노니는 강가에 떨어지는구나.
　　멀리 바라보니, 세상 끝이 어디일까?

---

97 환관으로 고위직 감독관. 한편 국역자 서인범 등은 도총태감을 도사와 총병관과 태
감으로 해석했다.

98 경태는 명나라 제7대 황제인 대종(代宗)의 연호로 재위기간은 1449~1457년.

99 장녕은 자(字)가 정지(靖之)로 해염인(海鹽人)이다. 경태 5년, 즉 1454년에 진사에 급
제하였다고 한다. 장녕에 대한 기록은 『조선왕조실록』 세조 6년, 즉 1460년(명나라
천순 4년) 2월 6일자에 나와 있다. 즉 장녕이 조선에 사신으로 온 것은 경태 연간이 아
니라 천순 연간이다. 중국 관원의 착오인 것 같다.

100 황화는 중국 사신을 높여 부르던 말로서 『황화집』은 조선에 온 중국(명나라) 사신과
접대를 맡은 조선의 관리가 주고받은 시 등의 모음집.

허공에 솟아 있으니, 땅이 붕 떠 있구나.

그 사람은 기쁜 빛을 얼굴에 나타내며 말했다. "장 급사중은 관직에서 은퇴하여 집에 있소. 그의 집은 여기에서 백 리 떨어진 가흥부(嘉興府) 해염현(海鹽縣)에 있소. 장 공이 여기 항주에 왔다가 조선 문사가 바다에서 표류되어 왔다는 소식을 듣고 조선에 대해 알고 싶어 며칠을 기다렸는데, 당신이 도착하기 하루 전에 돌아갔소." 최부가 그 사람의 이름을 물었는데, 이름은 왕개(王玠)로 급사중의 생질이었다.

진양(陳梁)이라는 사람이 와서 말했다. "소인[101]은 장녕정지(張寧靖之)[102] 대인과 함께 당신 나라에 갔다 왔소." 최부가 물었다. "장 대인의 관직은 어디까지 올라갔소? 무슨 이유로 관직에 있지 않고 집에 있소?", "장 공의 관직은 도급사중(都給事中)[103]에 이르렀으며, 후에는 도어사(都御史)[104]에 임명되었으나, 아들이 없기 때문에 그 직을 맡지 않았소. 42세 때 집으로 돌아와 요양하고 있소."

---

101 한문본의 구구(區區)는 겸양어로 나를 낮추어 말하는 말.

102 정지는 장녕의 자(字).

103 육과(六科)의 정7품 관직.

104 도찰원(都察院)의 정2품 관직.

2월 9일, 최부 일행은 항주에 머물렀다.

날씨가 맑았다.

진날 활과 칼을 가지고 갔던 관리가 와서 말했다. "진수(鎭守) 어르신[105]이 당신의 활과 칼을 보려고 보관하고 있소." 최부가 말했다. "좋을 대로 하시오." 고벽이 와서 말했다. "해상 군관이 보내온 문서에 의하면 당신이 배 14척으로 바다를 돌아다니며, 노략질을 했다는 것이오. 그러자 순안어사(巡按御史)[106]는 배 14척이 있었다면 무슨 이유로 먼저 나포하여 데려오지 않았는가 하며, 그 일로 그들을 문책하겠다 하오. 그 진수와 3사(司)는 그 문제로 논의가 분분했지만, 당신의 진술서 내용이 명확해서 당신들이 왜인이 아니라는 결론을 내렸소. 이제 지휘(指揮) 양왕(楊旺)에게 임무를 주어 당신들을 북경까지 호송하도록 의견이 모아졌소. 거기에서 당신들은 환국하게 될 것이오. 그 밖에 다른 것은 없소. 사나흘간 이곳에 더 머무를 것이오. 마음을 푹 놓으시오."

또한 포정사(布政司) 대인[107] 서규(徐圭)와 안찰사부사(按察司副使)[108] 위복(魏福)이 역의 객사에 같이 앉아서 최부를 불러들였다. 그들이 말했다. "당신은 무사히 귀국할 터이니 마음을 놓으시오." 최부는 시를 지어 사례한 뒤 객사에서 물러났다.

---

105 진수태감을 지칭하는 것 같다.
106 감찰기관인 도찰원(都察院) 소속의 관직.
107 종2품의 관직인 포정사(布政使)를 지칭.

북경 사람 이절(李節)이 와서는 최부의 옷이 남루한데다 얼굴이 더러운 것을 보고서는 말했다. "여기 사람들은 외모를 중시하고 있소. 그래서 당신을 보고 모든 사람이 놀라서 웃고 있소. 조선 사람 모두가 그렇구나라고 여길 것이오. 양지바른 곳에서 몸을 깨끗이 씻는 것이 좋겠소." 최부는 일행 각자에게 몸을 씻도록 지시했다. 그런 후 최부는 정보 등과 함께 양지에 둘러앉아 때를 씻어냈다. 이절이 와서 최부의 살갗이 벗겨지고 발톱이 빠진 것을 가리키며 말했다. "갖은 고난을 겪느라 몸을 전혀 돌보지 못한 탓이군요." 최부가 말했다. "바다에 있을 때, 몇 움큼이나 피를 토했소. 사흘 동안 입에 침이 바짝 마른 적도 있었소. 피부는 소금 물에 찌들어 아직도 회복되지 않았고 맨발로 험한 땅을 걸어 다니느라고 상처투성이가 되었소. 몸의 어느 곳이라도 감히 상하게 하지 않는 것이 효(孝)의 시작[109]이라고 들었소. 이처럼 내 몸을 다쳤으니, 난 분명 효자가 아니오."

---

108 안찰사사(按察使司)의 부사(副使)로 정4품 관직. 책임자인 안찰사(按察使)는 정3품 관직. 명나라 4심(審) 제도: 최부는 표류로 인하여 중국의 국경을 불법 침입하여 왜구로 오인 받았으나, 항주에서 최종 심의를 걸쳐 그는 귀국을 하게 된다. 최부는 국경 침범 사건에 대해 당시 명나라의 4심(審)에 걸친 엄격한 심의과정을 그의 일기에서 상세하게 기술했는데, 이 사법제도에 대해 중국의 문헌에서도 거의 찾아볼 수 없는 귀중한 내용이라고 중국의 『표해록』 연구가인 북경대 거전자(葛振家) 교수는 그가 편찬한 『최부 표해록 연구』에서 밝히고 있다. 초심은 군현급(郡縣級)인 해안수비 관서인 해문위, 천호, 파총, 송문 등, 재심은 상급심(上級審)인 소흥부의 도지휘첨사(都指揮僉事), 순시해도부사(巡視海島副使), 포정사분수우참의(布政司分守右參議) 등의 합동 심의, 3심은 항주부의 포정사사(布政使司)의 진수태감(鎭守太監), 순안어사(巡按御史), 최종심은 3사(司)인 도지휘첨사(都指揮僉事), 포정사, 안찰사부사 등의 심사를 거쳤다.

109 신체발부 수지부모 불감훼손 효지시야(身體髮膚 受之父母 不敢毁傷 孝之始也): 효경의 구절로 부모로 받은 신체의 어느 곳이라도 훼손시키지 않는 것이 효도의 시작이라는 의미.

이절이 말했다. "그것은 사정 나름이오. 당신이 몸을 고의로 해친 것은 아니고 하늘이 상하게 한 것이오. 따라서 효하고는 상관이 없는 일이오. 상심할 필요가 없소." 이절의 친구가 소매 속에 『소학(小學)』[110] 한 권을 가지고 와서 이절을 통해 최부에게 주었다. 시 한 수를 원한 것이다. 최부가 말했다. "받을 자격도 없는데 남의 선물을 받는 것은 염치없는 일이오. 감히 사양하겠소."

이절이 말했다. "그 사람은 당신을 잊지 않기 위해 시 한 수를 바라는 것이오.", "나는 시를 잘 쓰지 못하며, 붓의 놀림도 시원찮소. 변변치 못한 것으로 그의 좋은 것과 바꾸지는 않소." 그 사람은 그 책을 소매에 도로 넣고 떠났다. 이절이 최부에게 말했다. "도(道)로 사귀고 예로 대할 때는 공자까지도 받았소. 왜 그렇게 단호하게 거절하였소?", "그 사람은 책을 선물하려고 했던 것이 아니고 시를 받는 데에 마음을 둔 것이오. 이와 같이 도로 사귄 것도 아니고 예로 대한 것이 아니오. 내가 받아들였다면, 이는 시를 쓴 것에 대해 대가를 받는 것이 되었을 것이오. 그러한 이유로 그를 물리쳤소." 이절은 그러겠다고 하면서 물러갔다. 저녁에 이절은 친구인 김태(金太)와 다른 두 사람과 같이 와서 최부와 일행에게 음식을 대접했다.

---

110 소학(小學): 송나라 유자징(劉子澄)이 지은 아동용 교양서.

2월 10일, 최부 일행은 항주에 머물렀다.

날씨가 맑았다.

　고벽이 와서 말했다. "당신은 북경으로 가기 때문에 앞으로의 길을 알아야 하오. 우리나라 소주(蘇州), 항주(杭州), 복건(福建), 광동(廣東) 및 다른 지역에서 해상 무역을 하는 개인 상인들이 점성국(占城國)[111], 회회국(回回國)[112] 등지로 나가 자단목(紫檀木), 후추 및 향료를 사오고 있소. 배가 끊임없이 가는데, 열 중에서 겨우 다섯만 돌아오고 있소. 뱃길이 굉장히 험난하오.

　그러나 북경으로 가는 수로는 아주 좋소. 그래서 유구, 일본, 섬라(暹羅)[113], 만랄가(滿剌加)[114] 등이 조공을 바칠 때는 모두 복건포정사(福建布政司)를 경유하고 있소. 포정사[115]의 지시를 받아 배를 정박한 다음 이 항주부로 오게 되오. 그런 후 가흥(嘉興)을 지나 소주에 이르게 되오. 천하의 모든 비단과 보화는 소주에서 나오고 있소. 소주에서 상주(常州)를 지나 진강부(鎭江府))에 이르며, 그곳에서 양자강을 건너게 되오. 그 강은 이곳에서 천여 리나 되는 곳에 있소. 강이 사납고 험악하여 바람과

111　베트남 남부의 참족이 세운 고대국가.

112　아라비아 등 이슬람 국가.

113　태국의 옛 명칭.

114　말레이 반도의 남쪽의 나라 이름.

115　지방의 행정을 담당하던 당국.

파도가 없어야만 건널 수 있소. 강을 건너면 바로 북경으로 이어지는 수로에 도착하오. 약 40일간의 여정이오.

당신들은 운이 좋게도 봄철을 만난 것이오. 더위, 습도, 질병이 기승을 부리는 여름이면 어찌 갈 수 있겠소? 산동(山東), 산서(山西), 섬서(陝西) 등의 세 지역 포정사 관할지는 오래 계속되는 가뭄으로 황폐화되고 있소. 사람들은 인육을 먹고 있고 살 곳을 잃고 있소. 양자강을 건너 천여 리를 가게 되면 산동에 도착할 것이오. 당신들 모두 매우 조심하는 것이 좋을 것이오."

그런 후 최부에게 죽순을 주며 말했다. "그것은 변변치 않은 음식이오만 잡수시오. 당신 나라에도 죽순이 있소?", "우리나라 남쪽 지방에 죽순이 있소. 5월에 나오죠." 고벽이 말했다. "여기서는 겨울에서 봄까지 자라기 시작하며 정월이 되면 한창인데, 큰 것은 10근[116]이 넘소. 귀국은 이곳의 풍토와 다르군요."

2월 11일, 최부 일행은 항주에 머물렀다.

날씨가 흐렸다.

양수록(楊秀祿)과 고벽이 와서 말했다. "항주 서쪽 팔반령(八般嶺)에

---

116 한 근은 500그램.

고려사: 지금은 예전의 자리에서 떨어진 곳에 복원되어 있다.

고려사(高麗寺)[117]라는 고찰이 있소. 절 앞에 두 개의 비석이 서 있어 옛 유적을 기념하고 있소. 비석은 여기서 15리에 있소. 송나라[118] 시기에 조공 차 온 고려의 사신이 세운 절이오. 당신 나라 사람들이 국경을 넘어서까지 절을 세운다는 것은 분명 불교를 숭상한다는 의미일 것이오."

최부가 말했다. "그건 고려 사람이 지은 것이오. 지금 우리나라는 이단을 배척하고 유도(儒道)를 숭상하고 있소. 사람들은 가정에서는 효도를, 밖에 나가서는 공손을, 임금에게는 충성, 벗에게는 신의를 직분으로 삼고 있소. 머리를 깎는다 하더라도 누구든 군대에 보내고 있소."

고벽이 말했다. "대개 불교를 섬기지 않는 사람들은 반드시 신들에게 제사를 지내는데, 그렇다면 당신 나라는 귀신을 섬기고 있소?", "우리 나라 사람들은 모두 사당을 짓고 조상에게 제사를 지내고 있소. 당연히 섬겨야 할 귀신은 섬기고 음사(淫祀)[119]는 지내지 않소." 이윽고 양수록이 나가고 고벽이 최부에게 공문을 보여 주었다. 그 공문은 항주부에서 앞으로 이동하는 각 부, 현, 역에 통보한 것으로 최부 일행을 호송한다는 내용이었다.

---

117 당시 고려사가 있었던 자리에는 소동파의 동파정(東坡亭)이 있고, 그 앞에는 일본의 시즈오카현과 중국 절강성이 합자하여 지었다는 호텔(花家山莊)이 들어서 있다. 2004년부터 한국과 중국의 불교계에서 당시 있었던 자리에서 떨어진 곳에 고려사의 복원을 시작하여 건립했는데, 2012년 방문을 해보니 사찰 건물만 덩그러니 있었다.

118 한문본에 기재된 조송(趙宋)은 조광윤(趙匡胤)이 960년에 건립한 송조(宋朝).

119 사악한 귀신에게 지내는 제사.

공문 내용은 다음과 같았다.

항주부의 해양정보에 관한 건:

항주부는 절강 등지의 승선포정사사(承宣布政使司)[120]로부터 공문[121]을 받았다. 흠차진수절강사설감태감(欽差鎭守浙江司設監太監)[122]인 장경((張慶)과 순안절강감찰어사(巡按浙江監察御史)인 창형(暢亨)의 상기 건에 관한 합동 의견을 접수했다. 총독절강비왜서도지휘첨사(總督浙江備倭署都指揮僉事)인 황종(黃宗)과 순시해도절강안찰사부사(巡視海道浙江按察司副使) 오문원(吳文元)의 보고 및 정해(定海), 창국(昌國) 등의 위(衛)와 태주부 및 기타 관아의 각기 상황 보고에 의하면 홍치 원년 윤정월 17일에 해문위(海門衛)의 도저천호소(桃渚千戶所)[123]는 우두외양에서 배 한 척이 사자채(獅

---

120 지방 행정기관의 정식 명칭이며 약칭은 포정사사(布政使司) 혹은 포정사(布政司). 수장으로 종2품인 좌포정사, 우포정사를 두었다. 이처럼 지방의 행정은 포정사사, 군사는 도지휘사사(都指揮使司), 감찰은 정식 명칭인 제형안찰사사(提刑按察使司), 즉 약칭인 안찰사사(按察使司)에서 관장했다. 안찰사사에는 수장으로 정3품인 안찰사(按察使)를 두었다. 한편 도지휘사사(都指揮使司)는 지방의 군사 업무를 관장하던 부서이며, 이 부서에는 정2품인 도지휘사(都指揮使) 1인, 종2품인 도지휘동지(都指揮同知) 2인, 정3품인 도지휘첨사(都指揮僉事) 4명 등으로 구성되어 있다.

121 한문본의 차부(箚付)는 상급기관이 하급기관에 하달하는 문서.

122 흠차(欽差): 황제가 직접 파견한 관직 이름.

123 천호소(千戶所): 명나라 군사제도인 위소제(衛所制)는 지방의 군사업무를 관장하고 있는 도지휘사사(都指揮使司)의 소속으로 전국의 요소에 위(衛)와 소(所)를 설치, 1위(衛)는 5,600명의 군인으로 이루어졌고, 하나의 위는 5개의 천호소, 천호소는 10개의 백호소(百戶所)로 편제되었다. 천호소에는 정5품인 정천호(正千戶)와 종5품인 부천호(副千戶), 정6품인 백호(百戶) 10명으로 구성되었다.

子寨)로 들어오는 것을 목격했다. 따라서 이 사안은 해상 선박에 관한 중요한 일로 간주되기 때문에 총독(摠督), 순해(巡海), 분수(分守), 분순(分巡)의 관원들을 독려하는 한편 파총(把摠) 및 소속 연해의 군위(軍衛), 순사(巡司), 출해(出海) 등의 관부(官部)에게 명하여 군선을 거느리고 초계(哨戒)를 하는 등 만반의 수비태세를 갖추도록 했다.

이어서 서도지휘첨사(署都指揮僉事) 황종 등의 보고와 도저천호소의 신고에 의하여 해당 천호소의 백호(百戶) 유춘(柳春) 등은 기군(旗軍: 명대 사위영(四衛營)의 관군)을 거느리고 임해현(臨海縣)의 20도(都)[124]로 미리 가서 그곳의 민병대[125]와 함께 사람과 선박을 포획, 도저소로 압송했다. 그들을 심문했을 때 그들 언어가 이해하기가 어려워 글로 써서 그들의 성명, 내력과 연유 등을 진술서에 옮겨 적은 후, 보고하기에 이르렀다. 이 사안은 순안절강감찰어사(巡按浙江監察御史) 창형(暢亨)과 회동하여 논의했다.

진술서의 내용은 이방인 최부에 대한 심문으로 시작되었다. 그의 진술에 의하면 그는 조선 사람으로 제주 등지의 섬에 갔다가 폭풍에 떠밀려 천자대국(天子大國)의 국경까지 도착했다고 하나, 이방인들은 거짓이 많기 때문에 진위를 가리기가 어려웠다. 더욱이 이 사안의 경우 배 안의 무기류나 별도의 물건이 있었는지에 관한 보고가 없기 때문에 모든 사항을 조사하는 것이 마땅했다.

---

124 20도: 당시의 행정구역으로 우두외양과 인접한 마을.
125 한문본에 "화갑(火甲)"으로 기재되어 있는데, 중국의 거전자는 화갑을 고대의 병제(兵制)로 대오(隊伍)를 지칭하며 5명으로 구성된 것을 오(伍), 10명은 화(火)라고 설명했다. 지역의 주민으로 구성된 민병대가 아닌가 싶다.

또한 총독비왜 및 서도지휘첨사 황종(黃宗), 순시해도부사(巡視海道副使) 오문원(吳文元), 분수우참의(分守右參議) 진담(陳潭), 분순부사(分巡副使) 양준(楊峻)의 보고서와 해당 파총송문등위소(把摠松門等衛所)의 비왜지휘 동지(備倭指揮同知) 유택(劉澤)의 보고서에 의거하여 43명의 이방인을 함께 불러들여 심문하면서 각 한 사람씩 성명 등등을 쓰도록 하였다. 두세 차례 그들 모두를 심문하였으나 이상이 없었다. 또한 인신, 마패, 방록(榜錄)[126], 문적(文籍), 관모(冠帽), 옷 보따리 등의 물건도 압수하여 세밀히 점검했다. 이상이 없었으므로 최부 등에게 돌려 주었다. 또한 압류한 배는 선착장 밖[127]에 묶어 두었으며 사유서를 첨부하여 인원을 시켜 칼 한 자루, 활 한 장을 본사(本司)로 보냈다.

본사(本司)[128]는 절강의 도사, 포정사 및 안찰사의 삼사(三司)[129]의 장인 도지휘첨사(掌印都指揮僉事)[130] 최윤(崔胤), 좌포정사(左布政使) 서규(徐圭), 부사(副使)[131] 위복(魏福) 등의 관원과 회동, 다시 심문을 가졌다. 폭풍을 만난 일 이외에는 이방인들과 그들의 배에 관한 제반 사실과 논리가 한결같기 때문에 이 사람들의 처리 방식에 관한 의견을 본사에 제출하라고 지시했

---

126 과거 합격자 기록.
127 한문본에 각상오외(閣上塢外)로 기재되어 있다: 오(塢)는 1) 소규모 방어 시설, 2) 배를 묶어 두거나 수리 혹은 건조하던 곳. 국역자 최기홍은 이를 두고 "성채 밖 누각 위"로 해석했고, 박원호는 "선거(船渠)", 서인범 등은 "마을 위의 둑 밖"이라고 해석했다.
128 항주부를 지칭.
129 도지휘사와 포정사 및 안찰사.
130 명대 군사 총괄 기구인 도지휘사사(都指揮使司)의 실무를 관장. 장인은 책임자라는 의미.
131 안찰사(按察司)의 부사.

다. 이 사안에 관한 사실과 원칙에 의거하여 본사는 지휘첨사(指揮僉事)[132] 양왕(楊旺)을 차출하여 최부 등을 북경까지 호송하도록 승인했다.

본사 소속의 역참(驛站)[133]과 체운소(遞運所)[134]는 파견 관원에게 음식과 역참 소속의 배를, 호송 군인과 최부 일행에게는 양식, 홍선(紅船)[135] 및 인부를 제공하도록 한다. 앞으로 지나가는 곳의 모든 관아는 이 지시를 마땅히 준수해야 한다. 칼과 활은 관고(官庫)에 넘겨 보관하도록 하며, 입고(入庫)가 되면 직접 상주하여 처리방식에 대한 승인을 받도록 한다. 우선 이에 관한 서류를 구비하여 보내니, 받는 대로 보고하기 바란다.

2월 12일, 최부 일행은 항주에 머물렀다.

날씨가 맑았다.

최부는 정보 등에게 말했다. "고벽이 진심으로 우리를 대접해 주었네. 그는 보고 들은 것을 숨기지 않고 알려 주어 우리가 실수하지 않았네. 온정이 커 존경의 표시를 하고 싶은데 짐꾸러미 속에 아무것도 없네. 내가 가진 것이라곤 고작 이 옷뿐이니, 이를 벗어 주려 하네."

---

132 군의 업무를 지휘하는 관직으로 품계는 정4품.
133 정부 문서와 정보를 전달하는 업무를 관장, 또는 왕래하는 관원이 숙식도 하고 말을 갈아타는 장소.
134 양식과 품물을 지급하는 등의 사무를 관장하던 곳.
135 체운소 전용의 운수용 선박.

정보 등이 말했다. "전에 옷을 벗어 허 천호한테 주셨습니다. 또 옷을 벗어 고벽 공(公)에게 주신다면 입을 옷 한 벌만 남습니다. 먼 여정에 옷이 낡아 떨어지면 누가 옷을 해주겠습니까?"

최부가 말했다. "옛날에 옷 하나로 30년 동안 입은 이도 있었다네. 그런데 나는 객지를 돌아다닌 지 일년도 못 됐네. 이제 날은 점점 더워지고 있어서 옷 한 벌로 충분하네. 아무튼 뱀이나 물고기조차도 온정을 고마워하며 갚으려고 하는데, 하물며 사람에 있어서랴!" 최부는 옷을 벗어 고벽에게 주려 하였으나 그는 손을 내저으며 거절했다. 최부가 말했다. "벗 사이의 선물은 비록 그 선물이 거마(車馬)라 하더라도 거절하지 않는 법이오. 그러니 별거 아닌 것 갖고 마음을 쓸 필요 없소. 옛날의 한퇴지(韓退之)[136]는 대전(大顚)[137]에게 이별의 선물을 남겨 놓았소 헤어질 때 친구에게 옷가지를 남기는 일은 마음 씀씀이라오." 고벽이 말했다. "사양하고 싶지만, 당신의 호의를 저버리는 것 같소." 하며 그는 옷을 받아 갔다.

최부의 주:

절강포정사(浙江布政司)는 동남으로 바다에 이르고 남쪽으로는 복건의 경계에 이르고 있다. 11개의 부(府)와 주(州), 76개의 현(縣)을 다스리고 있다. 그 중에 항주(杭州)가 제일로 5대(代)[138] 때의 오월국(吳越國)[139]이었으

---

136 한유(韓愈: 768~824): 자는 퇴지(退之)로 당나라의 문학가.
137 당나라의 고승; 한유와 서로 왕래하며 사귀었음.

며, 송나라의 고종이 남으로 양자강을 건너 도읍을 옮긴 곳으로 임안부 (臨安府)[140]였다.

부치(府治)와 인화(仁和), 전당(錢塘)의 두 현치(縣治), 진수부(鎭守府), 도사(都司), 포정사(布政司), 염운사(鹽運司)[141], 안찰원(按察院), 염법찰원(鹽法察院)[142], 중찰원(中察院), 부하(府學)[143], 인화학(仁和學)[144], 전당학(錢塘學)과 무림역(武林驛) 등이 모두 성안에 있다.

또한 성안에는 오산(吳山)이 있는데 경치가 가장 아름답다. 거기에는 열 개의 사당과 오자서(伍子胥)[145] 사당, 삼모관(三茅觀)[146], 사성묘(四聖廟) 등이 있다. 그리고 아홉 곳의 우물과 세 개의 호수가 있다. 우물에 대해서는 오산의 대정(大井)이 가장 크고 곽파(郭婆)[147], 상팔안(上八眼), 하팔안(下八眼), 중팔안(中八眼), 서사(西寺) 등의 우물이 다음으로 크다. 서호의 우물은 작은 도랑을 통해 성안으로 끌어들이고 있다. 항주부의 진산(鎭山)은

---

138 907년 당나라가 멸망한 후 중원(中原) 지역에 생긴 5개의 정권, 즉 후량(後梁), 후당(後唐), 후진(後晋), 후한(後漢)과 후주(後周).

139 오월국(907~978): 5대 시기의 한 나라로 전당(항주)에 도읍.

140 남송(南宋)의 고종이 1126~1127년에 발생한 정강지란(靖康之亂: 북송의 휘종과 흠종이 금나라에 포로가 된 사건) 후 북송이 멸망하자 휘종의 아들인 고종이 남하하여 남송을 건립, 임안(臨安)에 도읍을 정했다. 1129년에 임안부로 승격되었다.

141 소금과 염전을 관리하던 곳.

142 고대 중국의 염법, 즉 염정(鹽政) 부서.

143 항주부의 관립학교.

144 인화현의 관립학교.

145 오자서(기원전 559~484): 춘추시대 오나라의 명장.

146 모(茅)씨 3형제의 은둔처. 모 형제는 도교의 은자(隱者).

무림산(武林山)이다.

　서호(西湖)는 성 서쪽 2리에 있고 남북으로 길며 동서로 직경이 10리에 이른다. 산과 강이 수려하며 노래와 음악이 사방에서 들리는 행락지다. 죽각(竹閣)은 광화원(廣化院)에 있으며 백낙천(白樂天)[148]이 세웠다. 낙천(樂天)의 시구 중 "밤이 되어 죽각에서 잔다."[149]라 표현한 곳이 바로 여기다. 악악왕(岳鄂王)[150]의 묘가 서하령(棲霞嶺)의 어귀에 있다.

　냉천정(冷泉亭)은 영은사(靈隱寺)[151] 앞 비래봉(飛來峯)[152]아래에 있다. 이 샘은 영은간(靈隱澗)[153]의 물로 옛 기록에 의하면 허유(許由)[154]가 물을 마

147　곽파정(郭婆井)으로 동진(東晉)의 곽박(郭璞)이 뚫었다고도 하고, 곽의 처가 뚫었다고 전해지는데, 후세에 이 우물은 "곽파정"으로 불렸다고 한다. 상팔안정(上八眼井)은 송대(宋代)에 만들어졌다는 중국의 고정(古井)에 대한 기록을 보면, 박원호 등의 번역, 즉 "곽파의 상팔안 등등"은 잘못이 아닌가 싶다. 한편 서인범 등은 곽파를 우물의 이름으로 옳게 해석했다.

148　당나라 때 시인 백거이(白居易)로 낙천은 그의 자(字)이며, 그의 시「장한가(長恨歌)」가 유명하다.

149　백거이의 시「숙죽각(宿竹閣)」의 "만좌송담하(晚坐松檐下)소면죽각간(宵眠竹閣間)", 즉 "저녁에 소나무 처마 밑에 앉아 있다가 밤이 되자 대나무 누각에서 잠이 든다"라는 구절에서 나왔다.

150　악악왕(1103~1141): 남송(南宋) 때의 무장으로 본명은 악비(岳飛). 금나라에 대하여 주전론을 펴다가 참소당하여 옥사한 후 악왕으로 추증(追贈)되었다. 구국의 영웅으로 추앙받고 있다.

151　항주 영은산 기슭에 있는 절로서 326년에 승려 혜리(慧理)가 창건했다고 전해진다.

152　승려 혜리(慧理)가 이 산에 올라 경치에 감탄하여 천축국(天竺國)의 영취산(靈鷲山)의 소령(小嶺)이 날아온 것 같다고 말했다는 고사가 있다.

153　영은산 개울.

셨던 곳이다. 표충관(表忠觀)은 용산(龍山) 남쪽에 있으며 동파가 지은 비

문을 새긴 비석이 있다. 풍황령(風篁嶺)은 방목지의 서쪽에 있다. 여기가

동파[155]가 변재(辨才)[156]를 방문했던 곳이다. 남병산(南屛山)은 흥교사(興教

寺)의 뒤쪽에 있다. 떨어져 나간 절벽에 사마온공(司馬溫公)[157]이 예서체로

쓴 가인괘(家人卦)[158]와 미원장(米元章)[159]이 쓴 "금대(琴臺)"[160]라는 두 자가

남아 있었다. 동파의 시구 중 "내가 남병산(南屛山)의 금붕어[161]를 안다"가

이곳을 지칭한다.

　　소공제(蘇公堤)[162]는 흥교사(興教寺)와 마주보고 있는데 동파가 항주를

다스릴 때 건설했다. 길이가 10여 리나 되고 여섯 개의 다리가 있다. 정덕

---

154 고대 중국의 전설적 인물로 요(堯)임금이 그에게 왕위를 물려주려고 하자 귀가 더럽
　　혀졌다며 영천(潁川)의 물에 귀를 씻고 숨어 살았다는 은사(隱士). 한편 소보(巢父)
　　는 소를 몰고 가다가 귀를 씻은 연유를 듣고 그 물에 소를 먹일 수 없다며 상류로 가
　　서 물을 먹였다는 고사.

155 북송(北宋)시대의 시인으로 이름은 소식(蘇軾)이며 동파는 그의 호. 관광객들이 많
　　이 찾는 중국 강서성의 여산(廬山)을 보고 읊은 「제서림벽(題西林壁)」에 "不識廬山
　　眞面目(여산의 참모습을 알지 못하네)"라는 구절이 있는데, 여기서 진면목(眞面目)이
　　란 말이 나왔다.

156 당나라 때 승려로 거문고, 서화에 능하였다고 전해진다.

157 사마온공(司馬溫公: 1019~1086): 북송 때의 정치가이자, 사학가로 본명은 사마광
　　(司馬光). 죽은 뒤 태사온국공(太師溫國公)으로 추증되었는데, 온공(溫公)으로 불리
　　고 있다.

158 가정을 다스리는 방도에 관하여 설명하는 괘.

159 북송시대의 서화가로 이름은 불(芾)이며 원장은 그의 자.

160 현악기를 타던 곳.

161 한문본의 금즉어(金鯽漁)는 금붕어로 국역자 박원호의 "금직어"는 오기.

162 서호의 2.8km에 이르는 소동파(1039~1112)가 쌓은 제방, 소제(蘇堤)라고도 불린다.

관(旌德觀)은 소공제 첫 번째 다리 아래에 있다. 원소(袁韶)[163]가 주청(奏請)하여 사당을 세울 때 허유(許由)로부터 장구성(張九成)[164]에 이르기까지 전당의 명사와 열녀 다섯 명 등 39명을 선택하여 그들의 전기를 적고 사당을 세웠다.

풍악루(豊樂樓)는 성 서쪽에 있는 용금문(湧金門) 밖 서호 언덕에 있고, 그 북쪽에는 환벽원(環碧園)이 있다. 용금문 북쪽에는 옥련당(玉蓮堂)이 있으며 용금문 안에는 용금지(湧金池)가 있다. 옥호원(玉壺園)은 전당문 밖에 있는데, 동파가 읊은 "남의당(南漪堂) 두견화(杜鵑花)"(소식의 시에 「보리사 남의당의 두견화(菩提寺 南漪堂 杜鵑花)」라는 것이 있다.)는 그곳을 일컫는 말이다.

문의 서쪽에 선득루(先得樓)가 있다. 소경사(昭慶寺) 북쪽에 운동원(雲洞園)이 있는데 꽃과 버들이 어우러져 있으며 그 속에 부인의 묘가 있다. 석함교(石函橋)는 수마두(水磨頭)에 있다. 백낙천(白樂天)이 "호석기(湖石記)"[165]에 "전당(錢塘)의 다른 이름이 상호(上湖)인데 그 북쪽으로 석함(石函)이 있다"라고 말하고 있는데, 바로 석함교를 지칭하고 있다. 총의원(摠宜園)은 덕생당(德生堂) 서쪽에 있다. 동파의 시, 「음호상초청후우(飲湖上初晴後雨: 개었다가 비 내리는 호수 위에서 술을 마시며)」라는 제목의 마지막 시구 "담장농말총상의(淡粧濃抹摠相宜)"[166]에서 두 글자 총의(摠宜)를 뽑아 황제가 당(堂)

---

163 자는 언순(彦淳)이며 남송(南宋)의 대신(大臣)으로 지금의 영파 사람이다. 후한 말기(삼국시대) 무장으로 조조와 대적한 원소(袁紹)와는 다른 인물이다. 박원호 번역서의 주석에 원소(袁紹)라고 소개한 것은 잘못이다.

164 장구성(1092~1159): 개봉 출신으로 후에 항주 전당현으로 이주한 송나라의 학자.

165 전당호석기(錢塘湖石記)로 전당호는 항주 서호를 일컬으며, 서호에 관한 글.

의 액자에 썼다.

단교(斷橋)는 총의원(摠宜園) 서쪽에 있다. "단교에서 지는 해에 오사(烏
紗)[167]를 비스듬히 쓰고"[168]라는 곳이 그곳을 가리킨다. 서석두(西石頭)는
석함교의 서쪽에 있는데, 진시황(秦始皇)[169]이 바다에 배를 띄워 동순(東巡)
할 때 배를 댔던 곳이다. 고산(孤山)은 서호의 고산로(孤山路) 서쪽에 있다.
산의 동쪽에 임화정(林和靖)이 숨어살던 오두막집의 옛 터와 무덤이 있다.
삼현사(三賢祠)는 소공제의 세 번째 다리에 있는데 백문공(白文公)[170], 임화
정(林和靖)[171], 소문충공(蘇文忠公)[172]을 모신 사당이다.

이상 모든 유적지는 고벽(顧璧)이 최부에게 말해 준 것이다. 항주는 동
남의 한 도회지다. 가옥이 밀집되어 있고 옷소매 자락이 서로 연결되어
마치 휘장 같다. 시장에는 금은이 쌓여 있고 사람들은 비단옷을 입고 있
다. 외국 선박이 즐비하게 정박해 있고, 시가에는 술집 깃발과[173] 유흥 점
포가[174] 서로 바싹 마주보고 있다. 꽃은 사시사철 시들지 않고, 일년 내내

---

166 옅은 화장이나 짙은 화장 모두 잘 어울리네. 갠 날과 비 오는 날에 변화하는 경치의
농담(濃淡).

167 검은 비단 실로 만든 관(冠); 오사모(烏紗帽), 사모(紗帽), 사건(紗巾)이라고도 부른다.

168 한문으로 된 구절은 "단교사일안오사(斷橋斜日岸烏紗)", 영역자 메스킬은 안(岸)을
언덕으로 보고 해석했으나, 안은 동사로 "이마를 드러내다"라고 번역하는 것이 옳음.

169 진시황(기원전 259~210): 진나라 황제.

170 당나라 시인으로 이름은 백거이. 자는 낙천(樂天).

171 임화정(林和靖): 967~1028): 북송 때 전당(錢塘)출신으로 이름은 임포(林逋)로 저명
한 시인. 화정은 그의 시호(諡號; 죽은 뒤에 붙인 이름)로 서호 고산에 오두막집을 짓
고 살았으며, 오두막 옆에 손수 자신의 묘를 만들었다고 한다.

172 소식(蘇軾)이며, 문충은 그의 시호.

168

봄의 풍경이 끊임없이 계속되고 있다. 참으로 별천지나 다름이 없다.

2월 13일, 최부 일행은 항주에서 출발했다.

날씨가 흐렸다.

일행은 지휘 양왕의 호송을 받으며 무림역에서 길을 떠났다. 20여 리를 가서 성의 북문에 이르렀다. 북문은 3층으로, 성은 겹으로 되어 있었으며 바깥문조차 2층이었다. 현판에는 "무림지문(武林之門)"이라 쓰여 있었다.

성안으로 들어가 층으로 된 문이 열넷, 10여 개의 큰 다리, 사당 세 곳과 두 곳의 포(鋪)를 지났다. 최부는 당나귀를 타고 빨리 갔기 때문에 몇 군데의 이름은 기록할 수 없었다.

다만 기록할 수 있었던 것은 수정공관(水亭公館), 해원문(解元門), 진교사(眞教寺), 등영주문(登瀛洲門), 운봉문(雲鳳門), 관광문(觀光門), 진사방(進士坊), 공원(貢院)[175], 형구문(亨衢門), 천승묘(千勝廟)와 안공묘(晏公

---

173 한문본의 연임성유(連袵成帷)는 사람들의 소매 자락이 연결되어 마치 휘장 같다는 의미. 술집 앞에 세운 깃발(酒旗)이 연이어 있다는 말.

174 음악, 가무로 손님을 환대하던 곳.

175 명나라 때 향시(鄕試) 합격자들이 3년마다 북경에 모여 과거의 하나인 회시(會試)를 치렀던 장소.

廟)¹⁷⁶뿐이었다.

겹으로 된 성 밖에는 오산역(吳山驛)이 있었고, 그 앞에는 오산포(吳山鋪)가 있었다. 그 외에도 3개의 큰 다리와 4개의 문이 있었으나 그 이름은 잊어버렸다. 문 밖부터 10여 리에는 점포가 잇따라 있어 성안과 같았다.

일행은 계속 가서 천비궁(天妃宮)¹⁷⁷에 이르렀다. 그 사당 앞에는 덕승파하(德勝壩河)가 있었다. 아름답게 채색한 놀잇배가 매여 있는데, 그 수를 헤아릴 수가 없었다.

양왕과 그의 동생 양승(楊昇), 송문위(松門衛) 천호인 부영(傅榮), 전당(錢塘) 사람인 진훤(陳萱)과 그들의 종자인 이관(李寬), 하빈(夏斌), 당경(唐敬) 및 두옥(杜玉) 등 일고여덟 명이 한 배를 탔고, 최부와 그의 배리들, 그리고 북경 사람인 이절(李節)과 김태(金太)가 다른 배를, 허상리 등은 한 배에 나누어 탔다.

일행은 부제교(溥濟橋)¹⁷⁸, 즉 3개의 홍문(虹門)이 있는 다리를 지났다.

---

176 원나라 말기의 안수자(晏成仔)의 사당으로 안수자가 죽은 후에 수신(水神)으로 모셨다고 한다.

177 천비(天妃)는 해양 보호신.

178 한문본에 표기되어 있는 부제교((溥濟橋)를 국역자 박원호, 서인범 등은 서호유람지의 기록을 근거로 하여 "보제교(普濟橋)"라고 최부의 오기를 지적했다. 전여성(田汝成: 1503~1557)이 저술한 서호유람지하(西湖遊覽志下)에, "보제교상유화광묘(普濟橋上有華光廟)"라고 기재되어 있으나, 항주문물보호단위에 "부제교(溥濟橋)"

항주의 수로: 수로가 동서남북으로 항주를 관통하고 있다. 최부 일행은 배로 이 수로를 경과한 다음 경항대운하를 통해 북경에 당도했다.

다리 위에는 화광사(華光寺)[179]와 4개의 홍문이 있는 강창교(江漲橋)[180], 그 위에 강창포(江漲鋪)가 있었다.

일행은 향적사(香積寺) 앞에 도착하여 그곳에 잠시 머물렀다. 절에는 병방리(兵房吏)[181]와 전부리(典簿吏)[182]가 있었으며, 그곳은 소동파가 찾았던 곳이다.

덕승파(德勝壩)에서 이곳에 이르기까지 절강 이남 지역, 즉 온주(溫州), 처주(處州), 태주(台州), 엄주(嚴州), 소흥(紹興), 영파(寧波) 등지에서 온 상선이 모두 모여들어 배의 돛대가 마치 숲처럼 빽빽하게 떼지어 있었다.

밤에 일행은 통시교(通示橋) 등 세 다리를 지났다. 강이 넓었기 때문에 다리에는 모두 5개의 홍문(虹門)이 있었으며, 그 문들은 매우 높고 컸다.

가 나와 있고, 최부 기록의 정밀성과 2월 14일자 숭덕현을 지나면서 보제교(普濟橋)를 기록한 것을 보면 오기라고 단정할 수는 없을 것 같다.

179 항주 북쪽의 높은 산 봉우리에 세워진 영순사(靈順寺)의 별칭 화광묘(華光廟)가 아닌가 싶다. 영순사는 326년 인도의 고승 혜리(慧理)화상이 항주에 있을 때 지은 절이라고 한다.

180 경항대운하를 가로 지르고 있는 길이 95미터의 다리로, 북송 때 건설, 명나라 때 중건했다고 한다.

181 병영(兵營)의 하급관리가 아닌가 싶다.

182 제사나 조회(朝會) 등을 담당하던 하급관리가 아닌가 싶다.

2월 14일, 최부 일행은 숭덕현(崇德縣)을 지났다.

날씨가 흐렸다.

일행은 사촌하(謝村河)를 거슬러 동쪽으로 나아갔다. 강 남쪽의 기슭에 돌로 쌓은 새 제방이 있었는데 길이가 30여 리나 되었다. 삼사(三司)[183]가 건축했다는 말을 들었다. 십이리양(十二里洋), 견제교(堅濟橋), 보안교(普安橋)와 대윤묘(大尹廟)를 지났다. 강의 이름은 홍려하(鴻麗河)이고 강의 위에 있는 관청은 당서진(塘西鎭)[184]이었다.

한신(韓紳)이란 한 관리가 최부에게 말했다. "당신의 어머니는 당신이 여기에 있는 줄을 알고 있소?", "망망대해에서 기러기는 높이 날고 물고기는 물속 깊이 있소.[185] 어머니께서는 내가 물고기 뱃속에 있다고 알고 계실 것이오. 누구도 나처럼 불효한 자가 없고 이처럼 어머니를 상심케 하지 않았소. 이제 귀국의 후의를 입어 살아서 고향으로 돌아간다면 모자 간 재회의 기쁨이 정(鄭)나라의 장공(莊公)과 그의 어머니가 지하에서 상봉한[186] 기쁨보다 더 클 것이오."

---

183 지방의 행정은 포정사사(布政使司), 군사는 도지휘사사(都指揮使司), 감찰은 안찰사사(按察使司).

184 국역자 박원호는 한자 표기를 당서진(塘棲鎭)이라고 했는데, 이는 오기인 것 같다.

185 한문본의 안묘어침(雁杳魚沈)으로, "망망대해에 기러기는 높이 날고 물고기는 물 깊이 있다", 즉 서로 소식이 두절되었다는 의미. 이 구절은 과거를 보러 간 남편과 집에서 시부모를 봉양하면서 소식을 기다리던 아내와의 이야기를 비유하고 있다.

일행은 다시 과당교(夸塘橋)[187], 만수교(萬壽橋), 복록수교(福祿壽橋), 복덕교(福德橋), 보제교(普濟橋)와 팽화교(彭和橋)를 지났다. 최부가 강의 이름을 물어보니 승침하(丞沈河)라 불린다고 했다. 일행은 또한 은영문(恩榮門), 대덕신교(大德新橋), 삼리교(三里橋), 산천단(山川壇), 오계교(浯溪橋)[188]를 지나 숭덕현(崇德縣)에 도착했다. 숭덕현의 지현(知縣)[189]은 조희현(趙希賢)으로 그의 자(字)는 요경(堯卿)이었다. 한 뱃사공이 최부에게 물었다. "우리가 지나온 곳에 장안역(長安驛)이 있었는데, 대인께서 알았습니까?"

"알지 못했소.", "그러면 대인은 지휘 양왕의 종자인 진훤(陳萱)이 몰래 양식과 반찬을 몰래 지급받아 빼돌린 것도 모르시겠군요."

숭덕하(崇德河)에서 배를 끌고 올라가 종교(終橋), 세과국(稅課局), 영안교(永安橋), 양제원(養濟院), 삭의문(朔義門)과 6, 7개의 큰 홍문을 거쳤다. 밤 3경[190]에 조림역(皂林驛)을 지났다. 일행은 밤새도록 갔다.

---

186 장공이 권좌에 오르자 이에 불만을 품은 그의 어머니와 동생이 모의, 반역을 하였다. 그러나 반역이 실패하자 동생은 자살을 하게 되고 그의 어머니는 유폐되었다. 이의 사실을 안 백성이 장공에 등을 돌리자, 장공은 자신의 궁전과 어머니가 유폐된 장소에 지하 터널(隧道)을 뚫어 재회하면서 결국은 화해했다는 수이상견(隧而相見)의 고사.

187 한문본의 한자 표기인 "夸塘橋"를 국역자 서인범 등과 박원호, 중국의 거전자는 "跨塘橋"라고 표기했는데, 중국의 사전에 의하면, "夸"는 "跨"와 통한다고 했으니, 최부의 오기는 아닌 것 같다.

188 국역자 박원호의 한자 표기인 "語溪橋"는 오기.

189 현의 행정 책임자로 정7품 관직.

190 밤 11시에서 새벽 1시 사이.

2월 15일, 최부 일행은 가흥부(嘉興府)를 지났다.

날씨가 맑았다.

일행은 삼탑만(三塔灣)을 거슬러 올라가 삼탑포(三塔鋪)를 지나 경치 좋은 용연(龍淵)에 이르렀다. 그 앞에는 세 개의 큰 탑이 강가를 굽어보고 있었다. 거기서 지명이 비롯되었다.

일행은 용왕묘(龍王廟), 가화체운소(嘉禾遞運所), 조씨정절문(趙氏貞節門), 사직단(社稷壇)과 향주교(香珠橋)를 지나 서수역(西水驛)에 이르렀다. 역 앞에 돌기둥을 세워 강 안까지 회랑(回廊)을 만들었는데 길이가 백여 보나 되었다. 일행은 그 회랑의 맨 아랫부분에 배를 묶었다.

역승 하영(何榮)이 최부에게 시 세 절구를 건네주자 최부가 화답했다. 그러자 하영은 별도로 일행에게 나물 반찬[191], 말린 닭고기, 팔대어(八帶魚)[192] 등을 선사했다. 그가 말했다. "우리 조정의 낭중(郎中)[193] 기순(祁順)과 행인(行人)[194] 장근(張謹)이 조선에 사신으로 가서 황화집(皇華集)을 지었소. 그 나라 사람들이 화답시를 썼는데, 그 중 서거정이 맨

---

191 『표해록』 원문에 "채찬(菜饌)"이라고 나와 있는데, 영역자 메스킬은 "생선과 육류 별미"로 해석했는데, 이는 잘못이다.

192 무늬와 환경에 따라 색깔이 변한다는 문어의 별칭.

193 명조의 정5품 관직.

194 행인사(行人司)의 정8품 관직으로 전지(傳旨) 등의 업무를 관장.

앞에 나오더군요. 그의 시에 '영명한 황제[195]가 삼한(三韓)에 대해 묻는다면 그들의 의례, 음악과 의관이 상국(上國)[196]의 것들과 같다'는 구절이 있소. 내가 당신을 만난 것은 정말이지 천재일우의 기회이며, 거기다가 시로써 답을 해주는 호의를 베풀었소. 삼가 약소하나마 예물을 드리니 배 안의 식량에 보탬이 되었으면 하오. 받아 주신다면 참으로 다행이오."

최부가 말했다. "기 낭중의 문장과 덕은 무척 흠모를 받고 있소. 지금은 무슨 관직에 있소? 그리고 장 행인은 어떤 직책을 갖고 있소?" 허영이 말했다. "기 낭중은 귀주 석천부(石阡府)의 지부[197]로 좌천되었다가 지금은 죽었소. 장 행인은 죄를 지어 지금은 금의위(錦衣衛)[198]의 군졸로 편입되었소." 그러면서 최부에게 물었다. "서거정은 지금 무슨 관직에 있소?", "그는 의정부(議政府)[199]의 좌찬성(左贊成)[200]으로 있소." 하영이 말했다. "서거정은 문장가로 해동(海東)[201]의 명사 중의 한 분이지요."

서수역에서 일행은 큰 다리를 지나 가흥부(嘉興府)에 도착했다. 가흥

---

195 『표해록』 원본에 기재된 "명황(明皇)"을 국역자 박원호와 영역자 메스킬은 "영명한 황제"라 풀이했고, 최기홍, 서인범 등은 "명나라 황제", "명 황제"라 해석했는데, 문맥상으로 볼 때 "영명한 황제"가 맞는 해석으로 생각된다.

196 중국. 상국의 사전적 의미는 작은 나라로부터 조공을 받는 큰 나라.

197 부(府)의 책임자로 정4품 관직.

198 명나라의 황실 호위의 특무 기관.

199 조선의 행정부 최고 기관.

200 조선의 종1품 벼슬.

201 발해(渤海)의 동쪽으로 조선의 별칭.

부는 옛 휴리성(携李城)[202]으로 월나라가 오나라를 물리쳤던 곳이다. 성 안에는 부치(府治)[203]와 수수(秀水)와 가흥 두 곳의 현치(縣治)[204]가 있었다. 강이 성벽을 감싸 안고 동남에서 남으로, 서쪽으로 갔다가 북쪽으로 흐르고 있었다. 집들이 웅장했고 풍경이 화려하여 영파부의 것들과 맞먹었다. 성의 남쪽에서 출발하여 삼청갑(杉靑閘)을 지나 당나라의 승상이었던 육지(陸贄)[205]의 고향에 도착했다. 마을은 성의 서쪽에 있었는데 정문(旌門)[206] 강 언덕에 있었다. 일행은 안양문(安洋門), 운정문(雲程門), 단병교(丹兵橋), 영복교(永福橋)와 송청순검사(松靑巡檢司)를 지났다. 밤에 비를 무릅쓰면서 바람을 타고 갔다. 날이 밝아질 무렵 일행은 평망역(平望驛)에 도착하여, 그곳에서 묵었다.

2월 16일, 최부 일행은 오강현(吳江縣)을 지나 소주부(蘇州府)에 도착했다.

날씨가 흐렸다.

일행은 평망하(平望河)를 거슬러 영은문(迎恩門), 안덕교(安德橋), 대

---

202 옛 지명으로 지금의 절강성 가흥의 서남 일대로 월나라가 오나라를 물리친 곳. "휴(携)"는 "휴(攜)"와 같은 자. 국역자 최기홍과 서인범 등은 각기 "추리성(樞李城)", "취리성(橋李城)"으로 해석했는데, 이는 그들이 의거한 한문본의 표기가 분명치 않았던 것 같다. 일본 동양문고가 소장한 한문본에는 뚜렷하게 "携李城"으로 표기되어 있다.
203 부의 정부 소재지.
204 현의 정부 소재지.
205 육지(754~805): 절강 가흥 출신으로 당나라 때 저명한 정치가이자 문학가.
206 깃발을 세운 문.

석교(大石橋), 장로포(長老鋪), 야호(野湖)와 원앙호(鴛鴦湖)²⁰⁷를 지났다. 호수 언덕에 돌로 쌓은 제방이 있었는데 그 길이가 10여 리쯤 되었다. 오강호(吳江湖), 석당(石塘), 대포교(大浦橋), 철포교(徹浦橋)를 지나 구리 석당(九里石塘)에 이르렀다. 그 제방은 태호(太湖)와 접해 있었다.

태호는 우공(禹貢)²⁰⁸에 "진택(震澤)²⁰⁹이 진정(鎭定)되었다", 그리고 주례(周禮)²¹⁰의 직방씨(職方氏)²¹¹ 편에 "양주(楊州)의 늪지대는 구구(具區)²¹²라 불렀다"는 호수이다. 어떤 이는 오호(五湖)²¹³라고 불렀다. 태호의 길이가 5백여 리가 된다 하여 그렇게 붙여진 이름이다. 범여(范蠡)²¹⁴가 놀던 곳이다.

호수 안에 두 개의 산, 동정동산(洞庭東山)과 동정서산(洞庭西山)이 있다. 이들 산은 일명 포산(苞山)이라 불린다. 한눈에 천 리가 보인다. 높은 바위가 산줄기마다 포개져 한없이 펼쳐진 수면 위에 이어져 있다. 호수

---

207 원앙호: 절강 가흥의 서남쪽에 있으며 일명 남호(南湖). 한편 국역자 박원호는 한문본의 원앙호를 앵두호(鴬脰湖)라고 표기했는데, 앵두호는 지리상 강소성 소주시 오강구 평망진(平望鎭)에 위치하고 있으며 앵호(鴬湖)라고도 부르고 있는데, 오월춘추시대에 범여가 놀던 곳이라고 전해지고 있다고 했다.

208 고대 중국 지리서.

209 지금의 강소 태호. 우공에, "삼강기입(三江旣入) 진택저정(震澤底定)", "즉 세 강이 들어오니 진택이 진정되었다"는 뜻.

210 주(周)나라의 관직을 기록한 책으로 원래는 주관(周官)이었다.

211 주대(周代)의 하관사마(夏官司馬)에 소속된 관직명으로 지도 등을 관장.

212 주례(周禮)에 태호를 구구라 칭함.

213 오리호(五里湖)라고도 하는데, 다섯 개의 호수가 아니고 태호 혹은 태호 및 부근의 호수를 지칭.

의 동북쪽에는 영암산(靈岩山)이 호수를 굽어다 보고 있다. 그 산의 다른 이름은 연석산(硯石山)으로, 바로 이 연석산 위에 오나라가 관와(館娃)[215]를 지었다. 그 산은 고소산(姑蘇山)[216]에서 10리 떨어진 곳에 있다. 산줄기가 이어지며 태호를 안고 있다. 북쪽으로 멀리 희미하게 보이는 하나의 산이 있다. 바로 횡산(橫山)이다.

일행은 태호파(太湖壩)[217]에 이르렀다. 돌로 쌓은 제방은 길이가 50여

---

214 범여(기원전 536~448: 춘추전국 말기의 정치가이자 군사 전략가): 와신상담(臥薪嘗膽)을 한 월나라 왕, 구천을 도와 오나라를 멸망시켰다. 오나라가 멸망한 후 범여는 월나라를 떠나 거부가 되어 중국 상인의 성조(聖祖: 개국한 고조를 이르는 말로, 여기서는 상인의 거룩한 조상을 일컫는 듯함)라는 칭호를 얻었다. 토사구팽(兎死狗烹)은 범여가 월나라의 구천한테 화를 당할까 두려워 떠나면서 남긴 말에서 유래되었다. 즉 그가 동료에게 보낸 서신의 글귀, "飛鳥打盡了 弹弓就被收藏起来. 野兔捉光了, 猎狗就被殺了煮來吃. 敵國減掉了, 謀臣就被廢棄或遭害. 越王爲人, 只可和他共患難, 不宜與他同安樂. 大夫至今不離他而去, 不久難免有殺身之禍", 즉 "새를 잡았으니 활은 거두어 놓고. 산토끼가 잡혔으니 사냥개는 죽여 삶아 먹는다. 적국을 멸망시켰으니 신하는 폐기되거나 해를 당한다. 월왕의 사람 됨됨이가 환난을 같이할 수는 있으나 안락은 함께 누릴 수가 없다. 신하가 그를 떠나지 않는다면 머지않아 살신지화(殺身之禍)를 면할 길이 없다"에서 나온 고사성어다. 이와 비슷한 성어로, 조진궁장(鳥盡弓藏: 새를 잡은 후에 활을 거둔다), 사마살려(卸磨殺驢: 가루를 다 빻고 나면 당나귀를 죽인다), 과하탁교(過河拆橋: 강을 건넌 뒤 다리를 부숴버린다) 등으로 모두 일을 이루고 나면 그 일을 위해 애쓴 사람을 버린다는 의미.

215 오나라 궁명(宮名), 즉 관와궁(館娃宮). 관왜궁이라고도 읽는다. 춘추 말기 오월(吳越)의 전쟁시 월이 오한테 패하자, 월왕이 미녀 서시(西施)를 오왕에게 바쳤다. 오왕 부차는 서시의 환심을 사기 위해 영암산 정상에 궁을 건립하게 되는데 이 궁을 관와 혹은 관와궁이라고 하며 와는 미녀의 대명사가 되었다 한다.

216 중국 춘추시대 오나라 왕 부차는 서시 등 미녀들을 위해 고소대(姑蘇臺)를 짓게 되는데, 이 대가 고소산 위에 있다.

217 파(壩): 제방, 방죽.

리[218]로 호수의 남북을 가로지르고 있었다. 이것이 수홍교(垂虹橋)[219]였는데, 그 다리에는 적어도 4백여 개의 홍문(虹門)[220]이 잇따라 있었다. 그 중 큰 것은 목장교(木莊橋), 만경교(萬頃橋)[221]의 것들과 같았다. 태호파를 따라 북쪽으로 용왕묘(龍王廟), 태호묘(太湖廟), 축성문(祝聖門)을 지났다. 축성문 앞에는 14층으로 된 큰 탑을 지났다. 층마다 선반 모양의 방이 있었는데 마치 하늘로 올라가는 사다리처럼 보였다.

일행은 주절문(駐節門)을 지나 송릉역(松陵驛)에 이르렀다. 배를 잠시 멈추었다가 계속 은영문(恩榮門), 회원문(會元門), 도실조사문(都實造士門), 진사문(進士門), 예모문(譽髦門), 유학대명교(儒學大明橋)[222], 등과문(登科門) 등을 지났다. 태호파는 역전 마을을 지나 오강현(吳江縣)까지 뻗어 있었다. 그 방죽을 따라 또 큰 돌다리가 있었는데 그 다리에는 홍문이 모두 70여 개나 있었다. 역과 현은 태호 안에 있었다. 가옥이 웅장

---

218 국역자 최기홍, 북한의 김찬순, 영역자 메스킬은 길이가 50여 리라고 했고, 박원호, 서인범 등은 제방 길이가 50여 리가 아니고, 50여 리를 지나 수홍교가 있다고 해석.

219 강남 제일의 장교(長橋)라고도 불리는데, 1048년에 건설된 이 다리는 무지개가 걸려 있는 것 같다 하여 수홍이란 이름을 얻었다. 여러 차례 석조로 재건축을 거치면서 아치형의 수문이 많을 때는 99개나 되었다 한다. 현재는 서쪽 끝에 7개 반, 동쪽 끝에 10개의 수문이 남아 있다. 오강의 수홍교의 길이가 약 430미터이고, 소주의 보대교(寶帶橋)가 약 317미터로 이에 버금간다. 영역자 메스킬은 최부의 『표해록』에서 400여 개의 수문이 있다고 기재된 것은 제방을 따라 세운 다른 다리의 수문까지 포함되었을 것이라고 풀이했다.

220 아치형의 수문.

221 국역자 최기홍은 그의 주에서 이 다리를 국내의 전라북도에 있는 다리로 보았는데, 이는 잘못이다.

222 국역자, 박원호, 서인범 등과 영역자 메스킬은 "유학과 대명문"으로 해석했고 중국의 거전자, 국역자 최기홍 및 북한의 김찬순 등은 "유학대명교"를 다리 이름으로 보았다.

소주에 있는 담대호의 보대교: 최부는 보대교의 홍문이 55개가 있다고 『표해록』에 기술했다.

했는데, 건물 아래에는 주춧돌과 섬돌이 깔려 있으며 그 위에 돌기둥을 세웠다. 호숫물은 옥사를 둘러싸고 돌아 마을에 돛과 돛대가 무리 지어 서 있는 것 같았다. "사방의 어부의 집이 현(縣)을 휘감고 있다"[223]라고 한 것이 바로 그곳을 두고 한 말이다.

일행은 노를 저어 삼리교(三里橋)와 영은암(迎恩菴)을 지나 윤산호(尹山湖)를 거슬러 올라갔다. 최부가 서쪽에 보이는 한 산을 물으니 사자산(絲子山)이었다. 그 북쪽에 있는 산이 바로 고소산(姑蘇山)이라는 산이었다. 송강(松江)은 윤산호 동쪽에 있었다. 일행은 노를 저어 윤산포(尹山鋪), 윤산교(尹山橋)를 지났다. 왼쪽에 배가 줄을 서서 부교(浮橋)를 만들었다. 거기서 3리쯤 지나[224] 또 하나의 큰 다리인 55개의 홍문이 있는 보대교(寶帶橋)[225]에 도착했는데 배와 수레가 왕래하는 요충지로 담대호(澹臺湖)[226]

---

223 『표해록』한문본에 기재되어 있는 "사면어가요현성(四面漁家繞縣城)"은 송나라 때 이관(李貫)의 대표적인 시, 「오강현(吳江縣)」의 첫 구절.

224 국역자 최기홍과 영역자 메스킬은 3리쯤 지나, 보대교에 도착했다고 해석했는데, 박원호 서인범 등은 부교가 3리쯤 된다고 해석했다. 3리면 1km가 넘는 거리인데 부교의 길이치곤 너무 길지 않나 싶다.

225 소주 제1의 아름다운 다리로 소주의 동남 7.5km에 위치. 당나라 때(816~819) 당시 소주의 장관이었던 왕중서(王仲舒)가 옥보대(玉寶帶)를 기증하여 건립이 시작되었다고 한다. 보대교는 이로부터 얻은 이름이다. 1994년 6월『표해록』국역자 최기홍, 북경대 교수 거전자, 한국일보 문화부 기자, 관련학자, 필자 등이 최부의 발자취를 따라가는 답사여행을 하면서 보대교를 찾은 바 있다. 중국 문헌에 명 나라 때 개수한 보대교는 그 길이가 약 317미터, 홍문이 53개로 나오고, 『표해록』에는 55개로 기술 되어 있는데, 정확한 홍문의 숫자는 여행의 일정상 확인하지 못해 아쉽다.

226 보대교는 담대호에 걸쳐 있는데, 이를 두고 영역자 메스킬과 서인범 등이 정확하게 해석했다. 중국의 문헌에도 보대교를 "횡과담대호(橫跨澹臺湖)", 즉 "담대호를 가로질러 걸쳐 있다"고 했다.

에 걸쳐 있었다. 호수와 산이 다채로운 경치로 펼쳐져 있는 모습은 마치 띠를 두른 듯했다. 이 보대교는 추응박(鄒應博)[227]이 다시 세운 것이었다.

밤 3경[228]에 일행은 소주 성벽을 동·남·서로 돌아 고소역전에 도착했다. 보대교에서 이 역에 이르는 동안 강의 양쪽 기슭으로 상점과 시장이 이어져 있었고 상선이 몰려 있었다. 과연 소주는 동남의 도회지로 부를 만했다.

2월 17일, 최부 일행은 고소역 앞에서 밤을 보냈다.

날씨가 맑았다.

소주는 오왕(吳王) 합려(闔閭)[229]가 오자서(伍子胥)[230]를 보내 성벽을 쌓고 도읍을 정한 곳이다. 성벽의 둘레는 항주의 것과 맞먹으며 부치(府治)와 오현(吳縣), 장주현(長洲縣)의 치소[231]도 모두 성안에 있다. 성의 서문(胥門)에는 과거에 고소대(姑蘇臺)[232]가 있었으나 지금은 없어지고 역이 되었다. 물속에 심은 나무가 큰 기둥을 이루고 있었다. 세 방면에 돌

---

227 송나라 때 진사에 급제한 인물로 평강부(平江府: 지금의 강소성 소주시)의 지부(知府: 지방 부의 최고 책임자)를 지낸 인물.

228 밤 11시에서 새벽 1시.

229 춘추 말기의 오나라 왕.

230 오자서(伍子胥: 기원전 559~484): 오나라의 대부.

231 청사.

232 월과의 전쟁에서 이긴 오왕 부차는 미녀 서시를 얻게 되는데, 오왕은 서시의 환심을 사기 위해 고소산에 대를 설치하였다고 한다.

로 만든 제방이 축조되었다. 그 앞에는 황화루(皇華樓), 뒤에는 소양루(昭陽樓)가 서 있다.

최부가 부영(傅榮)에게 물었다. "이 역이 고소대의 터라면, 이곳에서 옛 오나라 왕이 그 대(臺)를 세웠단 말이오?" 부영이 말했다. "아니죠. 옛날의 소위 고소대는 고소산에 있었소. 오나라의 왕인 합려가 대(臺)를 그 산의 경관에 따라 세웠던 거지요. 부차(夫差)[233]가 크게 만들었소. 그 터는 아직도 남아 있소. 소흥(紹興)연간[234]에 이곳에 또 대를 세웠는데 전통을 유지하기 위해 고소라는 이름을 붙였소. 지금 그 대는 없어지고 역이 되었소. 또 대 하나가 성안에 세워졌는데, 그 현판을 고소라고 했소."

동쪽으로 체운소가 있었고 산해진(山海鎭)이 있었다. 태호의 물은 돌로 만든 제방을 경유하여 운하로 들어가서, 성의 동·서를 따라 가다가 역에 이른다. 오자서가 그곳에 살았기 때문에 서호(胥湖)라고 부르기도 한다. 그 호수는 폭이 백여 걸음쯤 된다. 북쪽으로 시가지를 돌아 흐르고, 난간 사이로 구불구불 반짝거리며 빛이 반사되어 춤을 춘다.

성의 서쪽에는 여러 산 중에서 천평(天平)의 한 봉우리가 고을의 진산으로 불리고 있다. 부의 경관이 뛰어난 산으로 영암(靈岩), 오오(五塢), 앙천(仰天) 및 진대(秦臺) 등의 산이 줄지어 서 있다. 공교롭게도 역이 이 산들과 마주보고 있어서 아주 아름다운 경관을 이루고 있다.

---

233 합려의 아들로, 와신상담(臥薪嘗膽), 즉 아버지 합려가 월나라 구천에게 패하여 죽자, 장작더미 위에서 자고, 쓸개를 맛보며 복수의 기회를 엿보았다는 고사의 주인공.

234 1131~1162년.

정오에 왕과 송이라는 안찰어사 두 대인이 역으로 들어 와 객실에서 최부를 맞이했다. 그들이 물었다. "당신은 몇 품이오?", "5품이오.", "시를 지을 줄 아시오?", "우리나라 선비들은 경전을 연구하는 일이 관심사며 풍월을 희롱하는 일은 천박하다고 여기고 있소. 그래서 시사(詩詞)는 공부하지 않았소." 그들이 물었다. "기자(箕子)²³⁵가 조선에 봉해졌는데, 후예가 있소? 또한 사당과 무덤이 있어 그에 대한 제사는 계속되고 있소?"

최부가 대답했다. "기자의 계승자인 기준(箕準)은 위만(衛滿)²³⁶에 축출당하였소. 기준은 마한(馬韓)으로 도망가 도읍했으나 후에 백제에 멸망을 당했소. 지금은 후사가 없소. 기자의 사당은 평양에 있으며 매년 봄, 가을에 국가에서 분향을 하며 짐승과 예물로 제사를 지내고 있소."

그들이 물었다. "당신 나라는 무슨 비결이 있기에 수나라와 당나라의 군사를 물리쳤소?"²³⁷ 최부가 말했다. "지략이 풍부한 신하와 용맹한 장수들이 용병술이 있었으며 병졸된 자들은 지도자들을 받들며 그들을 위

---

235 중국의 상나라와 주나라의 교체 격동기에 기자는 조선으로 망명, 기자조선(기원전 1122~194)을 건립했다고 중국의 문헌에 전해진다.

236 주나라 시대 제후국이었던 연나라(燕國) 사람으로 기자조선의 기준에 의탁하였다가 정변을 일으켜 기준을 축출한 후 위만조선을 건립하였다고 전해진다.

237 2008년 7월, 항주의 절강대학에서 한국과 중국의 『표해록』 관련 학자들이 참석, 학술 세미나를 개최한 바 있는데, 주제발표 후, 한 참석자가 작금 중국에서 진행되고 있는 이른바 "동북공정(東北工程)"에서 고구려 역사를 중국의 고대 역사에 편입하려는 기도를 하고 있으나, 1488년 최부가 기술한 『표해록』의 내용을 소개하면서, 일개 중국의 지방 관리조차 수와 당의 군대를 격퇴한 고구려를 우리나라의 고대국가로 인정하고 있다고 말하면서, 이에 대한 견해를 중국의 학자에게 묻자, 그는 당황해하며 묵묵부답한 일화가 있었다.

해 죽었소. 그래서 고구려가 한낱 작은 국가지만 천하(天下)의 백만 대군을 두 번이나 물리칠 수 있었소. 신라, 백제, 고구려가 한 나라로 통일되었기 때문에 물자는 풍부하고, 국토가 크며, 국고가 엄청나며 병력이 강대하오. 충성스럽고 현명한 사람들이 너무 많아 이루 헤아릴 수 없소."

두 대인은 심문을 마친 후 외랑(外郎)[238]에게 명하여 최부 일행에게 쌀 한 쟁반, 두부 한 쟁반과 국수 한 쟁반[239]을 내주도록 했다. 최부는 시를 지어 사례하였다. 그 후 정(鄭)씨라는 관리가 약헌(約軒)[240]이 지은 시에 운을 맞춘 시를 원하자, 최부가 운을 달았다. 정씨는 최부에게 쌀 여섯 말, 거위 한 마리, 채소 한 쟁반과 호두 한 쟁반을 선물했다.

나(羅) 태감 집안의 종인 유(柳)라는 사내아이는 겨우 열대여섯 살이었는데 말씨가 맑고 단아했다. 그가 성안에서 와서 최부와 종자에게 음식을 선물했다. 이절(李節)과 김태(金太) 역시 음식을 사 가지고 와서 선물했다.

밤 3경[241]에 일행은 달빛을 받아가며 북쪽으로 노를 저어 창문(閭門)

---

238 지방의 하급 관리.
239 『표해록』을 영역한 메스킬 교수는 정씨가 최부에게 생선과 육류의 별미 한 접시(one plate of fish and meat delicacies) 등을 선물했다고 번역했는데, 이는 잘못이다. 당시에 친상을 당하면 3년간 술, 생선이나 육류 및 젓갈 류, 마늘, 파, 생강 같은 맵거나 향이 짙게 나는 채소류 등은 먹지 않는다고 최부는 기술했다. 한문 원본에도 이러한 내용이 없을뿐더러, 중국 관리조차도 상중(喪中)에 있는 최부에게 음식을 제공할 때는 이 점에 각별한 신경을 썼다.
240 국역자 박원호의 주에 의하면 약헌은 영해(寧海) 사람으로 방식(方湜)이라고 했다.
241 밤 11시에서 새벽 1시 사이.

186

풍교: 한산사 밖의 사독하 위의 풍교, 장계의 「풍교야박」의 칠언절구가 벽에 새겨져 있다.

을 지났다. 창문 밖에는 통파정(通波亭)이 호수를 굽어보고 있었다. 통파정의 옛 이름은 고려정(高麗亭)이었는데, 송나라 원풍(元豊) 연간[242]에 건축된 것으로 고려의 조공 사신을 접대하던 곳이었다. 고려정 앞에는 연이은 가옥과 배가 빗살처럼 촘촘하게 늘어서 있었다.

일행은 노를 저어 접관정(接官亭)에 이르러 배를 댔다. 서쪽으로 접관정의 맞은 편에 커다란 탑이 있는데, "고소성 밖에 한산사[243]가 있다"라는 시구에서 인용된 한산선사(寒山禪寺)[244]였다. 최부는 지명을 물으니 누군가가 "풍교(楓橋)"라 했고, 강의 이름을 물으니 "사독하(射瀆河)"라 했다.

최부의 주:

옛날에 소주(蘇州)[245]는 오회(吳會)[246]라 불렸다. 동쪽은 바다에 연해 있으며 세 개의 큰 강에서 물을 끌어들이고 다섯 개의 호수로 둘러싸여 있

---

242 서기 1078~1085년.
243 장계(張繼)의 시, 「풍교야박(楓橋夜泊)」에 나오는 구절. 장계는 당나라 시인으로 그의 생애는 잘 알려져 있지 않으나, 칠언절구(七言絶句)로 된 그의 시, 「풍교야박」으로 유명해졌다. "월락오제상만천(月落烏啼霜滿天) 강풍어화대수면(江楓漁火對愁眠) 고소성외한산사(姑蘇城外寒山寺) 야반종성도객선(夜半鐘聲到客船)." 이 시는 진사에 낙방하여 고향으로 돌아가던 중, 풍교(楓橋) 근처에 정박한 배 안에 머무르면서 자신의 쓸쓸한 소회를 읊은 시로 전해지고 있다. 두 번째 구 중 "강풍(江楓)"은 대부분의 번역에서 강가의 단풍나무로 해석하고 있으나, 단풍 수종은 강가나 냇가에서 자라지 않는다 하여, 인근에 있는 "강촌교(江村橋)"와 "풍교(楓橋)"를 일컫는다는 주장도 만만치 않다. 그는 진사시에 몇 차례 낙방한 끝에, 결국 753년에 진사시에 급제하여 벼슬길에 올랐다고 한다.
244 한산 선종(禪宗)의 사찰.

188

으며 기름진 땅은 천 리나 된다. 사대부[247]들이 많이 모여들고 있으며 육

지와 바다에서 나오는 얇거나 두꺼운 비단, 금은주옥 등 온갖 보화와 장

인과 예술인, 부유한 거상(巨商)들이 이곳에 모여든다. 예부터 천하에서

는 강남이 매우 아름운 곳이라고 했는데 강남에서도 소주와 항주가 제일

가는 주(州)이고, 특히 소주가 으뜸이었다.

낙교(樂橋)[248]는 성안에 있으며 오(吳)와 장주(長洲), 두 현치의 사이에

있다. 시장 및 방(坊)[249]이 별처럼 흩어져 있다. 많은 강과 호수가 이 지역

을 관통하며 흐르는데 이 지역에 생기가 돌게 하고 또한 정화시키고 있

다.[250] 사람들은 사치스럽게 생활하고 있다. 누각과 대(臺)가 밀집되어 있

으며 창문(閶門)과 부두 사이에는 초(楚)[251]와 민(閩)[252]에서 온 상인과 선박

---

245 오나라 문화의 발상지로, 소주성은 기원전 514년에 합려 재위시 오자서가 축성했다
고 전해지며, 오(吳), 소(蘇), 고소(姑蘇), 평강(平江) 등의 별칭이 있다.

246 소주는 역사적으로 오주(吳州), 오군(吳郡), 평강부(平江府), 평강로(平江路)로 개칭
되다가 명나라 1367년에 평강로는 소주부가 되었다고 한다. 한편 당나라 이후에 평
강부는 속칭 오회(吳會)라고 불렀다고 한다.

247 일반 평민에 비하여 문벌이 높은 상류층 사람.

248 239년에 세워진 다리로 원명은 육교(戮橋). 다리 근처에 범인을 살륙한 형장이 있어
서 붙여진 이름으로 후세에 육(戮)자가 불길하다 하여 낙(樂)으로 고쳤다고 한다.

249 시장 및 방(坊): 특정한 사람들이 모여 사는 거리. 국역자 최기홍, 박원호와 서인범
등은 "상점"으로 해석했고, 북한의 김찬순은 "시가와 골목"이라고 풀이했다.

250 한문본에 "통관토납(通貫吐納)"이라고 기술되어 있는데, "토납"을 영역자 메스킬은
"상쾌하게 만들고 정화시키며"라고 해석했고 국역자 박원호, 최기홍 등은 "종횡으
로", "여러 갈래로", 서인범 등은 "그 사이로 배들이 드나들었다"라고 해석했다. 토납
의 원래의 뜻은 "탁한 기운을 뱉고 맑은 기운을 마신다(出濁氣, 呼入淸氣)"라는 의미.

251 호북(湖北)과 호남(湖南).

252 복건성.

들이 운집해 있다. 호수와 산들이 맑고 눈을 뗄 수 없을 정도로 아름다우며 화려한 경치는 이루 헤아릴 수가 없다.

그러나 최부와 그 일행이 밤에 고소역에 도착했다. 다음날에도 밤에 이동해서 여기저기를 구경할 수 있는 즐거움을 갖지 못했다. 일행은 다시 야음을 틈타 계속 전진하며 성 옆을 지났다. 따라서 최부는 백낙천(白樂天)[253]이 일컬은 7개의 제방, 8개의 문, 60곳의 방(坊), 390개의 다리, 옛것을 없애고 새로 추가된 것들과 빼어난 아름다운 경치, 경이적인 유적, 어느 곳도 상세하게 기록할 수 없었다.

2월 18일, 최부 일행은 석산역(錫山驛)에 도착했다.

날씨가 맑았다.

동이 트기 직전에 양왕(楊旺)과 같은 배에 타고 있던 오막(吳邈)이라는 자가 최부에게 서신을 보냈다. "공이 훌륭한 신분의 선비라는 소식을 듣고 있소. 형주(荊州) 한(韓)의 고사(故事)처럼 알고 지내고 싶소.[254] 만나 뵙기를 청하니 거절하지 마시오." 최부는 진훤(陳萱)이라는 자의

---

253 백거이. 당나라 때 시인으로 자는 낙천.

254 한문본에는 "욕식한형(欲識韓荊)", 즉 형주(荊州)의 자사(刺史)인 한조종(韓朝宗: 686~750: 당나라 때 정치가)에게 알리고 싶다는 내용의 고사가 기술되어 있는데, 이는 당나라 때 형주의 감독관이었던 한조종이 정의에 대한 신념이 투철하고 존경을 받고 있어서 당대의 명사들이 알고 지내기를 원했다는 내용의 고사. 유명한 시인 이백(李白)도 한조종에게 자신을 알리려고 서신을 보냈다 한다.

안내를 받아 갔다. 최부와 정보가 배에 도착했을 때 오와 양은 탁자에 의자를 빙 둘러 놓았다. 그들은 손을 마주잡고 인사를 한 후 자리에 앉았다. 최부와 종자에게 차와 먹을 거리를 제공하는 등 매우 정중했다.

일행은 풍교에서 순풍을 만나 돛을 달고 북쪽으로 향했다. 동쪽에 있는 호구사(虎丘寺)[255]에는 탑이 있었고, 서쪽에 있는 방산(方山) 역시 탑이 있었다. 두 탑은 마치 하늘을 받치고 있는 듯하였다.

최부 일행은 사독포(射瀆鋪)와 조왕경교(趙王涇橋)를 지나 호서진(滸墅鎭)에 이르렀다. 진 앞에는 세관[256]이 있었다. 남북으로 왕래하는 배가 이곳에 도착하면 정박한 후 검사를 받고서 출발하였다. 나(羅)라는 이름의 태감이 그곳에 있었다. 그는 전에 절강에서 직조와 염색 업무를 관장하고 있었는데 지금은 소주를 떠나 북경으로 가는 길이었다. 최부 보다 먼저 와서 정박하고 있었다. 어사(御史) 세 대인이 태감을 전송하기 위해 승선하고 있었다. 그들이 최부를 부르더니 정중히 대하며[257] 물었다. "당신은 예의지국의 성품이 좋은 사람이오. 우리 모두 당신을 존경

---

255 동진(東晉) 때 사도왕(司徒王)과 그의 동생 사공왕민(司空王珉)이 호구산에 별장을 지었는데, 이 별장이 327년에 호구산사(虎口山寺)가 되었다고 한다. 한편 호구산의 호구는 웅크리고 앉아 있는 호랑이와 같다고 하여 그 이름을 얻었으며 호구산에는 춘추시대 오나라 왕 합려가 오월전쟁에서 부상을 당한 후 사망하자 그의 아들인 부차가 아버지를 이곳에 장사지냈다고 한다. 또한 이곳에 만든 못에는 합려가 생전에 아끼던 3천 자루의 보검이 묻혀 있다는 전설이 있다. 이 못이 호구검지(虎丘劍池)다.

256 한문본의 초관(鈔關)은 명나라 때 내지(內地)에서 세금을 징수하던 곳. 세급 납부는 초(鈔), 즉 지폐로 하였다고 한다.

257 미국 메스킬 교수의 영역본에는 술과 음식을 최부 일행에게 주었다는 내용이 있는데, 국내에 있는 한문본에는 그러한 내용이 없다.

하고 있소." 그러고 나서 물었다. "천순(天順), 성화(成化) 연간²⁵⁸에 황명을 받아 귀국에 간 태감들이 있소. 순서대로 이름을 댈 수 있겠소?"

최부가 대답했다. "천순 연간에는 나는 아직 어린 아이였기 때문에 국사에 대해서는 알 길이 없소. 성화 연간에는 태감 정동(鄭同), 태감 강옥(姜玉), 태감 김흥(金興)이 잇따라 사신으로 왔었소." 그들은 무언가 글을 써서 최부에게 보여 주었다. "정, 강 태감은 작고(作古)하고, 김 태감은 북경에 있소." 최부가 물었다. "'작고'라는 두 글자가 무슨 뜻인지 모르겠소." 그들이 답변했다. "중국 사람들은 죽은 사람을 '작고'했다고 하오. 이미 고인(古人)이 됐다는 의미요." 그들이 물었다. "귀국에서는 뭐라고 말하오?", "우리는 '물고(物故)'라 하오."

그들이 물었다. "'물고(物故)'는 무슨 뜻이오?" 최부가 대답했다. "'물'은 '일'이고 '고(故)'는 '없다'는 뜻이오. 그 말은 죽은 사람이 다시 일을 할 수 없다'는 뜻이오." 그들이 물었다. "귀국에서는 어떠한 경전을 중하게 여기오?" 최부가 대답했다. "모든 선비들은 사서오경을 익히고 있소. 다른 기예는 배우지 않소.", "귀국도 학교가 있소?", "수도에 성균관이 있고, 종학(宗學)²⁵⁹, 중학(中學), 동학(東學), 서학(西學), 남학(南學)²⁶⁰ 등이 있소. 주, 부, 군, 현에는 모두 향교(鄕校)²⁶¹와 향학당(鄕學堂)²⁶²이 있고, 집집마다 국당(局堂)²⁶³이 있소."

---

258 천순 연간: 1457~1464년; 성화 연간: 1465~1487년.
259 왕족의 교육을 맡았던 교육 기관.
260 서울에 설치한 네 곳의 교육 기관으로 양반의 자제를 가르쳤음.
261 지방에 설치한 교육 기관.

그들이 물었다. "당신은 옛날의 어떤 성현을 숭상하오?", "대성지성문선왕(大成至聖文宣王)²⁶⁴을 받들고 있소." 그들이 물었다. "귀국에서는 몇 년이나 상례(喪禮)가 지속이 되오?", "사람들은 주문공²⁶⁵의 가례를 따르고 있소. 참최(斬衰)²⁶⁶와 재최(齊衰)²⁶⁷는 3년 동안이고 대공(大功)²⁶⁸과 그 이하²⁶⁹는 각각 등급이 있소."

그들이 물었다. "귀국의 의례(儀禮)와 형벌(刑罰)에 관한 규정은 몇 조항이 있소?", "의례로, 길(吉)²⁷⁰, 흉(凶)²⁷¹, 군(軍)²⁷², 빈(賓)²⁷³, 가(嘉)²⁷⁴

---

262 지방에 설치한 교육 기관. 후에 향교로 바뀌었다.

263 평민의 자제를 가르치던 민간 교육 시설.

264 공자(기원전 551~479). 본명은 공구(孔丘)로 춘추시대 말기의 위대한 사상가, 철학자이자 교육가. 공부자(孔夫子)로도 불린다. 1307년 원나라 무종(武宗)이 즉위하면서 공자에게 대성지성문선왕(大成至聖文宣王)의 칭호를 부여했다.

265 송나라 때 저명한 사상가이자 철학자인 주희(朱熹: 1130~1200)의 시호(諡號: 죽은 뒤에 공덕을 칭송하여 붙이는 이름).

266 상례(喪禮)에서 오복(五服) 중의 가장 중요한 상복. 아버지, 할아버지 상을 당했을 가슴이 베이는 것 같다 하여 베를 그대로 잘라 만든 상복으로, 아버지가 돌아가셨을 때는 3년간 입는다.

267 재최(齊衰: 자최): 어머니, 할머니가 돌아 가셨을 때 입는 상복으로 어머니의 경우는 3년간 입는다. 상복은 가공을 거치지 않은 삼베로 짓되 아랫단을 꿰매서 그 단을 접은 옷.

268 가공된, 즉 표백한 가는 올의 베옷으로 대공친(大功親), 즉 사촌 간의 친척이 상을 당했을 때 입는 상복.

269 대공 이하: 소공(小功: 육촌 간의 친척)과 시마(緦麻: 팔촌 간의 친척) 등 5등급으로 나누어지는데, 이는 죽은 사람과 친족 간의 가까운 정도에 따른 등급의 상복을 입었다.

270 제사 의식.

271 장례.

272 군사 의례.

273 손님 접대 의식.

등이 있소. 형벌에는, 참(斬)[275], 교(絞)[276], 유(流)[277], 도(徒)[278], 장(杖), 태(笞)[279] 등이 있소. 전적으로 대명률(大明律)의 제도를 따르고 있소."라고 최부가 대답했다. "귀국은 어떤 달력과 연호를 쓰고 있소?"라고 묻자, 최부가 답했다. "대명의 달력과 연호를 따르고 있소."

그들이 물었다. "금년의 연호(年號)는 무엇이오?", "홍치[280] 원년이오." 다시 물었다. "얼마 되지 않았는데, 어찌 그것을 알고 있소?" 최부가 대답했다. "대명(大明)이 바다에서 처음으로 나와 만방이 환해지고 있소. 특히 우리나라는 대국과 한집과 같고 공물 헌납이 끊어지지 않고 있는데, 어찌 그걸 모르겠소?", "귀국의 관복(冠服)은 중국[281]의 것과 동일하오?"라고 물으니, 최부가 말했다. "조복(朝服)[282]과 공복(公服), 심의(深衣)[283]와 원령(圓領)[284]은 전적으로 중국의 복식을 따르고 있소. 다만 허리에 주름이 잡히고 깃이 곧은 무관의 상의[285]가 약간 다를 뿐이오."

274 혼례.

275 목을 베는 형벌.

276 목을 옭아매어 죽이는 형벌.

277 귀양 보내는 형벌, 유배.

278 중노동에 종사시키는 형벌.

279 볼기를 몽둥이로 치는 형벌; 장형은 큰 몽둥이로 치는 형벌이고, 태형은 작은 몽둥이로 치는 형벌.

280 중국 명나라 효종 때의 연호(1488~1505); 홍치 원년은 1488년.

281 명나라 관리가 자신의 나라를 중국이라고 지칭했는데, 왕조(王朝)의 명칭과 상관없이 "중국"을 사용하고 있음을 보여 주고 있다.

282 조정에서 하례 때 입던 예복.

283 신분이 높은 선비가 입던 옷웃, 두루마기.

284 단령(團領)이라고도 하며 깃을 둥글게 만든 옷.

그 후 그들은 최부로 하여금 배리 및 배리 이하 일행을 불러모아 주인과 손님 사이의 주례(酒禮)를 행하도록 했으나, 최부는 정보 이하 배리들에게 지시하여 그들에게 정중하게 예를 갖춰 사양[286]하도록 했다. 태감과 세 대인은 잠시 잡담을 하며 지켜보다가 최부 일행에게 쌀 20말, 돼지고기 한 쟁반, 채소 한 쟁반, 약과 한 쟁반과 술 다섯 동이[287]를 선사했다. 최부 일행은 그들에게 감사를 표한 후 자리에서 물러났다.

배에 다시 올라 보원교(普圓橋), 보은교(普恩橋), 호서포(滸墅鋪), 오가점(吳家店), 장공포(張公鋪), 불평득승교(不平得勝橋), 통병교(通兵橋), 망고순검사(望高巡檢司)[288], 마묘포(馬墓鋪), 순안교(純安橋)를 지났다. 밤에 계속 가다가 4경[289]에 석산역에 도착했다.

---

285 한문본의 첩리(帖裏)는 조선시대 무관이 착용하던 공복으로 허리에 주름이 잡히고 깃은 곧고 빳빳하며 소매가 넓은 상의; 벽적(襞積)은 주름을 의미.

286 주례(酒禮) 및 사양의 예:『표해록』한문본에는 "상하주례읍양행례(上下酒禮揖讓行禮)"라고 했는데, 이를 영역자 메스킬은 "주인과 손님 간의 예"라고 뭉뚱그려 번역했고, 국역자 박원호와 중국의 거전자는 읍양행례를 "주인과 손님이 상견하는 예", 서인범 등은 "겸손함을 표하는 예"로 해석했다. 한편, 북한의 김찬순은 "상하주례"는 중국 관리가 최부 일행에게 술을 권한 것이고, "읍양행례"는 "예를 갖춰 정중히 사양한 것"으로 해석했다.

287 중국 관리들이 최부 일행에게 준 음식: 영역자 메스킬은 한문본에 없는 "생선과 육류 한 쟁반"을 선물했다고 번역했는데, 이는 잘못이다.

288 국역자 서인범 등과 박원호는 한문본의 망고순검사를 망정순검사(望亭巡檢司)라고 표기했다. 중국의 문헌에 보면 무석현에 망정순검사, 고교순검사(高橋巡檢司)에 설치되었다는 기록이 있다.

289 새벽 1시에서 3시 사이.

2월 19일, 최부 일행은 상주부(常州府)에 도착했다.

날씨가 맑았다.

아침 일찍 무석현(無錫縣)의 어느 지현(知縣)이 와서 일행에게 음식을 제공했다. 역을 출발하여 건도교(建渡橋)를 지나 무석현의 현치로 들어 갔다. 현은 옛날 구오(句吳)의 태백(太伯)[290]이 도읍했던 곳이다. 건홍교 (建虹橋), 도헌문(都憲門), 소사구(少司寇)의 저택[291], 억풍교(億豊橋), 진 사방(進士坊)을 거쳐 석산(錫山) 아래에 이르렀는데 산은 현의 서북쪽에 있었다.

다시 석산을 출발하여 십리포(十里鋪), 고교순검사(高橋巡檢司), 번봉 포(藩夆鋪), 낙사포(洛社鋪), 석독교(石瀆橋), 횡림진포(橫林鎭鋪), 횡림교 (橫林橋), 척서포(戚墅鋪)와 흥명교(興明橋)를 거쳐 검정(劍井)에 이르렀 다. 검정은 동쪽 언덕에 있으며, 지붕이 씌워져 있었다. 상서로운 김이 피어 오르는 곳이다. 저녁에 마안포대교(亇雁鋪大橋)[292]를 지나 채릉교 (采菱橋)에 도착했다. 다리의 동·서에는 도로를 가로질러 이층의 누각

---

290 기원전 12세기 혹은 11세기 인물로 주나라 태왕인 고공 단보(古公亶父)의 장남. 고 공(古公)과 보(父)는 존칭이며 성은 희(姬), 이름은 단(亶)이다. 태백은 오(吳 혹은 句 吳)나라의 선조로, 창립시 국호(國號)를 구오(句吳)라고 불렀다고 전해진다. 창립지 는 현재의 상주, 무석 일대. 최기홍, 메스킬은 구오를 국명으로 본 반면, 박원호, 서인 범 등은 태백의 호(號)로 해석했다.

291 소사구는 고대 중국의 관직 이름으로 정3품인 형부(刑部)의 시랑(侍郎), 제(第)는 저 택을 지칭. 형부의 장관은 사구(司寇).

들이 세워져 있었다. 이들 누각이 진사패루(進士牌樓)[293]였다.

일행은 세 개의 큰 홍교를 지나 상주부(常州府)에 이르러 동수관(東
水關)을 통해 성안으로 들어갔다. 성안에는 부치(府治)와 무진현(武晉
縣)[294] 현치(縣治)가 모두 있었다. 홍교 예닐곱 개를 지나 10여 리를 가서
비릉역(毗陵驛)에 도착했다. 잠시 쉰 후, 서수관(西水關)을 통해 나갔다.

부(府)는 연릉군(延陵郡)으로 오나라 계자(季子)[295]의 채읍(采邑)[296]이
었다. 산과 호수의 아름다움과 정자와 대(臺)의 건축 양식은 예부터 칭
송을 받아 왔다. 일행은 체운소와 패하교(沛河橋)를 지나 우분대파(牛
犇大壩)[297]에 도착, 배를 끌어당겨 제방의 가장자리를 넘겼다. 동이 트고
있었다.

---

292 최기홍, 거전자, 메스킬은 개안포대교(個雁鋪大橋)라고 해석한 반면, 박원호는 마안
포와 대교, 서인범 등은 마안포의 대교로 보았다.

293 패루(牌樓): 길을 가로질러 세운 누각으로 경축의 뜻을 나타내기 위해 세웠다.

294 국역자 박원호는 한문본의 무진현(武晉縣)을 무진현(武進縣)으로 표기. 중국의 사
전에 晉(진)은 進과 같다고 했으니, 최부의 오기는 아니다.

295 춘추시대 오나라 왕 수몽(壽夢)의 넷째아들. 연릉(延陵)의 토지를 하사 받았기 때문
에 연릉계자로 불린다.

296 고대 중국에서 왕족, 공신, 대신들에게 공로가 있는 경우 특별 보상으로 주던 영토.

297 한문본의 우분대파를 국역자 박원호와 서인범 등은 분우대파(犇牛大壩)로 표기. 한
편 중국 자료에는 강소성 무진현 서쪽에 있으며, 일명 분우당(奔牛塘) 혹은 분우언
(奔牛堰)으로 소개되어 있다. 犇과 奔은 같은 자.

2월 20일, 최부 일행은 여성역(呂城驛)을 지나 진강부(鎭江府)에 도착했다.

오전에 맑았다가 오후에는 흐렸다.

아침에 장전포(長店鋪), 여성진순검사(呂城鎭巡檢司)와 태정교(泰定橋)를 지나 여성역(呂城驛)에 도착했다. 다시 여성파(呂城壩), 여성갑(呂城閘), 여성포(呂城鋪), 청휘관(淸徽觀), 청룡교(靑龍橋), 당가구(唐家溝)[298], 책구포(柵口鋪), 육조포(陸朝鋪), 자운사(慈雲寺), 성서포(聖墅鋪), 칠성교(七星橋), 장락포(長樂鋪), 정선원(定善院) 및 혜정교(惠政橋)를 지나 운양역(雲陽驛)에 도착했다. 강의 이름은 윤하(潤河)였다. 일행은 운양교(雲陽橋), 승은문(承恩門), 귀신단(鬼神壇), 영진관(寧眞觀), 신교(新橋) 및 신하교(新河橋)를 지나 단양현(丹陽縣)에 이르렀다. 현은 강과 접해 있었다. 신묘(新廟), 광복교(廣福橋), 칠성묘(七星廟)와 백강묘(柏岡廟)를 경유하여 현을 통과했다. 밤에 감수갑(減水閘), 만경호(萬景湖)와 신풍진(新豊鎭)을 지났다. 큰 비가 밤새도록 내렸으나 계속 길을 재촉하여 진강부(鎭江府)의 신문(新門)에 도착했다.

2월 21일, 최부 일행은 양자강(楊子江)[299]에 도착했다.

날씨가 흐렸다.

---

298 당가구촌(唐家溝村)이 아닌가 싶다.

남수관(南水關)에서 전성하(專城河)[300]를 거슬러 올라가 부성(府城)[301]을 끼고 남으로 가다가 서쪽으로 간 후 신파(新壩)를 지났다. 일행은 경구역(京口驛)에 도착하여 그곳에서 머물렀다.

저녁에 걸어서 경구갑(京口閘)을 지나 통진체운소(通津遞運所)[302]로 갔다. 그곳의 물이 얕아 조수가 들어오는 것을 기다려야 대강(大江)[303]으로 갈 수가 있기 때문에 강을 건너기 위해 배를 갈아타고 조수를 기다렸다. 이절과 김태 등이 최부와 작별하며 말했다. "그 동안 여러 가지로 감사했소. 은혜를 크게 입었소. 오늘 우리가 헤어지면 귀하는 양주(楊州)로 가고 우리는 의진(儀眞)으로 가오. 늦봄에 회동관(會同館)[304]을 찾아 뵙겠소."

진강부(鎭江府)는 윤주성(閏州城)으로 손권(孫權)[305]이 단도(丹徒)로 옮겨 철옹성(鐵瓮城)을 쌓고 경성(京城)이라 했던 곳이다. 부치(府治)와 단도현의 현치(縣治) 둘 다 성안에 있다. 성의 동쪽에는 철옹지가 있으나 성은 그곳에 있지 않다. 향오정(向吳亭)은 성의 서남쪽에 있다. 북고

---

299 현재는 양자강의 楊의 한자 표기는 揚,『조선왕조실록』을 검색하면 양자강(楊子江)으로 표기되어 있다.

300 한문본의 전성하(專城河)를 국역자 박원호와 중국의 거전자는 전성하(甎城河)로 표기했다. 그러나 둘 다 중국의 자료에는 보이지 않는다.

301 진강부.

302 체운소: 명나라 때 설치된 관서 이름으로 정부의 물자나 군수를 전송(傳送)하던 기구.

303 양자강을 지칭.

304 1276년에 설립한 아시아 국가 언어의 번역 및 통역자를 양성하고, 외국 사신을 접대하던 관청. 후에는 사이관(四夷館)이라 불렸다.

305 중국 삼국시대 오나라의 초대 왕(재위 222~252).

산(北固山)은 성의 북서쪽에 있다. 그 산은 양무제(梁武帝)[306]가 명명했다. 대공산(戴公山)은 남서쪽에 있는데, 송무제(宋武帝)[307]가 찾던 곳이다. 감로사(甘露寺)와 다경루(多景樓) 둘 다 성의 북동쪽에 있다. 초산(焦山)과 은산(銀山) 위에 큰 절이 세워져 있는데, 성의 북쪽에 있다. 금산(金山)은 대강(大江) 안에서 은산과 마주하고 있으며, 용연사(龍延寺)가 그 산 위에 있다. 그 산이 송나라 진종(眞宗)[308]이 꿈속에서 놀던 곳이다. 부의 북동쪽 모퉁이는 강 언덕을 내려다보고 있는데, 그 강은 양자강(楊子江)으로, 속칭 양자강(洋子江)[309]이라고도 한다.

강의 폭은 20여 리나 된다. 민산(岷山)에서 발원하여 한수(漢水)와 합류, 남경(南京)을 경유하여 부(府)에 이르다가 바다로 들어간다. 이 강이 바로 우공에서 말하는 "민산도강(岷山導江)"[310]이다. 동쪽에서 오군(吳郡)과 회계군(會稽郡)을 거치고, 서쪽은 한수(漢水)와 면수(沔水)와 접하고 있으며, 북쪽은 회수(淮水)와 사수(泗水)로 이어지며, 남쪽은 민(閩)[311]과 절(浙)[312]로 이어진다. 참으로 사방으로 통하는 큰 도회지의 하나이다.

---

306 중국 남조 양나라의 초대 황제(재위 502~549).

307 중국 남조 송나라를 개국한 황제(재위 420~422).

308 북송의 3대 황제(재위 997~1022).

309 영역자 메스킬은 "Son of the Ocean"으로 번역했는데, 중국의 삼국연의 구절에 양자강(洋子江)이라 표기되어 있고, 중국에 가톨릭 선교의 기초를 쌓았던 이탈리아 선교사 마테오리치(1552~1610)의 『중국견문록』에도 양자강을 "Son of the Ocean"이라고 번역되어 있다.

310 "민산이 양자강을 인도한다", 즉 민산이 양자강의 발원지.

311 복건 지역.

312 절강 지역.

2월 22일, 최부 일행은 광릉역(廣陵驛)에 도착했다.

날씨가 맑았다.

수부신사(水府神祠)[313]에서 배를 타고 일행은 양자강에 도착했다. 5~6리의 강가를 따라 배를 밀며 이동시키는 사람들의 줄이 끝이 없었다. 일행은 돛을 달고 강으로 갔다. 금산(金山) 아래에서는 강돌고래들[314]이 마치 질주하는 군마처럼 파도에서 놀고 있었다. 일행은 서진도(西津渡)[315]의 마두석제(馬頭石堤)[316]에 이르렀다. 물속에 나무 말뚝을 세워 긴 다리를 만들었다. 오가는 사람들이 다리 아래에 배를 묶어놓고 다리를 따라 제방으로 올라갔다. 강회승개루(江淮勝槪樓)[317]가 길 위로 솟아 있었다. 누각 아래로 걸어서 과주진(瓜洲鎭)을 지나 진상하(鎭上河)라고 불리는 시례하(是禮河)에 도착했다. 다시 일행은 배에 올라 계속 갔다.

양왕이 부영을 보내 최부에게 물었다. "귀국의 한노로(韓老老)[318]라는

---

313 수부(水府)는 수신(水神) 혹은 용왕이 해저에 거처하면서 물을 다스린다는 전설의 장소.
314 한문본의 강돈(江豚)은 민물에 사는 돌고래, 쇠물돼지.
315 진강(鎭江)의 옛 나루터.
316 마두는 나루터 혹은 부두로 중국의 자료에는 마두(碼頭)로 표기되어 있다. 마두석제는 나루터에 돌로 만든 제방으로 언제 만들어졌는지는 알 수 없으나 훼손된 채로 방치되었다가 1446년에 중건되었다고 한다.
317 나루터의 뒤쪽에 있는 다섯 개 큰 기둥의 높은 건물로 행인들이 휴식을 취했던 장소라고 한다.

귀부인이 우리나라에 왔었소. 그 사실을 아시오?" 최부가 말했다. "한
씨라는 부인이 대국에 들어갔다는 것을 들은 적이 있는데, 그뿐이오."
"그 여자분이오. 한씨는 귀국의 부인으로 우리나라에 와서 대행황제(大
行皇帝)[319]의 유모가 되었소. 그 부인은 고인이 되었는데, 봉분(封墳)이
천수사(天壽寺)에 모셔져 있소. 이분 지휘가 한 부인의 장례를 감독한
분이오. 그런 이유로 그가 물어본 것뿐이오."

일행은 반계문(攀桂門), 남경전창(南京甎廠)[320], 기구우택사(祈求雨澤
祠)[321], 칠전포(七錢鋪), 화가원포(花家園鋪), 어정포(魚井鋪), 금성택(衿城
澤), 양자포(楊子鋪)[322]를 지나 양자교(楊子橋)에 이르렀지만 다리는 폐허
가 되었다. 단지 누각에 매달린 현판과 교창(橋倉)이 있을 뿐이었다.

날이 저물 무렵 청량포(淸凉鋪)를 지나 밤에 광릉역(廣陵驛)에 도착했
다. 역 북쪽 1리쯤에 양주부성(楊州府城)이 있으며 그 안에 부치(府治)와 양
주위(楊州衛), 강도현치(江都縣治)와 양회운염사(兩淮運鹽司)[323]가 있었다.

---

318 『성종실록』 8월 11일자 기사에 기재되어 있는데, 조선 전기의 문신 한확(韓確: 1403
~1456)의 누이로 명나라 성조(成祖)의 후궁으로 뽑혀 여비(麗妃)가 되었다고 한다.
여비는 중국 황제의 비빈(妃嬪) 명칭으로 귀비(貴妃), 혜비(惠妃), 여비(麗妃), 화비
(華妃) 등이 있다. 한편『성종실록』 15년 1월 4일자에, 한씨는 본명이 계란(桂蘭)으
로 1410년에 4월 9일에 출생하여 1427년 명나라 선종 때 중국 황실로 온 후 4대의
황제를 섬기다가 헌종 때, 즉 1483년 5월 18일에 죽었다는 기록이 자세히 나와 있다.
노로(老老)는 노인에 대한 존경어. 시호(諡號)는 공신(恭愼).

319 황제가 죽은 후 시호를 받기 이전의 칭호. 명나라 헌종.

320 전창(甎廠): 벽돌 제조장.

321 기우제를 지내던 사당. 우택은 빗물.

322 한문본의 양(楊)은 현재 양(揚)으로 표기.

2월 23일, 최부 일행은 양주부를 통과했다

비가 왔다.

아침에 광릉역을 떠나 양주부성을 지났다. 양주부는 옛날 수나라 때 강도(江都)라고 하던 땅으로 양자강 하류[324]의 큰 진(鎭)이었다. 10리에 걸친 주렴(珠簾), 24개의 다리와 36곳 방죽의 장관은 여러 군 가운데서도 으뜸이었다. 이곳은, "봄바람이 성곽을 어루만지고, 생(笙) 반주의 노래[325] 귀에 가득하다"라는 시구[326]로 칭송을 받던 땅이었다.

배를 타고 지났기 때문에 구경을 할 수 없었고, 다만 볼 수 있는 것은 진회루(鎭淮樓)뿐이었는데 진회루는 성의 남문으로 3층으로 되어 있었다. 강을 따라, 동쪽, 다음에는 북쪽으로 가서 하국공(夏國公)[327]의 신도

---

323 운염사: 소금에 관한 업무를 관장하던 기구.

324 한문본의 강좌(江左)는 강동(江東)으로 양자강 하류의 강남 지역. 대략 지금의 안휘성 남쪽, 강소성 남쪽, 상해, 절강 강서성 동북부 지역이 해당된다. 강좌가 강동인 이유는 중국의 옛 사람들은 습관적으로 동(東)을 좌(左)로, 서를 우로 생각했다. 동서와 좌우는 서로 교체 가능하다.

325 국역자 박원호와 영역자 메스킬은 한문본의 생가(笙歌)를 각기 노랫가락, 음악으로 해석했고, 다른 국역자들은 생황 반주의 노래로 해석했다. 생황(笙簧)은 수직으로 여러 개의 대나무 파이프가 있는 관악기로, 리드로 불어 음을 낸다.

326 봄바람이 성곽을 어루만지고~: 이 구절은 요합(姚合: 당나라 때 시인)의 시, 「양주춘사삼수(揚州春詞三首)」에서 인용된 것이다.

327 고성(顧成: 1330-1414): 명나라 때 초기 명장. 사후에 하국공(夏國公)으로 추증되었다.

묘(神道廟), 관음당(觀音堂), 회원장군(懷遠將軍)[328] 난공(蘭公) 묘, 안공묘 (晏公廟), 황건파(黃巾壩), 북래사(北來寺), 죽서정포(竹西亭鋪), 수정청(收 釘廳), 양자만순검사(楊子灣巡檢司), 만두관황묘(灣頭關荒廟), 봉황교돈 (鳳凰橋墩), 회자하포(淮子河鋪), 하박팔탑포(河泊八塔鋪), 제오천포(第伍 淺鋪), 세과국(稅課局), 사리포(四里鋪), 소백보공사(邵伯寶公寺)와 영은문 (迎恩門)을 지났다. 지나는 길에는 두 곳의 갑(閘)이 있었다.

소백역(邵伯驛)에 도착했는데 역의 북쪽에는 소백태호(邵伯太湖)가 있었다. 일행은 노를 저어 호숫가를 따라 2~3리를 가서 소백체운소(邵 伯遞運所)에 도착했다. 물이 불어나고 바람이 어지럽게 불어 밤에 호수 를 건널 수가 없기 때문에 그곳에서 밤을 보냈다.

일행이 항주를 떠난 이후 지났던 위(衛)[329]와 소(所)에서 백호(百戶)[330] 를 교대로 보냈었다. 양주위(楊州衛) 백호(百戶)인 조감(趙鑑)이란 사람 이 최부에게 말했다. "6년 전에 이섬(李暹)[331]이라는 귀국 사람도 여기로 표류되었다가 귀국을 했소. 그 사실을 아시오?", "알고 있소." 최부가 다시 이섬의 표류 및 귀국에 관한 전말을 물었다.

조감이 말했다. "처음에 이섬은 바람에 떠밀려 양주굴항채(楊州掘港

---

328 명나라 때 종3품 무관.

329 현재의 여단 혹은 연대 규모의 병력이 주둔한 부대.

330 백여 명의 병력 대장. 천호(千戶所), 백호소(百戶所)의 대장은 각기 천호(千戶), 백호 (百戶)로 불렸다.

331 제주 정의 현감 이섬과 그 일행 47명은 최부보다 6년 앞선 1483년에 해상에서 표류 하다가 양주에 도착하였고, 이들 중 33명이 생환하였다.

寨)에 도착했소. 수채관(守寨官) 장승(張昇)이 백호 상개(桑愷)를 보내 체포한 후 옥중에 가두었소. 한 순검(巡檢)[332]이 그를 석방하여 서방사 (西方寺)에 머물게 하여 휴식을 취해야 한다는 의견을 제시하였소. 그는 그곳에 약 한 달간 머물면서 심문을 받았소. 연해비어도지휘(沿海備 禦都指揮) 곽(郭) 대인이 '돛이 열 폭이었건만 바람을 이겨내지 못했다' 라는 이섬의 글귀를 보고, 그가 선량한 사람임을 깨닫고선 손님으로 대우했소."

그리고 나서 물었다. "당신이 상륙했던 해안에서 여기까지는 몇 리나 되오?", "내가 우두외양에서 도저소, 항주 그리고 양주까지 모두 합쳐서 2천 5백여 리나 되오." 조(趙)가 말했다. "이섬이 여기 왔을 때는 고향과 너무 떨어져 있다면서 크게 근심하는 것 같았소. 지금 당신은 걱정이 배나 더 많겠소." 최부가 대답했다. "이섬은 다만 길이 멀어서 걱정한 것 같소만, 나를 고통스럽게 하는 것은 아버지가 최근에 돌아가셨는데, 아직 염(殮)[333]도 못해 드리고, 수로(垂老)[334]의 어머니는 집에 계시오. 나는 자식 된 도리를 다 하지 못하고 있는데다 갈 길은 멀기만 하오. 애끓는 마음에 하늘과 땅이 캄캄하기만 하오."

---

332 강이나 해안에 설치한 순검사(巡檢司)의 관직. 순검사(巡檢使)의 약칭. 정9품의 관리 가 아닌가 싶다.
333 시신을 수의로 갈아입힌 후 베 등으로 묶음. 입관.
334 70의 노인 혹은 노년(老年).

2월 24일, 최부 일행은 우성역(盂城驛)에 도착했다.

날씨는 맑았다.

 소백체운소(邵伯遞運所)를 출발하여 일행은 소백호신당(邵伯湖新塘)을 따라 소백순검사(邵伯巡檢司), 소백진(邵伯鎭), 마가도포(馬家渡鋪), 삼구포(三溝鋪), 요포(腰鋪), 노근열녀사(露筋烈女祠)[335], 노근포(露筋鋪), 왕금포(王琴鋪), 팔리포(八里鋪)를 지났다. 돌로 쌓은 신당(新塘)은 길이가 30여 리나 되었다. 다시 신개호(新開湖)를 지나 밤 2경[336]에 우성역(盂城驛)에 도착했다. 역은 고우주성(高郵州城) 남쪽 3리쯤에 있었다.

2월 25일, 최부 일행은 고우주를 지났다.

날씨는 흐렸다.

 새벽닭이 울 무렵[337] 일행은 우성역(盂城驛)을 출발하여 고우주를 지

---

335 전설에 의하면 모기가 극성을 부리는 더운 여름철에 시누이와 올케가 친척을 방문하기 위해 고우(高郵)에 도착했으나, 날이 어두워져 하룻밤을 묵어가기로 했다. 어렵사리 초가집을 발견하였으나, 한 남자가 혼자 살고 있었다. 예의가 바른 그 남자는 두 여인을 위해 방을 내주기로 하였으나 시누이는 미혼이라 방에 들어가지 않고 문밖 야외에서 자다가 모기에 뜯긴 나머지 근육과 뼈가 드러난 채 죽었다. 현지 사람들이 이를 가상히 여겨 그녀를 위해 사당을 세웠는데, 바로 노근사(露筋祠)라 했다는 전설이 있다.
336 밤 9시부터 11시 사이. 오경에서 두 번째 시간대.

206

났다. 고우주는 옛날 한주(邢州)였다. 한구(邢溝)[338]는 한강(寒江)이라고
도 하는데, 남북으로 뻗은 수로를 둘러싸고 흐르는 요충지였다. 고우주
성은 큰 호수를 내려다보고 있는데 이 호수가 고우호(高郵湖)였다. 그
곳의 강과 호수의 경치는 뛰어났으며, 인구는 많고 물자가 풍부하여 또
하나의 번성한 양자강 이북의 수향(水鄕)이었다. 하우(夏禹)[339] 때는 양
자강과 회수(淮水)는 통하지 않았다. 따라서 우공(禹貢)에 "양자강과 바
다의 길을 따라가면 회수와 사수(泗水)에 이른다"라고 했다. 오나라 부
차(夫差) 왕 때에 한구가 비로소 개통되었고, 수나라 사람들이 그것을 넓
혀 배가 왕래하기 시작했다.

일행은 다시 서하당(西河塘)에 도착했다. 이 제방은 호숫가에 있으며
목책(木柵)이 70여 리로 되었다. 호수 안에 섬이 있는데 섬 위에는 칠공
묘(七公廟)가 있었다. 칠공묘가 어둑하고 어슴푸레 보이는데 마치 선경
(仙境)과 같았다. 다시 번장군묘(樊將軍廟)[340], 전총포(前總鋪), 당두포(塘頭
鋪), 순검사(巡檢司), 장가포(張家鋪), 정정포(井亭鋪), 당만포(塘灣鋪)를 지
나 계수역(界首驛)에 이르렀다. 역은 체운소와 동서로 마주보고 있었다.

진훤은 양왕과 함께 온 군리(軍吏)[341]였다. 그는 글을 좀 알기 때문에 양
왕이 그에게 서기를 맡겼다. 진훤은 탐욕스럽기가 이루 말할 수 없었고

---

337 한문본에 계보(鷄報)라고 표현했는데, 새벽 5시 무렵이 아닌가 싶다.
338 오나라 왕 부차가 기원전 486에서 484년에 굴착한 고대 운하로 양자강과 회하를 통
하게 했는데, 기록상 가장 빠른 인공 운하로 알려져 있다.
339 하나라의 우임금.
340 한고조 유방의 심복으로 개국공신인 번쾌(樊噲)의 사당.
341 군에 속한 하급 문관.

간사하기 짝이 없었다. 그자가 최부의 군인인 김속에게 성을 내며 양왕에게 뭔가를 고해 바쳤다. 양왕은 김속을 잡아다가 벌로 곤장 10여 대를 때리도록 하였다. 최부는 양왕에게 글을 작성하도록 정보에게 지시했다. "지휘는 우리를 호송하는 일이 임무지 그 이상도 아니오. 당신은 어느 법으로 우리 이국인을 제멋대로 벌을 주고 매질을 한단 말이오? 내 군인들은 장님이요, 벙어리나 다름이 없소. 설령 그들이 잘못을 했다손 치더라도 불쌍하게 여겨 타이를 일이지, 오히려 때려서 상처를 입히고 있소. 그건 상국(上國)이 이국인을 호송하는 도리가 아니오."

양왕은 대답을 못했다. 부영이 슬그머니 최부에게 얘기했다. "양공(楊公)은 원래 북경 사람으로 항주위(杭州衛)에 배치되어 온 사람이오. 그는 글도 읽지 못하고 무식한 사람이오. 누차 지적했지만 들으려고 하지 않고 계속 주제 넘는 일을 할뿐더러 원칙에 어긋나는 행동을 하고 있소. 책망할 가치조차 없는 자요." 일행은 비를 맞아가며 길을 재촉했다. 자영천(子嬰淺)을 지나 계수대호(界首大湖)를 따라갔다. 호수 주변에는 긴 제방이 있었다. 순검사와 괴각루(槐角樓)를 지나 밤에 범수포(范水鋪) 앞에서 멈췄다.

2월 26일, 최부 일행은 회음역(淮陰驛)에 도착했다.

날씨는 흐렸다.

일행은 범광대호(范光大湖)와 보응대호(寶應大湖)를 지나 안평역(安平

208

驛)에 도착했다. 다시 보흥현치(寶應縣治), 백마대호(白馬大湖), 백마포
(白馬鋪), 황포포(黃浦鋪), 평하교(平河橋), 이경하(里涇河), 진점(鎭店)과
십리정포(十里亭鋪)를 지나 밤에 회음역(淮陰驛)에 도착했다. 범수포에
서 회음역까지 백여 리 사이에, 동쪽 언덕에 긴 둑을 쌓았는데, 석축 혹
은 목책(木柵)으로 된 것이 끊임없이 이어져 있었다.

2월 27일, 최부 일행은 회안부(淮安府)를 지났다.

비가 왔다.

회음역 맞은편 강 언덕, 마두성문(馬頭城門) 밖에는 표모사(漂母祠)[342]
가 있었다. 그 북쪽에 있는 과하교(胯下橋)는 한신(韓信)[343]이 다른 사람
의 밥을 얻어먹으며 모욕을 당했던 곳이다. 그 역은 체부창(遞夫廠)[344]과
마주보고 있는데, 체운소와 접해 있었다. 역에서 일행은 회안부를 끼고
배를 저어 갔다. 회안부는 옛날의 동초주(東楚州)로 동남 지방의 중요한
진(鎭)이었다. 옛 성안에는 부치(府治), 산양현치(山陽縣治), 회안위(淮安
衛), 도당부(都堂府)[345], 총병부(總兵府) 및 어사부(御史府) 등의 관사가 있

---

342 빨래 하는 아낙네. 가난했던 한신에게 밥을 먹였다 함.
343 한신(韓信: 기원전 약 231~196): 한나라의 무장. 가난하고 불우했던 젊은 시절, 한신
은 남의 밥을 얻어 먹으며 지냈으며 부랑배에게 사타구니 밑을 기어가는 모욕, 이른
바 과하지욕(跨下之辱 혹은 胯下之辱)의 고사가 있다. 후에 마음 속에 큰 뜻을 품은
자가 실의(失意)했을 때 굴욕을 참고 견디면 득의(得意)했을 때 포부를 펼칠 수 있다
는 의미로 바뀌었다.
344 체부: 화물을 운반하는 인부.

었다. 옛 성의 동쪽에는 새로운 성이 건축되어 있었다. 대하위(大河衛)는 새 성안에 있으나 그 외 다른 관사는 아직 건축되어 있지 않았다. 새 성과 옛 성의 거리는 1리 가량이었다. 호수의 물이 두 성을 감싸고 안팎으로 흐르고 있었으며, 성과 인가는 모두 평도(平島) 안에 자리잡고 있었다. 일행은 남도문(南渡門)을 떠나 북으로 향했다.

일행은 회하(淮河)에 이르렀다. 그 사이에 금룡사대왕묘(金龍四大王廟), 부교정(浮橋亭), 용흥탑(龍興塔), 종루전(鐘樓殿), 뇌신점(雷神店)[346], 서호하취(西湖河嘴)[347], 노화상탑(老和尙塔), 초청(鈔廳)[348], 판갑(板閘), 이풍갑(移風閘), 봉저문(鳳翥門), 공부창(工部廠), 청강갑(淸江閘), 등교기봉문(騰蛟起鳳門), 청강폭주문(淸江輻輳門), 청강갑((淸江閘), 상영창문(常盈倉門), 천비묘(天妃廟), 동악인성궁(東嶽仁聖宮), 영자궁(靈慈宮), 평강공양후묘(平江恭襄侯廟), 조운부(漕運府)[349], 총창동가(總廠東街), 총창서가(總廠西街), 복흥갑(福興閘), 현제사(玄帝祠), 우성사(佑聖祠), 신장갑(新藏閘)이 있었다. 그 사이에 또한 봉양중도(鳳陽中都), 봉양좌위(鳳陽左衛), 용호우위(龍虎右衛), 용강좌위(龍江左衛), 표도위(豹韜衛), 표도전위(豹韜前衛), 회안위(淮安衛), 대하위(大河衛), 진강위(鎭江衛), 고우위(高郵衛), 양주위(楊州衛), 의진위(儀眞衛), 수군좌위(水軍左衛), 수군우위(水軍

---

345 관원의 부정을 감찰하는 기관으로 도찰원(都察院)의 도어사 등이 집무를 보던 사무실.

346 점(店)은 당(堂)이 아닌가 싶다.

347 취(嘴)는 강이나 호수의 어귀 혹은 출구처가 아닌가 싶다. 중국 자료에 의하면 "西湖嘴 : 古地名. 指今天淮安市河下鎮. 淮安城西北河下鎮西湖嘴, 此处为淮安西湖出口处"로 나와 있다.

348 왕래하는 배에 세금을 징수하던 세관이 아닌가 싶다. 초(鈔)는 지폐를 의미.

349 운하나 해로로 곡식의 수송을 담당하던 기관.

右衛), 부군전위(府軍前衛), 사주위(泗州衛), 비주위(邳州衛), 수주위(壽州衛), 장회위(長淮衛), 여주위(廬州衛)가 있었다. 회하 남쪽 지역과 양자강 북쪽 및 남쪽의 여러 위가 그곳에 모여들어 배를 만드는데, 모두 조선소를 가지고 있었다.

대개, 대강(大江)과 회하 사이의 4백 내지 5백리 사이에는 크게 침식이 된 거대한 호수[350]가 많이 있었다. 이를테면 소백호(邵伯湖), 고우호(高郵湖), 계수호(界首湖)와 백마호(白馬湖) 등이 사방으로 끝없이 펼쳐져 있는 것 같았다.

이날 일행은 큰 비를 무릅쓰고 회하 즉 황하(黃河)를 지났다. 최부는 부영에게 그 강에 대해서 물었다. "우공(禹貢)에서 황하는 적석(積石), 용문(龍門), 화음(華陰), 저주(底柱), 대비(大伾) 등 여러 산을 지나 홍수(洚水)와 대륙(大陸)[351]을 거쳐 구하(九河)와 역하(逆河)가 되어 북동쪽에서 바다로 들어간다. 회수(淮水)는 동백산(桐柏山)을 지나 사수(泗水)와 기수(沂水)로 합류하여 동쪽에서 바다로 들어간다. 임지기(林之奇)[352]는 황하의 하류는 연주(兗州)가 받고, 회수의 하류는 서주(徐州)가 받는다고 하였소. 그렇다면 회수와 황하는 그 발원지가 같지 않소. 물줄기가

---

350 한문본에 "지다대침거호(地多大浸巨湖)"라고 표기되어 있는데, 국역자 박원호는 "땅이 큰 호수에 침식당하다", 최기홍은 "큰 호수가 있는 침수 지대", 서인범 등은 "큰 호수가 많다", 북한 국역자 김찬순은 "큰 못, 큰 호수", 영역자 메스킬은 "큰 늪과 거대한 호수"라고 각기 다른 해석을 했다. 한편 중국의 자료에는 대침(大浸)을 대해(大海), 거침(巨浸)을 거호(巨湖)라고 지칭한다고 했다.

351 중국의 거전자는 이를 대륙택(大陸澤), 옛 호수 이름이라고 그의 점주본에서 설명했다.

352 임지기(林之奇: 1112~1176): 송나라 때 학자.

같지 않으니 바다로 들어가는 장소가 다르오. 지금 합하여 회하가 된 것은 어찌된 일이오?"

부영이 대답했다. "우리 명나라 조정에서 황하 바닥에 물길을 터서 회수로 흘러들어 가도록 했소. 그래서 그 강들이 합류해서 바다로 들어가는 것이오. 황하는 옛 물줄기가 없어져서 우공에 기록된 것과는 다르오."

회하는 실로 많은 강물이 모인다. 황하와 회수는 합류하여 서하(西河)가 된다. 제수(濟水), 탑수(漯水), 문수(汶水)는 수수(洙水)와 사수(泗水)와 같이 흐르다가 변수(汴水)와 합류하고, 동쪽으로 기수(沂水)를 만나 동하(東河)가 된다. 서하(西河)는 물이 황색이기 때문에 황하(黃河)라 부르고 있고 동하는 물이 푸르다고 하여 청하(淸河)라고 부르고 있다. 서하와 동하가 이곳에서 합류하기 때문에 회하(淮河)라고 부른다. 이 강은 폭이 10여 리가 되고 수심은 끝이 없으며 물살은 아주 급하다.

회하(淮河) 언덕에 경칠공(耿七公)[353] 신사가 있었으며, 귀산(龜山)은 그 강을 굽어보고 있었다. 조감이 최부에게 말했다. "귀산 기슭에 신비한 동물이 있소. 그 동물은 모습이 원숭이를 닮았소. 코는 납작한 들창코며 이마는 높고 몸은 청색이며 머리는 백색이오. 눈빛은 번개처럼 광채가 나오. 대우(大禹)[354]가 물을 다스릴 때, 우왕이 그 동물을 굵은 밧줄로 묶어놓고 그곳에 살도록 했더니 회하 강물이 잠잠하게 흘렀다는 전

---

353 송나라 사람으로 이름은 유덕(裕德). 어민의 보호신으로 사당을 세워 양주 및 주변 지역의 어민들이 제사를 지내고 있으며, 형제 중 일곱 번째이기 때문에 경칠공이라 불렀다고 한다.

설이 있소. 오늘날에도 사람들이 그 동물의 모습을 한 그림을 지니고 있으면 회하의 바람과 파도의 어려움을 모면한다오." 최부는, "그런 이야기는 이치에 맞지 않고 터무니없는 말이니, 믿을 수가 없소."라고 말했다. 조감은 아무 말도 하지 않았다. 일행은 회하를 지나고 동하를 거슬러 올라가서 청구역(清口驛)에 이르렀다. 밤에 청하현(清河縣)을 지나 인가가 없는 언덕에 이르러 머물렀다. 청하현치(清河縣治)에 한신성(韓信城)과 감라성(甘羅城)이 있다고 들었으나 밤에 지났기 때문에 볼 수 없었다.

2월 28일

날이 흐리고 세찬 바람이 불었다.

배를 저어 바람을 안고 청하구(清河口)를 거슬러 올라가 삼차천포(三汊淺鋪)[355]를 지난 다음 백양하(白洋河)를 거슬러 올라갔다. 야밤에 어느 강가에 이르러 그곳에서 묵었다. 지명은 알지 못했다.

---

354 중국 전설상의 하(夏)나라를 세운 왕으로 치수(治水)에 공을 들였다고 전해진다. 대우는 우왕을 높여 부르는 말.

355 천포(淺鋪): 국역자 박원호는 천(淺)은 천포이며, 천포는 얕은 여울에 배를 끌기 위해 설치한 시설이라고 해석했다.

2월 29일

날이 맑았다.

일행은 동틀녘에 출발하여 장사충천(張思忠淺)과 백묘천(白廟淺)[356]
을 지나 도원역(桃源驛)에 이르렀다. 역 서쪽에는 삼결의묘(三結義廟)[357]
가 있었는데, 바로 유비(劉備), 관우(關羽)와 장비(張飛)의 사당이었다.
역 안에는 거사비(去思碑)[358]가 있었다. 일행은 용구하(龍溝河)를 거슬러
도원현(桃源縣)[359]을 지나 북쪽으로 향했다. 최진(崔鎭)을 지나 해질녘에
고성역(古城驛)에 이르렀다.

---

356 천(淺)은 물이 얕은 여울, 모래톱 등으로 해석될 수 있다. 그런데, 천에 대해서, 「황명
　　경세문편(皇明經世文編)」 174권의 기록을 보면 천에 관한 기록이 나오는데, 홍(洪)
　　같은 급류가 흐르는 곳에는 갑(閘)을 천(淺) 같은 물이 얕은 여울에서는 댐을 설치하
　　여 배가 다닐 수 있도록 했다고 한다. 한편 한문본의 장사충천(張思忠淺)을 국역자
　　박원호는 장사충천(張泗冲淺)이라고 표기했고, 서인범 등은 그의 주에서 호사충(胡
　　思忠)의 오기로 생각된다고 하였으나, 어느 것도 분명하지 않다.
357 『삼국지연의(三國志演義)』에 등장하는 유비, 관우와 장비의 도원결의(桃園結義).
358 지방관이 떠날 때 그의 선정을 기려 세운 기념비.
359 지금의 사양현(泗陽縣)으로 평원이 숲의 바다 같다 하여 도원이라는 별명을 얻었다.
　　동쪽으로는 중국의 총리를 지냈던 저우언라이(周恩來)의 고향인 회안이 있고 서쪽
　　에는 항우(項羽)의 고향인 숙천(宿遷)이 있다.

2월 30일, 최부 일행은 숙천현(宿遷縣)을 지났다.

날이 흐렸다.

아침에 고성역에서 무가구(武家溝)[360]를 지나 백양하(白洋河), 육가돈
(陸家墩)[361], 소하구(小河口)를 거슬러 올라가 종오역(鍾吾驛)에 이르렀
다. 역 앞에 황화문(皇華門), 비영문(蜚英門)과 쌍계문(雙桂門)이 있었다.
숙천현은 역의 북쪽에 있었다. 일행은 체운소를 지났다.

순풍에 돛을 달고 나는 듯이 달려 조하(皂河), 청돈(靑墩), 사방(沙方)
등의 천(淺)을 지났다. 밤 3경[362]에 직하역(直河驛)에 도착했고, 5경[363]에
는 천둥과 번개가 치며 우박이 쏟아졌다.

---

360 구는 구촌(溝村), 촌이 아닌가 싶다.
361 촌락 이름이 아닌가 싶다.
362 밤 11시에서 새벽 1시 사이.
363 새벽 3시에서 새벽 5시 사이.

3

1488. 3. 1 ~ 3. 29

3월 1일, 최부 일행은 비주(邳州)를 지났다.

날이 흐렸다.

직하역(直河驛)을 출발하여 용강천(龍江淺), 시두만천(匙頭灣淺)과 합기천(合沂淺)을 지났다. 기수(沂水)는 동북에서 흘러 이 강[1]과 합류하였다. 일행은 계속해서 가다가 하비역(下邳驛)에 이르렀다. 역은 비주성(邳州城) 남쪽에 있었다.

비주(邳州)는 옛 섬자국(剡子國)이었다. 성의 동쪽으로 섬자묘(剡子廟)[2]가 있는데, 중니(仲尼)[3]가 관제(官制)에 대해 물었던 곳이다. 서쪽에 있는 애산(艾山)은 노공(魯公)[4]과 제후(齊侯)[5]가 만났던 곳이다. 반하

---

1 『표해록』한문본에 나오는 차하(此河), 즉 이 강을 국역자 최기홍은 용강, 서인범 등은 직하(直河)로 해석했다.

2 섬자(剡子): 국역자 서인범 등은 한문본의 "섬자(剡子)"를 "담자(郯子)"라고 해석했는데, 중국의 자료에, 당시 27세의 공자는 "견우담자이학지(見于郯子而學之)", 즉 "담자를 찾아뵙고 배웠다"라고 했으며, 또한 한유(韓愈)의「사설(師說)」에 "공자사담자(孔子師郯子)"라는 구절이 나오는 것을 보면 섬자와 담자는 같은 인물이 아닌가 싶다. 한편, 중국 현지의『표해록』연구가인 왕진롱(王金龍)의 해석에 의하면, 섬자는 춘추시대(春秋時代) 때, 도덕과 인의(仁義)의 정치로 백성을 감복시킨 섬국(剡國)의 군주였다고 하며 병음을 "Shanzi", 즉 섬자라고 해석했다. 영역자 메스킬은 섬자의 병음(倂音)을 "Yanzi", 즉 염자라고 독음했다.

3 공자(기원전 551년 9월 28일~479년 4월 11일)의 자(字).

4 주문공(周文公)의 아들로 노국(魯國)의 군주; 고대 중국의 작위(爵位)는 5등급으로 공(公), 후(侯), 백(伯), 자(子), 남(男).

산(半下山) 역시 그곳에 있는데 위에는 양산사(羊山寺)가 있다. 또 석경산(石磬山)이 있는데 강 언덕에서 6~7리쯤 떨어져 있다. 우공의 "사수(泗水) 언덕 근처에 소리 나는 돌이 떠 있는 듯하다"라는 구절의 주석에 "하비(下邳)에 석경산(石磬山)이 있는데, 옛날에는 경쇠[6]를 취했던 곳"이라 했는데, 사실인지 아닌지는 알 수 없다.

항주 북쪽은 땅이 끝없는 평야로 간혹 멀리 산들이 보였고, 양자강(洋子江)[7] 이북으로는 구릉이 하나도 없었다. 그런데 이곳에 와서야 비로소 산이라 할 만한 것을 보았지만 높고 크지 않아 우리나라의 남산 정도에 지나지 않았다.

비주의 성이 이(李)라는 지주(知州)와 비주위(邳州衛)의 지휘(指揮)인 성이 한(韓)이라는 사람이 최부를 보기 위해 왔다. 그들은 최부를 정중하게 대하며 국수 1쟁반, 두부 1쟁반 채소 2쟁반[8]을 선물했다.

역전에서 서쪽으로 돌아 비주성(邳州城), 한 나루터, 백랑구(白浪口), 건구아(乾溝兒)[9]를 건넜다. 새벽닭이 울 무렵[10] 일행은 신안체운소(新安

---

5 국역자 서인범 등은 제후를 제나라 이공(釐公)을 가리킨다 했고, 최기홍, 박원호, 중국의 거진보자는 제나라 환공(桓公)을 일컫는다 했다. 환공은 강태공(姜太公)의 제12대손.

6 아악기(雅樂器)의 일종인 석경(石磬)의 옥이나 돌.

7 양자강(揚子江)을 지칭.

8 최부에게 중국 관리가 선물한 음식: 최부 자신에게 음식을 선물할 때는 그가 상중임을 고려하여, 기피 음식을 가려 주었는데도 불구하고, 영역자 메스킬은 계속 최부에게 육류와 생선 등의 진미(meat and fish delicacies)를 주었다고 번역했는데 이는 잘못이다. 국내에 있는『표해록』한문 원전이나, 메스킬이 참고했다는 일본 동양문고본에도 그러한 내용은 없다.

遞運所)를 지나 날이 밝아진 무렵에 신안역(新安驛)에 도착했다. 일행은 동하(東河)를 거슬러 올라간 이후에는 강들이 넓고 양쪽 언덕이 높고 가파르기 때문에 주위를 시시때때로 관망할 수는 없었다.

3월 2일, 최부 일행은 방촌역(房村驛)을 지났다.

비가 조금 오고 큰 바람이 불었다.

일행은 신안역을 출발하여 마가천(馬家淺), 쌍구(雙溝)[11]와 풍(豊), 패(沛), 소(蕭) 및 탕(碭)의 네 현의 부창(夫廠)[12]과 방촌집(房村集)[13]을 지났다. 다음에 금룡현성령묘(金龍顯聖靈廟)를 거쳐 여량소홍(呂梁小洪)[14]에 도착하여 대나무 줄로 배를 위로 끌어올렸다. 이타사(尼陀寺)를 통과했

---

9 북경대 거전자 교수는 그의 『표해록 연구』에서, 건구아(qiangour)의 "아(兒)"는 중국의 북방의 구어(口語)에서 특징적으로 나타나는 접미사로, 혀를 입천장 쪽으로 말아 소리를 내는 "얼(er혹은 r)"화음(化音) 표기라고 했다. 최부는 당시 현지인이 내는 발음도 세밀하게 기술했다.

10 최부는 사건이 발생한 시각을 매우 구체적으로 기술하였는데, 특히 새벽의 묘사는 시간의 미묘한 차이까지 묘사하고 있다. 그의 관찰력과 정밀한 기술이 놀랍기만 하다. 예를 들자면 계보(鷄報: 새벽닭이 울 무렵), 미상(未爽: 먼 동이 틀 무렵), 향서(向曙: 동이 틀 무렵), 지명(遲明: 동이 트기 직전), 청신(淸晨: 동이 튼 직후), 평명(平明: 해가 돋아 날이 밝아진 무렵), 힐조(詰朝: 이른 아침) 등이 그것이다.

11 "구"는 강의 지류.

12 인부 숙소가 아닌가 싶다.

13 집(集): 시장.

14 홍(洪): 물살이 가파르고 급하게 흐르는 곳.

다. 서쪽 둑에는 관우(關羽), 울지공(蔚遲公)[15]과 조앙(趙昻)[16]의 사당이
있었다.

방촌역(房村驛)을 지나 여량대홍(呂梁大洪)에 이르렀다. 홍(洪)은 여
량산(呂梁山) 사이에 있었으며, 홍의 양쪽 가의 강 바닥에 어지럽게 흩
어진 암석이 날카롭게 튀어나와 있었다. 어떤 암석은 높이 솟이 있었고,
낮은 암석은 낮게 한덩어리가 되어 깔려 있었다. 강물이 구불구불 꺾여
흐르다가 탁 트인 언덕에 이르면 갑자기 걷잡을 수 없이 세지면서 노기
가 충천하여 흐르는데, 강물의 소리는 마치 만뢰(萬雷)가 우르릉거리는
듯했다. 지나가는 사람들의 가슴이 쿵쾅거리며 넋을 잃을 정도였다. 가
끔 배가 뒤집힐까봐 걱정을 했다고 한다. 동쪽 언덕에 세워진 돌 제방은
들쭉날쭉한 돌로 만들어 물살을 억누르기는 했으나 작은 배라 하더라
도 대로 꼰 줄을 사용하고 소 열 마리의 힘을 쓴 후에야 배를 끌어 올릴
수 있을 정도였다.

청산용신사(靑山龍神祠)[17] 앞에서 홍(洪)의 물을 거슬러 올라가 밤에
형승루(形勝樓)를 지나서 밤에 공부분사(工部分司), 왕가교(王家橋), 이
가교(李家橋), 노담묘(老聃廟)[18]를 지나 수수묘(水首廟)에 도착했다. 홍의

---

15 울지공(585~658): 당나라 명장으로 중국에서는 문짝에 그의 신상(神像)을 붙여 귀
  신을 몰아내고 액막이를 하여 집안을 보위한다는 민간의 수문신(守門神)이 되었다는
  전설이 있다.
16 동한(東漢)의 무장으로 마초와 싸운 인물로 유명하다.
17 국역자 서인범 등은 청산과 용신사로 구분했으나, 기타 역자들은 청산용신사라고 표
  기했다.
18 노자(老子: 기원전 571~471): 고대 중국의 사상가로 자(字)는 담(聃) 또는 백양(伯陽).

물살이 가장 빠른 곳은 8~9리쯤 되었다. 진훤(陳萱)이 최부에게 말했다. "저곳이 여량홍이오. 대우(大禹)[19]가 바닥을 파고 물길을 통하게 한 후에 진숙보(秦叔寶)[20]라는 사람이 이 홍의 수리를 관리하였지요."

최부가 말했다. "우공에 '양(梁)과 기(岐)[21]를 다스렸다'는 구절이 있고, 주석에는 '양(梁)은 여량산(呂梁山)이다'고 나와 있소. 역도원(酈道元)[22]은 '여량의 바위가 높이 솟아 있다. 강물은 사나워 천지를 진동시킨다'고 하는데, 이 홍(洪)이 다름아닌 그것 같소." 그러자 훤이 말했다. "정말 그럴 듯 하오만, 우공에는 '여량은 기주(冀州)에 있다'고 되어 있죠. 그런데 이 홍은 지금 서주(徐州)에 관할되어 있으니 영문을 모를 일이오."

3월 3일, 최부 일행은 서주(徐州)를 통과했다.

비가 오고 바람이 거셌다.

새벽에 일행은 구녀총(九女塚)과 자방산(子方山)[23]을 지나 운룡산(雲龍山)에 도착했다. 산의 정상에 매우 화려한 석불사(石佛寺)가 있었다.

---

19 고대 중국의 하나라의 우임금.

20 진경(秦瓊: 수나라 말, 당나라 초기의 명장)으로 숙보는 그의 자.

21 한문본의 치량급기(治梁及岐). 양은 양산(梁山), 기는 기산(岐山).

22 역도원 (酈道元: 약 470~527): 북위(北魏)의 지리학자.

23 국역자 박원호의 자방산(子房山)은 오기가 아닌가 싶다.

산 서쪽으로 희마대(戱馬臺), 발검천(拔劍泉), 황충집(蝗蟲集)[24], 부창(夫廠)[25], 광운창(廣運倉), 국저문(國儲門)과 화성묘(火星廟)를 통과하여 팽성역(彭城驛)에 도착했다. 역전에 등용문(登庸門)과 진사주헌(進士朱軒), 그리고 북서쪽으로 2~3리쯤에 서주부성(徐州府城)이 있었다. 서주는 옛 대팽씨국(大彭氏國)[26]이었다. 항우(項羽)[27]가 서초(西楚)의 패왕(覇王)[28]이라고 자칭하며 수도를 정했던 곳이다. 서주의 동쪽에 성을 보호하는 제방이 있고 황루(黃樓)의 옛 터가 있는데, 황루는 소식(蘇軾)이 서주를 다스릴 때 지은 것이다. 소철(蘇轍)의 황루부(黃樓賦)[29]는 오늘날까지도 칭송을 받고 있다.

역을 출발하여 두 강이 교류하는 지점에 있는 부창을 지나 백보홍(百步洪)을 지나니 사(泗), 수(洙), 제(濟), 문(汶), 패(沛)의 강이 합류하고 동북에서 변(汴)과 수(睢)의 강이 합류했다. 서북에서 서주성 북쪽에 이르렀다. 사수(泗水)는 맑고 변수(汴水)는 탁했는데, 한 곳에 모여 남쪽으로 흘러 이 홍으로 들어왔다. 홍의 물이 급하게 흐르는 곳은 여량의 홍에는 미치지 못했지만 험준하기가 이를 데 없었다. 돌이 어지럽게 큰 무더기

---

24 집(集)은 시장.

25 인부의 숙사.

26 팽국(彭國): 대팽국이라고도 하며, 팽 씨족의 수장이 하(夏)나라 동쪽, 즉 서주에 건립한 국가로 약 800년 존속하다가 상(商)나라 때 멸망하였다 한다. 팽성(彭城)은 현재 강소성 서주시 동산현(銅山縣)이다.

27 진나라 말기의 무장으로 현재의 산서(山西), 하남(河南), 호북(湖北), 호남(湖南) 등의 광대한 지역을 다스렸다. 수도는 팽성에 두었다.

28 제후를 거느려 천하를 다스리던 왕.

29 소식(蘇軾, 동파)의 아우인 소철이 형의 업적을 기리기 위해 이 부를 지었다고 한다.

로 깔려 있는 모습이 마치 호랑이의 머리 같기도 하고 사슴뿔 같기도 하였다. 사람들은 이를 번선석(飜船石)[30]이라 일컬었다. 세찬 물살이 장애물을 만나면 꺾여 돌아 흐르다가 돌연 세차게 출렁이며 요동을 치는데, 우르르 진동 소리가 마치 우레와도 같았으며, 진눈깨비나 싸락눈과 같은 물거품을 뿜어냈다. 물이 돌연 솟구치다가 곤두박질을 치는 바람에 배를 움직이기가 몹시 어려웠다.

공부분사(工部分司)의 청풍당(淸風堂) 앞에서 인부 백 여명을 동원하여 양쪽 언덕의 좁은 길을 따라 대나무 줄로 배를 묶어 당기면서 언덕 위로 끌었다. 최부, 부영 등은 언덕으로 올라가 좁은 길을 따라 걸었다. 최부는 깔아놓은 돌이 단단하고 손질이 잘 되어 있는 것을 보고 부영에게 말했다. "이 길을 닦은 사람들은 후세에 공적이 남겠소."

부영이 말했다. "옛날에는 이 길이 낮고 좁아서 강물이 조금만 불어나면 길이라곤 찾을 수 없었지요. 물이 빠지면 흙이 파이고 돌이 튀어나와 걷기가 힘들었답니다. 근년에 곽승(郭昇)과 윤정용(尹庭用)이 서로 그 길을 보수하여 겹겹이 석판을 깔고 쇠못을 단단히 박고는 석회를 발랐기 때문에 이처럼 튼튼하고 견고하게 된 것이지요."

밤에 변수(汴水)와 사수(泗水)가 교차하는 지점에 도착, 그곳에서 머물렀다.

---

30 배를 뒤집는 돌.

3월 4일

날씨가 맑았다.

일행은 배를 저어 체운소에 이르렀다. 체운소 앞에는 기봉문(起鳳門)과 목욕당(沐浴堂)이 있었다. 배로 다리를 만들어 강을 가로질렀는데, 이 다리를 대부교(大浮橋)라고 불렀다. 다리 위 아래로 돛대를 동여맨 것처럼 보였다. 다리 가운데에 있는 배 둘을 빼서 왕래하는 배를 통과시키고, 배가 지나간 다음에는 뺀 배들을 다시 제자리에 갖다 놓았다. 최부의 배는 이 부교와 탑응부창(塔應夫廠)을 지나 소현(蕭縣)의 수차창(水次倉)[31] 앞 강가에 도착하여 거기서 묵었다.

3월 5일, 최부 일행은 유성진(劉城鎭)[32]을 지났다.

날씨가 맑았다.

새벽에 배를 띄워 구리산(九里山)을 지나 동산(洞山)에 이르렀다. 산

---

31 명나라 때 곡식을 저장하고 전운(轉運)하던 중요기지.

32 한문본의 "유성(劉城)"을 중국 거전자, 영역자 메스킬은 "劉城"이라 하였으나, 국역자 박원호 · 서인범 등은 "留城"으로 고쳐 풀이했다. 현 중국의 자료에, "留城故址約在沛城東南五十里, 徐州市西北七十里左右, 今之沛縣五段與銅山縣馬坡交界一帶, 東臨微山"이라고 기재된 것을 보면, 최부가 표기를 잘못한 것이었는지 아니면 최부의 표류 당시에는 그렇게 불렸는지는 확인할 수 없다.

에는 시왕전(十王殿)이 있었다. 진량홍포(秦梁洪鋪), 다성점(茶城店)[33]과 양산사(梁山寺)를 지나 경산시진(境山市鎭)[34]에 도착했다. 경산에는 위아래로 절들이 있는데, 둘 다 매우 컸다.

다시 집전(集殿), 백묘아포(白廟兒鋪)[35], 협구천(夾溝淺)을 지나 협구역(夾溝驛)에 도착했다. 이름을 잊은 역승이 진훤의 말을 무시하고 일행에게 음식을 아낌없이 주었다. 역승은 두옥에게도 쌀 한 말을 선사했다. 진훤은 쌀을 뺏으려고 두옥과 다투더니 두옥이 진훤의 이마를 때렸다.

역을 떠나 황가갑(黃家閘)에 이르렀는데 갑 위에는 미산만익비(眉山萬翼碑)[36]가 있었다. 최부는 정보를 시켜 그 비를 볼 수 있도록 양왕에게 요청했으나, 양왕은 선뜻 응하지 않았다. 최부가 조른 후에야 겨우 허락을 했다.

비석의 문장은 다음과 같다. "우리나라의 태조 고황제(高皇帝)[37]가 회

33 여인숙 이름이 아닌가 싶다.
34 한문본에 "至市境山市鎭山有上下寺"로 기재되어 있는데, 이를 두고 국역자들은 "경산의 시진(市鎭)에 이르렀다. 경산에는~"라고 해석했고, 영역자 메스킬은 "경산과 시진산"이라고 풀이했다.
35 "兒"는 중국 북방 지역의 특징적인 "얼(er)"화 현상. 3월 2일 주 9 참조.
36 미산에 있는 비로, 북경대 거전자 교수에 의하면 비문은 중국 운하사(運河史) 연구에 귀중한 문헌으로, 그 비문으로 인하여 비로소 운하의 소통 및 수리(修理)의 역사를 알 수 있었다고 한다. 이 내용은 중국의 어떠한 문헌뿐만 아니라 운하사(運河史) 연구가들의 인용에도 없는 내용이라고 그 중요성을 강조하고 있다. 근래『표해록』여정을 답사한『표해록』연구가 박태근(朴泰根) 교수는 그의 답사기에서 이 만익비는 수몰(水沒)로 이미 사라졌다고 밝혔다.

하(淮河) 유역에서 등극하여 천하를 통일했다. 황제는 남경(南京)에 도읍하여 천하를 다스렸다. 우리 태종 문황제(文皇帝)[38]는 대업[39]을 계승하고 북경에 천도하였다. 그러자 방악(方嶽)의 제진(諸鎭)[40]과 사방의 이민족들이 사신 교환을 하고 공물과 납세로 황도(皇都) 인근에 모였다. 전(滇)[41], 촉(蜀)[42], 형초(荊楚)[43], 구(甌)[44], 월(越)[45], 민(閩)[46], 제(淛)[47] 등지는 양자강을 경유, 동해 연안을 따라 북으로 천진(天津)에 이른 다음 노하(潞河)[48]를 건너 경사(京師)[49]에 도착했다.

광활한 강과 바다의 규모와 험한 풍파 때문에 물자를 경사에 운반하는데 어려움을 겪었다. 따라서 태종 문황제는 남동 바다의 운송이 험난

---

37 명나라 초대 황제, 주원장(朱元璋: 재위기간 1368~1398); 묘호(廟號)는 태조, 시호(諡號)는 고황제(高皇帝), 연호(年號)는 홍무(洪武).

38 명나라 세번째 황제(朱棣: 재위기간 1402~1424). 태종은 묘호이며 후에 성조(成祖)로 개칭. 연호는 영락(永樂). 후세에 영락대제로 칭함.

39 태조의 업적.

40 방악은 동쪽의 태산(泰山), 서의 화산(華山), 남의 형산(衡山)과 북쪽의 항산(恒山)이며, 제진은 여러 번진(藩鎭)을 의미. 방악제진은 즉 전국 각지.

41 지금의 운남성(雲南省).

42 사천성.

43 호북성과 호남성.

44 현재의 절강 온주(溫州) 지역.

45 지금의 제기(諸暨), 동양(東陽), 의오(義烏), 소흥(紹興) 주변 지역.

46 복건성.

47 절강 지역.

48 통현(通縣)에 있는 강으로 경항대운하(京杭大運河: 전 길이가 1,794km로서 항주에서 북경까지의 운하)를 통해 북경에 들어갈 때는 천진을 거쳐 이 하천을 지난다. 백하(白河)라고도 불린다.

49 수도, 즉 북경.

함을 의식하여 서주(徐州), 양주(楊州), 회안(淮安), 제남(濟南) 등지로 고 굉대신(股肱大臣)[50]을 보내 땅을 살피고 강들을 다스리도록 하였다. 동쪽은 과주(瓜州)에서, 서쪽은 의진(儀眞)에 이르기까지 모두 둑을 만들어 물을 막고, 물이 양자강으로 새어 나가지 않도록 하였다. 기존의 운하[51]를 이용하는 한편 수로를 건설, 강으로 물길을 돌렸다. 강물은 양주에서 모여 회안으로 흐르고, 회안에서 서주, 서주에서 제남에 이르렀다.

제남의 남쪽에서 강은 남으로 흘러 황하와 합류하고 회수에 모여들어 바다로 들어갔다. 제남 북쪽에서 강물은 북쪽으로 흐르다가 위하(衛河)와 합류하고 백하(白河)에 모여들어 바다로 역시 들어갔다. 황제는 남북의 땅의 높낮이가 고르지 않기 때문에 물이 고이지 않고 빠져 나가는 점은 장기적인 계획이 되지 못한다 하여 해당 관리들에게 명하여 수문을 설치하도록 하였는데, 물을 가두고 배를 통과시키기 위하여 수문을 5~7리마다, 혹은 수십 리에 두었다. 오늘날까지 그 수원은 마른 적이 없다.

그때부터 방악(方嶽), 번진(蕃鎭)과 사이(四夷)[52]의 사신들이 황제를 알현하려고 조정에 회동[53], 군수품과 민간의 공물과 세금의 수송, 상인

---

50 가장 신임하는 대신.
51 한문본에 "근세구규(近世舊規)"라는 표현이 있는데, 국역자 최기홍과 영역자 메스킬은 "기존의 운하", 서인범 등은 "근세의 옛 규약", 박원호는 "근세의 구규(舊規)"라 해석하고 구규를, "원나라 때 황하의 수리사업, 후에 구양현(歐陽玄)이 치수공정의 방략(方略)을 전했다고 그의 주에서 밝혔다. 한편 북한 김찬순은 "근래의 예"라고 번역했다.
52 동이, 남만, 북적과 서융으로 한족 이외의 사방의 소수민족의 통칭.
53 한문본의 조빙(朝聘)은 제후 자신이나 그 사신이 황제를 친히 알현하는 의식.

의 무역이 이 길을 통해 이루어졌다. 비로소 수상 운송의 혜택이 전국으로 고루 퍼져 만민을 이롭게 하였으며, 양자강과 바다의 바람과 파도의 위험이 없게 되었다.

이처럼 우리 태종이 이룩한 일은 실로 우(禹)임금[54]의 공적을 이어받았다. 이는 하늘의 부족함을 보완했으며, 만세의 태평성대를 위한 장엄한 첫 수순이었다. 더욱이 서주(徐州)는 옛 팽성(彭城)으로 동방의 큰 군(郡)이었으며 회수(淮水)와 제수(濟水)에 둘러싸여 남쪽과 북쪽 수도[55]를 연결하는 중요한 지점이기 때문에 더욱 그러했다. 서주의 북쪽과 황가촌(黃家村) 동쪽에는 남으로 흘러 수문으로 들어가는 산골짜기의 시내가 있었다. 그 시내의 수세(水勢)는 격렬하고 소용돌이가 많았다. 떠내려오는 모래가 쌓여 수심이 얕아졌기 때문에 그곳을 지나는 배는 항상 지장을 받아 사람들은 극심한 고통을 겪었다.

천순(天順)[56] 무인(戊寅)[57]년 봄에, 해당 관리가 조정에 상소를 올리니 우리 영종(英宗) 예(睿)황제[58]는 위업을 이어받아 선대의 업적을 크게 진척시켰다. 황제는 관리를 불러 수문을 설치하여 배가 지나가도록 했으며, 또한 관직을 두어 이를 관리하도록 했다. 그 이후부터 배가 왕래했

---

54 고대 중국 하(夏)나라의 왕으로 치수(治水)에 공적이 있다 한다.
55 남경과 북경.
56 명나라 영종 때의 연호. 1457~1464년.
57 60간지(干支)의 15번째, 즉 1458년.
58 명나라 6대 황제로 주기진(朱祁鎮: 재위기간 1435~1449; 1457~1464). 묘호는 영종, 시호는 예황제, 연호는 정통(正統)과 천순(天順).

으며 더 이상 과거와 같은 환난이 없게 되었다."

　수문 관리가 수문을 열고 인부를 시켜 최부의 배를 위로 끌어올려 지나갈 수 있도록 하였다. 의정(義井), 황가포(黃家鋪), 후촌포(候村鋪), 이가중포(李家中鋪), 신흥갑(新興閘), 신흥사(新興寺), 유성진(劉城鎭)[59]을 지나 밤 3경[60]에 일행은 사구갑(謝溝閘)에 도착했다.

3월 6일, 최부 일행은 패현(沛縣)을 지났다.

날씨가 맑았다.

　새벽에 일행은 고두하갑(沽頭下閘), 고두중갑(沽頭中閘), 사학(社學)[61], 고두상갑(沽頭上閘), 조양호(刁陽湖)[62], 금구아천(金溝兒淺)[63]을 지났다. 금구아천은 상 · 중 · 하의 세 곳이 있었다.

---

59 3월 5일자 주 32 참조.

60 밤 11시에서 새벽 1시 사이.

61 각 부, 주, 현에 사학을 세워, 15세 이하 아동에게 효경, 소학, 대학, 논어 및 맹자는 물론 율령(律令), 관혼상제의 예절을 가르쳤다고 한다.

62 한문본에 기재된 도양호를 국역자 서인범 등은 패현에 위치한 소양호(昭陽湖)라고 주장했다. 한편 국역자 박원호는 조양호(刁陽湖), 중국의 거전자는 한문본대로 도양호로 표기했는데, 중국의 사료(史料)에 보면 홍(洪)의 수세(水勢)를 고르게 하기 위해 조양호를 만들었다(以平水勢築沛縣刁陽湖)는 기록을 보면 박원호의 표기가 맞다. 따라서 한문본의 도(刀)는 조(刁)로 읽어야 한다.

63 "아(兒)"는 북방의 "얼"화음.

일행은 패현(沛縣)에 도착했다. 패현은 옛 한고조(漢高祖)[64]의 고향이다. 현의 동북쪽에는 포하(泡河)가 있었다. 강 너머에는 돈대(墩臺)가 있으며 돈대 앞에 정문(旌門)을 세웠는데, 가풍대(歌風臺)[65]라는 이름이 그 위에 쓰여 있었다. 그곳은 고조(高祖)가 대풍(大風)을 노래하던 곳이었다. 현의 동남쪽에는 사정역(泗亭驛)이 있는데 고조가 젊을 때 사상정(泗上亭)의 정장(亭長)을 했던 곳이다. 강의 서쪽 언덕에 있는 이교(圯橋)는 장량(張良)[66]이 신발을 주웠다는 곳이다.

강 어구에는 비운갑(飛雲閘)이 있었다. 일행은 강을 거슬러 수문을 통

---

64 유방.

65 한고조, 즉 유방이 금의환향을 기념하기 위하여 지었으며, 서주시 패현 현성 중심에 있는 한성공원(漢城公園) 내에 위치.

66 장량(기원전 약 250~기원전 186)은 한나라 유방의 책략가이자 대신. 그가 진시황을 암살하려다 실패한 후 도망자 신세로 유랑을 했다. 어느 날 이교에서 거닐고 있을 때, 한 노인을 만나게 되었다. 그 노인이 장량을 만나자 그의 신발을 고의로 다리 밑으로 내던지며, 가서 가져오라고 호통을 쳤다. 장량은 순간 당황하고 불쾌했으나 이를 참고 순순히 그 신발을 주워 노인에게 가져다 주자, 그 노인은 한술을 더 떠 발을 올리며 신발을 신기라고 하였다. 장량은 화를 꾹 참고 이번에도 묵묵히 신발을 신겨 주자, 그 노인은 가타부타 말도 없이 가버렸다. 얼만큼 가다가 노인이 되돌아오더니 5일 후 새벽에 이 다리에서 다시 만나자고 말하면서 사라졌다. 장량은 5일 후 새벽에 다리에 갔는데, 그 노인은 다리에서 기다리며 노인을 기다리게 했다고 꾸짖으며 다시 5일 후에 오라고 했는데, 이날도 노인은 벌써 도착해서 기다리고 있었다. 다시 5일 후에 만나자고 장량을 꾸짖었다. 장량은 이 번에는 노인보다 먼저 도착하리라고 마음을 먹은 후 자정 무렵에 다리에 가서 노인을 기다렸다. 노인은 장량의 인내력과 겸손에 감명을 받아, 책 한 권을 주며 이 책을 다 읽으면 군주의 책략가가 되어 나라에 평화와 번영을 가져다 줄 것이라며 당부한 후 13년 후에 다시 나를 만나면 곡성산(穀城山) 기슭에 있는 누런 바위를 보게 될 것이라고 말했다는 고사. 책의 이름은 『태공병법(太公兵法)』이며, 노인은 황석공(黃石公).

과하며 대(臺)를 보고 다리를 찾아보다가 역 앞에 도착했다. 사정역(泗亭驛)은 강으로부터 30걸음 떨어져 있었다.

부영(傅榮)이 최부에게 말했다. "귀하는 우리 대국의 제도를 보았는데, 어떻다고 생각하시오? 강남에서 북쪽의 수도에 이르기까지 전에는 수로가 없었소. 지정(至正)[67] 연간에 처음으로 수로에 대한 계획이 세워졌죠. 태종대에 이르러 평강후(平江侯)[68]를 두고 수로를 다스렸소. 그는 청하(淸河)[69]를 소통시키고, 제수(濟水)와 패수(沛水)를 준설하고 회음(淮陰)을 파 양자강으로 통하게 하였소. 만리나 되는 전 지역을 관통하여 물줄기가 마치 맥락처럼 얽혀 있소. 배는 그 때문에 안전하게 운행할 수가 있으니, 백성은 혜택을 누리게 되었고 앞으로도 대대로 누리게 될 것입니다."

최부가 말했다. "이러한 강의 수로가 없었다면 길고 험한 길에 절룩거리며 걷는 등 온갖 불행한 일을 겪었을 것이오. 지금 우리가 멀고 험

---

67 중국 원나라 순제 때의 연호로 1341~1367.

68 중국 자료에 의하면, 진선(陳瑄)은 명나라 정치가로 경항대운하를 수축, 관리하였으며 후에 평강후(平江侯)에 봉해졌다고 한다.

69 한문본에 "소청원(疏淸源)"이라고 나와 있는데, "淸源"에 대해서 국역자 최기홍, 서인범 등은 "맑은 수원", 박원호는 "청원", 영역자 메스킬은 "청"과 "원"으로 각각 해석하였으나, 현지『표해록』연구가인 왕진룡은 "청강(淸江)"이 확실하다고 밝혔다. 한편 중국의 문헌에, "淸江浦是"中国运河之都"江苏省淮安市主城区清河, 清浦两区的古称.清江浦于1415年开埠, 在明清时期是京杭大运河沿线享有盛誉的, 繁荣的交通枢纽, 漕粮储地和商业城市, 至今已有六百年的历史"라는 기록을 보면 청하(淸河)가 아닐까 싶다.

한 길을 배 안에서 내내 편하게 누워가면서 넘어지는 걱정을 모르고 있
소. 우리가 받은 혜택은 실로 엄청나오." 이날 일행은 역에서 출발하여
수모신묘(水母神廟)[70]를 지나 밤새 계속 갔다.

3월 7일

날씨가 흐리다 비가 오다 하였다.

　새벽에 일행은 묘도구(廟道口), 호릉성갑(湖陵城閘)을 지나 연주부(兗
州府) 지방에 도착했다. 연주는 옛날 노국(魯國)이었다. 사하역(沙河驛)
을 지나 잠시 쉰 다음, 맹양박갑(孟陽泊閘)을 지나 팔리만갑(八里灣閘)에
이르렀다. 갑의 서쪽은 바로 어대현(魚臺縣) 땅이었다. 현 앞에는 관어
대(觀魚臺)가 있는데 이곳은 노나라[71] 은공(隱公)[72]이 물고기를 구경하던
곳이었다. 현의 이름도 그것에서 비롯된 것이다. 상천포(上淺鋪), 하천
포(下淺鋪)와 하서집장(河西集場)[73]을 지나 곡정갑(穀亭閘)에 이르렀다.

　강 언덕에 올라 바라보니 동북쪽으로 멀리 아득하게 높지 않은 산들
이 보였다. 부영은 그 산들을 가리키며 말했다. "저 산이 이구산(尼丘山)
으로 공자가 태어난 곳이오. 산 아래에 공자 마을과 수(洙), 사(泗), 기

70　물의 신.
71　산동성 곡부 일대에 세웠던 나라.
72　노나라의 제14대 군주.
73　시장거리 등으로 해석할 수 있다.

(沂) 등의 강이 있소." 또한 북동쪽에 높은 산 같은 것들이 마치 구름처럼 수백 리에 걸쳐 뻗어 있었다. 부영이 그 산을 가리키며 말했다. "저것이 태산(泰山)으로 옛날에는 대종산(岱宗山)이었소. 우순(虞舜)[74]과 주나라 천자[75]가 동쪽으로 순행하였던 곳이오. 우리가 육로로 곡부현(曲阜縣)과 연주를 지나는 길을 따라 간다면 이구산을 통과하고 수와 사의 강을 건너 공자 마을을 보고, 또한 가까이서 태산을 볼 수 있을 것이오." 일행은 옥황묘(玉皇廟)를 지나 남양갑(南陽閘)에 이르러 머물렀다.

3월 8일, 최부 일행은 노교역(魯橋驛)을 지났다.

날씨가 흐렸다.

남양갑을 출발하여 조림갑(棗林閘)을 지나 노교역에 도착했다. 역 앞에는 노교갑(魯橋閘)이 있었다. 동쪽으로 제(齊)[76], 노(魯)나라 땅에 이르고, 서쪽에는 거야(鉅野)[77]와 연결되며 남쪽으로 회수(淮水)[78]와 초(楚)로

---

74 우(虞)나라 순(舜)임금.
75 중국의 거전자는 서주(西周)왕조의 창립자로 이름은 희단(姬旦)이라고 해석했다. 그러나 중국의 자료를 검색하면 서주의 개국 군주는 주무왕(周武王)으로 이름은 희발(姬發)이며, 희단은 서주 초기의 걸출한 정치가이자 사상가인 주공(周公)으로 나와 있고, 주천자(周天子)는 주무왕처럼 주나라 군주를 별칭으로 일컫는다고 나와 있다.
76 산동성 일대에 있었던 나라.
77 거야현(縣).
78 국역자 최기홍, 영역자 메스킬, 중국의 거전자는 회수, 즉 지금의 회하(淮河)로, 다른 번역자는 지역으로 번역했다.

통하고, 북으로는 수도로 가는 네거리가 있었다. 수문(閘)의 서쪽에 흑연지(黑硯池)가 있는데 그 못의 물이 검었다. 성이 유(劉)라는 태감이 봉왕(封王)[79] 차 수도로 가는 중이었다. 수많은 깃발, 갑옷과 투구, 종, 북과 악기가 강을 진동시켰다. 수문에 이르러서는 그는 뱃사람들에게 탄환을 함부로 쏘아대고 있었다. 그가 얼마나 악랄한지 알 수 있었다. 진훤이 말했다. "배 안에서 저렇게 못되게 행동하는 자가 바로 내관(內官)이오."

부영이 최부에게 물었다. "귀국에도 이러한 태감이 있소?" 최부가 답했다. "우리나라의 내관은 궁중에서 물주기나 청소 그리고 왕명을 전달하는 일만 하고 있소. 관의 일은 맡기지 않고 있소." 부영이 말했다. "태상황제(太上皇帝)[80]가 환관을 신임하여 직책을 주었소. 그러한 이유로 궁형(宮刑)[81]을 받은 자들이 저 사람처럼 근시(近侍)[82]가 되어 막강한 권력을 가지고 있소. 문무관들 모두 그들에게 아부를 하고 있소."

진훤이 물었다. "세 가지 법도, 즉 의술, 도교, 불교 중 어느 것을 당신 나라에서는 중요시하오?" 최부가 답변했다. "우리나라는 유술(儒術)[83]을 존중하고 의술은 그 다음이오. 불교는 있지만 좋아하지는 않소. 도교는 없소." 진훤이 말했다. "성화(成化) 황제[84]가 도교와 불교를 가장

---

79 황제가 신하에게 영지를 내려주고 영주로 삼음.
80 퇴위한 황제로서 생존한 황제를 높여 이르는 말.
81 죄인을 거세하는 형벌.
82 황제의 측근.
83 유교의 도(道), 유학.
84 명나라 헌종(1465~1487).

존중했지만, 지금 새 황제는 그것을 일체 금하고 있소." 최부가 물었다. "귀국은 지금 대명(大明)시대인데, 다들 왜 대당(大唐)이라고 부르고 있소?" 부영이 말했다. "그렇게 부르는 것은 단지 대당 때부터 습관이 되어서 그렇소." 최부가 다시 물었다. "내가 여기에 도착한 이후 귀국 사람들은 모두 우리를 가리키며, '따따더 우예지(大大的烏也機)'[85]라고 말했는데, 그게 무슨 말이오?" 부영이 말했다. "그건 일본 사람들이 우리의 대인을 부르는 말이오. 이곳 사람들이 당신들이 일본에서 오지 않았나 생각한 거요. 그래서 그런 말을 쓰는 것이오."

노교갑(魯橋閘)을 출발하여 통리왕묘(通利王廟), 노진교(魯津橋)를 지나 오루교(五樓橋)에 이르렀다. 노나라 동부의 여러 강들이 여기에 모여들었다. 사가장하상포(師家莊下上鋪), 중가포(仲家鋪)와 중가천갑(仲家淺閘)을 지나 신갑(新閘)에 도착했다. 부영이 최부에게 말했다. "이 수문은 도수감승(都水監丞)[86] 야선불화(也先不華)[87]가 만든 것이라오. 회통하(會通河)가 이곳에 이르면 모래와 진흙이 밀려와 쌓였고, 물줄기가 사방으로 흩어져 흘러 배를 띄울 수가 없었으므로 양 끝에 수문이 설치되었죠. 그럼에도 신점(新店)에서 사씨장(師氏莊)[88]까지 오히려 물이 얕은 곳이

---

85 일본어인 おやじ(아버지 혹은 손윗사람)의 중국어 병음은 wuyeji로 남을 높이는 말인 대인(大人) 정도의 의미. 당시는 중국 동쪽 해안 지방에 왜구의 침요(侵擾)가 극심했으므로 왜구로부터 습득한 것이 아닌가 싶다.

86 도수감은 하천, 제방, 나루터 및 교량의 업무를 맡아보던 관청으로 명대의 공부(工部). 승(丞)은 부(副), 보좌하는 직책.

87 중국의 거전자와 국내의 박원호, 서인범 등의 번역자는 이 인물은 "也先不花"라고 밝혔다. 야선불화는 원나라 인물로 황하(黃河) 등 치수(治水)에 힘썼다고 한다.

88 장(莊)은 촌락, 마을 혹은 영주의 저택.

있어 어려운 곳이 많았소. 조운 선박이 이곳을 지날 때마다 위아래 모든 사람들이 힘을 다하여 온종일 큰 소리를 쳐도 한 치 앞으로 움직이다가 뒤로 한 발자국 물러나 급기야는 육지에서 수레에 의지하여 운반할 수밖에 없었죠. 이 수문이 새로 설치된 이후부터는 배가 안전하고 순조롭게 이동했답니다."

수문 동쪽에는 하신사(河神祠)가 있고, 서쪽에는 관공서가 있으며, 관공서 남쪽에는 하관대(遐觀臺)가 있는데, 대 위에는 정자를 지어 동쪽으로 추역산(鄒嶧山)과 마주보게 했다. 현판에는 "첨추(瞻鄒)"[89]라고 쓰여 있었다. 일행은 수문을 지나고 밤에 신점갑(新店閘)을 통과하며 계속 갔다.

3월 9일, 최부 일행은 제녕주(濟寧州)[90]에 도착했다.

날씨는 맑았다.

날이 샐 무렵 석복갑(石福閘)[91]을 지났다. 조촌갑(趙村閘)을 거쳐 남성역(南城驛)에 도착하여 잠시 쉬었다. 또 진무묘(眞武廟)를 지나 하신갑

---

89 추역산 관망.

90 중국 자료에 의하면, 명나라 홍무 원년(1368)에 "제녕로(濟寧路)"의 "路"를 "부(府)"로, 홍무 18년(1385)에는 "부"를 다시 "주(州)"로 개칭했다고 한다.

91 국역자 박원호와 서인범 등은 한문본의 석복갑을 "석불갑(石佛閘)"으로 고쳐 표기했다. 중국 자료에는 석불갑이 석불촌(石佛村) 부근에 위치하고 있으며 조촌갑(趙村閘)에서 7리 떨어져 있다고 설명되어 있으나, 『표해록』상 최부 표기의 정밀성에 비추어 보면 당시에 석복갑으로 부르지 않았을까 싶다.

(下新閘)에 도착했다. 수문은 월하(越河)의 어귀 서쪽으로 8백여 척(尺)[92]이 되었다. 월하(越河)는 동쪽으로 천정갑(天井閘)에 매우 가까이 있으며 회통하(會通河)와 북쪽으로 마주보고 있었다. 두 강이 십자 형태로 교차했다. 수문에서 강을 따라 서쪽으로 가다가는 물살 때문에 전복되기도 하고 월하를 따라 거슬러 가다가는 물살에 맞서 배를 끌고 가는 데 애를 먹었다. 수문이 두 곳의 강어귀 밑에 설치되어 밀물 때나 썰물 때 열리고 닫히도록 했다.

수문의 북서쪽 20리쯤에 있는 획린퇴(獲麟堆)[93]는 바로 '서쪽에서 기린(麒麟)[94]을 사냥하여 잡았다'는 곳이었다. 지금은 가상현(嘉祥縣) 땅이다.

일행은 수문을 지나 제녕주성(濟寧州城)에 이르렀다. 북동쪽으로 곡부(曲阜)에서 나오는 사수(泗水)와 조래산(徂徠山)에서 나오는 광하(洸河)[95]가 노성(魯城) 동쪽에서 합류하여 조하(漕河)[96]로 들어갔다가 회수(淮水)를 통해 바다로 들어갔다. 회수를 넘으면 남경(南京)이 된다. 북서쪽으로 거호(鉅湖)가 있는데, 동쪽으로 갈라져 조하로 들어가고 북으로

---

92 약 30.3cm.

93 산동 거야(巨野)에 있는 획린대(獲麟臺)의 별칭.

94 뿔이 있고, 몸은 사슴, 비늘은 용이나 물고기, 소 꼬리와 말의 발굽과 갈기 혹은 다른 모습을 가진 중국 고대 전설 속의 신성한 동물이라고 전해지며, 이 길조를 뜻하는 상상 속의 동물은 현자나 걸출한 인물이 탄생할 때나 사망할 때 나타난다고 한다. 기린아(麒麟兒), 즉 "걸출한 젊은이"라는 의미의 이 말은 여기에서 유래되었다.

95 국역자 박원호는 이를 황하라고 읽었으나, 중국 자료에 옛 강의 이름으로, 광의 병음이 guang인 것을 보면 광하가 맞을 것 같다.

96 수송선이 다니는 수로, 운하.

는 임청(臨淸)에서 갈라져 위하(衛河)로 들어가다가 바다로 통했다. 바다 너머는 북경이었다. 양 수도는 3천여 리에서 서로 마주하고 있었다.

외부에서 흘러 들어오는 모든 강은 제녕 성안에서 갈라졌다. 성 동쪽 경계에 있는 광하(洸河)와 서쪽 경계를 이루고 있는 제하(濟河)는 성을 감싸고 구불구불 흐르다가 성 남쪽 아래에서 합류했다. 두 강 속에 흙으로 된 언덕이 있었다. 그 언덕은 북동에서 시작되어 천여 리에 걸쳐 구불구불 이어졌다. 언덕 위에는 관란정(觀瀾亭)이 있는데, 손번(孫蕃)[97]이 세웠다. 관란정 아래를 지나 통진교(通津橋)에 이르렀다. 그 다리는 성의 남문으로 가는 길이다. 다리 남쪽에는 영원홍제왕묘(靈源弘濟王廟)[98]가 있었다. 일행은 사당 북서쪽에 있는 강 언덕에 이르러 멈추었다.

3월 10일, 최부 일행은 개하역(開河驛)에 도착했다.

날씨는 맑았으나 바람이 세차게 불었다.

새벽에 일행은 제녕성을 떠나서 서쪽으로 분수갑(分水閘)을 지나 남왕호(南旺湖)에 도착했다. 호수는 물이 끝을 알 수 없을 정도로 넓게 펼쳐졌다. 서쪽으로 먼 산이 보일 뿐이었다. 동쪽은 푸른 풀이 우거진 벌

---

97 관란정은 1461년에 위(韋)와 오(吳)라는 흠차대신(欽差大臣)이 세웠다고 기록에 나와 있으나, 최부는 손번이 세웠다고 언급했는데, 확인할 길이 없다.

98 중국의 문헌에 의하면 원나라 1264~1295 연간 강변(河濱)에 영원홍제왕이라는 작호(爵號)를 내렸다는 기록이 있다.

판이었는데, 바로 우공(禹貢)에서, "대야(大野)에 물이 이미 고여 있었다"[99]는 못이었다. 지금은 토사로 메워졌고, 호수에는 돌로 긴 둑을 쌓았는데 명칭을 관언(官堰)[100]이라고 했다.

일행은 제방을 따라 순풍을 타고 북행하여 마장파포(馬長坡鋪), 안민포(安民鋪), 뇌정포(牢正鋪)와 조정포(曹井鋪)를 지나 거야현(鉅野縣) 지방에 이르렀다. 화두만포(火頭灣鋪), 백취아포(白嘴兒鋪), 황사만포(黃沙灣鋪), 소장구포(小長溝鋪)와 대장만집(大長滿集)을 지나 가상현(嘉祥縣) 지방에 도착했다. 다시 대장구포(大長溝鋪), 십자하포(十字河鋪), 사전포(寺前鋪)와 손촌포(孫村鋪)를 거쳐 문상현(汶上縣) 지방에 이르렀다. 일행은 계수포(界水鋪)와 노파갑(老坡閘)을 지나 분수용왕묘(分水龍王廟)[101]에 이르렀다.

큰 강물이 동북쪽에서 흘러와 사당 앞에 도달하여 남북의 지류로 나누어지고 있었다. 남쪽 줄기는 일행이 이미 물길을 따라 지나온 것이며, 북쪽 줄기는 물길을 거슬러 일행이 가야 할 줄기였다. 사당이 두 강이 갈라지는 지점에 있기 때문에 분수(分水)라는 이름을 얻었다. 최부가 북동쪽에서 흘러 들어온 큰 강에 대해 물으니 "제하의 근원"이라고 하는

---

99 『서경』의 한 편으로 중국 고대의 지리를 다룬 「우공」을 인용한 『표해록』한문본에, "대야기저(大野旣瀦)"의 해석을 두고 국역자 최기홍과 박원호는 각각 "대야에 이미 물이 고였다"와 "대야에 물이 고이니"라고 해석했고, 서인범 등은 "대야호(湖)에 둑을 쌓다"로, 한편 영역자 메스킬은 "대야호는 적절한 범위 내로 국한되었다"라고 해석했다.
100 언(堰): 둑, 제방.
101 산동성 제녕시 문상현성(汶上縣城) 서남쪽으로 19km에 있는 남왕진(南旺鎭)에 위치. 고운하(古運河)와 문하(汶河)가 합류하는 지점에 있다.

사람도 있었다. 그러나 사실 여부는 알 수 없었다.

양왕이 그의 무리와 함께 사당에 들어가 분향을 하고 신에게 제사를
지내며 절을 했다. 그들이 최부 일행에게도 절을 하라고 했다. 최부가
말했다. "산천에 제사를 지내는 것은 제후(諸侯)가 할 일이오. 선비나 서
민은 조상에게만 제사[102]를 지낼 뿐이오. 사람이 분수를 넘는다면 온당
치 않으며, 온당치 않는 제사를 지내면 아첨꾼이 되는 것이며, 신들도
납득하지 않소. 따라서 우리나라에서 나는 산천의 신에게 절을 하는 엄
두를 내지 않소. 이런 내가 다른 나라의 제단에 어찌 절을 하겠소?"

진훤이 말했다. "이곳은 영험이 있다는 용왕[103]의 제단이오. 그 이유로
이곳을 지나는 사람들 모두 계속 가기 전에 아주 공손하게 제사를 지내
오. 그러지 않으면 분명 풍파에 시달릴 것이오." 최부가 말했다. "바다를
본 사람이라면 다른 물길이야 아랑곳하지 않소. 나는 수만 리 바다와 거
친 파도를 헤쳐온 사람이오. 이곳 땅에 있는 이런 강물쯤이야 두려울 것
이 못되오." 최부가 말을 끝내기도 전에 진훤이 양왕에게 말했다. "이 사
람은 절을 하지도 않을뿐더러, 우리가 그의 의지를 굽힐 수도 없겠소."

일행은 감성포(闞城鋪)를 지나 개하역(開河驛)에 이르렀다. 시간은 이

---

102 우리나라의 제사: 1) 기제사(忌祭祀): 매년 사람이 죽은 날에 지내는 제사, 2) 차례
(茶禮): 추석, 설날에 지내는 5대조까지의 제사, 3) 성묘(省墓): 추석 전이나 음력 4월
5일 한식에 조상의 묘를 찾아 돌본 후 지내는 제사, 4) 시제(時祭): 제사에서 제외된
5대 이상의 조상을 위한 계절에 따른 제사.

103 바다의 신령스러운 임금으로 날씨를 조작하는 중국의 전설상 동물.

미 밤 3경[104]이었다. 이른바 관언(官堰)은 감성포까지 가서 멈추었다. 관언 안에 수문이 있는데, 8~9리 간격으로 된 것이 있는가 하면 10여 리 간격으로 설치된 것도 있으며 모두 합해서 14개나 되었다. 둑 자체의 길이는 백여 리나 되었다.

3월 11일

날씨는 맑았다.

　최부 일행은 개하진포(開河津鋪), 유가구포(劉家口鋪), 표가구포(表家口鋪)[105], 개거포(開渠鋪), 두산진포(頭山津鋪), 장팔구포(張八口鋪)와 보가구포(步家口鋪)를 지나 동평주(東平州)[106]지방에 이르렀다. 동평은 우공에 이르기를, '동원(東原)이 평정(平定)되었다'[107]는 곳이다. 그곳은 모래와 진흙이 밀려와 쌓인 질퍽질퍽한 낮은 땅이었다. 일행은 근가구포(靳家口鋪), 율가장포(栗家莊鋪), 이가구포(李家口鋪), 유가장포(劉家莊鋪), 왕충구포(王忠口鋪), 풍가장포(馮家莊鋪)와 장장구포(長張口鋪)를 거쳐 안산갑(安山閘)에 도착했다. 일행이 언덕에 올라 사방을 둘러보니 북서쪽

104　밤 11시에서 새벽 1시 사이.
105　한문본에 표가구포(表家口鋪)로 기재되어 있는데, 국역자 최기홍과 중국의 거전자는 "원가구포(袁家口鋪)"로 해석했다. "袁家口"는 중국 자료에 등장하고는 있지만 3월 13일자에 표가만포(表家灣鋪)가 나와 있는 것을 보면 최부의 표기가 맞지 않나 싶다.
106　3월 9일자 주 90 참조.
107　한문본에 "동원저평(東原底平)"이라고 기재되어 있다. 동원은 동평의 옛 이름으로 동평은 "동원저평"에서 이름을 얻었다고 한다.

으로 산들이 연이어 있었다. 최부가 산들에 대해 물었다. 양산(梁山), 토산(土山)과 효당산(孝堂山)[108]이었다. 효당산은 효당(孝堂)이라고 했다. 즉 곽거(郭巨)[109]가 아이를 묻다가 금을 발견했다는 곳이다. 밤에 일행은 안산역에 도착했다.

3월 12일, 최부 일행은 동창부(東昌府)에 도착했다.

날씨는 맑았다.

일행은 보량창포(堡粮倉鋪), 안산보포(安山保鋪), 역가화포(譯家花鋪)[110], 적수호구포(積水湖口鋪), 소가장포(蘇家莊鋪), 형가장포(邢家莊鋪), 사고퇴포(沙孤堆鋪)와 대가묘(戴家廟)를 지나 금선갑체운소(金線閘遞運所)에 도착했다. 체운소 앞에는 경괴문(經魁門)이 있었으며 문 오른쪽에

---

108 양산, 토산 및 효당산: 국역자 일부는 "양산 같기도 하고 토산 같기도 하고 효당산 같기도 하였다"라고 해석했는데, 이는 문맥상 어색하다. 한편 중국의 거전자는 한문본에 나오는 "약(若)"을 "같다"라는 의미가 아니고 "이다"라는 "내(乃)"로 해석했다.

109 청나라 성조(聖朝) 때 내구현지(內邱縣志)의 기록에 의하면, 곽거는 동한(東漢) 때 효자로 노모를 봉양하고 있었는데, 가세가 빈한한 탓에 끼니가 어려웠다. 노모가 음식을 세 살 난 손자에게 나눠 주는 것을 본 곽거는 자식을 묻어 식구 하나라도 줄이려고 마음을 먹었다. 곽거가 산에 올라가 자식을 묻으려고 구덩이를 파자 그곳에서 황금으로 만든 항아리가 나왔다. 그 항아리 위에 "하늘이 곽거에게 주는 것이다. 관이나 민간이 빼앗지 말아야 한다"라는 글씨가 있고, 항아리 안에는 황금이 가득 들어 있었다는 고사.

110 최기홍과 거전자는 담가화포로, 서인범 등은 담가장포(譚家莊鋪)라고 해석했는데, 동양문고가 소장한 한문본에는 역가화포로 또렷이 나와 있다.

있는 집에 새[111]를 기르는 조롱(鳥籠)[112]이 걸려 있는데, 그 안의 새는 비둘기 모습이었다. 새의 부리는 붉고 길었고, 부리의 끝은 약간 노란색에 꼬부라져 있었으며 새의 꼬리 길이는 8~9촌(寸)[113] 가량이었다. 눈은 황색이었고 등은 푸른색, 머리와 가슴은 엷은 먹물 색깔이었다. 사람의 마음을 알아듣는 재주가 있었다. 말은 맑고 부드러웠으며, 음절이 분명했다. 사람이 말하면 그 말을 모두 따라 했다.

최부는 부영과 함께 새를 보며 물었다. "이 새는 말을 할 줄 아오. 앵무새가 아니오?" 부영이 대답했다. "그렇소." 최부가 말했다. "이 새는 농서(隴西)[114]에서 왔고, 나는 해동(海東)[115]사람이오. 농서와 해동은 수만여 리나 떨어져 있소. 오늘 여기서 만나게 된 것이 행운만은 아니오. 타국을 돌아다니는 나나 저 새는 같은 처지며 고향을 생각하는 것도 다를 바 없소. 불안하고 행색이 꾀죄죄한 것도 같소. 이 새를 보니 슬픔이 깊어만 가오."

부영이 말했다. "이 새는 새장 속에서 평생을 보내다가 결국 타향에서 죽고 말 것이오. 그런데 당신은 탈없이 귀국해 임금과 부모에게 직분을 다할 것이오. 어찌 이 새와 동일하다고 이르시오?" 앵무새도 그들의

---

111 앵무새를 지칭. 최부는 조난자의 신분으로 강행군을 하고 있으면서 사물을 보고 이를 정밀하게 묘사하는 그의 관찰력과 기술은 그저 놀랍기만 하다. 앵무새에 대한 그의 묘사는 특히 그러하다. 마치 유명 화가가 세필로 그린 화조화(花鳥畵)를 보는 것 같다.

112 새장.

113 길이의 단위로 약 3cm.

114 감숙(甘肅)성의 정서(定西).

115 발해의 동쪽으로 조선.

말을 알아듣는 것처럼 무엇인가 지껄였다.

일행은 수장현(壽長縣)[116] 지방에 도착했다. 다시 대가묘포(戴家廟鋪), 유가구포(劉家口鋪), 대양포(戴洋鋪), 장가장포(張家莊鋪), 사만포(沙灣鋪)와 감응사(感應祠)를 지나 동하현(東河縣)[117] 지방에 이르렀다. 일행은 사만천포(沙灣淺鋪), 대하신사(大河神祠), 안가구포(安家口鋪), 북부교(北浮橋), 괘검포(掛劍鋪), 통변량(通汴梁), 통제갑(通濟閘), 차하(汊河), 사만순검사(沙灣巡檢司), 양하구(兩河口), 종루각(鍾樓閣), 고루각(鼓樓閣)과 운진문(雲津門)을 거쳐 형문역(荊門驛)에 이르렀다. 역승이 최부와 부영을 황화당(皇華堂)으로 인도하여 차를 대접했다. 일행은 평하수포(平河水鋪), 신첨포(新添鋪), 형문상갑(荊門上閘)과 형문하갑荊門下閘)을 지나 양곡현(陽穀縣) 지방에 이르렀다.

밤에 일행은 만동포(灣東鋪), 장가구포(張家口鋪), 칠급상갑(七級上閘), 칠급하갑(七級下閘), 주가점갑(周家店閘), 아성상갑(阿城上閘), 아성하갑(阿城下閘)과 이해무갑(李海務閘)을 거쳐 숭무역(崇武驛)에 이르렀다. 밤 5경[118]이었다.

---

116 한문본의 수장현(壽長縣) 표기를 국역자 박원호는 수장현(壽張縣)의 오기(誤記)라고 했으나, 『속자치통감장편(續資治通鑑長編)』287권의 주석에, "壽張「張」原作「長」按: 宋無「壽長縣」而鄆州有壽張縣, 見宋史卷八五地理志, 元豊九域志卷一. 此處「長」顯為「張」之誤, 故改"라고 나와 있는 것을 보면 최부가 오기한 것은 아닌 것 같다. 한편 중국의 거전자는 수장현(壽長縣)은 수장현(壽張縣)이라고 주를 달았다.

117 한문본의 동하현(東河縣)을 국역자 박원호는 동아현(東阿縣)의 오기(誤記)라고 했는데, 오기인 지는 확실치 않다. 한편 동아현은 현재 요성시(聊城市)에 속해 있다.

118 새벽 3시에서 5시 사이.

동창부는 옛 제(齊)나라의 요섭(聊攝)[119]이었다. 성은 역에서 북쪽으로 3~4리쯤 떨어져 있는 강 언덕에 있었다. 부치(府治)와 요성현치(聊城縣治), 안찰사(按察司), 포정사(布政司), 남사(南司)[120], 평산위(平山衛), 예비창(預備倉), 선성묘(宣聖廟)와 현학(縣學)이 있었다.

3월 13일, 최부 일행은 청양역(淸陽驛)을 지났다.

날씨는 맑았다.

일행은 통제교갑(通濟橋閘), 동악묘(東岳廟), 진사문(進士門), 동창체운소(東昌遞運所)와 태량창(兌糧廠)을 지났다. 다시 제구포(堤口鋪), 초장갑포(稍長閘鋪), 유행구포(柳行口鋪), 방가장포(房家莊鋪), 백묘포(白廟鋪), 쌍도아포(雙渡兒鋪), 여가만포(呂家灣鋪)와 교제포(校堤鋪)[121]를 지났다. 강의 동쪽은 당읍현(堂邑縣) 지방, 서쪽은 박평현(博平縣) 지방이었다. 일행은 홍가구포(洪家口鋪), 양가구포(梁家口鋪), 양가갑(梁家閘)과 감응신사(感應神祠)를 지났다. 표가만포(表家灣鋪), 마가만포(馬家灣鋪), 노제두포(老堤頭鋪), 중갑구포(中閘口鋪), 토교갑(土橋閘), 신개구포(新開口

---

119 중국의 거전자는 그의 주에서, "요"는 춘추시대 제나라의 요성읍(聊城邑), "섭"은 춘추시대 제나라 땅이라 했다. 중국의 고문헌에 의하면 "聊攝, 齊西界也", 즉 제나라 서쪽 경계지역이라 했다.

120 영역자 메스킬은 "남사"를 포정사의 남소(南所)라 해석했으나, 거전자를 비롯한 국역자들은 단독 관청으로 풀이했다. 남사는 당나라 때 재상이 업무를 보던 관청. 내정(황궁)에 있는 중서성, 문하성, 상서성의 남쪽 관청으로 남아(南衙)라고도 했다.

121 국역자 박원호는 이를 사제포(梭堤鋪)라고 해석했다.

鋪), 함곡동(函谷洞)과 감수갑(減水閘)을 거쳐 청평현(清平縣) 지방에 도착했다. 다시 추가구포(趨家口鋪)[122]를 지나 청양역(清陽驛)에 이르렀다. 주가만포(朱家灣鋪), 정가구포(丁家口鋪), 십리정포(十里井鋪), 이가구포(李家口鋪)와 대가만갑(戴家灣閘)을 지났다. 일행은 달빛을 받으며 날이 샐 때까지 갔다.

3월 14일

날씨는 맑았다.

일행은 임청현(臨清縣)에 있는 관음사(觀音寺) 앞에 도착했다. 절은 두 강이 교차하는 지점의 돌출부에 있었다. 동과 서로 네 개의 수문이 물을 가둬두고 있었다. 현성(縣城)은 강의 동쪽 언덕에서 반 리쯤에 있었다. 현치(縣治)와 임청위(臨清衛) 치소 둘 다 성안에 있었다. 이곳은 양 수도의 요충지로 객상(客商)들이 모여들었다. 성 안팎의 수십 리 사이에 수많은 누대(樓臺)가 있으며, 시장이 번화하고 값진 재물이 풍부하며 배는 떼를 지어 정박하고 있었다. 비록 소주와 항주의 것들과는 견줄 수는 없지만 산동(山東)의 으뜸으로 천하에 이름이 알려진 곳이다. 일행은 청천하(清泉河), 누부관(漏浮關), 약국(藥局)[123], 신개상갑(新開上閘), 위하창(衛

---

122 한문본의 추가구포(趨家口鋪)를 국역자 박원호와 중국의 거전자는 조가구포(趙家口鋪)로, 최기홍, 서인범 등은 한문본의 표기대로 읽었다. 추씨가 중국의 성(姓)인 것을 감안해 보면 최부의 표기가 틀린 것은 아닌 것 같다.

123 진료소.

河廠), 판하갑(板下閘)과 대부교(大浮橋)를 지나 청원역(淸源驛) 앞에 도착, 그곳에서 머물렀다.

3월 15일

아침에 큰 우레와 번개가 치며 비가 쏟아지더니 오후에는 흐렸다.

　요동(遼東)에서 이곳으로 장사하러 온 사람들로 진기(陳玘), 왕찬(王鑽), 장경(張景), 장승(張昇), 왕용(王用), 하옥(何玉)과 유걸(劉傑) 등이 있었다. 그들은 최부 일행이 왔다는 소식을 듣고 청주 세 병, 엿 한 쟁반, 두부 한 쟁반, 떡 한 쟁반을 가지고 와 최부와 그의 종자에게 대접하며 말했다. "요동 지역은 귀국과 이웃하여 한 가족이나 다름이 없습니다. 객지에서 여행 중에 만난 것을 다행으로 생각하고 있습니다. 변변치 않은 것이지만 예로 여기고 받아 주십시오."

　최부가 말했다. "당신네 땅은 고구려의 옛 도읍지고 고구려는 지금 우리 조선 땅이오.[124] 비록 그 땅의 연혁은 시대에 따라 변천이 되었지만, 따지고 보면 같은 나라요. 지금 거의 죽을 고비를 당하고 수만 리를 떠돌다가 겨우 숨만 헐떡이고 있소. 또한 주위에 아는 사람은 하나도 없소. 당신네를 만나고 게다가 따뜻한 환대를 받게 되니 혈육을 만난 것 같소." 진기(陳玘)가 말했다. "저는 정월에 출발하여 이곳에 2월 초하룻

---

124 최부는 고구려가 우리나라 땅임을 분명히 밝히고 있다.

날[125]에 도착했습니다. 4월 초순[126]에 집으로 돌아 갑니다. 다시 만나볼 수 없을 것 같습니다. 만약 저보다 먼저 저의 고장을 거친다면 안정문 (安定門) 안에서 유학을 공부하고 있는 저의 아들, 진영(陳瀛)을 찾으십시오. 부디 저의 안부를 전해 주십시오." 최부는 서로 작별을 하고 떠났다. 일행은 노를 저어 하진창(下津廠) 앞까지 와서 그곳에 정박했다.

3월 16일, 최부 일행은 무성현(武城縣)을 지났다.

날씨는 맑았다.

일행은 위하(衛河)를 따라 북향하여 배가권포(裵家圈鋪)에 이르렀다. 동쪽은 하진현(夏津縣) 지방, 서쪽은 청하현(淸河縣) 지방이었다. 순검사, 손가포(孫家鋪), 신개구포(新開口鋪), 초묘포(草廟鋪), 황가구포(黃家口鋪)와 평하구포(平河口鋪)[127]를 지나 도구역(渡口驛)에 이르렀다. 일행은 상가도포(商家道鋪)를 거쳐 무성현에 도착했다. 강이 성 서쪽을 돌아 흐르고 있고 강 양쪽에 진사문(進士門)이 하나씩 있었다. 또한 기우당 (祈雨堂)이 있었다. 일행은 계속 밤을 세워가며 갑마영역(甲馬營驛)에 도착했다.

---

125 한문본의 초길(初吉)는 음력 초하룻날. 첫날은 길하다고 해서 그렇게 부른 것 같다. 삭일(朔日)이라고도 한다.

126 초순(상순): 한 달 중 1일에서 10일까지, 중순은 11일에서 20일까지며, 하순은 21일에서 말일까지.

127 서인범 등의 평가구포(平家口鋪)는 오기가 아닐까 싶다.

250

3월 17일

날씨는 맑았다.

저녁에 일행은 정가구포(鄭家口鋪), 하구포(河口鋪), 진가구포(陳家口鋪)를 지나 은현(恩縣) 지방에 이르렀다. 백마하구포(白馬河口鋪), 하방천무곡사(下方遷無谷寺)와 하구포(河口鋪)를 거쳐 양가장역(梁家莊驛)에 도착했다. 일행은 방향을 바꿔 종각(鍾閣)을 지났다. 저녁에 고성현(故城縣) 앞에 도착하여 머물렀다.

최부가 부영에게 말했다. "오늘 밤은 달도 밝고 바람도 좋소. 어째서 가지 않소?" 부영이 말했다. "이 강에 떠 있는 시체 세 구를 보았지요?", "보았소." 부영이 말했다. "그들 모두 도적에게 죽임을 당한 거요. 이 지방은 연달아 흉년이 들어 도적질로 내몰린 사람들이 많소. 당신들이 표류되어 짐을 모두 잃어버렸다는 사실은 이들이 알지 못하지요. 오히려 당신들이 외국인이라 귀중품을 가졌을 거라고 믿을 거요. 그들 모두 탐욕스럽소. 앞으로 갈 길에는 인가가 드문데다 도적들이 우글거리고 또 난폭하오. 그래서 떠나지 않는 것이오."

최부가 말했다. "이번 길에 이미 영파부에서 도적을 만났소. 평생 만나지 말아야 할 사람이 도적이오." 부영이 말했다. "대체로 북쪽의 중국인들은 강하고 사납소. 남쪽은 온순하고 공격적이지 않소. 그 영파부 도적은 강남 사람이오. 따라서, 비록 그들이 무법자로 도둑질을 하지만 사람은 죽이지 않소. 그래서 목숨을 구한 것이오. 북쪽 사람들은 도적질을 하면 예외 없이 사람들을 죽인다오. 구덩이에 버리거나 강이나 바다에 띄워버리지요. 우리가 오늘 본 떠다니는 시체에서 그 이유를 찾을 수 있을 것이오."

3월 18일, 최부 일행은 덕주(德州)를 지났다.

날씨는 맑았으나 강한 모래바람이 불었다.

날이 밝아질 무렵에, 일행은 맹가구포(孟家口鋪), 병하구포(兵河口鋪), 마가포(馬家鋪), 사녀수(四女樹)[128], 문영문(文英門), 유피구포(劉皮口鋪), 득의문(得意門)과 대부교(大浮橋)를 지나 안덕역(安德驛)에 도착했다.

---

[128] 한나라 경제(景帝)연간(기원전 189~141)에 지금의 사녀사촌(四女寺村)에 부(傅)의 성을 가진 부부가 네 딸을 두었다. 자색이 출중한데다 총명까지 한 딸들이 효성도 남달랐다. 부씨의 가세가 넉넉하여 이웃에 선행을 베풀자 인근에 칭송이 자자했다. 그러나 부씨 부부는 만년에 봉양할 아들이 없음을 한스럽게 여겼다. 부모의 근심을 알아챈 큰딸이 동생들을 모아 놓고, 자신은 시집을 가지 않고 부모를 모시겠다고 하자, 동생들이 언니만 그렇게 하면 부모가 마음이 편안하시겠느냐며 이구동성으로 반대를 했다. 그러자 큰딸이 한 가지 제안을 했다. 즉, 각자 홰나무 한 그루씩을 정원에 심어 놓고, 나무가 시들면 시집가고, 그렇지 않으면 부모를 모시자는 것이다. 나무는 시들기는커녕 날이 갈수록 무성하게 자라기만 했다. 결국, 딸들 모두 시집을 가지 않고 부모를 지성으로 모셨다는 전설이 『은현지(恩縣志)』에 기재되어 있다. 후세 사람들은 이를 기려 절을 짓고 비를 세웠으며 마을 이름도 사녀수(四女樹), 후에 사녀사(四女寺)로 개명했다고 한다. 지금도 홰나무들이 우뚝 서 있다. 사녀사는 덕주 서남쪽 약 12km에 위치하고 있다.

진훤이 최부에게 물었다. "귀국에서는 사람들이 손님을 대접할 때 차를 내고 있소?" 최부가 대답했다. "차가 아니고 술을 내고 있소." 진훤이 말했다. "우리나라 사람들은 손님에게 차를 준비하지요. 정이 두텁고 먼 곳에서 오는 사람이면 술을 내놓기도 하지요." 최부가 부영에게 물었다. "상국(上國)[129]에서 산(傘)[130], 개(蓋)[131], 관(冠), 대(帶)[132], 대패(帶牌)[133]의 제도는 어떻소?"

부영이 대답했다. "산(傘)과 사모(紗帽)는 차등이 없소. 개(蓋)에 관해서는, 1품과 2품은 겉이 얇은 다갈색의 비단이며, 안감은 생사(生絲)로 짠 붉은색의 천이고, 3단으로 된 꼭대기[134]는 은색이오. 3품과 4품은 동일하나, 꼭대기가 붉은색이오. 5품은 겉이 청색 비단이며, 안감은 생사로 짠 붉은 천이고 2단으로 된 붉은 색의 꼭대기로 되어 있소. 7품, 8품과 9품은 표면이 청색으로 기름을 바른 생사, 안은 붉은 생사 천으로 되어 있으며, 붉은색의 꼭대기는 단층으로 되어 있소.

대(帶)에 대해서는, 1품은 옥, 2품은 코뿔소 뿔, 3품은 꽃 문양이 새겨진 금[135], 4품은 문양이 없는 금[136], 5품은 꽃 문양이 새겨진 은[137], 6품은

---

129 중국을 지칭.

130 우산, 양산.

131 수레 등의 양산.

132 관대.

133 신분 표지.

134 『표해록』 한문본에, "부도(浮屠)"라고 기재되어 있다. 부도는 부처의 사리를 안치한 둥근 탑을 일컫는다.

135 화금(花金) 혹은 삽화금.

문양이 없는 은[138]이며 7품, 8품과 9품은 뿔로 되어 있소. 패(牌)는, 문관은 1품에서 9품까지 모두 석패(錫牌)를 가지고 있소. 한쪽 면에는 해서(楷書)[139]로 근무처가 쓰여 있고, 다른 면에는 전서체(篆書體)[140]로 '항상 휴대할 것'이라는 네 글자[141]가 쓰여 있는데, 관노[142]가 그것을 등에 지고 다니오. 관노와 근무처가 있는 모든 무관은 이를 차고 있소."

  최부가 물었다. "간혹 달단(韃靼)[143]이 침범하는 일이 있소?" 부영이 답했다. "전에는 있었으나, 지금은 각 변방에 지역을 나누어 진수(鎭守)를 두고 있소. 군사와 병마를 통솔하며 항상 지키고 있으니, 습격하러 오지 않소." 밤에 일행은 덕주성(德州城)을 지났다. 강은 성 서쪽을 감돌아 북쪽으로 흘렀다. 성은 옛날의 평원군(平原郡)이었다. 그곳은 토지가 넓고 인구가 조밀하였으며 상인이 모여드는 장소였다. 일행은 어느 강에 도착하여 묵었다. 부영이 최부에게 말했다. "태상황제의 동복(同腹) 아우[144]가 덕이 있어 노(魯)지역을 봉토(封土)로 받고, 노왕(魯王)이라는 칭호를 얻었는데, 이곳 덕주의 경내에 땅이 3백여 리가 되오. 그래서 그 당시 사람들이 그를 덕왕(德王)이라고 불렀소."

---

136 광금(光金) 혹은 소금(素金).

137 화은(花銀) 혹은 삽화은.

138 광은(光銀) 혹은 소은(素銀).

139 한자의 서체의 하나로 정자(正字)체.

140 전자(篆字) 모양의 서체. 이외에도 행서(行書), 초서(草書), 예서(隷書)가 있다.

141 상천현대(常川懸帶), 즉 항상 가지고 다닐 것.

142 한문본의 조례(皂隷)는 옛 관아에서 잡일을 하던 관노.

143 타타르(Tatars); 몽골족의 한 부족.

144 어머니가 같은 아우.

최부가 말했다. "왜 덕왕은 경사에 있지 않고 외지에 살고 있소?" 부영이 말했다. "친왕(親王)[145]이 안에 있다면 다른 뜻이 있지 않을까 두려워할 것이오. 따라서 그들 나이 열여섯이 되면 모두 왕으로 봉하여 영지를 주어 밖으로 내보낸다오." 최부가 말했다. "덕왕이 다스리는 산동은 전략상 중요한 지역인데, 그곳에서 독자적으로 정사(政事)를 보고 있소?" 부영이 말했다. "왕부(王府)의 각 관사의 관리들이 정사를 맡고 있지요. 교수와 호위하는 관직이 있지요. 왕은 그들과 시서(詩書)를 논하고 활쏘기와 말타기를 사열할 뿐이오. 정사를 호령하는 일은 왕이 할 수 없고 모두 조정에서 나오고 있소."

3월 19일, 최부 일행은 양점역(良店驛)을 지났다.

날씨는 맑았다.

일행은 일찍 출발하여 피구포(皮口鋪)와 고가봉포(高家鳳鋪)를 지나 오교현(吳橋縣) 지방에 이르렀다. 다시 나가구포(羅家口鋪), 고관창포(高官廠鋪)와 관왕묘(關王廟)를 지나 제남부(濟南府) 지방의 양점역에 도착했다. 상원아(桑園兒)[146], 박피구포(薄皮口鋪), 낭가구포(狼家口鋪), 곽가구포(郭家口鋪)와 구련와포(舊連窩鋪)를 지나 연와역(連窩驛)에 이르렀다. 다시 연와체운소(連窩遞運所)에 도착하여 머물렀다.

---

145 황제의 아들이나 형제.
146 뽕나무밭; 아(兒)는 중국 북방 구어의 "얼"화음 현상.

3월 20일

날씨는 맑았다.

새벽에 일행은 왕가구포(干家口鋪)를 거쳐 경주(景州) 지방의 임가구포(任家口鋪)에 이르렀다. 다시 동광현(東光縣)을 지났는데 현치(縣治: 현의 행정 소재지)는 강의 동쪽 언덕에 있었다. 유방구포(油房口鋪)와 북하구포(北河口鋪)를 지나 남피현(南皮縣) 지방에 이르렀다. 북하천포(北下淺鋪)를 거쳐 교하현(交河縣) 지방에 도착했다. 일행은 조도만(曹道灣)과 박두진(薄頭鎭)[147]을 지나 신교(新橋)에 이르렀다. 진무묘(鎭武廟)[148], 약왕묘(藥王廟), 척가언(戚家堰)과 군둔(軍屯)[149]을 지났다. 밤 2경[150]에 설가와리(薛家窩里)에 이르러 그 마을 앞에서 묵었다.

3월 21일, 최부 일행은 창주(滄州)를 지났다.

날씨는 맑았다.

---

147 국역자 서인범 등은 박두진(泊頭鎭)으로 표기하면서 최부의 오기라고 여겼는데, 중국 자료에 의하면 박(薄)과 박(泊)은 통한다고 해석했다.
148 국역자 박원호는 진(鎭)은 진(眞)의 오기라고 했다.
149 군대가 주둔하며 군량(軍糧)을 공급하기 위한 경작지. 즉 둔전(屯田).
150 밤 9시부터 11시 사이.

아침 일찍 일행은 삼진도포(三鎭道鋪), 풍가구포(馮家口鋪), 양교구포(楊橋口鋪), 전하남포(磚河南鋪)와 전하남구포(甎河南口鋪)를 거쳐 전하역(磚河驛)에 이르렀다. 다시 왕가권구포(王家圈口鋪), 나가권구포(羅家圈口鋪), 홍피구포(紅披口鋪), 남관포(南關鋪), 장로순검사(長蘆巡檢司), 염운사(鹽運司), 체운소와 종무과문(踵武科門)을 지나 창주발부창(滄州撥夫廠)[151]에 도착했다. 창주성은 강의 동쪽 언덕을 내려다보고 있는데, 한나라 때 발해군(渤海郡)이었다. 강변에 사람의 머리를 장대 끝에 매달아 사람들에게 보이게 하였다. 부영이 최부에게 말했다. "저것은 악명 높은 도적의 머리요. 한나라의 공수(龔遂)[152]가 수레 하나를 타고 이 땅에 와서 모든 도적떼를 평정했다오. 도적들이 칼을 팔아 소를 샀다는 이야기가 내려오고 있소. 이곳에 강도들이 많아 약탈을 하고 살인을 하는데, 이는 예나 이제나 마찬가지요."

일행은 연방문(聯芳門), 응규문(應奎門)과 사간문(司諫門)을 지나 장로체운소(長蘆遞運所)에 도착, 그 앞에 머물렀다. 최부가 부영에게 물었다. "회하를 지난 이후부터 병부(兵部), 형부(刑部), 이부(吏部) 등 각사(各司) 관원들의 배가 끊이지 않고 있는데, 어찌 된 일이오?" 부영이 말했다. "이유는 지난날 국사를 처리할 때에 조금이라도 실수를 범한 사람들을 지금의 영명한 천자가 모두 좌천시켰소. 석패를 들고 강 다른 방향으로 가는 사람들은 쫓겨나 집으로 돌아가고 있는 조정의 관리들이오. 전에 소흥부에서 만나 당신의 과거에 대해 물었던 총병관 황종도 파직되어

---

151 중국의 거전자는 발부창을 노역자를 배치하는 장소라고 해석.

152 한나라 선제 때의 태수(太守).

귀향했소."

최부가 말했다. "많은 조정의 신하들이 강등된다면 어째서 환관들을 쫓아내지 않고 제멋대로 행동을 하도록 내버려두고 있소?" 부영이 말했다. "환관 역시 처형당하고 쫓겨나고 있는데 그 수를 헤아릴 수 없소. 경사로 가고 있는 사람들 모두 선제(先帝)가 임명한 자들이오. 그들이 돌아가면 무슨 일이 일어날 지 말하기 어렵소. 당신이 지난 번 만났던 나(羅)공, 섭(聶)공 두 태감이 늦게 돌아왔다고 하여 봉어(奉御)[153]의 관직으로 좌천되고 말았소."

최부가 말했다. "이제 다시 천하는 요순(堯舜) 같은 군주를 얻었소. 원개(元凱)[154]와 같은 인재가 등용되고 네 곳의 사악한 자들[155]이 축출되었소. 조정은 평온하고 사해(四海)가 안정되어 있소. 찬사를 보낼 일이 아니겠소?" 부영이 말했다. "그렇소, 그렇소이다. 우리 황제는 소인배와 환관을 멀리하고 있소. 날마다 경연[156]에 참석하고, 재상과 학사(學士)와 더불어 시서(詩書)를 강론하고 정사를 의논하는 일에 부지런히 힘쓰고

---

153 명나라 환관 조직인 12감(監) 중의 내관감(內官監) 소속의 관직명. 주로 영선, 진상품, 능, 황실 제물 창고 관리 등 황궁 밖의 공부(工部)의 일을 맡았다고 한다.

154 원개는 8원(元) 8개(凱)의 약칭. 중국 고대 전설상의 부락 추장(후에 제왕의 반열)인 제곡(帝嚳: 호 高辛氏)은 8명의 유능한 아들을 두었는데 이들을 "8(元)"이라 했고, 또한 추장인(후에 제왕)인 전욱(顓頊: 호 高陽氏) 역시 8명의 아들을 두었다고 한다. 후세 사람들은 이들을 현신(賢臣), 재사(才士)로 불렀다고 한다.

155 한문본의 사흉(四凶)은 중국의 문헌마다 해석이 다른데, 상고시대의 순제(舜帝)가 추방한 네 곳의 부락 추장을 의미하는 것 같다.

156 임금이 학문을 연마하기 위해 학자를 불러 경전과 사서(史書)등을 강론하게 하던 일.

있소. 3월 초9일에는 친히 국자감(國子監)에 행차하여 선성(先聖)[157]에게 석전(釋奠)[158]을 행하였는데 이로써 유학을 숭상하고 도(道)[159]를 중히 여기는 마음이 지극하다는 것을 알 수 있소."

최부가 희롱조로 말했다. "천자가 제후 국가의 신하에게 절을 한단 말이오?" 부영이 말했다. "공자는 만대(萬代)의 스승이오. 어찌 신하의 예로 대할 수 있겠소? 다만 천자가 석전을 행할 때, 찬례관(贊禮官)[160]이 '허리를 굽혀 절하시오'라고 말하오. 천자가 절을 하려고 하면 옆의 다른 찬례관이 '공자는 노(魯)나라의 사구(司寇)[161]였소'라고 말한다오. 그러면 찬례관이 '몸을 펴시오'라고 소리치오. 천자는 절을 하는 것으로 되지만 실제로는 절을 하지 않소. 그렇게 함으로써, 의식에서 공자와 천자 중 누구도 무시하지 않으면서 두 분을 존중하게 되는 것이오."

최부가 말했다. "공자의 도(道)는 천지보다 크고 해와 달보다 밝으며 네 계절보다 더 한결같소. 그의 도는 천하 만대에 무궁하오. 고관, 사대부, 선비와 일반 백성이 그의 도를 배워 자신을 닦고, 제후가 그의 도를 배워 나라를 다스리며, 천자가 그의 도로써 세상을 태평스럽게 다스리니 천자에서 일반 백성까지 모두 예로써 공자를 받들어 모셔야만 되

---

157 공자.

158 공자에게 지내는 제사.

159 한문본에 "숭유중도(崇儒重道)"라고 기재되어 있는데, 국역자 박원호는 이를 "유교를 숭상하고 도학을 존중한다"고 해석했다.

160 제사 의식을 진행하던 관리.

161 고대 중국에서 형벌에 관한 일을 맡아보던 관직.

오. 어찌 노나라의 사구(司寇)라고 일컬으며, 절을 할 필요가 없다고 하시오? 사구가 공자를 지칭하는 것이라면 공자는 일개 소국의 신하인데, 어찌하여 천자를 제사[162]에 참석하게 하여 천자의 존엄을 낮추게 하는 것이오?" 부영은 묵묵부답했다.

밤에 부영이 다시 와서 최부에게 말을 건넸다. "최근 북경에서 온 사람에게서 들은 말인데, 어느 상서(尚書)[163]와 학사(學士)[164]가 마주서서 이야기를 나누고 있었다 하오. 무슨 말을 했는지는 알려지지 않았소. 교위(校尉)[165]가 이들을 체포하여 천자에 고했다오. 천자는 이들을 금의위(錦衣衛)에 넘겨 그들 이야기의 주제에 대해 심문하라고 명을 내렸소. 그 학사는 내각(內閣)[166]에 속하며, 지존(至尊)[167]은 모든 대소사(大小事)를 그와 논의하고 있소. 사사로운 목적의 결탁이 있지 않았나 하는 우려가 있어서 그들이 문초를 받은 것이라오."

---

162 석전제(釋奠祭). 공자에게 지내는 제사로, 참례(參禮)한 황제가 공자에게 절을 하지 않는다는 설명을 들은 최부가 이를 준열하게 꾸짖는 대목으로. 유학자인 최부의 올 곧은 선비정신을 엿볼 수 있다.

163 명조 정2품의 관직.

164 한림원 학사로서 정5품인 한림원의 수장(首長)이 아닌가 싶다. 학사는 황제의 고문 역할을 하며, 황제의 조서 작성, 사책(史冊) 관리 등을 했다고 한다.

165 무관.

166 황제의 비서 및 고문 조직.

167 황제를 지칭.

3월 22일, 최부 일행은 흥제현(興濟縣)을 지났다.

날씨는 흐렸다.

새벽에 일행은 안도새구포(安都塞口鋪)와 청수왕가구포(淸水王家口鋪)를 지나 건녕역(乾寧驛)에 도착했다. 흥제현의 현치는 역 뒤에 있으며, 역 앞에는 거대한 집이 있었다. 진훤이 말했다. "저 집은 새 황후 장씨의 사저요. 처음에 새 황제가 황태자로 있던 때 흠천감(欽天監)[168]이 황후의 별이 강의 동남쪽[169]에서 빛나고 있다고 아뢰었소. 선제(先帝)가 양가 규수 3백여 명을 간택하여 수도에 모아 놓으라고 명했소. 선제와 황태후는 다시 간택하여 장씨가 뽑혀 황후가 되었소. 황후의 조부는 봉양부(鳳陽府)의 지부(知府)였소. 황후의 부친은 국자감의 학생으로 관직이 없었소. 지금은 특별히 도독(都督)[170]의 벼슬을 받았소."

일행은 좌위포(左衛鋪), 유항구포(柳巷口鋪), 삼성사(三聖祠), 반고묘(盤古廟)[171] 및 고토강(高土崗)[172]을 지나 노대(蘆臺)의 옛 성에 이르렀다. 성의 북쪽 땅은 청현(靑縣)의 현치(縣治)와 접해 있는데 둘 다 강의 북서쪽 언덕에 있었다. 현의 앞쪽으로 통진(通眞), 보정(保定)과 호타(滹沱)

---

168 명나라 때, 천문, 역수, 길흉에 관한 점 등을 맡아보던 관아.

169 영역자 메스킬과 국역자 박원호는 이 강을 황하(黃河)라고 해석했다.

170 명나라 때 전국 최고 군사 기구인 5군 도독부 중 각 도독부의 수장. 정1품의 관명으로 여겨진다.

171 천지개벽을 했다는 중국 신화의 대신(大神), 즉 반고(盤古)의 사당.

172 높은 언덕이 아닌가 싶다.

등 세 강이 만나고 있기 때문에 이곳을 삼차(三叉)[173]라고 불렀다. 종루각(鍾樓閣), 사직단(社稷壇), 초범정(峭帆亭)과 중주집(中州集)을 지나 하간부(河間府)에 이르렀다. 하간부성은 강의 북쪽 7~8리쯤에 있었다. 유하역(流河驛)에 도착하니 이미 날은 저물었다. 유하포(流河鋪)를 지나 밤 2경[174]에 하관둔(夏官屯)[175]에 도착하여 머물렀다.

3월 23일, 최부 일행은 정해현(靜海縣)을 지났다.

날씨는 맑았다.

축시(丑時)[176]에 일행은 배를 출발시켜 조대포(釣臺鋪), 남가구포(南家口鋪)와 쌍당포(雙塘鋪)를 지나 봉신역(奉新驛)에 도착했다. 역은 정해현의 현치 앞에 있었다. 최부가 부영에게 말했다. "수차(水車)[177] 만드는 법을 배우고 싶소." 부영이 물었다. "어디서 수차란 것을 보았소?" 최부가

---

173 세 갈래.
174 밤 9시에서 11시 사이.
175 둔(屯): 군대 주둔지, 촌락 등으로 해석되는데, 여기서는 촌락의 의미.
176 새벽 1시에서 3시 사이.
177 위의 대목은 최부가 호송을 하는 중국 관리에게 수차, 즉 논에 물을 대는 장비의 제작과 운용 방법에 대해 집요하게 캐묻고 있다. 당시 조선에는 주로 발로 밟아 돌리는 수차, 즉 답차(踏車)를 사용하고 있었으나 최부가 중국에서 배워 온 수전수차(手轉水車), 즉 손으로 돌리는 수차는 당시에는 최신식 장비였다고 한다. 최부는 가뭄으로 고통을 받고 있는 농민에게 이를 제작, 보급하여 농사에 큰 도움을 주었다. 이처럼 최부는 표류자의 신분으로 촉박한 일정을 소화하면서도 선진기술을 습득하여 이용후생(利用厚生)의 실학사상(實學思想)을 추구했다.

말했다. "전에 소흥부를 지날 때 호숫가에서 수차를 돌려 논에 물을 대는 사람들이 있었소. 적은 힘으로 많은 물을 끌어올렸소. 가뭄에 농사를 짓는데 도움이 될 것 같소." 부영이 말했다. "제작 방법은 목공이 알고 있소. 나는 잘 모르오."

최부가 말했다. "옛날 가우(嘉祐)연간[178]에 고려에 신하로 예속된 탁라도(乇羅島)[179] 출신의 한 사람이 풍파를 만나 돛대가 부러져 해안에 표착(漂着)된 일이 있소. 그는 소주의 곤산현(崑山縣)에 도착했소, 현의 지현(知縣)[180]인 한정언(韓正彦)이 술과 음식을 대접한 후 그의 낡은 돛대가 나무 사이에 끼어 움직일 수 없게 된 것을 보게 되었소. 지현은 공인(工人)을 시켜 돛대의 수리, 회전축(回轉軸)[181] 제작, 돛대를 올리고 내리는 방법을 가르쳐 주었소. 그 사람은 너무 기쁜 나머지 두 손을 마주잡고 빙글빙글 돌며 춤을 추었다 하오. 탁라는 지금 제주요. 내가 제주에 갔다가 표류되어 여기에 온 것이니, 그 사람과 마찬가지 처지요. 한공(韓公)과 같은 마음으로 수차를 만드는 법을 가르쳐 주면 나 역시 손을 잡고 기뻐하겠소."

부영이 말했다. "수차는 다만 물을 대는 데 쓰일 뿐인데 굳이 배울 것까지야 없소." 최부가 말했다. "우리나라에는 논이 많은데 자주 가뭄을

---

178 송나라 인종, 즉 1056~1063년 시기.

179 제주도의 옛 명칭.

180 현의 최고 책임자.

181 영역자 메스킬은 회전축을 무거운 물건을 들어 올리는 기계 장치인 윈치의 일종으로 번역.

겨소. 이 방법을 배워서 우리나라 사람들에게 가르쳐 농사를 개선시킨다면 당신의 몇 마디 수고가 우리나라 사람들에게 길이길이 무궁무진한 이익이 될 것이오. 그 공법을 자세히 배우고 싶소. 당신이 모르는 것이 있거든 뱃사람들에게 물어 명쾌하게 가르쳐 주시오." 부영이 말했다. "여기 북쪽 지방은 모래땅이오. 따라서 물을 대는 논이 없기 때문에 수차가 필요 없소. 그리고 이 뱃사람들이 공법을 알 수나 있겠소? 그렇지만 생각은 해 보겠소."

일행이 식사하는 동안 부영은 기계의 형태와 운용하는 방법을 최부에게 대충 말했다. 최부가 말했다. "내가 본 것들은 발로 돌리는 것이었소, 당신이 말하는 것은 손으로 돌리는데, 형태도 좀 차이가 있소. 어찌 그렇소?" 부영이 말했다. "당신이 본 것은 필시 도차(踏車)[182]라는 것이오. 그것들은 이것처럼 아주 편리하지 못하오. 이 수차는 혼자서도 돌릴 수가 있는 것이오." 최부가 물었다. "소나무로 만들 수가 있소?" 부영이 말했다. "소나무는 가벼워서 수차를 만드는 데 사용될 수 없소. 위, 아래를 연결하는 축(軸)은 삼나무를 쓰고 있소. 허리가 되는 뼈대는 느릅나무, 판자는 녹나무를 사용하고 있소. 중심은 대나무 조각을 사용하여 묶소. 앞 · 뒤의 네 기둥은 커야 하나, 반대로 가운데 기둥은 좀 작아야 하오. 바퀴와 중심이 되는 판자의 장단(長短)과 폭의 넓고 좁음은 이렇게 하면[183] 되오. 만약 삼나무, 느릅나무, 녹나무 등을 구할 수 없다면 결

---

182 발로 밟아 움직이는 물레방아.

183 국역자 최기홍과 영역자 메스킬은 한문본의 여지(如之)를 각각 "보는 바와 같이"와 "이처럼"으로 해석했고, 중국의 거전자는 "고르게" 또는 "상당(相當)"이라 했으며, 국역자 박원호과 서인범 등은 "같게"로 해석했다.

이 단단하고 질긴 나무를 사용한다면 그것으로도 괜찮겠소."

일행은 독류순검사(獨流巡檢司)와 사령포(沙寧鋪)를 지나 무청현(武清縣) 지방에 당도한 후 양청체운소(楊靑遞運所)를 지났다. 인정시(人定時)[184]에 양청역(楊靑驛)에 이르렀다. 그곳의 지명은 모두 양류청(楊柳靑)이었다. 일행은 잠시 그곳에서 머물다가 3경[185]에 배를 출발시켜 떠났다.

3월 24일, 최부 일행은 천진위(天津衛)를 지났다.

날씨는 흐렸다.

새벽에 직고성(直沽城)을 지났다. 강의 이름은 고수(沽水)였다. 일행은 천진위성(天津衛城)에 이르렀다. 위하(衛河)는 남에서 북으로 흐르는 강으로 일행은 하류를 따라 내려온 것이다. 백하(白河)는 북에서 남으로 흐르는데 일행이 거슬러 올라갈 강이었다. 두 강은 성의 동쪽에서 합류하여 바다로 들어가고 있었다. 성은 두 강이 합류하는 지점이 보이는 곳에 있었으며, 바다는 성의 동쪽 10여 리에 있었다. 옛날에는 양자강과 회수 이남의 모든 화물선이 큰 바다로 항해한 다음 이곳에 모여 경사로 갔다. 지금은 운하의 개통과 수문의 설치 덕분에 선박의 뱃길이 천하로

---

184 인정(人定)은 매일 밤 10시경에 28번의 종을 쳐서 성문을 닫고 통행금지를 시켰는데, 이를 인정이라 했고 새벽 4시에 33번의 종을 쳐서 통행금지 해제를 알렸는데, 이를 파루(罷漏)라고 했다.

185 밤 11시에서 새벽 1시 사이.

통하고 있었다.

　성안에 위사(衛司)[186], 좌위사(左衛司) 및 우위사(右衛司)가 있어 해운 등의 일을 분담하고 있었다. 성의 동쪽에는 커다란 사당이 강가를 내려 다 보고 있는데, 현판에 새겨진 글자가 커서 최부는 멀리 떨어져 있지만 그 글씨를 볼 수 있었다. 위에는 "천(天)" 아래에는 "묘(廟)"라는 글자가 있었다. 그 두 글자 사이에 단어 하나가 있었지만 최부는 그 단어가 무 엇인지 알 수 없었다. 일행은 정자고(丁字沽)[187], 해구리(海口里), 하동순 경소(河東巡更所)[188], 도화구(桃花口)[189], 윤아만(尹兒灣), 포구아(蒲溝兒)[190] 와 하로미점(下老米店)을 지나 양촌역(楊村驛)에 도착했다. 역의 서쪽으 로 순검사(巡檢司)도 있었다.

---

186 국역자 서인범 등은 이를 천진위사, 최기홍은 수위사(首衛司)라 했고, 영역자 메스 킬은 위사들이 있는데, 그 가운데 좌위사 우위사가 있다고 했다. 한편 중국 문헌에는 천진위를 천진의 별칭이라고 했다.

187 중국의 문헌에 의하면, 천진에는 72고(沽)가 있는데, 그 중 정(丁)자 형상의 하천 형 태인 정자고가 있다고 했다. "고(沽)"는 물과 관련된 자의(字義)로 생각된다.

188 순경소(巡更所): 도둑, 화재 등을 경계하기 위해 통행금지 시간에 순시하던 순라군 초소.

189 도화원(桃花園)의 입구가 아닌가 싶다.

190 "구(溝)"는 강의 지류가 아닌가 싶으며, 아(兒)는 북방의 발음상 "얼"화음. 윤아만 의 아(兒)도 같은 현상이다. 한편 국역자 서인범 등은 윤아만, 포구아, 하로미점을 포 (鋪)의 이름으로 해석했다.

3월 25일

날씨는 흐렸다.

    일행은 상로미점(上老米店), 백하리(白河里), 남채촌(南蔡村), 북채촌(北蔡村), 왕가무(王家務)[191], 두구(杜口), 쌍천(雙淺)[192], 몽촌(蒙村), 백묘아(白廟兒)와 하서순검사(河西巡檢司)를 거쳐 하서역(河西驛)에 당도했다. 역과 체운소는 7~8걸음 거리였다. 부영이 최부에게 말했다. "절강 삼사(三司)가 당신들의 표류 사실을 상주할 때 표문(表文)[193]의 제출 기한이 4월 1일이었소. 내가 그 표문을 지참하고 있는데 기한에 대지 못할까 두렵소. 이 역에서 역마로 당신보다 앞서 경사로 갈 것이오. 나중에 병부(兵部) 앞에서 만나거든 인사는 하지 말고 서로 알고 있다는 표시만 하면 되오. 새 천자의 법도가 지엄하기 때문에 그러는 것이오."

---

191 중국 문헌에 왕가무촌(王家務村)이 나오는 것을 보면, 왕씨의 집성촌이 아닌가 싶다. 한편 "무(務)"는 상점, 세관, 검문소 등으로도 해석할 수 있다.

192 중국 거전자의 점주본과 메스킬의 영역본에서는 "두구쌍천"으로 국역자들은 "두구"와 "쌍천"으로 해석했다. 한편 국역자 서인범 등은 상로미점, 백하리, 남채촌, 북채촌, 왕가무, 두구, 쌍천, 몽촌 백묘아를 포의 이름으로 해석했으나, 최부가 포의 이름을 정확히 기재해 온 것을 보면 서인범 등의 해석에 의문이 간다.

193 황제에 제출하는 보고서, 상주문.

3월 26일

날씨는 맑았으나 바람이 심하게 불었다. 모래먼지가 하늘에 가득하여 일행은 눈을 뜰 수가 없었다.

일행은 순풍을 타고 요아도구(要兒渡口)[194], 하마두(下馬頭)[195], 납초청 (納鈔廳)[196], 천비묘(天妃廟), 중마두(中馬頭), 차영아(車榮兒), 상마두(上馬 頭), 하서무(河西務), 토문루(土門樓), 엽청점(葉靑店), 왕가파도구(王家擺 渡口)[197], 노가오(魯家塢)[198]와 반증구(攀繒口)[199]를 지나 소가림리(蕭家林 里) 앞 강의 건너편에 이르러 묵었다. 최부의 배 건너편에 10여 명이 지 붕을 얹은 뗏목을 타고 와서 묵고 있었다. 도적들이 그들을 겁탈하려고 왔으나, 뗏목에 타고 있던 사람들 역시 건장한 사람들이라 강력히 맞섰 다. 진훤이 말했다. "이처럼 도적들이 난폭하게 사람들을 때리고 노략 질을 하고 있소. 일행들에게 경각심을 갖도록 하여 이 밤을 조심해서 보 내도록 하는 것이 좋겠소." 천진위(天津衛) 이북은 흰 모래가 벌판에 끝 없이 펼쳐져 있었다. 광활한 들에는 풀이 없었다. 오곡이 자라지 않았으

---

194 도구(渡口): 부두, 선창.

195 마두(馬頭): 중국의 거전자는 그의 점주본에 "마두(碼頭)"라고 표기한 것을 보면 부 두, 선착장이 아닌가 싶다.

196 명나라 때 세금을 징수하던 관문.

197 한문본에 왕가파도구의 파를 나무 목(木)변에 파(罷)라고 되어 있으나, 국역자 서인 범 등과 최기홍, 중국의 거전자는 파(擺)라고 기재했다.

198 오(塢)는 선거(船渠), 즉 배를 수리하거나 하역을 하던 장소.

199 배를 끌어 매어 놓던 곳이 아닌가 싶다.

268

며, 인가는 멀리 떨어져 드문드문 있었다. 조조(曹操)가 오환(烏丸)[200]을 정복할 때, 그의 장수를 호타하(滹沱河)에서 노사(潞沙)[201]로 진입시켰었다. 노사가 바로 그 땅이었다.

3월 27일

날씨는 맑았으나 바람이 세게 불었다.

날이 밝아질 무렵 일행은 화합역(和合驛)에 이르러 곽현(漷縣)을 통과했다. 현치(縣治)는 강의 동쪽 언덕에 있으며, 마두순검사(馬頭巡檢司)와 최씨원정(崔氏園亭)이 그 안에 있었다. 이곳에 이르니, 모래 언덕이 높고 커서 마치 구릉과 같았다. 화소둔(火燒屯), 공계점(公雞店)[202], 이이사(李二寺), 장점아(長店兒)[203], 대통관(大通關), 혼하구(渾河口)와 토교순검사(土橋巡檢司)를 거쳐 장가만(張家灣)에 당도했다. 장가만은 각처에서 세금, 공물 및 상선 등이 집결하는 곳이었다.

---

200 오환(烏桓)으로 내몽골 동쪽에 있던 부족. 후한(後漢)말 조조에 패한 후 중국의 다른 민족과 융합되었다고 한다.

201 동국대 서인범 등은 노하(潞河), 사하(沙河)로 번역했으나, 문맥으로 보아 지명(地名)이 아닌가 싶다.

202 계(雞)는 계(鷄)이며 공계(公鷄)는 수탉.

203 아(兒)는 중국 북방 구어의 "얼"화음.

3월 28일, 최부 일행은 북경의 옥하관(玉河館)에 도착했다.

날씨가 맑았다.

인행은 배를 떠나 당나귀를 타고 동악묘(東岳廟)와 동관포(東關浦)를 지나 노하수마역(潞河水馬驛)[204]에 도착했는데, 이 역은 통진역(通津驛)이라고도 했다. "환우통구(寰宇通衢)"[205]라는 큰 글씨가 중문(中門)에 쓰여 있었다. 역의 서쪽에는 체운소, 서북쪽에는 통주(通州)의 옛 성이 있었다. 통로정(通潞亭)은 성의 동남쪽에 있었다. 동쪽에는 백하(白河)가 둘러싸고 흘렀다. 백하는 백수하(白遂河) 혹은 동로하(東潞河)라고도 불렸다.

도보로 일행은 성의 동문으로 들어가서 정표정공상의문(旌表田拱尙義門)[206], 대운중창문(大運中倉門)과 진사문(進士門)을 지나 옛 성의 서문으로 나왔다. 다시 신성제일포(新城第一鋪), 대운서창문(大運西倉門)과 현령관(玄靈觀)을 거쳐 새 성의 서문으로 나왔는데, 새 성은 옛 성과 접해 있었다.

통주는 진(秦)나라의 상곡군(上谷郡)이었다. 지금은 순천부(順天府)의 관할이다. 주치(州治)[207] 남쪽으로 통주위(通州衛), 좌위(左衛), 우위(右

---

204 수마역(水馬驛)은 명나라 때의 역참으로 요충지에 마역(馬驛)을 설치하고 역마다 말을 두었다고 한다.
205 천하의 큰 길.
206 중국의 거전자는 이를 정표전공과 상의문이라 해석했는데, 분명치 않다.

북경의 회동관: 회동관(옥하관)이 있었던 자리에 현재는 중국의 최고인민법원이 들어서 있다.

衛), 정변위(定邊衛) 및 신무중위(神武中衛)가 있었다. 새 성의 서문 밖에서 일행은 당나귀를 타고 영제사(永濟寺), 광혜사(廣惠寺)를 지나 숭문교(崇文橋)에 이르렀다. 이 다리는 북경의 성문 밖에 있었다.

양왕(楊旺), 이관(李寬), 당경(唐敬), 하빈(夏斌), 두옥(杜玉) 등은 일행을 이끌고 도보로 황성 동남쪽에 있는 숭무문을 지나 회동관(會同館)[208]에 이르렀다. 경사(京師)[209]는 네 이민족[210]이 조공하는 곳이었다. 회동본관(會同本館) 외에 별관을 지어 놓고 회동관이라 부르고 있는데 일행은 그곳에서 묵었다. 회동관은 옥하(玉河)의 남쪽에 있다고 해서 옥하관(玉河館)이라고도 했다.

3월 29일, 최부 일행은 병부(兵部)로 들어갔다.

날씨가 맑았다.

양왕은 일행을 옥하관(玉河館)의 문밖으로 인도했다. 동쪽 거리를 살펴 보니 다리가 있었다. 다리 양쪽에 문이 세워져 있는데, 현판에는 "옥

---

207 주의 정부 청사.
208 명나라의 공관으로 중국의 소수민족과 외국 사신들의 접대 및 외국어 번역 및 통역관을 양성하던 곳.
209 수도, 즉 북경.
210 사이(四夷)로 동이(東夷: 조선, 일본 등의 중국 동쪽에 사는 이민족), 서융(西戎: 서쪽에 사는 이민족), 남만(南蠻: 남쪽 이민족), 북적(北狄: 북쪽의 이민족).

하교(玉河橋)"라고 글씨가 쓰여 있었다. 일행은 서쪽 거리를 따라 걸어서 상림원감(上林院監)[211], 남훈방포(南薰坊鋪), 태의원(太醫院)[212], 흠천감(欽天監), 홍려시(鴻臚寺)[213], 공부(工部)[214]를 지나 병부에 이르렀다.

상서(尚書)[215] 여자준(余子俊)이 한 청사에 앉아 있었다. 좌시랑(左侍郎)[216] 하(何)와 우시랑(右侍郎) 완(阮)이 한 청사에서 서로 마주보고 앉아 있었다. 낭중(郎中)[217] 둘과 주사관(主事官)[218] 넷이 한 청사에 나란히 앉아 있었다. 일행은 먼저 시랑(侍郎)들, 다음은 상서를 방문한 후에 낭중과 주사관이 있는 청사로 갔다.

낭중(郎中) 등은 최부에게 표류 사실에 대해 다시 묻지는 않고 정원 안의 홰나무의 그늘을 가리키며 그것을 제목으로 절구(絶句)[219]를 지으

---

211 상림원감(上林苑監)으로 황실에서 소요되는 가축을 기르고, 채소, 과일나무, 꽃나무 등을 재배하며 얼음을 저장하는 업무를 맡아보던 관서. 중국의 문헌에 상림원감(上林院監)과 상림원감(上林苑監)을 혼용한 것을 보면 국역자 일부가 주장하는 곳처럼 원(院)이 오기라고 단정지을 수는 없는 것 같다.

212 의약(醫藥)을 관장하는 관공서.

213 외국사절 접대 및 조공 등 각종 국가 의례(儀禮)를 관장하던 관공서. "사(寺)"를 관청으로 말할 때는 "시"로 읽는다.

214 건축, 영선(營繕), 수리(水利) 업무 등을 관장하던 관공서.

215 명나라 정부조직의 하나인 부(部)의 우두머리로 정2품 관직, 즉 장관.

216 좌시랑, 우시랑: 부의 정3품 관직.

217 정5품 관직.

218 정6품 관직.

219 네 구(句)로 되어 있는 근체시. 한 구가 다섯 자로 된 것을 오언절구(五言絶句), 일곱 자로 된 것은 칠언절구(七言絶句)라 한다.

라고 하고, 또 "도해(渡海)"를 제목으로 당률(唐律)[220]을 짓도록 하였다. 직방청리사(職方淸吏司)[221] 낭중인 대호(戴豪)가 천하의 지도가 벽에 걸려 있는 청사로 안내했다. 최부가 지나온 곳이 한눈에 똑똑히 보였다. 낭중 등이 지도를 가리키며 최부에게 말했다. "당신은 어디서 출발했으며 어디에 정박했소?" 최부는 배가 표류했던 장소, 지나온 바다 그리고 정박했던 섬을 가리켰다. 바로 대유구국(大琉球國)[222]의 북쪽을 지나는 해로였다.

대 낭중이 말했다. "유구 땅을 보았소?", "내가 표류해서 백해(白海)로 들어가 북서풍을 만나 남으로 갔소. 산의 모양 같은 것이 희미하게 보이고 인가의 기색이 있었소. 그곳이 유구의 해안이 아닌가 싶었지만 확실히 알지 못하오." 낭중이 물었다. "일행 중 사망자가 있소?", "우리 모두 43명은 바다와 같은 황은(皇恩)을 입어 생명을 보전하며 올 수 있었소."

그가 물었다. "당신 나라에서 상(喪)을 치를 때 문공가례(文公家禮)[223]를 쓰고 있소?" 최부가 말했다. "우리나라 사람들은 아들을 낳으면 우선 소학(小學)과 가례(家禮)를 가르치고 있소. 과거시험에도 이에 정통한 사람들을 뽑고 있소. 상을 입을 때뿐 아니라 매사에 가례를 따르고 있소."

---

220 율시(律詩)로 여덟 구(句)로 되어 있으며 한 구가 다섯 자로 된 시를 오언율시(五言律詩), 일곱 자는 칠언율시(七言律詩).

221 병부에 소속된 조직으로 지도, 군제, 군대 선발, 훈련, 상벌 등의 업무를 맡았다고 한다.

222 일본 남부 규슈에서 서남쪽에 위치한 열도(列島). 현재의 오키나와.

223 주희의 가례. 문공은 송나라 주희(朱熹)의 사후 칭호. 주문공(朱文公), 주자(朱子: 주희의 높임말)라고도 불린다.

그가 물었다. "당신네 나라 국왕은 글을 좋아하오?", "우리 국왕은 하루에 네 번 유신을 접견하고 있소.[224] 국왕은 배우는 데는 결코 싫증을 내는 법이 없소. 오히려 남한테 배우는 일을 낙으로 삼고 있소." 모두 질문을 마치자, 그들은 최부에게 차와 떡을 내주었다. 당경(唐敬)이 일행을 인도하여 옥하관으로 돌아갔다.

저녁에 일행의 말을 좀 알고 있는 하왕(何旺)이란 사람이 와서 최부에게 말했다. "귀국의 하책봉사(賀冊封使)[225] 안처량(安處良) 재상[226] 등 24명이 이곳 숙소에 와서 40여 일을 머물다가 귀국하기 위해 3월 22일에 떠났소." 최부는 그들을 만나지 못했음을 탄식했다. 하왕이 위로하였다. "당신 역시 돌아갈 것인데, 왜 그리 비통해 하는 것이오?" 최부가 말했다. "나는 사고무친(四顧無親)으로 타국에서 고생하고 있소. 내 나라

---

224 1769년『당토행정기』를 쓴 일본의 유학자 기요타 기미카네(淸田君錦: 5월 16일자 주 42 참조)은 그의 고(考)에서 조선의 국왕이 하루에 네 번까지 유신을 대면하는 일은 있을 수 없는 일이라며 최부가 거짓말을 한다고 비아냥거렸는데 1995년 6월 22일 한국, 미국, 중국 일본 등『표해록』학자들이 참석한 국제학술대회에서 국역자 최기홍은 그의 주제 발표에서『대동야승(大東野乘)』권2에 실려 있는 성현(成俔)의 수필집,『용재총화(慵齋叢話)』권8에 실려 있는 허봉(許篈)의『해동야언(海東野言)』의 문헌을 들어, 기요타 기미카네의 비아냥을 반박한 바 있다. 학술대회가 끝난 후 사석에서 전 서울대 총장 고병익(高柄翊) 박사는 학자들도 밝히지 못했던 일이라며 이를 반색해 마지않았다.

225 『성종실록』에 의하면 성종 19년(1488) 1월 21일, 명 황제의 중궁(中宮) 책봉(冊封; 왕이 왕세자, 왕후 등에 작위를 주는 일)을 축하하기 위해 이조참관 안처량을 북경에 파견했다는 기록이 있으며 동년 4월15일, 최부의 표류사실을 북경에 있던 통사(通事; 통역)가 귀국차 요동에 머물고 있는 안처량에게 보고한 기록이 있다.

226 정3품 당상관 이상의 관직.

사람을 만난다면 마치 아버지나 형을 보는 것과 같을 것이오. 더욱이 나의 아버지는 돌아가신 지 얼마 되지 않고 어머니는 상중에 계시오. 내 동생은 어려 세상물정에 어둡소. 가정이 빈한하여 조석으로 끼니를 걱정하고 있소.

게다가 내가 바다에 표류되었으니 내 가족은 내가 죽었는지 살았는지 모르고 있을 것이오. 망망대해의 하늘을 뒤흔드는 산더미 같은 파도에서 식구들은 필시 내 배가 난파되어[227] 고기밥이 되었을 거라고만 여기고 있을 것이오. 궁핍한 가족은 거듭 상을 치를 것이오. 내 노모와 연약하고 어린 동생의 슬픔이 얼마나 크겠소? 내가 안공(安公) 일행을 만나 같이 돌아갔다면 길에서 걱정거리도 없이 무사히 돌아갔을 것이오. 내가 비록 함께 가지는 않더라도 그가 먼저 귀국해서 내 소식을 전해 준다면 내 어머니와 동생의 슬픔을 좀 덜어줄 수 있을 것이오. 하늘이 나를 불쌍히 여기지 않아 본국의 사신을 단지 7일 차이로 대하지 못하였소. 어찌 한탄하지 않을 수 있겠소?"

---

227 한문본에 취재(臭載)라고 되어 있는데, 영역자 메스킬은 이를 "내 이름을 더럽혔다"라고 번역했는데, 이는 잘못이다. 취재는 배에 실은 짐이 부패하여 못쓰게 되었다는 의미로, 짐을 실은 배가 난파되었다는 뜻.

4

1488. 4. 1 ~ 4. 30

4월 1일

날씨가 맑았다.

이른 아침에 홍려시(鴻臚寺) 주부(主簿) 이상(李翔)이 와서 최부에게
말했다. "병부에서 황제에게 당신 일에 대해 상주문(上奏文)을 제출하
려고 한다니 이제 염려하지 않아도 될 것이오. 표류 사건은 예부(禮部)
에도 보고해야 하는데도 절강삼사는 직접 병부에만 보고하고 예부에는
보고하지 않았소. 따라서 예부는 병부의 과오에 죄를 물으라는 상주문
을 올렸소. 이러한 연유로 병부는 지휘 양왕을 곤장 20대로 매질을 했
다 하오."

그가 말을 이어 갔다. "귀국의 사은사(謝恩使)가 열흘 사이에 반드시
도착할 것이니 기다렸다가 같이 돌아가시오." 최부가 말했다. "초상을
당하여 급히 떠났던 나에게는 나그네가 된 처지로 하루가 여삼추(如三
秋)나 다름이 없소. 빨리 돌아갈 수 있도록 힘을 써 주시오." 이상이 고
개를 끄덕거렸다. 절강 이래로 최부는 통역[1]을 만난 일이 없었는데 여기
에 와서 비로소 그러한 사람을 만나게 되었다.

---

1 당시는 통사(通事)라고 했음.

4월 2일

날씨가 흐렸다.

회동관 부사(副使) 이서(李恕)가 와서 최부에게 말했다. "당신들 43명은 조공하러 온 사람들이 아니기 때문에 하루에 한 사람당 묵은 쌀 한 되뿐이오. 반찬은 없을 것이오." 최부는 걸어서 회동관 문을 나왔는데, 우연히 부영을 만나 옥하교 아래에서 이야기를 나누었다.

최부가 말했다. "내가 지나온 곳 중에서 절강에 통주(通州)라는 곳이 있었는데, 북경에도 통주가 있소. 서주부(徐州府)에 청하현(清河縣)이 있고, 광평부(廣平府)에도 청하현이라는 곳이 있소. 나라 안에 같은 이름의 주와 현이 있는데, 이는 어떤 까닭이오?" 부영이 말했다. "이름이 우연히 같다 하더라도 관할하는 포정사가 다르니, 그리 문제될 것이 없소."

4월 3일

날씨가 흐렸다.

저녁에는 천둥, 번개가 치며 비와 우박이 내렸다. 이상이 와서 말했다. "나는 당신 나라를 위한 통역이요. 지난 하루이틀 동안 병부와 궁정에 일이 좀 있어서 당신 사건에 대한 상주문을 들여보내지 못했소. 만약 오늘 상주문을 올리지 못하면 내일은 반드시 올릴 것이오."

최부가 답변했다. "세상에 불행한 사람들 중에서도 나처럼 불운한 사람은 없을 것이오. 아버지는 돌아가시고 어머니는 노령이시며 아우는 유약하고 집은 가난하오. 상을 치르는데 모든 것이 부족하기만 하오. 더욱이 나는 표류되어 가족들한테 생사를 알리지 못하고 있소. 어머니와 동생은 내가 성천자(聖天子)[2]의 큰 은혜를 입어 살아서 대국에 당도했는지를 어떻게 알겠소? 가족들은 내 장례 또한 치르고 있을 것이며 또한 설움이 한이 없을 것이오. 예부에 청원을 하여 여기서 오랫동안 머물지 않도록 해주시오."

이상이 말했다. "귀국의 안처량 재상이 당신이 살아서 여기에 도착했다는 사실을 알고 되돌아 갔소." 최부가 말했다. "안 재상이 어떻게 그런 사정을 알았단 말이오?", "절강진수(浙江鎭守)[3]가 지휘관 양로(楊輅)를 보내 육로로 주야를 달려 당신 사건을 보고하게 하였소. 그는 이곳에 3월 12일에 도착하였소. 안공이 상주문을 베껴 떠났소. 4월이나 5월 사이에 당신 가족은 당신이 바다에서 죽지 않았다는 사실을 듣게 될 것이오. 크게 걱정할 거리가 못되오. 그런데도 당신의 노심초사(勞心焦思)가 이만 저만이 아니니, 참으로 측은하구려. 내가 병부와 예부에 당신의 걱정거리를 알리겠소."

---

2 덕망이 높은 천자, 즉 황제를 지칭.
3 절강진수태감을 지칭하는 것 같다.

4월 4일

날씨가 맑았다.

하왕(何旺)이 최부를 자기 집으로 초대하여 음식을 대접했다. 최부가
사례를 했더니 그는, "당신은 먼 곳에서 표류되어 여기 왔소. 당신 처지
가 딱하여 대접한 것이오. 고마워할 필요가 없소이다." 하였다.

4월 5일

날씨가 흐렸다.

양왕이 와서 최부에게 말했다. "상주문이 초사흘에 이미 예부로 내
려갔소."

4월 6일

날씨가 맑았다.

유구사람 진선(陳善)과 채새(蔡賽) 등이 진수성찬으로 최부 일행을 대
접해 주었다. 최부는 그들의 친절에 감동을 받았으나 보답할 것이 하나

도 없었다. 최부는 양식 중 쌀 5되를 덜어서 주려고 했으나, 그들은 손을 저으며 받지 않았다. 유구는 정의대부(正議大夫)[4] 정붕(程鵬) 등 25명을 조공 차 파견했던 것이다. 이들은 뒤 별관에서 유숙하고 있었는데 진선과 채새가 그 일행 중에 있었다. 예부에서 판사리(辦事吏)[5] 왕민(王敏)을 보내 양왕을 불렀다. 최부가 무슨 일이냐고 묻자 민(敏)이 말했다. "상주문에 관한 초본(抄本)이 나왔기 때문에 온 것이오."

4월 7일

보슬비가 내렸다.

예부의 관리 정춘(鄭春)과 이종주(李從周) 등이 병부에서 예부에 보낸 공문서를 가지고 와서 최부에게 보여 주었다. 즉 그 문서에 "절강 삼사의 보고에 의거하여" 운운하는 내용이었는데, 문서의 말미에 다음과 같이 적혀 있었다.

"최부의 안건에 대하여 절강포정사는 지휘첨사 양왕을 파견하여 호송하는 임무를 맡기고 연도의 위소(衛所)[6]에 공문을 보내어 관군을 차출하

---

4 정4품의 국가 정책을 다루는 관직으로 중국과의 조공 관련 업무를 담당하지 않았나 싶다. 정붕(程鵬)은 조공사신으로 중국에 파견된 인물이라고 문헌에 남아 있다.
5 잡무를 맡아보던 하급 관리.
6 중앙(中央)에 오군 도독부(五軍都督府)를 두고, 지방(地方)에 도지휘사사(都指揮使司)를 두어, 다시 그 아래에 위(衛), 천호소(千戶所), 백호소(百戶所)를 둔 중국 명나라의 군사 제도.

여 일행이 경사에 도착할 때까지 보호하는 한편, 이에 관해 조목조목 열거를 하여 상신했다.

본부[7]의 관원은 '해당 부는 알아서 처리하라. 이를 준수하라'는 내용의 성지(聖旨)를 받았다. 삼사(三司)의 의견을 초록(抄錄)하고 이를 송부하는 사이에도 본부는 계속해서 접수되는 대로 처리했다. 절강포정사의 승인에 의거, 지휘 양왕이 앞서 말한 이인(夷人)을 호송하여 왔다.

조사해 보니, 성화(成化) 6년[8] 11월에 해당 절강진수 등 관리가 폭풍을 만난 조선국의 김배회(金盃迴)[9] 등 6명의 이국인을 호송하도록 상주했다. 본부는 상주하여 허락을 받은 후 추위를 피할 수 있는 의복, 적당 수의 운반인 및 식량을 지급하여 그들 나라로 돌려 보냈다.

지금 본부에 제출된 상기 건에서 조선국의 최부 등 43명의 이국인이 폭풍을 만나 해양 순시로 체포되었지만, 해당 절강 진수, 순안 및 삼사가 회동한 결과 그들이 간첩이 아니라고 판단을 했다. 그들이 풍파로 심하게 시달린데다가 의복과 식량이 부족했다는 점 때문에 특히 더 그러하다. 먼 나라 사람들을 유화시킨다는 조정의 방침을 감안해 볼 때, 그들이

---

7 병부를 지칭.

8 성화 6년으로 1470년.

9 제주도 사람으로 성종 2년(1471)에 제주에서 서울로 공물(貢物)을 수송한 후 제주로 돌아오는 과정에 나주 근방 해상(海上)에서 대풍(大風)을 만나 표류(漂流)하다가 13일 만에 중국의 절강 지방에 표착하였다. 표착한 일행은 그곳에 8일 동안 머물렀다. 이후 북경(北京)으로 압송(押送)되어 5일 동안 체류하였다가, 그곳에 왔던 성절사(聖節使)와 함께 귀환하였다.

좋은 대우를 받는 것은 바람직한 일이다. 따라서 그 사안은 예부에 이관하여 그들에게 갈아입을 옷을 지급하는 것이 마땅하다.

본부는 관리 최부에게 역마(驛馬)와 관에서 지급하는 식량[10]을, 기타 일행은 짐꾼과 식량을 지급할 것이다. 그들은 짐을 싣고 갈 수레를 공급받을 것이다. 그들이 해당 부(府)를 지날 때, 한 사람의 관리가 차출되어 호송할 것이다. 또한 연도의 위소(衛所)는 적절한 수의 병사를 선발하여 일행의 안전한 귀국을 보호할 것이다. 요동에 이르면 진수, 순안 등 관리의 지시에 따라 그들의 안전한 귀국을 위해 몇 명의 통역이 그들이 국경에 도착할 때까지 동반하게 될 것이다. 이번의 경우는 풍랑을 만난 외국인의 귀환에 관한 일이고, 해당 부가 이를 잘 처리하라는 성지를 받았기 때문에 감히 독자적으로 문제를 처리하지 않았다.

홍치(弘治) 원년[11] 4월 1일. 태자태보(太子太保)[12] 겸 병부상서 여(余) 등이 제본(題本)을 갖추어 올리다.

익일(翌日), 본부는 '해당 부는 이 안건을 잘 처리해야 한다. 이를 준수하라'는 성지를 받았다. 적절한 절차를 시행하기 위해, 이 문제를 귀부(貴府)[13]에 회부하는 것이 온당한 일이다. 이에 따라 유념하기 바란다."

---

10 관에서 지급하는 식량을 한문본에서는 늠급(廩給)이라 했다.

11 홍치 원년으로 1488년.

12 종1품의 관직으로 태자를 수호하고 후견하는 관직.

13 예부(禮部).

최부는 효자에게 명하여 배급된 쌀을 술과 바꾸어 정춘 등에게 주도록 하였다. 정춘이 최부에게 말했다. "우리 두 사람은 약간의 사례, 즉 가져가서 사용할 수 있는 동전이나 베 혹은 여러 가지 산물을 원하였소. 술 취할 생각은 없소." 최부가 말했다. "나는 바다에서 표류하여 사지가 성치 않았소. 가까스로 살아날 수 있었으니, 몸 이외에 무엇인들 있겠소? 짐을 보시오. 거기에 단 하나의 물건이라도 있다면 마음 놓고 가져가시오."

최부가 그들의 눈치를 살펴보니 그들은 최부가 입고 있던 옷을 원한다는 것을 알았다. 최부는 이정으로 하여금 식량을 덜어 돈으로 10문[14]을 바꾸어 그 돈을 그들에게 주도록 하였다. 이종주(李從周)는 받지 않고 돈을 최부 앞에다 확 뿌려 놓고선 정춘과 함께 버럭 성을 내고 떠났다. 밤에 최부는 안의와 이효지와 이야기를 나눌 기회를 가졌다. 최부가 말했다. "송나라 때 제주 사람이 소주 해안에 표착(漂着)했는데, 배 안에는 연밥만큼 큰 삼씨가 있었다네.

소주 사람이 그 씨를 얻어 심었으나 몇 년이 지나 씨는 점점 작아져 보통의 삼씨와 같아졌다네. 지금도 그대 고향에는 그러한 삼의 씨가 있는가?" 안의가 말했다. "그것은 옛날 일입니다. 지금은 보통 삼조차 희귀한 편이며 지방 관리들이 공물을 거두어 갈 때 백성들은 모두 칡 섬유로 만든 굵은 베를 바치고 있습니다. 이 베는 나라에는 쓸모가 없고 백성에게는 해가 됩니다. 만약 공물을 지역 특산물, 제주라면 해산물 같은 것으로 정한다면 이는 바람직한 일이 될 것입니다."

---

14 엽전 등의 화폐 단위로 푼, 전.

4월 8일

날씨가 흐렸다.

국자감 생원 양여림(楊汝霖), 왕연(王演), 진도(陳道) 등이 흑두건(黑頭巾)을 쓰고 청금단령(靑衿團領)[15]을 입고 와서 최부에게 물었다. "귀국의 학생들도 이렇게 입고 있소?" 최부가 말했다. "비록 궁촌벽항(窮村僻巷)[16]에 살고 있는 어린 학생이라도 다들 그렇게 입고 있소.", "귀국에서도 경서를 전공하는 사람들이 있소?", "우리나라의 과거시험은 경서에 정통한 자들이 합격하고 있소. 따라서 학생들은 사서오경을 철저히 공부하고 있소. 경서 하나 만으로는 어엿한 유학자의 반열에 들지도 못하오."

4월 9일, 최부 일행은 옥하관에서 머물렀다.

날씨가 맑았다.

장원(張元), 장개(張凱) 형제가 있었는데, 그들의 집은 옥하관과 마주하고 있었다. 그들이 함께 찾아와서 이야기를 나누었다.

---

15 국자감 학생이나 유생이 입었던 푸른 옷깃의 도포.
16 궁벽한 곳에 외따로 떨어져 있는 가난한 마을.

4월 10일, 최부 일행은 옥하관에서 머물렀다.

날씨가 맑았다.

이서(李恕)가 최부에게 말했다. "귀국할 때 필요한 수레, 말과 관문(關文)[17]이 나왔소. 여기 오래 있지 않을 거요."

4월 11일, 최부 일행은 옥하관에서 머물렀다.

날씨가 흐렸다.

이상이 와서 물었다. "귀국의 사은사(謝恩使)는 왜 지금까지 오지 않았소?" 최부가 말했다. "길이 멀기 때문에 그의 거동을 가늠할 수 없소. 내 자신이 여기에 온 것은 나랏일과 상관이 없는데도, 대국의 크나큰 은혜를 입어 살아서 돌아가게 되었으니 하늘에 감사할 뿐이오. 다만 오랜 떠돌이 생활로 몸은 야위어지고, 게다가 귀국이 자꾸 지연되니, 영전에 곡을 하고 시묘(侍墓)[18]하고자 하는 간절한 마음을 풀 수가 없소. 내가 슬퍼하는 것은 바로 그 점이오."

---

17 고대 중국의 관문 통행 허가증, 일종의 여권.
18 부모의 묘 옆에 움막을 짓고 3년간 생활하는 일.

이상이 말했다. "당신의 말을 예부에 자세히 설명했고 예부도 이를 상주문에 썼소. 곧 돌아갈 수 있을 것이니 슬퍼하지 마시오."

우리 말을 잘 알아듣는 사람이 있었는데 이름이 왕능(王能)이었다. 그가 최부에게 말했다. "내 조상은 대대로 요동의 동팔참(東八站)[19] 지역에서 살면서 의주(義州)와 내왕을 했지요. 나 역시 고려 사람입니다. 열세 살 때 아버지를 여의게 되어 어머니와 함께 요동에 가서 31년 동안 살았지요. 나와 어머니는 올량합(兀良哈)[20]에 붙잡혀 타타르 지방[21]으로 이주했습니다. 결국 살아 돌아와 이곳에서 살고 있는 것이지요. 귀국에서 사신들이 올 때마다 그들을 늘 만났습니다."

그는 자신이 가지고 있던 돈으로 술을 사서 최부와 그의 일행을 위로해 주었다. 그가 최부에게 말했다. "일행 가운데 죽은 이가 하나도 없다고 들었습니다. 그런 가요?", "그렇소.", "참 다행한 일이 아닙니까! 보통 때라도 사람들이 많고 시간이 흐르면 비록 별일이 없을 때에도 병환으로 죽는 사람이 있게 마련인데, 하물며 사나운 폭풍을 만나 그 큰 바다를 건넜으면서도 단 한 사람도 죽지 않았다는 것은 천고에 드문 일입니다. 이는 분명 귀하가 평소에 덕을 많이 쌓은 결과로 생긴 것이라고 생각합니

---

19 조선 사신의 중국에 갈 때 묵었던 역사(驛舍). 압록강을 건너 심양(瀋陽)에 이르기까지 도로변에 여덟 군데의 역참(驛站)이 있었다고 한다.

20 몽골의 민족 집단을 지칭. 몽골 제국 초기에는 몽골의 중부 지역에 분포되어 있었으나, 명나라 때는 이 민족들이 북부 및 서부 지역으로 이주.

21 동부 유럽에서 서부 아시아 일대. 주로 돌궐, 몽골 민족 등이 거주하였는데, 이 중 몽골 민족을 타타르, 즉 달단(韃靼)이라 지칭.

다." 최부가 말했다. "그것은 바로 황은(皇恩)의 감화로 만물이 각기 존재를 인정받고 있는 까닭이오. 그래서 우리 역시 살아남을 수 있었소."

4월 12일, 최부 일행은 옥하관에서 머물렀다.

아침에는 비가 왔고 낮에는 흐렸다.

이해(李海)라는 사람도 우리 말을 이해하고 있었다. 그가 와서 최부에게 물었다. "나는 사신을 수행하여 귀국에 여섯 차례나 갔다 왔습니다. 서거정(徐居正)²² 재상은 아직도 건강하신가요?"

4월 13일, 최부 일행은 옥하관에서 머물렀다.

날씨가 흐렸다.

장기(張夔)라는 자는 장원(張元)의 막냇동생으로 그의 형보다 총명하고 지혜로웠다. 그가 최부에게 말했다. "이 적적한 여관에서 세월을 어떻게 보내시는지요?" 그는 식초와 간장을 가져와 최부에게 선물했다.

---

22 서거정(徐居正: 1420~1488): 조선의 문신으로 대사헌, 판서, 좌찬성 등을 지냈다.

4월 14일, 최부 일행은 옥하관에서 머물렀다.

날씨가 맑았다.

손금(孫錦)이라는 자가 와서 최부에게 말했다. "이처럼 긴 여름날은 지내기가 어렵소. 참 안됐소이다." 그는 최부에게 쌀 한 말, 나물 한 쟁반, 소금과 간장 및 식초 한 그릇씩을 선물했다. 정보를 시켜 사례하자, 손금이 말했다. "당신들이 식량이 부족한 이유는 바로 회동관의 관리들이 상부에 보고하지 않았기 때문이오. 황제가 사정이 이런 줄을 어떻게 알 수 있겠소?"

4월 15일, 최부 일행은 옥하관에서 머물렀다.

날씨가 맑았다.

예부에서 한 관리가 나와 최부의 관직과 성명 그리고 일행의 성명을 기록해서 돌아갔다. 최부는 이유를 알지 못했다.

4월 16일, 최부 일행은 옥하관에서 머물렀다.

날씨가 맑았다.

금의위(錦衣衛)[23] 후소(後所)[24]의 반검사(班劍司)[25] 소속의 교위(校尉)인 손웅(孫雄)이라는 자가 왔다기에 최부가 말했다. "이 텅 빈 숙소에서 하는 일 없이 지낸 지 벌써 보름이나 되었소. 언제 돌아 가게 될지 모르겠소." 손웅이 말했다. "예부에서 상을 내려달라고 상주를 했는데, 그런 후에야 돌아갈 수 있을 것이오."

최부가 말했다. "우리가 여기에 온 것은 나랏일 때문이 아니오. 사경을 헤매다가 살아 났으니 그저 집에 무사히 돌아갈 마음뿐이오. 꺼져가던 숨도 강해졌고, 말라 붙었던 창자도 풀렸으며 다친 발도 나았고 약한 뼈도 단단해졌소. 이는 모두 낯선 사람들을 보살펴 주는 황상의 은혜가 후하고 크기 때문이오. 털끝만큼도 대국에 도움도 주지 않았는데 그처럼 후하고 큰 은혜를 입었으니, 나는 민망하기 짝이 없소. 그런데도 상을 준다는 말씀이오? 내 소원은 빨리 고향으로 가서 노모를 뵙고 돌아

---

23 명나라 때 황제를 호위하고 궁정을 수비하던 관서로 조직은 정3품인 지휘사(指揮使) 아래 동지(同知), 첨사(僉事), 진무(鎭撫), 14개의 소(所)에 천호(千戶), 그 휘하에 관리직으로 부천호, 백호, 총기(總旗), 소기(小旗) 등이 있으며, 그 아래에는 장군(將軍), 역사(力士), 교위(校尉)로 편성되었다고 한다.

24 황제가 행차할 때 뒤에서 호위를 하던 부대.

25 황제의 시위(侍衛) 부서.

가신 아버지를 장사 지내며 효도를 다하는 것이오. 예부가 이 자식의 절박한 심정을 어찌 알 수 있겠소?"

손웅이 말했다. "요즈음 예부에 일이 좀 있어서 당신의 일을 처리하는데 시간이 걸리고 있소. 당신에 관한 모든 상황을 상서(尚書)에 보고한 후 들르겠소."

4월 17일, 최부 일행은 옥하관에서 머물렀다.

비가 뿌렸다.

유구(琉球)사람 진선(陳善), 채새(蔡賽), 왕충(王忠) 등이 와서 귀국한다고 알렸다. 그들은 최부에게 작은 부채 2개와 바닥 깔개 2장을 주면서 말했다. "변변치 않은 물건이지만 정이 담겨 있습니다." 최부가 말했다. "우정은 정(情)에 바탕을 두는 것이지 물건 때문이 아니오." 진선이 말했다. "우리나라 왕이 20년 전에 저의 아버지[26]를 귀국에 파견하여 다녀온 일이 있었습니다. 아버지는 많은 분들에게 사랑을 받았는데 그분들의 온정을 항상 기억하고 있습니다. 이제 제가 귀하와 교분을 나누고 있으니 다행한 일이 아니겠습니까?"

---

26 진선의 아버지. 『조선왕조실록』에 의하면 세조 14년(1468) 유구국 왕의 아우 민의(閔意)가 5명의 사신을 보낸 바 있는데 세조가 연회를 베풀며 그들을 만나는 대목이 나온다. 진선의 아버지도 그들 중의 하나가 아닐까 싶다. 이처럼 유구국 사신들이 빈번하게 조선을 왕래하였다.

4월 18일, 최부 일행은 예부를 찾았다.

날씨가 흐렸다.

예부의 판사리(辨事吏)인 왕환(王瑗)이란 자가 통지서를 가지고 와서 최부를 불렀다. 통지서에는, "예부는 표류해 온 조선의 관리, 최부를 소환하여 조속히 관아로 출두하도록 한다. 어김없이 이를 이행하라."라고 쓰여 있었다. 최부는 왕환을 따라 남훈포(南薰鋪)를 지나 문덕방(文德坊)[27]에 이르렀다. 성의 정양문(正陽門) 안에 대명문(大明門)이 서 있었다. 문의 왼쪽으로 문덕방(文德坊), 오른쪽으로는 무공방(武功坊)이 있었다. 정양문은 3층이고, 대명문은 2층이었다.

일행은 예부에 도착했다. 주객사(主客司)의 낭중(郎中) 이괴(李魁), 주사(主事) 김복(金福), 왕운봉(王雲鳳) 등은 상서 주홍모(周洪謨), 좌시랑(左侍郎) 예(倪), 우시랑(右侍郎) 장(張)[28] 등의 명령을 받들어 최부에게 말했다. "내일 새벽에 조정에 들어가 상으로 옷을 받을 것이오. 옷을 길복(吉服)[29]으로 바꾸어 입어야 하오. 이 일이 끝나면 돌아가게 할 것이오."

---

27 방(坊): 집단 거주 지역, 거리, 골목. 예: 신라방(新羅坊: 고대 중국의 신라인의 거주 지역. 중국에는 옛 거리 이름을 방(坊)이라고 써 붙인 곳이 많다).

28 좌시랑 예와 우시랑 장: 국역자 서인범 등은 좌시랑 예악(倪岳), 우시랑 장열(張悅)로 표기를 했는데, 한문본에는 성만 표기되어 있다.

29 예복.

최부가 대답했다. "내가 바다에서 표류할 당시 풍파를 견디지 못하여 모든 짐꾸러미를 버렸소. 겨우 이 상복을 건져 이곳에 온 것이오. 길복은 하나도 없소이다. 게다가 상중의 몸으로 길복을 입는다는 것은 예(禮)에 어긋나지 않을까 염려되오. 더욱이 상복을 입고 입조(入朝)하는 일은 의(義)에 합당하지 않을 것이오. 이 상황을 고려하여 아무쪼록 대인들이 지시를 재고하여 주시오."

이(李) 낭중은 내가 말한 것을 한참이나 상의하더니 정춘(鄭春)이라는 관리를 시켜 최부에게 말하도록 했다. "내일 아침 상을 받을 때는 의식 절차가 없을 것이오. 당신을 대신하여 하급자[30]가 상을 받도록 하시오. 그러나 모레 황제의 은혜에 사은할 때는 당신이 직접 황제에게 절을 해야 하니 반드시 참석하시오."

최부는 옥하관으로 돌아왔다. 저녁에 손금(孫錦)이 좁쌀 두 말[31]과 오이장아찌 한 그릇을 최부에게 주었다. 어떤 사람이 양떼를 몰고 옥하관 문을 지나갔다. 그 중 한 마리는 뿔이 네 개나 달렸으며 두 마리는 털이 길어 땅까지 늘어져 있었다.

---

30 최부를 수행하는 아전으로 광주목리(光州牧吏) 정보(程保)를 지칭.
31 한문본의 두(斗)는 부피 단위인 되가 아니고 말이 아닌가 싶다. 한 말은 10되.

4월 19일, 상을 받았다.

날씨가 흐렸다.

예부의 서리(胥吏)[32] 정춘(鄭春), 왕민(王敏), 왕환(王瑍)이 와서 최부가 데리고 있는 정보와 다른 40여 명을 불러서 돌아갔다. 최부는 혼자 숙소에 남아 있었다. 정보 등이 대궐로 들어가 상을 받고 돌아왔다. 최부가 받은 물품은 흰색의 모시 옷[33] 한 벌, 붉은 비단으로 속을 댄 둥근 깃의 옷[34] 한 벌, 흑록색 비단으로 안을 댄 옷[35] 한 벌, 푸른색 비단의 소매가 짧은 겉옷[36] 한 벌, 신발 한 켤레, 털 버선[37] 한 켤레와 녹색 면포 두 필이었다.

정보 이하 42명에게는 각각 솜 상의[38] 한 벌, 솜바지[39] 한 벌, 솜 가죽신[40] 한 켤레였다. 이상(李翔)은 돈을 요구하면서 시장 옆에서 돈을 받고

---

32 말단의 행정 실무에 종사하는 하급 관리.

33 소저사의(素紵絲衣).

34 내홍단자원령(內紅段子圓領).

35 흑록단자습자(黑綠段子褶子).

36 청단자답호(靑段子褡護). 영역자 메스킬은 답호를 돈주머니라고 번역했는데 이는 잘못이다. 답호는 소매가 짧고 밑이 긴 겉옷을 의미.『조선왕조실록』의 광해군 4년(1612), 4월 21일 기사에 관원이 푸른색의 비단으로 만든 답호(褡護)를 입는 등 사치를 하고 있다는 기록이 있다.

37 전말(氈襪). 氈은 氈의 속자(俗字).

38 반오(胖襖).

39 면고(綿袴).

글을 써주는 사람과 더불어 홍려시(鴻臚寺)에 보고할 서류를 작성했다.

그 명세서에, "조선의 최부 등은 바다에서 표류하여 절강에 도착했다가 수도로 호송된 바, 이제 황공하게도 겉옷, 솜 상의, 가죽신 등의 상을 받았다. 그들의 명단을 홍려시에 보고하는 것이 마땅하다. 그들은 4월 20일 아침에 황제의 은혜에 사례할 것이다."라고 적혀 있었다.

이상이 정보에게 말했다. "당신 상관에게 내일 아침 길복 차림으로 입고 와서 황제의 은혜에 사례해야 한다고 알리시오." 잠시 후 홍려시의 관원인 서(徐)라는 자가 와서 최부 일행의 관대(冠帶)를 점검하고 숙배의 절차에 대해 가르쳐 주었다. 서는 비록 통역이었지만 우리 말을 제대로 이해하지 못했다.

최부는 정보에게 문지기와 함께 이상의 집을 찾아가서 자신의 뜻을 전하도록 했다. "친상(親喪)은 정성을 다해서 지켜야 할 일인 것이니 화려한 옷을 입는다는 것은 효도를 다하지 않는 것이오. 나 또한 사람의 자식으로 어찌 상복을 벗어 스스로 불효를 자초한단 말이오?"

이상이 말했다. "오늘 그 일을 예부의 상서 대인과 논의했소. 친상은 가볍고 천은(天恩)은 무거운 것이니 배사(拜謝)[41]의 예를 그만둘 수는 없소. 밤 4경[42]에 동장안문(東長安門) 밖으로 하사받은 옷을 입고 오시오.

---

40 옹혜(靿鞋).
41 길복을 입고 절을 하며 사례함.
42 새벽 2시에서 4시 사이.

지체해서는 안 되오." 저녁에 달단의 대령위(大寧衛) 남녀 15명이 자신의 나라를 도망쳐 서회동관(西會同館)에 묵었다.

4월 20일, 대궐 내에서 사은했다.

날씨가 흐렸다.

축시(丑時)[43]에 집에서 바로 온 이상이 최부에게 말했다. "관복을 입고 입조(入朝)하여 황은에 사례하시오. 지체하지 마시오." 최부는 머리의 상관(喪冠)을 가리키며, "상중인데 비단옷에 사모(紗帽)[44]를 쓰면 내가 마음이 편하겠소?"라고 말했다.

이상이 말했다. "당신이 아버지의 빈소(殯所)[45]를 지키고 있다면 아버지가 중요할 것이오. 그런데 지금 당신은 여기에 있으니, 여기에 황제가 계신다는 사실만 알아야 하오. 황제의 은혜가 있는데 사례를 하지 않는다면 신하의 예절에 크게 어긋나는 것이오. 그러기 때문에 우리 중국의 예제(禮制)는 재상이 상을 당하여 황제가 사람을 시켜 부의(賻儀)[46]를 하면 그 재상이 비록 초상(初喪)[47]중이라 하더라도 반드시 예복[48]을 입고 급히 입궐

---

43 새벽 1시에서 3시 사이.
44 가는 비단실로 만든 모자.
45 관이 놓여 있는 방.
46 상가(喪家)에 경비를 보태기 위해 보내는 돈이나 물품.
47 사람이 죽어서 장사를 지낼 때까지의 과정.

하여 사례하는 법이오. 그런 후에야 다시 상복으로 갈아입을 수 있소.

황제의 은혜에 반드시 사례하여야 하오. 사례하기 위해서는 반드시 대궐 안에서 행하여야 하오. 대궐 안으로 들어가기 위해서는 삼베옷을 입을 수는 없소. 물에 빠진 형수에 손을 내미는 것[49]과 같은 변통[50]의 문제란 말이오. 지금 길복에 응하는 것은 사세가 부득이[51]한 것이오." 최부가 말했다. "어제 상을 받을 때 내가 직접 받지 않았소. 이번 사은할 때도 내 종자에게 일러 절을 하게 한다면 어떻겠소?"

이상이 말했다. "물건을 받을 때는 절을 하는 어떠한 절차도 없어 남이 대신해도 괜찮았소. 그런데 지금은 예부와 홍려시가 당신의 사은 문제를 논의하고, '조선의 외인 관원 최부 등' 운운하는 상주문을 이미 제출하였소. 당신은 일행의 우두머리요. 어찌 편하게 물러나 앉아 있을 수 있겠소?"

최부는 할 수 없이 정보를 앞세워 이상의 뒤를 따라 장안문으로 갔다.

---

48 길복, 관복 등과 같은 의미.

49 『맹자(孟子)』의 이루상(離婁上) 순우장(淳于章)에 수익원지이수자(嫂溺援之以手者) 권야(權也)라는 대목이 있다. 제나라의 순우곤이 "남자와 여자가 직접 손으로 물건을 주고 받지 않는 것이 예(禮)라면 형수가 물에 빠진 경우 손으로 잡아 구원해도 되느냐"라고 맹자에게 묻자, 맹자는 "형수가 물에 빠졌을 때 손으로 잡아 구원하는 일은 방편적 수단이다"라고 답한다. 이는 불가피한 상황에 처했을 때는 융통성 있게 처리한다는 의미.

50 형편과 경우에 따라 일을 융통성 있게 일을 처리함. 한자, 권(權)은 임기응변의 의미를 지니고 있다.

51 사세부득이(事勢不得已): 어찌할 수 없는 상황으로 그렇게 할 수밖에 없다.

여전히 최부는 차마 길복을 입을 수 없었다.[52] 이상이 직접 최부의 상관을 벗기고 사모를 씌웠다. 그러면서 말했다. "나라에 일이 있으면 상중에 공직으로 돌아오는 제도[53]가 있소. 당신은 길복을 입고 이 문을 통해 가시오. 사은의 의식이 끝나서 이 문을 통해 떠날 때 다시 상복으로 갈아입으시오. 그저 잠깐 동안일 것이오. 자신의 생각만 매달리면 융통성이 없는 사람[54]이 되는 것이오."

그때 황성(皇城)의 외문이 열리자 조회(朝會)에 들어가는 신하들이 줄을 지어 들어가고 있었다. 사세에 떠밀려 최부는 길복을 입고 입궐하였다. 그들은 단층으로 된 문과 2층 문을 지났다. 또 다른 큰 2층 문이 있었는데, 그 문이 오문(午門)이었다. 병사들이 삼엄하게 정렬되어 있었으며, 등불이 휘황하였다. 이상은 최부를 뜰 가운데에 앉혔다. 이윽고 오문의 왼편에서 북이 울리고 오른편에서는 종이 울렸다. 세 개의 홍문[55]

---

52 최부가 예부의 관리들과 상복의 착용을 끝까지 고집한 사실은 전 서울대 총장, 고병익(高柄翊)은 1964년의 『이상백(李相伯) 박사 회갑기념논총(回甲紀念論叢)』에 실린 논문 「상복(喪服)의 윤리」에서 소개되었다. 그는 이 논문에서 "예제(禮制)의 본고장인 중국에 가서 그 예부의 관리들을 상대해서도 거의 일보 양보 없이 끝까지 상복착용을 고집한 사실은 정통적인 유교학자로서 그 사고와 행동이 어떠한 불의의 고난 속에서도 그의 윤리관을 위해서 얼마나 타협 없는 노력을 기울였는가를 보여 주고 있다"고 했다.

53 기복지제(起復之制), 기복출사(起復出仕), 기복행공(起復行公), 즉 상중에도 공직에 복귀함.

54 고집불통. 한문본에는 집일무권(執一無權)으로 나와 있는데, 국역자 최기홍과 국역자 서인범 등은 한 가지만 고집하여 융통성이 없다고 번역했다. 『맹자』의 진심장구(盡心章句) 상(上), 양자장(楊子章)에 의하면, '하나만을 고집하면 도(道)를 해치는데, 이는 백(百)을 버리기 때문이다'고 했다. 영역자 메스킬은 이 구절을 예외가 없는 완벽한 법은 없다고 번역했다.

이 열렸는데, 문마다 두 마리의 커다란 코끼리가 지키고 있었다. 모습이 기이하고 장관이었다.

막 먼동이 틀 무렵 신하들이 문 앞에 반열[56]에 따라 늘어서 있었다. 이상은 최부를 안내하여 그 반열에 끼도록 한 후, 정보 등을 인도하여 별도로 한 대열을 만들었다. 일행은 국자감 생원들 뒤에 자리를 잡았다. 그들은 각자 다섯 번 절하고 세 번 머리를 조아린[57] 다음 단문(端門)을 통해 승천문(承天門)으로 나왔다. 승천문은 대명문(大明門)안에 있었다. 일행은 동쪽으로 가서 장안좌문(長安左門)으로 나와서 상복으로 갈아입었다. 일행은 장안가(長安街)를 지나 옥하관으로 돌아왔다.

이효지, 허상리와 권산이 상으로 받은 옷을 들고 최부를 찾았다. 그들이 말했다. "이전에 정의현 사람들이 현감 이섬을 따라 이곳으로 표류되었습니다만 황제가 하사(下賜)하지 않았습니다. 지금 우리가 생각지도 못한 상을 받은 데다가 황제 앞에서 절까지 하였습니다. 이 얼마나 행운입니까?"

최부가 말했다. "어찌 그것이 우연일 수 있겠는가? 상이란 공이 있어야 받는 것이네. 자네들이 대국(大國)에 무슨 공이 있는가? 자네들은 표류로 죽을 뻔하다가 살아서 돌아가게 되었네. 황제의 은혜가 이미 지극한데, 거기다가 미천한 신분인 자네들이 황궁에 들어가 그러한 상을 받

---

55 무지개처럼 둥근 문.
56 품계의 차례.
57 고두(叩頭): 머리를 땅에 닿을 듯 조아리다.

게 되었으니까 말이네. 그 뜻을 알겠는가? 황제가 우리를 보살펴 주고 상을 준 것은 하늘을 두려워하고 대국을 섬긴 우리나라 임금의 덕분이지, 자네들 때문이 아닐세. 우리 임금의 덕을 잊지 말게나. 황제의 하사품을 가볍게 다루지 말게나. 하사품을 훼손하거나 잃어버리지 말고 남한테 팔지 않도록 하게나. 자네들의 자손들이 가보로 길이길이 간직하도록 해야 하네."

4월 21일, 최부 일행은 옥하관에서 머물렀다.

이날은 흐렸다.

백호(百戶) 장술조(張述祖)가 와서 말했다. "나는 좌군도독부(左軍都督府)[58]의 총병(總兵)[59] 어른으로부터 요동까지 호송하라는 임무를 맡았소. 병부와 회동관에서 이미 관문(關文)[60]이 발급되었으니, 2~3일이면 떠나게 될 것이오." 그는 소매에서 공문을 꺼내 최부에게 보여 주었다.

내용은 이러했다.

---

58 명대의 군사 편제로 최고 기관인 오군도독부(五軍都督府)의 하나. 중군(中軍), 좌군(左軍), 우군(右軍), 전군(前軍), 후군(後軍)이 이에 속했다.
59 정1품의 도독(都督)이 아닌가 싶다. 오군도독부(五軍都督府)에 각 사령관으로 좌도독(左都督), 우도독(右都督)을 두었다.
60 고대 중국의 관청 간의 일종의 문서.

302

"좌군도독부. 해양 정보에 관한 건. 해당 경력사(經歷司)[61]에서 제출한 보고서에 의거하여 병부직방청리사(兵部職方淸吏司)[62]에서 작성한 보고서가 본부의 제본(題本)이 첨부되어 조정에 송부되었다. 진수절강사설감태감(鎭守浙江司設監太監) 장경(張慶)의 상기 건에 대한 초본(抄本)도 송부되었다.

도독부는 한 명의 관원을 임명하여 일행을 호송하도록 했으며, 경유하는 군의 위소(衛所) 인부를 차출하여 보호하도록 한다. 일행이 요동에 이르면 방어 및 순찰 관원이 따로 통역을 차출하여 일행을 조선 국경까지 책임지고 호송하여 국경에 이르면 일행이 스스로 귀국하도록 한다. 본건은 풍랑을 만난 이국인을 환국시키는 관리상 문제 및 '해당 부가 관련 원칙과 사실에 입각하여 처리하도록 하라'는 황명을 받들고 이를 준수하는 문제와 관련된 만큼 본부는 재가 없이 감히 처리하지 않았다. 이에 4월 1일 홍치원년(弘治元年) 태자태보(太子太保) 및 상서 여자준(余子俊) 등이 제본(題本)을 작성하여 올렸고 다음날 '그렇게 하도록 하라. 이를 준수하라'는 황명을 받았다. 본부는 모든 준비를 시행함은 물론 도독부의 경력사(經歷司)에서 도독부에 올린 보고서에 의거하여 병부는 상주를 하여 '사안에 대해 원칙과 사실에 따르도록 하라. 이를 준수하라'는 명령을 받았기 때문에 본부는 한 명의 적합한 관리를 호송인으로 보내 일행을 동반하도록 했다. 진수요동태감(鎭守遼東太監) 위랑(韋郎), 총병관 구겸(緱謙)이 일행과 동행하여 군의 위(衛)를 경유하도록 할 것이다. 모든 관아(官衙)는

---

61 오군도독부의 소속으로 문서 출납, 보관 등의 업무를 관장하던 부서. 책임자는 종5품의 관직.

62 직방청리사: 병부 소속으로 군사 관련 지도 등의 업무를 관장하던 부서, 책임자는 낭중(郎中)으로 정5품 관직.

이를 준수하고 이에 대한 명령을 철저히 이행하도록 한다.

좌군도독부 경력사에서 발송한 공문이 도독부에 도착하면 모든 준비가 실행될 것이다. 인원의 파견 및 인계 업무 이외에 기록을 작성하게 될 것이다. 기본 업무는 최부와 일행을 철저히 보호하며, 앞으로 호송을 담당하는 일이다. 요동 총병관 구겸(緱謙)은 최부 일행의 인계 업무와 일행을 동반할 통역을 차출하는 데 주의할 것이다. 늑장을 부린다든가 혹은 불편을 끼치는 일이 없도록 하라. 차질 없이 공문[63]을 시행할 것이다."[64]

4월 22일, 최부 일행은 옥하관에서 머물렀다.

날씨가 맑았다.

이달 초5일부터 최부는 머리가 아팠다. 17일에는 조금 나아졌으나 이날은 돌연 가슴에 통증을 느꼈다. 가슴 아래 부분이 뻣뻣해지고 손발이 마비되면서 온몸에 오한이 있었다. 숨이 몹시 가빴다. 정보, 김중, 손효자와 고이복이 기도하였으나 효과가 없었다. 어떻게 해야 할지 몸 둘

---

63 한문본의 차부(箚付) 혹은 찰부(札付)는 고대 중국의 상급 관부(官府)에서 하급 관부로 보내는 공문.

64 차질 없이 공문을 시행할 것이다: 한문본의 "수지차부자(須至箚付者)"에 관해서 국역자 박원호는 "차부를 보냄", 서인범 등은 "이는 마땅히 차부로써 하는 것이다"라고 해석했는데, 지(至)는 "효력을 미치게 하다", "시행하다"로 해석하는 것이 맞지 않나 싶다.

바를 모르고 있었다. 이정과 막금은 그의 곁에서 울고만 있었다. 병 치료에 대해 약간 알고 있는 어떤 사람이 최부가 위태롭다고 보았다. 그가 최부의 열 손가락 끝을 큰 바늘로 따니 검은 피가 뿜어져 나왔다. 그는 "매우 위험해. 위태롭다"는 말만 되뇌었다.

김중과 정보가 급히 예부의 주객사(主客司)[65]에 알렸다. 회동관의 보고도 예부에 도착했다. 예부는 태의원(太醫院)[66]의 의사인 주민(朱旻)을 보내 그의 병을 치료하도록 했다. 주민은 맥을 짚어 보고 말했다. "이 병은 주로 칠정(七情)[67]이 상한 데다 감기가 들었기 때문이오. 그 때문에 이 병을 얻었으니, 조리에 신경을 쓰시오."

정보가 물었다. "어떤 약을 써야 됩니까?" 주민이 말했다. "향화대기탕(香火大氣湯)[68]으로 치료해야 할 것이오." 주민이 태의원으로 급히 가서 약을 가지고 돌아왔다. 그 약은 가감칠기탕(加減七氣湯)이었다. 그는 손수 약을 달여 최부에게 마시도록 했다. 밤 2경[69]쯤에 최부는 마셨던 약을 토했다.

---

65 외국의 손님을 영접하던 부서.

66 황실의 의원.

67 인간의 기본적인 일곱 가지 정, 즉 『예기(禮記)』에 나오는 희로애구애오욕(喜怒哀懼愛惡欲).

68 한약제로 만든 탕약.

69 밤 9시에서 11시 사이.

4월 23일, 최부 일행은 옥하관에서 머물렀다.

구름이 끼고 천둥이 쳤다.

이른 아침에 주민이 다시 와서 최부를 진맥한 후 말했다. "어제는 맥박 세 개가 느리게 뛰고 두 개는 걸렸는데, 오늘은 맥이 생기를 되찾았소. 몸조리를 잘 하시오." 그는 인삼양위탕(人蔘養胃湯)[70]을 마시도록 했다. 최부는 탕약을 먹은 이후 점차 회복이 되었다.

저녁 무렵, 이서(李恕)와 장술조(張述祖)가 와서 최부에게 말했다. "내일 아침 일찍 귀국길에 오를 것이오. 그러나 지금 몸이 편치 않으니 26일에 출발해도 좋소. 어떻소?", "나는 초상을 당하여 급히 가던 중 다른 나라로 표류되었소. 사정이 매우 긴박하여 하루가 여삼추(如三秋)라오. 어제는 아프더니 오늘은 조금 나아졌소. 그러니 수레 위에 누우면 갈 수 있소. 갑시다." 술조가 말했다. "그러면 내가 순천부(順天府) 체운소에 가서 수레, 당나귀와 말[71]을 부탁해 놓고 오겠소."

---

70 인삼 등 한약제를 섞어 달인 탕약.

71 한문본에 "여마(驢馬)"라고 표기 되어 있는데, 국역자들은 "여마"를 "노마" 혹은 "당나귀" 등으로 해석했는데, 영역자 메스킬은 "당나귀와 말"로 해석했다. 4월 24일자에서 최부는 말을 타고, 종자들은 당나귀를 타고 회동관을 떠났다는 구절이 있는데, 이로 보면 영역자 메스킬의 해석이 맞다.

최부의 주:

명나라 태조고황제[72]는 남경(南京)에 도읍했는데, 남경은 일찍이 6조 (朝)[73]의 황제와 왕이 수도로 삼았던 금릉(金陵)이었다. 태종문황제[74]는 북 평부(北平府)로 천도하고 북경(北京)이라 했다. 그래도 남경의 치소(治所: 지 방장관이 집무하는 관청)는 여전하였다. 남경의 기내(畿內)[75]에 응천부(應天府) 등 18부(府)가 있으며 이에 속한 주(州)와 현(縣)들이 있다.

북경의 기내(畿內)로 순천부(順天府) 등 11부가 있으며 주와 현이 역시 부에 소속되어 있다. 양 수도의 기내에 있는 부, 주와 현은 6부(部)가 관장 하고 있다. 천하는 13개의 포정사로 분할, 산서(山西)[76], 산동(山東), 하남 (河南), 섬서(陝西), 절강(浙江), 강서(江西), 호광(湖廣)[77], 사천(四川), 복건(福 建), 광동(廣東), 광서(廣西), 운남(雲南) 및 귀주(貴州)라고 했다. 그곳에서 여 러 부, 주, 현을 관할하고 있다. 도사(都司)[78]와 위소(衛所)가 설치되어 지

---

72 명나라 초대 황제, 주원장(朱元璋: 재위기간 1368~1398); 묘호(廟號)는 태조, 시호(諡 號)는 고황제(高皇帝), 연호(年號)는 홍무(洪武).

73 고대 중국에서 후한(後漢)이 멸망한 뒤 수나라가 통일될 때까지 양자강 남쪽에 있었 던 여섯 왕조. 오(吳), 동진(東晉), 송(宋), 제(齊), 양(梁), 진(陳).

74 명나라 세 번째 황제(朱棣: 재위기간 1402~1424). 태종은 묘호이며 후에 성조(成祖) 로 개칭. 연호는 영락(永樂). 후세에 영락대제로 칭함.

75 수도를 중심으로 행정이 미치는 지역; 예: 경기(京畿). 명 성조가 북경으로 천도하자 남경은 남겨진 도읍지라는 의미에서 유도(留都)라 불렸다.

76 산서(山西)와 섬서(陝西): 로마자 표기로 둘 다 shanxi인데, 성조로 구분이 된다. 즉 산서(山西)의 산(shan)은 1성(一聲)이고, 섬서의 섬(shan)은 4성으로 발음.

77 호남(湖南), 호북(湖北)을 지칭. 현재 중국의 성(省)은 대만성을 포함 23개의 성이 있다.

역 방어를 하고 있다. 부는 149개, 주는 218개, 현은 1,105개이고 선위(宣慰)[79], 초토(招討)[80], 선무(宣撫)[81], 안무(安撫)[82]등의 관사가 있다.

경성(京城)[83]은 원(元)나라의 대도성(大都城)으로 영락(永樂) 연간[84]에 성을 확장, 수축하였으며 아홉 개의 성문이 있다. 남쪽에는 정양(正陽)이 있다. 정양 오른편에 선무(宣武), 왼쪽에는 숭문(崇文)이 있다. 동쪽으로 동직(東直), 조양(朝陽), 서쪽에 서직(西直), 부성(阜城), 북쪽에 안정(安定), 덕승(德勝) 등의 문이 있다. 성안에는 황성(皇城)이 있고, 황성 안에 서원(西苑), 태액지(太液池), 경화도(瓊華島), 만세산(萬歲山), 사직단(社稷壇)과 태묘(太廟)가 있다.

황성(皇城)의 장안좌문(長安左門) 남쪽에 종인부(宗人府)[85], 이부(吏部)[86], 호부(戶部)와 예부(禮部)가 남쪽으로 차례로 서 있다. 종인부 뒤에는 병부(兵部), 공부(工部)[87], 홍려시(鴻臚寺)[88], 흠천감(欽天監)[89]과 태의원(太醫院) 역

---

78 도지휘사사(都指揮使司), 즉 중앙의 오군도독부 소속으로 군사 조직인 위소(衛所)를 지휘하던 관청.
79 재해나 병란 등이 있을 때 백성의 어려움을 위문.
80 변란 등을 진압.
81 재해나 병란 등이 있을 때 민심을 수습.
82 민정을 살펴서 어루만지고 위로.
83 도성(都城), 황성, 즉 북경.
84 1403~1424년.
85 황족의 종실 사무를 관장하던 관청.
86 문무 관리 선발 등의 인사 업무를 담당하던 관청.
87 산천 관리, 개간, 토목, 건축, 공예, 제작 등을 담당하던 관청.
88 외국 사신 등의 접대 업무를 맡아보던 관청.

시 남쪽으로 나란히 있다. 장안우문(長安右門)의 남쪽으로는 오군도독부(五軍都督府)의 중·좌·우·전 등의 부(府)가 남쪽으로 열을 지어 있다.

후부(後府)는 중부(中府)의 뒤에 있다. 후부의 남쪽에는 행인사(行人司)⁹⁰가 있고, 태상시(太常寺)⁹¹, 통정사사(通政使司)⁹², 금의위(錦衣衛) 또한 남쪽으로 열을 지어 있다. 기수위(旗手衛)⁹³는 통정사사 뒤에 있다. 형부(刑部), 도찰원(都察院)⁹⁴, 대리시(大理寺)⁹⁵ 등은 관성방(貫城坊)에 있는데 남쪽으로 늘어서 있다. 한림원(翰林院)⁹⁶은 옥하(玉河)의 서쪽에, 첨사부(詹事府)⁹⁷는 옥하의 동쪽에 있다.

국자감(國子監)은 안정문 안에 있으며, 광록시(光祿寺)⁹⁸는 동안문(東安門) 안에 있다. 태복시(太僕寺)⁹⁹는 만보방(萬寶坊)에, 그리고 오병마사(五兵馬司)¹⁰⁰, 부군사위(府軍四衛)¹⁰¹, 우림삼위(羽林三衛), 금오사위(金吾四衛), 호

---

89 천문을 관측하고 길흉, 금기 등의 판별을 담당하던 관청.

90 전지(傳旨: 황제나 왕의 뜻을 전함), 책봉(册封) 등의 업무를 담당하던 관청.

91 국가의 제례(祭禮)를 주관하던 관청.

92 문서전달, 황명(皇命)의 출납, 내외 신민(臣民)의 상소, 건의 등을 관장하던 관청.

93 황제 출입시 문을 경비하고 징과 북, 기를 사용하며 황제의 거마(車馬)를 호위하는 업무를 맡던 관청.

94 중앙의 감찰 기구.

95 형벌, 감옥, 송사 등의 관련 업무를 맡아보던 관청, "사(寺)"는 관청을 의미할 때는 "시"로 읽음. 즉 사(司)를 의미.

96 역사편찬, 문한(文翰) 사무를 관장하던 기구.

97 태자 관련 사무를 맡아보던 관청.

98 제사, 연회 등의 일을 맡던 관청.

99 수레와 말의 사육 등을 관장하던 관청.

분좌위(虎賁左衛), 연산삼위(燕山三衛), 대흥좌위(大興左衛), 무양이위(武驤二衛), 등양이위(騰驤二衛), 영청이위(永淸二衛), 무공삼위(武功三衛), 제양위(濟陽衛), 제주위(濟州衛), 팽성위(彭城衛), 사이회동관(四夷會同館)[102]과 순천부(順天府)가 있다. 대흥현(大興縣)과 완평현(宛平縣)의 치소가 있고, 원세조(元世祖)[103], 문천상(文天祥)[104], 옥황(玉皇)[105] 등의 사당도 모두 성안에 있다.

천수산(天壽山)은 북쪽으로 백리에 있으며 황도의 진산(鎭山)이다. 산 밑에는 영안성(永安城)이 있고, 영안성 안에는 장릉(長陵)[106], 헌릉(獻陵)[107], 경릉(景陵)[108] 등의 3위(衛)가 있다. 지금 대행(大行)[109] 성화(成化)황제[110]는 이곳에서 장사 지냈다. 서산(西山), 금산(金山), 각산(覺山), 천산(泉山), 앙산(仰山)과 향산(香山) 그리고 노사(盧師), 평파(平坡), 한가(韓家), 쌍천(雙泉), 기반(棋盤), 취봉(翠鳳), 담자(潭柘), 옥천(玉泉), 오화(五華) 등 산들은 모두 성의 북서쪽으로 30여 리 사이에 있다. 몹시 가파르고 거대한 산들로 방

---

100 병마사: 병마지휘사로 북경 시내를 순찰하며, 방범, 방화 등의 일을 맡던 관청. 현재의 공안국(公安局).

101 수도를 수비하던 친위군.

102 외국사신을 접대하던 곳.

103 쿠빌라이(1260~1264).

104 남송(南宋) 말기의 재상으로 원나라의 군대에 항거하였으나, 패배하여 포로가 됨. 그의 옥중 시인 정기가(正氣歌)가 유명하다.

105 옥황상제: 도교의 신화에 의하면 하늘과 인간, 지옥을 포함한 만상을 다스리는 하느님.

106 명나라 황제인 영락제, 즉 성조의 묘.

107 명나라 인종의 묘.

108 명나라 선종의 묘.

109 대행(大行)은 최근 세상을 떠나, 시호가 정해 있지 않은 황제나 황후를 지칭.

110 명나라 헌종.

패 역할을 하며 수도를 길이길이 튼튼한 보루로 만들고 있다.

옥하(玉河)는 옥천산(玉泉山)에서 발원하여 황성의 대궐 안을 지나서 도성의 동남쪽으로 나와 대통하(大通河)가 되고, 고려장(高麗庄)에 이르러 상건하(桑乾河)와 함께 백하(白河)로 들어가고 있다. 두 개의 호수가 있는데, 그 중 하나는 황성의 서쪽 3~4리에 있다. 산에서 흐르는 모든 강이 이곳으로 흘러 들어오고 있다. 다른 하나는 황성의 남쪽에 있으며 짐승을 기르는 곳이다. 그 외에도 피운각(披雲閣), 중심관(中心館), 영평정(永平亭), 포과(匏瓜), 옥천(玉泉)과 남야(南野)와 같은 누각들이 헤아릴 수 없을 정도로 많이 있다.

북경은 우(虞)나라[111] 때는 유주(幽州) 땅이었다. 주(周)나라[112] 때는 연(燕)과 계(薊)[113]의 분계점이었다. 후위(後魏)[114] 이래 북경은 오랑캐의 풍속을 익혔다. 그 후 요(遼)나라[115] 때는 남경, 금나라[116] 때는 중도(中都), 원나라[117] 때는 역시 대도(大都)가 되었다. 이적(夷狄)[118]의 군주가 잇달아 수도를 세웠기 때문에 모든 풍속은 오랑캐로부터 습득한 것이었다.

---

111 고대 중국의 순(舜) 임금이 세웠다는 전설상의 나라.
112 기원전 11세기부터 기원전 256년까지의 중국의 고대 왕조.
113 둘 다 지명 이름.
114 선비족이 386년에 세워 534년까지 존속한 왕조로, 북위(北魏)라고도 한다.
115 거란족이 916년에 세워 1125년까지 존속한 왕조.
116 여진족이 1115년에 세워 1234년까지 존속한 왕조.
117 몽골족이 1271년에 세워 1368년까지 존속한 왕조.
118 중국의 동쪽에 있는 민족(夷)과 북쪽 민족(狄)을 지칭.

지금 대명(大明)은 옛날의 오염을 씻어내고 (左衽)[119] 복장을 의관(衣冠)을 갖춘 옷차림이 되도록 했다. 이처럼 성대한 조정의 문물이 볼만했다. 그러나 여염(閭閻)[120] 사람들은 도교와 불교를 숭상하고 유교는 숭상하지 않고 있다. 그들은 상업에 종사하고 농사는 별 관심이 없다. 의복은 짧고 좁은데 남녀가 같은 옷차림이다. 음식은 고약한 냄새가 났다. 신분 고하를 막론하고 식기를 같이 쓰고 있다. 아직도 이러한 풍속이 말끔하게 없어지지 않아 안타까운 일이었다.

게다가 산은 헐벗고 강은 더러웠다. 모래와 먼지가 땅에서 일어 하늘을 뒤덮는다. 오곡은 풍족하지 않았다. 이로 보면 사람들이라든가 성대한 건축물, 그리고 시장의 풍요는 소주나 항주에 미치지 못하고 있지 않느냐는 생각이 들었다. 성안에 필요한 모든 물자는 남경, 소주 혹은 항주에서 오고 있다.

바다를 건너 표착한 최부와 그 일행을 이방인으로 간주했던 조정은 숙소의 문을 지키던 수위, 유현(劉顯) 등에게 명하여 상관으로부터 명문으로 된 허가서 혹은 호출이 없는 한, 일행이 자의로 숙소를 떠난다거나 거간꾼이나 부랑자가 숙소에 들어가 일행과 어울리지 못하도록 했다. 따라서 유현은 엄중히 통제했다. 더욱이 통역이 없었기 때문에 최부는 마치 소경이나 귀머거리처럼 되어 조정에서 이루어지는 어떠한 것에 대해서도 알 수가 없었다.

---

119 오른쪽 옷깃을 왼쪽으로 여미는 고대 중국의 소수민족의 옷차림.
120 일반 백성이 모여 사는 곳.

4월 24일, 최부 일행이 옥하관을 출발했다.

날씨가 맑았다.

백호인 장술조(張述祖)와 그의 아들 중영(仲英)이 순천부 체운소에서
수레 세 대를 구해가지고 왔다. 최부는 말을 타고 종자들은 수레나 당나
귀를 탔다. 일행은 옥하교를 거쳐 숭문문으로 나와 다시 통주(通州)의
새로운 성과 옛 성을 통과하여 노하역(潞河驛)에 도착했다. 역리(驛吏)
인 이봉(李鳳)이 차를 끓여 일행을 대접했다.

4월 25일

날씨가 흐렸다.

최부 일행은 백하(白河)를 지났다. 오랫동안 가뭄으로 강물이 얕아 흙
으로 대충 만든 다리가 놓여 있었다. 일행은 화소둔(火燒屯), 조리포(照
里鋪), 연각집(煙角集), 마의파(馬義坡), 하점포(夏店鋪)와 유하둔(柳河屯)
을 지나 하점역(夏店驛)에 도착했다. 황무지를 통과했는데, 도로 북쪽으
로 한 10리쯤에 민둥산이 있었다. 멀리서 바라보니 흙더미 같았는데 위
에는 호천탑(昊天塔)이 있었다. 바로 통주(通州)의 고산(孤山)이었다. 통
주는 평야지대로 높은 산이 없고 다만 이 산 하나가 있을 뿐이다.

이어 백부도포(白浮圖鋪)와 동관체운소(東關遞運所)를 지나 삼하현성
(三河縣城) 남문으로 들어갔다. 진사문(進士門)을 지나 태복분시(太僕分
寺)에 도착했다. 현은 칠도(七渡), 포구(鮑丘), 임구(臨洵) 등 세 강 가운
데에 자리잡고 있었다. 그 때문에 현의 이름을 그렇게 지었다. 성안에는
현청, 흥주후둔위(興州後屯衛), 영주후둔위(營州後屯衛) 등의 위들이 있
었다. 현의 북쪽 15리 사이에 영산(靈山)과 고성산(古城山)이 있었으며
그 서북쪽으로는 토아산(兎兒山)과 타산(駝山) 등의 산들이 있었다.

―――

4월 26일

날씨가 흐렸다.

아침 일찍 삼하현(三河縣)의 지현(知縣)인 오씨와 현승(縣丞)[121]인 범
씨, 주부(主簿)인 양씨가 쌀 한 쟁반, 고기 한 근(斤)[122], 술 한 병과 채소
한 쟁반을 가지고 와서 안부를 물었다. 다시 남문으로 나와 초교점(草橋
店)에 이르렀는데 초교점의 동쪽에는 임구하(臨洵河)가 있었다. 풀을 쌓
아 다리를 놓았다. 연둔포(煙屯鋪), 석비점(石碑店)과 동령포(東嶺鋪)를
지나 공락역(公樂驛)에 도착했다.

―――

121 지현의 보좌역.
122 근: 중국에서 800그램; 과거에는 16량으로 800그램이었으나 현재는 10량으로, 500
그램.

4월 27일, 어양역(漁陽驛)에 도착하여 사은사를 만났다.

날씨는 흐렸고 밤에는 큰 비가 왔다.

일행은 백간포(白澗鋪), 이십리포(二十里鋪)와 십리포(十里鋪)를 지나 어양역에 도착했다. 역은 계주성(薊州城) 남쪽 5리쯤에 있었다. 역의 남쪽에는 남관체운소(南關遞運所)가 있었다. 역승은 조붕(曹鵬)이라는 사람이었다. 계주는 진(秦)나라와 한나라 시대 어양군(漁陽郡)으로 당나라 안녹산(安祿山)이 반란을 일으키면서 그곳을 점령했다. 후에 계주는 옛 계문관(薊門關)에서 이름을 따온 것이다. 반룡산(盤龍山)은 서북쪽에, 공동산(崆峒山)은 동북쪽에 있었다. 성안에는 주치(州治)와 계주위(薊州衛), 진삭위(鎭朔衛)와 영주우둔위(營州右屯衛)의 치소[123]가 있다. 치소의 서북방 한 쪽에 장감(張堪)의 사당이 있다. 장감이 어양의 태수(太守)로 있을 때 그는 백성에게 농사를 짓는 법을 가르쳤다. "보리 줄기마다 두 개의 이삭이 팼다…"[124]는 동요가 있다고 하였다. 이는 그를 기리는 동요다. 사당에 있는 그의 거사비(去思碑)는 새로 세운 것 같았다.

일행이 막 출발하려고 할 때 어떤 사람이 달려 와 조선의 사신이 오고 있음을 알렸다. 최부는 장술조에게 말했다. "우리나라 사신이 곧 온다고 하오. 길에서 만난다면 인사 한 번만 하고 지나칠 것 같소. 여기서 좀

---

123 관청, 관청 소재지.

124 한문본에 맥수양기(麥秀兩岐)로 표기. 일맥쌍수(一麥雙穗)로 "보리 한 줄기에 이삭이 두 개가 패다", 즉 풍년이 들었다는 의미.

기다렸다가 고국 소식을 듣고 싶소.","그러시지요."그날 해질 무렵에 사은사 지중추(知中樞)[125] 성건(成健), 서장관(書狀官)[126] 윤장(尹璋), 최자준(崔自俊), 우웅(禹雄), 성중온(成仲溫), 김맹경(金孟敬), 장우기(張佑奇), 한충상(韓忠常), 한근(韓謹), 오근위(吳近位), 김경희(金敬熙), 권희지(權熙止), 성후생(成後生), 이의산(李義山), 박선(朴璇), 정흥조(鄭興祖) 등이 도착하여 역에서 묵었다.

최부가 뜰 중앙으로 사신을 방문하자 사신은 계단을 내려왔다. 최부가 머리 숙여 절을 하자 답례하며 말했다. "주상 전하는 편안하시고 나라는 무사하오. 당신의 고향도 무고하오. 전하는 당신이 표류하여 돌아오지 않았다는 소식을 듣고 예조에 하명하시어 각 도의 관찰사로 하여금 해안의 모든 관리에게 일러 철저히 조사하여 신속히 보고하라고 하셨소. 아울러 우승지(右承旨)[127] 경준(慶俊)[128]에게 명하여 대마도와 일본의 여러 섬에서 온 사신들의 외교문서에 회답[129]할 때 이러한 사연을 덧붙이도록 명하였소. 전하의 성은을 어찌 헤아릴 수 있겠소!" 최부는 절

---

125 지중추부사(知中樞府事)로 중추부(中樞府)의 종2품 관직. 중추부는 일정한 직무가 없는 당상관(정1품에서 정3품까지의 문관, 무관을 지칭)을 우대하기 위한 관청.

126 중국 등에 파견되었던 사신 중의 하나로, 기록을 맡았던 기록관. 정사(正使), 부사(副使), 서장관을 3사로 지칭.

127 왕명의 출납을 맡아보던 정3품 관직.

128 조선 성종 때 문신. 청주 경씨.

129 한문본에 "서계수답(書契修答)"이라고 기재되어 있는데, 서계는 공식 외교문서. 『조선왕조실록』선조의 1607년 5월 17일 기사에 "崔溥漂海時, 令各道監司, 通諭沿海各官, 搜覓啓聞, 且於對馬島及日本諸島書契修答時, 右辭緣幷錄通諭云"운운의 기록이 있다.

을 하고 물러났다. 김중 등에게, "우리는 소민(小民)이네. 매미나 땅강아지의 삶과 죽음처럼 우리 삶이나 죽음도 하늘과 땅에는 무득무실(無得無失)[130]일세. 전하의 보잘것없는 백성에게까지 그처럼 생각을 하신다니 얼마나 경이로운 일인가! 바로 그 성은으로 우리가 간신히 살아남았다."라고 말하자, 김중 등은 감격하여 울었다.

잠시 후에 서장관과 최자준이 최부가 머물고 있던 곳으로 와서 고국의 최근 사정에 대해 자세한 이야기를 전해 주었다. "우리가 처음 당신이 표류되어 익사했다는 말을 듣고 모두들 탄식을 하였소. 성희안(成希顔)[131] 홀로, '내 생각으로는 최부가 바다에서 죽을 사람이 아니오. 조만간 반드시 살아서 돌아올 것이오'라며 장담하였소. 이제 만나게 되었으니 그의 말이 맞았소."

황혼녘에 사신은 최부를 초청하여 자리를 같이 했다. 최부에게 만찬을 베풀면서 최부의 배리에게도 음식을 보냈다. 최부가 사례하며 말했다. "저는 불효자로 죄가 막중합니다. 스스로 죽지 못하여 그 화가 선인(先人)에게 미쳤습니다. 아직도 관 옆에서 가슴을 치거나 발을 구르지 못했습니다. 오히려 태풍에 밀려 표류되어 오장[132]이 무너져 살아남지 못할 것이라고 생각했습니다. 저는 동쪽으로 6천여 리나 가서 다행히 민(閩)[133]의 동부 지역에 도착하였습니다. 그런데 사방을 돌아봐도 아

---

130 천지에 이득도 되지 않고 손해도 없다.

131 성종 때의 문신, 후에 연산군을 폐위시킨 중종반정(中宗反正) 공로로 영의정이 된 인물.

132 다섯 가지 내장으로 모든 장기의 의미. 오장육부(五臟六腑) 참조.

는 사람은 아무도 없고 말은 통하지 않았지요. 저의 슬픔과 고초를 누구에게 하소연하겠습니까! 이제 영공(令公)을 만나게 되니 부모를 뵙는 것만 같습니다."

사신이 말했다. "내가 동팔참(東八站)에서 안(安) 영공(令公)[134]의 일행을 우연히 만나 당신이 절강 등지에 살아서 도착했다는 소식을 처음 들었소. 기쁜 나머지 어쩔 줄 몰랐소. 오늘 뜻밖에 당신을 만났으니 행운이 아니고 무엇이겠소?", "우리 일행 중 마부(馬夫)는 오다가 도중에서 죽었소. 수천 리 길을 돌아다니다 보면 모두가 무사하기는 어려운 법이오. 같이 갔던 일행 중에 죽은 사람이 있소?"

최부가 말했다. "운 좋게도 저희 43명 모두 살아남아 여기에 와 있습니다.", "실로 하늘이 당신을 살린 거요. 참으로 살린 것이오. 뿐만 아니라, 실로 전하의 덕으로 살아났소. 참으로 기쁜 일이오." 최부는 사신의 물음에 표류의 전말과 머문 장소, 횡단했던 험난한 바다, 경승지와 풍속의 차이에 대해 대략 이야기를 했다. 사신이 말했다. "내 일행이 여러 곳을 다니면서 대단한 것을 보고 있었다고 생각했소. 당신한테는 대수롭지 않은 것이겠구려."

---

133 복건성의 별칭. 최부 일행은 복건(福建) 지방에 도착한 것이 아니라, 절강(浙江) 동쪽에 표착했다. 최부가 잘못 기억한 것 같다.

134 종2품과 정3품 관리를 높여 이르는 말. 『조선왕조실록』 성종 19년(1488) 4월 1일자에 의하면 하책봉사(賀冊封使) 안처량(安處良)이 1월에 북경에 가서 임무를 마치고 돌아오는 길에 요동에서 통역으로 하여금 최부의 표류에 관한 사항을 조정에 보고하도록 하는데, 이를 보면 안 영공은 안처량을 지칭.

4월 28일

아침에 비가 오더니 흐렸다.

사신이 최부를 불러 아침식사와 함께 배급미 10말, 갈모[135] 2개, 부채 10자루, 이중환(理中丸)[136]이라 부르는 환약(丸藥) 20알과 함께 갖가지 먹을 거리를 주었다. 그 다음 최부 일행을 호송하던 백호(百戶)를 불러, "우리나라 사람을 잘 호송하면서 보호하고 인정을 베풀어 주어 고맙소. 무척 기쁘다오." 하면서 갈모, 부채 등을 선물했다. 그는 최부의 배리들에게도 갈모와 부채를 나누어 주었다. 서장관 역시 최부에게 여름옷 한 벌과 버선[137] 한 켤레를 주었고, 최자준과 우웅도 각각 부채 2자루씩을 작별 선물로 주었다.

사신은 최부의 종자들을 차등이 있게 술과 고기를 주어 먹게 하면서 최부에게 당부했다. "날이 점점 더워지는데 길은 멀고 험난하오. 조금이라도 소홀하면 병에 걸릴 것이오. 제대로 섭생하는데 각별히 신경을 쓴다면 무사히 돌아가 어머니께 효도를 할 수 있을 것이오." 바로 그때 이정이 술에 취한 데다가 사신이 준 음식에 감격한 나머지 돌연 맨 앞으로 나가 바다에서 표류한 고생담을 늘어놓았다. 최부는 작별 인사를 하고 떠났다. 일행은 영제교(永濟橋)를 지났다. 이 다리는 어수(漁水)라고도

---

135 과거에 비가 올 때 갓 위에 쓰던 고깔 모양의 물건. 입모(笠帽)로도 불린다.

136 구토, 복통, 식욕부진, 설사 등에 유용한 환약.

137 한자로 포말(布袜).

불리는 용지하(龍池河)에 걸쳐 있었다. 강물은 백룡항(白龍港)으로 흘러 들어가고 있었다. 전하는 바에 의하면 영제교는 안록산(安祿山)[138]이 수축한 것이라 했다. 다시 태산동악묘(泰山東岳廟), 오리점(五里店), 팔리포(八里鋪), 별산리(別山里), 석하포(石河鋪)와 고수리(枯樹里)를 지나 양번역(陽樊驛)에 도착했다.

4월 29일, 옥전현(玉田縣)을 지나고 명나라 사신을 만났다.

날씨는 맑았다.

일행은 구유포(扣諭鋪)를 지나 채정교(采亭橋)에 이르렀다. 이 다리는 남수하(藍水河)에 걸쳐 있었다. 이윽고 옥전현에 이르러 남전문(藍田門)을 통해 성안으로 들어가 남전체운소(藍田遞運所)에 도착했다. 소천(小泉), 서무(徐無) 등의 산들이 20~30리간에 북동쪽으로 있었다. 연산(燕山)은 성에서 서북쪽으로 약 20리쯤 떨어져 있었다. 소철(蘇轍)[139]의 시에, "연산은 마치 뱀과 같이 길게 뻗어 천리에 걸쳐 오랑캐와 한(漢)[140]을 갈라 놓았네"라고 말한 산이다.

---

138 당나라 현종 때 무장. 반란을 일으키고 낙양에서 황제라고 칭하였으나, 둘째아들에게 피살되었다.
139 당송팔대가(唐宋八大家)의 한 사람으로 소동파의 아우; 아버지 소순과 함께 3부자가 당송팔대가로 불리고 있다.
140 중국인.

최부는 장술조에게 물었다. "듣자 하니 이 지방이 한나라 우북평(右北平) 땅이라고 했소. 이광(李廣)[141]이 호랑이를 쏘았는데 화살의 깃까지 박혔다는 바위는 어디에 있소?" 장술조가 대답했다. "동북쪽으로 30리 떨어진 곳에 무종산(無終山)이 있는데 그 산 아래 있는 무종국(無終國)의 옛터와 북평성(北平城) 옛터에 있소. 그 성은 이광이 사냥을 나가서 바위를 만났던 곳이오. 산 위에는 연(燕)나라 소왕(昭王)의 무덤도 있소."

일행은 효자 이무(李茂)의 정문(旌門)을 지나 성의 동문으로 나왔는데 동문이 흥주좌둔위(興州左屯衛)의 문이었다. 한가장(韓家莊)을 지나 2리쯤 갔을 무렵 일행은 두 명의 관리를 만났는데 가마를 타고 있었다. 그들은 절월(節鉞)[142]과 납패(鑞牌)[143]를 지니고 있었다. 길잡이가 큰소리로 "말에서 내리라"라고 외쳤다. 최부는 말에서 내렸다.

두 명의 관리는 최부를 불러 앞으로 나오게 하며 말했다. "당신은 누구요?" 최부가 대답하기 전에 상급관리가 최부에게 손바닥을 내밀며 글을 쓰라고 했다. 그때 장중영(張仲英)이 재빨리 다가와 최부의 이름과 바람을 만나 표류한 일, 그리고 귀국하게 된 전말을 분명하게 진술하였다. 그 상급 관리는 돌아서더니 최부에게 말을 건넸다. "당신네 사람들

---

141 한나라의 명장. 별명이 날아 다니는 장군, 즉 비장군(飛將軍)으로 기골이 장대하였으며 활쏘기가 탁월하였다고 한다. 사마천의『사기(史記)』에 의하면 사냥 중 바위를 웅크리고 앉아 있는 호랑이로 보고 활을 쏘았는데, 그 바위에 화살이 깊이 박혔다는 고사.

142 절과 부월로 절은 수기(手旗) 형태, 월(鉞)은 도끼 모양의 물건으로 권한을 위임받은 상징 및 신표.

143 주석으로 만든 네모난 패로 담당자 이름이 적혀 있는 신분증이 아닌가 싶다.

은 당신이 중국에 살아서 도착했다는 사실을 벌써 알고 있을 것이오."

최부는 고맙다는 인사를 하고 물러났다. 최부가 그들이 누구냐고 묻자 중영이 대답했다. "앞에 있는 사람이 동월(董越)로 한림학사(翰林學士)[144]이고, 두 번째 사람은 왕창(王敞)으로 급사중(給事中)[145]이오. 지난 달에 황명을 받들어 칙서(勅書)[146]를 전하려고 당신 나라에 갔다가 지금 돌아오는 길이라오." 일행은 양가점(兩家店), 사류하포(沙流河鋪)를 지나 영제역(永濟驛)에 도착했다.

─────

4월 30일, 최부 일행은 풍윤현(豊潤縣)을 지났다.

날씨는 흐렸다.

일행은 일찍 출발을 하여 경수(涇水)에 이르렀다. 환향하(還鄉河)라고도 하는 이 강의 하류는 양하(梁河)로 들어가고 있었다. 전설에 의하면 당(唐) 태종(太宗)이 요(遼)를 진압시키고 돌아올 때 지은 이름이라고 하

---

144 한림원의 책임자로 정5품 관직이나 『조선왕조실록』에 의하면 동월은 한림원 시강 (侍講), 즉 정6품의 관직으로 되어 있다.

145 종7품의 관직으로 『조선왕조실록』에 의하면 공과우급사중(工科右給事中)으로 기록 되어 있다.

146 제왕의 메시지를 적은 문서. 『조선왕조실록』 성종 19년(1488) 2월 28일자에 의하면 정사(正使)인 한림시강(翰林侍講) 동월(董越), 부사(副使)인 공과우급사중(工科右給事中) 왕창(王敞)이 북경 상인(頭目; 商人) 14인을 거느리고 사물궤(賜物樻), 사궤(私樻) 등 6궤(樻)를 가지고 이 달 25일 강(江)을 건넜다는 기록이 있다.

였다. 다시 등운문(登雲門)을 지나 풍윤현성(豊潤縣城) 서문에 도착했다. 이중의 성안에 화신묘(火神廟)가 있었다. 성으로 들어가 무안왕묘(武安王廟), 등소문(騰霄門)과 수의문(繡衣門)을 지나 성의 동문으로 나왔다. 문을 가로지른 목재에는 "흥주전둔위(興州前屯衛)"라고 새겨져 있었다.

문 밖에는 재성총포(在城總鋪)가 있으며 그 동쪽에는 동관체운소(東關遞運所)가 있었다. 체운소에는 전능(田能)이라는 관리가 있는데 수염과 눈썹이 희었다. 일행을 잘 대접하고 싶은 생각이 역력한 그는 창고지기인 정문종(鄭文宗)에게 수레를 빨리 내놓아 일행을 보내자고 채근했다. 문종이 화를 벌컥내며 전능의 수염을 잡아챘다. 관리의 기강이 그처럼 형편없었다. 현의 서북쪽에 아골(鴉鶻)과 영응(靈應) 산들이 있었다. 진궁산(陳宮山)은 북쪽에 애아구산(崖兒口山)은 동북쪽에, 마두(馬頭), 명월(明月)과 요대(腰帶) 산들은 동쪽에 있었다. 오로지 아골산만 성에 가까이 있었다. 일행은 임성포(林城鋪)를 지나 의풍역(義豊驛)에 이르렀다.

5

1488. 5. 1 ~ 5. 29

5월 1일

날씨가 흐렸다.

새벽에 난주(灤州) 지방에 도착했다. 중국에서는 난주를 상(商)나라 고죽국(孤竹國)[1]이었다 하고 우리나라 이첨(李詹)[2]은 해주(海州)를 고죽국이라고 했다. 두 가지 설이 있는데, 어느 것이 맞는지 판단이 서지 않았다.

일행은 철성포(鐵城鋪), 낭와포(狼窩鋪), 행아현(杏兒峴), 진자진(榛子鎭), 망우교점(忙牛橋店)과 전자리포(佃子里鋪)를 지나 천안현(遷安縣)에 있는 신점체운소(新店遞運所)에 도착했다. 그 동쪽에 칠가령역(柒家嶺驛)이 있고 역의 동북쪽 30리 밖에 도산(都山), 망산(蟒山), 단산(團山)과 황대(黃臺), 용천(龍泉), 쇄갑(晒甲)[3] 등의 산들이 보였다. 그 가운데 도산이 가장 높고 특히 수려하였다.

---

1 상나라 때 변방 국가로, 현 하북성 노룡현성 남쪽 난하와 청룡하(青龍河)가 합류되는 지점의 동쪽에 있었다고 전해진다. 고죽은 상나라 시기 이전의 원시부족의 이름.
2 고려말 조선 초기의 문신.
3 국역자 서인범 등은 이 산을 여갑산(曬甲山)이라고 표기했는데, "曬"는 "쇄"라고 읽으며, 쇄(晒)와 쇄(曬)는 모양은 다르나 같은 의미.

5월 2일, 최부 일행은 영평부성(永平府城) 남쪽에 도착했다.

날씨가 맑았다.

일행은 사하(沙河)를 지나 난하(灤河)에 도착했다. 그 사이에 사와(沙窩), 색산(色山), 적봉(赤峰), 백불원(白佛院), 석제자(石梯子) 등의 포를 지났다. 난하(灤河)는 구북(口北)[4]의 개평(開平)에서 시작되어 북방 여러 산에서 흘러 나오는 물과 합류, 하류는 정류하(定流河)가 되어 바다에 들어가고 있었다. 일행은 배를 타고 7~8리를 지나 칠하(漆河)를 건넜다. 칠하는 비여하(肥如河)와 합류되어 영평부성 서남쪽을 돌아 난하로 들어가고 있기 때문에 호성하(護城河)라고도 하였다. 백이숙제(伯夷叔齊)[5]의 사당이 이 강 언덕에 있다. 거기서 2리쯤 가서 영은(迎恩), 세영(世英), 관영(冠英), 상의(尙義) 등의 문들을 지나 난하역에 도착했다. 성은 역의 북쪽 2리쯤에 있었고 성 위에는 누각이 줄지어 있었다. 그 중의 하나는 망고루(望高樓)였다. 성안에 영평 부치와 노룡현(盧龍縣), 영평위(永平衛), 노룡위(盧龍衛)와 동승좌위(東勝左衛) 등의 치소(治所)[6]가 있었다.

4 장성(長城) 이북의 지역을 지칭하는데, 구체적으로 장가구(張家口) 이북의 하북성 북부와 내몽고자치구 중부를 가리키며, 구외(口外)라고도 불린다.
5 중국 주(周)나라 무왕(武王)이 은(殷)나라 주왕(紂王)을 치려는 것을 막으려고 무왕에게 간언했으나 이를 듣지 않자 수양산(首陽山)에서 숨어 고사리 등을 캐먹으며 지내다가 굶어 죽었다는 지조(志操)의 상징으로 은나라 제후 고죽군(孤竹君)의 두 아들.
6 관청, 관청 소재지.

328

영평부는 금나라의 남경(南京)이었다. 노룡[7]은 옛날 비자국(肥子國)[8]으로 소위 노룡새외(盧龍塞外)라는 곳이다. 용산(龍山), 동산(洞山), 쌍자산(雙子山), 주왕산(周王山), 마안산(馬鞍山), 양산(陽山), 회산(灰山), 필가산(筆架山) 등의 산들이 길게 이어져 요충지[9]를 둘러싸고 있었다. 역의 남쪽에 있는 구릉은 경치가 좋았으며 그 위에 절이 있었다. 역승인 백사경(白思敬)이 "이 절이 개원사(開元寺)"라고 일러주었다. 이때 금의위(錦衣衛)소속 한 관리가 강도들을 잡아 역 뒤의 청사로 왔다.

5월 3일

날씨가 맑았다.

장술조가 그의 아들 중영을 북경으로 돌아가도록 하였다. 그런데 중영이 잘못하여 병부가 일행을 광녕태감(廣寧太監)에게 위임한다는 내용의 관문을 가지고 떠나 버렸다. 장술조는 사람을 시켜서 그를 뒤쫓았으나 날이 저물어서야 돌아왔기 때문에 할 수 없이 이곳에 머무를 수밖에 다른 도리가 없었다. 밤에는 천둥과 벼락, 비가 왔다.

---

7 하북성 동북부인 노룡현 지역으로 비자국의 국도.
8 서주(西周) 시기에 중국 고대 소수민족의 하나인 비족(肥族)이 세웠다는 국가. 상나라 때는 고죽국.
9 한문본에 나오는 "형승지지(形勝之地)"를 국역자 박원호는 "절경"이라 했고, 최기홍, 서인범, 메스킬과 거전자는 "지세가 험준하고 중요한 곳", 즉 요충지, 메스킬은 "천연장벽"이라고 해석했는데, "형승(形勝)"의 두 가지 의미, 즉 명승과 요충지 중 후자가 맞다.

5월 4일, 최부 일행은 무령위(撫寧衛)에 도착했다.

날씨가 맑았다.

일행은 동관체운소를 지나 여조하(驪槽河)에 도착하였다. 강의 북쪽 언덕에는 마치 말먹이 그릇과 같은 큰 돌이 있어 석조(石槽)라고 부르고 있었다. 전설에 의하면 당나라 장과(張果)[10]가 나귀를 먹이던 그릇이라 하였다.

다시 국가포(國家鋪), 십팔리포(十八里鋪), 쌍망포(雙望鋪), 의원령포 (儀院嶺鋪), 노봉구포(盧峯口鋪)와 녹궁포[11]를 지나 양하(陽河)에 이르렀다. 강의 근원지는 열타산(列陀山)이었다. 무령현성(撫寧縣城) 서쪽 8리쯤을 지났다. 다시 민장교장문(民壯敎場門)을 지나 무령현성 서문으로 들어갔다. 관왕묘(關王廟)를 지난 후 무령위(撫寧衛)에서 묵었다. 토이 (兔耳), 화자(鏵子), 대숭(大崇)과 연봉(連峯) 등 여러 산이 성의 남북을 둘러싸고 있었다. 현의 청사 서쪽에 서관체운소(西關遞運所)가 있었다.

---

10 중국 당나라 때의 도사. 흰 당나귀를 타고 하루에 수만 리를 갔는데, 쉴 때는 호리병에 당나귀를 집어넣었다고 한다. 그림의 소재로 많이 사용된다고 한다.

11 한문본에 삼수변에 녹(菉)과 삼수변의 궁(弓)자로 해서 농궁포라고 기재되어 있다. 한편, 국역자 최기홍, 서인범 등과 박원호는 이를 두고 녹만포(綠灣鋪)일 가능성이 있다고 했고, 중국의 거전자는 궁록포(弓菉鋪)라고 그의 점주본에 표기했는데, 모두 다 확인할 길이 없다.

5월 5일, 최부 일행은 유관역(楡關驛)을 지났다.

날씨가 맑았다.

  일행은 청운득로문(靑雲得路門)을 지나 성 동문을 나와 흥산포(興山鋪), 배시포(背時鋪)를 거쳐 유관점(楡關店)에 도착하였다. 이곳은 옛날에는 관문이었으나 이제는 산해관(山海關)[12]으로 옮겨졌다. 유관점의 동쪽에 유하(渝河)[13]가 있었고 그 강 위에는 임유산(臨渝山)이 있었다. 수나라 개황(開皇) 연간[14]에 고구려와 전쟁할 때 한왕(漢王) 양(諒)[15]이 군사를 거느리고 유관에서 나왔다는 곳이 바로 그 장소였다. 다시 유관역(楡關驛)과 반산포(半山鋪)를 지났다. 길의 서북쪽에는 해양(海陽)이라는 옛 성이 있었고 성의 북쪽에는 열타산이 있었다. 열타산은 높고 당당했는데, 여러 산 가운데 가장 웅장했다. 일행은 장고로하(張古老河)[16]를 지나

<hr>

12 산과 바다의 통로라고 해서 산해관이라는 명칭을 얻었으며, 유관(楡關)이라고도 불리는데, 이는 유하(渝河)에서 유래된 명칭.

13 "渝"의 독음은 투 혹은 유. 박원호, 서인범 등의 국역본에서는 "유하"를 "투하"라고 표기했는데, 병음이 '위(yu)'이기 때문에 유하가 아닌가 싶다.

14 수나라를 세운 문제(文帝) 양견(楊堅)의 연호(581~600).

15 양량은 양견(楊堅)의 다섯째아들로 581년 한왕으로 봉해졌으며, 598년 고구려 영양왕 때 30만 대군을 이끌고 고구려를 침공했으나 격퇴당함. 후에 세 차례나 고구려를 침공하다가 을지문덕 장군에 의해 번번히 패했던 수나라 제2대 황제인 수양제(隋煬帝: 재위 604~618), 즉 양견의 둘째아들인 양광(楊廣)에 의해 죽었다고 한다.

16 국역자 박원호와 서인범 등은 이를 장과로하(張果老河)라고 해석하여 "古"는 "果"의 오기라고 했는데, 과연 오기였을까. 장과로(張果老)는 이름이 장과이며 "老"는 존칭어. 최부는 장과를 장"古老"로 부르지 않았나 싶다. 한편 중국의 자료에 의하면 장과

낭자하(娘子河)에 이르렀다. 날은 이미 저물고 있었다. 강의 언덕 위에 서너 가구가 있었는데 일행은 그릇을 빌려 밥을 지었다. 10여 리를 지나 어느 길에 수레를 세웠다.

5월 6일

날씨가 맑았다.

일행은 계속 가서 석하(石河)에 닿았다. 남쪽에는 오화성(五花城)이 있는데, 당 태종이 고구려와 전쟁을 할 때 설인귀(薛仁貴)[17]가 건축한 것이다. 천안역(遷安驛)에 이르렀는데, 역은 산해위성(山海衛城) 서문 밖에 자리잡고 있었다. 성의 동남쪽에는 고산(孤山)이 있는데, 해안을 굽어보고 있었다. 성의 북쪽에는 각산(角山)이 높이 솟아 있었고 산해관이 그 산 중앙에 있는데 북으로는 산을 등지고 남으로는 바다를 두르고 있었다. 산해관 주위 10여 리는 오랑캐와 한족 간[18]의 요충지였다. 진나라 장수 몽염(蒙恬)[19]이 쌓은 장성(長城)은 각산의 중턱을 가로지르고 산해위

로하는 탕하(湯河)의 고명으로 신선인 장과로가 나귀를 타고 가다가 빠졌다고 하여 장과로하라는 이름을 얻었다고 한다. 장과로는 8명의 신선 중 가장 오래 살았다고 전해지는 신화적 인물이다.

17 당나라 때 장수로 고구려 침공에 앞장선 인물. 고구려가 멸망한 후에는 평양에 안동도호부가 설치되자 총독으로 활약했다.

18 『표해록』 한문본에 "이하(夷夏)"라고 나오는데, "夷"는 한족(漢族) 이외의 이민족, 즉 오랑캐를 지칭하며, "夏"는 "大"의 의미로 한족을 지칭한다고 중국의 거전자, 영역자 메스킬은 풀이했다.

의 동쪽 성을 통과한 뒤 바다로 뻗어 있었다. 성안에는 동문체운소(東門遞運所)가 있었다.

5월 7일, 최부 일행은 산해관을 지났다.

날씨는 맑았다.

일행은 조교(調橋)를 지나 산해위성 서문으로 들어가 유학문(儒學門)에 이르렀다. 최부가 단물이 나온다는 쌍문정(雙文井)[20]에 관해 물으니 모두 우물은 쌍봉(雙峰)에 있다고 말했다. 일행은 보운문(步雲門), 급사방아원문(給事方亞元門)[21]과 영응묘(靈應廟)를 지나 동북제일관(東北第一關), 이른바 산해관에 도착했다. 산해관 동쪽에는 진동공관(鎭東公館)이 있었다.

군리(軍吏)의 책임자인 병부의 한 주사관(主事官)[22]이 객관에 상주하고 있었다. 동서로 왕래하는 사람들 모두 검사하면서 출입을 허가하거나 금지하고 있었다. 물을 긷는 부녀자나 땔나무를 하러 가는 하인까지

---

19 진시황 때 장수로 기원전 216년경에 만리장성을 완성하였다고 한다.

20 샘의 이름인데, 국역자 박원호, 서인범 등의 주에 의하면, 산해위성에는 염분이 있는 우물이 많이 있으나 단 두 곳에서 단물이 나온다 했다.

21 국역자 서인범 등은 이를 급사방(給事坊)과 아원문으로 해석했으나, 한문본에는 "급사방아원문(給事方亞元門)"으로 표기되어 있다.

22 정6품 관직.

모두 검사 때 통행증이 발급되었다. 장술조는 일행의 명단을 작성하여 주사관에 보고하였다. 주사관은 일행의 이름을 하나하나 호명하여 확인이 된 후에야 일행을 통과시켰다.

일행은 산해관의 동쪽 문으로 나왔는데, 문 위에는 동관루(東關樓)가 세워져 있고 문 밖에는 동관교(東關橋)라는 다리가 호수에 걸쳐 있었다. 관 밖에는 망향대(望鄕臺)와 망부대(望夫臺)가 있었다. 망부대는 진나라가 장성을 쌓을 당시 맹강녀(孟姜女)[23]가 남편을 찾았던 전설의 장소였다. 동요일포(東遼一鋪)와 진원포(鎭遠鋪)를 지났다. 포의 동쪽 1리쯤에 조그마한 강이 흐르고 있었다. 중전천호소성(中前千戶所城)을 지났는데, 그 성은 광녕(廣寧)의 전둔위(前屯衛)에서 관할하고 있었다. 성 동쪽의 작은 강을 지나 고령역(高嶺驛)에 도착했는데, 역에는 성이 있었다. 거기서부터 모든 역 주위에는 성이 축조되어 있었으며 체운소도 같은 성 안에 있었다.

---

23 맹강녀의 설화: 진나라 때(기원전 221~206)의 이야기로, 맹강은 남편 범기량(范杞良)이 만리장성 축조에 강제노역을 나갔는데 소식이 없자 찾아 나서게 된다. 그녀가 만리장성에 도착했을 때는 남편이 이미 이 세상 사람이 아니라는 사실을 알게 된다. 이 비통한 소식에 맹강은 울부짖게 되는데, 이 울부짖음으로 만리장성 일부가 붕괴된다. 진시황이 장성까지 행차하여 부서진 성벽을 조사하게 된다. 이때 진시황은 맹강을 발견하게 되는데 그녀의 미모에 반해 결혼을 청하게 된다. 맹강은 거절하지 못하고 결혼을 전제로 세 가지 조건을 제시하게 된다. 첫째는 전남편의 장례를 성대하게 치를 것, 둘째는 황제와 조정이 남편의 죽음에 애도를 할 것, 셋째는 자신이 바다를 보고 싶다는 조건이다. 진시황은 두 가지 조건을 들어준 후 세 번째 조건을 이행하기 위해 함께 바다로 나가게 된다. 맹강은 마지막 소원이 이루어지자, 진시황을 심하게 꾸짖으며 바다에 뛰어들어 자살하게 된다. 낙담한 진시황이 맹강의 시신이라도 찾으려고 부하를 시켜 바다를 준설하려고 하였으나, 파도가 그들을 쫓아냈다고 전해진다.

산해관에 이르는 옛길: 최부 일행은 옛길을 따라 산해관에 당도했다.

5월 8일, 최부 일행은 전둔위(前屯衛)를 지났다.

날씨는 흐렸다.

고령역(高嶺驛) 사람들은 잔인한데다 횡포가 이루 말로 할 수 없었다. 최부의 군인 문회가 당나귀를 재촉하며 몰자 역에서 나온 사람이 몽둥이로 그 군인의 머리를 때려 피가 솟구쳤다. 장술조가 일행과 함께 전둔위로 가서 항의하였더니 위의 병력을 관할하는 도지휘(都指揮)[24]인 성명(晟銘)이 사람을 보내 역의 그 사람을 잡아왔다.

일행은 전둔위에 이르렀다. 성에 가까이 가니 성의 서쪽 2리쯤에 석자하(石子河)가 있었다. 성의 남문으로 들어가 영은(迎恩), 승은(承恩), 치정(治政), 영안(永安) 등의 문들을 지나 위(衛)의 객관에 도착했다. 지휘 양상(楊相)이 와서 잠깐 이야기를 나누었다. 그는 용모가 뛰어난 사람이었다. 성의 동쪽 숭례문(崇禮門)을 나와 계속 나아갔다. 전둔위성은 바로 옛날 대녕로(大寧路)[25]의 서주(瑞州) 땅이었다. 서쪽에서 뻗은 큰 산이 산해관까지 이어져 전둔위의 동북쪽을 제압하고 있었다. 이것이 삼산(三山), 속칭 삼산정(三山頂)이었다. 동악묘(東岳廟)를 지나 사하역성(沙河驛城)

---

24 위관군도지휘(衛管軍都指揮): 명나라 때 위소제(衛所制)의 위의 군정(軍政)을 통솔하던 정2품 관직.

25 원나라 때 서주는 대녕로에 속했고, 명나라 태조 때는 영평부(永平府)에 속했다가 폐지된 후 1393년 광녕전둔위가 설치되었다. 당나라 때 군(郡)은 주(州)로, 원나라 때는 주(州)가 로(路)로, 명나라와 청나라 때는 로(路)가 부(府)로 개칭되었다.

336

의 서쪽에 이르렀다. 일행은 작은 강을 지났는데 바로 사하(沙河)였다.

5월 9일

날씨가 맑았다.

일행은 장공묘(張公廟), 쌍돈포(雙墩鋪)와 왕공묘(王公廟)를 지나 전둔위(前屯衛)의 중후천호소성(中後千戶所城)[26]에 이르렀다. 남문으로 들어 갔는데 이 문이 서녕문(瑞寧門)이었다. 천호소 관사에 도착하여 천호 유청(劉淸)과 이야기를 나누었다. 그와 헤어진 후, 계속 가서 성의 동문인 경춘문(慶春門)으로 나와 동관역에 도착했다. 이날 건넌 세 강은 십자(十子), 구아(狗兒)와 육주(六州) 등이었다. 북쪽에는 은악산(殷惡山)이 있었다.

5월 10일

날씨가 맑았다.

일행은 곡척하포(曲尺河鋪)와 대사하(大沙河)를 지나 영원위(寧遠衛)의 중우천호소성(中右千戶所城)에 이르렀다. 남훈문(南薰門)으로 들어가

---

26 천호소(千戶所): 위지휘사사(衛指揮使司) 밑에서 1천여 명의 병사를 지휘하던 군 부대로, 전(前), 후(後), 좌(左), 우(右), 중(中)의 천호소로 구분되어 있다. 지휘관은 천호(千戶).

서 무안왕묘(武安王廟)를 지나 소(所)의 관사에 도착했다. 성의 북쪽으로 갑산(甲山)과 양각산(羊角山)이 보였다. 다시 영화문(永和門)으로 나와 소사하(小沙河)를 지났다. 길의 동남쪽에 소염장성(燒鹽場城)이 있고 해안[27]이 성의 동북을 둘러싸고 있었다. 일행은 이내 조장역성(曹莊驛城)에 도착했다.

5월 11일, 최부 일행은 영원위(寧遠衛)를 지났다.

날씨는 맑았으나 바람이 세찼다.

조장역을 출발하여 영원위성(寧遠衛城)에 도착했다. 성의 남쪽에 또 다른 긴 담이 쌓아져 있었고 그 남쪽에는 군 훈련장이 있었다. 여아하(女兒河)가 성의 동북을 돌아 서쪽으로 향하다가 남쪽으로 흘렀다. 성의 서쪽에는 철모산(鐵冒山), 북쪽에는 입산(立山)과 홍라산(虹螺山), 남쪽에는 청량산(靑粮山)이 있는데 그 가운데 홍라산은 세 겹으로 겹쳐져 유독 수려했다. 일행은 성의 남문으로 들어 가서 영은(迎恩), 진사(進士)와 숭경(崇敬)의 문들을 지나 영은가(迎恩街)에 이르렀다. 길에는 2층으로 된 누각이 있었고 누각의 서쪽에는 회원문(懷遠門), 북쪽에는 정변문(靖邊門), 동쪽에는 경양문(景陽門)이 있었다. 계속 길을 재촉하여 위(衛)의 객관에 이르러 안에서 잠깐 쉬었다. 좌소(左所), 우소, 중소, 전소 및 후

---

27 한문본에 해포(海浦)로 표기. 국역자 서인범 등은 이를 포구로 해석했는데, 해포는 해안, 해변으로 해석하는 것이 맞지 않나 싶다.

소 등 5개의 천호소가 있었다.

춘화문(春和門)을 통해 성의 동쪽으로 나왔다. 성의 동쪽 4리쯤에 성당온천(聖塘溫泉)이 있는데 장술조가 최부를 그곳으로 안내했다. 과연 세 곳의 온탕(溫湯)에 욕실이 만들어져 있었다. 상수포(桑樹鋪)를 지나 연산역(連山驛)에 도착했다. 역의 남쪽에는 호로투(胡蘆套)[28], 서쪽에 삼수산(三首山), 북쪽에 채아산(寨兒山)이 있었다. 역의 이름은 이에서 딴 것이다.

5월 12일

날씨가 맑았다.

일행은 오리하(五里河)를 지나 탑산소성(塔山所城)에 이르렀다. 그 성에는 영원위의 중좌천호소(中左千戶所)가 있었다. 성의 남문으로 들어 갔는데 이 문이 해녕문(海寧門)이었다. 진사문(進士門)을 지나 소(所)의 객사에 이르렀다. 성의 동문으로 나와 행산역(杏山驛)에 도착했다. 동쪽에 행아산(杏兒山)이 있어 행산이라고 하는 것 같았다. 북쪽에는 장령산(長嶺山)도 있었다.

---

28 한문본의 호로투(胡蘆套)를 국역자 서인범 등은 이를 호로도(胡蘆島)라 했으며 중국 의 거전자는 호로투(葫蘆套)라고 그의 점주본에서 표기했다. 그러나 중국의 문헌(新 五代史)에, "明宗戰胡蘆套, 楊村, 爲梁兵所敗"라는 구절이 있는 것을 보면, 최부의 표 기가 정확함을 알 수 있다. 투(套)는 지세가 구불구불한 지대를 일컫는다.

5월 13일

날씨가 흐렸다.

일행은 계속 길을 가서 중둔위(中屯衛)[29]의 중좌천호소성(中左千戶所城)에 이르렀다. 정안문(靖安門)으로 들어갔다가 정원문(定遠門)으로 나와 능하역(凌河驛)에 도착했다. 역의 북쪽에는 점무산(占茂山)이 있었다.

5월 14일

날씨가 맑았다.

소릉하(小凌河)는 역의 성 동쪽에 있었다. 일행은 강을 건너 형산포(荊山鋪)를 지나 좌둔위(左屯衛)의 중, 좌 천호소의 성에 이르렀다. 해녕문(海寧門)으로 들어가 임하문(臨河門)으로 나왔다. 성의 서쪽에는 자형산(紫荊山), 북쪽에는 소요사(逍遙寺)가 있었다. 성의 동쪽 7~8리 떨어진 곳에 대릉하(大凌河)도 있었다. 두 강의 거리는 40리쯤 떨어져 있었다. 흥안포(興安鋪)와 동악묘(東岳廟)는 강의 동쪽 언덕을 굽어보고 있었다. 강의 동북 6~7리 간에 백사장이 있는데 그 안에 사와포(沙窩鋪)가 있었다. 백사장의 모래가 바람에 날려 포의 성에 밀려와 모래에 묻히지

---

29 광녕 중둔위.

않고 남은 것은 겨우 성의 1~2척(尺) 정도에 지나지 않았다.

일행은 십삼산역(十三山驛)에 도착했다. 성 동쪽에 십삼산(十三山)이 있었다. 13개 봉이 있다고 해서 그러한 이름이 붙었다. 역의 이름도 산의 이름에서 나왔다. 북쪽에는 소곤륜(小昆侖)과 웅봉(熊奉) 등의 산들도 있었다. 한 관리가 역마(驛馬)를 타고 행낭 속에 표주박 만한 크기의 물건을 가지고 도착했다. 그 속에는 술이 들어 있어 쪼갠 후에 마실 수 있었다.

장술조가 최부에게 말했다. "그것이 야자주라오. 영남(嶺南)[30]에서 많이 나오고 있소. 그 술을 마신다면 아이를 낳는답니다. 광동포정사(廣東布政司)에서 황제에게 올린 진상품이었는데, 황제가 다시 광녕태감에게 하사한 것이라오."

5월 15일

날씨가 맑았다.

일행은 산후포(山後鋪)와 유림포(楡林鋪)를 지나 여양역(閭陽驛)에 이르렀다. 십삼산 북쪽에서 동으로 뻗은 산줄기가 이 역의 북쪽을 지나 광녕위의 북쪽 지점에 이르러서는 동으로 나갔다.

---

30 지금의 광동(廣東)과 광서(廣西) 지역.

의무려산의 전경

그 사이에는 용왕(龍王), 보주(保住), 망해(望海), 분수(分水), 망성강(望城崗)[31]과 녹하(祿河) 등의 봉우리들이 있었다. 이 봉우리들을 통틀어 의무려산(醫巫閭山)[32]이라 불렀다. 이 역은 바로 그 남쪽에 있기 때문에 여양역(閭陽驛)이라고 했다. 유관(楡關)에서 동쪽으로 펼쳐져 있는 땅은 모두 척박한 불모지로 남쪽은 바다와 경계를 이루고 있고 북쪽은 큰 산들에 의해 막혀 있으며, 청록색의 수목으로 우거진 주산(主山)[33]이 하늘에 우뚝 솟아 있다고 일찍이 들은 바가 있었다. 의무려(醫巫閭)[34]는 바로 여기를 두고 말한 것이었다.

5월 16일, 최부 일행은 광녕역에 이르러 성절(聖節) 사신을 만났다.

날씨는 맑았다.

일행은 사탑포(四塔鋪)와 두 곳의 포[35], 접관정(接官亭)을 지나 광녕위

31 망성강봉(望城崗峯): 국역자 박원호는 이를 망성강(望城崗)이라고 했는데, 잘못이 아닌가 싶다.

32 요녕성 서부에 있는 신령스러운 산으로 지금의 여산(閭山)이라 불리며 주봉은 망해봉(望海峯)이다. 이 산은 고대부터 기복(祈福)을 위하여 찾는 산이라고 하며, 조선의 사행단이 즐겨 찾던 곳이라 한다. 수나라 문제 때 이 산에 사당, 즉 북진묘(北鎭廟)를 건축했는데, 수양제가 고구려와 전쟁을 벌일 때 이 사당에서 제사를 지냈으며 당나라가 연이어 고구려를 침공할 때도 제사를 지냈다고 전해진다.

33 『표해록』한문본에 나오는 "창취(蒼翠)"는 이 산에 우거진 창송취백(蒼松翠柏), 즉 푸른 소나무와 비취색의 측백나무를 일컬음이다. 이를 두고 영역자 메스킬과 국역자 박원호가 푸른 하늘이라고 번역했으나, 이는 잘못이 아닌가 싶다.

34 만주족 언어로 취록(翠綠)이라는 뜻이라 하며, "의무려산"은 취록의 산, 즉 청록의 산이다.

성(廣寧衛城)에 이르렀다. 성의 서쪽 문인 영은문(迎恩門)으로 들어가 진사방(進士坊)을 지나 광녕역에 도착했다. 얼마 후에 성절사신[36]인 참판(參判)[37] 채수(蔡壽), 질정관(質正官)[38] 김학기(金學起), 서장관[39] 정이득(鄭而得)과 민림(閔琳), 채년(蔡年), 박명선(朴明善), 유사달(庾思達), 오계문(吳誡文)[40], 장량(張良), 이욱(李郁), 이숙(李塾), 이형량(李亨良), 홍효성(洪孝誠), 정은(鄭殷), 신계손(申繼孫), 신자강(辛自剛), 윤중연(尹仲連), 김종손(金從孫)과 김춘(金春) 등이 역으로 들어왔다.

서장관과 질정관이 먼저 최부가 묵고 있던 곳으로 와 고국의 소식을 대강 알려 주었다. 최부는 사신에게 가서 절을 했다. 사신은 최부를 이끌어 상석에 앉히면서 말했다. "오늘 여기서 만나리라고는 생각지도 못했소. 그대가 표류하게 된 것도 또 살아남은 것도 하늘이 한 일이지만 중국 해안에 표착했기 때문에 가까스로 목숨을 부지한 것이오." 그런 후 사신은 최부에게 그 동안 보았던 산천, 인물 등을 묻자 최부는 대략 설명해 주었다.

---

35 국역자 박원호는 이포(二鋪)라고 해석했는데, 고유명사가 아닌 두 개의 포가 아닌가 싶다.

36 성절: 황제의 생일을 경축하는 날.

37 판서 다음의 종2품 관직.『성종실록』성종 19년 4월 10일자 기사에 성종은 병조참판 채수를 북경으로 보내 성절을 하례하게 하였다고 기록되어 있다.

38 글의 음운이나 기타 제도 등에 관한 의문점을 중국에 질문하여 알아 오는 일을 맡던 임시 관직으로 중국에 사신이 갈 때에 동행.

39 사신과 동행하여 기록을 맡아보던 임시 관직. 정사(正使), 부사(副使)와 함께 3사(使)로 불렸다.

40 한문본의 오계문을 국역자 최기홍, 서인범 등과 중국의 거전자는 오성문(吳誡文)으로 읽었다.

사신 역시 절강 남쪽의 산천 지역을 과거에 이미 지나가 본 것처럼 이야기를 했다. "우리나라 사람으로 몸소 양자강과 그 강 이남 지역을 본 사람이 근래에는 없었소. 당신만이 두루 살펴보았소. 얼마나 큰 행운이오!" 최부는 물러났다.

저녁이 되어 사신은 다시 사람을 보내 문의했다. "다른 나라에 표착되었으니, 필시 물품과 식량이 부족할 것이오. 필요한 것이 있소? 내가 공급할 것이오." 최부가 말했다. "황제의 관대한 은혜를 거듭 입어 살아서 여기에 와 있습니다. 이곳을 지난 후에는 머지 않아 본국에 도착하게 됩니다. 영공의 일행은 반드시 7월을 넘어야만[41] 돌아가게 될 것이니, 객지에 있는 동안 일행이 지니고 있는 물건에도 한도가 있을 것입니다. 가볍게 물건을 주어서는 안 됩니다. 감히 사양하겠습니다."

사신은 최부의 종자를 불러 쌀 2말과 미역 두 다발을 선물로 주었다. 사신이 말했다. "그는 상중이라 먹을 만한 것이 없을 것이오. 그래서 이것을 보내는 것이오." 밤에 사신은 달빛을 받으며 뜰 중앙에 자리를 잡고 최부를 그 앞에 불러냈다. 사신은 주연을 베풀어 최부를 위로하여 주었다.[42]

---

41 영역자 메스킬과 북한의 김찬순은 이 구절을 "7개월이 지나서야"라고 해석했는데 이는 오역이다. 『성종실록』 성종 19년 8월 24일자 기사에 의하면 성종이 채수를 8월 24일에 인견했다는 기록이 있다.

42 1769년 『표해록』을 『당토행정기(唐土行程記)』로 개명하여 일본 고어체로 번역한 기요타 기미카네(淸田君錦: 1719~1785)는 그의 고(考)에서 최부가 상중(喪中)에 술을 먹지 않는다고 해놓고 5월 16일 사신이 베푼 주석에서 음주를 했다며 언행불일치라고 비아냥거렸는데, 이는 사실이 아니다. 또한 일본에서 번역 작업을 한 영역자 메스킬

5월 17일, 최부 일행은 광녕역에 머물렀다.

날씨는 맑았다.

사신은 서장관, 질정관과 함께 최부가 묵는 숙소로 와서 한참 이야기를 나누다가 떠났다.

저녁에 진수태감(鎭守太監) 위랑(韋郎), 도어사(都御史)[43] 서관(徐鑵), 도사(都司)[44] 대인 호충(胡忠), 총병관 구겸(緱謙) 및 참장(參將)[45] 최승(崔勝) 등이 회합을 가졌다. 일행이 표류되어 죽을 뻔하다가 살아난 딱한 정상을 참작하여 역의 관리인 백호 유원(柳源)에게 명하여 통돼지 한 마

도 이 대목을 "The Envoy served Choi Bu wine to console him", 즉 사신이 최부에게 술을 대접했다고 영역했다. 한문본에는 "설작이위(設酌以慰)", 즉 주연(酌)을 베풀었다(設)고 해석을 해야지, 최부에게 술을 대접했다고 번역한 것은 큰 오역이다. 아울러 최부가 귀국하여 고향에 내려가지 않고 임금의 명에 의하여 청파역에 머물면서 『표해록』을 집필하게 되는데, 바로 빈소에 돌아가지 않고 왕명을 따랐다는 이른바 "충효(忠孝)" 논쟁에 휘말려 수난을 겪게 된다. 이처럼 엄격한 유교 사회에서 최부가 일본인의 비아냥처럼 상중에 음주를 하였다면 이는 충효의 논쟁처럼 분명 큰 정쟁거리가 되었을 것이다. 『당토행정기』의 역자는 기요타(淸田), 세이타 단소(淸田儋叟), 세이켄(淸絢), 세이타 겐(淸田絢), 기요타 세이켄(淸田淸絢) 등 여러 이름으로 불리고 있는데, 이름은 겐(絢), 자(字)는 기미카네(君錦), 호는 단소(儋叟)로 알려져 있다.

43 도찰원(都察院)의 책임자로 정2품 관직. 도찰원에는 좌도어사(左都御史), 우도어사(右都御史)를 두었음.

44 한 지방(省)의 군사를 관장하던 최고 기구인 도지휘사사(都指揮使司)의 약칭. 도지휘사사의 최고 관직은 정2품으로 도지휘사(都指揮使).

45 명나라 때 국경지역의 총병관(總兵官).

리, 황주 네 동이, 쌀 1말[46], 좁쌀 20 말[47] 등을 가지고 오게 하여 일행을 위로하도록 했다. 최부는 그것들을 배리와 군인들에게 나눠 주어 먹고 마시게 하였다.

5월 18일, 최부 일행은 광녕역에 머물렀다.

날씨는 흐렸다.

장술조가 북경으로 가며 작별 인사를 하였다. "천여 리 길을 함께 여행하면서 귀하를 연모하는 마음이 매우 깊소. 내 나이 벌써 예순이며 다리의 힘도 약해졌소. 다시 만날 수 있을지 어찌 가늠하겠소! 다만 귀하가 본국에서 출세를 한다면 언젠가는 조공 차 올 것이라는 생각이 드오. 입조(入朝)를 하게 되면 내 집이 석부마(石駙馬)[48]의 집 맞은편에 있는 순성문(順城門)[49] 안에 있소. 오늘의 정을 잊지 않고 나를 찾아 주시기 바라오."

그는 속옷을 벗어 최부의 종자인 오산에게 주었다. 오는 동안에 그는 오산을 자신의 수족처럼 부리고 있었던 까닭이다. 참장 최승이 김옥(金

---

46 한문본의 두(斗)는 말. 국역자 박원호는 쌀 1되라고 번역했는데, 이는 인원수에 비해 지나치게 적은 양이 아닌가 싶다.

47 한문본의 곡(斛)은 말로 2곡은 20말.

48 황제의 사위, 즉 공주의 남편.

49 지금의 북경 선무문(宣武門).

玉)에게 명하여 일행을 초대하여 접대하도록 했다. 옥은 요동 사람으로 우리말을 꽤 알고 있었다. 최부는 정보 등에게 그를 따라가도록 하였다. 그들은 많이 차린 술과 음식으로 아주 후한 대접을 받았다.

5월 19일, 최부 일행은 광녕역에 머물렀다.

비가 왔다.

태감, 총병관, 도어사, 도사 및 참장 등이 유원과 역의 서기[50] 왕례(王 禮) 등에게 명하여 옷가지와 모자, 신발, 버선 등을 가져오게 하여 최부 와 그의 일행에게 나누어 주었다. 최부가 받은 것은 생복청원령(生福靑 圓領)[51] 한 벌, 백하포파(白夏布擺)[52] 한 벌, 백삼사포삼(白三梭布衫)[53] 한 벌, 큰 털모자[54] 한 개, 소의(小衣)[55] 한 벌, 백록피(白鹿皮) 신발 한 켤레와 털버선[56] 한 켤레였다. 정보 이하 42명은 각자 받은 것은 백삼사포삼 한 벌, 소의(小衣) 한 벌, 털모자 한 개, 신발 한 켤레, 털버선 한 켤레씩 받았

---

50 한문본에 "사자(寫字)"라고 나오는데, 이는 명나라 때 글을 쓰거나 문서 작성 업무를 맡은 하급관리.

51 생은 실크, 복청은 짙은 청색으로 지금의 북청색이 아닌가 싶다. 원령은 깃을 둥글게 만든 관복.

52 하포는 모시이며 파는 윗옷, 덧옷.

53 삼사포는 모시이며 삼은 적삼.

54 한문본에는 전모(氈帽)로 표기. 전은 양모 등을 압축하여 만든 직물.

55 속옷, 속바지.

56 한문본에는 전말(氈襪)로 표기.

다. 또한 통돼지 한 마리, 술 두 동이로 일행에게 잔치를 열어 주었다. 유원이 최부에게 말했다. "삼당(三堂)의 어르신들[57]이 귀하가 귀국하거든 오늘 받은 물건 모두를 국왕에게 아뢰어 달라고 말씀하셨소."

저녁에 정보 등 40여 명의 종자가 최부 앞에 무릎을 꿇고 앉아 말했다. "예로부터 표류된 배가 파손되지 않았는데도 사람들이 식수가 떨어져 목이 타기도 하고, 바다에 빠지거나 병으로 죽기도 하였습니다. 열명 중의 반이 죽었지요. 저희는 여러 번 환난을 겪었지만 누구 하나 죽거나 다친 사람이 없었습니다. 그것이 첫 번째 행운입니다. 다른 나라에 표류한 사람 중에서 일부는 해안 경비대에 의심을 받기도 하고, 포박당하기도 하고, 구금되기도 합니다. 또한 매를 맞은 후에 심문을 받지요.

그런데 저희는 단 한 차례의 구금도 받지 않았습니다. 모든 사람이 저희를 후하게 대접을 하며 먹을 거리도 많이 주었습니다. 그것이 두 번째의 행운입니다. 이전에 이 현감[58]과 함께 표류된 사람이 많이 죽었습니다. 그 일행 역시 붙잡혀 난폭한 대우를 받았으며 북경에 도착했을 때 상을 받지 못했습니다. 기아에 허덕이며 가까스로 살아 돌아올 수 있었지요. 그런데 저희가 북경에 도착한 후 황제는 상을 내려 주셨습니다. 광녕에 도착했을 때는 삼사(三司)가 의복, 모자와 신발을 선물했습니다.

---

57 삼당(三堂)의 노다(老爹). 국역자 최기홍과 서인범 등은 삼당을 삼사(三司), 즉 도지휘사(都指揮司), 포정사(布政司)와 안찰사(按察司)를 지칭한다고 했다.

58 이섬(李暹) 현감을 지칭. 이섬 일행 47명은 1483년 봄에 표류하여 해상에서 밤낮 열흘 동안을 표류하다 중국 양주(揚州) 지방에 이르렀다. 귀국길에 많은 사람이 죽었고 이섬을 포함 33명만이 겨우 살아 돌아왔다.

군인들은 빈손으로 왔다가 가득 짊어지고 가게 되었습니다. 그것이 세 번째의 행운입니다.

저희는 이러한 세 가지 행운[59]이 어떻게 온 것인지를 알지 못하겠습니다." 최부가 말했다. "그 모두 우리 성상(聖上)께서 어진 마음으로 백성을 보살피시고 진실된 마음으로 대국을 섬긴 덕분이라네."

─────

5월 20일

흐리고 강한 바람이 불었다.

일행은 찰원(察院)[60]과 보자사(普慈寺)를 지나 성의 동문인 태안문(泰安門)으로 나왔다. 종수교(鍾秀橋)를 지나 천수(泉水), 평전(平甸)과 조구(潮溝) 등의 포를 지나 반산역(盤山驛)에 닿았다. 지휘 양준(楊俊)이라는 사람이 일행을 맞이하여 차를 대접했다. 역의 북쪽에 보이는 흑산(黑山), 기산(岐山)과 사산(蛇山)은 모두 의무려[61]의 동쪽 줄기였다.

───────

59 최부 일행이 생환할 수 있는 세 가지 행운: 세계 표류사에 드문 사례로 최부와 그 일행 43명이 온전하게 살아 귀국할 수 있었던 것은 최부의 중국인보다 더 해박한 중국 역사와 유학에 대한 지식, 그의 투철한 국가관, 충효정신 등이 중국인을 감동시켰을 뿐만 아니라 일행을 설득과 소통으로 통솔한 그의 탁월한 리더십 때문이다. 그럼에도 최부는 모든 공을 국가(임금)와 국가의 외교(사대)로 돌렸다.

60 명조(明朝)의 도찰원(都察院)으로 중대 안건이 있을 때, 이를 감찰, 건의와 탄핵 등의 업무를 관장하던 관서.

61 의무려산.

5월 21일

날씨는 맑았으나 바람이 불었다.

　일행은 요참포(要站鋪)를 지나 고평역(高平驛)에 이르렀다. 청천포(淸泉鋪), 신하교(新河橋), 통하교(通河橋)와 통하포(通河鋪)를 거쳐 사령역(沙嶺驛)에 도착했다.

5월 22일

날씨는 맑았으나 바람이 불었다.

　일행은 고돈포(高墩鋪)를 지나 신관문(新關門)에 이르렀다. 긴 토성이 있는데 그 북쪽으로 만리장성에 접하여 남쪽으로 이어져 있었다. 관문은 바로 토성의 중앙에 있는데, 성화(成化) 연간[62]에 새로 쌓은 것이다. 일행은 대대(大臺), 삼관묘(三官廟)[63]와 하만포(河灣鋪)를 거쳐 삼차하(三汊河)에 도착했다. 삼차하는 곧 요하(遼河)로 그 근원은 개원(開原)의 동북 지방으로 철령(鐵嶺)을 지나 이곳에 이르렀다. 그 강은 혼하(渾河), 태

62　명나라 제8대 황제인 헌종의 연호로 서기 1465~1487년.
63　태산(泰山)의 기슭에 위치하여 천관(天官), 지관(地官), 수관(水官), 즉 하늘, 땅, 물의 신에 제사를 지내는 사당.

자하(泰子河)와 합류되어 하나의 강을 이루고 있기 때문에 삼차[64]라는 이름을 얻게 되었다.

요동(遼東) 지대는 바다에 접해 있는데 지면이 높아서 모든 강의 지류가 역류한다. 따라서 혼하(渾河)와 태자하(泰子河)는 동에서 서로 흐르고 있다. 이 지역 밖의 지류들은 모두 북에서 남으로 흐르고 있다. 이 지류들은 구비구비 흐르다가 여기서 모두 합류하고 있다. 부교(浮橋)를 만들어 강에 걸쳐 놓고 배를 끌어당겨 강을 건널 수 있게 했는데 이를 요하도(遼河渡)라고 했다. 관리 한 사람이 강 언덕의 작은 청사에 앉아 오가는 사람들을 살피고 있었다. 청사 남쪽에는 성모양양묘(聖母孃孃廟)가 있었다.

일행은 임하교(臨河橋)를 지나 우가장역(牛家莊驛)에 이르렀다. 다시 석정포(石井鋪)와 사하재성포(沙河在城鋪)를 지나 재성역(在城驛)에 도착했다. 역이 해주위(海州衛)의 성 서문 밖에 있기 때문에 그렇게 이름이 붙었다. 해주위 또한 큰 진(鎭)[65]이었다. 그 동쪽에는 서모성산(西牟城山)이 있었다.

---

64 차는 강이 갈라지는 곳.
65 최초에는 군사 거점이었으나, 송나라 이후에는 현(縣)아래의 작은 상업도시를 지칭했다. 현재 향(鄕)과 동급.

5월 23일, 최부 일행은 요양역(遼陽驛)에 도착했다.

날씨는 흐리고 천둥이 쳤다.

일행은 역에서 위(衛)성을 따라 서쪽으로, 북쪽으로, 다시 동쪽으로 갔다. 체운소, 토하포(土河鋪), 감천포(甘泉鋪)와 관왕묘(關王廟)를 지나 안산역(鞍山驛)에 도착했다. 역의 동쪽에는 요고산(遼高山)이 있고, 서쪽에는 요하산(遼下山)이 있었다. 무안왕묘(武安王廟)와 장점포(長占鋪)를 지나 사하포(沙河鋪)에 이르렀다. 두 강이 하나는 동쪽으로 다른 하나는 서쪽으로 포(鋪)의 가장자리를 이루고 있는데, 둘 다 이름을 사하(沙河)라 했다. 대개 통주(通州)부터는 땅이 모래가 많기 때문에 많은 강들이 사하(沙河)라는 이름을 얻었다. 일행은 수산포(首山鋪)를 지나 체운소성에 이르렀다. 성은 팔리장(八里莊)이었다. 계속해서 접관정(接官亭)을 지나 요양재성역(遼陽在城驛)에 이르렀다. 그 역은 요동성(遼東城)의 서쪽에 있었다.

5월 24일

날씨가 맑았다.

계면(戒勉)이라는 승려가 있었는데 우리 말에 능숙했다. 그가 최부에게 말을 건넸다. "원래 저의 선조는 조선 사람입니다만, 저의 할아버지가 이곳으로 도망쳐 왔지요. 벌써 3대가 되었습니다. 이 지방은 고국의 국경과 가까이 있기 때문에 아주 많은 사람들이 여기에 와서 살고 있습니다.

중국 사람들은 아주 겁이 많습니다. 도적을 만나면 모두 다 창을 내던져 버리고 도망치지요. 더욱이 그들은 활을 잘 쏘는 사람이 없어서 고국에서 온 이민자들을 붙잡아 선봉으로 삼고 있는데 이들을 정병(精兵)이라 부르고 있습니다. 고국에서 온 사람은 한 사람이 열 사람, 아니 일당백이랍니다. 이 지방은 옛날 고구려의 수도였습니다. 고구려는 천여 년 전에 중국에 예속되었습니다만 우리 고구려의 전통 관습은 아직도 사라지지 않았습니다. 저희는 고려사(高麗祠)[66]를 세워 우리의 근본으로 삼고 있지요. 정기적으로 제사를 지내며 근본을 잊지 않고 있습니다.

'새는 고향으로 되돌아가고 여우가 죽을 때가 되면 반드시 머리를 자기가 살던 굴 쪽으로 향하여 둔다'[67]고 들었습니다. 저희 역시 고국으로 돌아가 살고 싶습니다만 고국은 저희를 중국 사람이라 여겨 중국으로 돌려보내지 않을까 두렵습니다. 그렇게 되면 저희는 도망친 죄의 혐의를 받아 목이 달아나지요. 마음은 가고 싶지만 발걸음이 떨어지지 않고

---

66 고려 사당.

67 조비반고향 호사필수구(鳥飛返故鄕 狐死必首丘): 새는 살던 곳으로 날아가고, 여우가 죽을 때는 머리를 자신이 살던 굴을 향하여 둔다, 즉 수구초심(首丘初心)으로 고향을 그리워하는 마음 혹은 근본을 잊지 말라는 의미. 중국 전국시대 초나라의 충신이며 시인인 굴원(屈原: 기원전 340~278)의 시 「애영(哀郢)」에 나오는 구절. 그는 유배지에서 자신이 살던 초나라의 수도인 영도(郢都)로 돌아가지 못하고 기원전 278년 5월 5일에 멱라강(汨羅水)에 투신 자살하고 만다. 중국인은 굴원의 죽음을 애도하며 이날 여러 행사를 한다고 한다. 음력 5월 5일은 중국인들의 명절로, 단오절이라고 부르고 있다.

있습니다."

최부가 말했다. "은둔 생활을 하는 사람으로 깊은 산속에 있어야 할 일이오. 어찌하여 승려 모자를 쓰고 속인(俗人)처럼 길거리를 돌아다니오?" 계면이 말했다. "오랫동안 산속에 있었지요. 지금은 관리에게 호출당하였습니다.", "왜 호출당하였소?", "대행(大行) 황제[68]는 불법을 숭상하였습니다. 큰 사찰이 천하[69] 도처에 세워져 있고 방포(方袍)[70]가 편호(編戶)[71]보다 더 많았습니다. 우리는 편안히 누워 배불리 먹고 불자로서 활동을 했지요.

새 황제는 동궁이었을 때부터 늘 중들을 미워했습니다. 황제는 즉위하자 우리를 없애 버리려고 마음을 먹었죠. 황제는 조서[72]를 내려 새로 지은 절과 암자(庵子)[73]를 모두 폐지할 것을 명했습니다. 도첩(度牒)[74]이 없는 승려는 환속(還俗)해야만 했는데, 이것도 다급하게 해야만 했습니다. 따라서 삼당(三堂)의 어르신들이 관리들에게 명하여 승려[75]를 불러 내도록 했습니다. 이제부터는 절은 철거되고 승려는 머리를 기르게 됨

68 대행(大行)은 죽은 황제를 높여 이르는 말. 명나라 제8대 황제인 성화제(成化帝), 즉 헌종(재위기간: 1464~1487)을 지칭.
69 중국을 지칭.
70 승려가 입는 법의(法衣)로 승려를 지칭.
71 호적에 편입된 호구(戶口)로 일반 사람을 의미.
72 조서(詔書): 임금의 명령을 적은 문서.
73 수도를 하기 위해 거처하는 작은 집.
74 중에게 발급되던 신분 증명서.
75 국역자 박원호와 서인범 등은 계면을 지칭한다고 했으나, 문맥상 맞지 않다.

니다. 그래서 제가 이렇게 된 것이지요."

최부가 말했다. "그리 되면 철거된 사찰은 민가가 되고, 파괴된 청동 불상은 그릇이 되며 한때 깎은 머리는 길게 하여 군대로 채워지겠소. 이러한 대성인(大聖人)[76]의 행위는 보통의 군주보다 단연 월등하구려. 당신네들은 '황제 폐하 만세'라 하며 축원해 왔소. 그처럼 복을 빌었고, 대행황제(大行皇帝)[77]가 불교를 그토록 숭상하여 사찰과 승려가 그처럼 번성했는데도 그 황제가 중년(中年)[78]이 되기 전에 팔음(八音)[79]이 돌연 멈추었으니 당신네들의 그 간절한 기도가 무슨 소용이 있었소?" 최부가 말을 마치기도 전에 계면은 작별 인사를 하고 떠났다.

5월 25일

날씨가 맑았다.

통역인 천호 왕헌(王憲)과 백호 오새(吳璽)가 와서 최부에게 해명했다. "숙소의 인부가 당신들이 여기서 여러 날 묵을 것이라는 말을 하지 않았

---

76 현 황제, 즉 명조 9대 황제인 효종(孝宗)을 지칭.

77 명나라 제8대 황제인 헌종(憲宗). 헌종은 1447년 12월 9일에 출생하여 중년이 되기 전, 1487년 9월 9일에 병사했다.

78 40, 50대를 지칭.

79 8음은 궁정음악에 쓰는 악기의 재료 혹은 그 소리인 금(金), 석(石), 토(土), 혁(革), 사(絲), 목(木), 포(匏: 박)과 죽(竹). 8음이 멈추었다는 것은 헌종이 병으로 갑자기 세상을 떠났다는 의미.

소. 모르기 때문에 집에서 있었소. 늦게 보러 온 것은 바로 그 때문이오."

오새는 정보와 김중 등을 데리고 삼당의 대인들을 찾았다. 대인 앞에서 일행의 표류와 도착의 전말을 보고했다. 삼당의 대인들은 도지휘사(都指揮使) 등옥(鄧玉)과 분수총병관(分守總兵官) 한빈(韓斌), 포정사부사(布政司副使) 오옥(吳玉), 순안감찰어사(巡按監察御史) 진림(陳琳) 등이었다. 저녁에 지휘사는 관리를 시켜 황주 세 동이, 통돼지 한 마리, 쌀 한 말과 좁쌀 열 말[80]을 가져와 일행을 대접했다.

5월 26일

날씨가 맑았다.

왕헌이 다시 와서 말했다. "당신 나라와 해서위(海西衛), 모린위(毛鄰衛)와 건주위(建州衛)로 가는 길은 모두 이곳을 경유하고 있소. 귀국의 사신이 왕래할 때 접대는 오새와 나 둘이서만 하고 있소. 나는 이제 늙어 여름 더위를 견디기 어렵소. 그래서 총병관은 나의 동료인 오새를 시켜 귀하를 호송하도록 했소. 오새 또한 좋은 사람이오. 걱정하지 마시오. 안전하게 귀국할 것이오.

대개 먼 여행에 전혀 쉬지도 못하고 자고 먹는 일이 고르지 못하여 질

---

80 국역자 박원호는 쌀 한 되와 좁쌀 한 되라고 해석했는데, 이는 맞지 않는 것 같다.

병에 걸리기 쉽소. 그래서 몇 달 사이에 한찬(韓瓚)과 이세필(李世弼)[81]
같은 귀국 사신들이 도중에 잇달아 객사했소. 여행이 그처럼 어려운 일
인 것이오! 그런데도 귀하는 산더미 같은 파도를 겪고 월(越)[82]의 남쪽
에서 연(燕)[83]의 북쪽까지 내내 오셨소. 귀하와 일행은 무사히 귀국길에
오르고 있소. 이를 보니 하늘이 여러분을 위험에 처하게 했다가 살리고
복을 내리려고 재앙을 겪게 한 것이 분명하오." 최부가 말했다. "내가
몸을 보전하여 온 것은 전적으로 황제의 은혜를 받은 것이오. 또한 제
선친의 음덕이 있었기 때문이오."

5월 27일

날씨가 흐렸다.

오새가 와서 말했다. "총병관은 나한테 타는 말 43필과 짐 싣는 말 15
필로써 당신들을 호송하도록 하였소. 그 중 말 한 필은 내가 탈 것이오.
짐은 대략 얼마나 되오?" 최부가 말했다. "일행 43명이 원래 가지고 있
던 짐을 모두 싣는다 해도 한두 바리를 채우지 못할 것이오. 황제로부터
선물로 받은 솜옷 상의[84]와 솜바지가 있는데, 모두 겨울옷이오. 그 이외

---

81 중국에 사신으로 가던 중 요동에서 죽었다는 사실이 성종 19년, 즉 1488년 윤달 1월
   2일자의 『조선왕조실록』에 실려 있다.
82 지금의 절강성을 지칭.
83 하북성을 지칭.
84 한문본에 나와 있는 반오(胖襖)는 동복용으로 솜으로 속을 넣거나 누빈 상의.

에 광녕에서 받은 옷, 신발 등 다른 물품들이 있소. 그게 전부요.", "짐이 적다니 여행길이 편하겠소."라고 오새가 말했다.

5월 28일

큰 비가 왔다.

오새가 다시 와서 말했다. "오늘 짐을 싸서 출발할 예정이오만 비가 몹시 오고 있소. 어떻게 하겠소?", "마음이 조급해서 한시라도 늦추는 것이 어렵소. 나만 비 때문에 근심하는가 보오. 금년은 지난 2월부터 비가 오지 않아 큰 가뭄이 들었소. 그런데 이제 다행히도 비가 오니 사람이며 만물이 기뻐하고 있소. 하늘이 하신 일이니 뭐라고 말을 할 수 있겠소?" 오새가 말했다. "맞소. 맞는 말이오."

최부의 주:

요동은 우리 옛 고구려의 도읍이었다. 당나라 고종(高宗)[85]에게 망하여 중원(中原)[86]에 예속되었다. 5대[87] 때에는 발해의 대(大)씨가 차지했다. 후에 요(遼), 금(金), 오랑캐 원나라[88]에 병합되었다. 성안에는 도사(都司), 찰

---

85 당나라의 제3대 황제. 재위기간: 649~683년.
86 중국을 지칭.
87 당이 멸망한 뒤 후량(後梁), 후당(後唐), 후진(後晉) 후한(後漢) 후주(後周) 시대의 서기 907~960 연간.

원(察院), 포정사(布政司), 태복분사(太僕分司), 열마사(閱馬司) 등이 있다. 또한 좌·우·중·전·후의 위(衛) 등이 있다. 성의 서쪽 승평교(昇平橋)에서부터 숙청(肅清), 영은(迎恩), 징청(澄清), 양무(揚武), 위진(威振)과 사로(四路) 등의 문 및 진사문팔좌(進士門八座)[89]와 고려시(高麗市)[90] 사이의 집들은 조밀하다 할 수 있겠다.

양자강 남쪽과 견주어 본다면 가흥부(嘉興府)와 맞먹는 곳이라 할 수 있겠다. 그런데 가흥부의 성 밖은 마을이 연이어 뻗어 있지만 요동성 밖은 닭 우는 소리와 개 짖는 소리조차 들을 수가 없다. 해자로(海子路)[91]를 따라 흙무덤[92]만 실에 꿴 구슬처럼 이어져 있을 뿐이다. 동녕위성(東寧衛城)은 그 도시의 동쪽에 별도로 쌓았다. 수산(首山), 천산(千山), 목장(木場), 낙타(駱駝), 태자(太子) 및 행화(杏花) 등의 산이 동, 남, 서쪽으로 도시를 둘러싸고 있다. 북쪽으로는 끝없는 평야가 있다.

---

88 한문본의 호원(胡元)은 원나라를 비하하여 부른 칭호가 아닌가 싶다. 중국 거전자의 점주본에서 "호원(胡元)"을 "호(胡)", "원(元)"으로 구분한 것은 잘못이다.

89 한문본에 진사문팔좌(進士門八座)로 나와 있는데, 국역자 최기홍, 영역자 메스킬과 중국의 거전자는 진사문팔좌(進士門八座), 즉 고유명사로, 박원호는 진사문 등 8좌, 서인범 등은 진사문의 8좌로 해석했다. 한편, 중국의 자료에 의하면 8좌는 여덟의 고급 관직을 일컫는다 했다. 진사문이 8개인지, 1개인지는 분명하지 않다.

90 국역자 서인범 등은 조선 사행사들이 휴식을 취한 요양성 근처의 마을이라고 해석했다.

91 국역자 박원호는 한문본의 해자로를 "해자(垓子) 길가"라고 번역했는데, 잘못이다.

92 한문본에 "총토(塚土)"라고 나와 있는데, 국역자 박원호는 "흙먼지", 다른 국역자들은 "무덤"이라 해석. 중국의 문헌에는 총토를 대사(大社)와 묘토(墓土)의 두 가지로 해석한다고 했다.

5월 29일, 최부 일행은 요동을 출발했다.

날씨는 맑았다.

　오새와 천호인 전복(田福)이 같이 역에 와서 일행을 인솔하여 출발했다. 역성(驛城)의 동문 밖 1리가 채 안 되는 곳에 요동성이 있었다. 역성과 요동성의 두 성 사이에 관왕묘(關王廟)가 있었다. 일행은 올량합관(兀良哈館)[93], 태화문(泰和門), 안정문(安定門)을 지나 우리 조선관(朝鮮館)에 이르렀다. 조선관 앞에 세운 명판에는 "외천보국(畏天保國)"[94]이라는 네 글자가 쓰여 있었다.

　일행은 석하아(石河兒)[95]를 거쳐 고려동(高麗洞)[96]에 들어갔다. 다시 대석문령(大石門嶺)과 소석문령(小石門嶺)을 지났다. 그 사이에 왕도독(王都督)의 무덤이 있었다. 유하아(柳河兒), 탕하아(湯河兒), 두건참(頭巾站)과 낭자산(狼子山)을 지나 현득채리(顯得寨里)에 도착했다. 서너 가구가 있는 마을이었다. 어스름을 틈타 마을사람들이 최부의 모자상자를 가져가 버렸다. 최부가 그 상자 안에 사모(紗帽), 낭패(囊佩)[97]와 강남 사람

---

93 몽골의 동부를 호칭. 그 지역 사람들.

94 하늘을 두려워하며 나라를 지키다.

95 강의 이름인 "석하" 뒤에 표기된 "아(兒)"는 중국 북방의 "얼(er, r)"화음(化音). 최부는 현지인의 발음대로 표기한 것이라고 중국 거전자는 그의 논문에서 해석했다. 유하아, 탕하아의 아(兒)도 마찬가지다.

96 국역자 서인범 등은 고려인들이 거주하는 고려촌(高麗村)이라고 해석했다.

이 선물한 시의 원고를 챙겨 넣었던 상자였다. 정보가 오새에게 이 사실을 보고하자 오새는 마을 사람들을 심문하였으나 결국 찾지 못했다. 오새가 최부에게 말했다. "물건을 소홀히 간수한 것은 훔쳐가라고 사람들을 부른 거나 마찬가지요.[98] 누구를 탓하겠소?"

---

97 신분증명서 등을 넣은 허리에 차는 작은 주머니가 아닌가 싶다. 『숙종실록』 1675년 9월 26일자에 이 표현이 나온다.

98 만장회도(慢藏誨盜) 야용회음(冶容誨淫): "물건 간수를 소홀히 하면 도둑질을 가르치는 것이 되고, 여인이 얼굴을 요염하게 치장하면 음탕을 가르치는 것이다"라는 뜻의 『주역』에 나오는 고사성어.

6

1488. 6. 1 ~ 6. 4

6월 1일

날씨는 맑았고 일식이 있었다.

　일행은 현득령(顯得嶺)과 청석령(靑石嶺)을 넘었다. 두 고개 사이의 길은 청석으로 깔려 있었다. 일행은 첨수하아(甛水河兒)[1]를 지났다. 서남쪽으로 높고 험한 흑산(黑山)이 보였다. 상자동(橡子洞)[2]에는 탑과 절이 있었다. 동남쪽으로 높은 고개를 넘었는데 매우 가파르기 때문에 일행은 구불구불 돌아갔다. 태자하(泰子河)를 넘어 연산관(連山關)에 이르렀다. 그 관의 천호인 동문(董文)은 최부와 오새(吳璽), 전복(田福), 방상(房祥), 장용(張勇), 심영(沈榮) 등을 초청하여 음식을 대접했다. 전복, 방상, 장용, 심영과 왕승(王升), 마총(馬摠), 홍걸(洪傑), 오세(吳洗), 김청(金淸), 주단(周端) 등과 백호 30명, 군인 2백여 명, 잡부 10명 등은 요동 총병관이 일행을 호송하기 위해 차출한 사람들이었다. 일행은 연산하(連山河)를 거슬러 올라가다가 날이 저물어 백가장(白家莊) 민가에 들었다.

1　첨수하(甛水河)의 첨(甛)은 첨(甜)의 속자(俗字).
2　도토리 마을이 아닌가 싶다.

6월 2일

날씨는 맑았다.

아침에 일행은 분수령(分水嶺)에 도착했다. 분수령 이북은 지세가 북쪽으로 내려가 계곡물들이 태자하(泰子河)에서 만나 서쪽에서 요하(遼河)로 들어간다. 분수령 이남은 물들이 팔도하(八渡河)에서 합류한다. 이 때문에 분수령이라는 이름을 얻었다.

통원보(通遠堡)에 이르니 보에는 새로운 성과 옛날 성이 있었다. 용봉산(龍峯山)이 그 뒤에 있고, 그 앞에는 용봉하(龍峯河)가 흐르고 있었다. 서남쪽에는 덕산(德山)이 있고 남쪽에는 증산(甑山)이 있는데 옹북산(甕北山)이라고도 하였다. 일행은 이해둔(李海屯)에 이르렀는데 그곳에서 어느 마을 사람이 말했다. "어젯밤에 천호 마총의 호송 군인들이 먼저 여기에 도착했습니다. 호랑이가 군인들이 타고 있던 말들 중 한 마리에 달려들어 상처를 입혔습니다. 오래 전부터 이러한 문제는 없어졌기 때문에 이곳을 지나는 사람 모두 산길을 가다가 야외에서 자곤 했답니다. 이제 이런 일이 일어났으니, 역시 두려워할 만한 일이죠." 일행은 사초둔하(斜哨屯河)를 지났다. 그때 물이 크게 불어나 사납게 흘러갔다. 군인 고복이 발을 헛디뎌 물에 빠졌다. 마침 오새가 먹을 감다가 그가 허우적거리는 것을 보고 구했다. 일행은 이승둔(李勝屯)에 도착했다.

6월 3일

날씨가 맑았다.

일행은 사초대령(斜哨大嶺)을 넘어 팔도하(八渡河)에 이르렀다. 팔도하는 여덟 번 건넌다고 해서 붙여진 이름이다. 반도하(半塗河)라고도 불렀다. 조선의 경성(京城)[3]과 중국의 북경 중간 지점에 있기 때문에 그렇게 부른다고 했다. 일행은 장령아(長嶺兒), 설리참(薛里站), 백언령(白言嶺), 노가독(奴哥禿)[4], 노가하아(奴哥河兒), 노가령(奴哥嶺)과 천하아(千河兒)를 지나 봉황산(鳳凰山)에 도착했다. 동녕위(東寧衛)에서 군부(軍夫)[5]들을 파견하여 막 성을 쌓고 있었다. 오새가 최부에게 말했다. "그 성은 귀국의 사신이 통과하는 길을 보호하기 위해 짓는 것이라오." 일행은 개주성(開州城), 왕빈길탑리(王斌吉塔里)와 여온자개하아(餘溫者介河兒)를 지나 관득락곡(寬得洛谷)에 도착하여 노숙했다. 골짜기 동쪽에는 해청산(海青山)이 있는데, 송골산(松鶻山)[6]이라고도 하였다.

---

3 조선에서는 지금의 서울을 경성(京城), 국도(國都), 한양(漢陽)으로 표기했다.
4 민둥산 이름이 아닌가 싶다.
5 군대에 딸린 인부.
6 『조선왕조실록』예종실록, 1469년 6월 2일자에 송골산은 요동에서 50리 떨어져 있는 산이라고 나와 있다.

최부 일행은 압록강을 건너 의주성으로 귀환했다.

6월 4일, 압록강을 건넜다.

날씨가 맑았다.

새벽에 탕산참(湯山站)과 작은 두 강을 건너 구련성(九連城)에 당도했다. 성은 무너지고 흙으로 만든 토대만 남아 있었다. 파사보(婆娑堡)라고 했다. 보 앞의 강은 풍포(楓浦)였다. 일행은 오야강(吾夜江)을 배로 건넜다. 이 두 강은 같은 발원으로 갈라져 흐르다가 다시 합류하여 하나의 강을 이루었다. 적강(狄江)이라고 불렀다. 일행은 배를 타고 압록강을 건넜다. 목사가 군관인 윤천선(尹遷善)을 보내 강변에서 최부를 위로했다.

땅거미가 질 무렵 일행은 배로 난자강(難子江)[7]을 건넜다. 압록강과 난자강, 두 강 역시 발원지 하나에서 갈라져 흐르다가 다시 합쳐서 아래로 흘렀다. 서둘러서 일행은 밤 3경[8]에 의주성(義州城)으로 들어갔다. 성은 바로 당인(唐人)[9]과 야인(野人)[10]이 왕래하는 요충지에 있었다. 성은 아주 작은 규모였으며 황폐하였다. 성안의 거리가 적막하였으니 못내 한스러웠다.

7 위화도 북쪽에 있는 강.
8 밤 11시에서 새벽 1시 사이.
9 당나라 때 외국인이 중국인을 일컬었던 말.
10 압록강과 두만강 유역에 살던 여진족(女眞族).

7

최부의 요약

우두외양과 도저소 사이의 간격은 160여 리이고 도저소와 영해현 간의 거리는 4백여 리로 모두 바닷가 벽지였으며, 객관(客館)이나 역이 없었다. 일행이 월계순검사에 이르렀을 때 비로소 포(鋪)가 있었다. 또한 일행이 영해현(寧海縣)에 당도했을 때 처음으로 백교역(白嶠驛)이 눈에 들어왔다.

백교역에서 출발하여 일행은 서점(西店), 연산(連山), 사명(四明), 차구(車厩), 요강(姚江), 조아(曹娥), 동관(東關), 봉래(蓬萊), 전청(錢淸), 서흥(西興)을 지나 항주부의 무림(武林)역에 도착했다. 도저소에서 무림역까지는 1천 5백여 리였다. 무림역을 출발하여 일행은 오산(吳山), 장안(長安), 조림(皂林), 서수(西水), 평망(平望), 송릉(松陵), 고소(姑蘇), 석산(錫山), 비릉(毗陵)과 운양(雲陽)을 지나 진강부(鎭江府) 경구(京口)역에 도착했다. 항주에서 그곳까지 천여 리였다.

일행은 양자강을 건너 양주부(楊州府) 광릉(廣陵)역에 이르렀다. 거기서부터 수로와 육로를 통했다. 수로는 소백(邵伯), 우성(盂城), 계수(界首), 안평(安平), 회음(淮陰) 청구(淸口), 도원(桃源), 고성(古城), 종오(鍾吾), 직하(直河), 하비(下邳), 신안(新安), 방촌(房村), 팽성(彭城), 협구(夾溝), 사정(泗亭), 사하(沙河), 노교(魯橋), 남성(南城), 개하(開河), 안산(安

山), 형문(荊門), 숭무(崇武), 청양(淸陽), 청원(淸源), 도구(渡口), 갑마영(甲馬營), 양가장(梁家莊), 안덕(安德), 양점(良店), 연와(連窩), 신교(新橋), 전하(磚河), 건령(乾寧), 유하(流河), 봉신(奉新), 양청(楊靑), 양촌(楊村), 하서(河西), 화합(和合)을 거쳐 통주(通州) 노하수마(潞河水馬)역에 이르렀다. 양주에서 그곳까지는 모두 3천 3백여 리였다.

육로는 대류(大柳), 지하(池河), 홍심(紅心), 호량(濠梁), 왕장(王莊), 고진(固鎭), 대점(大店), 수양(睢陽), 협구(夾済)[1], 도산(桃山), 황택(黃澤), 이국(利國), 등양(騰陽), 계하(界河), 주성(邾城), 창평(昌平), 신가(新嘉), 신교(新橋), 동원(東原), 구현(舊縣), 동성(銅城), 임산(荏山), 어구(魚丘), 대평(大平)[2], 안덕(安德), 동광(東光), 부성(阜城), 낙성(樂城), 영해(瀛海), 은성(鄞城)[3], 귀의(歸義), 분수(汾水), 탁록(涿鹿)을 지나 고절(固節)역에 이르렀다. 양주에서 그곳까지는 2천 5백여 리였다.

수로에는 홍선(紅船)이 있고 육로는 역에 말이 있었다. 모든 사신, 조공, 장사가 수로를 통하여 왕래했다. 만약 가뭄 때문에 갑이나 강에 물이 너무 얕아서 배가 통과할 수 없는 경우거나 시급한 일이 있으면 육상을 이용했다. 더욱이 양주부는 남경에 가까워 세 개의 역 거리 정도만 떨어져 있을 뿐이었다. 복건, 절강과 이남 지방의 모든 길은 양주부를 통하여 수도에 이르렀다. 그러한 이유로 역으로 통하는 길은 매우 넓었다.

---

1 구(済)와 구(溝)는 같은 자.
2 한문본에 기재된 대평을 국역자 서인범 등과 박원호는 태평(太平)의 오기라고 했다.
3 국역자 서인범 등은 막성(鄚城), 박원호는 근성, 최기홍과 중국의 거전자는 한문본 표기대로 은성이라고 했다.

일부 육로의 역 사이의 거리는 60리 내지 70리 혹은 80리다. 수로의 경우, 무림에서 오산까지는 거리가 30리이며, 노하에서 회동관까지는 40리 간격으로 수로 내에 육로로 되어 있다. 따라서 역 사이의 거리는 짧다. 다른 경우 어떤 역은 60 혹은 70리 간격이고 다른 역은 80리 내지 90리, 어떤 곳은 백리도 넘는 경우도 있다. 포 사이의 거리는 10리 혹은 20 내지 30리다. 양주부터는 물가에 천(淺)[4]이 어떤 곳은 6리 혹은 7리, 혹은 10여 리 간격으로 설치되어 거리를 표시하고 있다. 우두외양에서 도저소, 항주, 그리고 북경 회동관까지 최부가 지나온 거리는 모두 합해서 대략 6천여 리였다.

회동관에서 노하(潞河), 하점(夏店), 공락(公樂), 어양(漁陽), 양번(陽樊), 영제(永濟), 의풍(義豊), 칠가령(七家嶺), 만하(灣河), 노봉구(蘆峯口), 유관(楡關), 천안(遷安), 고령(高嶺), 사하(沙河), 동관(東關), 조가장(曹家莊), 연산(連山), 행아산(杏兒山)[5], 능하(凌河), 십삼산(十三山), 여양(閭陽), 광녕(廣寧), 고평(高平), 사령(沙嶺), 우가장(牛家莊), 해주재성(海州在城), 안산(鞍山), 요양(遼陽) 등의 역을 지나 요동성(遼東城)에 도착했다. 요양은 요동재성 역이었다. 역 사이의 거리는 30 내지 40 리 혹은 50 내지

---

4 천(淺)을 박원호는 얕은 여울에 배를 끌기 위해 설치한 시설인 천포(淺鋪)라고 했다.

5 연산, 도행아: 한문본에 연산도행아(連山島杏兒)라고 표기되어 있는데, 국역자들은 연산, 도행아 혹은 연산도, 행아로 해석한 반면, 영역자 메스킬은 연산, 도행아라고 해석했다. 그런데 중국 거전자는 도(島)는 판각할 때 잘못 들어간 글자(衍)라고 하여 연산, 행아산이라고 해석했는데, 행아산은 소릉하의 소를 산으로 보아 행아에 연결시켰다. 5월 11일자 최부의 일기에 보면 연산역(連山驛)이 나오고, 5월 12일자에는 행아산(杏兒山), 5월 13일자에 능하역(凌河驛), 5월 14일자에 소릉하(小凌河)와 대릉하(大凌河)가 나오는 것을 보면 문맥상 거전자의 해석이 맞는 것 같다.

60리였다. 모두 1천 7백리가 넘었다.

산해관 내에 10리마다 연대(煙臺)를 설치하여 봉화 시설을 갖추고 있었다. 산해관을 지나고 나서도 5리 간격으로 작은 돈대(墩臺)[6]를 설치, 푯말을 세우고 이정(里程)을 기록하였다. 요동에서 두관(頭官), 첨수(話水), 통원보(通遠堡), 사리(斜里), 개주(開州), 탕참(湯站) 등의 여러 참(站)을 거쳐 압록강에 이르렀다. 또 3백여 리였다.

산해관 동쪽에서 또 다른 긴 담을 쌓고 흙으로 작은 성을 구축하여 유목민을 경계했다. 모든 역과 체운소는 성이 있어 방어 거점이나 다름없는 형태였다. 부, 주와 현은 두지 않고 다만 위(衛)와 소(所)가 설치되었다. 역이나 체운소의 관리라 하더라도 그들은 모두 군인들이었다.

삼차하(三叉河)에서 다른 길이 있다고 들었는데, 그 길은 해주위(海州衛), 서목성(西木城), 수안성(綉岸城), 앵나하둔(鸎拿河屯), 뇌방림자둔(牢房林子屯), 독탑리둔(獨塔里屯), 임강하둔(林江河屯), 포로호둔(蒲蘆葫屯) 등을 거쳐 불과 2백 리 가량에 있는 압록강에 이르고 있었다. 그 길 역시 중대로(中大路)였다. 길 왼쪽으로 폐허가 된 옛 성터가 있는데 지금은 안시리(安市里)[7]라 했다. 당나라 군대를 막았던 곳이라 했다.

---

6 평지보다 두드러진 평평한 땅.

7 요녕성 안산시(鞍山市)와 해성시(海城市)의 경계 지역에 있었던 곳으로 추정된다. 고구려 보장왕 4년인 645년에 당나라 태종은 10만 대군을 이끌고 고구려를 침공하기 위해 안시성을 공략했으나, 안시성 성주(고구려 명장인 양만춘으로 전해지고 있으나 분명치 않음)의 결사저항으로 실패한다. 저 유명한 안시성 전투가 있었던 곳이다. 665년에 안시성이 함락된 후 고구려는 멸망한다.

명나라 홍무 연간[8]에 다시 긴 담을 쌓아 오랑캐를 막도록 했다. 그 담은 진나라의 장성에서 시작하여 동으로 뻗어 있었다. 삼차하 서쪽 방향은 정확히 알지 못하나 거기서 동쪽에서는 북으로 장정(長靜), 장녕(長寧), 장안(長安), 장승(長勝), 장용(長勇), 장영(長營), 정원(靜遠), 상유림(上楡林), 시방사(十方寺) 등의 보루를 지났다. 다시 동쪽으로 평락박(平落泊)의 보루를 지나 심양성(瀋陽城)까지 이르렀다. 다시 북으로 포하(蒲河), 의로현(懿路縣), 범하(凡河), 철령위(鐵嶺衛), 요참(腰站) 등의 성을 지나 개원성(開原城)에 닿았다. 다시 동으로 무순소성(撫順所城)을 지나고 남쪽으로 동주(東州), 마근단(馬跟單), 청하(淸河), 함장(鹹場), 애양(靉陽), 십차구(十叉口) 등의 보루를 만나 압록강에 이르렀다. 모두 합해서 수천 리나 되었다. 정료좌위(定遼左衛)를 포함 25곳의 위를 에워싸고 있는 성을 따라가면 다른 길이 있다고 하는데 확실하지 않다.

봉화현(奉化縣) 이남은 높고 가파른 수많은 고개와 기암괴석이 해안을 따라 늘어서 있었으며 계곡의 물이 파란 초목 사이로 반짝이며 구불구불 흐르고 있었다. 양자강 이남 지방은 땅이 부드럽고 진흙투성이로 습기가 많으나, 천태(天台), 사명(四明), 회계(會稽), 천목(天目), 천평(天平) 등의 산들이 서로 제멋대로 얽혀서 그 땅을 가로지르고 있었다. 회하(淮河) 이남은 호수와 늪지대가 많았다. 거기서 북쪽으로는 경사진 곳이 많았다. 둑 안의 운하 바닥은 평지보다 높은데 둑이 침식되어 물줄기가 바뀌면서 육로나 수로로 되기도 한다.

---

8 서기 1368~1398년.

제녕주(濟寧州) 북쪽에는 분수묘(分水廟)가 있었다. 이 사당 이남의 모든 물은 남으로 흐르고, 그 이북은 모두 북으로 흘렀다. 무성현(武城縣) 이북은 진흙과 모래가 많고 장로(長蘆)같은 곳은 소금기가 많았다. 「우공(禹貢)」[9]에서 "바닷가에 넓게 펼쳐진 개펄"이라 일컬은 땅이다. 천진위(天津衛) 이북은 물이 모두 남으로 흘러 장가만(張家灣)에 이르렀다. 평평한 모래밭이 끝없이 펼쳐져 있고 바람 부는 대로 이리저리 흐르며 이동하고 있었다.

북경은 천수산(天壽山) 등 여러 산이 북쪽으로 구불구불 둘러싸고 있으며 산의 서쪽 줄기는 태항(太行), 왕옥(王屋) 등 산과 접하고 하남의 경계까지 뻗어 있었다. 동쪽 줄기는 동으로 달려 삼하(三河), 계주(薊州)를 지나 옥전현(玉田縣)의 북쪽에 이르러 연산(燕山)이 된다. 계속 동으로 풍윤현(豊潤縣)을 지나 진자진(榛子鎭)에 이르렀다. 그 다음 두 줄기로 갈리는데 그 남쪽 줄기는 동으로 난주(灤州), 창려현(昌黎縣)을 지나 갈석산(碣石山)에 이르러서는 바로 바다로 접하며, 북쪽 줄기는 연산의 산맥과 합하여 동으로 천안(遷安), 영평(永平)을 거쳐 무령(撫寧)의 동쪽에 이르다가 바로 산해관에 이르렀다. 산해관(山海關) 밖으로 구불구불 동으로 뻗어 광녕위(廣寧衛)의 북서쪽에 이르러 의무려산(醫巫閭山)이 되었다. 북경에서부터 산은 초목이 없는 헐벗은 산들이었다.

그 사이에 양자강 북쪽, 태항산 동쪽과 연산 및 의무려산 남쪽의 수천 리간은 넓고 평탄한 들이 동으로 바다까지 펼쳐져 있었다. 이 평야는

---

9 『서경(書經)』(『尚書』)의 편명.

광녕의 동쪽, 해주위의 서쪽과 요동의 북쪽까지 뻗어 거대한 평야를 이루고 있는데 이 평야를 소위 "학야(鶴野)"라고 부른다. 해주위 동쪽으로 비로소 안산(鞍山)이 있었다. 그 산맥은 남쪽으로 휘감아 천산(千山)이되었다. 그 후부터는 여러 산맥의 봉우리가 솟아 마치 줄줄이 미늘창[10]을 세워 병풍을 둘러 놓은 것 같은 형상이었다. 이 봉우리는 동남쪽으로 압록강에 이르며 동으로는 유목민의 경계를 넘어 뻗어 있다.

요동의 남쪽에 분수령(分水嶺)이 있다. 그 곳의 북쪽에서는 모든 물이 북으로 흐르고, 거기에서 남쪽은 모두 남으로 흘렀다. 석문령(石門嶺) 남쪽은 산이 많고 나무가 울창하며 개울은 맑고 푸르렀다. 북경에서 압록강까지 강이라 붙여진 모든 곳은 자그마한 개울이었다. 모든 개울이 비가 올 때는 물이 넘치고 가물면 말랐다. 다만 난하(灤河)와 삼차하(三叉河)가 큰 강이었고 다음으로는 백하(白河), 대릉하(大凌河), 소릉하(小凌河), 태자(泰子), 팔도(八渡) 등의 강이 있을 뿐이었다.

양자강 이남에는 무른 돌이 많아 육로의 모든 곳은 이런 돌을 잘라 길에 깔기도 하고 진창이나 산등성이 위에 깔아 놓았다. 영해현(寧海縣)이나 봉화현(奉化縣) 같은 여러 곳에서도 산등성이를 돌로 덮었다. 수로의 경우에는 모두 돌로 쌓은 홍문교(虹門橋)를 놓았다. 오강현(吳江縣) 같은 데에는 강과 호수의 제방을 돌로 쌓은 곳이 많았다.

회하(淮河) 이북에는 돌다리 하나 없었다. 배로 만든 부교(浮橋) 아니

---

10 끝이 둘 혹은 셋으로 갈라진 창.

면 나무로 조잡하게 만든 다리를 세웠다. 육로는 모래와 먼지가 하늘을
뒤덮었다. 연산관(連山關) 이후는 험한 산길이 마치 실처럼 이어졌다.
곳곳에 야생풀이 자라고 있었다. 오가는 사람들은 얼굴이 모기와 쇠파
리에 물려 고초가 이만저만이 아니었다. 회하 남쪽은 비옥한 수전(水田)
이 많아 벼와 기장이 흔했다. 서주(徐州) 북쪽부터는 수전이 하나도 없
었다. 요동의 동쪽은 저녁에는 덥고 아침에는 추워서 오곡이 잘 자라지
않았다. 오직 기장만 자랄 뿐이었다.

예전에 강소, 절강과 복건 남쪽 지방의 모든 물길 수송은 양자강에
서 모여 바다로 항해, 노하(潞河)를 지나 북경에 도착했다. 오랑캐 원나
라 순제(順帝) 연간[11]에 처음으로 운하를 팠다. 제방을 쌓고 갑문이 설치
되어 뱃길은 통하게 되었다. 영락 연간[12]에 이르러서는 황하(黃河)를 터
서 회하에 들게 하고 위하(衛河)를 끌어대, 백하(白河)로 통하게 했다. 크
게 확장하고 개축을 했다. 물이 범람하는 곳에 방죽을 쌓아 물을 가두어
두었다. 각종 부유 물질로 물이 막히는 곳은 제방을 쌓아 대항했다. 물
이 얕은 곳은 갑문을 설치하여 물을 가두어 두었다. 물살이 센 곳은 홍
(洪)[13]을 설치하여 급류를 완화시키도록 했다. 물이 만나는 곳은 취(嘴)[14]
를 설치하여 그 물이 갈라지도록 했다.

---

11 서기 1333~1367년.

12 명나라 성조(成祖) 연간; 서기 1403~1424년.

13 여울, 즉 바닥이 얕거나 좁아 물살이 세게 흐르는 곳. 영역자 메스킬에 의하면 강둑을
   터서 많은 물을 넓은 마른 지역을 지나게 하여 급류를 완화시키는 시설이라 했다.

14 쐐기 모양의 시설.

둑의 설계: 두 물길의 가장 가까운 곳에 안팎으로 둑을 쌓았으며 각 둑 위에 두 개의 돌기둥을 세웠다. 나무 기둥을 대문처럼 세운 기둥 위에 가로로 얹고 큰 구멍을 뚫었다. 다시 나무 기둥을 가로지른 기둥의 구멍에 끼워 돌릴 수 있도록 했다. 기둥을 따라 일정하지 않게 여기저기 구멍을 냈다. 배를 나무 기둥에 묶는데 대나무를 쪼개서 꼰 줄을 사용했다. 짧은 막대기를 일정하지 않게 낸 구멍에 꽉 끼워 놓고 돌리면 배가 위로 당겨 올려졌다. 둑 위로 배를 올릴 때는 물이 역류하여 어렵지만 배를 내릴 때는 물이 아래로 흐르기 때문에 수월했다

갑문의 설계: 두 강 언덕에 돌로 제방을 쌓고 배 한 척이 그 사이를 통과할 수 있도록 했다. 그런 다음 넓은 판자로 물길을 차단하고 물을 저장했다. 판자의 숫자는 물의 깊이에 따라 달랐다. 제방 위에 나무 다리를 놓아 사람들이 통과하도록 했으며, 두 개의 기둥을 둑에 대한 설계와 마찬가지로 다리의 양끝에 박아 놓았다. 배가 들어 오면 기둥에 묶어 놓은 다리를 치운 다음 넓은 판자를 갈고리로 위로 끌어올리고 물을 흐르게 한 후에 배를 끌어당겨 지나가게 했다. 배가 통과한 다음에는 강을 다시 막았다.

홍(洪)의 설계: 다시 강 양쪽에 돌로 둑을 쌓았다. 둑 위에 길을 내놓고 끌어당기기 위하여 대나무 줄을 다시 사용했다. 배 한 척을 끌어당기는 작업은 인부 백여 명, 10여 마리의 소가 필요하다. 강둑, 갑문과 홍에는 모두 관리가 있어 인부나 소를 동원하여 배가 오기를 기다리고 있었다. 모든 둑과 취(嘴)는 돌로 만들어져 있었으며 나무 말뚝 울타리로 된 것도 있었다.

절강진수가 일행을 북경으로 호송하기 위해 양왕을 차출했을 때 그는 4월 초하루를 기한으로 정했다. 따라서 양왕은 일행을 밤낮을 가리지 않고 재촉했다. 순풍일 때는 돛을 달고 역풍일 때는 배를 당겼다. 물이 얕으면 일행은 장대로 배를 밀고 갔으며, 물이 깊으면 노를 저어 갔다. 역에 이르면 식량을 지급 받았고 체운소에서는 배를 바꿨다. 사신이나 공물이 왕래할 때는 다 그렇게 하였다.

대개 백리 사이에서도 풍속과 관습이 다른데, 하물며 천하는 얼마나 다르겠는가? 전체 풍습과 관습을 이야기한다는 것은 불가능한 일이다. 최부는 풍습과 관습을 양자강의 남북을 경계로 하여 대략적인 윤곽으로 설명했다.

인가의 성쇠에 대해서, 강남의 여러 부성(府城), 현, 위 등지의 주거 생활이 이루 말할 수 없이 우아하고 아름답다. 진(鎭), 순검사(巡檢司), 천호소(千戶所), 채(寨), 역, 포(鋪), 마을 혹은 파(壩)든 간에, 때로는 3~4리, 혹은 7~8리, 혹은 10여 리, 혹은 20리 사이에 인가가 밀집되어 있으며, 시장이 길을 메우고 누대는 서로 바라다보고 배들은 꼬리를 물고 드나들었다. 주옥(珠玉), 금은(金銀)과 같은 보석과 쌀, 고량, 소금, 철, 생선과 게 등이 풍부하고 염소, 양, 거위, 오리, 닭, 돼지, 노새, 소 등의 축산 및 소나무, 대나무, 덩굴식물, 야자나무, 용안, 여지, 오렌지 및 포멜로가 천하의 으뜸이었다. 그렇기 때문에 옛사람들은 강남을 아름다운 곳이라 하였다.

강 이북의 양주와 회안, 회하 이북의 서주, 제녕과 임청은 강남의 고

장과 마찬가지로 아름답고 번성했는데 임청이 가장 융성하였다. 다른 곳, 이를테면 관청의 소재지가 역시 번창하고 인구가 넘쳤다. 그런데 진, 채, 역, 포, 마을, 장터, 취(嘴), 창고, 만(灣), 둑, 방죽, 갑문 및 야영지[15] 는 인가가 그다지 번성하지 않고 거리는 쓸쓸하였다. 통주의 동쪽부터 는 인가가 점차 드물었다. 산해관을 지나면 백여 리를 가야 겨우 하나의 마을 사당이 보이는데 초가 지붕 두세 채에 불과했다. 그러나 염소, 양, 닭, 돼지, 노새, 낙타, 소와 말 등이 들에 가득했다. 버드나무, 뽕나무와 대추나무가 우거져 있고 가지들이 뒤엉켜 있었다. 팔도하 이남은 가옥 이 없는 황량한 벌판이었다.

가옥으로 말하면, 강남은 기와로 지붕을 얹고 벽돌이 깔려 있었다. 모 든 계단은 돌로 되어 있으며 간혹 돌기둥도 세워져 있었다. 가옥 모두 널찍하고 아름다웠다. 강북은 가옥의 거의 절반이 초가 지붕으로 되어 있으며 납작하고 작았다.

옷차림에 대해서는, 강남은 사람 모두 검정색의 품이 넓은 상의와 바 지를 입고 있으며, 많은 사람들이 각종 견직물[16]로 치장을 하고 있었다. 양털 모자, 검은 비단으로 만든 모자와 말총 모자를 쓰고 있는 사람들도

---

15 한문본의 천(淺)을 중국의 거전자는 외딴 험한 곳이라 했고, 미국의 메스킬은 캠프라 고 해석했다. 여기서는 메스킬의 해석을 따랐다.

16 한문본『표해록』원문에는 능라견초(綾羅絹綃), 즉 두껍고 얇은 비단, 성글게 짠 실크 와 곱고 부드러운 견직물을 뜻한다. 이처럼 최부는 중국인들이 착용하고 있는 옷의 재질, 부녀자들이 옷을 여미는 방식, 즉 좌임(左衽), 우임(右衽)등을 정밀하게 묘사하 고 있다.

있었다. 머리를 각이 없는 검은 두건이나 각이 있는 검은 두건으로 두르기도 했다. 관리는 사모를 쓰고, 상을 당한 사람들은 하얀 천의 두건이나 굵은 올로 짠 두건을 쓰고 있었다. 신발을 신고 있는데, 목이 긴 가죽신이나 짚신을 신기도 했다. 버선 대신에 천으로 다리를 감싼 사람들도 있다. 부녀자들이 입는 겉옷은 모두 오른쪽 섶을 왼쪽 섶으로 여미고 있었다.

머리에 쓰는 장식물은, 영파부 남쪽에서는 머리 장식물이 둥글면서 길고 크며 끝과 중간에 예쁜 장식품이 부착되어 있었다. 거기에서 북쪽은 머리 장식물이 둥글고 쇠뿔처럼 뾰족했다. 금과 옥으로 장식한 관음관(觀音冠)[17]을 써서 보기에도 눈이 부셨다. 백발의 노파라 하더라도 귀고리를 했다.

강북의 옷차림과 장신구는 대개 남쪽처럼 같은 것이었지만 강북은 짧고 좁으며 흰 옷을 흔히 입었다. 열에 서넛은 올이 다 드러날 정도로 낡고 너덜너덜했다. 여인의 머리 장식물 또한 둥글고 닭의 부리처럼 뾰족했다. 창주에서 북쪽으로 여인들은 옷의 오른쪽 섶을 왼쪽으로 여미기도 하고 왼쪽 섶을 오른쪽으로 여미기도 했다. 통주부터는 모두 옷의 섶을 오른쪽으로 여미고 있었다. 산해관 동쪽부터는 사람들이 더럽고 옷이 남루했다. 해주, 요동 등지에서는 중국인, 우리나라 사람과 여진이 섞여 살고 있으며, 석문령 이남에서 압록강까지는 모두 우리나라에서 온 이주민이었다. 그들의 복장과 언어 및 여인들의 머리 장식물은 우리

17 관세음보살이 쓴 관.

나라와 같았다.

인심과 풍속에 대해서, 강남은 사람들이 온화하고 유순하여 형제나 사촌 형제, 육촌 형제가 한 집에서 같이 살았다. 오강현 북쪽의 지방에서는 부자가 따로 살고 있어 모든 사람들이 이를 못마땅해 했다. 남녀노소 할 것 없이 간편한 접의자[18]나 교의(交椅)[19]에 걸터앉아서 일을 보고 있었다.

강북 사람들은 성격이 사납다. 산동 북쪽부터는 한집의 가족들도 서로 화목하지 않고 싸우는 소리가 끊이지 않고 시끄러웠으며 강도와 살인자들이 많이 있었다. 산해관 동쪽부터는 사람들의 성격과 행실이 극히 사나웠다. 오랑캐의 영향이 강한 것 같았다.

그 밖에 강남 사람들은 독서를 즐기는데 마을 어린이나 사공, 선원들까지도 글을 알고 있었다. 그들이 사는 지역에 이르러 글을 써서 물어보면 산천, 고적, 토지, 연혁(沿革)에 대해 꿰뚫고 있어서 이를 자세히 알려주었다. 강의 북쪽에서는 배우지 않은 사람들이 많이 있었다. 그런 탓으로 그들에게 무언가를 묻는다 해도 그들 모두 "글자를 모른다"고 말하곤 했다. 일자무식이었다.

강남에서 사람들은 어업으로 생활을 했다. 셀 수 없이 많은 사람들이 작은 배에 각종의 어구(漁具)를 싣고 고기를 잡으러 다녔다. 강북에서는

---

18 한문본의 승상(繩床)이나 호상(胡床)은 접었다 펼 수 있는 간편한 의자.

19 등받이와 팔걸이가 있는 의자.

제녕부의 남왕호(南旺湖) 등지를 제외하고는 어로 장비를 구경하지 못했다.

강남의 부녀자들은 모두 집밖에 나가지 않는다. 화려한 누각에 올라가 주렴(珠簾)[20]을 걷어 올리고 밖을 내다볼 따름이었다. 부녀자들은 거리에 나다니지 않고 밖에서 일을 하지 않았다. 강북에서는 부녀자들이 밭일을 하거나 배를 젓는 등 노동을 하고 있었다. 서주나 임청 같은 곳에서는 부녀자들이 한껏 모양을 내고 몸을 팔아[21] 생계를 꾸리는 풍조가 있다.

강남에서는 관리라고 부르는 사람들이 몸소 일을 하고 일부 종자는 접의자에 앉아 있었다. 이들의 관대에는 표식도 없으며 상하의 직위는 아랑곳하지 않고 의자에 앉아 있는데 마치 예의범절이 없는 것 같았다. 그러나 관청에서는 행동이 바르고 신중했다. 군대에서는 호령이 엄정하고 대오가 질서정연하며 주제넘게 떠들지 않았다. 명령이 내리면 징소리가 울리는데 원근을 가리지 않고 구름처럼 사람들이 모였으며 뒤처지는 사람이 하나도 없었다. 강북 또한 그러했지만 산동 이북은 명령을 내린다 해도 매질을 해야만 명령이 먹혀 들었다.

강남의 무기는 창, 검, 세모창과 미늘창이고 투구, 갑옷과 방패에는

<hr />

20 구슬을 꿰어 만든 발.

21 한문본에 "화장자육요가자생(華粧自鬻要價資生)"이라고 기재되어 있는데, 자육(自鬻)에 대해서, 국역자 박원호와 영역자 메스킬, 중국의 거전자는 "몸을 판다"; 최기홍, 서인범 등의 국역자들은 "행상을 한다"로 해석했다.

"용(勇)"이라는 글자가 찍혀 있었다. 그런데 활과 화살, 전마(戰馬)는 없었다. 강북에 와서야 비로소 활과 화살을 메고 있는 사람들이 보였다. 통주의 동쪽과 요동 등지에서는 사람들이 활을 메고 말타기를 일삼고 있었으며, 화살대는 나무로 만들어져 있었다.

강남 사람들은 용모에 많은 신경을 쓰고 있었다. 남녀 모두 거울, 얼레빗, 참빗과 칫솔 등의 화장도구를 지니고 다녔다. 강북 또한 마찬가지였지만 그러한 물건들을 가지고 다니는 사람들을 보지 못했다. 강남에서 금과 은이 시장에서 사용되지만 강북은 동전이 사용되었다. 강남에서 팔려고 내놓은 시장의 아이들[22]은 주석으로 팔이 묶여 있었고 강북의 어린이들은 납으로 코가 뚫려 있었다. 강남에서 사람들은 농·공·상업에 힘쓰고 있었으며 강북은 놀고 먹는 건달들이 많았다. 강남에서 육로로 다니는 행인들은 가마를 이용하지만 강북은 말이나 노새를 이용하고 있었다. 강남에는 좋은 말이 없지만 강북의 말은 마치 용처럼 컸다.

강남에서 사람이 죽으면 명문 거족에 속하는 사람들은 사당이나 정문(旌門)을 세웠으나 대부분의 사람들은 관을 사용하지만 매장은 하지 않고 물가에 놓아두었다. 소흥부성 같은 곳에서는 백골이 성 주변에 언덕을 이루고 있었다. 강북의 양주 같은 데서는 강가 또는 밭 사이 혹은 마을 안에 무덤이 만들어져 있었다. 강남에서 상을 당한 사람이나 중들은 간혹 고기를 먹지만 마늘 냄새, 파 냄새가 나는 자극적인 채소는 먹

---

22 한문본에는 시아(市兒)로 나와 있는데, 중국의 거전자와 영역자 메스킬은 "어린 아이를 사고팔다", 국내의 번역자들은 "건달", "시장의 아이"라 번역했다. 문맥으로 볼 때는 볼 때는 거전자와 메스킬의 해석이 맞는 것 같다.

지 않았다. 강북에서는 모든 사람들이 그러한 채소나 고기를 먹었다. 그 러한 점이 강북과 강남의 차이점이다.

닮은 점이 있다면 귀신을 받들고 도교나 불교를 숭상한다는 점이다. 말할 때는 늘 손짓을 하고 화가 날 때는 항상 입을 오므리고 침을 뱉었 다. 음식은 거칠고 변변치 않았으며 한 탁자에서 같은 그릇으로 젓가락 을 번갈아 가며 먹었다. 이[23]는 입에 넣어 씹었다. 다듬잇돌과 방망이는 돌로 만들어져 있었다. 맷돌을 돌리는 데는 노새나 소를 부리고 있었다. 점포는 표지판이나 기를 세워 표시를 했다. 행인들은 짐을 어깨에 메고 다니나 머리에 이지는 않았다. 모든 사람이 장사를 하고 있었다. 지위가 높은 관리나 호족의 사람일지라도 소매 속에 저울을 가지고 다니며 한 푼의 이익이라도 따졌다. 관청의 통상적인 형벌은 대나무 조각으로 볼 기치기, 손가락에 압력을 가하기와 돌 메기 등이었다.

그 밖에 산천의 명승지, 누각이나 정자 및 옛 유적지 등이 있었다. 붓 이 다 닳는다 하더라도 그 모든 것을 기록할 수 없었지만 두루 돌아본 것은 천재일우의 기회였다. 그러나 최부는 상중의 몸이라 감히 유람을 하거나 명승지를 고를 형편이 아니었다. 다만 배리 4명으로 하여금 매 일 표지판을 보고 장소에 관해 물어보도록 했다. 만의 하나라도 제대로 건졌을까.[24] 대략만을 적었을 뿐이었다.

---

23 몸에 기생하는 곤충. 예: 머릿니.
24 한문본의 괘일루만(掛一漏萬): 하나를 건지고 만 개를 빠뜨리다, 즉 누락된 것이 아주 많다.

참고 자료

〈국어〉

금남 최부, 『표해록: 연행록선집 하권』, 성균관대학교 대동문화연구원, 1962.

유희춘, 『미암일기』 제3, 4, 5집, 광명문화사, 1994~1996.

고병익, 『동아사의 전통』, 일조각, 1976.

고병익, 『금남 표해록: 동아외교사의 연구』, 서울대학교 출판부, 1970.

최기홍 역, 『표해록』, 삼화인쇄주식회사, 1979.

최기홍 역, 『금남 선생 표해록』, 교양사, 1989.

최기홍 역, 『최부 표해록 개정판』, 교양사회, 2008.

서인범 · 주성지, 『표해록』, 한길사, 2004.

박원호, 『최부 표해록 역주』, 고려대학교 출판부, 2006.

김찬순, 『표해록 조선 선비 중국을 표류하다』, 도서출판 보리, 2006.

김찬순 역, 『기행문선집(1): 조선 고전문학선집 29』, 조선문학예술총동맹 출판사, 1964.

이승우, 『한국인의 성씨』, 창조사, 1977.

왕금룡, 『최부의 생애와 사상: 역사문화연구』 제24집, 한국외국어대 역사 문화연구소, 2006.

牧田諦亮 저, 최영호 · 호사카 유지 역, 『唐土行程記談義』.

장기근 외 역, 『신완역 사서오경(맹자 및 대학)』, 평범사, 1979.

『東洋年表 개정증보판』, 探求堂, 2008.

조정남 편, 『민족연구』 31호, 한국민족연구원, 2007.

박태근, 「최부 표해록 특집」, 한국일보, 1997.

〈중국어〉

葛振家, 『漂海錄-中國 紀行: 点注』, 中國: 社會科學文獻出版社, 1992.

葛振家, 『崔溥 漂海錄 評注』, 中國: 線裝書局, 2002.

葛振家 主編, 『崔溥漂海錄硏究』, 中國: 社會科學文獻出版社, 1995.

王金龍, 『崔溥漂流台州登岸考略: 崔溥漂流事跡碑竣工紀念 漂海錄 國
　　際學術座談會 主題發表論文集』, 中國, 2002.

寧海縣地方志編纂委員會 編, 『寧海縣志』, 浙江人民出版社, 1993.

臨海市志編纂委員會 編, 『臨海市志』, 浙江人民出版社, 1989.

『明史』 「張寧傳」.

〈일어〉

崔溥, 『漂海錄 板刻本』, 日本: 東洋文庫.

淸田淸絢, 『唐土行程記』, 日本: 皇都書林. 1769.

〈영어〉

Meskill, John, Choe Pu's DIARY: A Record of Drifting Across the
　　Sea, The University of Arizona Press, 1965.

〈온라인〉

www.yahoo.com

www.yahoo.co.jp

Wikipedia, The free Encyclopedia

http://sillok.history.go.kr(『조선왕조실록』)

http://cafe.naver.com/koreahistories(한국사연구소)

百度百科(중국)

維基百科(중국)

互動百科(중국)

錦南先生 漂海錄

금남 선생 표해록 원문

利二奏才發我先人倜儻亢倨圖而誚之三人以
所學授徒一鄉翕然遂爲文獻之邦官遊京洛
時亦有英材科躅寺徒之逡巡端又有權遇盜
等質疑論蓋先生廓廓廩介居家未嘗爲礙石
謀出入臺諫待從急於報國奮不顧身慮崔范
言力扶大義自少抱經濟之才百不一施遭催
否運辛死非韋士林痛惜先生旣酷沒又無嗣
子其平生著述散止麥洛十無二三希東論一
於六十年之後僅得跋記碑銘七首幷東論一
百二十首爲二卷鑱諸梓以傳將來其氣節之

嶺南素所識

勁特經綸之規模議論之精切觀於此者尚可
以識其一端云隆慶辛未十月癸巳外孫通政
大夫守全羅道觀察使柳希春謹識

錦南先生行蹟輯錄

新增此出片覽云崔溥再捷科至禮曹正
正學問說博右精於理學常奉使濟州漂至寧
波京畿果漂海記傳于世燕山戊午遭史
橘議論覽被殺今 上神初年 贈職
改革撰雯云弘治元年戊申試九 版宗舜州推
希敎臣官襚浮寺又囊回來漂到浙江台州府

禮部題准差官伴送

當該日記云先生入謁嶺南間金誼及洪彥弼
等入西一間闊燃山命竹刑于先生金詮等五
六人咸徙餞之先生從容受飲如平時且曰公
等好在云云其瘟死而精神不亂定力有過人
若洪相運有所云云

柳四匡成龍戊午黨籍云崔溥字淵淵號錦南
羅州人博聞強記英傑不羈 成宗朝中第
爲弘文館校理奉使濟州舷爲風所漂泊于中
國浙江寧波府還臣冕俘冠待殺之溥應對捷
給得免 成廟令上行錄撰漂海錄以進官至
禮賓寺正戊午被禍後竟遠被殺

許草堂學欽靈光久也同時王堂俱受由下鄉相距
宋正學字欽家光久也同時王堂俱受由下鄉相距
十五里歸郷距在羅州城中南公居在靈光桑
一日正字訪應敎於家語間應敎曰君歸朝家
來耶正字曰正朝也應敎曰國之所殤止于君家
自吾家全吾家乃私行也何至棄弟應敎歸朝
即答此意還累之正字稟辭於應敎則曰若君年
少輩後當操心可也正字曰是敎也盖 祖宗

錦南先生事實

錦南先生諱溥字浩源羅州人進士諱澤
之子也生有異質劑毅精敏旣長治經屬文卓
冠時年二十四中進士第三十九成化壬
寅春　成廟詔聖取人公以對正統策登第錦
為友及籤仕立朝累官爲典籍恭修東國通鑑
著論一百數十首明白的確大爲時論所推許
丙午中重試亞元自司憲府監察爲弘文館副
修撰尋陞修撰丁未陞副校理九月以推刷敬
差官往濟州弘治戊申閏正月間父丧荒忙渡
海遭風漂至中國之台六月四日到漢陽青坡驛
承　上命撰進漂海錄廠後連丁內艱士子正
月兄丧隲持平諫官以前日初衷應　命撰錄
為過而駁之　上以其議為太深　御堂政歐
引見問漂流首末公細陳　榻前　上嗟嘆曰
爾跋涉死地亦能華國乃　世子侍講院文學四
月拜弘文校理甓臺官又娘前論王堂諸學士
賜衣一襲是年以

同僚　成宗讌于公卿卒授之五月病遞爲承
文校理甲寅正月復為弘文校理八月陞副應
教兼藝文應教藝文检選也非將執文衡莫得
預焉乙卯春為生員會試參考官以得人名丙
辰五月以湖西大旱燕山命公往教水車之制
至九月乃還十一月自相禮差為司諫丁巳二月
祔大廟後公草疏挺諫燕山之失又痛詆公卿
大臣是月左遷為相禮差質正官赴京阮遠秋
為禮賓正辟雍貴戊午七月史禍起以公
及甲後漢侍八人嘗以所署文科次苡佔畢齋
燕山命搜其家公擢以家藏佔畢集受拷訊救
流端川公阮至論所廢之坦蕩嗤至甲子十月
燕山命拿致詔敕将行刑前夕金公詮洪公彥
弼等以輕繫同慶以酒餞先生一一受飲訣別
丁寧神色不亂陽陽如平時公生于景泰甲戌
至是年五十一正德丙寅　中廟靖國迄
通政六夫承政院都承音乃曹重先生載籍談
過人龙遂朮易教導後生兒見陋海南為縣
辟在海隅舊無文學餞流覺陋先生受棄是
邑累年遊癢以正論破陋俗又得尹孝貞杜遁

喪人臣崔溥自濟州漂流泊頭東歐遇
越南經燕北以今六月十四日到青
玆驛敬奉

傳旨一行日錄撰集以

進

成化二十三年
秋九月十七日巳以濟州
三邑推刷敬差官
陸新西行至全羅道掌監司依事目前差光
州牧使吏權普而順縣史金重發原任郎李楨

羅州隨陸吏孫孝子青巖驛吏崔巨伊山戶
奴萬山等六人及司僕寺安驥崔根等歸海
南縣俠風十一月十一日朝與濟州新牧使
許熙同乘舟于館頭梁十二日夕到泊濟州
朝天館
弘治元年帆正月三十日陰晡時臣之父之喪
金自羅州到濟州貴喪脈來告臣父之喪
閏正月初一日雨牧便晨夕來乃以水精
寺僧智慧之船牢固疾行官船所不及命兵
房鎮撫高臺堅吳純等回泊于別刀浦以為

臣渡海之備判官鄭琅遣軍官邊石山以吊
初二日陰侵晨臣詣別刀浦候風館旋義縣
訓導崔角鄉校生徒金別璘等二十餘輩內
需司典會朴重幹及崔根等省徒步以隨至
十五里許以選牧使馳至問慰是日之帶
去吏程保金重等封肝治振　御東監牧場
辦公秘贖刷流移人招逃古伴冒認良民
等文籍及賀去全州冊上濟州三邑帳籍十
七冊又一冊齊州三邑上各年帳戶籍軍
籍等文書輸付于牧使藏之公廳受書目回

送而來
初三日漂流海中是日午陰乍雨東風微順
海色深青大靜縣監鄭嗣韶訓導盧警聞臣
遠喪馳來吊慰與崔角朴重幹盧學訓導金
經郡軍官崔仲衆鎮撫金仲理等十餘人學
長金存覽得禮校生二十餘輩俱送于浦口
存處得禮等止臣行回老僕生長海國諳經
水路美竿山陰雨不調必有風變不可棄船
且家謹始聞親喪遠達行注云回行百里不夜
行維夜感慨進宮也夜行出不可況遲

此大海其可不慎乎處中或勸或止曰高不攻
決鎮撫義求告曰東風正好可以去矣重
軍人權山許尚理等皆遂告別登船棹過五里
輕雲霹靂若卷若舒當如此風候不順之日行
如此波濤險惡之海恐有後悔請還于別刀
浦待風復行未為晚也安知有摧龍天之氣候非
人預料頃刻之間安知有按雲龍天之理乎
抑過此海者私船覆浸接踵相繼惟奉　王
命朝臣前旌義縣監李運外鮮有漂流敗沒

者則都是　上德至重實天所知也沈謀之
衆口事未有濟豈可登程而復除以致稽緩
乎叱令張帆而行繞過大火脫島舟中人皆
以謂舟向巨要梁截海而上順風泊湫子島
甚駛也權山不聽其言執其篙風可指過
愁德島而西海氣晦冥風弱雨作將近挽子
島藏船覆汝勢甚惡天又昏黑督之撥軍艪子
之軍人皆曰若此日漿紅誰之過徹皆懷遊
心不聽從以力艪退流至草闌島依西岸下
石而泊夜三更尚理曰此島雖碎石東風三面

通灘不合泊船令又有北風之漸進退無據
將奈何且此船不在初泊處漸卻入海中豹
泊之石怕或已破令計莫若舉碇稍前駛之
于岸末及天明棹八槳子可也遂舉碇駛之
棹之末及近岸而北風前逆驅出無依之虛
初四日漂入大洋中是日兩邊天風驚濤良
浪撼天鼓海帆席盡破舟以二檣為大本易
傾撓勢將覆傾命肖竹寶操斧去之高以福
縛竿著附之舟尾以禦濤當午兩稍雲束風

又大作載傾載浮聽其所之督眼開已入西
海稍工指東北望有島差一點彌九北縱紛
間日彼疑乃黑山島也過此以維四無島嶼
水天相接汗漫無涯之海人皆同知假撝進
卧舟中臣令安義督軍人以取露治船等事
有軍人高迴者曰濟州海路甚遠今勉九難
来者皆待風累朔至如前歲常在朝天館
在水精寺通計凡三朔以做然後乃行今此
行當風雨不定之時不占一日之候以至此
極皆自取也餘軍皆曰勢已如此取露治船

況海路莫遠如於蔚島等處水賊賊行護送
不可不嚴也且回過海時當精擇運艇人及
水路詩者則數雖少可矢今此同舟人皆
漸急最叢諸虞張名數而然其實使經漂流
欽之死地地增痛哭耳謂軍人等曰或奔
其可頃刻留滯辛汝等之同我此漂寶由於
我然勢亦無欲生之心也况好生惡人情所同
汝等堂無欲生之心哉舟或破碎或沉慶則
已矣觀而今堅維求至破若不過石嘆能
修補到水幸黃風定波恬則雖流至他國可
以得生今汝等亦有父母有妻兒有花事親
其身從以答我之心庶相解體自歸死地感
之甚者尚課幸十餘人曰軍人皆頑鈍無識
之徒妓其用心不通若此熙各有心我等
各殫力從事覽而後已夜風雨不止巨濤无
風崎望汝燮熊不壽汝等不念其怕不愛
命在脚急皆握拳楨手批程保臊金
臷骨

雖竭心力終必七吾與其用力而死莫如安
卧以待死皆掩耳此命或威或戰之亦不起宋
真辱多之甚者校歐而然日長壽我此艇也
等至於破何不速破保曰清州人心外底
內毒頑慢庚悍以死為輕故其言頗如此臣
意亦漂流無定以至死矣倘幸天助卒不至於
溺及漂流點同舟人則從者賴之何又憤軍
人急惰遂點橫回
栖孫子稚巨伊山莫金萬山及濟州牧使
所定送鎮安玄以官李權枝總牌許尚理
頹舡權山梢工金高흙松軍金雄山肖所實
金仇叱迪亏山金石賣高以福金朝回文曰
李孝台姜內夫命同高內乙同高福朱眞金
都終韓每山鄭實訟連軍金栗金廣音山高
迴金松高保終粱達海朴松回金得時往山
海官奴權松姜內孝山羔山等合自身几四
十三人臣招安義問曰我一喪人非官員例
從省至煩甚爲來便濟州人乘虜者至三十
五人何迎安義曰我牧使亦以盞恙者待以
敬屋官之禮且運大舡必用眾力然後可行

三

476

重孝子傍臣在右狼藉以待死傍有一人結
項將絕李楨鮮其絕則乃吳山也巨伊山莫
金等竭力汲水水猶不減則以謂舟尚完固
則自上激射自隙漏入之水不汲則坐待沈
後汲之則燕有生理勉強而起叫呼權高福高西
得火卷范帝以烘之又斤寶高福高西等
親撿鑼漏屢以補塞之又解衣分給權山高
面巨伊山慌山尚理等以勸勉折事程保金
重孝子等亦散衣服分諸軍人軍人若仇叱
迴文迴都終每山玄山等爭感舊出无力制

水始盡舟僅獲全不移時舟又入石嶼錯亂
中權山運船不知所向尚理仇叱迴等熱篤
無暇施幸賴天風驅出得免碎破
初五日漂大洋中是日晝霧四塞咫尺不辨
向暁兩脚如麻至夜兩岁止怒濤如山高若
出青天下若入深淵犇衝擊躍裂天地昏
溺臭敗決在呼吸之間莫僉權松等技浹謂
臣曰勢已迫矣無復望已請替換衣服以待
大命之至臣如其言懷印與馬牌具喪冠與
脈端端然按手祝天曰臣在世唯忠孝友愛

為心心無欺罔身無懺寬手無莈害天雖高
高實昭鑑臨令又奉　君命而往葬父又喪西
歸臣不知有何罪咎倘臣有罪罰及臣躬可
也同舟四十餘人無罪咎溺天其敢不矜憐
乎天若哀此窮人逄風息濤使臣得再生於
世死臣新死之父養臣喜老之母苹又得鞠
躬於　丹墀之下然後雖萬死無生臣實甘
心言未訖莫金邊抱臣身仰曰一家人百年苦
樂皆仰此身有如十盲仰一枚今至於此無
復再見一家之人遂擗踊而哭陸吏以下亦

哭泣攢手以祈天祐
初六日漂大洋中是日陰風波少歇始督仇
叱迴等薈序席以為帆建橃竿以為橃臂日
橃之本以為柁隨風西向而去顧見洪濤間
有物不知其大也其見於水上者如長屋簷
噴沫射天波翻浪駭橃工呼曰彼乃鯨也大則
吞航小能覆舟令車不相慎我其更生更生
語舟過甚遠然後梢工呼曰彼乃鯨也大則
矣入夜風濤邊勁舟行甚疾安義曰嘗聞海
有龍神甚貪請投行李有物以禳謝之臣不

之應舟人皆有曰母然後有此物此物
皆身外物爭檢有潔衣眼軍器鐵器口糧等
物撥諸海臣亦莫之能禁

初七日漂大洋中是日陰風勢甚惡波浪汹
湧淘色白旌義縣監察久惠崇謂臣曰濟州
艾老云天晴日登漢挐山絶頂則遙望西南
絕域海外若有白沙汀一帶者以今觀之非
白沙乃望此白海而云也臣謂權山等曰在
高麗時甫濟州朝大元向明月浦遇便風得

直路七晝夜之間過白海渡大洋我漂海

直路散路不可知也章得入白海之中則竄
我父母之邦也豈此乎時生我死我皆天所為
而我之順逆天亦令東風不霎已經累
日則抑籲疑天必有生我之心也甫等其各
勉人听當為之事以聽天所命耳至暮風又
變東而駕入天蓬被人頭面人皆瞑目不能開
躍又駕入天蓬被人頭面人皆瞑目不能開
領船梢工皆痛哭莫知所為臣亦知不免於
死刻單令縷身戟開縛之于舟中横木蓋欲

死後飄與舟久不相離也莫金巨伊山皆哭
泣聯抱臣身曰死且同歸安義矣哭曰吾興
其欲鹹水而死莫如自絕以弓絃自縊金粟
救之得不死臣叫領船梢工等曰冊已破子
曰否曰舵已失乎曰否即顧謂巨伊山曰波
濤雖險事勢迫舟實牢固不至易毀子可船
汲之盡則無幾得生矣賈壯健汝又佐首倡
汲之巨伊山即命欲汲汲水之器已盡破叫
巨伊山巨伊山與李孝枝權松都玄山等

伊山

盡力以汲水猶深一膝孝子程保李楨金重
等或親自刮取或立督章人仇叱囘等七人
人相繼刮盡僅得不見敗沒

初八日漂大洋中是日陰過午西止風又作
舟復退流向東南徹夜而行臣謂權山高面
以福等曰汝等執舵正船向西方不可不知我
嘗閱地圖自我國黑山島向東北行即我忠
清黃海道界也正北即平安遼東等處也西
北即古碣黃青州兗州之境也正西即徐州
揚州之域宋時交通高麗皆自明州海明州

即大江以南之地也西南即古閩地今之福
建路也向西南稍南而西即過羅占城蒲剌
加等國也正南即大小琉球國也正南而東
即女人國也一歧島也正東即日本國也對
馬州也今漂風五晝夜至西北而來豈幾至
中國之地不幸又遭此西北風逆向東西若
不至琉球國女人國則必流出天海之外上
達雲漢無有涯涘云如之何彼等其孰我言
正舵而去權山等云則開寨則以日月星
辰揣未知海上四面今則雲霧陰醫日海一

日景民晝夜俱不能記只以風之變作臆記
四方耳安知正方之可辨乎聚首而哭
初九日漂大洋中是日庁雲綴天海色愈白
至是舟久為波濤所衝擊梁頭風梢臭偶三
板皆動撓折水又漏竇將有自破之漸斫
寶高面尚理等截纜索經舟頭尾削木補之
逐相向泣且言曰若此修船非不盡心竭飢
竭將近旬實目無所見手弖廢殫身不能保
力不能盡故修之亦不能牟實其將奈何修
有海鷗群飛兩過舟人望見昔日嘗聞水鳥

書遊海上夜宿島嶼我曹漂過滄溟萬里外
幸得見此鳥則洲渚必不遠也臣曰鷗非一
種或浮沉江湖之渚者有之若海鷗則在
漲海中後潮飛翔常以三月風至乃還洲嶼
今時則正月鷗之群正在大海之中之時
語未畢又見有鷗鷗數雙飛夫臣亦開起
噢之或近也當午南望雲氣作陣依稀見山
樣且有人煙之氣意謂琉球國地界將徙往
少選東風又作舟復向西至夜風勢愈愈緊
駛如飛

初十日漂大洋中是日雨東風如旺午後海
色還青先是發濟州時舟人無智載陸水于
臭居艙以隨自漂風後相失莫值所來船中
無一器甘水未得遺炊絶食絶飲無可奈何
權松告于臣曰觀舟中人或賣黃柑清酒兩
來恣食無餘請括聚輸之上藏儲以救渴可
也臣即令巨伊山搜盡舟中行裝得黃柑二
十餘枚酒二盆謂孫孝子曰同舟則胡越一
心況我等皆一國人情同骨肉生則一時俱
生死則一時俱死唯此柑酒一滴千金汝其

六

掌之毋得溫養以救舟人一刻之渴可也孝
子視人之唇焦口爛者均分飲食之止令冰
舌數日柑酒俱盡或細嚼乾米捫其澳溺以
飲未幾澳泵又竭胃間乾燥不出聲氣幾至
死域至是因兩下舟人或以笠帽承簷溜者或屈
席子奉其灘汛者或連挹撋中約紙繩承其
滂滴於或以笠帽若器斯其滲瀝者或
為鹹水所漬雖濕兩而汁亦不能飲若之何

其臣即點出所藏衣數領令巨伊山承兩寵
淋灘者以耳其人張口有如燕見哺然自
是始舵掉舌噎氣稍有向生之心
十一日漂大洋中是日陰清晨至一島石壁
嵯峨甚險巉海波震蕩激上磊礐幾一二丈
舟隨波直入勢迫擊碎權山大哭望渴力運
洽取計以貯幾至數瓶令金重用匙分飲之
船或引時則水径海入島風徑偶出海徑或
縱孝子程保箤亦親攬帆邊阿綯視風波或
風回旋得免枕危夕至一大島島又岩石削

立欲泊舟不得以褊脫衣躍入水中拽舟游
泳緣島岸以繫舟人喜倒閼下覓溪流甘
水而飲員沒欲做飯臣曰飢餓之極五臟堂
附若鑿得食飽則必死莫若先飲漿水繼之
以粥適可而止可也舟人皆煎粥而啜島無
避風處故夜又縱舟而去
前曰凡事有經有權請解喪服著着縗帽團
色還白晡至巨島連綿如屏望有中船二艘
皆帶懸居艀直指臣船而來程保箤臣
十二日遇賊于寧波府界是日自作陰衣兩海
而復生天也到此島而過此船亦天也天理
本直安可違天以行歟平俄頃二船漸近相
值一船可十餘人人皆穿黑襦袴芒鞋有以
手怕纏頭者有看竹葉笠棕皮簑襄者喧呼
噪渾是漢語臣度其乃是中國人令程保箤
領以示官人之儀不熟則彼必哄我為島賊
加以詐厚矣臣曰

朝鮮國臣崔溥奉
　　王命往海
　　船書
咸以遺曰
鳥犇父喪過海遇風漂到不知是何國邑地
也其人後曰此乃大唐國浙江寧波府地方

又曰要到本國去須到大唐好程保以手指
其口其人以陸水二捕來遺棹舟東去臣令
舟人艚入一島以伏又有一艘亦帶懸屍舳
有軍人可七八人其衣服語音亦與前所見
同来逆臣問曰此何國地其人指其島曰此即
大唐寧波府地下山也風水好二日可回去
臣又復曰他國人遭風萬死之餘幸到大國
之境喜得復生之地又問渠姓名謂誰其人
咨曰我是大唐林大你若大唐去擇你進去

你有寶貨可道我臣咨曰儻奉使臣非商賈
者流且漂流浮死之後安有寶貨孛亭戚米
粮以餒之其人受而復曰此山繫船不怕西
北風但南風不好随我蔡船引臣船指一泊
舟島曰此可泊可泊如其言即挂桩泊之景
無風環島中可蔵船慶也其西岸有二草屋
如鮑作干家者其人等泊舟于屋下臣之同
冊人久飢久渴冬勞火不寧媒之極得食以
食得囘空慮以治困憊支羸相與挽藉字舟
中夜二更所謂肖辦林大者㗨莊黨二十餘

人或軌鎗或帶刀而無弓箭裹炬擁至關
入臣船賊魁書曰我是觀音佛洞見你心
有金銀便覔看臣咨曰金銀非本國所產
無有齎我賊魁曰你若官人豈不齎来我當看
着初臣及程保李楨金重孝子等以濟州海
外地徃來無期具四節衣服縠而已中衫沾
舟人糧物輸載共船其所遺者若水之濃沾
醎水者及諸般舊冊而已賊中眇一目者惡
之尤甚程保謂臣曰賊之始至示者従容見

我勢弱則成大賊請一奮擊以決死生臣曰
我舟人皆以飢渴喘乏之後棄氣於賊故賊
乘勢肆暴若與相搏則我輩皆死於賊手莫
如盡付行李以乞生耳賊魁又棄臣所賞
印信馬牌納之懷袖程保尾其後請還不得
臣曰船中有物可盡取去即以印牌還繞之
窓與其黨列立船艙喧囂良久旋入舟中先
賊程保於梓綑而扱之次以斫刺臣衣紐
赤身剝脫背手曲脚以綁之以杖扶臣左臂

七八下曰你若愛生便出金銀臣大聲曰身
可糜骨可碎何所得金銀子賊不曉臣言辭
臣縛許以寫意臣即寫之賊魁怒髮目張啄
指程保而叫指臣而叫曳臣頭髮還縛倒
懇荷斫刀指臣頸斬之刀適誤下右有眼刃
翩在工賊又活臣有一賊求把荷刀
舟人惴懼失常莽蒼無地唯金重巨伊山等
之臂以俎之賊黨而活臣命俄而賊魁踸蹢舞身唱
嘛舟人引其黨而出截去臣船矴矴纜諸緣投

諸海逆以其船導前縛臣船矴放大洋笑後乘
其船追去矣夜已闌矣

十三日後漂大洋中是日陰西北風大起又
流八無涯之海中及舟人所藏衣衣俱失於
賊所守之衣久漬鹹水且恒陰不得曝乾
凍死之期遍矣舟人載儲糧盡為賊棄餓死
之期遍矣舟人以矴艪為賊所授假帆為風所破
俚隨風東西隨潮出入所施其力所祝
死期孝枝謂臣曰我等之死分內事也只以
沒之期亦逼矣舟人甘填嘈莫能出聲坐待以

敢差官之死為痛惜耳臣曰肯何以死地為
分內予孝枝曰我州雖在大海中水路九百
餘里波濤視諸海尤為洶暴賈船絡繹
不絕於漂發沈溺十居五六州人不死於前則
必死於後故境中男墳最少閭閻之間女多
三倍於男則為父母者生女曰此善孝我
者生男則曰非我兒乃鯨鼉之食也
我等之死如蜉蝣出沒蜃在平日亦豈以死
於檣下為心哉唯朝臣往來後容待風舟楫
僄牢故死於風波者前古兩罕適丁今敬差

官之身天不陰佑至於不測之地是以痛哭

十四日漂大洋中是日晴晡時漂至一島東
西南三面一望無際唯可避北風憂顧以無
矴為憂初發濟州時舟甚大無載物故輸若
干石塊于舟中使不撓動至是尚理等以絞
索纏其石四箇合為假碇以留泊焉安義興
軍人等相與言使之聞之於臣曰此行所以
至於漂死者我知之矣自古以來凡徒濟州
者必祭於先州無等山祠又羅州錦城山祠

自濟州出陸者又皆祭於廣壤渡歸川外𮢶
等祠然後行故受神之祐利涉大海今此
敬羞官特大言非之汝不祭無𡙸錦城之祠
去不祭廣壤諸祠爾神不敬神亦不恤汝至
此挺尚誰答我軍人和之感各臣擁抑獨曰
不然前此李𬌇義遷三日致齋精祀廣壤等
神亦至漂流竟死復避攘敬羞官景枯俱不
致祭尚且徃來快順亡些子意則過海使否
在於待風之如何耳豈開於祭不祭我
臣亦海之曰天地無私鬼神默運福普禍淫

唯其公耳人有惡者諂事以徼福則其可福
之乎人有善者不惑邪說不為諂祭則其可
禍之乎曾謂天地鬼神為諂事飲食而降禍
福扵人子萬萬無此理也況祭有常等士庶
人而祭山川非禮也非禮之祭乃謠枇也謠
枇以獲福者我未之見也百濟州人酷好鬼
神山澤川藪俱設神祠至如廣壤等堂朝夕
敬祀羅而不至扵漂海宜無此患然我
而今日其船漂沒明日某船沉漂沉之患
相尋是衆神有靈應歟祭儀受福歟況今我

同卅人不祭者惟我一人耳爾軍人咨誠心
齋祭而求神若有靈豈以我一人不祭之故
廢爾四十餘人齊祭之誠也我之漂船專是
行李顛倒不善候風之所致反以廢祭无我
不亦惑乎安義等猶以臣言為迂闊不以為
是

十五日漂大洋中是日陰海色赤而濁東風
復起又顚風指舵于西舟中人若朴従𬇀萬
山李山等有疾病不堪事高保終紹達海高
迴金朝迴住山海若漂海以至是日卧不
起動雖賀之以取𬤊筆事聽之貌之鄭寳夫
命同金得時姜有宋真金粟姜內吳山高內
乙同等十唤一應或有不得已而後事者肖
厅寶金怪山高楅金楸金石貴李孝台金其
山𬇙玄或晝勤夜怠或始勤終怠許尚理擢山
金莘玄晝勤夜怠莫金等晝夜不息崔巨伊山金都終高以福
金高面金俛吧迴擢松金等晝夜不息以
運船為已任程保金重孫孝子李孝枝
安義等或親自服役或撥賞沿船以期完事
自遇賊復漂以後人皆無意扵生斬不如前

冊為暴濤所擊為日已久百孔千瘡徒塞罅

鉄鐷滿有水將不勝汲臣曰漏水若此舟人

之解體又若此我其妾自導大坐見須死胡

可救遂與程保等六人親自刮水幾盡尚理

以下十餘人亦稍有奮力而起者夜無風而

而至一大島為汐勢所逗故依泊不得中艁

海上

十六日到泊于牛頭外洋是日倭海色赤黑

中全濁西望連峯疊嶂天包海意有人烟

從風兩驅瞥然間忽漂至兩島間傍岸而過

則望見有中船六隻列泊程保等請於臣曰

前至下山不示以官人之儀以招賊人幾不

兇死今宜徙權具冠帶以示彼船臣曰甫何

以善義之事道我艱保等曰當此之時與死

為鄰何暇治禮義茍姑行權便取生通然

以禮治喪不害於義臣非之曰釋喪即吉

非孝也以詐欺人非信也寧至於死不忍為

非孝非信之地吾當順受以正安義求請曰

我姑著此冠帶示若官人然臣曰吾地彼船

若或如前所過賊猶之可也若是好賊多匪

我曹詣官府取供醉改將何辭以對少或不

直彼必生殺冕妄如守正之為愈也俄而前

六船掉圍臣船一般寫以呈日我

音亦與下山所遇海賊一般

你異類求從邦裏臣令程保以答曰我

是朝鮮國朝臣奉　王事遭海患漂過海

被風而來不識此海何國地界其人答曰此

海乃牛頭外洋今隸大唐國台州府海縣

衆也程保以手指其口其人入以水桶來迭又

指北有山曰此山有泉你可取汲做飯以吃

你有胡椒可送我二三兩臣答曰本國不產

胡椒初不賣來其人等遂掉船稍却圍包

船列立下矴臣船亦依岸而泊令安義臣伊

山尚理等下舟登山通望人烟則果是連陸

憂○臣於此行歷漸波雖若一海水性水

色隨憂有異濟州之海色深於此至黑山島

風濤上駕濤激潑瀧洞無甚於此與至黑山島

之西猶夜行過四晝夜海色自如二晝夜金

白又一晝一夜還月又二晝夜還白又三晝夜
赤而濁又一晝夜赤黑中全濁臣之行舟視
風從却東西南北洋漂蕩其間所見海色
大槩如此自白而還青以後風力雖勁濤不
甚高至遠白以後始有島嶼雲島皆青水性悠
駑若于遇大風則罕見驚鴛波之患臣於
遇賊後漂之海亦如清州之海之險則豈能
復見得島諸乎○大抵海藏正月正當隆寒
之極颶風怒號彌臣濤霰乘船者所畏壅二
月渾得風和濟州俗酒彌為燃燈節禁不渡
海且江南湖人亦不於正月浮海至四月梅
雨晚過颶然清風海舶初回謂之船趕風臣
之漂海適當風波險惡之非海天霾曀日後
尤甚檣帆維織或折或失飢渴困苦動經旬
日一日之間溺敗之撲非一二度矣然幸僅
保性命得泊海岸者非持濱南取計以倖焉
腸舟實年級僾駛能變風濤之故也
十七日捨舟登陸是日爾邊明府謂六船擁
來語臣等曰看你也是好人隨我可行你有

奇物迭迭與我臣答曰漂流已久所賷之物
盡撤海中若指我生路所乘船楫皆值的所
有因問人居遠近其一人曰此地也近官府
你要去不妨一人曰過前一里便有人家一
人曰此震人家便遠不可止此臣又問官路
遠近其一人曰台州府距此一百八十里一
人曰一百五十里一人曰二百四十里其語
端彼此有違不可信也其人等相率開擾事
八臣船曰所寓雖些小物無不攘致謂臣等
曰不同我去我當作怒安義請舍船乘其人
船随其所去李楨欲擊殺一人以却之臣曰
爾等之計皆非也觀彼人其言不實刧奪又
甚情偽淺深未可知也彼若昔者下山海賊
之類則從安義之計而從歸則彼必掉至絶
島沉殺我等以滅其跡彼若或漁船若防禦
之船則從李楨之計而擊殺則彼必掩其所
為又以我為異國人來刧殺人六兩則大國
之邊境駭然認我為賊語且不通難以辨明
少皆為逆將所殺甫等之計皆自取死達也
莫若權辭以觀其勢臣謂其人曰我浮海日

多飢渴困憊之極危命僅一綫耳請做飯療
飢然後同什其人等復曰你少留竢行即棹
舟少却可二三里許復還臣船而泊以兩故
皆入船倉中無觀望者臣謂同舟人曰看彼
人言語動止也甚就唐眷者此山已連陸路必
通人居不於此曲之處卷陪吏則我等之命懸其掌
撻終必為海曲之鬼逐牽陪吏先下船諸
軍人接踵而下胃兩穿林逃遁奔匿過二嶺
嶺皆桃海有石如甬道行六七里得一里社
則謂陪吏軍人乎曰同此山生死之苦無異骨
肉之親自此相保則可以全身而還计者
過患難則同教之得一餒則分吃之有疾病
則相扶持之無一人亡失可也曰唯命又
曰我國本禮義之國雖漂奔竄逐之間亦當
示以威儀使此地人知我國禮節如是凡所
到憂陪吏等拜跪於我軍人等拜跪於陪吏
無有過差且或於里前或城中有群聚來
觀者必作揖禮無敢肆突皆曰唯命至其里
則里中人老少男女爭恠臣等觀者如堵臣
即告

以來自朝鮮之故有二人其父爺額諛非唐人
謂臣等曰你是朝鮮國人緣何入我國界你
若是賊人若是進貢之人若是被風無恙之
人遂一一寫來遍送還國臣曰我本朝鮮國
奉王命往海島奔父喪遭風漂還得
到海岸舍舟緣陸望尋人煙而來乞諸大人
聞于官府以活垂死之命即所以所資印宣吏
等以次羅噀末蝎軍人等亦以次俯伏謂
曰聞貴國禮義邦父爺果然聊聞即叶家儀
帶文書示之其二人覽畢指臣前鎮撫陪吏
將來漿茶酒以饋偏及軍人住其所飲指里
前備畧曰你可住此竢安歇臣至佛堂歇瀘
衣以風未幾其二人又做飯來饋果皆忠事
人也而此其職姓名曰俄而其二人來言你可
辭曰路逞時又晚奈何曰去處不遠不須
憂矣臣從其言寧使前途則里中人
起身還送你好慶幾里其二人議曰西里壹也曰
兩岐路逞時又晚奈何曰去處不遠不須
或帶杖如雲叫踰嶺突夾左右擁前後而驅次
聲震如雲叫踰嶺突夾左右擁前後而驅次

次遍送至前里如是後里又如是　行過五十餘
里夜已央矣
十八日過千戶許清於路上是日大雨子半
臣等肉為里人所驅路經一高阜松竹成藪
遇有自稱隱濡姓王名乙源若悴臣冑夜衝
而觀臾被驅止里人少往問臣所從來臣曰
告以漂風之故乙源惻然即呼酒與茄蕈及甘旨
臣曰
我朝鮮人亦欲酒食肉茄蕈及甘旨臣曰臣
之味以絰三年蒙饋酒惑恩則已深矣然我
今當喪敢解絰乙源饋臣以茶饋從者以酒

曰問曰你國亦有佛否曰我國不崇佛法
專尚儒術家家此以孝悌忠信為業乙源握
臣手眷顧相別其里人驅臣等至一大嶺臣
足如繭不能前進其里人擁挽臂前引後推
而過又遍至二十餘里其里中有大橋里人
皆揮稜杖亂擊臣等建瓞
顛仆哭泣過二嶺見逾他里也自登陟以來道傍
橋之里則人曰仙岩里也
觀者皆揮臂指頸作斬頭之狀以示臣等莫

知其意行至蒲鋒重兩少止有官人章軍吏
而來問曰你是何國人怎燕刻此臣曰我
乃朝鮮國人并登支料為　國王近臣奉國
事巡海島奔喪出陸遭風漂到于此飢渴累
死之餘僅續殘命復為里人所驅幸萬端
之極得遇官人於此是我得生之時也其官
人即先饋臣以粥隨後飯具曰今臣役者做
飯以吃官人問官人姓名職員吳曰此
專為捕獲而來汝其慎之臣
了海門衛千戶許清也圍肚路周四界聞倭犯界
人不可久在此亂攬擾良民令軍吏等疾
驅臣等行玉里許又復大作臣跋行蹣跚全來
長堤可十餘里中連僵仆日我之筋力竭矣
動脚中連僵仆曰我之筋力竭矣早知若此莫如死於海上之為便捏以下
亦對臣痛哭彼軍吏甚督責莫能少留孝懍孝
嶺幾至三十餘里有人居甚繁盛前有佛宇以
天將暮雨不止故許清欲留臣等于佛宇以

經夜其里人皆以謂不可許清謂臣曰此方
人皆親你為劫賊故不許留你雖飢安乎不
不行令軍吏驅你過一大嶺夜二更至一
川邊李楨等亦力盡身且不許清親執臣手以從
者等亦省疲羸不能行許清親執臣手以從
臣之兩足健步不運一步高以福大怒指臣
曰此漢出漢無乃病狂歟汝若罷苦宜至四
股莫之能起可也臣原其言自以謂我寧至
死宜死於此地復臥不起從者亨舁為臥狼
籍許清令軍吏或督戕毆而不得驅焉良久
又有一官人領兵擁炬而至甲冑鎗剣彭排
之盛嗩吶哮囉喇以鏘鼓銃煽之聲平然重
匝拔釰使鎗以試擊刺之狀臣等驚駭耳目
喪魂褫魄固知所為官人與許清整章威
臣等可三四里乃有大屋金綵以城郭如開防
然聞之則乃校讀場見僧知所或六批聽所
也城中又有安性寺止臣等于寺許留宿所
臣問其官人為誰則有僧云此乃桃諸所千
戶也聞倭人犯境領器械以備子此因許千
戶之報寧兵征驅你輩以来然未知你心真

誆明日到桃渚所將訊汝
十九日到桃渚所是日大雨兩千户並馬驅
臣等冒雨以行臣令程保告許清曰我等漂
海洋沉飢渴臨死復難僅保餘喘得到貴境
得過官人得飽以為再生之地
乃於霖霖之雨海漆之迤顛坑仆谷擡石衝
泥體凍脚微心焦力盡眪又不得食今早又
不得食又驅出冒大雨而行我其殆將半坐
而斃矣許清後曰昨因你走不到官司自取
飢今若便到則官自供給凍去速去臣運步
而至
莫金萬山巨伊山等環坐痛哭滴有牽牛而
過者程保告諸千户曰請解衣買此牛以騎
我負許清曰我亦豈不憐你軰受此苦乎綠
拘國法未得誰汝耳奕楨李等又相
代員臣過一嶺可二十餘里至一城乃海門
衛之桃諸所行將近城七八里間軍亦帶甲
東戟銃煽彭排交道填街至其城則城右重
門門有鐵閞冠城上列建警戌戈樓誠中市店
聯絡人物繁富引臣等至一公館許留焉臣

之形容枯槁冠服塗泥觀者絕倒有姓名工
碧者竊謂曰日旽日已報上司倭船十四隻
犯邊劫人你录是倭乎臣曰我非倭乃朝鮮
國文士也又有姓名盧夫容者自稱措大謂
臣曰車同軌書同文獨你語音不同中國何
也臣答曰千里不同風百里不同俗是下怪
聽我言我亦怪聽你之言習俗然也然同
得失辭賦之性則我之性亦堯舜孔顏之性
嘗娩於語音之有異我其人撫掌曰你衾裳
可付朱文公家禮字臣答曰我國人守喪皆

一遵家禮我當從之但為風所逆造今不得
哭于柩前所以痛哭其人又問曰你詩否
臣答曰詩詞乃雕蟲小技乃弄風月之資非學
道篤實君子所為也我以為致誠正為學不
用意學夫詩詞也若或有人先倡不得不和
耳又有一人寫上掌上着你也不是豆人
只以言語不同盲啞誠可憐也我告你
倭賊殺却我邊境故國家發備倭部指揮備
倭把總官以備之若獲倭則皆先斬後
聞

今你初繫舟處轄獅子寨之地守寨官詆波
為倭欲獻馘圖功故先報云倭船十四隻犯
邊劫人將領兵往捕汝之時你董你先自
捨舟投入人多之里故不得逞其謀矢明日
把總官寨訊你董你其姓名則曰我所以言之
者愛汝也危之也掉頭而去臣聞其言毛髮
竪立即語程保等保等曰路人指我等為斬
伐之狀者皆感此謀故耳日夕千戶等官員
七八人置一大卓環立卓邊引程保於前問

曰你一起一十四隻船寶舍保對曰否但一
隻而已揮程保以出又引臣問曰你眾昨駕
幾船幾隻臣曰只一隻耳問曰我邊上瞭見
倭船一十四隻同泊昨慶海洋我因守寨官
之報已報于上司大人你船十三隻問之何
地臣曰我之到海岸昨有貴地人等乗船六
隻同泊一海若要究六船人則我之船數可
知矣問曰你以倭語登此慶何也臣曰我
乃朝鮮人也豈曰倭語音有異衣冠珠制以此
可辨問曰倭之神於為盜者或有變服似若

朝鮮人者安知你非其俊乎臣曰觀我行此

率動證我印牌冠帶文書則可辨情偽千戶

等即令臣拿印信等物來以質之曰問曰你

無乃以倭却朝鮮人得此物乎臣曰若火有

紲我之心姑令送我北京與朝鮮通事貿一

話情實立見問曰你到我邊境開寫情狀毋敢謊

職官因何事幹到我邊境開寫情狀毋敢謊

盧我其申報上司臣曰...全羅道羅州城中乘文科登仕朝住朝鮮國

全羅道羅州城中乘文科登仕朝

年去丁未秋九月奉

國王命往濟州等慶

三十五

海島今閏正月初三日韓父喪顛倒還家遭

風漂海得到于此曰你父名何職何死在何

地曰父名澤掄進士試以養親不仕關孝

眼僅四載又死于羅州供軍後館臣于別館

以供臣及役者曰我國人烏公為松徃來濟

州或遭風無去處者不可校悉終能生還者

十百僅一二是畫沉汶海渡平其漂入島

中國之界亦為遐人所誤諉以倭賊折誠受

夷若遁羅占城之國者無復望還難或漂至

賞則誰能辨其情乎如臣等者若不先自下

海若無印牌之信豈復免於禍我國家若

依中朝制凡百官給孫牌錫篆書高職姓名

以旌異之本使臣變大小給節鉞以尊

命抑又沿海住人雖以私商過海者皆給孫

牌書其國其州縣其姓名其形其年甲以別

之又盤通事一員於濟州凡奉

邑守令徃還常川帶行以圖後慮照後庶可

免於患

二十日在推諸所是曰乍陰乍晴臣問推諸

兩千戶姓名則乃陳華也華與一官人來者

臣揖臣笠曰此何帽子臣曰此喪笠也國俗

皆以草葉三年不食魚肉如我漂流或不得已有遠

行者則不敢仰見天日以堅泣血之心所以

有此深笠也及至飯時許清引臣同卓座有

一人以筋畫草上曰你吃猪肉否曰我國

人守喪三年不食魚肉許清又見臣之衣皆濕盛

素饌以饋臣許清又見臣之衣皆濕沾未乾

謂臣曰今日有陽可脫衣以晒之臣吾曰我

衣皆濕脫此則無可穿者不能晒也許清引

臣坐諸面陽之地以令晒乾有一官人來問

曰你國　王稱皇帝否　答曰天無二日安
有一天之下有二皇帝乎我　王心誠事
大官乃又問曰你國官人畢皆犀帶乎曰三
品者金三四品着銀五六品以下皆素貿
而無犀帶　又問曰你國有金銀否曰金銀非
本國所產曰自然則乃把總官寬差此官人給牌
上國所以貴也問其官人爲何人其人卽
出公文以示則乃馳前去挑渚所護住臣等按臨重解毋得
違誤者姓名卽詳吳也又有一人曰我寧
波府定海衛人因此處都司公差到此卽
問曰寧波府有下山否曰有之因言前日
到泊下山逢海賊復漂之故其人曰我當持
此文字告知府往問其姓名則王海
也又有外人羣聚而至爭持紙筆以問不可
勝對有官人家書以示曰此處人輕薄休與
開講
二十一日在桃渚所是日晴外人廩至觀臣
王海指壁上一真像曰你知此畫子否曰不
曉得海曰此乃廣朝進士鍾馗也臣曰鍾馗

平生不得進士何以謂之進士海等嘖嘖大
笑又有白髮老翁來臣問曰天台鴈蕩等山
距此地幾里答曰天台山在天台縣北距
此二日程天台山之南一日程有鴈蕩山臣
又問此城主山何是石壁作山當山頂有大石如
柱形臣曰自此距北京幾里翁曰五千八百
有餘里問此又舉李遷所泊楊州府以問曰距
此幾里翁曰在楊子江之北你去圓江則便
定楊州之境也又問距南京幾里曰在西
北二千餘里然皆臆料耳未敢的知云有
大官人前呵後擁軍儀甚肅而至坐于皇華
館問之則乃把總松門等處備倭指揮劉
也招臣等素前曰以波私越邊境本當
以軍法恐其中情有可矜姑未盡戮有無俀
犯上國情狀從實供寫施行臣供曰臣以國
居朝鮮國全羅道羅州城中再登文科爲國
王近臣去丁未九月十七日奉　王命爲濟
州等處敬差官濟州在南海中距羅州水

路千餘里同年十一月十二日渡海推刷人
丁事未竣今戊申正月三十日聞父喪閏正
月初三日不候風便顛倒過海為風所逆驚
濤掀浪載沉載頹飢食渴水十生九死以今
月十二日到泊名不知海島有漁船來問曰
你是何國人答以朝鮮國人漂流之故因問
此何國地面其人答曰此大唐國寧波府下
山云云其夜有賊船二十餘人來以斫刀恐
嚇欲斬擄奪衣糧行裝等物遂截去艣矴而
去復漂流大洋十七日又到泊地名不知海

岸又有漁船六隻列立恐其如前所遇海賊
之類捨舟緣陸過二嶺六七里許有人居相
次遞送夜至仙岩里其里人争以隅杖亂擊
劫奪遞至一處遇有官人驅至于此城又問
曰你登第何年歷仕幾官所帶人住何州縣
地行李有何器械原有船幾隻臣曰我於成
化丁酉拾進士試第三人壬寅中文科乙科
第一人為校書館著作為博士為軍資監主
簿為成均館典籍為司憲府監察為弘文館
副修撰為修撰丙午中文科重試乙科第一

人為弘文館副校理為龍驤衛司果為副司
直所帶人陪吏四人光州牧吏程保和順縣
吏金重羅州牧吏孫孝子濟州牧吏李孝枝
伴亭一人李楨京都人鎮撫一人安義濟州
人驛吏一人崔巨伊山羅州青巖驛人奴子
莫金等二人濟州官奴權松等四人護送軍
金粟等九人船格軍許尚理等二十人皆濟
州人所乘船只一大隻檣帆捲楫遭風而失
矴艣遇賊而失所賷之物印信一顆馬牌一
隻紗帽角帶所治文書重試榜錄書冊弓一

張刀一把及各人所穿衣裳外無他器械把
總官即點印信等物又問曰汝國地方遠近
幾何府州幾何兵糧約有幾何本地所產何
物為貴所讀詩書尊崇何典衣冠禮樂從何
代之制一一寫述以憑查考臣曰本國地方
則無慮數千餘里有八道所屬州府郡縣總
三百有餘所產則人材五穀馬牛雞犬所讀
而尊崇者四書五經衣冠禮樂則一遵華制
兵糧則我以儒臣未曾經諳未詳其數又問
曰汝國與日本琉球高麗相通乎臣曰日本

琉球俱在東南大海中相距隔遠未相通信
高麗革為今我朝鮮又問曰汝國亦朝貢我
朝廷否曰我國每歲如聖節正朝貢獻愈
謹又問曰汝國用何法度別有作謔乎臣曰
年譴決度一導大明把之問單因曰汝邦
屢歲朝貢義有君臣之好既無侵戮之情
當遇以禮各宜安心勿生他慮轉送至京遣
遂本土誰侵行裝不許稽綾即饋盞果即
做謝詩以拜把總官曰不要拜臣不知所言敢
拜之把總官亦起相對荅禮

二十二日在挑渚兩是日陰把掫官又引臣
於前將昨日招辭刪削下山遇賊仙岩歐擊
等事及文繁廉令更寫一幅薛旻立臬繫
謂臣曰此文字報工司以達于 皇帝文冝
簡略故我老爹刪繁就簡令你寫也
也臣不肯寫曰供辭當以有文雜繁何害也
且所刪者乃遇賊之事郤添一言曰軍人衣
服俱有云沒我遇賊情實扵何意斁薛旻
寄寫示曰今 皇帝即位法令嚴甫若
見你前所供辭 帝意必謂盜賊盛行郎雅邊

將非細事也為你計當以生逐本國為心不
宜好為生事也臣問其言以為然即即擧筆曠
所刪寫之薛旻又諳臣曰你既為軍資監主
簿何以曰不知兵粮之數臣曰我為軍資監
未滿月見適故未詳其數又問曰你浮海工
不食幾日臣曰自初三日至十一日㦯則
何不至扵餓死㦲曰其間或爵乾未飲尿家
又盡待天雨漬衣汁飲一髮之命不死
辛丑又問曰你辭家幾日曰三十有五歲
又問你辭家幾日曰月已六度圓矣曰你
思家山否臣曰父已亡母慈毋在堂哭之已
壹國俗又以我為溺死先豈篤傷心我今
生到異邦忌念及至此無日不痛哭曰為人臣
者國耳忘家你因王事漂到千此當後為
忠何憶家為臣曰求忠臣扵孝子之門未有
不盡孝扵親而不思吾亡父母又問曰
西山发得而不思蓋風樹不止當孝為
你國王姓諱如何臣曰諱某父曰孝子不止迫
故開人過失如聞父母之名況為臣子其可
以國君之諱輕與人說乎曰越界無妨

二〇

曰我不是朝鮮之臣乎為人臣者其可以越
界苟負其國異其行變其言予我則不如是
也薛旻即將與臣問答之辭呈于把總官把
總官或讀或點頭顧謂臣曰明日差官送你
起程凡有隨身行寫來點致前路失
所著繡帖裏以與許清之子隆△台州古東
或誘誅求無厭臣之行李無物無以應之至
是又来曰我每人大人之恩不可不報臣辭
醖國之地在閩之東越之南而牛頭外洋等

水 濱海錄一 四二六

慶轄臨海縣地又在台州東南絶徼風氣溫
暖恒兩少日實炎荒瘴癘之方臣富正月而
到氣候與三四月同年交欲穗芛方盛挑
杏滿開又山川高大林藪屛醫人物繁繫弗

宅壯麗別是一區天地也

二十三日自挑渚所登程是日陰把總官又
引臣及從者挭前令臣叫姓名點數差千戶
翟勇及軍吏二十餘人護送臣等于總兵官
及陪吏等俱乘轎以行梁逢海奸狡者托
病扶杖似不能步把總官亦許轎乘轎者凡

八人翟勇許清王萱等與臣等過山塲烏頭
二嶺間有三大川烏頭嶺下又有鑑溪許清
變臣等于溪邊人家做飯以饋又行過塘頭
鋪坌坌地犯夜至一道傍佛宇而宿其前里
閘即仙岩自挑渚所至此乃臣前此被驅
所經之路也夜許清翟勇鞫其里長捕共萤
馬鞍者報于官遠馬鞍于臣軍人所見奪笠
子網巾等物俱不得○几為刦盗者後越人
于货建暴無忌今江南人雖或被刦心所使
為盗為刦竟不殺臣等且

水 濱海錄 四二六

有遺物仙岩之人不隱所刦竟還叢鞍鞍可以
觀風氣柔弱人心不甚暴惡之驗也
二十四日至建跳班是日晴曉過穿岩里里
西有山巖石壁屹立宫壑有大竇洞里如虹
門里之得名以此又過田嶺嶺上有僧作佛
宇橫道路行人從中以過臣等平地雖或
乘轎嶺峻路險下轎步行為多至此寺百技
跛行寺僧擧之煎茶以供少留行至海浦有
一紅具我宄循浦上下示以水賊之狀臣德
兵紅居翶以渡則乃是建跳所也城臨海崟峭

二

千戶李昂驅幹壯大容儀千義具甲冑其成
道導臣等入城門門皆重城鼓角銃焰聲震海
岳其嘖吶等大小角末端皆上曲鉤向吹者
眉目間城中人物第宅視桃渚所見豐盛奢
昂引臣至一客館與裡多許清王連王海等
及所之有姓莊也尹也亡其名俱是厚重老
官人皆環立卓之左右問臣以漂流之故昂
略陳首末云云本昂請升堂行賓主之禮昂
由西階臣由東階而上揖對再拜後昂饋臣
茶果又饋臣之從者以酒肉煙示忠欸之意

姓尹先官人引程保等諸私紫飲食之因見
其妻妾女以展禮其人心淳庬如此峝
人以丙午年登科小錄來示臣曰此吾之登
科筹榜錄也又指點錄中張輔二字曰此吾
的姓名也因問曰你國制草茅士及登科者皆
然曰我國制草茅及登第者皆給假襂
委門間刺銜示晝賜進七及榮葉某其人
云云引臣其家則金碧炫耀其上大書龍石
柱作二層三間之門蓋以雕龍石
午科張輔之家之榜輔蓋以已之從登第誇示

臣臣 亦以浮誕之言誇之曰我再中科第歲
受米二石石施門三層是下其不及於我矣
輔曰何以知之臣曰我之旌門遠莫致之我有
文科重試小錄在此即撥示之輔中錄中
見臣職姓名下跪曰我殆不及矣
二十五日到越溪巡司是日陰霾李昂許
清王連及莊也尹也俱送臣于海上昂揖臣
地無復再見且僕之束也將
軍以百千兵甲環城擁閭旌旗凌亂鏦鼓喧
馳則將軍之示遠人嚴矢僕之寓館也外堂
禮莫慇饋食意益彌開心見誠一見智舊
則將軍之待遠人寬矣及僕之夫也步出城西
遠人厚矣儀一寬以別之其意固有在也嚴
遠送海隅扶僕登舡叙別同慨軍之徒
以示之寬以待之厚以別之相逢未一日也而
蓋我朝鮮地雖海外衣冠文物悉同中國則
以夫之厚視之尊以別之其意固有在也
不可以外國視也況今大明一統胡越為家
則一天之下皆吾兄弟豈以地之遠近分內
外裁況又我國恪事天朝貢獻不怠故天子

六禮以待之仁以撫之懷綏之化至矣盡矣
而僕朝鮮之臣也將軍亦天子分圉之臣也
則其體天子字小之心而待遠人至於此極
斯不忠矣乎我其問情意之篤則僕既感
之深矣然不得一日之暇與將軍及莊尹兩
官人從容談話展布所懷有歲之間萬里之
外雲樹之望曷有其已又別許清日將軍與
王吕下生遇我於蒲峯之黑飽我於飢渴之
枉生我於萬死之餘以至杜瀆場以至桃渚
所以至於此城崎嶇數句里之地扶護七八日
之間其恩情之萬不勝枚悉一別之後會面
難期祗增黯然遂告別與崔勇同舟過大海
勇謂臣曰浮此海而之西可望天台山今逯
雲霧四塞不得觀望云云少至寧海縣之越
溪巡檢司城在山巓軍卒皆帶甲列立海傍
勇與其徒下舟八城留臣等于海岸草幕所
為

二十六日過寧海縣是日雨巡檢司對岸有
越溪鋪自鋪前令舟師從溪岸而步溪之
通海口甚廣闊不知其源之所從來行過西

洋嶺許家山至市興鋪鋪中人饋茶數椀又
行至白嶠嶺有軍卒二十餘人擡轎來迎
等臣等八人又乘過進士坊至寧海縣之白
嶠驛驛在縣治之中有知縣姓金者供饋臣
等期至於飽因乘轎冒雨而行過桐山鋪梅
林鋪江洒嶺釭空鋪海口鋪其間有三大川
二大橋忘其名夜二更至西店驛以宿驛有
甲兵警言戒如防禦所

二十七日在西店驛是日大風大雨溪澗水
漲不得已留二十西店驛

二十八日到連山驛是日大雨崔勇謂臣曰
我大唐法令嚴整以有逢賊火致罪書參雖
大雨不可復留勇之軍吏及臣之從者俱不
欲曰今日雨大至水溢洞壑不可行勇曰洞
壑潦水滿而復除且此驛支給亦有限量昨
日之留已為不可遂與臣等冒雨過珊瑚鋪
拆開嶺山陵鋪又過大嶺方門鋪至雙溪鋪
鋪北有雙溪溪水漲溢人皆以衣而涉經尚
田鋪止宿奉化縣之連山驛縣距驛東二里
知縣姓名杜安也驛丞見臣等雨逯沾衣肌

寒帶栗遂燒栩挍堂之前臣及從者環坐親
炙使自溫有一人自外至橫怒肆毒跣踏栩
栩之火臣等惕俱每運勇及驟亟俱被厚鳶
勇謂臣曰外有一人說你是劫賊之人阻當
陣官不要供給我與他說汝是讀書君子他
復肆暴你可寫狀告他搶去衣包去之星于
知縣臣曰彼人之惡誠欲可懲但以不見當
護我等而東沿他以喝棄侵暴之罪亦不爲
無辭勇郎寫狀送于縣官

二十九日過寧波府是日雨羅勇與臣等乘
轎過大川川畔有佛宇極華麗前有五浮圖
雙大塔又過鹿角觀金鐘鋪南渡鋪一至廣濟
橋橋踦大川橋上架屋橋長可二十餘步橋
所在之地即寧波府界舊當爲明州時邘建也
又行至三里有大橋橋之北有大橋橋之南
至十餘里又有大橋橋上又架尾興蘆濟橋
同兩差小志其名橋之南有文秀鄉又過常
浦橋至此渡江乘小舸而渡自牛頭外洋西
北至連山驛君乎畢列山斜紆繚繞浅澗岩屬

榮紆錯亂至此江則平郊廣野一望豁如但
見遠山如眉耳江之北岸等一壩壩即挽舟
上過之慶壩之北筹堤鑿江有鼻居舸繞岸
列泊勇引臣等乘其舸過石橋十三行二十
餘里江之東堤閭閻撲地其過石橋有四明
山山西南連天台山東北連會稽泰望等山
即賀知章似時所居也至寧波府城截流
重城城皆重門門皆重門外重城水濠亦
筹城城設虹門有鐵扃可容一船掉八城
中至尚書橋橋內江廣可一百餘步又過惠

政橋社稷壇厄城中所過大橋亦不止十餘
慶高宮巨室夾岸聯絡紫石爲柱者殆居其
半奇觀勝景不可殫錄棹出此門門亦與南
門同城周廣狹不可知府治及寧波衛鄞縣
沿及四明驛俱在城中過大得橋橋有三
虹門兩甚留泊江中

二月初一日過慈溪縣是日雨經新清橋進
士鄉至宋石將軍廟大如官府立旌表之
門自府城至此十餘里間江之兩岸市肆列
艦全集如雲過此後松篁橙橘夾岸成林又

二四

過茶亭景安鋪継錦郷俞氏負門門至西鎮
橋橋高大所過又有二大橋至西壩廳壩之
兩岸築堤以石砌流為纜使與外江不得相
通兩傍設機械以竹絚為纜轄舟而過至西
興郷之新堰蓋即為利子港顏公堰後塞港
壩堰為四導水東滙至于廣利橋與西壩此
同至此又輓舟而過新橋開禧橋姚平處
殷堰捍江湖乾瀋官船謂之新堰縣與西壩
士之墓至慈溪縣棹入其中有經元門德星橋寶
門都堂里門都憲橋進士門德星橋寶星門

〈張氏記〉

至臨清亭前必傳舟夜又沂江而北至雜報
泊于岸待曙而問其江則乃姚江也江邊有
驛乃車厩驛也驛丞乃秦高也
初二日過餘姚縣是日喉早發船逆而北而
上江山高大郊野平鋪人煙稠密景物萬千
日夕過五靈廟驛前鋪姚江驛江橋至餘姚
縣江抱城而西有聯錦郷曹野橋橋三虹門
又過登科門張氏光明堂同又輓舟過壩經一大
橋有大樹數十株列立江中將曙到中壩壩

〈二五〉

又與下新壩同又輓舟逆上江即上虞江也
初三日過上虞縣是日晴過二大橋而上江
之南有官人乗轎而來乃上虞知縣自宗來
也縣距江岸二三里許又過黃浦橋華渡鋪
蔡墓鋪大板橋夾青雲門新橋鋪至曹娥驛
驛丞徐深也驛北有壩舍舟過壩歩至曹娥
江亂流而渡越发又有壩壩與縲湖巡檢司
南北相對又念舟過壩而歩西二里至東開
驛渡兼船過文昌橋開鋪景靈橋黃家壩
鋪尒山鋪陶家堰鋪芽洋鋪夜四更至一名

不知江岸留泊
初四日到紹興府是日晴撑鑑水而上水自
鏡湖一派来繞城中日出時到紹興府自城
南沂鑑水而東而北過昌安鋪入城城有
虹門富水口凡四重皆設鐵扄過翟安祐聖觀舍水則
岸五大橋及經魁門桂門祐聖觀舍水相橋
碑可十餘里許有官府翟勇引臣等下岸其
閭閻之繁人物之盛三倍於寧波府矣扳督
備倭署都指揮僉事黃宗巡視海道副使呉
文元布政司今守右叅議陳潭連坐于礮淸

堂北壁兵甲筜枚森列於前置一卓引臣至
卓邊西向而立問以臣之姓名所佳之鄉所
筮仕之官所漂風之故所無登初之謝却所
齎器械之有無臣咨以把總官之辭却添
載下山逢賊仙巖遇校之事把總官之辭添
臣曰是何供辭前後詳略不同子臣曰把總
官初問以咨以漂流到泊之情今日布政三
司更問詳舉遇賊等事其三使相徐謂臣曰
供辭有達汝實有罪汝宜騰寫前辭無一字

加減云云臣便寫之三使相又謂臣曰他日
你到杭州鎮守太監綉衣三司大人到北京
兵部禮部亦更問汝精其亦次是答之必有
相違大不可也又問曰初以汝類為倭船劫
掠將加捕戮汝若是朝鮮人汝國歷代沿革
都邑山川人物俗尚祀典喪制戶口兵制田
賦冠裳之制仔細寫來寫以考是其非
臣曰沿革都邑則初檀君與唐堯並立國號
朝鮮都平壤都邑則初檀君與唐堯並立國彌
于朝鮮都平壤歷世千有餘年周武王封箕子
于朝鮮都平壤以八條教民全國人以禮義

戊俗始此厥後總入衛滿亡命入朝鮮箕
子之後箕準率奈國韓以都爲其間或爲九
韓或爲二府或爲四郡或爲三韓年代久遠
不能盡述至西漢宣帝時新羅朴氏初立國
高勾麗高氏百濟扶餘氏相繼而起三分舊
朝鮮之地新羅據東南界慶州高勾麗據
西北界都遼東都平壤又屢遷厥邦忘其地
百濟據中西南界都廣州新羅文武王與唐
公州都扶餘後當唐高宗朝新羅文武王與唐
兵滅高勾麗又滅百濟合三國爲一後甄萱

叛據全州弓裔據鐵原高麗王氏功高德
盛國人推戴弓裔自賓甄萱自投新羅王封
府庫籍郡縣來降再合三國都開城傳世幾
五百年今章爲我 朝鮮都漢陽蓋將百年
横亘千餘里其嶺有潭周八十
餘里東流爲豆滿江南流爲鴨綠江東北流
爲速平江西北流爲松花江松花下流即混
同江也妙香山在北金剛山在東有一萬二
千餘峯智異山在南九月山在西有四山桭

而峻多奇蹟三角山即國都鎮山大同江薩
水臨津渡漢江洛東江熊津曡灘津榮山津
已上川之大者人物則新羅金庾信金陽崔
致遠薛聰百濟階伯高勾麗乙支文德高麗
崔冲姜邯賛鄭夢周金就礪禹倬鄭夢典我
朝鮮不可勝數道冲金就礪偉傳步周我
衙每春秋行養老宴鄉射禮鄉飲酒禮祀典
珦社稷宗廟釋奠諸山川刑制從大明律賦
制従朱子家禮冠裳遺事制戶口兵制田賦
我以儒臣未知其詳又問曰所謂推刷人丁
何軍臣曰濟州在大海中水路甚險甚遠尼
有犯罪者皆徙八以避及為通迹之藪故往
刷之又問曰濟州距我中國幾里虛張水
路之遠曰不可知也大抵船遇便風於
大海則日可行千里令我自濟州浮海折畫
夜則凡二十九日為大風所駈疾行如飛於
泊于中國海岸則自中國距濟州路大槩數
萬餘里矣又問曰汝國與我朝廷相距遠近
幾何臣曰傳聞自我國都過鴨綠江經遼東
誠抵 皇都三千九百有餘里総兵官三使

相即饋臣以茶果仍書單字以贈單字中送
崔官禮物猪肉一盤鵝二隻鷄四翼魚二尾
酒一罇米一盤胡桃一盤棗一盤筝一盤麵
筋一盤棗一盤萱腐一盤又賜糇粮等物于
陪吏軍人有差臣即做謝詩再拜三使顧
川汝何知之詳必此地人所說臣曰看汝詩
親語音不通誰與話言我嘗閱中國地圖到
此臆記耳對曰畢臣與三四官人拱立卓邊有
瞿勇之軍吏一人在外頭毆打之従者金
都終有傷臣寫以示諸官人一官人蔣告于
總兵官總兵官拿其毆打人治罪杖之又杖
勇以不能取下之罪臣等退復沿湖掉山城
外過近恩橋至蓬萊驛前留泊夕知府姓周
及會稽山陰兩縣官皆優送糧餼

錦南先生漂海錄卷之二

初五日至西興驛是日晴總兵官等三使相
並輦曉到蓬萊驛復別臣及從者拿行裝至
前討東搬西以撿點之臣所賣則印信一顆
馬牌一隻馬鞍一部諸文書冊入大小箱二
菌衣余衾苧綏銅碗入小皮袋一箇冠帽并匣
所賣或包或袋或籠點單謂臣曰汝可先去
山及奴子二人則無所賣與軍人同包軍人
程保余重孫孝子李楨安義李孝枝崔臣伊
辯對無有舛錯又饋臣等以茶果臣辭退總
兵官蓋指揮僉事而言也紹興府即越王
舊都泰漢為會稽郡居浙東下流府沿及會
稽山陰兩縣及紹興府治卧龍山俱在城
中會稽山在城東十餘里其他若秦望等高
山重疊崒嵂千巖萬壑競勢爭流于東西南
三方北濱大海平衍無丘陵蘭亭在臬公埠
上天章寺之前即王羲之修禊處賀家湖在
城西南十餘里有賀知章千秋觀舊基刻
在秦望山之南剡縣之地距府百餘里即子

杭州鎮守太監

獻訪戴逵之溪也江流有四源一出台州之
天台山西至新昌縣又西至嵊縣北經會稽
上虞兩入海是為東小江一出山陰西北經
蕭山縣東復出山陰抵會稽而入海一出
江一出上虞縣東經餘姚縣又東過慈溪縣
至史海而入海是為餘姚江是臣所經之江
一出金華之東陽浦會屬從入者如脉絡藤蔓
經山陰至蕭山入浙江其間象
源支派滙瀰堤障會稽義烏江合流至諸暨縣
之不絶臣又迴鑑水而西經韻田鋪嚴氏貞
節門高橋鋪至梅津橋跨岸五里許有山隆
起東有石壁削成前有二大石人立其一天
作人形遍真又過融光橋至柯橋鋪其南有
小山山脊有古亭基址也又過院社橋白塔鋪
為笛之柯亭之遺址也又過鹽
清江橋至錢清驛江名乃一錢江也花過鹽
倉館白鶴鋪錢清鋪新林鋪蕭山縣地方至
西興驛天向曙矣江名即西興河也
初六日到杭州是日陰西興驛之西北平衍
廣闊即錢塘江水潮壯則為湖潮退則多陸

杭州人每於八月十八
曰潮大至觸浪觀潮
之靈也臣等舟驛前舍舟登岸乘車而行可
十餘里至浙江復乘舩西渡江流曲折傍山
又有反濤之勢故謂之浙江浙一作漸江閣
可八九里江長其西南直抵福建路東北通海
華信所築捍潮之塘自圍魚嘴至苑村約三
十里又至富陽縣共六十餘里石篆尚亮固
如新故又謂江為錢塘江也臣至其塘復緣
塞步行則西里六和塔臨江畔行過延聖寺
浙江驛至杭州城南門重城置門有三層

擇入其城過文魁門靈順宮甯壽門澄清門
南察院祐聖觀土地廟苪松坊舖至武林驛
自城門至此驛約十餘里矣羅奧伴臣等因
兩留一日外無羈滯或夜行遠涉千有餘里
之地鎮守太監張慶僑貴勇以遲緩之罪杖
之久驛丞楊秀榮以饌物來惠
初七日在杭州是日陰詰朝太監使官人來
問曰鄭麟趾申叔舟成三問金浣之趙惠李
堅已上俱係朝鮮人物是何官
職一一開報來知臣荅曰鄭麟趾申叔舟李

思哲偶位至一品成三問位至三品李慶金
浣之趙惠李堅則我以後進之士不知其人
之職品有姓名額壁釐驛中車者來謂臣等亨
曰你所食之物係是朝送與的教文轎待
一年有文簿到部本驛丞實州夷人慕不曉
得人事就如孩童一般上司以致仕
等食不敢也又曰來此者人部是開人不可
與他說話有傷神氣云云又按察提學校
副使鄭大人與一大人偕到千驛抬臣至甬
問曰你國科目之制如何臣曰有進士誠此

貧試文科武科試又有文武科重試又問曰
其試士如何臣曰每於寅申巳亥年教養備
書五經取通四書三經者中場賦袁記中二
場賦表記中二篇終塲對策一道若干人
生精業著試以三塲初塲疑義論中二篇中
翌年春文聚人搭著試以三塲初塲背誦四
場終塲表記中二篇終塲對策一道取若干人
人試以策文一道取三十三人又聚三十三
放榜
　賜紅牌給花盖遊街三日後又賜
　恩榮宴遂親宴珠墳宴許通出仕之路又問

曰文章體格如何臣曰表倣宋元擋芳記論
倣唐宋義拈出五經文類拈出四書文為題
並違華路對策倣文選對策文問曰你治何
經臣曰四書五經雖未精研尋涉獵又問
曰經書你可歷數其名臣曰虜學論盂為四
書易詩書春秋禮記為五經又問曰易字何
義臣曰以易字形言之則合日月為也以易
字義言之則有交易變易之義又問曰易之
位數你於何物上見易臣曰河出圖洛出書聖人則
之又則曰非圖書則不能作易乎臣曰天下
萬物皆有數雖見費免者亦可以推測易中
之位數也兩大人相顧目擊謂臣曰你實讀
書士此地人固不識也鄭大人忘其名諱東
園子齋名即復齋

初八日在杭州是日陸顧歷來謂臣曰今聽
說將徐芳等人晝夜馳委北京直待回報
方放回自此城至北京水路幾五千餘里你
留此必至來日矣臣曰我到此言語有異實局
官聲明至下如此聞見通即開說以愁遠人
陛曰國依慈覆律條甚當漏泄夷情新例尤

軍凡我所言不可與人見只可自知點頭而
去有二官人來云太監討看總兵官
所驗點你弓一張刀一把云云遂收去有一
人來問曰景泰年間我國給事中官張寧奉
使你國做邦金亭詩皇華集皇華葉你晚得否臣對
曰張撝膏崔舫影落白鴎洲望遠天毀盡凌
虛地欲浮之句尤膾纂其人喜形於色又云
張給事到我國著其中題漢江樓
此百里張公到此杭城聞朝鮮文士漂海來
張公官至都給事後任都御史因婓子不仕
還曰張公位至何官緣何不在家陳曰
四十二歲四家卷病

欲問朝鮮事留待累日前一日回去問其人
姓名則乃王玠係給事蝸也有自稱陳梁者
來言曰你弓刀鎮守老爹留下看臣曰唯命顧
陛又來言曰開讀說以愁你還
有船一十四隻在海邊現本巡按御史說既

初九日在杭州是日晴昨來取弓刀官人又

三〇

有船十四隻原何不提拿來以血罪他鎮守
及三司議論不一緣你供辭明辨審知非倭
今已議安差了指揮楊旺送你赴京轉送你
回並無他話還有三四日在此你宜可寬心
又布政司大人徐主按察司副使魏福同坐
驛官節引臣等送國你可放心好還
臣即做詩以謝還舍北京人李節來見
之衣服纜縷面目蒙坑謂臣曰此地人以治
容是尚故尼肴你等皆驚笑以謂朝鮮人類
皆若是可於面陽地洗濯你身　即令從者

各自涕泣遠與程保等面陽環坐先夫塵培
李節又來指點之之皮膚盡換是你脫落曰
此患困枯患難不恤身膚之驗也臣曰我在
海時候遍血歡剝口無津三日余又謂臣爲
鹹水所砭而換是爲徒跣陰阻而沒若間身
體毀裂膚肉敗懸傷孝之姑也武之體膚之謠
若此其實雖不寺之子亦節曰李節之友
傷天寶傷你雖傷何傳不頂傷心遺非你家
人失其姓色袖小學一部因節以遺臣欲承
詩臣曰無功而受人之賜是傷廣之地敢辭

節曰此人欲求一詠以爲記爾臣曰做得詩
不好與得筆亦不好以不好易人之好非所
欲也其人遂袖去李節謂臣曰交以道接以
禮則孔子赤受是何鄰之之甚臣曰交之以
是肯捨冊也意在得詩則交不以道接不以
禮而退矣李節與其交金太等三人來饋臣及
從者

初十日在杭州是日晴觀壁東言曰你去京
師前路不何不知我國蘇杭及福建廣東等
貨皆出於蘇自江過了常州至鎮江府過
胡叔蕃香船不絕十去五回其路絕不好唯
赴京一水河路十分好也故琉球日本遍羅
滿剌加等國進貢從福建布政司泊船到
此府過嘉興至森州天下紗羅段匹及諸寶
貨皆出於蘇州汕惡如無風
楊子江江距此汕千餘里其江直至京河路幾至四十日
浪方可渡過此春天右是其天炎熱蒸煙惡
程你衆人喜得去且山東山西陝西三布政司連
病何以得去

三二

448

年旱荒人食人肉民名夬所過揚子江行千
有餘里便到山東地面你家源自計較可也
曰贈以笋否曰此素食也你便可喫賣國亦有
此笋否臣曰我國南方有笋五月乃生觀壁
曰此地冬春交生正月方盛大者十餘斤貴
國與此地風土有異

※渡海錄
九

時高麗使來貢而連泛你國人越境尚且造
寺寺前有二碑記古跡距此十五里即趙宋
臣壁曰我杭城西山八般嶺有古刹名高麗
十一日在杭州是日陰楊秀禄顧壁共來見
寺則其崇佛之意可知矣臣曰此則高麗人
所建此今我朝鮮闢異端尊儒道人皆以入
孝出恭忠君信友為職分事年若有髡首者
則並令充重壁曰九人不事佛年然
則你國事鬼神否曰國人皆建祠堂以祭
祖補事其當事之鬼神不尚諂祀俄而楊秀
禄辭出壁以一公文示臣乃杭州府為海
各府縣驛送臣等文其文曰
洋聲息事奉浙江等處承宣布政使司割付
抄蒙欽差顧守浙江司設監太監張慶巡按

浙江監察御史暢亨會案前奉撫按浙江
備倭署都指揮僉事黃宗巡視海道浙江按
察司副使吳文元呈奉海昌國等衛所及台
州府等衙門各狀申報弘治元年閏正月十
七日瞭見海門衛拋泊牛頭外洋有
軍船哨兒操守隄備續援署都指揮僉事

※漢洋錄二
十六

宗等呈備挑消千百戶獅春等
事就經併行總督巡海分守分巡官員督令
把總井所屬沿海軍衛所出海等官部領
船隻入師子寨等因為照係千海頭分重
帶領旗軍前去臨海縣二十都與當地火
甲獲佳人船押送到所審問語言難辨擧寫
姓名來歷緣由拋單呈報前來會同巡按浙
江監察御史暢身議者得單呈開審要人崔
溥雖據供寫朝鮮國人往濟州等處海島為
暴風所送到　天子大國之氓等情但恐
否難擽供有何罷械并別項行李等件倸合
夷火多詐真偽難測況無開報所泊船內曾
審又經行擽拟督備倭署都指揮僉事黃宗
巡視海道副使吳文元分守右參議陳潭分

三二

巡副使楊峻呈該把摠松門等衛所備倭指
揮同知劉譯呈送夷人四十三人會同審撫
一人寫名云云再三會審無異隨將印信馬
牌拷錄文藉冠衣官等件點者明日給與
崔溥等收領及將所擭夷船拖閣上塢外備
由連人弁三司掌印及將一把弓一張解送到浙
江都布按三司掌印都指揮僉事崔巔左布
政使徐呈副使魏福慶審相同行除外仰抛
夷人船事理即將崔溥等領人案回
司照會會案內事理即將崔溥等本司給批

漂海錄

姜芠指揮僉事揚旺管送赴京及行貯屬驛
遍應付姜去官貟庫給站船并伴送軍餘及
崔溥等口粮紅船脚力合行前路官司一體
應付其莢去刀一把弓一張轉發官庫收貯
取庫收繳報仍仰經自會
案依准各多呈來　　奏施行先具拟

十二日在杭州是日晴臣謂程保等曰顧壁
誠心待我凡所見憫告無隱俾我不迷
恩情甚重欲表信物顧我行李一無此子之
儲所有者只此衣耳我欲解以與之保等曰

三三

前日解一衣贈許千戶今日又解贈顧公則
所穿之衣只一伴耳追遍萬里之路敝誰改
為臣曰古人以一衣三十年者有之我之作
客他鄉只在一年之間今時日漸燠一布衣
足以當之且她魚感恩亦欲報之而況一布人
乎即解衣與壁揮手以卻臣曰朋友之賜
雖車馬不拜況此燧小之衣乎昔韓退之留
衣以別太顛則臨別留衣即古人之意也昔

漂海錄

日本欲卻之恐阻盛意受而去之○浙江布
政司東南至海南至福建界管十一府州統
七十六縣內有杭州為第一即五代時吳越
國宋高宗南渡遷都之地所謂臨安府也府
治仁和錢塘兩縣之淤及鎮守府都司布政
司塩運司按察院按法察院中察院府學仁
和學錢塘學武林驛俱在城中城中又有吳
山其景最好上有十廟伍子胥廟三等觀四
聖廟等也又有九井三潭吳山大井為上郭
婆上八眼下八眼中八眼西城中等井居次又
以小瀦湲西湖之井導八城中之鎮乃武
林山也西湖在城西二里南北長東西徑十

里山川秀發歌管駢闐之地竹閣在廣化院
白樂天所建樂天詩宵眼竹閣間者此也岳
鄂王墓在棲霞嶺口金泉亭在靈隱寺前飛
米峯下古誌許由帶飲技靈隱澗者此也表
忠觀在龍山許由東坡府撰碑風篁嶺在放
牧馬場西即東坡訪辨才之處南屏山在興
教寺後崖壁剝落之餘惟存司馬溫公隷書
家人卦及米元章書琴臺三學坡詩我識南
屏金卿魚者此也蘇公隄與興教寺相對東
坡守杭時所築長十餘里中有六橋雄觀

湖㳂録 一之五

在蘇公隄第一橋下表部夔請建祠取錢塘
名人自許由至張九成及節婦五人等三十
九人摘傳立祠墓樂接在城西湧金門外西
湖岸其北有環碧園玉蓮堂在湧金門城北
門內又有湧金池玉壺園在錢塘門外東坡
詠南澗堂杜鵑花即此也門西有先湅樓雲
洞園在昭慶寺北先抑參差中有婦人墓名
上湖北有石函者是也抑宜園石記云錢塘一名
函橋在水磨頭白樂天詩沙糕濃抹摠相宜
洞東坡詩沙糕濃抹摠相宜二字御書堂扁

斷橋在抱宣園西所謂斷橋斜日忠萬紗者
此也西石頭在石函橋西㳟始皇東巡浮海
纜船之地孤山在西湖孤山路西山之東有
林和靖隱廬古甚及墓三賢祠在蘇公隄東
三橋下乃白文公林和靖蘇文忠公祠已上
古蹟皆顧璧所與臣說話即東南一都會
接屋成廊連枇成帷市積金銀人權錦繡寰
橋海舶檣立街衢酒帘歌樓尺尺相望四時
有不謝之花八節有常春之景真所謂別作
天地也

張林錄 一之二

十三日自杭州登程是日陰指揮邵平護臣
等自武林驛起程行二十餘里至城北門門
有三層重城外門又二層榜曰武林之門城
內所過層門十四大橋十餘廟三舖二臣乘
驢疾驅或不記其名所可記者惟水亭公館
醒元門真教寺登瀛洲門雲鳳門觀光門進
士坊貢院亨衢門千勝廟晏公廟而已重城
外有吳山驛驛前又有吳山舖又三大橋四
門皆忘其名自門外可十餘里間市肆相接
亦與城中一般行至天妃宮宮前即德勝壩

河河邊盡舫綱纜不可勝數揚與其常揚
界及松門衛千戶傳榮鐵塘人陳曇及從者
李寬夏城唐敬杜王等七八人同一船臣與
陪吏等及北京人李節金太同一船臣之帶
去人許尚理等同一船過溥濟橋橋有三虹
門橋上有華光寺江漲橋橋有四虹門橋上
有江漲鋪至香積寺前少留為寺有兵房吏
典簿更寺即東坡所游之地也自德勝壩至
山溫州廣州台州嚴州紹興寧波等斯江以
南商舶俱會橋芊如競渡過通示橋等三橋
橋以水廣皆設五虹門甚高大
十四日過崇德縣是日陰沂謝村河南東則
其河岸石蕪新堤長三十餘里問之則都布
按三司所新築也過十二里洋堅濟橋普安
橋大尹廟水即鴻麗河河上官廟乃塘西鎮
也有官人韓紳謂臣曰你世奶奶知你到此
否臣曰海天花范鴈寄魚沉世必以我為已
柔魚腹中傷毋心不孝于親莫我若也令蒙
大國厚恩生退故鄉則毋子相見有勝隆下
之離簡夾因過奔塘橋蘭壽橋福祿壽橋福

德橋普濟橋彭和橋問其水名則丞泥河也
又過恩榮門大德新橋三里橋山川壇語像
橋到崇德縣知縣趙希啟李兆鄉餽以檯餽
甚優水夫謂臣曰昨過有長安驛大人知否
臣曰我不知也水夫曰昨過此則楊指揮從者
蓋私討支供糧饌不使大人知也又自崇德
河搭舟而上過終橋稅課局永安橋養濟院
朝義門矸而過大虹橋有六七夜三更過皂林
驛微夜而行
十五日過嘉興府是日晴沂三塔淨過三塔
鋪臣龍洲勝境之前有三大塔臨河岸地之
得名以此又過龍王廟嘉禾端運圻趙氏貞
節門社稷壇香珠橋至西水驛驛前達石柱
依屋庙花河中百餘是繼舟花廍下驛乾
榮以詩三絕見遺臣亦和之蔡另將菜饌乾
雞八帶魚等物以贈我朝即中祁順行人
張謹曾使朝鮮著皇華集國人廣和徐居正
居首列也其詩有曰明皇若問三韓事文物
衣冠上國同今見多下誠千載一遇蒙不棄
復承和詩誼奉簿禮必助舟中一膳希目入

華甚臣回祁卽中文章儒德人昕歆羨今爲
甚麽官職張衍人亦住甚麽職裴曰祁卽
中見賍爲貴州石阡府知府仐巳卒夫張行
人楼罪今乞錦衣衛之歸因問曰徐居正今
爲甚麽官職臣曰爲議政府左賛成築曰祁卽
正文章亦海東人物也自西水驛過一大橋
至嘉興府卽府右攬李驛越敗吳之地城中有
府治及㫁水嘉興兩縣之治河抱城自東南
而南而西而北其星宇杜宇景物繁華亦與
臨波府同於青閘至唐丞相陸

贄故里里在城西有連門在河之畔又經安
㳂門雲程門冊兵橋永福橋松青巡檢司等
又冒雨顧風達曙至平望驛而泊
十六日過吳江縣至蘇州府是日陰掉舟廻
平望河過迎恩門安德橋大石橋長老鋪野
湖鴛鴦湖湖湖岸石築壩可十餘里又過吳江
湖石塘大浦橋徹浦橋至九里石塘塘限太
湖太湖卽南貫震澤底定周職方揚州藪曰
湖以其長玉百餘里故
名范蠡所遊五湖也或謂之五湖湖中有洞庭東西兩山一

名苞山一曰千里紫薇豐湖鑷鐵於浩渺間
湖之東北有靈岩山下脉爲一名硯石山孙
吳葉館娃於硯石者此也山去姑蘇山十里
山勢連續扡於太湖湖北又有一山望之渺茫
乃橫山也至太湖壩壩右篹蹉湖之南水可
五十餘里卽霔虹橋虹門無應等橋也伯
窄相續其大者若木荘萬頃等橋也倶太湖
壩而北過龍王廟太湖廟祝聖門門前有大
塘塔十四層層皆架屋望之若天梯又過
駐節門至松陵驛

尤門都堂造士門進士門譽聖門儒學大明
橋釐科門昿謂太湖壩又通跨驛前里閈中
直抵吳江縣其間又有石大橋虹門凡七十
餘穴驛與縣皆在太湖之中星舍壯麗下舖
礎砌上建石柱以瞥湖水縈廻播帆束立柞
閭閻之中昿謂管湖繞城者此也梓
過三里橋迎恩巷㳂尹山而上閈西望一
山則乃絲子山其北有山卽姑蘇山也松江
在尹山湖之東又掉過尹山鋪尹山橋左有
造舟依泙橋司三里許至寶帶橋橋又有虹

門五十穴正舟串往來之衝僑墓湖湖
山帶景相差橫帶即鄭應傳貯奄建也夜三
更傍蘇州城東而南而西至姑蘇驛前自寶
帶橋至此驛兩岸市店相接商舶簇集真所
謂東南一都會也
十七日留泊姑蘇驛前是日晴蘇州即古吳
王闔閭使伍子胥城而都之城周又與杭州
同府治及吳縣長洲縣之治皆在城中城之
昏門舊有姑蘇臺令廢為驛擔末永中為虎
拒作石堤三面皆華樓披其前昭陽樓蓮子

德臣問諸傅蔡曰此驛若是姑蘇臺之世則
即古吳王所築臺之處乎蔡曰非也古昕謂
姑蘇臺在姑蘇山吳王闔閭因山起臺名姑
脩大之遺址猶存紹興間又築臺於此名姑
蘇以存故事全又廢而為驛擔於城中築臺
扁以姑蘇之名又云笑有㢠運
鎮而太湖之水田石塘注運河由城東而西
以達于驛因伍子胥所居又名胥湖湖廣可
百餘步北挖市衢鱗通映射閘檻之間光景
將勤而城西諸山天平一帶號為郡鎮兵部

山之勝曰靈岩玉塢仰天秦臺狄秩有序而
驛遍臨之真景致也當平有按察御史二大
人姓王居求者來驛中待我禮賓館問你你常
何品曰對五品官又曰你能詩否臣曰我
國士子皆以經守窮理為業朝夭風月為賤
故我亦不學詩詞又問曰箕子封朝鮮今有
後否臣曰有廟墓否臣對曰箕子之
後其准馬韓以立都後為吉
濟所城令無嗣箕子廟在平壤國家無歲祭
秋譯香祝挺幣以致榮又問曰你國有何長
技能却隋唐之兵乎臣曰謀臣猛將用兵有
道為兵卒者率皆親上死長故以高勾麗一
偏小之國猶足以再卻天下百萬之兵全則
含新羅百濟為一國物象地大財富
兵強智者之士卓斗量不可勝數二大久
問聚令外卿奉來一盤薰窗一盤麵餡一盤
以餽臣臣作詩以謝又有官人姓鄭者求和約
幹詩繭臣即次之其官人又以米六對鵝一
羹來一盤來贈又有雞太監蟹僅
姓御者牟總十五六言詞清雅自城中未餽

以又從者買舂節金大亦買驥隷頷夜三更又
乘月掉舟而北過閶門之外有通波亭
臨湖舊名高麗亭宋元豐間所築以待高麗
朝貢之使亭前接屋連墻軸轤如櫛棹至接
官亭以泊舟之西望有大塔即寒山禪寺所
謂姑蘇城外寒山寺者也問其地名則曰楓
橋問其水名則曰射瀆河也○蘇州古稱吳
會東頫于海控三江帶五湖沃野千里夫
淵藪富商大賈珠寶若紗羅綾段金銀珠玉百工
技藝富商大賈皆萃于此自古天下以江南
為佳麗地而江南之中以蘇杭為第一州此
城尤景樂橋在城中吳長洲兩縣治間市
坊星布江湖衆流通貫出納乎其中人物者
俊樓臺聯絡又如閶門馬頭之間芰商閩舶
輻輳雲集又湖山明媚景致萬狀但臣等乘
夜到姑蘇驛望日又不喜觀望又乘夜傍城
而過故白樂天所謂七堰八門六十坊三百
九十橋及今駿舊添新勝景奇蹟禛不得記
之詳也
十八日至錫山驛是日晴遲明有官人姓吳

名邊者典楊旺同舟遺臣書曰開公侄士欲
識韓荊楊同僚亦在小舟希秋王一會可無
辭馬陳萱者道守臣而徙臣與程保至其船吳
揚共一卓環置交撑揖臣同坐饋以茶飯展
禮甚謹臣等目楓橋遇便風懸帆而北東有
虎丘寺有塔西有方山亦有塔皆與臣如柱天
過射瀆鋪後有墅鎭鎭前有鈑開
南北往來船到此灣泊點檢等事令亦過綿
監姓羅者原在浙江管織染三大人來
州向北京先來泊于此有御史三大人來
于船上邀臣至前遇以禮語臣曰你是禮義
國好人我諸大人相敬你因問日天順成化
年間有太監奉勅使你國你可歷指姓名臣
答曰天順年間我未免襁褓之中國家所干
事皆不曉得成化年間鄭太監姜太監王
金太監興相繼來使又書示曰鄭姜金太監
皆已作古惟金大監在北京臣曰作古二字
不曉得答曰中國人謂死者爲作古謂已作
古人矣曰問曰你國謂何臣曰謂之物故問
曰物故何義臣曰物事也故無也謂死者無
之物故無也謂死者

復琛能於事又問曰你國尊何經臣對曰儒
士皆治四書五經不弊他伎又曰你國亦有
學校否臣對曰國都有成均館又有鄉校又有
學東亭西學南學州府郡縣皆有宗學中
鄉學賢臣曰崇尊大成至聖文宣王又問曰
何聖賢臣曰崇尊古昔又問曰你
你國喪祭什幾年大功以下皆從朱文公家礼
衰齊衰皆三年大功以下皆斬絞又曰你
你國礼有吉凶軍賓又曰你
國礼有幾條臣對曰有律制又曰
嘉刑有斬絞流徒狀答一從大明律又曰

淔南雜録

三二

普圍橋普恩橋衙墅鋪吳家店張公鋪不平
得勝橋通兵橋望高迷橋司馬墓鋪純安橋
乘夜而行四更到錫山驛留泊
十九日至常州府是日晴詰朝無錫縣知縣
忘其姓名秉遺餼物自驛過運橋入無錫
縣憲門少司寇億豐橋進士坊至錫山之
下山在縣西北間又自錫山過十里鋪高橋
都憲門少司寇億豐橋進士坊至錫山之
縣憲門少司寇億豐橋石濱橋橫林鎮鋪橋
巡檢司潘荅鋪洛祉鋪
林橋戚墅鋪橋至劔卉在東岸依屋

區洪溪鋻

以覆即瑞氣升騰之地日夕過了馬鋪大橋
至采菱橋橋之東西皆你二層閣以當路即
進士畔樓也又過大虹橋三至常州府從東
水開入城府治及武晉縣之治俱在城中卉
山之義亭臺之說自古稱道又過運運驛又泊
又出自西水開府即延陵郡吳秀子永邑湖
何橋至牛湃大墠拌卅上岸鐵度墠限日曙
笑
二十日過呂城驛至鎮江府是日晴午從雲

暗朝過長店舖呂城鎮巡檢司泰定橋至呂
城驛過呂城壩呂城閘呂城舖清微觀青龍
橋唐家溝柵口舖陸朝舖德雲寺聖墅舖七
星橋長樂舖之善院忠政橋到雲陽驛名
即潤河又過雲陽橋承恩門鬼神祠宷真觀
新橋新河舖至丹陽縣縣㧞河逕過縣經
廟福橋七星廟栖岡廟夜過減水閘萬景
湖新顏大雨微晹行至鎮江府新門

二十一日至揚子江是日陰臣等自南水開
江瀕浒錄二 六五桒

驛留泊夕步過京口閘至通津遍運所通津
水淺必待潮至乃可通大江故改乘船留待
潮候以為渡江之備李節全太爭別臣曰隨
路重家者顧今日相別君向揚州我向儀真
我扵春暮又向北京尋劉會同館未者㳂謂
江府即閏州城孫權徙冊徒築鉄瓮城謂之
京城地而無其城向吳亭往城西南城東又有
鉄瓮地即梁武帝所名也戴公山在西南即
宋武帝所遊也曾密寺多景樓俱在城東北

焦山銀山俱建巨刹在城北金山在大江之
中與銀山相對上有龍遊寺即宋真宗要遊
之地府城東北隅瞰江岸江即揚子江俗呼
洋子江江廣二十餘里源出岷山會漢水經
南京至此府朝宗于海即禹貢岷山導江者
此也東通具會西接漢沔北連淮泗南距閩
浙真四方都會之地也

二十二日至廣陵驛是日晴自水府神祠開
㳂張渚鎮二 二十八日

船至揚子江遊五六里盤舟於陸者前後
相望臣等縣帆至江之中金山下江豚戲浪
若戰馬聲莽然至西津渡馬頭石堤建木竿
扵水中以為長橋往來者皆纜舟扵橋下緣
橋登堤岸江淮勝覽當道峰嶸巨寺安由
樓下過瓜洲鎮至是禮河一名鎮上河復乘
船而行楊旺使傳榮謂臣曰你國有韓老
入在我國知否臣曰間有韓氏者入 大國
耳旺曰此是此韓氏即你國婦人入我國為
大行皇帝乳母令已作古起墳于天壽寺榮
曰此指揮即監羡韓氏者故問公耳過蔡挂
門南東甄嚴祈求而譯祠七錢舖花家園舖

四〇

魚井舖衿城灣揚子舖至揚子橋廠只有
閘懸標又有橋名曰善過清凉舖夜至廣陵
驛驛北一里即揚州府城也城中有府治及
揚州衛江都縣治兩淮運益司
二十三日過揚州府是日兩朝發廣陵驛過
里珠簫二十四橋三十六陂之景為諸郡最
所謂春風蕩城郭滿耳笙歌等由
舟而過不得觀望所可見者鎮淮樓而已樓
即城南門有三層沿河而東北過　夏國公
神道廟觀音堂懷遠將軍關公之塋晏公廟
橋司灣頭關荒廟鳳凰橋墩淮子河泊河泊
八塔舖第伍德舖桃課局四里舖郡伯寳公
寺迎恩門所過有閘二座至邵伯驛驛北有
邵伯太湖神僮遙邊三三里許至邵伯遍歷
所因水漲風亂不得夜過湖故經病焉自杭
城所經衛所亦遍所歷湖邊差百户以護送之有揚州
衛百户趙鑑者謂臣曰前六年間你國人李
暹亦漂來到此還國你曉得否臣曰然因問

暹之漂還既未鑑曰暹起初被風打到揚州
振港寨守寨官張界差百户桑慳領軍捉獲
拘囚獄中有一巡撿言說故在西方寺安歇
淮所乘舡所去處留在幾箇月沿途備禦
部指揮郭大人見暹有布帆十幅不遮風之
句知其為好人以實朋相待又問臣曰你所
到泊海岸至此凡幾里臣曰自牛頭外洋至
桃諸所至杭州又至揚州所過路無應二千
五百有餘里鑑曰暹到此猶以遠於家山為
憂今你所憂倍於暹矣臣曰暹則徒以路遠
為憂我所痛者父新死未殮毋亞老在竺子
職已歡客路愈遠悲痛之心灭蒼地黑
二十四日至盂城驛是日晴自邵伯遍運所
沿邵伯湖新塘過邵伯鎮馬家
渡舖三溝舖腰舖露筋女祠露筋舖王琴
舖八里舖新塘石築長可三十餘里又沿新
開湖夜二更到盂城驛驛在高郵州城南三
里
二十五日過高郵州是日陰雖報時甍盂城
驛過高郵州州即古邗州邗溝一名寒江回

把南北水路之要衢州城把大湖湖即高郵
湖也江湖之勝人物之繁亦江北一澤國蓋
夏禹時江淮未通故禹貢浮于江海達于淮
泗至吳王夫差始開邗溝隋人廣之舟楫始
通焉又至西河塘壩在湖邊木栅長七十有
餘里湖中有島島有七公廟廟望之微茫如仙
觀焉又過奬將軍前總鋪塘頭鋪巡檢司
張家鋪井亭鋪灣頭至界首驛驛與遞運
昉東西相對陳瑄等以軍吏隨揚旺而來稍解
文字故旺任以書手董之貪婪無比奸詭尤甚

至是怒我軍人金粟訴諸旺旺拿粟決杖十
餘臣令程保告于旺曰指揮當護送我等而
己擅自決杖我異國人亦有法文乎我有軍
衆竇同官亞雖或違誤便當問說在所矜恤
又為傷打非 上國護送速人之道也旺不
能答傳葉密告於臣曰揚公元是北京人調
不聽我們說敢行悖理之事予不是責他云
東枕州衛他不讀書不暗軍我屢次諫他他
又胃雨行過子嬰淺沿界首大湖湖亦有
長堤過巡檁司梘角樓夜泊范水鋪前

二十六日至淮陰驛是日陰過范光太湖又
寶應大湖至安平驛又過寶應縣治過白馬
大湖及白馬鋪黃浦鋪平河橋里逕河鎮店
十里亭鋪夜泊淮陰驛自范水鋪至此百餘
里間東岸蔡良堤或石簗或木栅綿連不絕
二十七日過淮安府是日兩淮陰驛對岸馬
頭城門外有漂母祠其北又有胯下橋即韓
信寄食受辱之地驛又迤邐而接遍夫廟壩
相對自驛掉舟傍淮安府即舊東楚州鹽
東南重鎮其舊城內有府治山陽縣治淮安

衛及都堂府總兵府御史府等諸司鸞城之
東又篥新城新城之中有大河衛司未及
設新舊城間僅一里許湖水瀠帶于兩城之
內外而城共人居皆在平島中過自南澓門
而北至淮河其間有金龍四大王廟浮矯亭
龍興塔鍾樓鼓雷神店西湖河嘴老和尚塔
蛟起鳳門移風閘晴江輻輳門清江閘
鈔廳夜閘移風閘晴江輻輳門清江閘
妃廟東擬仁聖宮靈慈宮平江恭襄侯廟天
運府總敞東街總敞西街福興閘玄帝祠佑

四二一

聖祠新蕆聞又其間有鳳陽中都鳳陽左衛
龍虎右衛龍江左衛豹韜衛前衛淮安
衛大河衛鎮江衛高郵衛揚州衛儀真帶水
軍左衛衛水軍右衛廬州衛等衛淮南江北江南諸
壽州衛長淮衛泗州衛邳州衛諸衛
衡會于此造舩俱有廠大抵大江淮河四五
百里間地多大浸巨湖如邵伯湖高郵湖界
首湖白馬湖等湖之大者四面無際日以禹
貢觀之黃河過積石龍門華陰底柱諸

山又過洚水大陸為九河為逆河東北入于
海淮水過桐柏山會泗沂東入于海林之奇
以謂河下流究愛之然則淮下流徐愛之然則淮
與河源出不同流派不同入海之地亦不同
玄玄淮河實衆水所濫黃河與淮水合流為
今合為黃河何也榮曰在我　大明朝鑿河
路注之淮合流入海故道與禹貢有異　又
西河澮漯汶水與洙泗濫黃河與洙泗又
東會于沂水為東河西河水色黃故謂之黃
河東河水色青故謂之清河二河合流于此

揔謂之淮河河廣可十餘里深無底水流暴
悤河邊有耿七公神祠又有龜山臨河趙鑑
語臣曰此山是有神物狀如獼猴縮鼻高額
青軀白首月光若電諸傳大禹治水時以大
索鎖此物命住于此俾淮水安流今人有圖
此物之形者免淮濤風水之難臣曰此真妄
誕不經之說不足信也鑑默然臣拏過河湖
東河而上至清口驛夜經過清河縣至沿無人
煙之崇當閭清河縣治有韓信城甘羅城夜
過不餘見

二十八日陰大風搖舟遊風遡清河口過三
汊淺鋪又遡白洋河夜半至泊河岸地名不
知

二十九日晴曉發行過張思忠淺白廟淺至
桃源驛驛西有三結義廟即劉備關羽張飛
之廟也驛中又有去思碑過龍濟河過桃源
縣而北又過崔鎮昏至古城驛

三十日過宿遷縣是日陰朝有古城驛過武
家溝過白洋河陸家墩小河口至鍾吾驛驛
前有皇華雙蜚英雙棽等門驛址乃宿遷縣也

又過運河順風狼帆疾行若飛過皇河青
敢以方等淺夜三更至直河驛五更大震電
雨雹
三月初一日過邳州是日陰由直河驛過龍
江趨頭灣合沂等淅水自東北流合于此
河行至下邳驛驛在州城南邳州古刻子國
城東有刻子廟即仲尼同官魔西有艾山即
曹公奇僕相會之地又有半河山山上有華
山寺又有石礛山距河岸六七里禹貢泗頌
浮礛註云下邳有石礛山或以為古取礛之
地未知是否自抗州以北則地盡平野間或
有遠山洋于江以壮一無丘陵至此始見此
等山亦不高大如我國南山然邳之知州姓
李邳州衛指揮姓韓來見臣遇以禮以麵筋
一盤荳腐一盤素菜二盤餉之自驛前西轉
過邳州城又過一津渡白浪口乾溝晃難報
過新安遞運所平明至新安驛臣等自潮東
河以後河水廣潤兩岸高峻不能時時觀望
過房村驛是日少雨大風有新安驛
初二日過雙溝豐沛蕭碭四縣夫廠又房村
過馬家淺

集又過金龍顯聖靈廟至呂梁小洪以竹索
縴舟而上過尼陀寺西岸有關羽廟公趙
昂之廟又過房村驛至呂梁大洪洪在呂梁
山之間洪之兩傍水底亂石巉巖峭立有起
而高聳者有伏而森列者河流盤折至此開
岸縈紆奔放怒號風聲如萬雷過者心悸
神怖間有覆舟之患東岸石堤鑿齟齬以
決水勢雄峰居自青山龍神祠前遡洪水
後可挽而上巨舟用竹絙須十牛之力然
過彤勝樓徙過工部分司王家橋李家橋老
聘廟至水首廟前洪之滿恩處可八九里陳
堂謂臣曰此呂梁洪也大禹疏鑿以後有奉
叔寶者管修此洪云云臣曰禹貢治梁及岐
注云梁呂梁山也酈道元云呂梁之石崇竦
河流激盪震動天地此洪此無乃是乎蓋曰
若然也但禹貢呂梁載在冀州此洪非冀徐州
焉可疑耳
初三日過徐州是日兩大風曉過九女塚子
方山至雲龍山山上有石佛寺甚華麗其西
有戲馬臺抜劍泉又過蟪蛄集夫廠廣運倉

國儲門大呈廟至彭城驛登庸門進士朱野
在驛前徐州府城在驛西址二三里徐州古
大彭氏國項羽自稱西楚霸王定都於此城
之東有護城堤又有黃樓舊基即蘇軾守徐
時所建蘇軾有黃樓賦至今稱道臣自驛
過夫廠廠在兩水交流之中過至百步洪汕
洪之端急慶雅不及呂梁之遠其險峻充
西址至徐州城址汕清汴渦會流南注于是
洙濟汶沛水合流自東址汴雎二水合流過
基亂石錯雜磊砢如廟頭鹿角人呼為艫船

石水勢奔突轉折壅遏激為驚湍淜湧為急溜
裏震霆噴霰雹衝決洶濤舟行甚難臣船自
工部分司清風堂之前用人挈百餘徇兩岸
捧路以竹索縛舟遞塊而上臣與傅榮等上
岸由捧路步行見鋪石堅整問於榮曰在昔
路者其有功於後世乎榮曰在昔此路澉隘
稍遇水漲無路可尋水退則土去石出艱於
步履近年那尹庭用相鈒修補用石板砌
砌扣以鐵鋜灌以石灰故若此堅且固美哉
至忭汕交流之會留泊

初四日晴擔舟至遍所忭前有起鳳門沐
浴堂又少舟為擔截河流躋為大洋擔擔之
上下擔篙如束擔擔中二舟以通往來船船
過還少所撥之舟復為擔臣船過是擔又搭
應夫廠廠至泊于蕭縣之水交會前河畔
初五日過劉城鎮是曰晴晚發船過九里山
至洞山山有十王殿夾灘淺至夾灘鋪茶城店
梁山寺至境山市鎮山有上下寺皆巨剎又
過集嚴白廟兒鋪夾灘淺至夾灘驛驛丞忘
其姓名不從陳萱之言供饋臣等甚優贈杜

王以一對米萱與玉爭奪玉批萱額自驛至
黃家閘閘上有眉山萬翼碑臣令程保告揚
肝請觀之旺不肯強而後許之其碑撰略曰
洪惟我朝太祖高皇帝龍飛淮甸混一寰宇
迤邐都南京以臨天下暨我太宗文皇帝詔
基鴻業每歲咸會於時方嶽諸鎮及四夷朝
聘貢賦悉由揚子江迄東海沿流址入天津廣
潞河詣京師其江海之潤風波之險京轉
輸為難故我太宗文皇帝廳東南海運之艱

乃召股肱大臣往徐楊淮濟度地勢順水性
東自瓜洲西自儀真咸作壩以截之俾不洩
於江仍曰近世舊規鑿漕引水為河而總會
于揚由揚到淮南按黃河會淮至徐由徐至濟自濟以
南則水勢南下接黃河會淮入海自濟以北
則水勢北流挾衛河會白河亦入於海上
復以地形南北高下不一分洩水勢無以貯
蓄非經久計仍命有司置閘或五七里一閘
或數十里一閘豬水濟舟迫今渫源不竭自
是方巖番鎮頭夫四處朝騁會同及軍民貢
賦轉輸商賈貿易皆由於斯而舟楫之利始
迪乎天下以濟萬民無渡江海風濤之厄我
太宗是作宗績禹之功補天之不足開萬世
太平之盛典也剜徐迤古彭城東方大郡樸
淮帶濟為南京咽喉吾徐之北黃家村之
東有山谿一派南流入閘水勢徒迴多洪流
走沙壅塞於浅舟楫經此恒為阻隘民甚病
焉天順戊寅春有司具跡聞于朝我英宗皇
皇帝乃續洪休益篤前烈邑有司立閘以
通之設官以理之自是舟楫往來無復前患

云云閘官開閘令人契挽上巨船以過又行
過義井黃家舖俟村舖李家中舖新興新
興寺劉城鎮夜三更至謝溝閘
初六日過沛縣是日晴曉過姑頭下閘姑頭
中閘社學沽頭上閘刀陽湖金溝兒浅有止
東北有河即泡河河之越山岸有高墩其前建
中下三處至沛縣縣即漢高祖故里也縣之
也縣之東南有泗亭驛即高祖少為泗上亭
長之處也河之西岸有圯橋即張良取履處
飛雲閘在河口即臣等泝其河歷其南觀其金
訪其橋至驛前驛距河三十步傳榮謂臣曰
已下觀我大國制度以謂何如自江南抵北
都舊無河路自至邛年間以未始為通路之
計至我太宗朝置平江伯以治之疏清源澄
濟沛舟楫收濟淮陰以達于大江一帶脉絡萬里通
津舟楫收濟功保萬全民受其賜萬歲永賴
臣曰鄉閤非此河路則我等於崎嶇萬里之路
有百枝跋行之若今乃安卧舟中以達遠路
不知頹仆之虞其受賜亦大矣是曰自驛過

四六

水母神廟冒花而行
初七日乍陰乍晴過曉道口
兗州府地方兗州即舊魯國也過沙河驛止
泊又過孟陽泊閘至八里淳閘西即魚金
縣地縣前有觀魚臺即魯隱公觀魚之處縣
之得名亦以此又過上下城二鋪河西集場有
至轂亭閘登河岸上里則東壯里澱茫如
山不甚高峻傳榮指其山曰役即尼丘山孔
子所生處也山之下有孔里洙泗沂水又東指
壯里若有高山陸亘數百里如雲氣然家指

其山曰役乃泰山即古岱宗山虞舜及周天
子東巡狩之處也此行若緣陸路經兗州曲
阜縣則尼丘可經洙泗可涉孔里可觀泰山
可近里矣過王皇廟至南陽閘以泊
初八日過曾橋驛是日陰自南陽閘過東平
閘至曾橋閘東有魯橋閘魯橋東連
鉅野縣引汶芝壯抵京師四通之路閘西有
黑硯池池水黑有太監姓劉者封王赴京其
旌旗甲冑鐘鼓管絃之盛震盪江河又是其
劉以彈九亂射舟人其狂悖如此陳萱曰此

舟中內官如此歪為傳榮問諸臣曰貴處亦
有此太監否臣曰我國內官只任宮中洒掃
傳命之役不任以官事榮曰太上皇帝信
任宦官故若此刑餘人持重權為近侍文武
官皆趨付之萱曰醫道佛三法貴國何重臣
曰我國重儒術醫方次之有佛而不好無道
法萱曰我國成化
皇帝最重道佛二法今
皇帝一切禁之民問曰當大明之時
皆諱大唐何也榮曰此無他因大唐時嘗曾
之舊而云習俗然也臣又問曰自我到此貴

地人皆指我等曰大大的島也撥此何等語
也榮曰此日本人呼我處大人之訓此方人
恐你等從日本來故有此言臣曰等自魯橋
過通判王皇廟魯津橋至五擾擾攘東魯諸水交
派于此又過師家莊下上鋪仲家鋪仲家淺
閘至新閘傳衆謂臣曰此閘即都水監丞也
先不華所建也會通河至此地沙土遺胎水
勢散漫遂疏有難處每遭船過此上下甚力我
日叫彌進寸退尺必資車挽陸而運自立此

新閘以後舟行得其安且順也云云牌之東
有河神祠西有公署署南有逖觀臺臺上搆
亭以東與鄒嶧山對扁曰瞻鄒　臣等過其牌
夜過新店閘以行
初九日至濟寧州是日晴欲曙過閘則乃石
福閘也又過趙村閘至南城驛少傳舟而行
又過真武廟至下新閘閘在越河口迤西八
百餘尺越河東密通天井閘壯對會通河二
水縱橫十字然由閘問河而西者或至溢覆通
越河而上者艱於逆輓置此閘於兩口之下

時水益編而閘絕之閘之西壮二十里許有
獲麟即西狩獲麟之處今嘉祥縣地也　臣
等過其閘至濟寧州城則東壮有洄洑曲阜
泗沮徐合流於濟寧中分城之東
海踰淮爲南京西壮有鉅湖東分八漕河壯
分流出衛河以達于海踰海爲北京兩壯
相望三千餘里外水瑳自濟寧南之城之東
兩河之中有土阜阜之上有觀瀾亭即孫蕡所建也
千有餘里阜之上有觀瀾亭即孫蕡所建也

由亭下至通津橋橋常城南門道橋南有靈
源弘濟王廟至宿于廟西壯河岸
初十日至開河驛是日晴大風曉發濟寧西
西過分水閘至南旺湖湖瀰漫無際但西望
遠山而已其東有青草茂塞之衎即魚臺大
野瀦豬之澤今爲湮塞者湖中築石長堤名
官堰臣等沿堤岸順風而北過馬長坡安民
牢正曹井等鋪至鉅野縣地方過火頭灣白
胥兒黃沙灣小長溝等鋪大長集又至嘉
祥縣地方過大長溝卜字河寺前孫村等鋪
又至汶上縣地方過界首鋪老坡閘至分水
龍王廟有大水自東北來至廟前分南北派
南派即臣所已經順流南下北派即臣所將
往遞流北上廟當其二水之分以分水名
問其東壯来大水則人曰濟河之源也未詳
其實揚旺與其徒入廟中焚香禮神以愬余
臣等亦拜臣曰祭山川諸侯事爲士庶人者
特殊祖考耳必踰其分非横也非禮之祭今
爲諂神不享故我在本國不敢拜山川之神
況可拜異國之祠于陳曰此祠乃龍王祠

也有靈蹟故過此者皆致恭拜祭然後行不
然則必有風濤之險臣曰觀於海者難為水
我已經數萬里大海暴濤之險若此中土此
江河之水不足畏也語未畢宣至旺城鋪
人不要拜亦不可屈其志云云又過闕城鋪
至開河驛夜已三更矣
十有四堰之長亦過百餘里
十一日晴過開河鎮劉家口表家口開渠
山津張八口步家口等鋪至東平州地方東
平即禹貢東原底平者沚土遺淀水性下濕
之地又過新家口栗家莊李家口劉家莊王
忠口馮家莊張口等鋪至安山開登岸四
里則有山連綿西此間問之則若山若土
山若孝堂山或謂孝堂即郭巨埋子得金之
山也夜至安山驛
十二日至東昌府是日晴過堂粮舍安山保
譚家花積水湖口蘇家莊邢家莊沙堌堆等
鋪及戴家廟至金綿閘運兩兩前有經甃
門門右人家掛雕籠畜有鳥其形如鳩其味

赤而長其吻微黃而鈎其尾長八九寸眼黃
背青頭與背水墨色其性䐬人意其語音
清和圓轉曲節分明人或有言宦應之臣與
傳榮往觀之謂榮曰此為能言其無乃鸚鵡
乎榮曰然臣曰臆西鳥也我即海東人
也隴西海東相距萬餘里今日得相見於
此得非宰乎但我與此烏客他鄉同也思故
國同也形容之憔悴亦同也觀此烏增悲
嘆之情榮曰此烏長在籠中終死他國今足
下好還貴國盡藏君親胡可謂之同也鸚鵡
亦有言似是而知然又至壽長縣地方過戴
家廟劉家口戴洋張家莊沙灣岸鋪感應祠
至東河縣地方過沙灣淺鋪大河神祠安家
口鋪北浮橋掛釰鋪通汴梁通濟個汉河沙
灣巡檎司兩河口鐘樓閣鼓樓閣雲津門到
荊門驛丞引臣及傳榮于星華堂前饒茶
又過平河水鋪新添鋪荊門上下閘至陽穀
縣地方忿過灣東鋪張家口鋪七級上下閘
同家店開阿城上下閘李海務閘至棠武驛
夜五更矣東昌府即曾齊之聊攝地城在驛

此三四里河岸城中有府治聊城縣治及按
察司布政司南司平山衛預備倉宣聖廟縣
學
十三日過清陽驛是日晴過通濟橋開東岳
廟進士門東昌遞運所兌糧廠又過堤口稍
長開柳行口房家莊白廟雙渡兒呂家灣校
堤等鋪河之東即堂邑縣地方西即博平縣
地方又過洪家口梁家口等鋪及梁家閘感
應神祠又過表家灣馬家灣老堤頭中閘至
等鋪土橋閘新開口閘減水閘至清
平縣地方又過趙家口鋪至清陽驛又過朱
家灣丁家口十里井李家口等鋪減家灣閘
交流之瞥東西凡四閘以貯水寺東以舟作
浮橋以通于縣城在河之東岸半里許縣
治及臨清衛治俱在城中及兩京要衝商旅
十四日晴至臨清縣之觀音寺前寺在兩河
輻輳之地其城中及城外數十里間樓臺之
客市肆之盛貨財之富舡舶之集雖下不及蘇
杭亦甲于山東名於天下矣臣等沿清泉河

而北過滿浮關藥局新開上閘衛河廠杈下
閘大浮橋至清源驛前留宿
十五日朝大雷電以雨午後臨有遼東人陳
玘玉鑽張景昇王用何玉劉僚等以商販
軍先到于此聞臣等之至以清酒三壺糖餅
一盤萱腐一盤大餅一盤来饋臣及從者且
曰我遼東城地鄰貴國義同一家今日幸得
相見於客旅之中聊將薄物以為禮耳臣曰
貴地即古高勾麗都故因時有異其實一
鮮之地也之沿革雖因高勾麗今為我朝
也今我喘息九死之餘漂泊萬里之外四顧
無相識之人得過諸足下又受厚惠如見一
家骨肉之親玘曰我於正月起程二月初吉
到此四月初旬間回還恐不得再相見也善
先過賤地安定門內問有儒學陳瀛者吾見
也好傳吾消息云云相別而去臣等撐舟至
下津廠前留泊
十六日過武城縣是日晴沿衛河而址至柴
家圍鋪東為夏津縣地方西為清河縣地方
過巡檢司孫家新開口草廟黃家口平河口

五〇

等鋪至渡口驛又過商家道鋪至武城縣河
抱城西隔河有進士二門又有祈雨堂徹夜
行至甲馬營驛
十七日晴朝過鄭家口河口鋪陳家口鋪至
恩縣地方過白馬河口鋪又過下方遷無谷
寺河口鋪至梁家莊驛移棹過鍾閣久至故
城縣前留泊臣謂傳榮曰今夜月白風便何
以不去榮曰你見此河中有漂尸三箇乎臣
曰見之榮曰此皆盜殺之也此方連遭凶歲
相率而為盜者多又不知你等為漂流行李
掃地（又）以為異邦人必賫貴物皆有欲利之
心又前路人煙鮮少盜多肆行故不去也臣
曰我之此行已過寧波之盜平生不頗相
逢者盜也大抵中國人心北方則強悍
南方則柔順寧波之盜江南人也故雖或為
盜類皆却而不殺人你所以保其身也此北
方人却則必殺人或置之濘窒或漂之河海
今日所見漂屍可知矣
十八日過德州是日晴大風揚沙平明過西
家口兵河口馬家等鋪四女樹文英門劉皮

口鋪得意門大浮橋至安德驛陳萱問臣曰
貴國人對客酬酢用茶否臣曰用酒不用茶
當曰我地人對客皆用茶著有情至遠来人
則或有用酒者臣問傳榮以上國食蓋冠
帶帶牌之制榮曰傘無等級蓋則一
品二品茶褐羅表紅綃裏三簷銀浮屠三品
四品與前同而浮署則紅五品青羅表紅綃
裏二簷紅浮署則七八九品青油綃表紅綃
單簷紅浮署帶則一品至二品犀三品花金
四品光金五品花銀六品光銀七八九品角
牌則文職自一品至九品皆有錫牌一面楷
書所任衛門一面篆書常川懸帶四字皂隸
背之武職有皂隸衛門皆佩之臣又問鞁靪
或有入冦否榮曰彼時有之今各邊有分方
鎮守總兵軍馬常操守禦故不得来犯夜過
德州城河抱城西而北城即古平原郡也土
廣人稠商旅輻輳至泊名不知河岸傳榮謂
臣曰大上皇帝同毋弟有賢德封魯地故人
魯王在此德州境三百餘里之地故時人稱
為德王臣曰德王何以不在京師在外方乎

榮曰親王在內恐有他意故待年十六歲以
上者當封為王出之于外臣曰德王在山東
矣轄腰裏之地亦自擅弘令政事乎榮曰王
府各司之官掌諸政有教授之官有護衛之
官王與之講詩書閱射御而已弘令政事乎
不得有為一出於朝廷
十九日過良店驛是日晴早發過皮口舖高
家鳳舖至吳橋縣地方又過羅家口舖高官嚴
等舖開王廟至濟南府地方又過桑
園兒薄皮口舖狼家口舖郭家口舖舊連窩
舖至連窩驛又至連窩遍運矼而泊
二十日晴曉過王家口舖至景州地方任家
口舖又過東光縣治在河之東岸又過油
房口舖廿下口舖至南皮縣地方過地下濟
舖又至交河縣地方過曹道灣薄頭鎮至新
橋又過鎮武廟戚家姬軍屯夜二更
至泊薛家窩里前
二十一日過滄州是日晴早過三鎮道馮家
口楊橋口磚河南甎河南口等舖至甎河驛
又過王家園口羅家園口紅披口南開等舖

長蘆巡撿司蓝運司逦運矼運矼武科門到滄
州撥夫廠州城臨河之東岸即漢之渤海郡
也河邊有望竿上懸人頭以示衆傅榮謂臣
曰彼乃強盜首也漢之龔遂以單車入此地
平羣盜有賣劍買牛之說此地盜多劫殺人
自昔猶然又過融芬應奎司諫等門至泊長
蘆遍運矼前問諸傅榮曰自過淮河以後
若兵部刑部吏部等各司之官之舡絡繹不
絕何也榮曰今 天子聖明朝臣以舊日所
為或致小過者皆降眨之河路中帶錫牌而
歸者皆見貶下鄉朝士也前日在紹興府問
你所從來之總兵官黃宗亦貶歸臣曰朝
臣既有狹者多何以不斤官寺之徒使得意以
行榮曰官官見君降眨者亦不可勝計今在
河進京者皆 先帝所差回則亦難保前日
相見太監羅公昴公皆因回遲貶於君與之
職臣曰當今天下再得堯舜之君與元凱之
四凶朝廷甫清四海妥帖不亦賀予榮曰正
是正是我 皇帝遠之者小人與宦官也日
親經延與開老學士講詩書論政事暨畫不

己巳今三月初九日躬詣國子監釋奠先聖
崇儒重道之意亦至矣戲之曰天子亦拜
於列國之臣乎榮曰孔子萬世之師豈以人
臣之禮待之乎但天子當釋奠時贊禮官曰
鞠躬拜天子之欲拜傍又有一贊禮官曰孔子
魯為魯司冠贊禮官又唱曰平身禮當拜而
實不拜此尊先師尊天子之禮兩不悖也臣
曰孔子之道大抵天地明於日月信於四時
達之天下萬代而無窮鄉大夫士庶人學其
道以修其身諸侯學其道以治其國天子學
其道以平治天下則自天子以至於庶人皆
當事以先聖先師之禮又何舉贊司冠之稱
當拜而不拜乎若舉司冠以稱孔子則孔子
是一小國陪臣又安可屈天子之尊以祀之
乎榮嘿然夜間榮又來語臣曰方才京中來
者言有一尚書與一學士對立不知所言校
尉拿告子天子命下錦衣衛監問所言何
是日尊有大小事皆與議
今與尚書相對言恐有私為故問之
二十二日過興濟縣是日陰曉過安陵量口

舖清水王家口舖至乾寧驛興濟縣之治在
驛之後驛前有巨家陳萱曰此 新皇后張
氏之私第也初 新皇帝為皇太子時欽天
監奏星照河之東南先帝命選河東南良
家女子三百餘人皆發京師 先帝與皇太
后選張氏中選封為正后今特拜為都督云
過左衛舊舖柳巷口舖三聖祠古廟高土岡
府父無賦舊舖為國子監生今特拜為祖
至蘆薹舊城城止接青縣之治俱在河之西
北岸縣前通真保定淀三河所會故謂之
三义又過鍾樓閣社稷壇峭帆亭中州儉至
河間府地方府城在河之北七八里許又至
流河驛日已昏簿過流河舖夜二更至泊夏
官屯
二十三日過靜海縣是日晴王時開船過釣
臺舖南家口舖雙塘舖至奉新驛驛在靜海
縣治之前臣語傳榮曰顧學水車之制榮曰
你共何地見所謂水車手臣曰暴者過紹興
府時有人在湖岸運水車以灌水田用力小
而上水多可為當旱農稼之助榮曰其制木

工所知我求之詳臣曰昔嘉柏中高麗臣屬
毛羅嶼人墻推柂折風漂抵岸至蘇州崐山
縣知縣事韓正彥搞以酒食見其舊柁擁柂冊
末上不可鈎使工人為治柂造轉軸教其起
倒之法其人喜捧手而報毛羅即今我濟州
亦捧手而喜榮曰水車只用汲水而已不足
也我往濟州見漂來以亦與其人一般足下
以韓公之心為心教我以水車之制則我
傳也臣曰我　國多水田屢值旱乾若學此
制以救東民以益農務則足下一唇舌之勞

可為我東人千萬世無窮之利也堅深究其
制有未盡別問諸水夫明以救我榮曰此水
方地多少土無水田故水車無所用此水夫
安知其制我姑思之食頃間榮略語機形之
制運用之方臣曰我所見轉之必呈此則運
之以手且其形制小異何也榮曰依所見必
是踰車者然不若此制最便止用一人可以
運之臣曰可過以松木其腸用竹戶約之前後四柱要大
造其機通上下用杉木其腸骨用楡木其板
用撑木其車腸用竹戶約之前後四柱要大

中挺羔小其車輪腹扳長廣狹如之如不
得抵楊榆桿等木頃用木理堅靭者方可又過
獨流巡撿司沙寧鋪至武淸縣地方過揚青
遠運所人定時至揚青驛地名都是揚柳青
也留泊後時三更後開舡而行
二十四日過天津衛是日陰曉過直沽城河
名也即沽水也至天津衛城衛河自南而北
臣所沿來之下水也白河自北而南即臣所
溯去之上水也二河合流于城之北即八海
城臨兩河之會海在城之東十餘里即舊時

江淮以南漕運皆浮大海後會于此以達京
師今則疏鑿水道置開閘縱舟楫之利通于
天下城中有衛司及左衛右衛之司分治海
運等事城東有巨廟臨河岸大書其頃臣遠
向望之其上天下宇其下廟宇其中一宇不知
其宇也尹兒灣涌溝兒下光米店至揚村驛
桃花口又有巡撿司
二十五日陰早經上老米店白河里南蔡村
驛西又有巡撿司
杜慈村王家移杜口雙淺蒙村白廟兒河西

巡檢司至河西驛與通運所相距七八步
傳榮調臣曰淅江三司奏你等漂風之事表
本限在四月初一日我奉表而来恐未及限
自此驛乘馹先到京師他日於兵部前相遇
莫設拌禮以示相知之意　新天子法度嚴
蕭故云

錦南先生漂海錄卷之二

錦南先生漂海錄卷之三

二十六日晴大風沙塵漲天目不能開順風
而行過要兒渡口下馬頭約鈔廳天妃廟中
馬頭車榮兒上馬頭河西務土門樓葉青店
王家擺渡口曾家塢繩口至泊蕭家林里
河之越岸臣舡有賊人来劫奪乗桴人亦強
屋桿上亦来泊有賊人来劫奪乗桴人亦強
健者相與持擊陳萱曰盜肆行歐掠若其
分付休衆各自相警盜心過夜云云自天津
將以坤白沙平鋪一望無際瞻野疇茸五穀
游沱河入潞沙游沙即此地也
二十七日晴大風平明至和合驛又過漷縣
縣治在河之東岸馬頭巡撿司崔氏園亭在
其中至此沙堆高大如丘陵然又過火燒志
公磚店李二寺長店兒大通關運河口土橋
巡撿司至張家灣即諸路貢賦朝貢商賈之
舡之所集慶也
二十八日至北京玉河館是日晴舍舟乗驢
過東岳廟東關鋪至潞河水馬驛一名通津

驛中門大書寰宇通衢驛西有遞運所西業
有通州舊城通潞亭在城之東南東抱白河
白河一名白遂河或謂之東潞河臣等步入
城之東門過挺尚義門大運中倉門
進士門出舊城西門又過新城第一鋪大運
西倉門玄靈觀又出新城西門與舊城相
接通州即奏之上谷郡也今轄于順天府州
治之南有通州衛左衛右衛定遠衛神武中
衛至紫文撟撟在此京城門之外楊旺與字
寺至紫文撟撟在业京城門之外楊旺與字
寬唐敬夏妓杜王等引臣等步入皇城東南
崇文門行至會同館京師乃四處所朝貢之
地會同本館之外又建別館京師謂之會同館
等所寓之館在玉河之南故亦曰為玉河館
二十九日詣兵部是日晴楊旺引臣等出玉
河館步由西衢過上林院監南薫坊鋪大醫
河橋門顧見東衢有撟兩傍建門俻曰毛
院欽天監鴻臚寺工部至兵部有尚書余子
俊坐一廳左侍郎姓何右侍郎姓院臣對坐一
廳即中二員主事官四員連坐一廳臣等先

謂侍即次謁尚書然後詣中主事官廳即
中等不復問臣以漂來事指廷中梲陰為題
令做絕句又以渡海為題令做唐律又有我
方謂吏司即中戴豪引臣至廳上廳壁掛天
下地圖臣所經之地一見瞭然即中等指謂
我漂入白海之中西北風南下望見山樣曰
在有無中且有人煙之氣恐是琉球界也然
琉球國之北戴即中曰你見琉球地于臣曰
舟之地所歷之海泊于何地臣以手指其謂
臣曰我四十三人頼　皇恩如海省浮保性
命而来又問曰你國治喪用文公家禮否臣
曰我　國人生子先教以小學家禮科舉亦
未可的知又問曰你　取帶来人有死亡者
取精通者及其治喪居家一皆遵之又問你
國王好書否臣曰我　王一日四接儒臣
好学不厭樂取諸人問畢饋臣餅茶庋敬引
臣等還玉河館又有姓名何旺者煩解我
國言衆謂臣曰你國賀册封使安宰相虜良
等二十四人来此館留四十餘日今三月二

十二日還樞云臣嘆其不得相見何旺曰
你亦還　國何嘆之甚臣曰憐悴他鄉四顧
無親者又見本　國人則如見父兄且父新死母
當喪身又少不更事家貧竇不保朝夕之
際我適漂其沒陵家聞知徒以為鯢
免我　家治重疊之喪母羸弱魚腹以貧
濤鼓天塗海無涯　見臬載糞身之痛如
何也我若浮遇卿他先歸國好傳吾
消息則可以節毋弟之痛天不恤我只隔
霄壤　家治無涯公之行一時遜卿則浮
七日間不浮相見本　國之使胡可不有痛
恨也
四月初一日晴詰朝鴻臚寺主簿李翔来謂
臣曰今日兵部将你事人奏你可寛心漂流
事當報禮部人奏罪他兵部亦杖措揮暘旺二
部故禮部可人奏浙江三司直報兵部不親于禮
十五云且日汝國謝恩便十日間必到于此
汝可留待同歸可也臣曰我本初喪一日作
容如過三秋請及下圍我速還李期燕頭自
浙江以来不見通事之人至此方見此人

初二日陰會同館副使李恕來謂臣等曰你
四十三人不係本國差來進貢人一日一人
支給止是陳老米一升而已無盬餽云云臣
步出館門適遇傳榮相詰于玉河橋邊問
曰我所經慶浙江有通州北京亦有通州徐
州府有清河縣廣平府亦有清河縣一海內
州縣有同名者何耶榮曰名雖偶同所管布
政司有異寶無害也

初三日陰夕雷電雨電李翔來曰我寶你朝
〈東海錄〉前一二日兵部及
内庭有事故

不八奏你等事今日若又不奏則明日必八
奏之臣答曰天下之窮人莫如我也父已死
母又老弟幼弱家貧妻治喪所需皆闕如也
拯天請弓下告于禮部使我母久留于此翔
曰你之生來事你國安宰相處良已詳回還
我又漂流未報存母與弟堂知我得豪
聖天子鴻恩生到大國弓必莽治我喪悲慟
我安宰相何以知之翔曰浙江鎮守差指
臣曰家到安公膾寫奏本而去你家當於四
二日家到安公膾寫奏本而去你家當於四
揮揚賂將你事綠陸路晝夜馳報於三月十

五月之交必知你不死於海不受憂也但你
之情理甚切誠可憐恤我當告于兵部禮部
初四日晴何旺引臣至其家餽餽臣謝之旺
曰漂流遠來情可矜憫故餽之不必謝也
初五日陰揚旺來謂臣曰奏本初三日巳下
禮部云云
初六日晴琉球國人陳善蔡賽等盛辦餽餽
來餽臣及從者之揮手卻之時琉球使正議大夫
捏鵬等二十五人以進貢來寓館善興賽
〈東海錄〉
五升以與之揮手卻之時琉球使正議大夫

蓋其從者也禮部遣辦事吏王敏嗳揚旺臣
問其何事敏來示臣其文據浙兵三司所報
云云其末端云其崔溥御浙江布政司差
委官指揮僉事楊旺管送及行沿途衛所量
撥官軍防護赴京外開旺具本該本部官欽
奉
聖旨該部知道欽此欽遵抄出送司葉
俟間續奉本部送撥浙江布政司批差指揮

五八

扸胜佇送前項夷人前來查得成化六年十
一月內該浙江鎮守等官奏送朝鮮國遭風
夷人金盃迴等七名本部已經奏准量給廪
寒衣服及應付脚力口粮還國去訖今該前
因查呈到部看得朝鮮遭風夷人已該浙江
十三名雖係得朝鮮遭風夷人崔溥等四
巡撥三司等官會同需驗別無奸細情由呪
本部應付官崔溥站馬稟給餘人脚力口粮
各夷風沉飄蕩衣粮缺乏挨之朝迁柔遠大
體相應優恤合無行將廪部量給首搜衣服
送沿途軍衛量撥軍夫防護至遼東鎮巡
等官另差通事人員送朝鮮地界令其自行
回還緣係廢置遭風夷故國及奉 欽依
該部知道事理未敢擅便弘治元年四月初
一日太子大保本部尚書余等具題此日奉
聖音是欽此欽遵擬合通行除外合開咨前
去煩照本部所奏欽依內事理欽遵施行煩
至咨者臣今李子將米粮換酒以饋鄭春等
春韻曰我二人來討此人情面發或銅錢

或土布或諸般產物以去用費不在一酵
也臣曰我當漂海四朵不保僅能得生豈有
勾外之物乎你看吾行李若有一物便將去
之觀其意意在臣之所穿衣臣令李楨誠
与鄭春盛怒而去臣偶謂安義李等技等
粮換錢十文以贈之李從周不受撒之臣前
曰當在宋時爾濟州人漂至蘇州羅其船有
麻子如蓮仁大蘇人得而種之後年差小興
尋常麻子一般今甫土有所謂麻子手義曰
此古代事也今則尋常麻子亦且稀貴故凡
公賤權貢皆納葛麻布以去用於國有害於民
若貢以隨土所產如海物則庶可便矣
初八日陰國子監生負揚波霖王迷陳道等
曰你國亦有幼學雖在窮村僻巷者皆服之又
戴黑頭巾亲青衿團領耒日你國澤徒亦服
此乎臣曰幼學在窮村僻巷者皆服之又
通經畫著故學徒精研四書五經其尃治一
經者不得齒儒者之列
初九日在玉河館是日晴有張元凱兄弟
家往館前對門共來戲語

初十日在玉河館是日晴事恕謂曰你等
還國軍馬開文來你不久在此
十一日在玉河館是日陰李翔來謂曰你
國謝恩使何至今不來臣曰道路遼遠
他行止遲速我不能料念惟僕之到此不係
國家事特蒙　大國深恩生還本國祗自仰
天祝手而已但瑣尾逗遛近日月不得全
也又有姓名王脆者善曉解我國言語謂臣
曰我祖父世居遼東東八岾之地束徙義州
我亦是高麗人也我年十三父逢隨母兩居
說你言于禮部禮部已八奏近當回還勿憂
退計三十一年間我與母俱為兀良哈所
轉徙艱轕之國竟浮生返仍居于此若有徐
國使來未嘗不來相看也即以所將錢撰酒
慰臣又從者又諸臣曰聞你從者無有亡失
然乎臣曰然能日涉非辜乎盖人口衆而為
日多則雖平居無事間有患死者况遭被惡
風過盡大海一無亡失千古所稀想必你技
平昔積善所致也臣曰此是皇恩霈優冐使萬

物各得其所故我等亦幸得保此生也
十二日在玉河館是日朝雨午陰有姓名李
海亦解我國語音來語臣曰我從使臣往還
你國已六度矣徐宰相居正尚亡恙乎
十三日在玉河館是日陰張瓊者張元之李
也聰慧勝兄謂曰寂寞旅館何以消遣臣曰
月以醋醬來遺
十四日在玉河館是日晴有姓名孫錦者謂
臣曰若此復日之長難以經過我甚憐之即
饋臣以朮一斗菜一盤醓醬醋各一器臣令
程保往謝之錦曰你等在陳之歎是會同
館官負不取褁之過也皇帝豈知君此乎
十五日在玉河館是日晴有官吏自禮部來
問臣戎姓名及帶來人姓名寫以故莫知何
為
十六日在玉河館是日晴有錦衣衛後所班
劍校尉孫雄者來臣曰驾空館無所事旋
留已過一旬望不知何月還國雄曰禮部奏
聞討賞然後可回去臣曰我等來此不國
家事九死之後只求生還耳本劍瓚嘴已壮

六
八

焦腸已沃傷是已宛愛骨已實都是　皇上
懷撫遠人之恩此重且大也我無一絲毫之補
於　大國淨義此重大之恩固已措躬之無
地矣又何有賞賜之為我所願早還家山
觀老母葬死父以終吾孝此人子之切情禮
部豈然知道榫曰禮部近有事故致令汝事
耽擱我當詳吾汝情于尚書後又來有你
十七日在玉河館是日洵雨琉球人陳善蔡
賽王忠等來告回國遂以矮扇二把蹋席二
新贈臣四物璀至薄情實有在臣曰我所以
遇知批里下者在情不在物也陳善曰我國
人人見愛常想恩情我又得興大人相善得
非童乎
十八日詣禮部是日陰辦事吏王璵持碑子
來叫臣其碑書仰唤朝鮮漂海庚官崔溥火
速赴司母達云臣從王璵過南薰鋪至文
德坊城之正陽門內建大明門門之左為文
德坊右為武功坊正陽三層大明二層也行
至禮部主客司郎中李魁主事金福王雲鳳

筆等承面書周洪謨左侍即倪右侍即張之念
謂臣曰明早引入　朝給賞衣服可易吉服
事畢便打發四去臣　對曰我漂海時不勝風
浪盡撤什李僅守此喪服來無他吉服八朝恭
當喪即吉恐不合於禮且以喪服入　朝中
又不可請大人斟酌禮制更示何如李即中
將臣言歷議良久使吏鄭春謂臣曰明早受
賞時無展禮節次可令你從吏代受明後日
謝　恩你親拜　皇帝不可不恭云云臣
還玉河館夕孫錦又以栗二對醬瓜一器來
饋之有一人駝羊羊遇玉河館門而去其一
羊有四角二羊毛長善地
十九日受賞賜是日陰禮部吏鄭春王敏王
璵等來叫臣　獨留館程保等入關庭受賞賜而來臣所
受素紵絲絲衣一套內紅段子圍領一件黑綠
段子褡子一件青段子褡襪一件裝一雙毯
機一對綠綿布二疋青段子褡襪以下四十二人胖
襖各一件紵榜各一件翰鞋各一雙李翔討
錢興市傭寫書求錢者寫狀報鴻臚寺云朝

鮮國人崔溥等為 賞賜事為因漂海到於
浙江解送到京今蒙 欽賞衣服胖襖靴襪
等件合迡鴻臚寺報名四月二十日早謝
恩云云翔謂程保曰告你官明早以告謝
 皇帝之恩有徐序班次者忘其名來點程
保等具冠帶教以甫拜節次之儀徐雖程
謝 不善解我國之語曰意曰令程保同把門者
一人往尋李翔之家告臣等旦覩喪固所自
畫也若服華盛之衣謂之非孝我亦人子其
可輕擇喪服廬身於非孝之名乎翔曰今曰
我與禮部尚書大人已議之 當是時親喪輕
天恩重拜謝之禮不可廢也夜四更時分東
長安門外都要 賞賜衣服朱莫悞少鞋靴
大寧衛男女十五人自其國逃未寓于西會
同館
二十日謝 恩于大內是日陰丑時李翔自
其家來謂臣曰你今具冠服入朝謝 恩不
可緩也臣指頭上喪冠曰當此喪衣夫錦戴
紗帽於心安乎翔曰你在殯側則甫父為重
今在于此知有 皇帝而巳 皇帝有恩者

不住謝大失人臣之禮故我中國禮制宰相
遇喪 皇帝遣人致奠時雖在初喪必具吉
服馳入 闕拜謝然後交喪服蓋以 皇恩
不可不謝之也 關內關內不可以
喪麻入此 嫂溺援手之權也今從吉事勢
然也臣曰昨日受賞之時我不覩變今謝
恩之時亦令更以下往拜若今翔曰受之之
意已八曩云朝鮮虎官
臚寺俱議尒謝 恩事已八曩云朝鮮虎官
崔溥等云你為甫等之班省其可安然退
坐乎臣不得已率程保等從李翔步至長安
門猶不忍穿吉服而 闕過一層門二層二大門而
帽曰若國家有事則有認復之制汝今自此
門吉服而八行謝禮畢復出此門時還服喪
農只在頃刻間耳不執一無攇也時自皇城
外門已放鑰常絲朝官魚貫而入臣迫於事
勢服吉服入 闕過一層門
八則又有二層大門乃午門也軍威嚴整燈
燭輝煌李翔坐臣於午門之中建有頃擊鼓於午門
之左託撞鐘於午門之右託三虹門洞開門

六二一

谷有二大象守之其形甚奇偉眜麩朝官以
次列班於門前李翔引臣遼於朝班又別程
保等別作一隊序於國子監生員之後五拜
三叩頭後出自端門又出承天之門門在大
明門之內又自長安左門出長安街服過長
安衙還于玉河館李芬枝許尚理權山等皆

皇帝之前得非華歟臣夫豈偶然共賞者
今我等枉行次來持象此不意之賞展拜於
李縣監遷亦濮到于此　皇帝無賞賜之恩
賞賜衣裘來謁于此　皇帝無賞賜之恩
賞賜　還謁于臣曰前此拖義人役

賞有功也汝等有何功於大國乎漂死復甦
生還本國　皇帝之恩亦已拟矣況又以汝
戰陋得入形闕受此賞賜汝等其知之乎
帝之撫我賞我都是我　王畏天事大之德
非汝等所自致也汝其勿忘我　王之德勿輕
帝賜勿壞勿失勿賣以為他人之　有使汝子
孫世守永為寶威也

二十一日在玉河館是日陰有百戶張述祖
来言曰我是左軍都督府緫岳爹爹所差送
你遼東者也兵部及會同館開文貴已出了

二三日間你們都起程了袖出差劄付以示
之其文曰左軍都督府為海洋聲息事該經
歷司案呈准兵部職方清吏司手本奉本部
連送該司案呈本部題為該司案呈奉本部
送司府拟出鎮守浙江司設監太監張慶題前
內府防護至遼東鎮巡等官沿途軍衛量撥
軍夫防護該府差官一員伴送沿途軍衛量撥
事轉行該府差官一員伴送沿途軍衛量撥
貟送至朝鮮地界仝其自行四還緣係慶量
遭風外夷歸國及差　欽依該部知道事理
未敢擅便弘治元年四月初一日太子太保

本部尚書余子俊等具題次日奉
聖言是
欽此欽遵擬合通行除外仰行該府經歷司
呈府照依本部奏奉　欽依內事理欽遵差
朗緫兵官繼謙并沿途軍衛衙門一體欽遵
委的宜官一員伴送仍行鎮守遼東太監韋
施行連送到司合用手本前去左軍都督府
經歷司案呈依文施行手本案呈到府擬合
通行除備由連人移咨外合劄付本職即將
夷人崔溥等用心防護伴送前去遼東鎮守
緫兵官繼謙處交劄另差通事人員伴送人

416

二十二日在玉河館是日晴且何是月初五
曰得疾首之弟十七日尚念憂喜真自未淨心
痛呻腸相庚手足不仁冷氣通身場恵免在
喉咽閇程保金童孫李李高伏福幸咒之無
効帶率人等周知救搢華禎頁金在傅哭迺
有一人不知娃名頗知醫病見且尪拒以大
金童程保養告于程部立案同會司借之報
針針臣十指端黑血迸湯芳人口始載頗尝
又至禮部即差天醫院士夫更来救回痛夫
母致踈虞不便須盃劑付苗

因得山疾用心調理程閇曰治以何藥是
日用香火大氣湯治之多疼来大醫院
来万加減七氣湯迺手旬調煎以飲臣黑者
去夜二更臣嘔吶飲之藥

二十三日在玉河館天晴而雲話朝来吏又
来點臣脉曰臣日看得五邊二敗之脉令日
脉氣有四生之理手要調治又新人参養胃
湯以飲之臣服藥以後體漸平和向夕李超
張述祖偕来討臣曰明早俟華還國今你痛

不好可於二十六日起程何如曰我奉初
裴濘寄此國情理甚切一日之過實同三秋
脉者病令日少煮單卦在可以失失翰行
述祖曰然則我請諸順天府逓運所討東朝羅
馬来　我大明太祖高皇帝定鼎金陵
東即食陵乃朝帝王府都之地　太宗文皇
帝遷都千坐于順天府為北京統南京東之治亦自
者迤　南京即應天府十八府有府者
州縣北東鐵内有順天府等十一府水有門
蜀州縣直隸府州縣直隸六部又分天下
為十三布政司曰山西山東河南陝西浙江
江西湖廣四川福建廣東廣西雲南貴州以
統諸府州縣又釐置都司衛可以防御之所
一百四十九州二百十八縣一千二百有五
又有宣府指揮置撫安等司○京城即元
之大都城也永樂間增修築城門有九其
蜀正陽正陽之右為宣武左為崇文其東
直朝陽其西阜城地安定德勝城之
中文有皇城地里城之中有黿苑太池池環
陽為萬歲山社稷壇天廟里城之長安差門南

宗人府吏部戶部禮部以次而南宗人府之
後兵部工部鴻臚寺欽天監太醫院亦以
次而南長安右門南五軍都督府中左右前亦
以次而南後府在中府之後後府之南行人
司大常寺通政之後刑部都察院大理寺皆
在通政之後刑部都察院大理寺之西城
坊以次而南又翰林院在姜室之坊又有
寺在東安門之内大僕寺在玉河之東國子監
府在玉河之東國子監之内光祿
五兵馬司府軍四衛羽林三衛金吾四衛虎
賁錦衣衛燕山三衛大興左衛武驤二衛勝
二衛永清二衛三衛州衛彭
城衛四夷會同之館及順天府大興宛平兩
縣之治元世祖文天祥至皇帝等廟俱在城中
天壽山在址一百里即皇都鎮山下有永
安城内有長陵獻陵景陵三衛今大行成
皇帝葬于山西山金山覺山泉山仰山
化
香山盧師平坡韓家嶺卧佛寺盤翠鳳潭柘至
磅礴拱向　皇都以固億萬年之基玉河源
泉五華諸山俱在城西北二十餘里之峰岐

出臣泉山經皇城大内中出都城東南為大
通河至高麗座與桑乾河俱入白河派于有
二在皇城西三四里諸山之水皆匯于一
在城南即城養人衛欵之府其他有檀若攷室
開若中心館在永平亭右陀山玉泉南野之
類不可攷欵址東即度之幽州之地固為
無制之分固後觀欵來替成胡俗後遵為
南崔金為中都亦為大都交秋之君相沿
建都其民風土俗使左桂之區為衣冠之俗
舊染之污使左桂之區為衣冠之俗
文物之盛有可觀焉然其閭閻之間尚道佛
不尚儒業商賈不業農衣服短窄男苟制飲
食腥羶尊卑間器餘風未殄是可恨者目其
山童其川汗其地沙土楊起塵埃澌天五
穀不豐其閭人物之殿樓臺之盛市肆之富
恐不及於蘇杭其城中之兩京皆自南京及
蘇杭而來　朝廷視臣等以漂海夷人令把
門館夫劉顯等直臣非奉上司明文帖不
呼喚不許擅自出館亦不詐客放牙行及無
籍之徒入館串引交通故劉顯嚴加防制且

無通事就與酋龍等同類故瓦 朝廷有事亦
浮關而知之
二十四日自會同館啓程是日晴百戶張述祖
與其子仲英討車三輛於順天府遍運府
而來臣則騎馬從者或坐車或來驛得渡玉河
橋出自崇文門復過通州新舊城至潞河驛
驛吏李鳳煎茶來饋
二十五日陰過白河河以久旱水淺男設士
橋又過火燒屯照里鋪煙角集馬義坡夏店
鋪柳河也[至夏店驛所過]曠野中有童山在
路之壯十餘里外里之如土阜然上有昊天
塔即通州之孤山也通州在平野無高山只
有此山而已又過白浮圖鋪東關遞運所入
三河縣城南門過進士門至大傑至城中故名城中有縣
七渡範五臨洵三河之中故名城中有縣治在
州後夷營州後屯守衛縣之壯十五里
又興州後屯古城山其西壯有兒皃山馬山等
間有壺山古城山其西壯有兒皃山駞山學
山
二十六日陰淸早三河知縣姓吳縣丞姓宠
主簿姓揚俱失其名以飯米一盤肉一斤酒

一瓶聚一盤來問慰復出自南門至草橋店
店之東有臨洵河積草爲橋又過煙屯鋪石
硏店東嶺鋪至公樂驛
二十七日至漁陽驛遇 謝恩使臣是日陰
夜大雨過白澗鋪二十里鋪十里鋪又漁陽
驛驛在薊州城南五里許至驛之南有南關遞
運所驛丞乃曹鵬安劍州即秦漢漁陽郡唐
安祿山牧撫之後取古劍門關以名龍山山
在西壯崆峒山在東壯城中有州治所治西壯有
衛鎮朔衛營州右屯衛
堪廟塔爲漁陽太守特教民種植童謠云麥
秀兩歧去去有去思立廟如新臣等欲起程
時有一人馳報去朝鮮國使臣來臣語諸張
述曰我本國使臣來在一刻間若於路上
相逢別不過一揖而過我姑留待以認本國
家山之事述祖曰諾又崔自俊禹成仲溫金
謝恩使知中樞
成健書狀官尹璋又崔自俊禹雄成仲溫金
孟敬張佑奇韓忠常韓謹吳近位金敎照揑
熙止成後生李義山朴瑛鄭與祖輩孝壽等
中臣諸謁使臣子中庭 使臣下階亦俯

伏語臣曰 上體平安國家無事甫家卿亦
無恙 上聞甫漂海無歸處 故下禮書令
各追觀察使通諭沿海各官不輕搜覓豈速
啓聞且於對馬島及日本諸島使人書契
修咨時右辭候弁錄 通諭方求有慶俊次
知 啓依允 聖恩何可量哉臣拜伏退合
念若此我等所以萬死冀一生也此金重等亦
之損意意 聖念及於小民若此 聖
死於天地中生不為天地之益死不為天地
謂金重等曰我等小民也如螻蚓蟣蠓之生

感江必選書狀官與隨身俊偕到于臣所寫
備語鄉國通來之事因日初聞漂沒之報人
皆以汝死為欺成希覬獨大言曰我心以為
崔溥不死必脫必生還云及今相遇果
驗其言當帝 使臣邀臣同坐饋臣以脫飯
下及陪吏 謝曰小人罪逆深重不有死滅
禍迫先人末及拚踊于頹側及為颶母所驅
五內今崩無復望生辛到閩東行遇六千餘
里間亦顧眄無親語音不脫悲辛艱憂敢訴
誰因今遇令公如見父母 使臣曰我初於

也

東八站遇安令公之行聞甫之到浙江等處
喜氣欲顏今日避近顧非辛歟又曰我之此
行有養馬者中途斃死跋涉萬里俱生宗難
甫帶去人亦有死者否臣曰凡我四十三人
幸得不死與之偕來 使臣曰天宗生之天
宗生之非徒生之宗由 上德是可喜也臣
又承 使臣之問畧陳漂寓之有異
之陵山川之勝跡風俗之有異 使臣曰我
行過此等地獨以為壯觀甫之眼男難為水

二十八日朝雨而陰 使臣叫臣至前又饋
早飯曰贈以口粮十斗笠帽二事扇十把理
中二十九及諸般饌物又吋伴送臣等之百
戶狀曰你送我國人普自護血嘉喜嘉喜贈
以笠帽扇子等物又分帽弁一領布一緶自
俊禹雄者亦各以鳥二柄為行贐
臣之從者以酒肉各有差曰謂臣曰漸熱
書狀官亦餽臣以夏衣一領 使臣又膰
語曰你送我國人普自護血嘉喜嘉喜贈

好還本國以等慈閣云云時有李楨孽感
熱路猶阻長少不調護疾病纏身努力加餐
臣之後者以夏衣一襲布機一緶裛自

使臣忻饋突入前極陳在海浮沉之苦臣即
告辭而別過永濟橋跨龍池河一名漁水
流入白龍港諺傳此橋乃安禄山所築也又
過泰山東岳廟五里店八里鋪別山里右河
鋪枯樹里至至陽樊驛

二十九日過玉田縣遇 天使於道上是日
晴過扣諭鋪至采亭橋跨臨水河馳至玉
田縣由藍田門入城至藍田遞運所至藍
無終山俱在東上二三十里間燕山在西北
距城二十餘里即蘇秦詩所謂洪山如長城
千里限秦漢者也臣問諸張述祖曰傳聞山
地乃漢右北平之地李廣射虎沒羽之石在
何方述曰距此東北三十里有無終山山
下有無終國回基又北平城遺址城即無終
出獵遇石之處山上又有讓國基之李廣
又過茅子李茂旌門出城東門即興州左
屯衛之門也行過韓家莊二里許過有二官
人乘轎而至有節鐵鐵碑前導者呵曰下馬
臣即下馬三官人呼臣來前曰你是何許人
臣未及對上官人令臣寫其手掌有張仲羙

叅至備陳臣之姓名及遭風漂還之事上官
人顧謂臣曰你們國人已知你生到中國云
臣謝拇而退問其官人為誰仲羙前去者
乃翰林學士蕫越後去者乃給事中王敞前月
問華 皇帝勑往賜你國今是回還之時也
又過兩家店沙流河鋪至永濟驛

三十日過豐潤縣是日陰早發行至永濟
名還鄉河下流入梁河諺傳唐太宗征遼還
時所有名又過登雲門至豐潤縣城西門之
重城内有火神廟入其城過武安王廟騰霄
門繡衣門後出城東門門之柵刻青與州前
屯衛門外有在城總鋪鋪之東有東關逓運
所所有官賓姓名田熊也鋪眉皓白頗示欸
待之意語臣藏架吏鄭文宗速討車輛以送臣
等文宗喘然怒撥田熊之腦其大無官樹上
下之節顴如此唯兒口山在東北馬頭明月
陳宮山在北崖有鴉鵬靈應二山在西北
帶三山在東唯鴉鵬鵬近城臣等又過林城鋪
至義豐驛

三月初一日陰晚至灤州地方中國以灤州

六八

為商之狐竹國我國變管以海州為狐竹國

二說不同未知孰是又過鐵城舖狼窩舖者

巍嵝榛子鎮怕牛橋店佃子里舖至連安縣

地方新店遞運所其東即姑家莊驛～之東

北三十外望有都山蛛山圈山黃靑龍泉

脈甲等山都山尤高峻特秀

初二日至永平府城南是日晴過沙河至灘

河其間所過有沙窩色山亦峯白佛陁石梯

子等舖漯河河源自口北開平河而來北方諸山

之水合流為一下流為空流河八于海臣等

二十二 錦海錄叢

新媛行七八里又渡漯河河與肥河如何合流

城上列連成樓其一乃望高樓也城中有府

繞永平府城西南流入漯河故又名護城河

伯夷叔齊廟在河之岸上行二里過迎恩世

英庶尚教等門至灤河驛く比二里有城

府即金之南京盧龍即古肥子國府關陽山

治及盧龍縣永平衛治府

塞外者也有龍山詞山雙子周王馬鞍陽山

灰山筆架諸山聯綿回抱亦一形勝之地驛

之南阜有景致其上有寺驛丞白恩敞口此

開元寺也時有錦衣衛官人拿的罐盜菜驛

後觀

初三日在灤河驛是日晴雹過迤東閱遇運所里

英運千北京仲舉誤懷氏部交付臣筹手廣

峯太監之關文而去迤祖使人追之日暮乃

還故不得已而留夜大雷電以雨

初四日至撫寧衛是日晴過東閱遇運所里

鹽撞河河之北岸有大石如稍稱為石稍諸

得廣張景鋼矓之黑又過圈家舖十八里舖

雙邊舖儀悅橫舖蘆峯口舖鐵殺陽河

二八四 漂海錄叢

河源出列陁山經攤寧縣城西八里許又過

民壯教場門入撫寧縣城西門過關王廟寫

子攜軍衛年鐘子大紫連峯諸山圈城之

南北治西有西關遇運所

初五日過榆關驛是日晴過青安得路門出

城東門遇典史山鋪背坪鋪至榆關店舖為

關令移為山隋開皇中攺高句麗時鎮王訴岫夫

站渝山隨關中僅高句麗之東有渝河河之上有

此榆關者即山地也又過榆關縣半山舖而

行路西北有海陽古城城之地有列陀山山

高聳為諸山之雄又過張古老河至娘子河
日巳傳舂河邊有人居三四屋借器做飯又
過十餘里停車于名不知路街
初六日晴行至石河南有五花城乃唐太宗
征高句麗時薛仁貴所築也至遷安驛、在
山海衛城西門外城之東南有玘山臨海濱
城北有角山屹立山海關當其中以頁山南
帶海相距十餘里間為夷要險之地築將
蒙恬所築長城跨出于角山之腹逶迤運為備
之東城以達于海有東門逶迤亦在城中

初七日過山海關是日晴由調橋入山海衛
城西門至儒學門問所謂味甘之雙文井人
皆以雙峯荅之過步雲門給事方亞元門靈
應廟至東北第一關即所謂山海關也之
東有鎮東公館有兵部主事官一員辜軍吏
常川坐館東西行人皆議察是非以出入之
雖汲婦樵童亦皆給牌以表驗張述祖列寫
臣等姓名告至事官主事官一一呼名點
之然後乃出自關東城門門之上達東關
樓門外有東關橋跨海子關外有望鄉臺望

夫臺諸傳望夫臺即築等城將孟姜女尋夫
之處又過東遶一舖鎮遠舖、之東一里有
小河不記其名又過中前千户所城之東有
廣寧之前屯衛也城東又有小河過至高嶺
驛、有城自此以後驛皆築城逶迤亦同
一城中
初八日過前屯衛是日陰高嶺驛人頑悍暴
橫之無甚者臣之軍人文回者催驅時驛人
以袄~文回之頭顧逶血張述祖與臣等行
至前屯衛遞管軍都指揮晟鋁即姜人
拿其驛人臣等至衛將近城~西二里有石
子河由城南門而入過迎恩兒承見治政求安
等門至衛館揭揮楊相束暫話容貌魁偉者
又出城東崇禮門而行前屯衛城即舊大寧
路瑞州之地有大山西連山海關而來鎮于
衛之東北即三山俗謂之三山頂又過東嶽
廟至沙河驛城西又過小水即沙河也
初九日晴過張公墓雙墩王公墓全前屯
衛之中後千户所城由南門而入門即瑞寧
門也至所館與千户劉淸話別復出自城東

七〇

慶春門而行至東閱驛是日所渡河有三日
十子狗兒六州等河北有般惡山
初十日晴過曲尺河鋪大沙河至寧遠衛之
中右千戶所城由南薰門而入過武安王廟
至所館城之北望有甲山羊角山復出自永
和門過小沙河而行路東南有燒董場海
浦琔抱子城之東北馳至曹莊驛城
十一日晴大風自曹莊驛至
寧遠衛城之南又荼反垣之南乃講武場女
兒河来繞城東北而西南迋之城之西有

濱海圖

鐵胃山北有立山虹螺山南有青雞山虹螺
三峯獨秀起由城南門而入過即景進
士棠敬筆門至迎恩街中作二層楼楼西
懷遠門北靖邊門又馳至衛館火
歡城中又有左中前後五所臣等從西
門出城東城四里許有聖塘驛城
引臣至連山驛驛之南有溫陽三井蓬塗温泉張述祖
鋪至連兒山驛之涂名以此
北有寨兒山
十二日晴行過五里河至塔山所城所即字

遠衛之中左千戶所城也由城南門而入門即
傑寧門也過進士門至所館又由城東門而
出至杏山驛之東有杏妃山故名北又有長
嶺山
授臨河門而出城西有紫荊山北有道邊寺
十三日陰行至中中衛之中左千戶城由海寧門而入
靖安門而入從定遠門而出至凌河驛之北
有占莪山
十四日晴驛之城東有小凌河渡河過剃山
城之東七八里外又有大凌河兩河相距可
四十餘里興安鋪東岳廟臨河之東岸河之
東北六七里間有白沙場沙窩鋪官其中白
沙隨風鼓揚填塞鋪城之不沒拉沙僅一
二尺到十三山驛城東有十三山又有小昆
峯故各驛六因山浮名北而至行橐有物大如歌其
山有酒官人乘舶
中有酒勞然後可歃張述
諸山有官人秉舶而至言謂臣曰此果刀
挪子酒也嶺南多產人或歃此為生產者此
則刀廣東布政司進獻 至尊至尊又賞廣

寧太監的

十五日 晴過山後鋪搶林鋪到閭陽驛有山
自十三山之北而東此通此驛之坁以抵
于廣寧衛之北而東其中有龍王保住望海
分水望城岡祿河等諸峯通謂之醫巫閭山
此驛正當其陽故名閭陽驛聞出榆併以東
南濱海北限大山盡皆粗惡不毛主山峭拔
摩空筆岑甲乃醫巫閭正謂此也
十六日 又過廣寧驛過二鋪及接官亭至廣寧衛城由
四岔鋪 聖節使臣是日晴過

■漂海錄王 三三間■

城西迎見門兩入過進士坊至廣寧驛
御使參判察舞筆正官金學起書狀官鄭而
愕及閻琳蔡年朴明善庫思達吳誠文張而
李郁李塾軍吏洪孝誠鄭殷申世孫辛自
剛尹仲連金後孫金春等馳至驛中書狀賀
正先入臣兩寓署話鄉國之音臣徙拜于使
臣 使臣引上座曰不意今日得相見於此
漂汝活汝天家使之到泊中國界是亦得生
之地因問臣以兩歷山川形勝人物繁盛臣
略陳之 使臣亦語浙江以南江山地方如

語曾經之地謂臣曰我國人物親見大江以
南者近古所無汝獨歷覽若此豈非華乎臣
辭退久 使臣又使人問曰汝漂寄他國行
李糧餼必有缺乏缺之何物我其補之臣曰
我則重蒙 皇帝厚恩生到于此過此後不
則客中有阙亦有限量不可輕與人敢辭
數日間馳至本國令公之行必過七月乃還
使臣招臣之從者以米二斗簀二束贈之曰
衣中作客無物可食汝以餒之餒而慰 使
臣坐中庭邀臣至前設酌以慰

■漂海錄王 三五■

十七日在廣寧驛是日晴 使臣與書狀賀
正俱到臣所寓良久話別又鎮守太監常胡
都御史徐鏜都司大人胡忠總兵官縷讓泉
將崔勝同議以臣等療疲護生情可矜憐令
驛官百戶栁源將金猪一頭黃酒四盆稻米
一斗粟米二斛來慰臣分諸陪吏軍人等以
飲食之
十八日在廣寧驛是日陰張述祖告別內兆
京謂臣曰隨路千有餘里情志有甚惓惓我
年已耳順脚力且衰豈渡興見下相再見乎

竊念是下者得忌於本國則他日必有進貢
朝天之時我家在順城門內石駙馬家前對
門其記今日之情可賜一問否因解襴衣贈
吳山蓋述祖在途曾以吳山為手足故也恭
將崔勝令金王懿臣等王邊東人也頗解我
國語臣令程保等從王以徃勝大設酒饌甚
盛以饋

十九日在廣寧驛是日兩太監總兵官都御
史都司繠將等令柳涤及驛寫字王禮等載
本脈帽鞾等件來驛分給臣及從者臣所受

生福脅圍領一件白夏布襖一件白綿御
衫一件大毡帽一頂小衣一件白鹿皮鞾一
雙毡襪一雙程保以下四十二人每人白三
梭布衫各一件小衣一件毡帽各一頂鞾一
雙毡鞾各一件又犒以全猪一頭酒二
盆渴謂臣曰三堂老爺說你回國以今日所
受之物俱要啓于國王前云夕程保等
四十餘人羅跪臣前自古漂流或雖或不
胶或渴水或病死死者十居其半令
我等屢經患難俱無死傷此一幸也漂到他

國者或致邊將所藜或錮縛或拘囚或鞭連
隨之以鞫問按驗之令我等一無被拘困苦
到處皆敬待飽以飱飯此二幸也前此旋義
到處李縣監而漂死者頗多拘繫亦甚至
皇都無賞賜飢渴困苦僅得生還今我等到
皇都皇帝有賞賜到廣寧鎮守三司賜衣裳
帽鞾軍人空手而來重負而還此三幸也由我
此三幸莫知其所由致也臣曰此由
聖上仁以撫衆誠以事大之德也

二十日陰大風過察院普慈寺出城東門即
泰安門也又過鍾秀橋泉水平甸潮溝等鋪
至盤山驛有指揮揚俊来待饋以茶驛城北
里有黑山岐山蛇山山皆醫巫閭之東支也
二十一日晴而風過高坎鋪通河橋通河鋪至沙嶺驛
泉鋪新河橋通河橋通河鋪至高平驛
二十二日晴而風過大毫三官廟河灣鋪至
主城北附長城也又過南關門正當其中即成化
年間所新築也又過大毫三官廟河灣鋪至
三汊河河即遼河也源自開原東北經鐵嶺
至此與渾河泰子河合流為一故名三汊蓋

遼地頻海而高亢支河皆逆流故泰子渾河
皆自東而西又有境外支河皆自北而南曲
折縈迴俱會于此作浮橋橫截河流又挽舟
而渡輸為遼河渡有一官人坐于河岸小廳
以議溪從未行人其南有聖母孃孃廟又過
臨河橋到牛家莊驛又過石井鋪汎河在城
鋪至在城驛驛在海州衛之城西門外故名
衛亦巨鎮也東有西牟城山

二十三日至遼陽驛是日陰而雷自驛傍衛
城而西而北而東過遍運汛土河鋪傍
開王廟至鞍山驛驛之東有遼高山西有遼
下山又過武安王廟長占鋪至汎河鋪有二
水俱帶于鋪之東西名皆汎河河蓋首通州以
來地多汎土故水以汎河得名者多又過首
山鋪至通運衛城即八里莊也過接官亭
至遼陽在城驛驛在遼東城西

二十四日睛有僧戒勉者能通我國語音謂
臣曰僧系本朝鮮人僧祖父逃未于此今已
三世矣此方地近本國界故本國人未往者
甚影中國人最悍憶無勇者遇賊皆投戈奔

竊且無善射者必挑本國人向化者以謂精
兵以為先鋒我本國一人可以當中國人什
百矣此方即中我高句麗之都棄屬中國千
有餘載我高句麗流風遺俗猶有未泯矣
麗祠以為根本我欽把不怠不忘本也嘗聞烏
飛迻故鄉狐死必首丘我等亦欲返本國以
居但恐本國反以我等為中國人刷取中國
則我等必服逃奔之罪身首異處故欲往
而足趑趄耳臣曰汝以清淨之流宜在深山
之中何為僧冠俗衍出入於閭閻之中乎勉
曰僧入山中以笑令為官吏所招末臣曰招
僧入山何事勉曰大行皇帝崇信佛法巨剎半
於天下方袍多緇户僧等安臥能食以修
釋什　新皇帝自為東宮素要僧徒及即位
大有剪去之志今則下詔天下凡新設寺
庵並令撤去無度牒僧刷令還俗之令忿
髮云六僧徒顧安飣容一身于臣曰此乃撤
寺剎為民舍毀銅佛為器皿毀髡首克軍伍
之漸乃知大聖人之所為出於尋常萬萬也

汝使常祝聲曰　皇帝陛下萬萬歲汝之說
聲如是　大行皇帝之崇佛如是寺刹僧佛
之盛又如是　大行皇帝聲來中身八音遍
過故之祝聲之勤安在哉言未既勉辭謝而
退）

二十五日晴通事千戶王憲臣戶吳爾崇語
臣曰館夫不說你筆留此經日故我等往家
不知所以末者之晚也臣遂引程保金重等
詣三堂大人根前告以漂來首宗三堂大人
即都指揮使鄧玉分守總兵官韓斌布政司

副使吳玉巡按監察御史陳琳等也又指揮
使令吏將黃酒三盆金猪一頭稻米一到粟
米一解末犒臣等
二十六日晴王憲復來曰貴國及海西毛憐
建州等衛皆路經于此貴國　使臣往來捴
待唯我與吳董二人耳我今年老晨暑故總
兵官羞見我你可重亦好人你可好還本國
可勿憂也大抵道遠衣旅乜中四體不
得息饞食不以時疾病易以纏故不數月間
貴國　使臣若韓瓚李世弼相繼道死其行

道若是其難也今你則歷盡鯨濤鼉浪越南
燕北全其身全其役者而還天所以置諸苦
而全之措諸禍而福之從可知矣臣曰我之
保全而未都是　皇恩所賜抑又我先人亡
靈必有陰佑之功故也

二十七日陰吳蕢來曰總兵官差我以騎馬
四十三匹馱載馬十五匹送你等還國其中
一匹乃我所騎也你等行李約有多少臣曰
我四十三人原有行李合而載之不滿一二
馱但受賞於　皇帝之胖襖綿褲皆冬郎之
衣又有貯受於廣寧衣韡等物耳車曰行李
少則行路可便矣
二十八日大雨吳蕢又來曰今日治任將行
天雨奈何臣曰以我式崇之心難過一刻
之留憂此雨者我一人而已今年大旱自二
月不雨以至于今華而得雨則其喜之者人
與萬物也天實為之謂之何哉喜之者正
是〇遼東即舊我高句麗之都為唐高宗所
滅割屬中原五代時為渤海太氏所有後又
為遼金胡元所併城中有都司察院布政司

大僕分司閱馬司又有左右前後衛自城
西泉平橋以至甫淸恩澄淸揚武威振四
路芇門及進士門八座以至高麗市間民居
可謂繁盛撲之江南可與高麗市相頡頏矣
但嘉興城外市鬧相接遼東城外鷄鳴狗吠
不得相聞海子路傍墩土壘纍耳城東又別
築東寧衛城首山千山木場駱駝太子杏花
諸山瓌拱于城之西南東其北則平曠無垠
之野

二十九日自遼東登程是日晴吳聖與千戶
田福偕至驛引臣等行出驛城東門外不一
里乃遼東城也兩城間有開王廟行過元良
哈館泰和門安定門至我 朝鮮館館前立
標扁畏天保國四字又過石河兒入高麗叢
過大石門嶺小石門嶺兩嶺間有王郝督塞
又過柳河湯河兒頭巾站狼子山至顯得
寨里兩歇里有三四家兼香里入所偷去之
帽匣匣中藏紗帽囊佩及江南人所贈詩葉
程俣告于聖訊里人柬之不得重謂臣曰慢
藏誨盜尚誰咎乎

六月初一日晴日食逾嶺浮嶺青石嶺之嶺
間青石埃路又過甜水河兒西南望有黑山
高俟櫟子洞又過塔寺東南踰高嶺嶺峻岩盤
曲過泰子河至連山開守闊千戶董文邀臣
及吳聖田福房樣猖勇沈榮倣以饋福樣
勞苓及王升山二百餘人館夫十人皆遼
百戶三十人軍人二百餘人館夫十人皆遼
東總兵官所差護送臣等者也所連山河而
上瞰投白家莊民家

初二日晴朝至分水嶺目嶺以北地勢北下
黏黐諸水俱會于煮子河西入于連河有嶺
以南之水俱會于八渡河嶺之浮名以峽至
通遠堡堡有新舊城龍峯山當其後前有龍
峯河西南有德山又其南有龜山一名雀北
山又過李海屯里人曰昨夜十戶馬總所管
護送軍人先到于此有虎攬傷所乘馬自昔
無此患也故過此者皆山行野宿今適有之亦
可畏也過釕哨屯河時水漲端急暴下軍人
高福者踠跌赴流吳聖適浴見其溺而援之
至李勝屯

七六

初三日晴過斜哨大嶺至八渡河以其八渡
其水故名或謂之半塗河以其自我
京城至中國北京此河正在其中界兩半故
名又過長松嶺覩薛里站白言嶺奴哥禿哥
河見奴哥嶺干河至鳳凰山東寧衛方才
撥軍夫然城于此吳重謂臣四此過開州城王
國使臣往來防道捿柁柴也遇開州城
城吉塔里餘溫若介河兒至尊得各蓄宿
馬各之東有海青山又名松鶻山
初四日渡鴨綠江是日晴清晨過湯山站名
不記二小河至九連城城頰只有古菜舊址
又謂渡娑安堡主前有江即楓浦也又渡吾
夜江二江同源而分復合為一通謂之狄江
又舟渡鴨綠江技遣軍官尹遷善尉臣曰丁
江邊薄暮又舟渡難子江二江以一兩公
下又合流夜三更入義州城正富唐人
野人等往來之衝狹小類殘城中里
開零洛良可恨也○自牛頭外洋至梔渚所
一百六十餘里自梔渚所至寧海縣四百餘
里間俱是沿海辭地無館驛到越溪巡擋司

始有鋪到寧海縣始見白嶠驛自白嶠過西
店連山四明車廠姚江曹娥東開蓬棻鎮清
興至杭州府武林驛自桃渚所至此一千
五百有餘里也又自武林過吳山長安鎮
西水平望松陵姑蘇雲陽至鎮江
府京口驛自杭州至此一千有餘里也過揚
子江至揚州府廣陵驛自此以後路分水陸
源古城鍾吾直河下邳新安房村彭城夾溝
水路則有邳伯孟城界首安平維陰清口桃
泗亭沙河魯橋南城開河安山荊門堂武清
陽清源渡口甲馬營梁家莊安德良店連窩
新橋磚河乾寧流河奉新楊青楊村河西和
合至通州潞河水馬驛自楊州至此共三千
三百有餘里也陸路則有大抑池河紅心壕
梁至莊固鎮大店雕陽夾溝桃山黃澤利國
陽界河鄒城昌平新嘉新橋東原舊縣銅
城荏山魚丘大平安德東光牟城樂城瀛海
鄞城歸義載汾水涿鹿至固節驛自楊州至此
二千五百有餘里也水有紅舡陸有鋪馬凡
徒來使命貢獻離匱皆由水路若或回早乾

關河水淺不能通舩或有火馳星報之事則
由陸路蓋楊州府近南京且隔三驛且關脚
以南皆路經此府以達　皇都故驛路甚大
陸驛相距或六十里或七八十里水驛則自
武林至吳山三十里自潞河至會同館四十
里皆水路中之陸路故相距近其他則或六
七十里八九十里或過百里自相距甚遠鋪之
相距或十里或二三十里自楊州後水邊又
設淺或六七里或十餘里以記里臣所經自
牛頭外洋至桃渚所至杭州至北京會同館

大縣共六千有餘里自會同館過潞河泰店
公樂漁陽陽樊乂永濟豐七家嶺灤河芲蘆
口楡關遷安高嶺沙河東關山海關以內十
杏呪小凌河十三山閭陽廣寧高平沙嶺牛
家莊瀋州在城鞍山遼陽等驛至遼東城過
陽即遼東在城驛相距或三四十里或五
六十里共七百有餘里山海關以內十里
置煙臺以備烽火過關後又間五里置小墩
立墩以記里自遼東過頭官甜水通遠堡斜
里開州湯站等站至鴨綠江又三百有餘里

山海關以東又築長墻置堡子以防野人驛
遍皆有城與防禦所一般又不設府州縣置
衛所雖若專以軍職填之臣又傳
開自三叉河又有一路過海州衛西木城綉
岸城鶯拿河屯牢多林千屯揷塔里屯其江
河屯蒲蘆葫屯至鴨綠江僅二百餘里亦是
中大路路左有蒲城基發為安市里諺傳柢
唐兵慶大明洪武間又築長墻以禦胡頭接
奉長城逸東西求三叉河以西至長墻長營静
東則北過長靜叟寧長安勝長營静

遠上榆林十方寺等堡又東過平洛泊堡至
潘陽城又北過蒲河懿路縣几河鐵嶺衛腰
站等城至開原城又過東撫順所城南至東
州馬跟單河鹹場發陽平乂口等堡至鴨
綠江凡數千餘里回抱定遼左二十五衛巡
城亦有路云然未可的知○奉化縣以南
並海濱多高山峻嶺奇岩亂石泥洑補紆
竹明媚大江以南地多塗泥被褚黍稻天台四
朋會稽天目諸山錯綜亘乎其間淮
河以南地多湖漫泥洿迫洳以北則地多燻

起漕河跟岸高於平地決嚙流移移水陸變遷

濟寧州之址有分水廟向廟以南水勢皆南

下以址則皆址下武城縣以址地多泥沙若

長蘆等處斥鹵即朝貢海濱廣斥之地

天津衛以址水勢又皆南下通至張家灣平

沙迤際隨風流轉至址京則天壽等諸山環

拱于河南之境其西支則通連太行王星諸山以達

于河南之址其東支則東走過三河薊州至

王田縣之址為燕山又東過豐潤縣至撫子

鎮又分為二支其南支則東過灤州至棃縣

至碣石山直抵于海其址支則通連燕山之

脈東過遷安永平至撫寧之東直抵于山海

關外又蜿蜒而東至廣寧衛之西址為醫

巫閭山自此以北至于此山皆童兀不毛其

間大江自北京以至于此大行以東燕山醫

巫閭山衛之東始有鞍山蠁紆而南為千

野也海衛之西遼東即所謂鶴

千里間四野平衍東通大海延八千廣寧之

東海州衛之東始有鞍山如列戟圍屛東南址

山自此以後群峰置嶂東南為千

于鴨綠江東入野人之境遼東之南有令水

嶺自嶺以址則水勢皆址下以南則皆南下

石門嶺以南山多扑木淺澗水澄碧自址

京以至鴨綠江濼河三义河為大其次若白河

而泒旱乾唯濼河三义河為大其次若白河

大小凌河泰子八渡等河也大江以南地多

軟石陸則轂轤路或橫截溝澤跨上山

脊如峯海泰化縣等處為多水則皆錄石連

虹門橋等堤捍江湖如吳江縣等處為多淮

河以址一無石橋或有造舟為浮橋或有累

設木橋者陸路則皆登涉天自連山關以後

鳥道如綫荒草四合蚊虻撲面行者甚苦自

淮河以南地多水田沃饒稻梁為賤徐州以

址迤水田達東以東天又暁燠早寒五穀不

盛唯黍生之在昔江淛福建以南漕運皆會

于大江洋于海達于潞河以至于址京迨至

元順帝時始鑿會通河等河以通漕運轉至

我永樂間決黃河注于淮達衛河通于白河

大加修築等水潟則置堰壩以防之水淺則

堤塘以遶之水會則置閘以分之攔之制限二

洪以逆之

水內外兩傍石等作壩之之上植二石柱之
上橫木如門橫木鱉一大孔又流木非當撰
木之孔可以輪迴之挂閞鱉亂孔以及為
絢絙舟結於大柱以短大爭植下壩而為
乾舟等石上二壩迷兩難下壩而多闖之制
兩岸等石堤中可容過一船又以廬校密之
堤上以野水校之多少隨水淺深又設大橋
流以舟船至則撤其橋以柰繫之柱上廬
壩之制若船至則撤其橋以柰繫之柱上廬
校通其流然後擁舟過之
〇黎海衛

閘兩岸亦等石堰之上治撐路亦用竹覽以
逆挽之挽一船人溺則百餘人牛則十餘頭
若壩若閘皆有洪皆有官貟聚人買牛集以待
船至堤塘與嘴皆石等亦或有木撕者浙江
鎮守差揚旺送臣等于皇都限在四月初一
日故楊旺率夜順風則掉舟風則懸帆逆
風則搭舟水淺則撐舟凡使命及貢獻往來皆然
糧遍運府搜船凡使命及貢獻往來皆然
大抵百里之間尚且風珠俗無況乎天下風
俗不可以一槩論之然其大槩以揚子一江

分南北而觀其人煙盛衆則江以南諸府城
縣衛之中繁華壯麗言不可悉至若鎮若巡
撿司若千戶所若寨若驛若鋪若里若壩而
在附近或三四里或七八里或十餘里多或
至二十餘里間間閻撲地市肆夾路樓臺相
望軸艫接纜珠玉金銀寶貝之產稻粱鹽鐵
魚鹽之富羔羊鵝鴨騾牛之畜松篁藤
椶龍眼荔枝橘柚之物甲于天下古人以江
南為佳麗地者以此江以北若揚州淮安及
堆河以北若徐州濟寧臨清繁華亦無異
〇埄遭錄

江南臨淸為尤盛其他若官府所治之城則
亦間有閭盛繁聚者若鎮若寨若驛若鋪若
里若集若嘴若廠若灣若橋若壩者遷
之間人煙不甚繁盛里閭蕭條通州以東人
煙斬少過山海關行百里僅得一里社不過
二三草屋雅羔羊雞猪驢駱牛馬之畜籠絡
原野揚柳桑棗之樹茂嶺交柯八渡河以南
荒曠無人居其弟宅亦或有建石柱者皆宏壯華
階砌皆用鍊石江以南
麗江北草屋矮小者殆居其半其服飾則江

南人皆穿寬大黑襦袴做以綾羅絹綃正段
背多或戴羊毛帽黑氈段帽馬尾帽或以巾
帕裹頭或無角黑巾有角黑巾官人紗帽羅襪
者白布巾或氈布巾或著鞋或著皮鞋鞉襪
芒鞵又有以巾子纏脚以代襪者婦女兩服
皆左衽有飾衣衿衩脚以南圓而長而大其
端中約華飾以北圓歷鋭如牛角脏而戴觀
音冠飾以金玉照耀人目雉白髻老嫗甘黃
耳環江北脏飾大縣與江南一般但江北好
著短窄白衣貪賈懸鶉苟亦居三四婦女有

師亦圓而尖如雞冢眹自滄洲以北女服之
祉或左或右至通州以後皆右衽山海關以
東其人皆麁鄙衣冠縷縷海州遼東等處人
丰是中國半是女真右門嶺以南
至鴨綠江都是我國人移往者其冠裳語音
及女有飾類與我國同人心風俗則江南和
帽或兄弟或堂兄弟并從兄弟有同居一屋
者其江縣以北間有父子異居者人皆非之
無男女老少皆踞繩床交椅以事其率江北
人心強悍至山東以北一家不相保闘歐之

聲破開不絕或多有刻盜殺人山海關以東
其人性行尤暴悍大有胡狄之風且江南人
以讀書至為業雖里閭童稚及辇夫水夫皆識
臣文字臣至其地寫以問之則凡山川古蹟土
地沿革皆曉解詳告之江北則不學者多故
臣欲問之則皆曰我不識字就是無識人也
且江南人業水虞乘舴艋載簛簺以罕畢罟
舉取魚者十百為群江北則唯濟寧寧府南旺
湖芋處外不見捕魚之具且江南婦女皆不
出門庭或登朱樓捲珠簾以觀望耳無行路

服役於外江北則君治田樟舟等事皆自服
勞至如徐州臨青等地蓬蓯自辦需要償資生
以成風且江北人頗為官貪者或親執役為
卒徒者或跪胡床冠帶無重尊甲無位似若
殊無禮節於在官僚則威儀整肅甫在軍中剝
踴令嚴切正伍徇次毋敢喧囂一岡今時開
一鋒聲遠近雲集莫或有後江北亦然但山
東以北凡出令非鞭扑不能整也但胄稽等
罕則有鎗劍矛戟其胄胄橋等物皆火書囊
字熙無弓箭戰馬江北殆有帶弓箭者通州

以東及遼東等地人皆以弓馬為業然籥箏
以木為之且江南好治容男女皆帶鏡盒抓
篦刷牙等物江北亦然但不見帶之者江南
市中使金銀江北用銅錢江南力農工商賈江北多
臂江北以鉛穿奠江南兒以錫鈴
有遊食之徒江南陸路行用轎江北或馬或
驢江南無良馬江北馬大如龍江南人死巨
家大族武三廟旌門者有之常人畧用棺不
埋委之水涯如紹興府城邊白骨成堆江北
如揚州等地起墳塋或於江邊或田畔里閈

之中江南喪者僧人或食肉不食葷江北則
皆血食如葷此江南江北之別以異也其所
同者尚罷神崇道佛言必操手怒必處口嚼
沫飲食麤糯同卓同器輪箸以食蟻蝱必咀
嚼砥杵皆用石運磨使驢牛市店達帝擺行
者或搪而不負戴人皆以商賈為業雖達官巨
家或親袖稱鍒分析錙銖之利官府常刑如
竹片决杖趙指搪石之屬其他若山川形勝
臺榭古蹟有膾炙人口者雖尭充盡毛穎不
能記尚臣之歷覽千載難又然在襄經之中

不敢觀望遊賞抹取勝槩袛令陪吏四人逐
日觀標楠問地方掛一漏萬記其大畧耳

錦南先生漂海錄卷之三終

漂海錄三

八二

錦南先生 漂海録

금남 선생 표해록 원문